VdN

Johannes Tralow

DER EUNUCH

Roman

Verlag der Nation
Berlin

Mit Illustrationen von
Harry Jürgens

ISBN 3-373-00346-6

7., veränd. Auflage 1989

Lizenz-Nr. 400/56/89
LSV 7301
Einband: Harry Jürgens
Gesamtherstellung: Karl-Marx-Werk,
Graphischer Großbetrieb, Pößneck V 15/30
Best.-Nr. 696 991 7
01650

Erstes Buch

I

Es lag Schwüle über der Scheide zweier Kontinente. Mochte ein leicht verspielter West auch hier und da Schaum über die Wellen der Meerenge tupfen, gerade so viel, um dem schönen Gewässer Heiterkeit zu verleihen, so umschwebte dennoch eine Beklommenheit die Uferpaläste, die Moscheen und die Städte an beiden Ufern des Bosporus.

Nicht jedermann freilich spürte die Drohung in ihrem Ernst. Der Padischah schon gar nicht. Mochten auch die wilden Hunde auf den Straßen infolge der nicht allzu friedlichen Stimmung seltener und scheuer geworden sein, weil sie Unruhe und Aufruhr, der immer Gefahr war, zu wittern vermochten – Ahmed III., der Kaiser zweier Weltteile und Meere, wußte weit weniger von den Straßen seiner Stadt und seiner Städte als der dreckigste Bastard von einem Schakal, der sich um ihre Sauberkeit durch das Vertilgen von Aas verdient machte.

Der Großherr bekam die Wege, deren Staub die Sohlen seiner Untertanen aufwirbelten, nie so zu sehen, wie sie waren. Wenn er nicht umhin konnte, sich ihrer in seiner Eigenschaft als Kaiser zu bedienen, sah er nur Gold, Silber und Juwelen, sah er alle Farben des Regenbogens in den Gewändern seiner hohen und höchsten Umgebung, Pferde sah er, deren Stammbäume mit dem seiner eigenen erlauchten Familie wetteiferten und sich im Halbdunkel der Mythe und Dichtung verloren. Statt trocknender Wäsche erblickte er die satten Farben arabischer und persischer Teppiche in den Fenstern. In Duftwolken und auf einem Pfad von Blumen schritt sein Pferd. Alles verwandelte die allerhöchste Gegenwart in Pracht, sogar diese engen, krummen Straßen mit ihren hohen Häusern aus Holz. Wo die Majestät hintrat, war das Serail – auch im Truppenlager war es und selbstverständlich im kaiserlichen Uferpalast zu Skutari auf der asiatischen Seite.

Dort verschloß der Kaiser sich jetzt mit seinen Wesiren und den Würden des Hofes vor einer zudringlichen Außenwelt.

Im letzten Krieg mit Österreich und dem Römischen Reich Deutscher Nation hatte er Ungarn, das Banat Temesvar, Serbien und Belgrad und die kleine Walachei eingebüßt. Obwohl er zum Ausgleich den venezianischen Peloponnes erobert und dadurch seine Mittelmeerstellung gefestigt hatte, wollte er von verlorenen Schlachten nichts mehr hören. Seine Türken waren noch immer die gleichen todesmutigen Männer von einst – aber das war es eben: sie waren die gleichen geblieben. Diese Abendländer jedoch, und nicht zuletzt diese Deutschen, waren andere geworden. Diese Ungläubigen hatten jetzt ebenfalls Ingenieure, die den früher so berühmten türkischen Piaden, den Pionieren, nichts nachgaben, ja sie übertrafen, so voller Listen und Tücken waren sie, deren man sich nicht immer gleich versah. Nach dem schrecklichen Mißgeschick bei der Belagerung von Wien und nach allem, was dann gekommen war, zweifelte der Erhabene nicht mehr, daß ihm und seinen Nachfolgern der Weg in das Herz des Abendlandes verlegt sei. Aus dieser schmerzlichen Erkenntnis hatte der gemächliche Mann dann die ihm notwendig erscheinende Folgerung gezogen.

Nein, Ahmed wollte keinen Krieg.

Die kleine Katzbalgerei mit dem Zaren Peter zählte nicht. Mit dem türkischen Sieg am Pruth hatte sie ein schnelles Ende gefunden. Die persische Angelegenheit gar war überhaupt mehr als bewaffnete Grenzberichtigung und keineswegs als Krieg gedacht.

Es war alles ganz einfach gewesen. Der Großstaat Persien hatte sich in Auflösung befunden, worauf Türken und Russen übereingekommen waren, die persischen Westprovinzen unter sich aufzuteilen. Schließlich war auch vom afghanischen Usurpator Eschref um den Preis seiner Anerkennung als persischer Schah zugestimmt worden, und keinen der hohen vertragschließenden Teile hatte es gestört, daß weder den Nehmenden noch den Gebenden von den abgetretenen und besetzten Ländern auch nur ein Quadratfuß gehört hatte.

Von den westlichen Nachbarn war also Persien beraubt worden, und der Friede hätte wiederhergestellt werden können, wenn die Perser selbst ihren rechtmäßigen Schah nicht wieder an die Macht gebracht hätten. Das war gar nicht vorgesehen gewesen, auch nicht, daß Tahamasipschah, der echte Erbe des Reiches, sein Eigentum zurückverlangen und dabei nicht einmal auf des türkischen Kaisers friedliche Gesinnung Rücksicht nehmen würde. Im Gegenteil!

Da die Verhandlungen des persischen Botschafters trotz glänzender Feste nicht recht vorangekommen waren, hatte Tahmasip seine Truppen in die ihm gehörenden Gebiete einrücken lassen, wo die Perser natürlich auf die türkische «Besatzungsmacht» gestoßen waren. Unter gegenseitigen

Friedensversicherungen hatte man darum auch so lange gekämpft, bis die Hohe Pforte geglaubt hatte, zum Zeichen des «ihr aufgedrungenen Krieges» die Roßschweife aufstekken zu müssen. Und dann geschah, was in solchen Fällen zu geschehen hatte. Zehn Tage später standen die gegen Osten ausziehenden Regimenter vor Sonnenaufgang des dreißigsten August 1730, beritten und zu Fuß, mit Roßschweifen, Fahnen und Musik auf der Chunkiartschairi, der Kaiserwiese zu Skutari, in Erwartung ihres Padischahs. Am Vorabend bereits war der Großwesir mit der heiligen Fahne unter allen Feierlichkeiten, die diesem Symbol gebührten, eingetroffen. Doch der Großwesir war nur der Schatten des Kaisers und Kalifen, der Kalif aber der Schatten Allahs. Seines Padischahs, seines Kaisers, hatte das Heer geharrt, des Augenblicks, da die Sonne wieder über Anatolien aufgehen würde, weil dann der Großherr in funkelnder Rüstung erscheinen müsse, um mit einem glänzenden Gefolge, Mut gebietend und einflößend, die Fronten abzureiten. Alle Kehlen waren bereit gewesen, ihre Stimmen im großen Alkisch, im großen Segenruf, zu vereinen, der nur dem Erhabenen gebührte. Aber vergebens war die Sonne aufgegangen. Der Herr, dessen Brot das Heer aß, war nicht erschienen.

Einige Offiziere waren bedenklich geworden. Die Ruhe unter den Herdschaften und Rotten hatte ihr Mißtrauen nicht zerstreuen können. Genug erfahrene Aga wußten, wie plötzlich und unberechenbar aus dem allgemeinen Schweigen ein ebenso allgemeiner Unwille hervorbrechen konnte. Dann freilich war es noch immer zu spät gewesen. Dann hatte man der schreienden Masse zu ihrer Beschwichtigung einige Köpfe hinwerfen müssen, und darunter hätte in diesem Fall vielleicht der eigene Kopf eines der Nachdenklichen sein können.

Der Gedanke an diese Möglichkeit war dem Großwesir nicht gekommen. Zwar hatte er den Krieg gekostet. In der unglücklichen Schlacht bei Peterwardein war er einer der letzten gewesen, die bei der heiligen Fahne ausgeharrt und sie zum Schluß gerettet hatten. Aber er war ein Mann der Feder und kein Soldat. Auch fühlte er sich im Vertrauen auf die Freundschaft mit seinem Herrscher, der ihm Fatime Sultana, die eigene Tochter, zur Frau gegeben hatte, hoch über alle anderen erhoben. Längeres Zureden war nötig gewesen, bis ein Schnellboot schäumenden Bugs den Pascha von sechs Roßschweifen, den Großwesir Ibrahim, zum Neuen Serail und zum Padischah hatte bringen dürfen.

Aller sonstigen Liebenswürdigkeiten bar, hatte die Majestät aus Verstimmung über die Kriegsvorbereitungen ihren Freund und Wesir empfangen. Durch nichts war der Herrscher zu bewegen gewesen, die heilige Fahne zu entfalten. Nächstes Jahr sei Zeit genug und bis dahin hoffentlich alles friedlich geregelt.

Es war eine bittere Stunde für Ibrahim gewesen.

Wesir heißt Lastträger, weil er die Last der Herrschaft zu tragen hat, und auf Ibrahim paßte dieser Titel. Er war klug genug gewesen, so lange zu warten, bis seine Vorgänger über den verlorenen Krieg und den unglücklichen Frieden von Passarowitz gestürzt worden waren. Erst dann hatte er dem Drängen seines kaiserlichen Freundes nachgegeben, der ihm so zugetan war, daß er die Nachricht von Prinz Eugens Sieg bei Peterwardein leichter verschmerzt hatte, weil Ibrahim der Bote gewesen war. Zwölf Jahre waren darüber vergangen, und in dieser Zeit war das kaiserliche Siegel mit ungeteilter Macht in den Händen des begabten Staatsmannes geblieben. Nichts hatte es dem Reich geschadet, daß Kaiser Ahmed, dieser Frauenliebling und Kavalier, sich indessen von seinen Gattinnen hatte vergöttern lassen, daß er immer neue Blumenfeste und Gastereien für sie ausgesonnen hatte und ganz in seinen Sammlungen von Vögeln, der Bürde seines Amtes noch die Zeit gefunden hatte, sich durch die Veranstaltung ähnlicher Feste die Gunst seines Herrn und dessen Damen auch als Hofmann zu erhalten. Der vergnügungssüchtige Sultan war, solange er seinem erfolgreichen Minister die Macht überlassen hatte, kein schlechter Herrscher gewesen.

Gefährlich war er erst geworden, als er, ohne die Grenzen der politischen Möglichkeiten abschätzen zu können, unerwartet selbst von dieser Macht hatte Gebrauch machen wollen.

Auch Ibrahim wünschte aufrichtig die Wiederherstellung des Friedens, vergaß darüber aber nicht, daß Ahmed erst durch eine Revolte zum Thron gelangt war, und so hatte er sich erlaubt, seinem kaiserlichen Schwiegervater untertänigst anzudeuten, daß ein Machtinstrument wie das Heer, wenn es unter fremden Einfluß, etwa, wie schon oft, unter den der Geistlichkeit geriete, unschwer einen neuen Herrn – der Herr aber in keinem Fall ein neues Heer finden würde.

Einen Augenblick hatte der Sultan erwogen, ob er dem Allzudreisten nicht das Siegel abverlangen solle, war dann aber doch einverstanden gewesen, daß ein Kämmerer von Hassan dem Deutschen, dem Janitscharenaga, einen Lagebericht einholen solle.

Durch diesen Bericht war alles entschieden worden. Die Janitscharen – hatte die Antwort gelautet – seien in Erwartung des Padischahs seit Mitternacht auf den Beinen und würden sich, wenn Seine Majestät nicht erschienen, schwerlich zufriedengeben.

Jetzt war auch Sultan Ahmed klar geworden, daß er nachgeben müsse. Zum erstenmal hatte er sich seinem Großwesir versagt, durch die Verzögerung aber nur einen Nachteil erzielt. – Eine Meinung mag noch so unbegründet sein – wenn das ganze Volk sie teilt, ist es für einen Herrscher nie ratsam, sie unbeachtet zu lassen. So waren Volk und Heer davon überzeugt, daß ein wichtiges Unternehmen, und nun gar ein kriegerisches, stets an einem Morgen und möglichst bei Sonnenaufgang begonnen werden müsse. Sonnenaufgang jedoch war längst vorüber. Freilich hatte eine siebenundzwanzigjährige Regierung den Sultan seiner Herrschaft sicher genug gemacht, um nicht auch noch durch allzu große Hast Schwäche zeigen zu wollen. Bis er sich endlich in seiner Prunkbarke eingeschifft hatte, war es nachmittags ein Uhr geworden, also eine Zeit schlechter Vorbedeutung, und da das Eintreffen der schlechten Vorbedeutung nicht zuletzt vom Verhalten des Heeres abgehangen hatte, so war sie denn auch eingetroffen. Das große Alkisch hatte seitens des Heeres so matt geklungen, daß der Sultan nicht mehr nach Konstantinopel zurückgekehrt, sondern auf der asiatischen Seite in seinem Uferpalast geblieben war, der die Rolle des Kaiserzeltes versah, wenn der Großherr geruhte, inmitten seiner gen Osten ausziehenden Truppen zu verweilen.

Dieses Mal war der Sultan fast schon zwei Monate bei seinen getreuen Regimentern geblieben, eine Zeit, die mit verschleppenden Beratungen hingebracht worden war. Erst hatte der endgültige Aufbruch am zweiten, dann am vierzehnten und schließlich am vierundzwanzigsten September stattfinden sollen. Aber obwohl die Perser inzwischen einen Militärtransport von viertausend Reitern und sechshundert Kamelen weggenommen und die Städte Täbris, Hamadan und Kermanschahan erobert hatten, stand das türkische Hauptheer noch immer am Bosporus.

Mit den gegenwärtigen Zuständen Unzufriedene gab es freilich genug. Das ging aus den revolutionären Aufrufen an die Adresse der höchsten Geistlichkeit hervor. Großen Eindruck erzielten die Betriebsamen damit allerdings nicht, höchstens einen Seufzer darüber, daß jetzt schon die Soldaten unter die Schreiber gegangen seien. Der Kiaja des Großwesirs, sein Stellvertreter und Innenminister, wies jedenfalls alle Warnungen mit Spott zurück. Er wie der ganze Hof und die Generalität glaubten angesichts der Ruhe bei den Truppen nichts befürchten zu brauchen, und statt des Aufbruchs des Heeres am vierundzwanzigsten war am sechsundzwanzigsten September im kaiserlichen Uferpalast … eine Beratung angesetzt.

Die Frage nach der Herrschaft über den türkischen Staat schien leicht zu beantworten: Herrscher sei der Padischah, der Kaiser und Kalif als alleinherrschendes weltliches und geistliches Oberhaupt, alle anderen seien Sklaven dieses Padischahs. Nun hatte es sich jedoch mehr als einmal herausgestellt, daß ein herrschender Padischah ohne große Schwierigkeiten durch einen andern Prinzen aus dem Hause Osman ersetzt werden konnte, die allesamt den Titel «Sultan» führten. Und geborener Sultan mußte der neue sein. Der Familie Osman mußte er angehören. Etwas anderes hätten sich nicht einmal christliche Rajahs, geschweige denn mohammedanische Türken vorstellen können. So war es denn eigentlich mehr die Familie, die herrschte, und da osmanische Prinzessinnen nach türkischer Auffassung zu kostbar seien, um ins Ausland verheiratet zu werden, so hatte die Familie in ihnen das Mittel, sich jederzeit das Talent anzueignen, dessen sie zur Ausübung der Herrschaft bedurfte. Während die Sultaninnen stets ihren hohen Rang behielten, blieben die angeheirateten Männer nicht nur Sklaven des Padischahs, sondern sie wurden durch die Heirat zugleich Sklaven ihrer kaiserlichen Gemahlinnen. An den Thron durften weder sie noch ihre Nachkommen denken, höchstens daran, in Zeiten der Gefahr auch einmal ihren Kopf auf Begehren von Meuterern opfern zu dürfen.

In diesem Sinne gehörte Seine Hoheit der Großwesir durch Fatime Sultana unmittelbar zur kaiserlichen Familie. Andere Hof- und Staatswürdenträger, die sich des gleichen Vorzuges nicht rühmen konnten, gehörten dank ihrer Herkunft aus den Pagenkammern dem kaiserlichen Haushalt an, während der große Rest der Regierenden jeder nur denkbaren Herkunft, auch der eines Sklaven, sein konnte.

Neben der Herrscherfamilie gab es noch einen engen Kreis anderer Familien, die sich nicht mit der osmanischen mischten; denn die eine Ausnahme, in der es dennoch geschehen war, reizte nicht zur Nachahmung. Osman II. hatte darüber sein Leben verloren. Es waren die Familien der verehrten Ulema, der Geistlichen des Islams. Sie heirateten mit Vorliebe untereinander, und ein geistlicher Herr, dem ein Knabe geboren wurde, hatte obendrein das Recht, den Säugling in die Register einer Moschee eintragen zu lassen, um ihm dadurch die gleiche Laufbahn zu sichern, die ihm selbst und seinen Vorfahren beschieden gewesen war. Da nun die Ulema Priester waren, aber zugleich als Ausleger des Korans alle Richterstellen sowie alle Universitätsprofessuren innehatten und durch die Fetwa hoher und berühmter Geistlicher gewissermaßen auch als Gesetzgeber wirkten, so wäre von der Macht des Hauses Osman wohl nichts übriggeblieben, wenn der Padischah als Kalif nicht das Ein- und Absetzungsrecht über die Ulema ausgeübt hätte – allerdings ohne deren Leib und Leben antasten zu dürfen. Die wenigen geschichtlich verbürgten Fälle dieser Art waren nie gut für den Herrscher abgelaufen. Um einen erdrosselten Pascha kümmerte sich das Volk nicht viel. Ein hingerichteter Ulema galt ihm als Sakrileg.

Unter diesen Umständen war der Mufti, der Scheich des Islams, eine Macht, und es bewies Ibrahims Klugheit, daß er seine Alleinherrschaft nicht nur auf die Freundschaft des Kaisers, sondern auch auf die nach dem Großwesir stärksten zwei Säulen türkischer Reichsherrschaft stützte.

Die eine dieser beiden Säulen war der Träger des weißen Kaftans: Seine Heiligkeit der Mufti Abdullah Efendi, der sein Amt so lange wie Ibrahim das Großwesirat besaß. Die andere Hauptstütze Ibrahims vertrat weder Familienverbände noch eine Familie, weil es ihm unmöglich gewesen wäre, eine zu gründen. Er war ein Eunuch und vereinte in seinem Amt drei Machtpositionen von stärkster Auswirkung. Dieser Dritte war Seine hohe Exzellenz der Kislar Aga, der Mädchen Aga, Präfekt der schwarzen Eunuchen des Harems und selbst ein Schwarzer, Kurator der heiligen Städte Mekka und Medina sowie aller kaiserlichen Moscheen und Universitäten. Sein Name war Beschir. Elhadsch Beschir. Der Pilger Beschir.

·

Diese drei Männer der Macht und des kaiserlichen Vertrauens waren nach der eigentlichen Beratung mit Ministern und Generälen von der Erhabenheit des regierenden Sultans noch zurückgehalten worden. Gleichzeitig hatte sich das strenge Zeremonial gelockert. Eine Vereinigung von drei Personen außer der allerhöchsten war zu wenig zahlreich, als daß sich in ihr ein Zeremonial so recht hätte entfalten können. Den Herren war es also ohne große Schwierigkeiten möglich, einen Kaffeeraum aufzusuchen, der an ein Gewächshaus stieß. Doch so weit ging die Zügellosigkeit nun auch wieder nicht, daß eine Hoheit, eine Heiligkeit und eine hohe Exzellenz in Gegenwart Seiner Erhabenheit ebenfalls ihr Nargileh und ihren Kaffee bekommen hätten. Nur für den Kaiser selbst erschien, in die Seide seiner hohen Würde gekleidet, der oberste Tabakbewahrer mit dem kaiserlichen Nargileh, in dessen eingekerbtes sammetweiches Deckblatt ein Splitter glühender Holzkohle versenkt war, und ferner der gleich vornehme oberste Kaffeekoch, der auf einem ihm nachgetragenen Kohlenbecken den Kaffee für den Kalifen bereitete.

Und gerade dabei geschah das Unvorhergesehene, das, wie alles Unvorhergesehene, für das Zeremonial ein Unglück war: Durch die geöffnete Tür des Gewächshauses kam ein allerliebster Wellensittich in den kleinen Kaffeeraum geflattert, tummelte sich dort ein wenig und ließ sich nun auf dem ihm so vertrauten Turban der Majestät nieder. Der Kaiser, dieser Liebling der Frauen, der Kinder und der Tiere, verleugnete seinen kleinen gefiederten Freund keineswegs. Er, der sonst nur Ehren auszuteilen hatte, fühlte sich durch einen kleinen Vogel geehrt, und am liebsten hätte er den entsetzt herbeieilenden Oberpapageienwärter unverrichteterdinge wieder fortgeschickt, wenn er sich nicht rechtzeitig des mit seinen engsten Beratern zu führenden Gespräches erinnert und deswegen seine langen, schmalen Hände auf eine Weise bewegt hätte, die alle Würden des Serails wie Kaffeeköche, Tabak- und Papageienbewahrer plötzlich wie weggeblasener Staub verschwinden ließ. Denn Stoff zur unrechten Stunde am unrechten Platz war eben Staub, den ein Padischah gegebenen Falles mit seinen Fingern fortschnippte.

Ob freilich die Männer des höchsten Vertrauens den kleinen, frechen Sittich würden verschmerzen lassen – dessen war sich Sultan Ahmed durchaus nicht gewiß. Aber dieser liebenswürdige Lebenskünstler in den Fünfzigern war höflich genug, derartige Befürchtungen nur mit leichten Seufzern anzudeuten, die allein sein Kislar ganz richtig einzuschätzen vermochte. Beschir war dem Sultan bereits in dessen Prinzenzeit zugeteilt und dann nach erfolgreicher Laufbahn abgesetzt worden; nach vierjähriger ehrenvoller Verbannung wurde er schließlich in höherer Gunst als zuvor an die Spitze des Hauses der Glückseligkeit berufen. Er war der einzige Bartlose unter den vieren, aber insgeheim empfand er den dadurch angedeuteten Mangel als Ursache einer Stärke gegenüber den ihren Trieben ausgelieferten unverkürzten Männchen. In diesem Augenblick sah er weder seines Gebieters schwarzrötlichen Bart, der nichts von den nahenden Sechzig verriet, noch den langwallenden weißen, auf den Abdullah so stolz war. Abdullahs Bart war eben ein Muftibart, wie der andere der eines Kaisers. Aber keinen der beiden anderen, sondern den goldblonden des Wesirs brachte gerade ein Sonnenstrahl zum Leuchten. Plötzlich empfand Beschir aus seiner stets wachen Ironie heraus eine kleine Genugtuung darüber, daß er sich in richtiger Erwägung der Machtverhältnisse dem Günstling nie versagt habe und von ihm dabei nicht nur dessen Klugheit und gewinnendes Wesen, sondern sogar der Goldbart, den Fatime Sultana so liebte, als ein wesentlicher Machtfaktor zugunsten Ibrahim Paschas einbezogen worden sei. Dieser Gedanke war wie der Abschluß einer Rechnung, ohne daß über die Eröffnung der neuen schon eine Entschließung erfolgt wäre.

«Nie könnte ich so vermessen sein», hörte er den Großwesir sagen, «mich der erhabenen Weisheit meines Padischahs zu verschließen. Das Reich braucht Frieden ...»

Dieser Meinung war der Kislar auch einmal gewesen – allerdings vor dreizehn Jahren und noch eine Weile später. Immer hatte er es ehrlich anerkannt, daß Ibrahim Pascha nach der damaligen Katastrophe sich der einzig möglichen Politik zugewandt und sie unter Ausnutzung der vielen außenpolitischen Schwierigkeiten Österreichs überlegen durchgeführt habe. Inzwischen freilich hätte Ibrahim sie längst überprüfen müssen, und es sei klar, warum er es nicht getan habe. Der Sultan wolle nun einmal den Frieden, nichts als den Frieden, ohne zu begreifen, daß eine Politik, wie die Türkei sie jetzt immer noch führe, zum Krieg geradezu herausfordere und daß ein neuer Angriff, der die Pforte ungerüstet träfe, sie zu Ungarn und Serbien noch den ganzen Balkan verlieren ließe. Die Türkei würde weggefegt werden, und was von ihr etwa noch übrigbleiben sollte, könnte von Asien aus zusehen, wie sich der Kaiser in Wien mit dem Zaren in Petersburg um Konstantinopel raufen würde.

Klar und ohne Beschönigung sah der Kislar die Lage.

Ibrahim sah sie ebenso. Aber er wußte auch, daß ihm die Ungnade gewiß sei, wenn er seinem kaiserlichen Schwiegervater nur von der ganz entfernten Möglichkeit eines Krieges spräche. Sei es nicht beinahe schon soweit gewesen, als er dem Heer mit der heiligen Fahne zugezogen war? Und der Umstand, daß die Antwort der Janitscharen ihm recht gegeben habe, stärke seine Stellung keineswegs. Sobald werde es der Padischah nicht verwinden, daß er habe nachgeben müssen. Infolge seiner Unfähigkeit, in die Verzahnungen der Politik einzudringen, geschweige denn die politische Maschine zu überschauen und neuen Bedürfnissen anzupassen, war bei dem Erben der höchsten Macht der an sich richtige Friedensgedanke zu einer gefährlichen Marotte geworden, die ihn, den Großwesir, vor die Frage zwinge: entweder eine dilettantische Politik zu treiben oder auf die Macht zu verzichten.

Im Grunde deckten sich Ibrahims Ansichten so ziemlich mit denen des Kislar Aga; aber während Beschir bereit war, jede Gefahr auf sich zu nehmen, führten den Großwesir seine Überzeugungen nur bis zu der Frage, wie er sich behaupten könne. Wann aber hatte ein Großwesir schon einmal die Macht, die süße Macht, aufgegeben? Fast alle hatten gewartet, bis ihnen das Siegel abverlangt worden war, und dann den Weg in die Verbannung angetreten oder ins Gewahrsam des Bostandschibaschi, das sie selten anders als auf einer Bahre mit den Füßen voran verlassen hatten.

Aus dieser letzten Möglichkeit machte Ibrahim, wenn seine Gedanken sie überhaupt streiften, sich allerdings nicht viel. Das Bild seiner kaiserlichen Gattin war stärker. Fatime Sultana war Ahmeds Lieblingstochter und zudem mit den beiden jüngsten Gemahlinnen ihres Vaters befreundet, die der in Purpur Geborenen weit williger folgten als dem Gatten und Herrn. Auf diese Weise hatte der Padischah ein wenig Angst vor seiner Tochter, gerade so viel, daß Ibrahim keine vor dem Bostandschi hatte. Nicht weniger schlimm würde es allerdings für den Großwesir sein, als Entmachteter und Verschonter bei seiner Frau eintreten zu müssen ... nein, dachte er, dann lieber eine falsche Politik. Für die nächsten Jahre ließe sie sich noch halten.

«Mein Padischah!» sagte er, «deine Majestät kann beruhigt sein. Darf ich daran erinnern, daß Graf Tököly, der ungarische Aufständische und einst Verbündete deiner Hohen Pforte, nach Kleinasien verwiesen wurde und daß dem Siebenbürgener Fürsten Rakoczy, von dem Gleiches zu sagen wäre, mitsamt seinem Hofstaat und den bei ihm beglaubigten Gesandten Rodosto am Marmarameer als Wohnsitz angewiesen wurde? Ich freue mich, sagen zu dürfen, daß der Wiener Gesandte von Talmann darüber seine Befriedigung ausdrückte. In der Tat, wir gestatten unsern Asylempfängern keine Umtriebe gegen das Haus Habsburg. Man war nämlich in Wien schon sehr besorgt gewesen, als der General Graf Bonneval, der unseren Verlust bei Peterwardein nicht minder als Prinz Eugen verursachte, dienstebötig in unser Land kam. Aber wir haben den General in Bosnien festgehalten und von seinen Anerbietungen keinen Gebrauch gemacht, auch dann nicht, als er, von Allah erleuchtet, die Beschneidung erlangte und sich damit bedingungslos in die Untertänigkeit deiner Majestät begab.»

«Du hast recht getan, mein Ibrahim!» sagte die Majestät mit einer Naivität, deren der Kislar sich schämte, weil es zu seinem Bedauern der Gebieter selbst nicht tat. «Seht, ihr Herren, das ist der Weg des Friedens», fuhr der Padischah selbstgefällig fort. «Wie könnte der Karl von Böhmen» – selbst in diesem Kreise konnte er sich nicht entschließen, von einem deutschen oder römischen Kaiser zu sprechen –, «wie könnte er nach solchen Beweisen von Friedfertigkeit und Freundschaft uns je wieder mit Krieg überziehen? Ihm fehlte ja jede Begründung!»

Und dennoch, dachte der Kislar, könne sich gegen den Willen eines solchen Mannes wie Ahmed, dessen Unfähigkeit er selbst doch am besten kenne, ein noch so fähiger Großwesir nicht eine Stunde im Amte halten. Zwei Zeilen von dieser schwächlichen Hand – und das Siegel des Reiches sei einem andern gegeben.

Beschir kannte seinen Padischah von dessen Kindheit an. Über dreißig Jahre hatte er mit ihm in persönlichem Verkehr gestanden, zuerst als ein einem Prinzen zugeteilter Eunuch, später als Chasineder, Schatzmeister des Harems, und schließlich als Kislar Aga. Auf seinen Armen hatte er dem Herrn dessen neugeborene Kinder zugetragen, menschliche Bindungen waren entstanden, von denen sich loszusagen schwerfiel, und daß der türkische Staat so und nicht anders geartet sein müsse, wie er es war, hatte Beschir Jahrzehnte über Jahrzehnte seines Lebens niemals bezweifelt. Erst ganz allmählich hatte sich ihm die Überlegung aufgedrängt, daß die Vorteile der Herrschaft des einen, das Zusammenfassen aller Kräfte in einer Hand, sich nur in den ersten Jahrhunderten des Reiches habe auswirken können, solange nämlich das Herrschgenie in der Familie Osman geradezu erblich gewesen sei. Damals freilich habe jeder anerkannte Padischah mit Ausnahme des zweiten Bajesid seine Macht bis zum Tode behauptet, und nur der erste Murad sei nach seinem Sieg auf dem Amselfelde von einem Ungläubigen, einem serbischen Edelmann, ermordet worden. Das sei inzwischen anders geworden. Längst habe man – die Janitscharen voran! – jede Scheu verloren, sich am geheiligten Leben eines Padischah zu vergreifen, und aus einer Absetzung mache man sich überhaupt nichts mehr. Es war für Beschir nicht einfach gewesen, sich zu der Überzeugung durchzuringen: alles, was jetzt gewohnheitsmäßig geschehe und was der Mensch einer früheren Zeit als ungeheuerlich bezeichnet hätte, stelle im Grunde nur eine neue Gesetzmäßigkeit dar, eine Befreiung aus Ausweglosigkeiten, die durch das Versagen jeweils eines einzigen Menschen entstanden seien und nur durch die Beseitigung dieses einzelnen behoben werden können.

Es war für Beschir nicht leicht gewesen, zu einer derartigen Überzeugung zu gelangen. Aber jetzt hatte er sie.

Besonders in den letzten Tagen waren Beschirs Gedanken immer wieder mit der Frage beschäftigt gewesen: ob die Türkei, die doch keine gesetzliche Ungleichheit wie das Abendland kenne, sondern nur die Gleichheit aller vor dem Koran, trotzdem oder deswegen eine Alleinherrschaft habe und haben müsse?

Indessen verbreitete sich Ibrahim Pascha über die Mittel, den persischen Wirren ein Ende zu bereiten, über Mittel, von denen er genau wußte, wie ungeeignet sie waren. Und doch werde der Großwesir erwarten, dachte Beschir, daß sie, der Mufti und er, Beschir selbst, auch fernerhin diese Afterpolitik unterstützen würden, der Mufti mit seiner Geistlichkeit bei der Truppe – er selbst beim Padischah.

Allerdings war Ahmed durch Ibrahims elegante und gefällige Phrasen bereits überzeugt; aber die Bestätigung durch seinen Kislar vermißte er, weil er ihn für klug hielt, nur ungern. Auch war er dieser Bestätigung von vornherein sicher. Ohne sich darüber klar zu sein, empfand er sie als ein angenehmes Beruhigungsmittel, was dazusein habe, wenn es ihn danach verlange. Er war Kaiser, und infolgedessen kam er gar nicht auf den Gedanken, daß er im Begriff sei, seine Macht – und vielleicht sein Leben! – gegen das Leben eines Eunuchen einzusetzen, der bereit war, für das, wofür er gelebt hatte, auch zu sterben: für das Osmanische Reich. Mit der Familiarität so langer Jahre und einer Herablassung, die zugleich warb, wandte er sich an Beschir.

«Ist er nicht großartig, unser Ibrahim?» fragte er. «Sagen Sie selbst, Beschir. Sie gehören zu meinen Intimsten, und ich will auch Ihre Meinung hören.»

Trotz dieser saloppen Art seines Herrn verneigte Beschir sich sehr tief.

«Befehlen Euer allerhöchste Majestät meine ehrliche und ganz aufrichtige Meinung?»

Etwas unangenehm berührt war der Sultan. Wisse der Kislar denn nicht, daß ein Befehl der Majestät unabänderlich sei? Warum also die Frage? Ahmed richtete sich auf, wodurch er das Gefühl seiner eigenen Erhabenheit wiedergewann.

«Ich befahl es bereits», sagte er trocken. «Ihre Meinung will ich hören, Ihre ungeschminkte Meinung.»

Beschir erhob sich aus seiner Verneigung. Bei den unwissenden kleinen Leuten, deren Leben so fernab vom Serail verlief, daß sie um so mehr von ihm sprachen, je weniger sie von ihm wußten, hatte sich unausrottbar die Meinung von der Dicke der Eunuchen festgesetzt. Tatsächlich hatte es auch solche gegeben, wie Kaiser Solimans berühmten Großwesir Suleiman. Die Verfahren bei einer Verschneidung waren jedoch mannigfaltiger Art, und wenn sie auch alle die Zeugungsfähigkeit beseitigten, so waren ihre anderen Wirkungen doch sehr verschieden. Jedenfalls ähnelte Beschir mehr dem hageren Narses, Justinians großem Feldherrn, der auch ein Eunuch gewesen war.

Einen andern als Beschir hätte man einen Greis genannt. Bekrönt vom grünen Turban des Mekkapilgers stand er, Beschir, in seinem gelben Kaftan mit dem weißen Gürtel seiner Würde wie eine schlanke Säule dunkel vor dem heiteren Licht des vielfarbigen Fensters.

«Mein Padischah», begann er, «ich gehorche einem Edlen Befehl Euer Majestät mit dem untertänigen Geständnis, daß ich der erhabenen Weisheit Seiner Hoheit des Großwesirs nicht ganz zu folgen vermag.»

Ahmed runzelte die Brauen, und es bedeutete alles andere als Billigung, daß er seinem Kislar das ihm gebührende Prädikat gab.

«Und ich, Exzellenz», meinte er, «verstehe nun wieder Sie nicht recht. Die schändlichen Zettel, die in den Moscheen abgeworfen wurden, besagen gar nichts. Die Stimmung der Truppen ist, wie man versichert, ausgezeichnet. Sie haben doch selbst den Vortrag des Kiaja gehört, und Seine Heiligkeit bestätigte dessen Ausführungen. Wer aber sollte es besser wissen als der Scheich des Islams? Meinen Sie nicht auch?»

Das war ein milder Tadel, aber ein Tadel. Das Mißliche war nur, daß Beschir es tatsächlich besser wußte als Abdullah und sogar als Ibrahim, von Seiner Majestät gar nicht erst zu reden. Zu lange hatte er des Padischahs Familienkreis angehört, als daß er nicht im ersten Augenblick die Blinden beinahe gewarnt hätte. Aber rechtzeitig bemerkte er noch den verhaltenen Zorn des Sultans, Abdullahs hämisch verkniffenen Mund und Ibrahims mildes Erstaunen, mit dem er den bisherigen Verbündeten bereits abschrieb. Beschir hielt inne. Man würde ihm ja doch nicht glauben, versuchte er vergebens sich zu überreden; aber in Wirklichkeit behielt er sein Geheimnis als das letzte Mittel für sich, um den bestehenden Zustand notfalls in einen ihm genehmeren zu verwandeln. Sein Schweigen war ein Verrat, und er war zu klug, es nicht zu wissen; er aber schob die Verantwortung den andern zu, von deren Verhalten er das seinige abhängig machte.

Der Mufti zögerte denn auch keineswegs, die Lage völlig zu verkennen.

«Zweifeln Sie an meinen Worten?» fragte er in einem barschen und groben Ton, der ganz gewiß einem empfindsamen Eunuchen, einem Hüter der guten Formen, gegenüber nicht am Platze war. «Halten Sie mich für einen Esel?»

«Ich halte Sie für eine Heiligkeit», sagte Beschir mit einer leicht herablassenden, flüchtigen Verneigung. «Oder sind Sie etwa anderer Meinung?»

Vorerst hatte der Kislar damit wieder ein wenig Fuß gefaßt. An einem Wortgefecht wie dem der leichten Waffen des Kislars gegen die groben des Muftis hatte Sultan Ahmed immer seine Freude. Daß es einmal gegen ihn selbst gehen könne, brauchte er ja nicht zu fürchten.

«Was die Stimmung unter den Truppen anlangt», konnte der Kislar also fortfahren, «davon verstehe ich nicht das mindeste. Aber Ibrahim Pascha, Seine hochzuverehrende Hoheit, sprach von der Aussicht auf baldige Verhandlungen mit Tahmasipschah. Im Hinblick hierauf schiene es mir günstiger, das Heer stände nicht immer noch auf Kanonenschußweite von der Hauptstadt, sondern etwa bei Täbris – doch nein, das ging ja verloren», verbesserte er sich mit einer kleinen Bosheit, die den Sultan aufscheuchen sollte, «aber am Euphrat könnte das Heer stehen, ich schlage vor: bei Bagdad. Dann hätten wir wohl nicht nur Aussichten auf Verhandlungen, sondern vermutlich verhandelten wir dann schon aussichtsreich und bekämen nach dem Willen unseres erhabenen Herrn den Frieden.»

«Oder hätten den Krieg, den wirklichen Krieg! Sehen Sie das denn nicht ein, Aga?» Fast bettelte der tief enttäuschte Sultan, als er das fragte. Doch wenn Sultane bettelten, waren sie gefährlich. Beschir wußte das, und es hätte nicht der beschwörenden Blicke bedurft, die ihm der Großwesir als letzten Freundschaftsdienst zuwarf. Ganz klar war Beschir sich darüber, daß hinter Sultan Ahmeds Werben die Drohung einer Absetzung stehe oder gar die der seidenen Schnur.

Dennoch reizte er das Tier, er wollte es reizen.

«Und was ist das, was wir jetzt haben?» fragte er. «Drei unserer Städte in persischer Hand, ein Heerestransport genommen, eine osmanische Abteilung in die Flucht geschlagen. Das sieht fast wie Krieg aus.»

«Geplänkel unserer Grenzstatthalter, wie sie fast nie aufhören», fiel Ibrahim Pascha schnell ein. «Erst wenn das Heer auszieht, wird es ein Krieg.»

«Ich verbiete den Auszug!» rief der Sultan mit unkaiserlicher Heftigkeit. «Ich will nichts mehr davon hören. Nächstes Jahr werden wir sehen.»

Ich will nichts mehr davon hören, hatte der Kaiser gesagt. Es war eine Vermessenheit, über das, wovon der Kaiser nichts mehr hatte hören wollen, weiterzureden. Beschir hatte diese Vermessenheit, die, wenn nicht Selbstmord, so doch Vernichtung seiner Stellung und seines Ansehens war.

Ahmed konnte keinen Kislar Aga behalten, der anstatt, wie es seine Pflicht war, die Würde des Herrschers zu wahren, sich in so hohem Maße an ihr verging. Von keinem Vorgänger Beschirs, selbst von denen nicht, die durch allerhöchste Ungnade ihr Leben verloren hatten, war jemals etwas Ähnliches berichtet worden.

Aber Beschir konnte nicht zurück. Er allein wußte, daß dies Gespräch ein Gottesgericht war. Falls es mit seinem Tode enden sollte, hätte Allah gesprochen, das dem Menschen Beschir vorbestimmte Schicksal hätte sich erfüllt. – Eine andere Möglichkeit bestand ebenfalls. Der Nachfolger des Propheten konnte gerade durch den scheinbaren Wahnsinn seines sonst so gelassenen Kislars aus den eigenen, gefährlichen Wunschträumen geschreckt werden und die Wirklichkeit mit ihren Notwendigkeiten erkennen. Noch war es nicht zu spät.

Alles, was hier gesprochen wurde, war für Beschir das große Spiel um den Staat, dem er diente.

Wenn also keine von den beiden Möglichkeiten eintreffen sollte, blieb als dritte noch die, daß nicht nur Beschir sein Leben verlieren konnte …

II

«Mein Padischah», begann Beschir von neuem, und es schwang durch seine Worte eine Bewegung, wie Ahmed sie nie zuvor an seinem Kislar bemerkt hatte, «gestatten Euer Majestät mit die flehentliche Bitte, die persische Angele-

genheit und überhaupt jede Angelegenheit, die das Reich berührt, niemals nur von der Hohen Pforte Euer Majestät aus betrachten zu wollen, sondern sich stets erst über den Zwang zu unterrichten, dem die Gegenseite unterliegt. Was aber muß Tahmasipschah vor allem wollen? Den Eindruck der Stärke muß er erwecken wollen, zuerst bei seinen turkmanischen und indischen Bundesgenossen, die ihn auf seinen Thron zurückführten, und nicht weniger bei seinen Untertanen. Billige Eroberungen, wie wir sie ihm überließen, täuschen in einer Weise diese Stärke vor, daß es vielleicht später für uns schwer sein wird, das uns Entrissene zurückzugewinnen.»

«Ich schließe lieber Frieden mit Tahmasipschah, dem echten Schah und Erben des väterlichen Thrones, als mit einem afghanischen Thronräuber wie Eschref, den Allah verdamme», antwortete der Sultan.

«Mit Bewunderung neige ich mich vor der Weisheit unseres kaiserlichen Herrn. Für den Frieden ist die Herausgabe einiger erst kürzlich eroberter Städte ...»

Nicht einmal die Schicklichkeit, das Ende des Satzes abzuwarten, besaß Abdullah der Mufti.

«Es ziemt sich nicht», rief er, «auch nur einen Fußbreit Landes, das einmal den Rechtgläubigen gehörte, an Ungläubige abzutreten. Lies den Koran, Exzellenz.»

«Ich las ihn. Aber die Perser sind Moslemin wie wir selbst, Heiligkeit.»

«Ketzer sind sie, schiitische Ketzer! Sie glauben an Ali, aber nicht an die Rechtmäßigkeit der drei ersten Kalifen und damit nicht an das Kalifat unseres erhabenen Padischahs.»

«Mögen sie also nicht Irrende, sondern wie Euer Heiligkeit es sagen, Ungläubige und Verlorene sein», kam Beschir seinem Gegner entgegen. «Aber ich vernahm auch, daß es dem Padischah nach dem Fetwa unserer berühmtesten Gesetzeskundigen erlaubt sei, nicht aus Zwang, doch aus seinem eigenen, freien Willen im Namen des Allerbarmers Ungläubigen Landschaften oder Städte zu schenken, um den also mit Gnade Überhäuften die Güte Allahs erkennen zu lassen.»

Ibrahim konnte nicht umhin, die Eleganz zu bewundern, mit der Beschir den Einspruch des Muftis abtat. Wie es sich ein Mann Allahs wohl denke, fragte sich der Staatsmann, mit Persien allerhöchstem Befehl gemäß zum Frieden zu gelangen – ohne Rückgabe wenigstens eines Teiles des Raubes? Aber das sei eben das Schwierige mit diesen Leuten. Stets seien sie bereit, religiöse Thesen von sich zu geben, doch das Rezept, diese Thesen zu verwirklichen, liefere keiner von ihnen mit. Im übrigen war er mit der Entwicklung dieser Beratung im engsten Kreis nicht unzufrieden.

Zu Ende des letzten Großkriegs mit dem Reich hatte der Pascha den Sturz zweier seiner Vorgänger, Großwesire wie er selbst, mit großer Anteilnahme verfolgt, um dann, selbst in das Amt eingesetzt, genau dasselbe zu tun, was die beiden andern hätten tun müssen. Wäre er voreiliger gewesen, hätte er den Krieg verloren, wäre er gezwungen gewesen, den Frieden von Passarowitz zu schließen. Aber durch Abwartenkönnen war es ihm gelungen, nicht nur die Mißerfolge den Namen der beiden Vorgänger anzuhängen, sondern außerdem noch die Verantwortung für alle unvolkstümlichen Maßnahmen, die er bei Antritt seiner Regierung nicht hatte vermeiden können.

In einer ähnlichen Lage war er jetzt. Ihm konnte Beschirs Tollkühnheit nur lieb sein. Mochten alle Probleme aufgerollt und schonungslos beleuchtet werden – das würde den Sultan wohl abhalten, seinen Großwesir sobald wieder durch Unvernunft zu belästigen. Ibrahim kannte seinen kaiserlichen Freund genug, um zu wissen, daß dessen haremsselige Zufriedenheit auf lange, vielleicht auf immer, einer quälenden Unsicherheit weichen würde. Mit dieser Beratung ziehe die Sorge in die Sultangemächer. Aber nicht ihm, dem Großwesir, solle der Padischah das Mißvergnügen dieser Zukunfts- und Lebensangst zur Last legen, die jede seiner Freuden schon im Entstehen ersticken würde.

Wenn der Erhabene seines Freundes und Großwesirs gedenke, dann nur als des Mannes, der ihm alle Sorgen ferngehalten habe, während Beschir ... Unmerklich lächelte Ibrahim. Mögen sich der Mufti und Beschir immerhin um Hals und Amt reden, ihm könne das nicht schaden. Im Gegenteil! Beschir sei kein Dummkopf, und seine Fähigkeit, das Wirkliche hinter dem Scheinbaren zu erkennen und mit unerbittlicher Klarheit bezwingend darzustellen, sei sehr vorteilhaft für denjenigen, der sich der Ergebnisse zu bemächtigen wisse. Ibrahims Lächeln wurde genießerisch. Er habe recht getan, empfand er, seine Herrschaft auf diese beiden Großwürdenträger zu stützen. Zwölf Jahre lang habe er Vorteile über Vorteile von ihnen empfangen, und jetzt, da es gelte, sich einer schwierigen Lage zu entreißen, entdecke er, daß sie auch noch als Opfer zu verbrauchen seien.

Und der Preis für alle diese schönen Dinge? Nichts. Nichts jedenfalls, was dem Großwesir weh getan hätte. Für des Muftis Söhne, Schwiegersöhne und Neffen waren es die Titel und Ämter der Oberstlandrichter von Rumili und Anatolien, von Europa und Asien gewesen und die ersten Richterstellen von Konstantinopel, Brusa und Adrianopel sowie einige Einsetzungen als Großimams an den vornehmsten Moscheen der Hauptstadt. – Es fragte sich allerdings, ob die Unzufriedenheit der anderen Ulema, die ihre Laufbahn dieserart vorbelastet sahen, so gering anzuschlagen sei; und wenn der Preis auch Ibrahim nicht weh tue – ob das gleiche vom Staat zu sagen sei, den Ibrahim vertrat? Hinzu kam noch, daß des Großwesirs Gefälligkeiten gegenüber dem Mufti nicht gar so dringend waren. Der Mufti brauchte den Großwesir, um sich in seinem Amt zu behaupten, nicht umgekehrt, er war keineswegs so unabhängig von Ibrahim wie der Kislar Aga. Nichts Schlimmeres hätte ein Großwesir begehen können, als sich in die Angelegenheiten des Serails und nun gar des Harems zu mischen! Gegen einen Kislar intrigieren? Einen Kislar angreifen? Die gesamte Weiblichkeit der kaiserlichen Paläste, von der kleinsten Rotznase bis zur erhabenen Kaisermutter, wäre gegen den Frechen aufgestanden, der sich dessen unterfangen hätte. Eine Macht wäre entfesselt worden, mit der es keine andere hätte aufnehmen können. Weil die Geschichten vom verrückten Schweden-Karl, dem zwölften seines Namens, auf eine Sultana Walide Eindruck gemacht hatten, war ein Großwesir, der dem unverschämten Flüchtling kühler gegenübergestanden hatte, weggeschickt worden. Schweden aber schuldete heute noch das Geld für seinen König.

Zur Zeit war Beschir Kislar Aga, und der hätte die Frage nach dem Machtgrad der Ulema, soweit sie nicht mit dem Mufti verwandt waren, beantworten können. Denn bei ihnen, den Zurückgesetzten, war der Grund zu suchen, warum Beschir über die Zuverlässigkeit der Truppen besser unterrichtet war als einer der drei andern. Daß Ibrahim diese Tatsache nicht ahnte, war gewiß kein Amtsverbrechen – es war nur die Folge von etwas weit Gefährlicherem, von seiner Überheblichkeit und seiner gänzlich unbegründeten Selbstsicherheit. Besser wäre es gewesen, er hätte sie nicht gehabt. Sonst würde er sich vielleicht doch die Frage vorgelegt haben, was er denn eigentlich Beschir für dessen Dienst bezahlt habe? Und die Antwort wäre gar nicht so leicht oder überaus leicht gewesen. Sie hätte nämlich lauten müssen ... nichts. Nichts hatte der Großwesir dem Kislar Aga Beschir für dessen Dienste bezahlen können. Nichts hatte Beschir gefordert, und nichts hatte er bekommen. Er hatte alles nur aus seiner eigenen Überzeugung getan, und das war freilich ein Zustand, der für Ibrahim sehr unangenehm werden konnte, nämlich dann, wenn Beschirs Überzeugung mit Ibrahims Wünschen nicht mehr übereinkäme.

Überzeugungen und Wünsche sind nicht immer dasselbe, und unter den gegenwärtigen Umständen konnte es sich als Fehler erweisen, daß der Großwesir die ihm von Beschir gewährte Hilfe, ohne weiter darüber nachzudenken, als ihm gebührenden Weihrauch, ihm geschuldete

Dienste hingenommen hatte. Diese Hilfe war etwas ganz anderes gewesen. Aber das verstand Ibrahim nicht. Auf Charakter war er nicht eingerichtet.

«Mit Freude bemerke ich», sagte der Wesir, «daß Exzellenz und ich mit unsern Anschauungen gar nicht so weit voneinander entfernt sind. Auch ich wäre bereit, Seiner Erhabenheit zu raten, durch das Geschenk – wie Sie es nannten, Exzellenz – einiger Landstriche den Frieden mit Persien wiederherzustellen. Aber wir dürfen doch nicht vergessen, daß wir an dem ...»

«Hoheit wollen doch nicht ‹Raub› sagen?» erkundigte sich Beschir.

«... daß wir nicht allein an dem Nießnutz der persischen Wirren beteiligt waren», vollendete Ibrahim mit Würde. «Wenn nun aber dem Zaren einfallen sollte, sich dessen zu bemächtigen, was unsererseits infolge großer Güte unseres Padischahs zurückgestellt werden sollte – was dann?»

«Ein Grund mehr, unser Heer auf dem Felde der Ereignisse zu haben», war Beschirs Antwort, «und nicht fernab allem Geschehen.»

«Was ihr auch sagt, und wie ihr es sagt – immer höre ich Krieg», warf sich der Sultan in den Kampf der Worte. «Aber jetzt seid ihr so weit gegangen, daß ich stets daran denken müßte. Lieber will ich alles hören.»

Obwohl Ibrahim das Recht und die Pflicht des Vortrags hatte, war dies der Augenblick, da er sich zurückzog. Mit einer Verneigung erteilte er Beschir das Wort.

«Sie hörten den Befehl Seiner Majestät», sagte er, und Beschir war nicht der Mensch, die Schlacht vor der Entscheidung abzubrechen. Seine Rede war mit Wirklichkeiten erfüllt, die so schwer abzuschütteln waren, daß man ihn ohne die bosporonische Toleranz schon allein um dieser Wahrheit willen hätte ersäufen müssen.

«Mein Padischah», begann er, «demütigst flehte ich, Euer Erhabenheit möge geruhen, die Dinge dieser Welt nicht nur von der Hohen Pforte des Islams aus betrachten zu wollen, sondern so, wie es Allah gefallen hat, sie sein zu lassen. Es war Allahs Wille, daß sich das Schwert des Islams in der Hand Euer Majestät erlauchter Ahnen unter den Völkern von Byzanz eine Gasse mähte und uns ihre Wohnsitze zum Erbe gab. Aber um das, was wir bekamen, zu behalten, mußten wir immer mehr Länder gewinnen. Es gelang auch bei allen Völkern des Balkans, aber an diesen Deutschen scheiterten wir. Wir schlugen sie in vielen Schlachten; das verdankten wir nicht nur unserer Stärke, sondern ebenso ihrer Uneinigkeit. Doch sobald wir ihre Hauptstadt Wien angriffen, liefen sie zusammen und verteidigten sie. Dann hatten wir nicht nur einen Krieg mit Österreich, mit dem König von Wien, den sie deutschen Kaiser nennen, dann hatten wir einen Reichskrieg aller Deutschen gegen uns. Und so haben wir heute weder Regensburg, Frankfurt, München, Köln, Bremen – wir haben nicht einmal Wien. Heute sitzt kein Pascha mehr einige Wegstunden von Wien in Neuhäusel, keiner in Ofen und nicht einmal mehr einer in Belgrad.»

Fast schien es, als könne der Kislar vor innerer Bewegung nicht weiterreden.

«Es hilft uns doch nicht, mein Padischah», rief er dann, «von dem, was ist, nicht zu sprechen! Es hilft uns schon gar nicht, Euer Erhabenheit beinahe schon als Titel den Namen eines ‹Unterdrückers der Neuerungen› zu geben! In der Vergangenheit, die gewiß nicht weniger fromm war, ging die Rede, daß ein türkischer Piade jede zu irgendeinem Zweck gebrauchte Maschine zuverlässig erfinden würde. In jenen Zeiten der Siege war man keineswegs gegen Neuerungen. Damals hatten wir eine türkische Schlachtordnung, die als unbesieglich galt. Leider haben wir sie heute noch, aber den Sieg verbürgt sie schon längst nicht mehr. Die Methoden des Abendlandes haben sie überflügelt. Sind diese Völker uns aber wirklich überlegen, Völker, bei denen selbst die Vornehmen sich nicht waschen, geschweige denn baden? Deren Atem uns bedrängt, wenn sie mit uns reden, deren üble Ausdünstungen unsere Stuben verpesten, wenn wir sie empfangen. Nach glücklichen Grenzplänkeleien waren unsere Basare oft so voll von Knaben und Mädchen aus Krain, der Steiermark und vom Semmering, daß man sie das Stück für ein Paar Stiefel kaufen konnte. Aber immer mußte man sie erst in den Bottich tun, ehe man sie der Gesellschaft Rechtgläubiger zumuten konnte.»

«Diese Ungläubigen sind dreckige Schweine – Allah verdamme sie insgesamt», betete Seine Heiligkeit, da ihm ein frommer Spruch erforderlich schien.

«Sind diese Völker, die sich so überheblich gebärden, nun glücklicher als wir?» fuhr Beschir fort. «Wir sind alle Sklaven des Padischahs und erfreuen uns seiner väterlichen Fürsorge. Bei den Abendländern hat, wenn man die Masse dieser Menschen ansieht, jeder einen andern Herrn, zumeist sind sie Sklaven des Bodens, den sie bebauen. Hunger ist ihr Lohn, Tränen sind ihr Los. Ein unmenschlicher Druck, der die Peitsche nicht schont, schindet aus ihnen und ihren Kindern das Letzte an Kraft. Das Land, das sie bebauen, ist nicht ihr Land. Der Staat, in dem sie leben, ist nicht ihr Staat. Die Kriege, in denen sie unter Stockprügeln kämpfen müssen, sind Kriege gegen sie selbst oder gehen sie nichts an. Warum fliehen sie nicht, wenn sie die dünne Herrenschicht schon nicht töten wollen? Gewiß, in den Grenzbezirken, zumal in den ungarischen, gibt es genug Leibeigene, die uns kennen und die entweder für sich selbst die milde türkische Haussklaverei vorziehen oder Frau und Töchter ihr überlassen, um mit dem Kaufpreis die drückendsten Steuern abzutragen. Aber sonst! – Mein Padischah! Wenn wir gegen ein Übel ankämpfen wollen, dürfen wir uns vor Erkenntnissen nicht fürchten. Auch wir haben unter uns Rechtgläubigen genug Unwissende und Dumme. Sie fühlen sich über alle andern Völker erhaben, was ihnen ein Trost ist, ohne daß es unsere Macht stärkt. Sie tun niemandem wohl und niemandem weh. Die Herren der Abendländer dagegen lassen die Macht der Dummheit nicht ungenutzt verkommen. Sie machen ihre Völker glauben, daß wir Türken gar keine richtigen Menschen seien, sondern daß uns Mund und Nase zu einem Rüssel zusammenwachsen. Rüsseltürken nennt man uns im Abendland vielerorts.»

«Das wagen sie?!» ergrimmte Ahmed. «Und was sagen sie von mir?»

«Es sind Unwissende, und sie wollen es sein. Sie sehen nie Euer Majestät Pracht und erhabenen Glanz. Und wenn sie alles gesehen hätten, würden sie es nicht gesehen haben wollen. – Unwissenheit und Dummheit sind eine Macht, eine furchtbare Macht, aber nur, wenn die Lüge sie in Haß verwandelt. Und dieser Haß umgibt uns, mit diesem unstillbaren Haß schirmt sich das Abendland, oder vielmehr dessen Nutznießer und Herren schirmen es gegen uns ab, immer in der Hoffnung, uns eines Tages vernichten zu können. Verträge? Sie halten sie nur, solange sie glauben, aus ihnen Nutzen zu ziehen. Die Gesetze der Menschlichkeit üben sie nicht einmal unter sich. Wie sollten sie uns gegenüber sie nicht verleugnen? Treu und gerecht ist nur der Tote, weil ihm die Macht fehlt, sich gegen Recht und Treue zu vergehen, die der Koran durch Allahs Gnade uns eingepflanzt hat. Er bedeutet gar nichts, wenn abendländische Gesandte dieses oder jenes von deiner Hohen Pforte erbitten, meist einen kleinen Krieg, der allein ihren Interessen dient. Sie bleiben das, was sie waren und sind: unsere Feinde. Sie würden alles versprechen; aber selbst wenn wir ihre Bitten gewährten – das ganz bestimmte Stück Papier würden sie uns trotzdem versagen: einen klaren und reinlichen Bündnisvertrag. Unsere Hilfe möchten sie schon haben, aber nie und nimmer mit uns verbündet gewesen sein. Sie hätten dann die Meinung aller Ungläubigen gegen sich. Wenn aber eine in Gold und Soldaten errechenbare Hilfe sie weniger wertvoll dünkt als die europäische Meinung, so muß diese Meinung wohl eine sehr große Macht darstellen. Und wenn das bezweifelt werden sollte, schlage ich vor, die Reichsarchive zu öffnen. – Seit Soliman dem Großen und Franz I. von Frankreich sind wir gewohnt, Frankreich als ein verbündetes Land zu betrachten, und tatsächlich haben wir diesem Lande schon große Dienste geleistet. Dennoch wird sich nicht ein einziger Bündnisvertrag vorfinden. Ich behaupte, daß sich daran nichts geändert hat, und wenn Seine Hoheit der Großwesir unserm Pariser Botschafter befehlen würde, dem Wesir des Königs Ludwigs XV. einen Bündnisvertrag vorzuschlagen, würde der hohe Herr sicher sehr gewinnend von alter Freundschaft plaudern, aber niemals in einen Vertrag mit uns willigen. Wir sind allein, Padischah. Warum aber ist es so? Etwa wegen der Religion? Warum sollte sie? Der Sohn der Maria, Jesus, gehört auch zu unsern Propheten, und wir feiern sein Fest. Mohammeds Befehl gemäß achten wir in Christen und Juden als Kindern des Buches unsere Religionsverwandten. Zwischen Bibel und Koran gäbe es genug Brücken, die von Ufer zu Ufer führten. Es ist etwas anderes, was uns trennt. – Die Abendländer haben eine einzige Bibel, aber vielerlei Recht. Die Fürsten haben ihr eigenes Recht, die Geistlichkeit ein anderes und ebenso die Leute, die sie ihren Adel nennen. Sah jemand schon bei ihnen einen Feldherrn, der nicht fürstlich, oder einen Offizier, der nicht adelig gewesen wäre? Doch auch die Bürger haben bei ihnen ein Recht – nur das Volk, das zuletzt alle ernährt und alle Lasten trägt, hat überhaupt kein Recht. Warum sollten die Regierenden daran etwas ändern wollen? Diese Könige, Fürsten und Grafen, diese Bischöfe und Großkaufleute bangen um ihre Völker, daß sie etwas von uns erfahren könnten. Wir sind nun einmal eine andere Welt. Alle sind wir Sklaven des Padischahs, also gleichen Rechtes, desselben, dem auch unser Padischah sich beugt. Wir haben nur ein einziges Recht, das Recht des Korans, den Allah durch seinen Propheten den Menschen als Richtschnur verlieh – bis in alle Ewigkeit.» Beschir kniete vor Ahmed nieder und verbeugte sich bis zur Erde. «Amin», sagte er.

«Amin», wiederholten die andern, womit sie keineswegs Beschir ihre Zustimmung, wohl aber dem Koran ihre Ehrfurcht bezeigen wollten. Beschir jedoch wartete umsonst auf seine Verabschiedung.

«Das alles geht dich an, Ibrahim», sagte der Sultan, dem das Nargileh ausgegangen war, «antworte ihm und frage ihn – ganz wie du willst.»

Des Großwesirs Verbeugung hob sich wesentlich von dem hastigen und familiären Ton des Sultans ab.

«Auf Befehl Euer Majestät», erklärte er, «werde ich versuchen, der – erstaunlichen Ausführungen Herr zu werden, die wir soeben vernahmen. Soweit sie allerdings die Religion betreffen, gehören sie in die Kompetenz Seiner Heiligkeit, in die ich nicht eingreifen darf.»

Das klang sehr höflich, aber einen großen Gefallen tat er dem Mufti damit nicht. Es war klar, daß die ketzerischen Äußerungen des Kislars auf religiösem Gebiet lagen; doch vor einer Diskussion mit dem Kislar fürchtete sich der Mufti. Möge Allah gnädig sein, dachte er, und glücklicherweise habe ja auch der Wesir das erste Wort.

«Exzellenz wollen begreifen», wandte sich Ibrahim an Beschir, «daß bei Ihren so ganz neuen Darlegungen das Wichtigste fehlt: die Folgerungen, die Nutzanwendungen, die Exzellenz daraus gezogen wissen möchten.»

Beschir besann sich nicht lange. «Außer dem König von Wien», begann er, «den die Deutschen Kaiser nennen, haben wir keinen gefährlichen Feind ...»

«Unverständiger!» unterbrach ihn aber Ahmed. «Karl ist mein Freund. Willst du andere Freunde haben als ich?!»

«... keinen gefährlicheren Freund», verbesserte sich Beschir mit Gleichmut. Ihm kam es nur darauf an, vor dem Ende noch soviel wie möglich zu sagen, was sich in Ahmed festhaken könne. Jetzt wandte er sich an Ibrahim. «Ich habe mich stets zu der Friedens- und Freundschaftspolitik bekannt, die Hoheit vor zwölf Jahren einschlugen. Vor zwölf Jahren war sie die einzig mögliche. Es fragt sich nur, ob sie es heute noch ist. Der Gegensatz zwischen Frankreich und Österreich, der die Politik des Abendlandes beherrscht, besteht zu unserm Glück immer noch. Solange man also in Wien darauf erpicht ist, alle Königreiche und Länder, die Habsburg augenblicklich gehören, auch für die Zukunft behaupten zu wollen, wird man sich einen Angriff auf uns vorläufig noch nicht leisten. Die österreichischen Niederlande sind nur zu halten, wenn das Reich sich für sie einsetzt, aber für die Königreiche Neapel und Sizilien wird es mit Sicherheit keinen Mann marschieren lassen. Diese deutschen Fürsten und Kurfürsten sind nicht wie die Sandschak- und Beglerbeys Euer Majestät – sie tun, was sie gut dünkt.»

«Um so weniger haben wir von Wien zu fürchten», glaubte der Großwesir vorstellen zu sollen.

«Um so mehr haben wir von Wien zu fürchten», war aber Beschirs Meinung, «denn diese Unsicherheit der Reichshilfe zwingt es, seine eigene Macht zu stärken, was nur durch Angriff erfolgen kann. – Hoheit sollten sich jeden Schritt des Prinzen Eugen von Savoyen merken. Er verdient es. Er ist nicht allein seines Herrschers erster Feldherr und vielleicht überhaupt der größte lebende Feldherr, er ist auch trotz aller Gegner, die ihm in Wien nicht fehlen, Österreichs erster und bester Wesir. Hoheit haben ja mit ihm als einem Hoheit Gleichgestellten Briefe gewechselt, und so kennen Sie ihn ein wenig. Nun wohl, es ist kein Geheimnis, und sogar unser Schahbender in Wien berichtet, daß Eugen nichts so eifrig anstrebt wie den Austausch der fern gelegenen Niederlande gegen das an Österreich grenzende Bayern, wozu der bayerische Kurfürst nicht übel Lust zeigt. Man kann sicher sein, daß dem Prinzen Eugen an Neapel und Sizilien weit weniger gelegen ist als an Ländern, die dem österreichischen Machtzentrum näher liegen und sich mit ihm unmittelbar verschmelzen lassen. – Wir kennen diese Gebiete sehr genau. Es sind dies die Wohnsitze der Rechtgläubigen, über die der Gebetsruf der Muezzin den Ruhm Allahs verkündet, es sind in erster Linie die Königreiche und Länder, die Euer Erhabenheit in Europa besitzen – noch besitzen ...»

«Unverschämter!» schrie der Mufti, und auch der Sultan war bleich, doch nur ein Säbelhieb ins Hirn hätte Beschir aufhalten können.

«... es ist der Balkan, der ganze Balkan», fuhr er fort, «in den Eugen nur einzutreten braucht. Die Tür steht offen. Belgrad ist die Tür. Mit seinen Siegen bei Peterwardein und Belgrad und mit dem Frieden von Passarowitz hat er sie aufgestoßen.»

Sultan Ahmed vergaß sich so weit, zu schreien – Schreie auszustoßen wie ein gewöhnlicher Mensch.

«Ich will keinen Krieg», schrie er, «ich will nicht!»

Beschir kannte den Sultan und setzte ihm, wie schon oft, nichts als Gelassenheit entgegen.

«Es ist gar nicht nötig, den Krieg zu wollen», sagte er, «der Krieg wird ganz von selbst zu Euer Erhabenheit kommen, und zwar dann, wenn Eugen es an der Zeit findet. Ich halte nur diese eine Politik für die richtige, die das Osmanische Reich auf diesen Tag vorbereitet. Bei der letzten Katastrophe hatten wir noch das Glück, daß es bei den Ungläubigen die vielen unruhigen Köpfe gibt, wie die Elisabeth Farnese von Spanien mit ihrem Kardinal Alberoni, wie Karl von Schweden, den wir von Bender her kennen, wie Peter von Rußland, August den Starken von Sachsen und Polen, seinen Gegner Stanislaus Leszczinsky und die vielen andern, die alle Österreich zwangen, seine Kräfte zusammenzuhalten. Immer können wir nicht darauf zählen, und auf ein Eingreifen zu unsern Gunsten haben wir – worauf untertänigst hinzuweisen ich mir schon erlaubte – nicht zu rechnen. Darum halte ich es unter anderem für falsch, einen berühmten General wie den Grafen Bonneval, durch die Gnade Allahs jetzt Ahmed, dem Osmanischen Reich nicht die Dienste leisten zu lassen, die er zu leisten erbötig ist und zu leisten vermag. Er ist der einzige, den die Ungläubigen dem Prinzen Eugen als Feldherrn an die Seite stellen, und ich erwähne ihn, weil ihn Seine Hoheit der Großwesir erwähnte und weil dies zeigt, wie sehr ich seiner Politik abgeneigt sein muß.»

«Also auch meiner Politik?» fragte der Sultan.

Mufti und Großwesir hielten den Atem an. Keiner von beiden zweifelte, daß dies für Beschir das Ende sei. Doch der Kislar sah keinen von beiden, sondern nur Sultan Ahmed, mit dem ihn so viele Jahre seines Lebens verbanden, und was er erblickte, waren Falten des Kummers, sonst so fremd diesem Gesicht eines Genießers. – Dennoch sprach Beschir das Unwiderrufliche aus: «Ja, Padischah», sagte Beschir, «auch deiner Politik bin ich abgeneigt.»

Das für Ibrahim und Abdullah so Unerwartete geschah wirklich! Der Padischah äußerte nur, daß der Harem des Kislar Aga bedürfe, und befreite damit seine erlauchte Gegenwart von dem Flecken Beschir. Mit auf der Brust gekreuzten Armen hatte sich der Eunuch rückwärts schreitend entfernt.

Doch Beschir kannte alle Arten einer endgültigen Entfernung. Es kamen noch Türen, und hinter jeder waren Bostandschi, die ihn zu ihrem Baschi führen konnten, dem Befehlshaber aller Garten- und Palastwachen und Vollstrecker kaiserlicher Machtsprüche innerhalb des Serails. Die scharlachfarbenen Kämmerer waren schon etwas freizügiger, walteten deswegen aber nicht weniger gefährlich.

Alles war dann auch so, wie man es erwarten konnte, und dennoch geschah ... nichts. Die Bostandschi erwiesen ihm die Ehrenbezeigungen wie stets, die Kämmerer und die andern Würdenträger zeigten ihm, der so viel höher stand als sie, ihre dienstwillig gebeugten Rücken. Zwei Eunuchen seiner Begleitung griffen ihm ehrfurchtsvoll unter die Achseln und geleiteten ihn auf die riesige weiße Treppe hinaus, die zum Wasser führte.

Und dort lag auch schon das goldinkrustierte Boot.

Vielleicht würde es dort geschehen – im Boot? Die kaiserlichen Lustfahrzeuge gehörten zum Machtbereich des Bostandschibaschi. Bostandschi waren die Ruderer, der Bootsführer einer ihrer Offiziere. Aber der gab nur sein Kommando, die Riemen flogen hoch und stießen mit einem einzigen Krach auf die Planken. Das war tadellos präsentiert. Seine Hohe Exzellenz konnte sich nicht beschweren.

Und dann saß der Präfekt des Harems, der Kurator zweier heiliger Städte und aller kaiserlichen Moscheen, unter dem Baldachin, er allein, während seine Begleitung sich minderer Plätze bedienen mußte. Neue Kommandos, neue Geräusche. Die Riemen schäumten das Wasser, das es sich willig gefallen ließ und in anmutigen Wellen an den Borden vorbeiglitt.

Pfeilgrad ging es zum Neuen Serail, zum Goldenen Horn, zur siebenhügeligen, kuppelbekrönten Stadt.

War es ein Abschied? Sah er das alles zum letztenmal?

Nichts wußte Beschir; nicht einmal das: ob er Freiheit und Leben zu verlieren nicht dem vorziehen solle, was ihm obliegen würde, wenn er Freiheit und Leben behielte.

Ibrahim war erschöpft. Er kämpfte um die ihm entgleitende Macht.

«Ich will nicht», sagte Ahmed. «Ich habe ihn einmal verbannt, und es hat mich gereut.»

«Mein Padischah, es handelt sich doch nicht um Verbannung. Seine Heiligkeit ist bereit, das Fetwa zu geben, wonach ein Untertan, der sich dem Kalifen widersetzt, sein Leben verwirkt hat.»

«Es ist mein kaiserlicher Wille nicht», erklärte Ahmed und wurde zwecks besseren Nachdruckes förmlich, um dann noch eine direkte Drohung hinzuzufügen: «Hüte dich, ihn anzurühren, sage ich dir!»

«Aber er ist ein gefährlicher Mensch!» rief Ibrahim in seiner Verzweiflung.

Wie von einer höheren Macht berührt, glätteten sich plötzlich Sultan Ahmeds Züge, es war, als löse er sich auf, und seine Stimme klang fast weise.

«Mein Ibrahim», sagte er, «Allah ist allwissend. Aber ich und du? Was sind wir? Vielleicht sind wir gefährlicher als er.»

Ibrahim seufzte. Doch morgen sei auch noch ein Tag,

tröstete er sich, und seine Frau, Fatime Sultana, sei Ahmeds Liebling.

Und dann ... sei zwischen heute und morgen eine Nacht.

III

Die Amtsentsetzungen regelten die Verwaltung im Osmanischen Reich, und so waren sie mit der zunehmenden Korruption ebenfalls häufiger geworden. Was aber der Grund im einzelnen auch sein mochte – und zuweilen war es nur der, daß der Inhaber eines Amtes einem Begünstigteren Platz machen möge –, so waren Sinn und Ziel der Absetzungen doch immer Beschränkung der Willkür. Solange ein Amtsträger nur sein Leben behielt, brauchte bei einer Enthebung – außer bei einem abgesetzten Padischah – die Laufbahn des Entlassenen noch lange nicht abgeschlossen zu sein.

Die Folgen und Formen der Absetzungen waren sehr verschieden. Man konnte freilich Kopf und Vermögen dabei verlieren, und das um so leichter, je größer das Vermögen und damit das Köpfen lohnender war. Denn das Vermögen verfiel selbstverständlich dem Schatz. Man konnte aber auch ein Hofamt mit dem eines Generalstatthalters vertauschen müssen oder, wenn es schlimmer kam, nur einfach verbannt und mit einer leidlichen Pension in die Provinz verwiesen werden.

Schließlich gab es noch das ordnungsgemäße Aufhören einer Amtstätigkeit, das überhaupt keine eigentliche Entlassung war.

Richterstellen wurden grundsätzlich nur auf zwei Jahre besetzt, und wenn der Berat, das Diplom, nicht rechtzeitig erneuert wurde, trat der Stelleninhaber eben ab – zuweilen recht gern, nämlich dann, wenn er damit rechnen konnte, auf einen höheren Platz berufen zu werden. Aber auch ohne eine anschließende Beförderung konnte ein zur Ruhe Gesetzter fast in jedem Fall mit einer Rückberufung rechnen, meist in ein höheres Amt. Allerdings ließ man Männer, die der Ämter Macht und Einkommen geschmeckt hatten, nicht gern in Konstantinopel, wo sie nur so viele Gelegenheiten hatten, ihre Rückberufung durch Intrigen zu fördern. Dennoch gab es Fälle dieser Art. Der des abberufenen Richters von Konstantinopel, Sulali Hasan Efendi, war ein solcher.

«Exzellenz ...», sagte Sulali und kreuzte seine Arme über der Brust.

«Ich danke Ihnen, Hochwürden, daß Sie sich von den schönen Tulpen Ihres Meierhofes losgerissen haben und meiner Bitte, zu kommen, gefolgt sind. Wie steht es?»

«Nicht gut, wenn Exzellenz die Stimmung der Truppen in Skutari meinen. Ich fürchte sehr, daß man sich im Diwan unseres kaiserlichen Herrn völlig irrigen Vorstellungen hingibt.»

Sulalis Bedauern über den Ernst der Lage klang nicht sehr glaubhaft, und sein Partner schob den Kummer des geistlichen Herrn denn auch mit verständnisvollem Lächeln beiseite.

«Warum befürchten Sie? Warum bedauern Sie, Sulali Efendi?» fragte er, und so begann die Unterhaltung des ehemaligen Richters von Konstantinopel mit der hohen Exzellenz des Kislar Aga. Sie befanden sich in einem mäßig möblierten Raum, dessen kleine Öllampe die Einzelheit der Wandteppiche nicht mehr erkennen ließ. Trotz dieser und anderer Dürftigkeiten der Räume, über deren Zahl und Beschaffenheit sich kein Besucher zuverlässig Auskunft hätte verschaffen können, gehörte die Wohnung nicht nur einer Persönlichkeit wie Elhadsch Beschir – zuweilen bediente er sich ihrer sogar. – Der Öffentlichkeit entzog sich diese Tatsache freilich völlig.

Die Leute in Konstantinopel, denen der Klatsch über hochgestellte Persönlichkeiten Bedürfnis war, also die Mehrzahl aller Einwohner, wußten nur, daß der Kislar Aga außer seiner Dienstwohnung im kaiserlichen Harem noch einen eigenen Harem unterhalte. Man kannte auch sein mauernumschirmtes Landhaus an den süßen Gewässern, und niemand wunderte sich über diesen Harem. Einige andere Großeunuchen hatten ebenfalls welche. Von Beschir rühmte man obendrein mehr als eine kriegerische Tat, die er in seiner Verbannungszeit als Emirol hadsch, als Fürst der jährlichen Pilgerkarawane nach Mekka, im Kampf mit räuberischen Beduinenstämmen begangen habe. So und nicht ohne Grund stellte man sich jedenfalls die Muße einer Verbannung bei diesem hohen Eunuchen vor, nachdem er als Schatzmeister des Harems abgesetzt worden war. Auch jetzt noch verschmähte er die seinem Alter erlaubte Kutsche, und bei Staatsaufzügen konnte die verehrliche Öffentlichkeit ihn darum bewundern, wie er nicht gerade sanftes arabisches Vollblut mit sicherer Hand bezwang. Bei ihm wunderte man sich über gar nichts. Nicht einmal über geheimnisvolle Wohnungen hätte man sich gewundert, wenn man von ihnen gewußt hätte. Der Raum, in dem er mit Sulali verweilte, war ganz mit anderen Räumen, und die wieder waren mit dem Besestan, dem großen Basar, völlig undurchsichtig verschachtelt. Mannigfaltige Ein- und Ausgänge hatten sie, die ihr Aussehen nach einmaligem Gebrauch sofort so veränderten, daß es selbst für die allerdings mit großer Vorsicht eingeführten Besucher hoffnungslos gewesen wäre, sie wiederfinden zu wollen. Sulali war bei einem Silberschmied eingetreten, aber inzwischen gab es keinen Silberschmied mehr, und von der Kette der Personen, die den Richter geleitet hatten, kannte er seiner verbundenen Augen wegen keine einzige, keine einzige kannte ihn und niemand den ganzen Weg.

«Verbündete, die es sind oder werden wollen, sollten aufrichtig zueinander sein», meinte Beschir. «In jedem Fall sparen wir Zeit, und belügen können wir uns doch nicht. Ich habe Sie gerufen, und Sie sind gekommen. Das sagt alles.»

Auf dem Polster der Gerechtigkeit sah Sulali recht stattlich aus, wenn er jedoch stand, war er ein untersetzter

Mann von kaum Mittelgröße. Seine Beine waren etwas zu kurz geraten, und die immer gereckte Haltung, in der ihm nie eine Nachlässigkeit unterlief, ließ auf seinen Wunschtraum von einer hohen, eleganten Gestalt schließen. Intelligente Männer mit Sulalis Figur und seinen Träumen sind ehrgeizig. Sulali war ehrgeizig. Es gelang ihm auch, harmlosen oder an ihm nicht interessierten Menschen einen Eindruck von sich zu vermitteln, der durchaus nicht der Wirklichkeit entsprach. Die braunen, zusammenstehenden Augen strahlten in ganzen Garben Treuherzigkeit aus. Der Mund, dessen dünne Lippen der Bart verbarg, lächelte Wohlwollen – eigentlich war es mehr der Bart, der Wohlwollen lächelte. Das Verräterischste an ihm war seine Stirn. Sie hätte vor Verstand warnen können, wenn nicht die Art, wie er seine Brauen hochriß, ihn im nächsten Augenblick glücklicherweise schon wieder als einen Dümmling von Allerweltsbildung hätte erscheinen lassen. Für Janitscharen und solche Leute war er der richtige Mann.

Aber Beschir war kein Janitschar. Der Großwesir, dachte er, habe sich recht verhängnisvoll in Sulali geirrt. Der Ehrgeiz großer Talente und gar erfolgreicher könne beschwerlich werden – ein Kanalräumer, der sich in seinem Ehrgeiz, Oberkanalräumer zu werden, enttäuscht sehe, bedürfe, wenn er irgendwo Einfluß habe, beständiger Überwachung. Kanalräumer sei Sulali freilich nicht, aber auch kein überragendes Talent, dabei zu gescheit, um sich zu bescheiden.

«Besagen Ihr Rufen und mein Kommen wirklich alles?» fragte Sulali. «Eure hohe Exzellenz könnten mich prüfen wollen, ob ich noch immer ein zuverlässiger Sklave unseres erhabenen Padischahs sei, und ich ...» Sulali stockte.

«Und Sie», ergänzte Beschir, «könnten es vorteilhaft finden, eine gleiche Untersuchung in bezug auf mich anzustellen.» Sulali wagte ein leichtes Lachen. «Lassen Sie solche Erwägung, Efendi», fuhr der Kislar fort, «Ihre Anmerkung ist vielleicht ganz schlau, doch schlau genügt nicht. Um dies handelt es sich: Sie, Hochwürden, sind überzeugt, Ihr Amt als Erster Richter von Konstantinopel großartig, ja unübertrefflich verwaltet zu haben, und tatsächlich haben Sie sich auch nichts zuschulden kommen lassen. Unter diesen Umständen hätten Sie es bereits als unbefriedigend empfunden, wenn sich nichts weiter ereignet hätte, als daß Ihr an sich doch schon sehr hohes Amt Ihnen noch für einige Jahre überlassen und Sie nicht durch die erhoffte Beförderung aus einer hohen in die höchste Stellung berufen worden wären. Nun trat das ein, was Sie und viele Leute mit Ihnen nicht für möglich gehalten hätten. Sie wurden nicht nur nicht befördert, sondern Ihnen wurde auch noch die Stelle genommen, die Sie hatten. Und da Sie, Efendi, kein Mann sind, der so etwas untätig hinnimmt, und außerdem wissen ... Was wissen Sie, Efendi?»

«Solange Ibrahim Pascha regiert, habe ich keine Aussichten.»

«Und weiter?»

«Solange Sultan Ahmed Padischah ist, wird Ibrahim Pascha regieren.»

«Vortrefflich. Und darum?»

«Muß einer von beiden weg – am besten aber beide.»

«Ein Padischah – ein Großwesir ... Hochwürden lassen sich Ihre Beförderung etwas kosten.»

«Exzellenz kennen meine Gründe. Die Euer Exzellenz gehen mich nichts an.»

«Das ist eine Bescheidenheit, die ich lobe.»

Sulali verneigte sich dankend. «Immerhin möchte ich mich nicht unterschätzen», fuhr er fort, «ich bin zwar kein Feldherr, kein Turm in Euer Exzellenz Schach; aber ein Springer – das bin ich und kann, wenn sich die Lage so fügt, vielleicht die Schlacht entscheiden.»

«Zugegeben. Und dieser Springer glaubt Anspruch auf die Stellung eines Oberstlandrichters zu haben?»

«Halten Exzellenz das für anmaßend?»

«Durchaus nicht. Ich bin froh, daß Sie nicht Mufti werden wollen.»

«Es wäre noch nicht an der Zeit.»

«Ich sagte schon, daß Sie Verstand haben. Vom Padisch

haben Sie auch wirklich nichts zu erwarten. Warum es so ist? Ich kann es Ihnen nicht sagen. Eine der üblichen Verleumdungen vermutlich, von der ein Verleumdeter nie etwas erfährt, eine ungnädige Laune, die beibehalten werden muß. Nichts ist grausamer als das schlechte Gewissen. Kein Unrecht verzeiht der Mensch so schwer wie das, was er einem andern angetan hat. In der Folge muß der Geschädigte der Ruchloseste der Ruchlosen sein, weil der Angreifer auf diese Weise zu einem edlen und heiligen Instrument der göttlichen Gerechtigkeit wird.»

«Vom Padischah habe ich nichts zu erwarten», wiederholte Sulali mit einem Anflug von Resignation. «Und dann wundert man sich noch, Exzellenz, wenn ich …»

«Wer wundert sich denn? Ich doch nicht. Ich kann Sie nur brauchen, wenn die unumschränkte Macht sich vor Ihnen vernebelt. – Aber vielleicht versuchen Sie es noch einmal, sich ihr zu nähern?» belauerte Beschir den Efendi. «Sie wollen nicht?»

«Nein. Und Exzellenz wissen auch, daß ich es nicht mehr kann.»

«Dann müssen Sie stark bleiben, Hemmungen sind nicht am Platz. Geht es nicht mit der Spitze, dann vertraut man sich, um von ihr hochgetragen zu werden, der Quelle der Macht an. In unruhigen Zeiten geht das. Sehen Sie die Dinge nüchtern und ohne Theologie. Die Spitze der Machtpyramide ist nur ein gedachter Punkt. Ohne die Pyramide ist der Punkt nicht da. Und die Pyramide existiert nicht ohne ihre Basis.»

«Meinen Exzellenz etwa das Volk?»

«Wollen Sie es versuchen? Dann stellen Sie sich auf den Fleischmarkt und halten Sie eine Ansprache an das Volk. Sie denken natürlich nicht daran und haben recht. Selbst die Lehenstruppen, die doch Waffen hätten, sind keine Macht. Ohne die Zauberei der Einberufungsbefehle existieren sie nicht. Für sie ist eine Stambuler Truppenrevolte eine Familienstreiterei im Hause Osman. Die Quelle aller Macht sind die immer kriegsmäßig versammelten stehenden Truppen. Ich sage Ihnen das nicht, weil Sie es nicht wüßten, sondern weil ich euch verehrten Ulema beneide. Der kaiserliche Diwan braucht eure Fetwa, um zu regieren, und die kaiserlichen Truppen brauchen sie ebenfalls, um zu revoltieren. Ohne euch geht es nicht.»

«Falls die Geistlichkeit sich immer einig wäre», meinte Sulali.

«Zu unserem Glück seid ihr es nie», lächelte Beschir.

«Immerhin geruhen Exzellenz, mich in dem Eindruck zu bestärken, daß ich auf dem richtigen Wege sei.»

«Der Weg ist richtig, das Ziel – wenigstens Ihr Ziel, Efendi – wird von uns beiden bejaht; aber noch ist der Weg nicht zu Ende gegangen.»

«Und am Ende wartet der Tod», sagte Sulali. «Wir wissen nur nicht, auf wen.»

«Nicht auf Ahmed!» rief Beschir und erhob sich mit überraschender Hast. «Nicht auf den Padischah. Absetzung – ja. Aber nicht Tod. Sein und seiner Familie Leben darf nicht angetastet werden!»

Keine Theologie! sagte mir der alte Herr, dachte Sulali. Und ich müßte ihm jetzt sagen: Keine Sentimentalität, Exzellenz! Das dachte Sulali, aber er behielt es für sich, obwohl er die Schwierigkeit von Beschirs Forderung kannte. Außerdem war er auch mehr auf Wahrung des eigenen Lebens bedacht.

«Die Janitscharen sind unberechenbar», meinte er bedenklich, «und wenn es die Janitscharen nicht sind, dann sind es die Debedschi oder die Sipahi ...»

«... und wir haben in jedem Fall Sulali, dessen Einfluß bei den Truppen», sagte Beschir so, daß es zu einer Bedingung wurde, «und außerdem den seines Freundes Ispirisade Efendi.»

Ispirisade war der Scheich Imam der Aja Sophia, einst Prunkkathedrale Kaiser Justinians, jetzt trotz aller Neubauten Stambuls vornehmste Moschee. An sie und ihren Ersten Imam hatten sich die Janitscharen mit ihren Beschwerden gewandt. Sulali und Ispirisade waren auch tatsächlich befreundet; aber die beiden Herren hatten sich verabredet, ihr Bündnis zu verbergen, um notfalls die Fetwa zweier geistlicher Instanzen in die Waagschale legen zu können. Sulali war denn auch nicht wenig beunruhigt.

«Woher wissen Exzellenz ...?»

«Haben Sie gedacht, Sie seien mein einziger Gewährsmann?»

Ursprünglich hatte Sulali das wirklich gedacht; aber alle Anstalten, bis er hierhergekommen war, hatten ihn gelehrt, daß es ein Erfolg sei, wenn er sich diesem alten Herrn gegenüber behaupten könne. An ein Verhandeln von Macht zu Macht dachte er längst nicht mehr.

Sein Irrtum, den er gehegt hatte, war durchaus verzeihlich. Die Herren des Harems traten selten an die Öffentlichkeit und der Kislar Aga nur einmal im Jahr zur Feier der Geburt des Propheten. Das war sein Tag. Dann gab er dem Padischah und den Herren des Diwans ein Fest. Sonst wahrten die schwarzen, in Wirklichkeit meist bronzefarbenen Eunuchen auch in ihren eigenen Personen das Geheimnis des Harems, und besonders Beschir war unnahbar. Außer seinen eigenen Jahresfesten hatte er in den zwölf Jahren eines Kislaramtes nur ganz wenig andere Gastereien mit seiner Gegenwart beehrt. Was hätte Sulali von ihm wissen können? Er sah ihn zum erstenmal, und Beschir fand, daß sich der Richter in Anbetracht dieses Tatbestandes ganz wacker verhalte.

«Ich weiß noch einiges andere», fuhr Beschir fort. «Erstes Zeichen der Unzufriedenheit unserer Janitscharenfreunde ist es immer, daß sie sich wirklich vorhandener Übelstände annehmen. Dieses Mal sind es die Malikiane, die lebenslänglichen Pachten, die das Brot verteuern. Die Machenschaften, die den Holzpreis in die Höhe treiben sollten, führten nur dazu, daß unsere christlichen Rajahs überhaupt kein Holz mehr schlagen. – Wer kann sie zwingen? – Kaum haben noch die Bäckereien Brennholz, was die Handwerker nicht mehr von sich sagen können. Ibrahim Pascha hat seine großen Verdienste um Bauten, um Kunst, und es ist überhaupt jammerschade um den Mann, aber daß die Leute auch gut durchgebackenes Brot haben wollen – daran zu denken, ist er zu fein. Ich weiß wirklich, so alt ich sein mag, ein wenig von den Ursachen der Unzufriedenheit, und die Hauptsache ist wohl, daß die Offiziere der Widerspenstigkeit ihrer Leute durch grausame Anwendung der Disziplin Herr zu werden versuchten. Sie kennen den jüngsten Fall, Efendi, da ein Janitschar unter dem Stock sein Leben ließ? Nun, unsere Leute sind nicht wie die Soldaten des Abendlandes, besonders die Deutschen. Denen können ihre Offiziere alles zumuten. Dagegen würde es mich sehr wundern, wenn das Leben dieses einen Janitscharen nicht zuletzt mit den Köpfen einer ganzen Reihe von hochgestellten Persönlichkeiten bezahlt werden müßte. Sie, Efendi, sind ein Mann Gottes, Ihnen liegen solche Gedanken vielleicht ferner – ich jedoch war unter anderem auch Kriegsmann, und ich sage Ihnen: wie Kletten hängt das zusammen. Wenn Gerechtigkeit dabei ist, geht unsern Janitscharen der Stock nicht an die Ehre. Sie nehmen ihn als etwas Selbstverständliches hin, um hinterher alles abzuschütteln, als sei nichts gewesen. Unrecht leiden sie nicht. Wer einen Janitscharen in Bosnien leichtsinnig anhustet, hat damit zu rechnen, es in Bagdad büßen zu müssen, und sei es nach einem Jahrzehnt. Da gibt es kein Vergessen und kein Verzeihen, und ich muß es als überzeugenden Beweis menschlicher Dummheit betrachten, daß Janitscharenoffiziere diesen ersten Buchstaben des osmanischen Abc so wenig kannten.»

«Und von alledem weiß der Padischah, wissen die Herren der Kuppel und des Diwans gar nichts?»

«Nichts.»

«Und Exzellenz sagten es ihnen nicht?»

Beschir zögerte und antwortete dann entschlossen:

«Wozu? Wenn sie die Truppen hätten marschieren lassen, wäre nichts geschehen und würde auch nichts geschehen. Jedenfalls nicht in Stambul.»

Sulali hörte es mit Genugtuung. Jetzt erst fühlte er sich

ganz sicher; denn nun war er überzeugt, daß Beschir Aga die alleinige Macht wolle und nur sie.

«Mit Gewesenem können Sie mich also verschonen», schloß der Kislar. «Ich bin seit einigen Stunden von Skutari zurück und möchte wissen, was in dieser Zeit dort geschah und was, während wir hier sprechen, vermutlich im Lager geschieht.»

«Gestern erregte die Truppen das Gerücht, daß um Täbris gar nicht gekämpft worden sei, sondern daß Ibrahim Pascha den Befehl zur Übergabe schon vorher hingesandt habe.»

«Haben Sie diese Lüge erfunden?» Sulali verneigte sich geschmeichelt.

«Nicht unbegabt», fand Beschir, «aber zu schwach. Erregung ist gut, doch wir brauchen die Meuterei, ihren offenen Ausbruch.»

«Heute», berichtete Sulali weiter, «ist die Schreckensnachricht in die Regimenter gefahren, daß sämtliche osmanischen Provinzbesatzungen sich in Richtung auf Stambul flüchten.»

«Wir müssen ganz sichergehen», meinte Beschir. «Wo stehen die höheren Offiziere? Haben sie sich angeschlossen?»

«Noch nicht.»

«Sehen Sie, das ist es. Noch schwebt die Waage. Vielleicht nicht einmal das. Die Offiziere sind bei uns keine Menschenklasse für sich wie bei den Ungläubigen. Gewiß, manche von ihnen sind aus dem Pagenkorps hervorgegangen, aber die meisten kommen aus den Reihen der Gemeinen. Sie kennen ihre Kameraden, und bis jetzt setzen sie nicht auf den Aufstand. Gerüchte, sie mögen noch so gut erfunden und noch so gut gelenkt sein, führen allein nicht zum Ziel. Es muß etwas geschehen, etwas Handgreifliches, aber nicht tausend Meilen von hier entfernt, sondern hierselbst, wo die Soldaten hinlaufen können, um zu hören, zu sehen und ... mitzumachen.»

«Wobei, Exzellenz?»

«Beim Aufstand natürlich. Wenn die Truppen ihn nicht machen – machen ihn wir.»

«Aber in Skutari, Exzellenz ...»

«Nicht in Skutari, sondern in Stambul.»

«Aber in Stambul liegt kaum noch Militär. Die paar tausend Mann!»

«Das Gerücht macht hunderttausend daraus, und wir machen das Gerücht.»

«Der Schwindel würde sich bald herausstellen, wenn die Regimenter herüberkämen.»

«Ich glaube nicht recht an Regimenter, die herüberkämen! Bis ein solcher Übergang befohlen und durchgeführt wäre, verginge eine geraume Zeit.»

«Oder Abordnungen aus den Regimentern, Exzellenz?»

«In jedem Fall hilft uns unsere stärkste Verbündete.» Beschir lächelte.

«Unsere ...? Wer? Eine Verbündete?»

«Die Dummheit, Hochwürden. – Ich bemerkte schon: Sie sind kein Militär. Darum sagen Sie das Richtige und urteilen falsch. Natürlich müßte die Generalität bei der ersten Nachricht einige Regimenter nach Stambul übersetzen lassen. Vielleicht würden sie ihre Leute bei den Fahnen halten. Und da das nicht sicher ist, wird es eine geraume Weile dauern, bis sie sich entschließen. Vergessen Sie nicht, daß der Großwesir-Oberbefehlshaber sich im Lager befindet und dazu noch der Großherr selbst! Und dann müssen Sie sich noch die Frage vorlegen, was die Stambuler Behörden beim Ausbruch unserer kleinen Revolte tun würden.»

Sulali überlegte und begriff.

«Allerdings, ja!» rief er. «Sie würden den Verkehr zwischen den beiden Ufern unterbrechen!»

«Zuverlässig, mein Lieber. Ich kenne die Herren und habe noch niemals bemerkt, daß sie eine Dummheit, die zu machen war, nicht gemacht hätten. Und hier sind gar zwei zu machen. Im Notfall wäre zwar ich noch da, aber ich versichere Ihnen, ich werde nicht nachzuhelfen brauchen. Und dann stehen auch Ihre Abordnungen da, Mann für

Mann schöne, heldenhafte Krieger – hilft ihnen alles nichts – rüber kommen sie nicht. Und von unserer Seite kommt erst recht keiner. Können Sie sich eine schönere Gelegenheit für Ihre trefflichen Gerüchtemacher denken, die Sie doch gewiß drüben unterhalten, um die Erregung der Truppen zum Orkan anzublasen, und der heißt Aufstand und gewaltsamer Bruch der Sperre. Dann wird man den Bosporus mit Schiffen und Booten bedeckt sehen und in ihnen Gruppen und Scharen von Männern, die einmal Soldaten waren und es, wenn alles vorüber, auch wieder sein werden. Zu dieser Stunde aber werden sie ausgeschwärmt sein und jeder für sich und doch alle zusammen über Stambul herfallen wie über eine eroberte Stadt. Und das, Hochwürden, wird Ihre Stunde sein.»

«Es könnte so kommen ...»

Doch jetzt ließ Beschir kein Überlegen mehr zu.

«Es wird so kommen. Die Boten an Ihre Leute drüben stellen Sie besser selbst. Ich sorge für Fahrzeuge bei Topchane, Top Kapu und Beschiktasch. Wenige Minuten bevor wir beginnen, stoßen sie von Land. Das wäre erledigt. Wen haben wir für die Revolte?»

«Ich wüßte da einen –», meinte Sulali, nicht allzu entschlossen. «Sein Freund ist ein Mordskerl, er heißt Mußli und ist ihm sehr ergeben. Der Mann, den ich im Auge habe, ist ein ...»

«Albaner», half Beschir nach. «Er ist ein Landsmann von Ihnen und heißt Patrona Chalil. Sie sehen, wie gut wir uns verstehen, Efendi. Chalil ist auf dem Wege hierher. Oder vielmehr ...» Beschir horchte ... «er ist schon da. Aber lassen Sie mich mit ihm reden.» Damit stand Beschir auf, schlug den Vorhang beiseite und stieß die Tür auf.

«Tritt ein, Janitschar.»

IV

Bei der mäßigen Beleuchtung blitzten die goldenen Kugelknopfreihen zwar nicht wie bei der Parade, doch blinkten sie und der hohe Goldschild vorn an der Mütze immerhin wie Sterne an einem leicht bedeckten Himmel. Auch die Garde des Königs von Preußen, eines der deutschen Emire, hatte diese Schilde des pomphaften Eindrucks wegen nachgeahmt – allerdings ohne die gekreuzten Löffel, die im Augenblick nicht zu sehen waren. Das Dunkelblau des Rockes wirkte fast schwarz, um so mehr gleißten die weißen Kniehosen. Dafür waren die Beine nackt, ein ganz grober Verstoß gegen die militärische Kleiderordnung, doch gleich der beste Beweis für die gut revolutionäre Gesinnung des stolzen Kriegers. Seine Gefährlichkeit bezeugte der Krummsäbel an seiner Linken, während er seine lange Flinte zum Glück in der Kaserne gelassen hatte. Sie wäre in diesem beschränkten Raum nicht von Nutzen gewesen. Der Nackenschleier, der vom oberen Mützenrand herniederwallte, war ebenfalls nicht zu sehen, diese Erinnerung an die Einsegnung der militärischen Bruderschaft durch den heiligen Derwisch Begtasch. Unter Orkhan war das geschehen, vor gut vierhundert Jahren, und seitdem hatte sich an den Janitscharen nicht viel verändert. An ihren eisenbeschlagenen Sohlen sollten angeblich die Siege des Padischahs auch jetzt noch kleben. Ihr kräftiges Aufstampfen mit nachfolgender Erstarrung war jedenfalls die Ehrenbezeigung vor Vorgesetzten und in diesem Fall der Gruß an Männer, von denen der Grimmige noch immer nicht wußte, wie er mit ihnen dran sei. Hätte man ihm nicht gesagt, daß er Sulali Hasan oder Tschelebi, den feinen Herrn Hasan, der als verehrter Ulema auch ein frommer Herr Hasan sei, hier finden würde, wäre er gar nicht gekommen. Mit der Frömmigkeit hatte es Chalil überhaupt. Seine christliche Mutter war Nonne im albanischen Skutari, und seine beiden Brüder waren Franziskaner in Arta. Damit waren alle Voraussetzungen für ihn als frommen Moslem und Janitscharen gegeben.

Daß es angesichts der fortpflanzungsmäßig so stark eingeschränkten Möglichkeiten der werten Familie vor allem seine, Patrona Chalils, Pflicht sei, hier ausgleichend einzugreifen, war einem Manne seiner Qualitäten vollkommen klar. Und sein augenblicklicher Grimm war auch ganz berechtigt. Er rührte nämlich von den Schwierigkeiten her, die man ihm bei der Erfüllung dieser Aufgaben machte.

Auf einem so stattlichen Körper saß selbstverständlich auch ein Kopf, und der Kopf hatte ein Gesicht, das auf den ersten Blick aus einem Bart bestand – aus einem Schnurrbart. Chalil rechnete es sich zur Ehre an, daß er zu einer Oda gehörte, die jede andere Barttracht als ihrer unwürdig erachtete und diese Auffassung gegen den leisesten Zweifel mit Faust und Eisen zu vertreten bereit war. Das hatte irgendwann einmal einen Grund gehabt, aber der Grund war vergessen, der Schnurrbart geblieben. Natürlich hing Chalils Bart ihm an den Mundwinkeln so tief wie möglich hernieder, und es war ein prächtiger Bart. Denn da Chalil die Triebe seines Kinns nicht gänzlich verkommen lassen wollte, hatte er auf beiden Seiten je eine Locke stehenlassen, die nun, mit dem Lippenbart verschmolzen, eine beneidenswerte Länge ergaben. Jedenfalls drückten der Bart und die dichten schwarzen Brauen über den großen, weitstehenden Augen alles andere dieses Gesichtes in den Hintergrund. Bei genauerer Betrachtung jedoch hätte man von ihm nicht gewöhnliche Schlauheit, Entschlossenheit und Herrschsucht ablesen können. Ein Mann dieser Art konnte es weit bringen in Stambul, und wenn er dennoch nur Gemeiner war, so mußte das seinen Grund haben. Vielleicht war es diese Unterlippe und jener sinnliche Zug, der von Bereitschaft zu sentimentaler Hingabe, verbunden mit Brutalität, sprach?

Dieser Mann stand nun vor seinem Landsmann Sulali Hasan. Denn daß da noch so eine Art Gespenst sei, gehe ihn nichts an, dachte er. Allein schon des Gespenstes Bartlosigkeit erregte seine ganze Verachtung und sagte ihm obendrein auch genug. Patrona gehörte nicht zu den feinen Leuten, die vor Eunuchen Respekt hatten.

Aber gerade dieses Gespenst redete als erster zu ihm.

«Du bist also Patrona Chalil, der Albaner?» fragte Beschir. «Dein Landsmann, der hochwürdige Sulali Hasan Efendi, sprach mir von dir. Darum veranlaßte ich dein Kommen.»

Chalils Antwort befleißigte sich der Klarheit und Kürze.

«Deinetwegen wär ich nicht gekommen», sagte er.

«Höre, Chalil», mischte sich Sulali ein, «du vergißt dich. Du sprichst mit einem sehr hohen Aga. Etwas höher als dein Janitscharenaga», fügte er noch listig hinzu, um Beschir zu zeigen, was von Chalil zu erwarten sei.

Der Erfolg war durchschlagend.

«Mag er», sagte Chalil, «mir genügt mein Aga, und das Gespenst hier soll froh sein, daß es mein Aga nicht ist. Gut sind wir Janitscharen nicht auf ihn zu sprechen. Wir haben ihn satt, ihn und überhaupt alle Agas.»

«Sei kein Rüpel, Chalil», versuchte Sulali ihn zu beschwichtigen. «Auf mich fällt es zurück. Ich bin dein Landsmann. Was soll mein hoher Gönner von mir denken?»

«Wenn der Herr da Hochwürdens Gönner ist», sagte Chalil in einem Ton, als hätte er sich einen andern ausgesucht, «dann will ich nichts gesagt haben. Aber was so die Höhe ist, dachte ich immer: höher hinauf als Erster Richter in Stambul gehe es nimmer. Und daß Hochwürden Ihr Amt verloren haben – daran sind nur die Wesire der Kuppel schuld, vor allem Ibrahim Pascha und alle diese anderen Kerle im Diwan. Aber wir Janitscharen sind fromme Moslemin und geben den verehrten Ulema alle Ehren ... wir werden nicht dulden ... und wenn Hochwürdens Gönner ...»

«Ich gehöre nicht zur Kuppel, nicht einmal zum Diwan», beruhigte Beschir den Janitscharen.

«Der Herr ist eine hohe Exzellenz», flüsterte Sulali.

Chalil erschrak. Denn er hatte eine Freundin, und von der wußte er etwas über die Verzwicktheit des Zeremonials. Der Großwesir und der Tatarkhan waren Hoheiten. Exzellenzen gab es genug. Jeder Pascha bekam mit dem dritten Roßschweif das Prädikat, und so hatte ein Janitscharenaga es hin und wieder auch. Aber hohe Exzellenzen …

«Ich habe mir nie etwas zuschulden kommen lassen», murrte Chalil, ohne allerdings verbergen zu können, wie bestürzt er war, «niemals erhob ich meine Augen unziemlich zu …»

«Allah verdamme den, der so etwas behauptet», fiel Beschir ein und flüsterte dann: «Außerdem hast du ja deine Rakije.»

Beim Hören dieses Namens war Chalils Bestürzung noch größer. Man konnte, wenn es auch nicht schön war, sich noch so schlecht benehmen, konnte fluchen und schimpfen, ja sogar sich betrinken, ohne als Janitschar deswegen sein Gesicht zu verlieren – eins aber durfte kein rechtgläubiger Mann: über Frauen durfte er mit einem andern Mann nicht reden und schon gar nicht über seine eigene. Chalil hatte es auch nicht getan, nicht einmal seinem Landsmann und geistlichen Berater Sulali gegenüber hatte er Rakije erwähnt. Er war in letzter Zeit nur zu oft von Amts wegen dazu veranlaßt worden, und immer waren Kummer und Zorn und das Gefühl der Entehrung das Ende gewesen. Und nun sprach dieser Fremde ihren Namen aus. «Ich gehe lieber», sagte Chalil, brachte es aber nur bis zu einer Wendung.

«Und wie willst du hinauskommen?» fragte nämlich Beschir.

«Dies hier bahnt mir den Weg», erklärte Chalil und schlug an seinen Säbel.

«Nicht immer», meinte Beschir. «Nein, Chalil, ich denke, du bleibst. Man kann hier hereinkommen, aber nur, wenn ich es so will, und ebenso bestimme ich Zeit und Art des Ausgangs. Ich lobe dich wegen deiner Scham, mein Freund, aber du vergaßest, daß ich darf, was andere nicht dürfen, und daß Sulali Efendi ein so frommer Mann ist, um alles zu heiligen, was er reden hört und spricht. Ich habe die Absicht, mit dir über Rakije zu reden und alles, was dazu gehört. Deswegen bist du hier. Fangen wir an. – Warum willst du sie heiraten?»

«Warum soll ich nicht?» rief Chalil. «Ich lasse mich nicht von ihr trennen!»

«Ich sprach nicht von trennen, sondern von heiraten. Du kannst sie doch auch ohnedem behalten.»

«Sie will aber nicht! Sie will ehrbar sein wie die andern Frauen der Janitscharen. Nicht einmal die Kinder läßt man sie anfassen – jetzt, da sie schwanger ist!»

Sulali verschlug es die Rede. Er war überwältigt davon, wieviel Beschir wußte und wie tief er in das Leben der Menschen eindrang, deren er sich bedienen wollte. – Auch Beschir sprach nicht viel. Er glaubte, daß jetzt hören besser als reden sei.

«Erzähl uns von Rakije», sagte er.

Rakije, an deren Schicksal eine hohe Person wie der Kislar Aga so viel Anteil nahm, war keineswegs eine purpurgeborene kaiserliche Prinzessin und auch kein Mädchen, das Aussicht gehabt hätte, das Auge des Erhabenen auf sich zu lenken, sondern nur eine kleine Sklavin. Dem Rikiabdar Mahmud, dem kaiserlichen Steigbügelhalter Mahmud, also einem Hofmann von Rang, hatte sie gehört, und in seinem Harem hatte sie nach den Geboten des Korans in den ehrenwerten Verhältnissen eines dienenden Familienmitgliedes gelebt.

Auf diese Weise hätte Rakije, in ihrer Stellung von allen, die sie kannten, gebilligt, durch ihren Herrn eines Tages mit einem Mann dienenden Standes verheiratet und dank Allahs Gnade mit Kindern gesegnet, ihr Leben unangefochten zu Ende leben können. Der Fall, daß die Reize ihres Leibes und ihres Gemütes ihr etwa eine höhere Laufbahn erschlossen hätten, wäre dabei keineswegs ausgeschlossen gewesen.

In dieser Lage hatte sich Rakije befunden, als ihr Herr gestorben und sein Erbe geteilt worden war. Zu ihrem Unglück war sie sein persönliches Eigentum gewesen und hatte keiner seiner Gemahlinnen gehört, was bei der Erbteilung Schwierigkeiten ergeben hatte, die kurzerhand durch ihre Freilassung gelöst worden waren.

«Wie war das mit der Freilassung», mischte Sulali sich ein, «welche Mitgift gab man ihr?»

«Oh, Efendi! Nicht einen Asper bekam das Mädchen.»

«Das ist gegen den Koran. Der Prophet gebietet, einer freigelassenen Sklavin mitzuteilen von dem Eigenen. Die Erben hätten das Mädchen verkaufen, aber es nicht ohne Mitgift aus dem Hause jagen dürfen.»

«Verkaufen?» Chalil lachte. «Ihr wäre wohler gewesen! Aber Hochwürden wissen doch: einen Sklaven, eine Sklavin verkaufen? Das tun keine feinen Leute.»

«Aber einem Mädchen die Tür weisen, durch die sie viele Jahre ihres Lebens aus und ein gegangen ist? He? Warum ist sie nicht zum Kadi gegangen? Jeder Naib hätte ihre Klage angenommen, und wenn der Handel ruchbar geworden wäre, hätte es dazu kommen können, daß eine höhere Instanz die Erbschaft wegen ungesetzlichen Verhaltens der Erben für den Schatz eingezogen hätte. Wenn sie vor meinem Polster erschienen wäre ...»

Sulali war aufrichtig empört. Aber Rakije war eben nicht zum Kadi gegangen. Woher hätte sie wissen sollen, daß so etwas möglich gewesen wäre? Rakije hatte gehungert. Sie war viel zu jung und hübsch gewesen, daß die Bettler sie unter sich geduldet hätten, in diesem für die Religion geradezu unentbehrlichen Orden, weil Almosengeben doch die vornehmste Verpflichtung jedes Rechtgläubigen war. Sie hatte bald in irgendwelchen Ecken geschlafen, auch hatte sie nichts dagegen gehabt, wenn es zwischen den Hunden geschehen war, und hinterher hatte sie sich oft genug mit ihnen um einen Abfall gerauft. Sie war schrecklich dumm gewesen. Einiges hatte sie wohl gekonnt: kochen und mit flinker Zunge um den Einkauf feilschen, die Polster richten und den Boden fegen, sogar nähen hatte sie gekonnt. Aber daß es den Beruf einer Straßendirne gab, hatte sie nicht gewußt.

Da war eines Nachts in Gestalt eines Mannes von den Barbarenschiffen das Glück über sie gestolpert, als sie zwischen zwei Ballen am Kai geschlafen hatte. Der Fremde war

nicht ganz so roh gewesen, hatte sie nicht nach Art dieser Leute zum Spaß mit Fußtritten bedacht. Der Mann hatte im Spiel gewonnen, dem Haufen Unrat, über den er gestolpert war, in seiner guten Laune etwas zukommen lassen wollen, und dabei entdeckt, daß es sich vielleicht lohne, seinen Fund erst einmal zu waschen. Und da es ein kräftiger Mann gewesen war, hatte er sein Vorhaben allem Zeter und Geschrei zum Trotz auch durchgesetzt. Reue hatte er nachher nicht empfunden. Als er sie dann aber essen gesehen hatte, war er gerührt gewesen.

Einige Wochen hatte sie nun zu essen gehabt und war dankbar gewesen. Dann aber hatte der Fremde fort müssen, ihr aber nicht so viel hinterlassen können, daß es für die Zeit ihres Lebens gereicht hätte. Und so war es denn gekommen, wie es hatte kommen müssen, wobei sie dann eines Tages auf Patrona Chalil gestoßen war. Immer war er wiedergekommen, hatte sich ihretwegen sogar gerauft, und bald waren sie übereingekommen zusammenzubleiben. Als verheirateter Janitschar hätte Chalil auf Dienstbefreiungen rechnen können, die ihm einen kleinen Handel oder ein Gewerbe erlaubt hätten, wie das eines Spenglers, zu dem er sich hingezogen fühlte ... Jedenfalls waren beide entschlossen gewesen, ihren Wünschen gemäß einen bescheidenen Einfluß auf ihr eigenes Leben auszuüben, als das Unerwartete eingetreten war: Das Regiment hatte Chalil die Heiratserlaubnis verweigert.

Es war freilich nicht zu leugnen gewesen, daß Rakije, besonders im Anfang, ihrem Chalil hin und wieder etwas zugesteckt und er es genommen hatte, obwohl er doch hätte wissen können, woher ihr das Geld zugeflossen war. Aber das war ja vorbei! Und nur nach einem verlangte es Rakije: nicht schlechter zu sein als die andern Janitscharenweiber, die bestimmt nicht besser waren als sie. – Nicht die Kameraden machten die entstandenen Schwierigkeiten, schon gar nicht die ledigen, und die verheirateten ließen ihre Frauen reden und sagten in der Kaserne, was sie wollten. Auch hatte Chalil eine gewisse Gewalt über sie. Er wußte immer sofort, wenn bei den Offizieren etwas nicht in Ordnung war, und hielt damit nicht hinter dem Berge. Die Kameraden liebten ihn, wozu die Herren Vorgesetzten keine Veranlassung spürten, weswegen sie von der Ehre des Regiments in einer Weise sprachen, als habe jeder Janitschar das Keuschheitsgelübde abgelegt, von dem er, wenn überhaupt, nur durch eine ganz reine Jungfrau erlöst werden könne.

So stand es, und Beschir mußte denken, daß es diesen Fall vor einem Jahr oder anderthalb nicht gegeben hätte. Wie viele Sittlichkeitswellen habe er kommen und gehen, steigen und fallen sehen! Es sei das Pech der drei hohen Herren, die er auf der andern Seite des Bosporus zurückgelassen habe, daß die Stambuler Sittlichkeit gerade in ihrem Zenit stehe; denn sonst hätte Patrona Chalil seine Rakije geheiratet, und wo nähme er, Beschir, dann seinen Revolutionär her? In diesem Augenblick war Beschir, wie er so den wütenden Chalil betrachtete, sehr für Sittlichkeit. Aber er hatte schon viele Flammen lodern sehen, die dann als Schnellbrand und Strohfeuer zusammengebrochen waren. Mit Chalils Wut könne es sich ähnlich verhalten, dachte er mit gewohntem Mißtrauen. Man müsse etwas wagen, und wenn Chalil dann nicht versuchen werde, ihn, Beschir, eine hohe Exzellenz und Mann vieler Geheimnisse, zusammenzuhauen – dann sei es nichts mit Chalil.

«Mein Junge», sagte er, «willst du wirklich deine Hand gegen deinen Padischah erheben, dessen Brot du ißt!»

«Ein Drecksbrot!» schrie Chalil, «ein Schandbrot für den harten Dienst! Wenn du eine hohe Exzellenz bist, Mann, dann nimm doch mal die Musterrolle und laß die Regimenter antreten. In den Rollen stehen doppelt so viel Namen als Männer in Reih und Glied. Die andern sind Neffen, Brüder, Schuster, Schneider, Bekannte, Lakaien und Verwandte der großen Tiere, die Einfluß haben! Für die Rollen ist niemand zu stolz, für die Rollen geben sie gern ihren Namen her; denn alle bekommen sie ihren Sold, unsern Sold, während wir ihren Dienst für sie mitmachen müssen.

Ist das Gerechtigkeit? Wir wollen einen gerechten Padischah. Einen löblichen!»

«Das willst du, das wollt ihr alle. Aber wenn es zum Schießen kommt, stehst du mit ein paar Freunden allein. Man wird dich an den Haken schlagen, mein Lieber, und das ist nicht die angenehmste Art, um Leute sterben zu lassen.»

«Ohne Rakije mag ich nicht mehr leben!»

Beschir war weise genug, mehr die augenblickliche Stärke dieses Gefühls als seine Dauer in Betracht zu ziehen. Einige Tage werde es sich in jedem Fall halten, dachte er.

«Also siegen oder sterben?»

«Ich werde schon ein paar mitnehmen – aber Offiziere!»

«Meine Frage war falsch, Janitschar. Gerade wenn du siegen solltest, steht dir der schmähliche Tod am nächsten. Du machst den Aufruhr, und dann kommen die Nutznießer. Die aber lieben wohl die Revolution, doch nicht den Revolutionär.»

«Ich werde schon auf meiner Hut sein.»

«Ich habe dich gewarnt und warne dich noch einmal. Dieses ist das letztemal.» Dabei erhob sich Beschir und trat, die Hände auf der Lehne, hinter seinen Stuhl. «Lohnt es sich wirklich, Patrona Chalil», sagte er dabei sehr sanft und sehr leise, «nur um deiner Hure willen ...»

Weiter kam er nicht. Ein röhrender Wutschrei, ein geschwungener Säbel und ein in Abwehr erhobener Stuhl – das war eins und das erste. Das nächste war Sulali, der an Chalils Handgelenk hing, während Chalil schrie:

«Du Schuft! Du Hurensohn! Du dreckiges Schwein ohne Sack! Du ...!»

«Genug! Ich bin zufrieden», sagte Beschir so gelassen, daß Patrona vor Verblüffung den Säbel sinken ließ. «Darum schwöre ich dir etwas, Janitschar.»

Immer hatte Beschir einen Koran in der Nähe, und so trat er auch jetzt an den Tisch und legte die Hand darauf. Ob es freilich ein wirklicher Koran oder ein anderes Buch war, wußte er nicht so genau, und das ließ sich bei der schlechten Beleuchtung auch nicht gleich erkennen. Um so ernster meinte es Beschir mit dem Schwur.

«Wenn du siegst», gelobte er, «soll es für dich nicht umsonst gewesen sein. Rakije Hanum», sprach er mit einer ihm amtlich geläufigen Feierlichkeit, «wird als Ehefrau des Patrona Chalil in einem kaiserlichen Palast niederkommen, und die Sultana Walide, die Kaisermutter allerhöchstselbst soll der Dame Rakije mit ihrem Glückwunsch Scherbett schicken, den die Allerhöchste mit ihrem ambraduftenden Munde berührte.»

Patrona war überwältigt, und nichts Höheres hätte Beschir einem irdischen Mädchen, und sei es des Scheichs von Mekka eigener Tochter, versprechen können als einen solchen Huldbeweis. Kein Rechtgläubiger zweifelte: der Padischah sei Allahs Schatten auf Erden; nichtswürdig aber der Sohn, der seiner Mutter Gehorsam versage, und somit sei die Sultana Walide das Höchste, was es gebe. Doch Beschir wußte, wohin er den Janitscharen schickte, während er nicht wußte, wie lange er sein Verbündeter bleiben würde.

Die Fleischkessel spielten bei den Janitscharen eine große Rolle, worauf schon die gekreuzten Löffel an den Mützenschilden hinwiesen. Es war das Zeichen des Aufruhrs, wenn die Regimenter sie aus den Kasernen fort und zu ihren Fahnen auf den öffentlichen Versammlungsplatz hinschleppten.

«Wieviel Mann», fragte Beschir, «kannst du bis Sonnenaufgang zusammenbringen? Kannst du hundert?»

«Soviel Sie wollen. Zweihundert oder ...»

«Zweihundert sind besser als hundert. Also pünktlich vor dem Tor der Moschee Sultan Bajesids dem Löffelmarkt zu mit Geschrei durch den alten Besestan, wo wir jetzt sind. Laßt die Kaufleute ihre Buden schließen. So hin zum Fleischmarkt mit allen Regimentskesseln, die ihr kriegen könnt. Öffnet die Gefängnisse. Dort sitzen Leute, wie ihr sie braucht. Alles rote Tuch beischaffen, was zu haben ist.

Die Mitläufer sollen rote Kopfbinden umlegen. Das unschlüssige Volk wird, damit man es verschone, sich um die Binden reißen und damit den Aufstand selbst gegen seinen Willen stärken. Wir brauchen etwas Neues. Es wird der Aufstand der roten Kopfbinden sein. Wenn ihr soweit seid, bekommt ihr neue Weisung. Verstanden?»

«Alles verstanden.»

«Dann eil dich. Man wird dich führen.»

Hastig wandte sich Patrona Chalil zur Tür, als ihn Beschir noch zurückhielt.

«Und vergiß nicht, Patrona Chalil: der kaiserliche Palast und der kaiserliche Scherbett. Mehr habe ich nicht versprochen.»

«Das genügt», rief der Janitschar überschäumend. «Das andere hol ich mir selbst!»

V

Der Kapudanpascha der osmanischen Flotte überdachte an diesem schönen Morgen des achtundzwanzigsten Septembers 1730 nicht die Schlagkraft seiner glorreichen Armada, sondern mehr die Triebkraft seiner holländischen Tulpenzwiebeln, die er Stück für Stück eigenhändig und mit viel Sorgfalt in den Boden versenkte, um sie dann mit kleingesiebter Krafterde zu überdecken. Es geschah dies im Garten seines Landhauses zu Tschengelköi am Kanal neben dem des Reis Efendi, des Außenministers, der sich allerdings nicht dem mühseligen Einpflanzen von Tulpen, vielmehr dem hingab, womit er sich stets unangefochten zu behaupten gewußt hatte.

Zweimal war er bereits Reis Efendi gewesen, um es unter Ibrahim Pascha ein drittes Mal zu werden. Aber auch ihm, seinem jetzigen Großwesir, war er während seiner nunmehr zehnjährigen Amtstätigkeit nicht ein einziges Mal durch Tätigkeit lästig geworden.

Es war also nicht anzunehmen, daß Suleiman Efendi sich

ausgerechnet an diesem Morgen etwas denke, während Keinak Mustafa Pascha, der Großadmiral, immerhin bei der Betrachtung seiner Zwiebellieblinge mehr als einmal den Kopf schüttelte. Er dachte an den einzigen Übelstand der Köstlichen, an ihre schandbaren Preise. Alle Welt war verrückt nach Tulpen, was natürlich die Preise der Holländer in die Höhe trieb, deren nicht zu schlagende Tulpenzucht ihnen ein Monopol gab.

Allah verdamme sie, wünschte der Pascha ihnen und fand es als Wesir wohl ganz richtig, daß der Schatz durch eine hohe Steuer das Abfließen guter türkischer Piaster einzuschränken trachte, hätte es aber als Keinak Mustafa nicht ungern gesehen, wenn die Finanzer bei den höchsten Staatswürden eine kleine Ausnahme gemacht hätten, etwa vom dritten Roßschweif an; denn den hatte er.

In diese stillen Vorfreuden an künftiger Blumenpracht, untermischt mit heimlichem Ärger über eine allzu raffige und filzige Finanz, brach Geschrei aus: «Meuterei! Die Janitscharen auf dem Fleischmarkt!»

Jeder Türke wäre bei diesem Schrei hellwach geworden, und Keinak Mustafa war nicht nur Türke, sondern auch Pascha und Wesir der Kuppel.

«Wieviel Kessel?» fragte er sachlich.

«Fünf haben sie schon.»

Mehr brauchte der Kapudan nicht zu wissen. Die Aufstände in Konstantinopel hatten Tradition und ihren voraus zu übersehenden Ablauf. Sie waren mehr regelrechte Staatsakte als Revolutionen, und bei fünf Regimentskesseln auf dem Fleischmarkt wußte der Pascha, daß und ungefähr auch in welchem Grade es ernst sei.

In Minuten saß er im Sattel, raste er zur Stadt über den Markt, wagte er sich in das Labyrinth des Basars, schrie überall den Kaufleuten zu, keine Schlappschwänze zu sein und die Buden aufzulassen, kam wider Erwarten davon und erreichte, durch die Sperre gelassen, zu Boot das asiatische Ufer.

Alles in allem eine tüchtige Leistung. Etwa ein halbes

dutzendmal war er nahe daran gewesen, nicht nur im literarischen Sinne, sondern ganz wirklich in Stücke zerrissen zu werden, um dann einen wenig schönen und ganz und gar uneinheitlichen Anblick zu bieten. Dieser Ritt um das Leben wäre wohl kaum gelungen, wenn die Revolution nicht dadurch in ihrer schnellen Entfaltung eine kleine Einbuße erlitten hätte, daß Patrona Chalil statt mit den versprochenen zweihundert Mann nur mit siebzehn Mann und keinem mehr am Tor der Moschee angetreten war.

«Chadidsche», stöhnte Ahmed. «Es ist alles aus!»

«Was ist aus? Vergiß nicht, wer du bist, Bruder. Du hast das kaiserliche Polster und bei einer Abdankung, wovor Allah sei, dein und deiner Söhne Leben zu verteidigen.»

Ein derartiges Gespräch war nur bei völligem Alleinsein der Geschwister möglich. Bei der Begrüßung hatte Chadidsche Sultana ihrem Bruder Ahmed als dem Padischah die Hand und er ihr als seiner Schwester die Stirn geküßt. Das wäre geschehen, und wenn zwei Minuten später die beiden ihr Leben hätten lassen müssen. Vom Zeremonial gab es für Mitglieder der kaiserlichen Familie keine Erlösung. Das war ihre Kraft – zuweilen ihre einzige.

Chadidsche war die Tochter Mohammeds IV. und seiner Chasseki, der innigstbegünstigten seiner Gemahlinnen. Zum Mann hatte der Vater ihr seinen Günstling und Wesir Mustafa Pascha gegeben, so daß ihr die höchste Macht, an der sie so oft teilgenommen hatte, völlig vertraut war. Etwas älter als Ahmed, war sie jetzt eine lebensfrische, gescheite Sechzigerin, deren Rat ihr regierender Bruder unter dem Vorgeben, Abschied nehmen zu wollen, begehrte. Da die Sultana am asiatischen Ufer wohnte, bedeutete der Abschied nicht viel. Von ihrem Palast bis zum Neuen Serail in Stambul bedurfte es nur einer kurzen Bootsfahrt. So fehlte es darum für gewöhnlich auch nicht an gegenseitigen Besuchen zwischen der Familie Ahmeds und ihr. Sie war wohlgelitten und zugleich eine Autorität, auch für ihren regierenden Bruder, den sie ein wenig miterzogen hatte.

«Ich verkenne Ibrahims Verdienste durchaus nicht», sagte sie, «aber daß er es zum Aufstand kommen ließ, beweist, wie wenig Aufmerksamkeit er dem Nächstliegenden zuwendet.» Die Verlegenheit des Bruders bemerkte sie nicht, während sie das sagte.

«Welch ein Unsinn!» fuhr Chadidsche fort. «Mit der heiligen Fahne herauszukommen und dann die Truppen hier festzuhalten. Wenn sie unterwegs nach Persien wären, wie sie es sein mußten, dann hätte sich überhaupt nichts ereignet.»

«Und wir hätten statt Grenzplänkeleien einen wirklichen Krieg.»

«Ach so!» Unmißverständlich dehnte Chadidsche ihr ‹so›. An Ahmeds Einwurf erkannte sie sofort dessen Schuld an der eigenen Katastrophe. Männer jedoch nahm sie nie ganz ernst. Immer hatte sie sich durchgesetzt, zuerst bei ihrem Vater, dann bei ihrem Mann, und Ahmed war für sie der kleine Junge. «Hättest du doch auch dieses Mal Ibrahim regieren lassen und dich nicht eingemischt!» seufzte sie, wie eine Mutter über ihr Kind, das die Schokolade verschüttet hat.

«Keiner glaubte an eine Gefahr», schmollte Ahmed, in die Verteidigung getrieben. «Der Kiaja gar, der es als Innenminister doch hätte wissen müssen, lachte nur über die Warner und schmähte sie.»

«Alle?» vergewisserte sich Chadidsche. «Keiner glaubte an die Gefahr? War Beschir nicht auch da?»

«Ja, der war auch da», murrte Ahmed, unangenehm berührt.

«Und was sagte Beschir?»

«Ach der! Geredet hat er mehr als in allen früheren Jahren zusammen, und das mit einer Unverschämtheit, Chadidsche, du glaubst es nicht. Aber so war es! Ich hätte nie gedacht, daß er sich so weit vergessen könne. Gerade ein Eunuch ist doch für höfische Zucht und Sitte verantwortlich.»

Nicht einmal einer Antwort würdigte sie Ahmeds Klage.

«Und wo ist er jetzt?» fragte sie.

«Drüben. Im Neuen Serail. Wo sollte er sonst sein?»

«Hm.»

Von Kind auf kannte Chadidsche Beschir, und als er nach seiner vierjährigen Verbannung zurückgekommen war, hatte sich für die Familie eine schmerzlich empfundene Lücke geschlossen. Für sie gehörte Beschir nicht zu den Männern, mit denen sie sich als beliebte Schwiegermutter, Schwester und Tante heiter und wohlwollend abfand. Für sie war Beschir ein Eunuch, und den nahm sie ernst.

«Er mißbillige meine Politik, hat er mir gesagt», verklagte ihn Ahmed bei seiner Schwester, «mir ins Gesicht! Wenn nicht seine ganze Vergangenheit gewesen wäre ...»

«Es ehrt dich, daß du nichts gegen ihn unternommen hast», unterbrach Chadidsche ihren Bruder. «Alles andere ist gleichgültig. Ich weiß zwar nicht, was er sagte, aber ich schließe auf die Tiefe seiner Überzeugung und auf die Tapferkeit, mit der er sie vortrug. Warum hättest du dich an ihm vergreifen sollen? Nur weil er sich von einer Politik lossagte, die dich in diese Lage brachte? So wunderbar finde ich deine Lage gar nicht.»

«Noch bin ich Padischah», versuchte Ahmed ein Aufbrausen, «vergiß das bitte nicht!»

«Du bist es nur deswegen, weil noch kein anderer da ist. Deine Macht hast du schon nicht mehr. Sie liegt auf der Straße. Möge Allah sie dir zurückgeben. Vorerst haben die Rebellen sie aufgehoben. Wir müssen abwarten, welchen Gebrauch sie davon machen. Täusche dich nicht, Bruder, du kannst nur noch einen Machtspruch vollstrecken, der von den Aufständischen gefällt wird. Für einen eigenen fändest du keinen Bostandschi und keinen Kämmerer mehr. Sie haben alle Angst. Und Beschir ist viel zu gewissenhaft, als sich jetzt ohne einen vielleicht unsichtbaren, aber jedenfalls wirksamen Schutz zu zeigen. Stütze dich auf ihn. Denk an die Jahrzehnte seiner Zugehörigkeit zu uns und daß du nicht hilflos in Skutari hocktest, wenn du auf ihn gehört hättest.»

«Du irrst, Chadidsche. Was er mir vortrug, war alles ganz verstiegen. Mit der Stimmung der Truppen hatte das gar nichts zu tun. Davon verstehe er nichts, sagte er.»

«Davon verstehe er nichts ...?»

Chadidsche war bestürzt. Beschir müsse verzweifelt gewesen sein, dachte sie, keinen Ausweg müsse er mehr für Ahmed gesehen haben. Aber sie schwieg, weil sie ihren Bruder nicht noch schwächer machen wollte, als er schon war. Wenn die Flotte nicht treu bleiben und seine Überfahrt ins Neue Serail decken würde, sei ohnehin alles verloren. Und die Prinzen, Ahmeds Söhne, seien ebenfalls hier auf der asiatischen Seite. Sie fühlte ihren Herzschlag in der Kehle, als sie daran dachte. Zugleich empfand sie eine kleine Genugtuung darüber, daß ihre eigenen Kinder dem Stande des Vaters folgten und keine kaiserlichen Prinzen und Prinzessinnen waren. Sie schämte sich dieses selbstsüchtigen Gefühls, aber es beruhigte sie doch.

«Wen hast du noch bei dir?» fragte sie. «Ich meine außer Ibrahim und seinem Kiaja, den Kapudan Pascha, den Janitscharenaga?»

Ahmed nannte die Wesire der Kuppel, fast alle Herren des Diwans, den Mufti mit allen Ulema, deren man hatte habhaft werden können, und einige Generäle.

«Das ist gut», sagte Chadidsche. «Höre, Bruder, laß niemanden fort, nimm alle mit ins Serail. Du kennst doch die Janitscharen, die Debedschi, die Sipahi. Wenn sie revoltieren, werden sie schon ihre Gründe haben, und wenn sie Gründe haben, verlangen sie zum Ausgleich für geschehenes Unrecht einige Köpfe. Schuldig oder nicht spielt dabei keine Rolle. Wenn sie die Namen der Opfer nur oft und laut genug geschrien haben, sind es die richtigen. Hast du deine eigene Thronbesteigung vergessen? Dafür, daß sie ihre Macht wieder hergeben und zum Gehorsam zurückkehren, haben sie eben ihren Preis, und der muß in Köpfen gezahlt werden. Warum sollte es diesmal anders sein?»

«Du glaubst doch nicht, daß ich ...»

Um dieses Gespräch überhaupt führen zu können, hatte Chadidsche sich eisig gestellt. Jetzt empörte sie sich.

«Hör auf!» schrie sie. «Ich kann jetzt eure großen Worte nicht hören, die ihr Männer so gern gebraucht, um dann das Gegenteil zu tun! Ich glaube und weiß sehr wohl, daß du kannst und daß du wirst. Wenn du alle, die in Frage kommen, beisammen hast, kannst du den Truppen jeden Kopf hinwerfen, den sie verlangen. Nicht zum Spaß, mein Padischah, ganz gewiß nicht, sondern um deinen Kopf zu retten und die Köpfe deiner Söhne!»

«Schwester, denkst du nicht an Ibrahim?» Es war eine Bitte, und Ahmed sprach leise. «Ibrahim ist mein Freund, mein Schwiegersohn ...»

«Du hast noch andere Schwiegersöhne.»

«Du weißt doch, wie sehr Fatime an ihm hängt.»

«Fatime ist ein verzogenes Balg. Ich war auch mal eins. Und bös sein kann ich ihr nicht, ich hab sie von Herzen gern. Aber hier geht es um mehr. Die Familie Osman hat sich nie geschont und immer mit ihrem eigenen Blut die Opfer gebracht, die sie ihrer Herrschaft und dem inneren Frieden des Reiches schuldig zu sein glaubte. Seit hundert Jahren erdrosselt man nicht mehr zur Vermeidung von Prinzenkriegen bei jeder neuen Thronbesteigung die Brüder und Neffen des Padischahs. Aber der Satz des Eroberers ist geblieben: ‹Es ist besser, wenige sterben als viele.› Und die Niedriggeborenen, die wir Prinzessinnen heiraten – treten sie nicht nach wie vor durch ihre Erhebung in unsere Familie? Und ist es nicht billig und richtiger, daß sie, wenn Opfer verlangt werden, sterben, als daß die Unantastbarkeit kaiserlicher Prinzen in Frage gestellt wird? Alle unsere Völker, verschiedener Abstammung, verschiedenen Glaubens, kennen nur ein Herrscherhaus, ein einziges. Das sind wir. Sie gehören uns, wir gehören ihnen. Keiner unserer Vorfahren hat bei einer Revolte jemals die Lehenstruppen aufgeboten. Alle haben sie lieber einige Große sterben lassen als einen Bürgerkrieg entfacht.»

«Du bist furchtbar, Chadidsche», stöhnte Ahmed.

«Ich bin eine Tochter unseres Hauses, von dem die Welt nie anderes erfuhr, als daß es ein Haus von Herrschern sei ... und Euer Erhabenheit getreue Untertanin», schloß sie in einem ganz anderen Ton, als ein Kämmerer dem Gespräch durch die Meldung ein Ende bereitete, daß die Flotte aus der Richtung der Dardanellen gesichtet werde.

VI

Monseigneur, der durchlauchtigste Prinz, hatten etwas aufregende Stunden hinter sich. Vielen Menschen konnte das nicht gleichgültig sein. Er war zwar kein Souverän, besaß keine eigenen Heere, aber nur Dummköpfe hätten seine Macht geringer eingeschätzt als die eines regierenden Fürsten. Dabei hatte er als fünfter Sohn seiner Eltern keine Erbaussichten, nicht einmal die auf den mittelbar fürstlichen Stuhl eines Grafen von Soissons. Seine Stellung war dennoch eine europäisch einmalige, und sein Ruhm war ein Weltruhm. Demgegenüber besagte seine vornehme Abkunft nur wenig, und die des Prinzen galt in Versailles als die vornehmste. Wenn zwischen ihm und der Krone Frankreichs auch noch bevorrechtigtere Anwärter standen, so hatte er immerhin den Rang eines Prinzen von Geblüt, was weder Ludwig XIV. davon abgehalten hatte, ihm den Eintritt in die königliche Armee zu versagen, noch den Prinzen, Dienste beim Hause Habsburg zu nehmen. Viele Male mag das Oberhaupt des Hauses, dem der Prinz angehörte, es bereut haben, dem damals noch jungen Herrn Vetter nicht nur ungnädig, sondern geradezu unanständig begegnet zu sein, und zwar immer dann dürfte er es bereut haben, wenn er wieder einmal die Nachricht von einer Niederlage seines Heeres erhielt. Auf einem anderen Gebiete freilich fühlte der Sonnige sich vollkommen sicher vor seinen Verwandten – auf dem Gebiet des majestätischen Wesens.

So häufig redete man ihm seine Unüberbietlichkeit darin

vor, daß nur ein ganz starker Kopf den Allerhöchsten vor der Auffassung hätte bewahren können, der schönste Mann seines Königreiches zu sein. Von dem Prinzen hätte selbst ein geborener Höfling etwas Ähnliches nicht zu verbreiten gewagt.

Daß der Prinz klein war, mochte noch hingehen. Auch der König trug hohe Stöckel, um die Welt einiges mehr von oben betrachten zu können. Aber der König war gerade gewachsen – der Prinz dagegen ein wenig hin und her. Sein runzeliges, straff über das Gerippe gezogenes braunes Leder verstärkte als zweiten Eindruck den einer siebenjährigen Dürre. Das erste, was man zu sehen bekam, war eine ungeheure Perücke, unter der vorerst gar nichts zu bemerken war, und dann in der Dürre eine aufgeworfene Himmelfahrtsnase. Dennoch war es noch sehr die Frage, ob es vom Prinzen wohlgetan gewesen sei, sich zeit seines Lebens oder doch dessen, was man so nennen konnte, völlig zu enthalten. Jedenfalls hatte vor Zeiten ein prinzlicher Brief die Runde gemacht, der die Reize einer hohen Dame ebenso unumwunden zugab wie den Mangel derartiger Reize bei der eigenen Person, weswegen er gezwungen sei, seine Siege auf den Schlachtfeldern statt in den behaglicheren Himmelbetten zu suchen.

Möglicherweise war dies die Wahrheit. Aber die Vermutung einer Heuchelei blieb ebenfalls bestehen, weil Männerhäßlichkeit noch niemals vor Frauenliebe schützte und somit der Prinz vielleicht die Schlachtfelder behaglicher als unverwaiste Daunenbetten gefunden haben konnte. Doch gleichviel, ob mit oder ohne Überwindung, das eine stand für alle, die den Prinzen kannten, fest: Wenn er der einzige Mann auf dieser Welt wäre, müßten die noch vorhandenen Mädchen Jungfern bleiben.

Diesen schlechten Ruf hatte er nun einmal, Seine durchlauchtigste Hoheit Franz Eugen, Prinz von Savoyen-Carignan, Sohn des Eugen Moritz von Savoyen-Carignan, Grafen von Soissons, und der Olympia Mancini, Kardinal Mazarins Nichte.

Es war schwer, sich vorzustellen, daß ein Mensch wie der Prinz eine so schöne Mutter gehabt hatte. Aber sie war schön oder doch überaus anziehend gewesen, und so hatte ihr Jüngster nicht nur sich selbst, sondern auch sie an Ludwig XIV. gerächt, der ihr erster Liebhaber gewesen war und sie später aus Frankreich verbannt hatte. Aber das war nun vorbei, und die Aufregungen dieses Tages gingen weniger tief. Eigentlich waren es nur noch nicht erwartete Nachrichten, die wie manche Überraschungen den Tagesplan zwar störten, aber sehr vermißt worden wären, wenn sie sich nicht mit solcher Beschleunigung eingestellt hätten.

Wie wäre es möglich gewesen, daß Victor Amadeus von Savoyen, neuerdings König von Sardinien, wenn freilich auch immer noch mit der Hauptstadt Turin, die Nachricht seiner Abdankung nicht als erstem dem berühmten und mächtigen Verwandten durch Stafette zugesandt hätte?

Und wie hätte der neue König das gleiche mit seiner Thronbesteigung unterlassen können?

Die Depeschen waren diesen Morgen gekommen, und es mochte einige Pferde gekostet haben, sie in so kurzer Zeit nach Wien zu befördern. Nicht ohne Befriedigung stellte der Prinz das fest. Dabei fühlte er sich als erster Minister des Kaisers, und als solcher war ihm Savoyen gar nicht lieb. Immer war es unzuverlässig, immer verkaufte es sich an den jeweils Mächtigeren, und immer wieder wurde es seiner Lage wegen eines Bündnisses und eines gewinnbringenden Friedensschlusses gewürdigt. Einen Augenblick dachte Eugen zwar daran, in dieser Sache eine Sitzung anzuberaumen, da er der Ruhe für seine anderen Arbeiten ja nun doch einmal beraubt sei. Dann aber entschloß er sich anders. Das könne denen in Turin so gefallen, wenn sie erführen, daß er ihretwegen eine Tagesordnung geändert habe. Und sie würden es erfahren! Nichts da!

«Der nächste Punkt?» fragte er seinen vertrautesten Sekretär, den Hofreferendarius von Koch.

«Werden Hoheit heute dafür Zeit haben ... es handelt sich um das Fräulein vom Vorberg ...?»

Der Herr Referendar meinte nicht ganz zu Unrecht, diese junge Dame sei nun schon so lange verschwunden, daß ihre Angelegenheit wohl noch einen Tag Zeit habe.

«Glaubt der Herr, daß ich meinen Güterdirektor aus dem tiefsten Ungarn nach Wien preschen lasse, um ihn dann wieder wegzuschicken?»

Herr Koch oder vielmehr – da er kürzlich geadelt worden war – Herr von Koch konnte sich einiges erlauben. «Ich dachte, bis morgen könne der Hauptmann schon warten», meinte er kühl.

«So?» nörgelte der Alte. «Bis morgen? Und dann bis übermorgen, und dann niemals. Was will der Herr dem Baron Andlaw sagen? Sie meldeten, er sei da? Lassen Sie ihn eintreten.»

«Mit dem Herrn Hauptmann?»

«Nein, leisten Sie dem Herrn Hauptmann Gesellschaft. Ich werde Sie rufen lassen, wenn ich Sie brauche.»

Eine derartige Anordnung war nahezu unverständlich. Koch war als Sohn des Intendanten Seiner Hoheit in dessen Dienst gleichsam aufgewachsen und bearbeitete auch die geheimsten Privatakten. Wenn der Prinz ihn jetzt fortschickte, so könne es, wie Koch meinte, nur einen Grund haben. Also doch! Er rechnete nach, daß der Prinz vor etwa dreiundzwanzig Jahren im spanischen Erbfolgekrieg ein Mann im besten Alter gewesen sei. Warum solle Monseigneur nicht auch einmal etwas Menschliches und Männliches zugestoßen sein?

Unbegreiflich sei nur, wie der alte Knabe sich bei etwas ganz Natürlichem so zimperlich anstelle. Herrn von Kochs Einfluß konnte zuweilen größer als der eines Ministers sein, daher neigte er zur Kritik, vor allem an seinem hohen Vorgesetzten, dem er seinen Einfluß verdankte. Obwohl er dem Hauptmann Claudius Verlet wohlwollte, paßte es ihm gar nicht, daß dieser Beamte Zeuge der Grenzen seiner, des Herrn Hofreferendars, Macht sein sollte. Verlet war ein begabter Dragoneroffizier aus dem Regiment des Prinzen; aber weiter als bis zum Hauptmann hatte man den Bürgerlichen doch nicht vorrücken lassen, und es war schon ein großes Glück für ihn gewesen, die Stelle als Güterdirektor bei seiner Hoheit zu erhalten. Herrn von Koch, der die gleiche Hürde hatte nehmen müssen und im Gegensatz zum Hauptmann genommen hatte, erfüllte dieser Umstand mit Genugtuung, und jetzt wolle er mal sehen, dachte er, was er aus dem Verlet herausbekommen könne.

Ohne Feinde zu haben, konnte man in Wien nicht leben, auch Eugen konnte es nicht. Dennoch gab es niemand, der ihm Höflichkeit abgesprochen hätte. Auch jetzt hatte er sich erhoben, um den Eintretenden zu grüßen, den Mann aus ältestem Uradel, Baron des Römischen Reiches, Christian von Andlaw, Präsident einer Verwaltungsbehörde in Brünn. Der gutaussehende Kavalier um die Fünfzig verneigte sich tief. «Eure durchlauchtigste Hoheit haben mich zu sich zu befehlen geruht ...»

Aber da hatte der Prinz schon seine Hand ergriffen.

«Meinen aufrichtigsten Dank, Herr Baron, daß Sie sich bemüht haben.» Es war alles viel einfacher, als Herr von Andlaw es sich vorgestellt hatte. Ein Taburett war er – wenn auch kein Reichsfreiherr aus eigenem Recht und nur aus kaiserlicher Gnade – abzulehnen und mindestens auf einen Stuhl mit Rückenlehne zu beharren entschlossen gewesen. Nun jedoch stand er vor einem weit ausladenden Sessel mit verschwenderischen Armlehnen!

«Zu große Ehre, Hoheit ...», dankte er mit so viel Anerkennung, wie er nur anzubringen vermochte.

«Nur was einem Manne Ihrer Familie gebührt», wurde der Prinz noch verbindlicher, während sich des Barons Steifheit so weit löste, daß wenigstens beide zum Sitzen kamen. Der lachte, und so lachten beide Herren.

«Euer Hoheit gütige Bemerkung ist für uns Deutsche sehr schmeichelhaft», sagte Andlaw.

«Sie rechnen sich zu den Deutschen?»

«Wegen unseres elsässischen Besitzes fragen Durchlaucht? Er ist Reichslehen.»

«Ich frage wegen Ihrer Abstammung von einem römischen Geschlecht. Vergessen Sie bitte nicht, welche Beziehungen mich mit Ihrer Familie verbinden. Von Ihrem Bruder, dessen Verlust ich nie verschmerzen werde, kenne ich Ihre ganze Genealogie.»

«Als mein Bruder fiel, lebte mein Herr Vater noch. Er hat uns Brüder von Hoheits ehrenvoller Kondolenz in Kenntnis gesetzt. Sie wird unserer Familie unvergeßlich bleiben.»

«Mir wird Ihr Bruder unvergeßlich bleiben. Er war nicht nur mein Oberstallmeister, er war mein Freund. Wissen Sie übrigens, daß wir verabredet hatten, sobald es der spanische Krieg zulassen würde, einige Monate auf meinen ungarischen Gütern zu verbringen? Ich ließ damals gerade das Schloß zu Bellye bauen, eine richtige Festung, mit Vorwerken, Wällen und Gräben. Es ist immer noch Krieg da unten, wenn nicht mit Ungarn und Türken, so doch mit Banditen. Wir wollten mit meinem ganzen Hofstaat und vielen Gästen hinunter, und für Sie war auch schon eine Einladung vermerkt worden.»

Der Baron lupfte ein wenig sein Gesäß.

«Noch jetzt, Hoheit, meinen Dank.»

«Es wurde ja nichts daraus. Leider. Karljosef fiel vor Lille. Ich habe auch zu Reczkeve und Promontor Schlösser errichtet – glauben Sie aber, daß ich selbst nur ein einziges Mal hingekommen wäre? Karljosef war vernarrt in die Jagd, und der hätte es schon durchgesetzt, doch ich … Und dann habe ich jetzt ja auch mein Schloßhof, mein Engelhartstätten und durch kaiserliche Gnade Siebenbrunn. Wenn ich das nächste Mal aufs Land gehe, hoffe ich, Sie bei mir zu sehen. Mein Schloßhof hat an zweihundert Gastzimmer – da ist Platz genug, und in Brünn wird man sich wohl mal ein paar Wochen ohne Sie behelfen können …»

Der Baron erging sich in Danksagungen, bei denen ihm gar nicht so recht wohl war. Denn daß man ihn nicht nur wegen einer Jagdeinladung herbeschieden habe, war ihm klar. Er hätte nun gern gewußt, was diese verschwenderische Leutseligkeit bezwecke. Denn von einem ähnlichen Verhalten des Prinzen hatte kein Mensch jemals berichten können. Allerdings war Eugen auch noch niemals in einer derartigen Lage gewesen. Dennoch hatte er – obwohl die Verführung groß gewesen war – die unbequeme Angelegenheit nicht einmal von der Tagesordnung absetzen mögen.

So gab er sich jetzt einen Ruck.

«Natürlich habe ich Sie nicht hierher gebeten», begann er, «um mit Ihnen über Schloßhof zu sprechen, schon eher über Ungarn. Eigentlich hätte ich diese Unterhaltung bereits 1709 mit Ihrem Herrn Vater führen müssen. Aber es hat mich vieles abgehalten. Nach den Erzählungen Ihres Bruders hatte Ihr Vater etwas andere Anschauungen ... als ich sie eben von Ihnen erhoffe. Und dann war ich zwanzig Jahre jünger, und das eingetretene Ereignis war ganz und gar nicht vorauszusehen gewesen ...»

Baron Andlaw meinte, Prinz Eugen habe nun genug herumgeredet, und kam ihm zu Hilfe. «Handelt es sich um meinen Bruder?»

«Ja», sagte der Prinz. Jetzt spürte er keine Verlegenheit mehr. «Es ist wohl am besten, ich erzähle alles der Reihe nach. – Daß Ihr Bruder bei der Erstürmung von Lille fiel, wissen Sie? Eigentlich war es die Zitadelle, in der sich Boufflers festgesetzt hatte – ein zäher Bursche. Die Stadt hatten wir bereits seit dem zweiundzwanzigsten Oktober 1708, und mein Kopfschuß über dem linken Auge war auch schon geheilt. Jedenfalls konnten wir nicht länger warten, und am neunundzwanzigsten Dezember wurde gestürmt. – Ich hatte Ihrem Bruder versprochen, mich nicht auszusetzen. Ich sei schon so oft verwundet worden, hatte er gesagt, und dieses Mal, das fühle er, würde es schiefgehen. – Wie ist es, Baron, glauben Sie an Vorahnungen?»

«Ob sie von Gott oder dem Teufel kommen, geben muß es sie, zu viele ehrliche Leute haben sie bezeugt», antwortete der Baron.

«Dann bin ich vielleicht auch so ein ehrlicher Mann. Aber mit dem Glauben ist es nicht getan, und die Leute, die nach uns kommen, müssen schließlich auch noch was übrigbehalten, was sie herausbekommen können. Die wissen es dann ganz genau. Jedenfalls versprach ich alles und hielt auch alles.» Er unterbrach sich. «Jetzt denken Sie natürlich, ich lüge. Ist aber nur halb so. Versetzen Sie sich mal selbst in die Lage. Da stehen Sie und sehen die Kerle stürmen und möchten – verdammt noch einmal – jedem einzelnen einen anfeuernden Tritt in den Hintern geben. Sie sehen sie rennen. Springen. Klettern. Hören schreien. Hören schießen. Trompeten. – Sie sehen und hören nichts als das. Das Fernrohr ist Ihnen angewachsen – und da, plötzlich, sehen Sie eine schwache Stelle. Die Siebener Grenadiere werden hinuntergeworfen. Verdammte Schweinerei! Und sie lassen sich hinunterwerfen, die Hundsfötter. Dürfen aber nicht! Ich sah es, mein Herr, wie der ganze Sturm zusammenbrechen würde. Und was dann? Neuer Sturm? Zum Lachen! Die Janitscharen stürmen dreimal, und das richtig. Wenn ihr Aga dann noch etwas von ihnen will, erklären sie ihm, daß sie mehr ihrem Padischah und Allah nicht schuldig seien. Unsere aber! Wenn der Schwung erst einmal weg ist, können Sie am gleichen Tag mit dem kriegerischen Dreck, den wir haben, nichts mehr anfangen. Sehen Sie, wenn es soweit ist, dann denken sie gar nichts mehr. Dann hauen sich die Sporen dem Gaul ganz von selbst in die Flanken, und der Gaul hat auch schon längst Galopp. Hinein in die eigenen Truppen! Übergeritten die ersten, daß die nächsten stehenbleiben. Mit der flachen Klinge so viele Rücken gefuchtelt, wie man kriegen kann. Allesamt, allesamt müßte das Gesindel durch die Spießruten. Aber man braucht sie. Sie kehren um. Sie schreien Viktoria! Singen so ein blödes Lied von einem edlen Ritter, der ich sein soll ...»

Eugen hielt inne. Er war ein Kavalier und sich gar nicht bewußt, daß er von Menschen in einer Weise sprach, die nicht mehr menschlich war.

«Man kennt das Lied», flocht Andlaw ein, «‹Prinz Eugen, der edle Ritter›.»

«... runter vom Gaul! Fußvolk muß zu Fuß zum Sturm geführt werden. Hinan! ... Und da dachte ich es dann: Andlaw hat doch recht gehabt. Diesmal hat es mich erwischt. Aber es war gar nicht ich, sondern Andlaw, den es erwischt hatte. Er lag auf mir. Er hatte die Kugeln für mich abgefangen. Ich mußte weiter. Wenn der Soldat in Schwung ist, muß er weiter, sonst drückt er sich gar zu gern vorm Sterben. – Aber Ihr Bruder, Herr Baron, war Nichtkombattant. Er war als Oberstallmeister einer meiner Hofherren und zu keinen militärischen Diensten verpflichtet. Ich versichere Ihnen, ich sah ihn erst, als er auf mir lag.»

«Er war sofort tot, nicht wahr?» fragte Andlaw nach einer kurzen Pause.

«Eben nicht.» Der Baron erschrak. «Er starb erst am andern Morgen. Ich ließ das aber vertuschen. – Sie sind Junggeselle, Baron?»

«Wie mein Bruder es war.»

«Stimmt. Dennoch hinterließ er eine Tochter. Genau das. Eine uneheliche Tochter, wollen Sie fragen? Was denn sonst? Ihrem Vater hatte Ihr Bruder sich nicht anvertrauen können. Er kannte dessen strenge Grundsätze, und das war die Ursache, warum ich das Mädchen Ihrem Vater verschwieg.»

«Kennt man die Mutter?»

Der Prinz sah dem Baron in die Augen.

«Ist das so wichtig?»

«Nnnein ... aber um etwas tun zu können, müßte ich doch wissen, wo sie sich befindet – ich meine, das Mädchen ...»

«Daß sie mir helfen wollen – dafür danke ich Ihnen. Um so mehr, da Sie offenbar Schwierigkeiten mit Ihrem Namen, Wappen gar befürchten ...»

«Namen und Wappen kommen wohl nicht in Frage», wehrte Herr von Andlaw schnell ab.

«Das kommt nicht mehr in Frage», verbesserte der Prinz

mit leichter Betonung der Tatsache, daß eine Lösung bereits gefunden sei. «Sie hat einen Namen, sie hat ein Wappen, und sie hat ein Adelsdiplom. Ihre Mitgift von hunderttausend Gulden liegt für sie in Antwerpen, und wenn ich nun noch wüßte, wo sie ist ... hätte ich Sie nicht beunruhigt. – Doch, doch, ich habe Sie beunruhigt», wehrte Eugen jede Gegenvorstellung ab. «Ich bin selbst Junggeselle, und eine junge Dame, die ausgeführt, beschützt, verheiratet werden und was sonst noch alles will – man ist alldem gegenüber so hilflos!» entrang es sich dem Gequälten. «Und da habe ich meine Pflicht gröblich vernachlässigt.»

«Hoheit beschämen mich. Ich als Blutsverwandter wäre doch am ersten ... Und meine Bemerkung bitte ich ...»

Namen und Wappen, vor allem die hunderttausend Gulden hatten ihn über den Stand der Mutter beruhigt. Für die Tochter einer Bürgerlichen würde der Prinz nicht so weit gegangen sein.

«Wegen Namen und Wappen?» fragte Eugen. «Ihr seid eben Deutsche. Ihrem Herrn Vater wäre eine Nichte Mazarins nicht als ebenbürtig erschienen. Für Franzosen dagegen war Mazarin ein zwar ungekrönter, dafür aber um so erfolgreicherer König, dessen Verwandte darum auch höchsten Rang erhielten. Wenn Mazarin nicht gewesen wäre, hätte Ludwig XIV. meine Mutter geheiratet, und die Prinzen von Geblüt hätten sich schließlich beruhigt. Mazarin war es, der die spanische Heirat wollte, die dann ja auch Europa ein neues Gesicht gab. Und warum sollte ich der Tochter meines Lebensretters nicht einen adeligen Namen geben? Ich gab ihn mit dem gleichen Titel, den die Andlaws tragen. Sie ist Baronin. – Wenn ich mich an Sie gewandt habe, lieber Baron, ist es einzig und allein für den Fall meines Todes. Ich war immer schwächlich und kränklich und habe jetzt meine siebenundsechzig Jahre. Wenn es mit mir vorbei und das Mädchen noch nicht wiedergefunden ist, muß jemand dasein, der die Nachforschungen fortsetzt und ihr, falls sie auftauchen sollte, den Platz gibt, den sie beanspruchen kann. Sie würden übrigens nicht viel zu tun bekommen. Der Hofreferendar von Koch ist genau informiert, und er ist sehr genau. Geradezu beängstigend, kann ich Ihnen sagen.»

Der Baron hatte sich erhoben und dankte Seiner durchlauchtigsten Hoheit für die große, einem Mitglied der Familie Andlaw bewiesene Huld. Die Feierlichkeit seiner Worte sollte seine Bemerkung über den Namen vergessen machen. Bei aller Leutseligkeit hatte Eugen den Unterschied zwischen einer Fürstlichkeit und einem einfachen Adeligen fühlen lassen. Besonders das, was er über das Königtum seines Großonkels Mazarin gesagt hatte, war von Andlaw verstanden worden. Ob er alles, was er noch wissen müsse, vom Herrn Hofreferendar erfahren werde? erkundigte er sich ganz bescheiden. – Doch allzu viel Übergewicht wollte der Prinz dem Herrn von Koch auch nicht einräumen. Darum erfuhr Herr von Andlaw das Wichtigste von ihm selbst.

Das Kind – damals noch ein Säugling – war bei einer Bauersfrau Hartmann im schwäbischen Dorf Neuffen gewesen. Diese Frau gehörte zu einer Gruppe von Katholiken, die sich in ihrer überwiegend protestantischen Umgebung nicht mehr wohl gefühlt und später auf Eugens ungarischen Besitzungen Land zur Pacht genommen hatten. Von den drei befestigten Schlössern, die vom Prinzen dort erbaut worden waren, hatte er Promontor auf dem Landstrich vor dem Ofener Gebirge für das Kind bestimmt.

«In dieser Hinsicht habe ich mir keine Vorwürfe zu machen», verteidigte er sich mehr vor sich selbst als vor seinem Besucher. «Es wurde allen erdenklichen Bedürfnissen Rechnung getragen und dabei auch die Zukunft nicht vergessen. Frau von Stuntz, die ich als Gouvernante in meinen Dienst nahm, lebt heute noch dort.»

«An ein Kloster haben Hoheit nie gedacht?» stellte Herr von Andlaw weltklug vor. «Es wäre für Hoheit doch wesentlich einfacher gewesen.»

Bei näherer Bekanntschaft mit dem Prinzen hätte der Baron dessen Zusammenzucken als eine Bewegung des Unmuts erkannt. Allein der Umstand, daß Eugen sich verteidigte, wo niemand außer einem Toten und einem jungen Mädchen anklagen durfte, hätte Herrn von Andlaw beweisen können, wie ernst es der berühmte Mann in diesem Fall mit seinen Verpflichtungen genommen hatte. Hätte er sonst dem Onkel, dem vor einer Viertelstunde noch nichts von der jungen Dame bekannt gewesen war, fast so etwas wie Rechenschaft abgelegt?

«Mein lieber Baron», sagte Eugen, «ich selbst habe mich nicht kirchlich machen lassen, wozu mein Vetter Ludwig nicht übel Lust bezeigte, und sollte Ihres Bruders Tochter, durch dessen Aufopferung ich allein noch lebe, in ein Kloster stecken? Dabei ist eine Nonne noch lange kein Kardinal. Von ihr erwartet man vieles, was einem Kardinal nie einfallen würde zu tun. Ich hatte an ihres Vaters Stelle zu handeln, und dessen Intentionen hätte eine derartige Lösung, wie ich ihn kannte, kaum entsprochen. Lieber einen Hofstaat für das Kind als mit ihm in die Klosterschule. Nichts als blinden Gehorsam wollen die Schulnonnen, und ich weiß, wie sie ihn erzwingen. Korporalstock und Klosterruten sind ein und dasselbe. Besonders stolz sind die frommen Schwestern darauf, daß sie sich der Birken ohne Ansehen des Ranges oder des Alters ihrer Schülerinnen bedienen, und auf ihr eigenes Vorbild. Wie sie es mit sich selbst halten und was sie ihrem Gelübde schuldig zu sein glauben, sollten sie aber lieber erst zwischen ihrer Schamhaftigkeit und ihren Beichtvätern aushandeln. Doch sie sollen ja ihre Scham besiegen. Schamlos und keusch sollen sie sein, und das Ende ist eine besondere Art von Unbefangenheit, vor der ich jedes Mädchen, das meinem Schutz anvertraut wäre, bewahren möchte. Wir haben genug vom Mittelalter. Wenigstens unsere Mädchen sollten wir diesen Roheiten entziehen.»

Herrn von Andlaw war höfisches Parkett nicht fremd; aber was er soeben gehört hatte, schien ihm das erlaubte Maß zu überschreiten.

«Aber so», rief er, «können Euer Durchlaucht sich doch

unmöglich über klösterliche Kasteiungen äußern, mit denen die reinen Jungfrauen durch das Opfer ihres Leibes sich und denen, für die sie beten, unsterbliche Anrechte auf den Himmel erwerben!»

Um jetzt nicht lieber einzulenken, war Eugen ein zu guter Politiker.

«Ich bin Christ genug, Baron», meinte er, «um beileibe kein Ärgernis geben zu wollen. Durchaus nicht. Aber ich habe mehrere Male mit J. B. darüber gesprochen – mit Rousseau, verstehen Sie? –», er hielt inne. Wehmütig gedachte er seiner früheren Freundschaft mit dem Dichter, dem er das Versprechen einer Staatsstellung nicht hatte halten können. Nun saß Jean Baptiste Rousseau grollend in den Niederlanden und war vieler Menschen Freund, nur nicht mehr der von Eugen. «Natürlich ging ich nie so weit wie er», fuhr Eugen fort, «wenn eine Dienstbotin, eine Leibeigene gar vom Büttel den Hintern ausgehauen kriegt – was will das schon sagen? Bei solchen Selbstverständlichkeiten kann ich nichts Unziemliches finden, weil dabei jedes Gefühl für Unziemlichkeit fehlt. Das schüttelt sich, wenn alles vorbei ist, und damit basta. Aber zwischen Mädchen von Stand und denen aus dem gemeinen Volk sollte, so meine ich, denn doch ein Unterschied sein.»

«Und ich würde, mit Euer Durchlaucht Erlaubnis», erwiderte Andlaw tapfer, «nie in meinem Leben ein Fräulein ehelichen, das nicht von der Mutter, von Verwandten oder Gouvernanten tüchtig die Rute bekommen hätte. Und möglichst lange!»

Andlaw stand da wie Luther in Worms; aber damit erzielte er bei Eugen nur eine so ansteckende Heiterkeit, daß sich die Meinungsverschiedenheit beider schließlich in einem gemeinsamen Gelächter löste.

«Mein sehr lieber Baron», lachte Eugen, «es ist doch kein Mangel an Mädchen mit dem von Ihnen geforderten Nachweis – warum heiraten Sie keine von den Köstlichen?»

Ein wenig verlegen war Andlaw nun doch, aber auch

wieder beglückt über die Huld, mit der Hoheit die kleine Revolte aufnahm.

«Daß Julienne für Sie nicht in Frage kommt», schloß Eugen, «wissen wir nun.»

«Julienne …?»

«Ihre Nichte. Eigentlich Juliane Freiin vom Vorberg. In der Matrikel: Juliana de Promontor. Nach dem Schloß Promontor, das ich für sie erbauen ließ. Ich nenne sie Julienne. Und nun denken Sie sich ein Mädchen, wie man mir Julienne schilderte, als Klosterschülerin oder gar als Nonne. Es wäre nie zum Profeß gekommen, höchstens zu einem Riesenskandal –» Er unterbrach sich. «Halt! Ich weiß, was Sie jetzt denken, Baron. Wir sind übereingekommen, daß jeder auf seiner eigenen Meinung beharren darf. Sie hätten eine andere Erziehung für Julienne vorzuschlagen gehabt. Jetzt ist es ohnehin zu spät. Mittlerweile ist sie zweiundzwanzig Jahre alt geworden.»

«Ist sie – hm – unbildsam –?» Fast ängstlich fragte es Andlaw.

«Meinen Sie: beschränkt? Leider nein. Für ein Frauenzimmer viel zu gescheit.»

«Aber dann, Hoheit, wäre, wenn ich mir die Bemerkung gestatten darf …»

«Wien! Selbstverständlich wäre Wien das einzig Richtige gewesen. Platz genug hätte ich gehabt. Selbst hier in der Himmelpfortgasse und nun gar in meinem Belvedere. Eine ganze Klosterschule hätte ich unterbringen können. – Ja, Sie, mein Teurer! Wenn ich Sie so anschau, Baron, Ihnen trau ich schon zu, daß Sie mit den Weiberleuten fertig werden. Wenn ich auch nicht glaube, daß es immer das Richtige wäre … doch ich! Ich sage es geradeheraus: Ich habe es verschoben und immer wieder verschoben, Julienne nach Wien kommen zu lassen. Und dann kam zum Glück auch meist ein Feldzug, hinter dem ich meine – hm – meine Feigheit verstecken konnte. Dann habe ich auch wieder gedacht, daß da neben meinen ungarischen Gütern die Mercys und die Batthanys ihre Besitzungen haben, und wenn die gerade drunten waren, hat man die Julienne eingeladen und hat sie besucht ... Ließ sich auch alles ganz gut an; aber halten ließ sich das nicht lange.»

«Gab es Unerfreuliches?»

«Nichts weiß ich – nur das eine: Als ich mit der Batthany, die doch seit Jahren eine Freundin von mir ist, über das Mädel sprechen wollte, machte sie ein Gesicht, daß man das schönste Piket darüber verlieren konnte. Und dann muß ganz zuletzt noch etwas anderes passiert sein. Ganz plötzlich ist Julienne mit nur wenigen Leuten und ohne ordnungsmäßige Militäreskorte nach Promontor aufgebrochen. Seitdem weiß man nur, daß sie abgeritten, aber nicht angekommen ist. Auch keiner von den Leuten, die sie begleitet haben.»

«Doch nicht ... etwa ausgerissen ...?»

«Nein doch! Auf die Dauer könnte man sie vor mir nicht verstecken. In Ungarn nicht», fügte der Prinz hinzu, «aber den Türken ist das Beutemachen erschwert, und darum sind bei ihnen die hübschen Mädchen im Preis gestiegen.»

«Großer Gott!»

«Das geht Ihnen doch nahe, was, Baron? Eine Tochter Ihres Bruders türkische Sklavin? Weswegen sind denn wohl alle ungarischen Schlösser veritable Festungen? Rebellenarmeen gibt es zwar nicht mehr, die Räuberbanden jedoch ergäben zusammen auch eine ganz hübsche Armee. – Übringens ist sofort ein Kurier an unsern Residenten Talmann nach Konstantinopel abgegangen. Man wird Julienne suchen, wird sie finden und zurückkaufen. Das ist alles.»

Der Baron empfand etwas anderes wichtiger als das Fräulein.

«Aber dieses Abenteuer macht sie unmöglich!» rief er. «Kein Mensch wird sie mehr empfangen!»

Davon allerdings war der Prinz nicht überzeugt.

«Man wird nichts erfahren», sagte er, «und wenn doch jemand davon wissen sollte, wird dieser und sogar diese jemand es vergessen, wenn das Fräulein in die Gesellschaft des Belvedere aufgenommen ist. Mehr als diese Gesellschaft von Künstlern, Gelehrten und Mäzenen braucht die Baronesse nicht. In diesem Kreis gab es noch niemals einen Skandal.»

Herr von Andlaw erinnerte sich, daß ein Gleiches von der Hofgesellschaft nicht zu sagen war und daß er dem Herrn von Belvedere, was nicht nur ein Schloß, sondern ein Begriff war, gegenübersaß.

«Und ich glaubte fast, daß auch der Hof ...», wollte Andlaw zustimmen, als ihn der Prinz unterbrach.

«Ich möchte es auch glauben», meinte er. «Aber was nützt uns das alles, wenn wir das Mädel nicht haben!»

VII

Zum ersten Male in der türkischen Geschichte nahmen die Truppen bei ihrer Revolte ausdrücklich auf die Ausländer Rücksicht, ein Beweis dafür, daß sie die Lehren von Zenta, Peterwardein und Belgrad sich gemerkt hatten und ihr Reich nicht mehr als eine Welt für sich und als das Schicksal aller andern Völker empfanden.

Eine Disziplin war das, über die selbst Beschir erstaunte und fast erschrak, besonders darüber, daß sie von dem gemeinen Mann ohne Zutun der Offiziere ausging; denn daran erkannte er, daß die Revolte nicht mehr rückgängig zu machen sei. Entfesseln könne er den Aufruhr, vielleicht auch bis zu einem gewissen Grade noch lenken; aber der Tag des Erfolgs würde zugleich der Beginn großer Schwierigkeiten sein. Als Anregung zu einer Umgestaltung sei die Bewegung nötig – als Zustand könne das Reich sie nicht ertragen.

Deswegen schwankte Beschir nicht einen Augenblick. Nur um so verbissener wurde sein Wille, die unumschränkte Macht zu ergreifen, in deren Besitz er abendländische Sklaverei von Völkern einer menschlicheren Gesinnung abzuwehren hoffte.

Jener Woge von Prüderie, die jüngst Konstantinopel heimgesucht hatte, waren auch die hölzernen Tschardake zum Opfer gefallen, die freilich meist gar nicht von Holz und im eigentlichen Sinne auch keine Tschardake, keine Weidetürme zur Überwachung der Herden waren. Auf den Dächern von Konstantinopel waren sie Ausgucks wie in andern Hafenstädten auch. Von ihnen konnte man den aussegelnden Schiffen mit den Blicken das Geleit geben, die ansegelnden aber schon von weit her erspähen und alles für ihre Ankunft vorbereiten. Aus Holz und darum feuergefährdet mußten sie wenigstens auf dem Papier zur Begründung ihres Verbotes sein. In Wirklichkeit hatten sie dem Muckertum weichen müssen und der ebenso neuen Erfindung des Teleskops.

Solche Fernrohre hatten ihren Preis, und so waren sie selten. Um so ausschweifender waren die Vorstellungen, die sich die Phantasie von deren Möglichkeiten machte. Daher hatten die allzeit anständigen und frommen Leute es als verdienstvoll empfunden, durch die Beseitigung der Tschardake die Harems der Rechtgläubigen vor der Entweihung durch diese Teufelsfernrohre zu bewahren.

Aber es gab die Vergessenen. Vielleicht war der Grund auch, daß man die Wiener Gesandtschaft des Herrn von Talmann nicht hatte verkürzen wollen – jedenfalls: das Haus hatte einen Tschardak, so geräumig wie ein kleines Teehaus im Park, nicht nur ein Ausguck, mehr ein wünschenswerter Aufenthalt in schwülen Sommernächten. Nacht war es freilich nicht und nicht gerade still. Aus der aufgewühlten Stadt stieg ein Brausen herauf, über das sich die langgedehnten Laute der Ausrufer verklingend oder sich steigernd hinzogen.

«Im Namen Allahs des Allerbarmers! Friede den Ungläubigen, Friede den Fremden! Ihre Wohnungen seien ihr Schutz!»

Ein derartiger Ausruf wurde in Tagen wie diesem zum erstenmal in Konstantinopel gehört. Ganz vertrauenerweckend klang er, und mancher fromme Moslem mochte sich zu dieser Stunde wünschen, ein Giaur zu sein, wie etwa die Gesandtschaftsleute des Königs von Böhmen.

Die einheimischen Angestellten zählten dabei allerdings nicht mit. Sie waren Moslemin, diese Kanzlisten, Schreiber und Bediensteten und natürlich auch die Kawasse, die Gesandtschaftswachen in ihren goldstrotzenden Röcken, weiten Pluderhosen und dazu die prächtigen Säbel. Mit solchem Prunk halfen diese Männer des Schwertes die Würde eines Monarchen vertreten, von dem sie selbst sich so recht gar keine Vorstellung machen konnten. Die meisten von all diesen Leuten, bewaffnet oder nicht, waren denn auch verschwunden. Was inzwischen auf der Straße geschah, war eben ihre eigene Angelegenheit.

Das eigentliche Gesandtschaftspersonal bestand, wie sich das für die Vertretung einer apostolischen Majestät gehörte, aus christlichen Abendländern. Es waren der Freiherr von Talmann, ein noch jüngerer, wohlakkreditierter Herr, und seine bürgerlichen Mitarbeiter, die in der Gehaltsliste als vier Dolmetscher und – dem Pfortenbrauch folgend – als sieben Sprachknaben aufgeführt waren. Die letzte Bezeichnung war gar nicht einmal so falsch, weil es sich nicht wie bei der Pforte um zuweilen recht ausgewachsene, ja selbst ältere Herren, sondern tatsächlich um Anwärter handelte, um Dolmetscherlehrlinge und jugendliche Leichtfüße. Wenigstens waren sie das, wenn man Herrn von Talmanns Vorgänger, dem Freiherrn von Dirling, glauben wollte, der sich in Wien heftig dagegen verwahrte, daß man Sprachknaben von schlechter Aufführung womöglich hinterher noch in andern Ämtern Unterschlupf gebe.

Wahrscheinlich wäre Herr von Dirling mit der Aufführung seines Nachfolgers ebensowenig einverstanden gewesen. Denn was tue der offenbar noch ganz unreife Diplomat? hätte Dirling vorstellen müssen. In dieser ernsten Stunde sitze er in seinem Gesandtschaftstschardak und nicht etwa allein und heimlich, sondern inmitten seiner gesamten Dolmetschergesellschaft, obwohl er doch wissen könne, welche Herausforderung das für die muselmanische Bevölkerung sei.

Herr von Talmann wiederum hätte wohl entgegnet, daß eine Tatsache, um eine Herausforderung zu werden, erst einmal bekannt sein müsse. Und noch vieles andere hätte er sagen können und sicher auch gesagt. Er hatte die große Anziehungskraft einer rebellierenden Stadt auf die Abenteuerlust junger Leute in Betracht gezogen und hielt seine Sprachknaben darum lieber unter seiner und seiner älteren Dolmetscher Aufsicht. Heimliche Nachrichten liefen trotzdem ein, konnten besprochen und, wenn nötig, auf gleichen Wegen durch Stafetten nach Wien befördert werden. Hinzu kam noch, daß die Gesandtschaft auf einem erhöhten Platz Peras stand und von ihrem Tschardak aus einen vortrefflichen Überblick über Galata, den Hafen, den Bosporus, die Serailviertel – kurz: über das ganze Aufstandsgebiet bot. Jede Feuersbrunst und fast jedes andere besondere Ereignis konnte von hier aus bemerkt und mit Hilfe der beiden Teleskope, die man zur Hand hatte, beobachtet werden.

So viel wußte man bis jetzt: Um zehn Uhr nachts war der Padischah von Skutari aus am Kanonentor gelandet und hatte sich mit den Ministern und Ulema sogleich zu einer Dauersitzung in den Zwischensaal vor dem Gemach des Prophetenmantels begeben. Auf Antrag des Großwesirs war Sulali Hasan Efendi, der frühere Richter von Konstantinopel, durch den Bostandschibaschi hinzugezogen worden. Ibrahim Pascha hatte also ganz richtig, leider freilich etwas spät erkannt, wieviel darauf ankomme, den Verärgerten zu gewinnen. Er rechnete jedoch damit, daß Sulali das Oberstlandrichteramt vielleicht doch lieber aus der Hand eines richtigen Padischahs als aus den Händen von Rebellen entgegennehmen würde. Ferner hatte Ibrahim einen Auszug mit der heiligen Fahne angeregt, dem vom Janitscharenaga entgegengehalten worden war, daß man dann Gefahr laufe, die Fahne an die Aufständischen zu verlieren. Um wenigstens etwas zu tun, hatte man also beschlossen, das Heiligtum am Mitteltor auszuhängen. Aber die Ausrufer des Serail waren mit ihrem Auftrag, zur Fahne zu rufen, nur im Bereich der Moschee Aja Sophia zu Worte gekommen und auch dort bald wieder verstummt. Von da ab hatten die Ausrufer der Rebellen die ganze Stadt beherrscht.

Alles war vergebens gewesen und nichts der Pforte mehr übriggeblieben, als den ersten Schritt zu tun. Der Chassekiaga, der Generalleutnant der Bostandschi, war mit zwanzig Mann ausgesandt worden, um den Aufständischen die Versicherung zu überbringen, daß der Sultan jedes billige Begehren zu erfüllen bereit sei, wogegen die Truppen sich zerstreuen möchten. – Die Antwort war ebenso klar wie grausam gewesen: Mit dem Padischah sei man zufrieden; aber innerhalb von zwei Stunden seien vier Verräter lebendig auszuliefern, und zwar der Großwesir, dessen Kiaja, der Kapudanpascha und der Mufti. Jedermann hatte gewußt, was die Auslieferung für die Lebenden zu bedeuten gehabt hätte. Byzanz, zu dessen Zeiten das Volk seinen vornehmen Opfern nicht selten im Zirkus ein Ende mit abscheulichen Martern bereitet hatte, war noch immer nicht tot, und ohne den Widerstand der Regierenden hätte Konstantinopel nicht viel vor dem Abendland vorausgehabt.

Eine derartige Erwägung stellte man freilich im Tschardak der Wiener Gesellschaft nicht an. Nur der Sprachknabe Mayer grinste, als er von türkischer Grausamkeit reden hörte, weil er an die Vierteilung des Dragonerhauptmanns Lehmann denken mußte, der den Füsten Rakoszy aus dessen Gefängnis in Wiener Neustadt hatte entfliehen lassen. Und das geschehe auf Grund gleichmütig geübter Gerichtspraktiken jederzeit in der teuren Heimat und nicht als Exzeß einer ungezügelten Volkswut ..., dachte der Sprachknabe, der sich mit der Zeit eine recht hübsche Übung darin erworben hatte, seine Gedanken zu verbergen.

«Heute noch, spätestens morgen wird es sich also entscheiden, ob Ibrahim Pascha sein Leben behalten wird», sagte Herr von Talmann.

«Und der Sultan seinen Thron», fügte Dolmetscher Momars hinzu, ein bewährter Angestellter, der als Sohn eines niederländischen Kaufmanns über mehr Einblick in internationale Verhältnisse verfügte als die andern.

«Wieso?» staunte Talmann. «Die Truppen sind doch mit ihrem Padischah zufrieden?»

«Sagen die. Aber hinterher wollen sie ihn doch nicht. Vergessen Herr Baron bitte nicht, daß Sultan Ahmed bereits siebenundzwanzig Jahre regiert und daß bei jedem neuen Padischah ein neues Thronbesteigungsgeschenk an die Truppen fällig wird. Es ist etwas reichlich lange her, seit das letzte bezahlt wurde.»

In Ermangelung des Prädikats «Exzellenz» wurde Herr von Talmann von seinen Angestellten «Herr Baron» oder «Euer Hochwohlgeboren» genannt. Von der Pforte und den Gesandtschaften war ihm die «Exzellenz» im amtlichen Verkehr freilich nicht vorzuenthalten. Dieser Umstand stachelte jedoch nur die Talmännische Eitelkeit, ohne sie zu befriedigen, und die frechen Sprachknaben, denen dies nicht verborgen blieb, nannten darum ihren Vorgesetzten, wenn sie unter sich waren, eine «halbe Exzellenz».

«Nun, wir werden ja sehen», meinte Seine «halbe Exzellenz» und gab sich damit einen Anschein von Gelassenheit, der nicht verhindern konnte, daß seine Gedanken sich immer wieder dem «Prinzen» zuwandten. Die Höflichkeit des Alten war nicht zu bezweifeln, dennoch hatten die höheren, hohen bis zu den meisten höchsten Beamten kaiserlicher Majestät einen gehörigen Schuß Angst vor ihm in ihrem Blut. Talmann ertappte sich bei dem unmöglichen Gedanken, ob man ihm wohl aus dem, was sich am jenseitigen Ufer des Goldenen Horns abspiele, einen Vorwurf machen könne? Nein, das freilich nicht, beruhigte er sich. Immerhin gebe es anderes. Da sei doch noch immer diese scheußliche Geschichte ... Er seufzte.

«Hat man noch immer nichts von der Baronesse gehört?» fragte er dann.

Weil im Augenblick doch nichts zu tun war, als zu warten, konnte er sich diese unnütze Frage erlauben. Denn natürlich hatte niemand etwas vernommen. Nur Dolmetscher Niclas Theyls, der für derartige gar nicht seltene Aufgaben zuständig war, fügte hinzu, daß er diese Ergebnislosigkeit einfach nicht verstehe, der Fall habe scheinbar so einfach gelegen ...

Jawohl, einfach! Das sei es ja gerade: Als einen ganz einfachen Fall habe Wien ihn bei der Auftragserteilung bezeichnet, dachte Talmann, und nun ...! Wenn es sich um einen kaiserlichen Schützling gehandelt hätte, sei es schon schlimm, aber beim Alten eine Katastrophe! Und dann gingen seine Vermutungen den gleichen Weg wie die des Herrn von Koch in der Himmelpfortgasse. – Er gab sich einen Ruck.

«Versprecht fünftausend Gulden für jede Mitteilung, die dazu führt ...» Talmann unterbrach sich. «Was ist?»

Der Sprachknabe Latour hatte die ganze Zeit am Fenster gestanden und schien nun etwas Besonderes zu bemerken ... Bald bestand kein Zweifel mehr: statt bloßer Nachrichten über den Aufruhr kam er selbst. Ein roter Wurm kroch vom Goldenen Horn Galata hinan. Es war ein einziger Leib. Keine Häuser wurden geplündert, keine Feuersbrünste angelegt. Ein festes Ziel schien der Wurm zu haben. Was wollte er?

Die Teleskope traten in Tätigkeit.

«Lauter rote Kopfbinden!» rief Caspar Momars, der kaiserliche Dolmetsch. «Ein wunderbarer Einfall! Sehen Euer Hochwohlgeboren?» Damit gab er dem Sprachknaben Mayer, der neben ihm stand, sein Fernrohr. «Ihr habt gute Augen, junger Mann, vielleicht seht Ihr mehr.»

«Gesindel!» grollte Herr von Talmann.

Gesindel, dachte Mayer, natürlich Gesindel. Alles, was nicht Pascha, Aga, Bey oder Großkaufmann sei, zähle für Menschen wie die halbe Exzellenz zum Gesindel. Nun, Paschas seien bestimmt nicht unter den Kopfbinden und reiche Leute kaum – höchstens einer oder der andere, der auf die Revolte spekuliere. Nun ja, Leute aus den Gefängnissen könnten auch dabeisein; aber die meisten dürften morgen oder übermorgen, wenn alles vorbei sei, wieder auf ihrem Schusterschemel sitzen, an ihrem Schmiedefeuer stehen, Kleider nähen, Lasten tragen, Schiffe rudern ... es sei das Volk, das werktätige Volk, das da als roter Wurm heraufziehe und das – jetzt sehe man es – dem Palast des Woiwoden zustrebe.

«Gesindel, nichts als Gesindel», wiederholte Herr von Talmann, «jetzt mit einigen Batterien da hineingepfeffert oder mit Pelotonfeuer ...» Wollust überkam ihn bei dem Gedanken an Donnern und Knallen, an geworfene, schreiende, sich windende Leiber, an strömende Blutbäche, die Straßen hinab bis zum Goldenen Horn, bis zum Bosporus, immer weiter ... Und doch war er ein Mensch, mehr oder weniger gut und nicht besonders böse, gelegentlich großmütig und zuweilen kleinlich, nicht ohne Ängste und, wenn die Gefahr nicht allzu sehr schreckte, mitunter sogar nicht ganz ohne Mut. Auch besaß er einiges Wissen, auf das er sehr stolz war, vor allem auf sein Buch, das er geschrieben hatte. Aber diesem Menschen eines etwas gehobenen Durchschnitts blieb nichts als Wille zur Zerstörung und uferloser Haß beim Anblick des Volkes, das sich vermaß, auf sein irdisches Los selbst Einfluß nehmen zu wollen, desselben Volkes, das er Gesindel nannte und das doch die Woge war, auf der er und seinesgleichen schwammen.

Im Tschardak hörte man nur ein allgemeines Brausen, in dem alle Einzelgeräusche verschwanden. Aber man sah. Verschlossen und wie tot stand das umwimmelte Haus da. Doch jetzt wurde die Bewegung der Menge durch eine Absicht aller geregelt.

«Sie rammen das Tor!» rief einer. «Sie rammen.»

Mit der Kraft vieler Männer wuchtete ein mitgebrachter riesiger Balken gegen die Eichenbohlen. Sie barsten. Und dann gefährdeten die Menschen sich selbst, so heftig waren Sturm und Drang, durch die Splitter ins Innere zu gelangen. Das tote Haus wurde lebendig. Die Tore legten sich vollends nieder, Fenster sprangen auf, und hinter ihnen war ein Gewoge von Menschen. Die ersten Möbel flogen jetzt auf die Gasse, ein Mensch folgte. Eine Sekunde schwebte er auf dem Fensterrand – dann hatte Allah gesprochen: Der Woiwode von Galata war auf der Straße auf Polster gefallen und am Leben geblieben. Sein Leben ließ man ihm auch. Es war hier nicht wie auf dem Fleischmarkt, wo man die Gehaßten, deren man habhaft wurde oder die das Serail hatte ausliefern müssen, zusammenhieb. Nicht zu töten war man gekommen, nur um zu plündern. Alles, was sich fortschleppen ließ, war Beute, und bald balgte man sich um wertlose Fetzen, während vielleicht daneben ein anderer verstohlen einen kostbaren Gegenstand verschwinden ließ. Wer kühlen Kopfes blieb, konnte sich bereichern. Aber wer blieb schon kühl in der allgemeinen Gier? Das Haus, soeben noch eines der reichsten – nur wenigen Plünderern trug es Gewinn ein. Dienstboten wurden aus dem Hause gestoßen oder flüchteten selbst. Jeder konnte sich ihrer bemächtigen, und die Ausgetriebenen hätten den Herrn gewechselt. Aber wer griff schon zu? Diese Handwerker und kleinen Leute konnten sich keine herrschaftlichen Diener leisten. Der Schuster brauchte Schuster und der Tischler Tischler. Von solchen Hantierungen aber verstanden diese gutgekleideten und wohlgesitteten Menschen nichts. Junge Burschen, Knaben … die freilich hätte man nicht verschmäht. Doch davon hatte sich nichts im Haus des Woiwoden gefunden.

«Sie haben den Harem erbrochen!» rief einer der Dolmetscher im Ausguck.

Er wußte, was das hieß. Alle wußten es. Das Leben hatte die Menge dem Woiwoden gelassen, aber nun nahm sie ihm seine Ehre. Einen Mann von seinem Harem trennen hieß ihn ehrlos machen. Einzelheiten waren vom Tschardak mit dem bloßen Auge kaum zu sehen, geschweige einzelne Laute aus dem allgemeinen Brausen zu hören. Mit den Teleskopen jedoch las man das Kreischen, Schreien und Jammern von den aufgerissenen Mündern der sich Sträubenden ab. Dem gewohnten Schutz entrissen, fremden Fäusten ausgeliefert und in kaum noch verhüllenden Bleibseln einer vordem reichen oder doch in jedem Fall ausreichenden Kleidung zu einer aufgeregten Menge hinausgestoßen, hatten diese Frauen und Mädchen auch wahrlich Grund genug zu der Verzweiflung, der sie sich hingaben. Ihre Unantastbarkeit, die jeder Rechtgläubige sonst respektiert hätte, war aufgehoben, denn jede Schmach, die man ihnen antat, galt ja ihrem Herrn, und man war sehr gewillt, auf den Woiwoden so viel Schmach zu häufen, wie man nur konnte. Und wenn wirklich eine weniger von dem berührt gewesen wäre, was ihr geschah, oder nach den unerforschlichen Regungen des Weibes gar einen geheimen Kitzel dabei verspürt hätte, so wäre es doch höchst abstoßend gewesen, wenn sie nicht ebenso wie alle andern einen unstillbaren Jammer gezeigt hätte. Noch etwas anderes unterließ keine: Mochten die Risse der Gewandungen auch noch so viel blanke Haut sehen lassen – mit einem Lappen, mit Armen, mit Händen bedeckten sie doch ihre Gesichter, so daß es dem Schrecken auf diese Weise auch nicht an Erbaulichkeit fehlte.

Streng Verschlossenes war gesprengt worden und zeigte nun seinen Kern. Einen Teil von ihm zu erhaschen, streckten viele Hände sich aus, besonders die der Soldaten. Gerade die reiferen und derberen Frauen waren es, nach denen sie griffen. Wer im Harem sich den Künsten der Küche, des Schrubbens und Fegens gewidmet hatte, versprach einem Janitscharenhaushalt Nutzen, während die Damen und deren Dienerinnen, die auch wieder damenhaft waren, nur Angst vor ihrem Getue und ihren Ansprüchen einflößten. Die Erfahreneren lächelten über solche Tröpfe, die sich nicht abschrecken ließen. Was würden sie davon haben? Scherereien! Und hinterher etwa verkaufen? Kein Sklavenhändler nahm geraubte Ware.

Es gab also Kluge und Törichte und großes Gedränge. Dahinein wurde aus dem Haus ein menschlicher Körper geschleudert, ein Wurfgeschoß, das sich eine Gasse brach, um in den Armen eines Janitscharen zu landen.

«Eine Haremsfrau!» rief Talmann.

Es war auch wirklich eine Frau, und Talmann hatte Ursache, sich zu wundern. Ehe die Gasse sich hatte schließen können, stand sie bereits oben auf den Stufen, den Torpfeiler als Rückendeckung und in der Hand einen Säbel. Einen Janitscharensäbel. Vermutlich hatte sie ihn dem stolzen Krieger entwendet, auf den sie geprallt war. Jedenfalls hatte sie einen Säbel, und mit dem stand sie nun da. Nicht den geringsten Versuch machte sie, vor der Menge ihr Gesicht zu verbergen. – Talmann begriff überhaupt nichts.

«Daß man sie nicht zusammenhaut ... sind die Kerle denn so feige?»

«Feige nicht», berichtigte der ältere Momars. «Aber vor nichts haben die türkischen Regulären so viel Achtung wie vor Mut. Und den hat dieser Satan. Sehen Euer Hochwohlgeboren?»

Offenbar hatten es sich die Herren Soldaten vorbehalten, dieses Abenteuer zu bestehen. Ein anderer Janitschar näherte sich jetzt, mit gezogenem Säbel zwar, aber auf eine Weise, als gelte es eine Volksbelustigung. Er tanzte um sein Opfer herum, ohne dessen Ruhe erschüttern zu können. Plötzlich fiel er aus, die Klingen trafen sich, und ... der Ausfall war von der Dame pariert. Um zu zeigen, wie sehr er dieses Fechten nur für ein Spiel halte, warf der Angreifer seinen Säbel in die Luft, fing ihn wieder auf und wollte von neuem beginnen.

Es blieb beim Versuch. Ein dritter Janitschar lenkte die Aufmerksamkeit auf sich, ein großer, massiger Mann. Allen sichtbar trat er aus dem Torbogen und schien dem Fechter etwas zuzurufen.

«Das ist Mußli», rief Mayer, «den kenn ich.»

«Der Freund von diesem Patrona Chalil?» fragte sein Chef. «Möchte wohl wissen, wo Ihr den kennengelernt habt.»

«In einer verbotenen Weinkneipe natürlich», antwortete der junge Herr mit größter Unbefangenheit. «Die Janitscharen sind gute Moslemin, aber das hindert sie nicht, ebenso rechtschaffen zu saufen wie unsere Kürassiere.»

«Oder der Herr Mayer», vermutete die halbe Exzellenz. «Weinkneipen scheint Ihr als Euer Hauptarbeitsgebiet zu betrachten.»

«Für den Dienst kaiserlich römischer Majestät ist mir nichts zuviel. Weinkneipen können ganz nützlich sein», belehrte der Herr Sprachknabe seinen Chef, «wie hätte ich sonst Euer Gnaden eine Auskunft geben können?»

Seine Kollegen grinsten. Wenn der Sprachknabe Mayer einem Vorgesetzten – und nun gar dem höchsten! – mit Maulfertigkeiten diente, waren sie immer erbaut. Einer Antwort jedoch war Herr von Talmann enthoben. Die Vorgänge beim Woiwodenpalast waren anziehender als ein Wortgeplänkel im Tschardak.

Notgedrungen war die Aufmerksamkeit der streitbaren Dame ganz auf ihren Gegner gerichtet. Sie wußte nichts von der Nähe des Goliaths Mußli, der nun auf einmal ihre Rechte mitsamt dem Säbel in seiner Pranke hatte. Es half ihr nichts, daß sie ihn mit der Linken ins Gesicht schlug und sich wie eine Schlange wand. Gelassen öffnete er ihre Faust, gab den Säbel dessen Eigentümer zurück und warf das strampelnde Geschöpf sich über die Schulter, um damit im Gewühl zu verschwinden.

«Was meint Ihr, Mayer?» fragte Talmann. «Ihr wißt ja alles. Was wird Euer Mußli mit ihr anfangen?»

«Den Mußli erkannte ich an der Gestalt. Es gibt nur einen von dieser Sorte. Aber sonst! Ich habe kein Fernrohr, und so weiß ich nicht, wie sie aussieht.»

Indessen wurde das Gedränge und Geraufe um die lebende Beute immer ärger. Unter diesen Umständen übersah man im Tschardak auch, daß Mußli mit einem teppichbeladenen Eselkarren einem Ziel zustrebte, das niemand kannte als er.

VIII

«Was tue ich mit einem leeren Haus?» beschwerte sich Patrona Chalil bei einer völlig schwarz gekleideten und ebenso verschleierten Gestalt. Kein Mensch hätte zu sagen vermocht, ob sich etwa statt einer Frau ein Mann darunter verberge.

«Du tatest wohl, dich des Hauses zu bemächtigen. Der frühere Vorsteher der Fleischerzunft ließ es von dem meistgerühmten Architekten erbauen. Er war nicht einmal schlecht. Man sieht es am Haus und an den Möbeln. Der Zunftvorsteher war auch nicht so übel. Er hatte nicht nur Geld, sondern zugleich Verstand genug, sich nicht einzumischen. So wurde das Haus später der Ehre gewürdigt, als kaiserlicher Palast innerhalb des Gartentores der eigenen Tochter des Padischahs zugesprochen zu werden. Und nun bist du, ohne Widerstand zu finden, mit deiner Rakije eingezogen. Du kannst es nicht leugnen, Janitschar: Der erste Teil meines Versprechens ist erfüllt.»

«Wenn sich der zweite Teil ebenso erfüllt, wird Rakije den kaiserlichen Scherbett wohl in einer durchlöcherten Tasse kriegen. Kenne sich hier einer aus. Nicht einmal ein Ziehbrunnen ist zu finden.»

«Ziehbrunnen gibt es hier nicht, wohl aber Wände, aus denen Wasser fließt. Du brauchst nur an den richtigen Hähnen zu drehen.»

«Wie soll ich sie kennen? Glaubt deine Exzellenz, ein armer Janitschar wie ich verfüge über ein halbes Hundert von diesen feinen Dienern und Dienerinnen, die so einen Palast in Ordnung zu halten verstehen? Ich habe meinen Freund Mußli fortgeschickt, um ein oder zwei Mädchen zu greifen, damit sich Rakije so ganz allein in all diesen vielen Zimmern und Sälen nicht grault, wenn ich wieder auf den Fleischmarkt muß. Eigentlich hätte ich gar nicht wegdürfen.»

«Und Mußli hättest du nicht fortschicken sollen. Wenn du nicht auf dem Markt bist, muß wenigstens Mußli da sein. – Daß du kein Gesinde vorfandest, hätte dir die Macht des ‹armen Janitscharen›, der du bist, beweisen können. Schon dein Name genügte offenbar, daß die Leute ausrissen. Hättest du nicht auf mich warten können? Wenn ich das Haus verlassen habe, soll deine Rakije in die Hände klatschen, und sie wird bedient werden, als sei sie die Prinzessin selbst ... Wer ist das?» Er lauschte. «Ein etwas schwerer Tritt für deine Rakije.»

«Die hat überhaupt keinen Tritt, die liegt und stöhnt.» Patrona Chalil riß die Tür auf. «Hierher, Mußli!»

«Hier hab ich eins», sagte Mußli schlicht, als er seine Last auf den Diwan warf.

«Was denn: ‹eins›?» fragte Chalil, während er den Teppich aufrollte. «Laß sehen!»

«Was anderes als ein Mädchen oder was es sonst sein mag.»

«Freilich: ‹was es sonst sein mag›!» schalt Chalil und holte der kriegerischen Haremsdame, die wohlverschnürt aus dem Teppich herausgerollt kam, das dicke Tuch aus dem Mund, das ihr Mußli hineingestopft hatte. «Womöglich hast du ein totes Mädchen angeschleppt. Welch ein Unverstand! Ihr den ganzen weiten Weg von Galata bis hierher die Luft abzuschneiden.»

Beschir hatte sich zurückgezogen. Jetzt trat er vor.

«Wo hast du sie her?» erkundigte er sich.

«Wer ist denn das da?» fragte Mußli den Kameraden. «Die Hebamme?»

«Kannst du nicht antworten?» rief Beschir und schlug den Schleier zurück. «Wo du sie her hast, will ich wissen!»

«Verneige dich, Mußli», mahnte Chalil, «und sprich höflich zu Seiner Exzellenz.»

Bei dem plötzlichen Hervortreten der schwarzen Gestalt hatte Mußli den Mund aufgerissen – bei dem Wort «Exzellenz» klappte er ihn wieder zu; aber seine schöne Verneigung mit auf der Brust gekreuzten Armen war pure Vergeudung. Beschir sah sie nicht mehr. Er kniete bereits neben dem Mädchen.

«Von Galata hab ich sie – aus – aus dem Woiwodenpalast, Exzellenz», stotterte Mußli.

Und dann hielten die Janitscharen den Atem an. Beschir spürte dem Herzschlag der Bewußtlosen nach. An Stoff hatte er nicht viel beiseite zu schieben. Er lag mit dem Ohr auf der weiblichen Brust und horchte. Nach einer Weile hob er den Kopf und besah sich die beiden Kameraden mit einer Miene, als habe er in seinem Leben schon sehr viel Schöneres gesehen.

«Zwei Janitscharen», sagte er und nickte ihnen zu, wobei jedes Nicken sein höchstes Mißfallen ausdrückte, «und Branntwein habt ihr natürlich auch nicht.»

Darin aber irrte die hohe Exzellenz sich, und gerade Mußli war es, der ihm beflissen und stolz seine Feldflasche reichte. Und dann wunderten sich die beiden Krieger, mit welcher Zartheit die Exzellenz ihren Arm unter den Kopf des Mädchens legte, ihm den Mund öffnete, um mit ängstlicher Sorgfalt alten serbischen Pflaumenschnaps in ein Wesen zu tröpfeln, dem eine so gute Sache eigentlich gar nicht zukomme. Beschir jedoch fuhr damit fort, bis erste Schluckbewegungen sich einstellten. Dann ergriff er die Handgelenke des Mädchens und vollführte mit ihnen nach oben und unten kreisende Bewegungen hin und zurück. «Hast du mit ihr gesprochen?» fragte er während dieser Tätigkeit, die den beiden Soldaten reichlich seltsam dünkte. «Dich mein ich, Janitschar Mußli.»

«Nur wenig. Das meiste sprach sie.»

Beschir war nicht überrascht, aber ungeduldig.

«Nun, was denn? Sei nicht so maulfaul. Sprach sie türkisch?»

«Türkisch, ja – aber dazwischen auch deutsch.»

Einen winzigen Augenblick hielt Beschir inne, um dann mit verdoppeltem Eifer mit seiner Beschäftigung fortzufahren.

«Verstehst du denn Deutsch?»

«Ein paar Brocken verstehen wohl alle, die wir an der deutschen Front waren. Und ich stand sogar vor Wien.»

«Es wäre besser gewesen, ihr hättet in Wien gestanden.»

«Es war nicht Allahs Wille. Sein Name sei gepriesen.»

«Also türkisch und deutsch sprach sie», unterbrach der Kurator von Mekka und Medina Mußlis Hingabe an die Frömmigkeit. «Aber was zum Teufel sprach sie denn?!»

«Schreckliche Worte. Lästerungen, Flüche. Man kann es nicht wiederholen. Geruhen deine Exzellenz, es mir zu erlassen.»

«Vermutlich, daß du ein Hundsfott seist, ein Saumagen oder so ähnliches. Aber schon gut. Ich erlasse es dir. Vielleicht hat sie aber sonst noch etwas gesagt. Erzähle!»

Dazu war Mußli durchaus geneigt, und so erzählte er die Geschichte mit dem Säbel, wobei er nicht hervorzuheben vergaß, wie er ihn ihr so ganz nebenbei aus der Hand gewunden habe.

Wider Mußlis Erwarten waren Seine Exzellenz nur mäßig beglückt.

«Aber außer, daß sie dich beschimpfte, hat sie eigentlich gar nichts gesagt?» ging das Verhör weiter. «Oder doch? Sagte sie etwa, daß sie eine große Hanum sei? Wie? Daß sie dem Woiwoden überhaupt nicht gehöre und nur von ihm festgehalten worden sei? Nicht? Auch irgendeine Gesandtschaft der Ungläubigen hat sie nicht erwähnt?»

Nein, von alledem habe sie nichts gesagt.

Das war der Augenblick, in dem Seine Exzellenz es aufgab.

«Ich glaube dir gern, daß du ein tüchtiger Mann bist, Mußli, besonders da du es selbst versicherst. Aber warum du die da hierher gebracht hast, weiß Allah, der Allwissende – ich weiß es nicht.»

Jetzt jedoch wurde Mußli eifrig.

«Als sie den Ausfall parierte, merkte ich gleich, daß sie sich aufs Fechten versteht. Geradezu leid tat es mir, den Kampf unterbrechen zu müssen ...»

«Aber hier handelt es sich doch nicht ums Fechten, sondern darum, daß die Rakije ein Kind kriegt! Was soll sie dabei?»

Ein Mädchen, das sich auf einen Säbel verstehe, setzte Mußli als seine unumstößliche Meinung dagegen, werde mit allem fertig. Was sei da schon so was wie ein bißchen Kinderkriegen.

«Es ist mir aber doch lieb, daß wir bald eine richtige Hebamme hier haben werden. Ob die Hebamme sich freilich auf einen Säbel versteht, kann ich dir nicht sagen, Mußli. Nun aber geht ihr beiden und wartet draußen, bis ich euch rufe. Sie braucht beim Erwachen nicht gerade euch als erstes zu erblicken. Vor allem dich nicht, Mußli.»

Mit Staunen und etwas abergläubiger Furcht hatten die Herren Janitscharen sich angesehen, was Beschir zur Wiederbelebung der fast Erstickten unternommen hatte. Daß sie ihn für ein wenig verrückt hielten, erhöhte nur ihre Ehrfurcht. Irre waren für sie Menschen, die Allah berührte. Außerdem wußte Chalil ja auch, mit wem sie es zu tun hatten. So verzichteten sie denn auf Einwendungen, die sie mit Hinweis auf den Mangel an Zeit hätten erheben können, und ließen den Kislar mit dem Mädchen allein.

Beschir wußte, daß die Dame tatsächlich beinahe erstickt wäre. Nach kurzer Untersuchung jedoch hatte er ihre fast unerschöpfliche Kraftfülle ebenfalls erkannt und nach dieser erfreuenden Feststellung weiterhin der armen Bewußtlosen lauernde Blicke bemerkt, mit denen sie aus einem winzigen Schlitz ihrer Lider ihre Umgebung beschossen hatte. Wären die Janitscharen geblieben, hätten sie Beschir vollends für einen Zauberer gehalten.

«Meinst du nicht, Fräulein», sagte er nämlich ohne weitere Vorbereitungen, «daß es jetzt an der Zeit sei, ein paar Worte miteinander zu reden? Es müßte allerdings gleich sein, viel Zeit habe ich nicht.»

Mit einem kleinen Kreischen der Überraschung sprang sie in einer Weise auf, die jede Sorge um ihre Gesundheit überflüssig machte.

«Ich bin kein Fräulein», wies sie ihn ohne die geringste Verlegenheit und voll Angriffslust zurecht. «Ein Bastard bin ich und nichts als ein Bastard. Mir genügt das nämlich vollkommen.»

Beschir war zwar ein wenig erstaunt, aber das verdoppelte nur seine Vorsicht.

«Sie sind doch ein Fräulein», versicherte er ihr, «und darum werden Sie, solange Sie bei uns sind, als Herrin und Dame behandelt werden.»

«Halten Sie das für ein so großes Vergnügen?», fragte die Herrin und Hanum.

«Jedenfalls für ehrenvoll, und ich will hoffen, daß es Ihnen beim Woiwoden ...»

«Bei Dewlet Bey?»

«Gewiß, bei ihm nicht etwa anders ergangen ist ...?»

«Bis auf das eine Mal», sprang es ihr wie von selbst aus dem Mund ...

Das Gespräch wurde in einem bunten Durcheinander von Türkisch und Deutsch geführt. Der Dauerkrieg hatte Deutsch zur meist gebrauchten Fremdsprache in der Türkei gemacht, und wenn Beschirrs Kenntnisse darin durch die gefürchteten Artikel zuweilen auch etwas durcheinander gerieten, so bestanden sie doch aus mehr als nur ein paar Brocken. Ähnlich verhielt es sich mit dem Mädchen. Mit dem Türkischen war es aufgewachsen, das sich im Laufe der zweihundert Besatzungsjahre in Ungarn eine Art Heimatrecht erworben hatte.

«Bis auf das eine Mal?» wiederholte Beschir, wobei er seinen Ärger nicht verbarg. «Wollen Sie damit sagen, Dame, daß Dewlet Bey sich ungehörig benommen habe?»

«Wie soll ich wissen, was bei euch gehörig und was ungehörig ist?»

«Nennen Sie mir Dewlets Vergehen, und Sie werden es wissen.»

Er wartete und erhielt dann statt einer Antwort eine Rüge.

«Ungehörig sind Sie, wenn Sie es wissen wollen», griff ihn das Mädchen an. «Ganz ungewollt kam es mir heraus, und so etwas überhört man. Aber Sie sind eben kein Kavalier, kein Tschelebi, und so sag ich es lieber selbst, damit Sie sich nicht am Ende alles mögliche ausdenken, was gar nicht wahr ist. – Dewlets Verfehlungen», höhnte sie und dehnte die Verfehlungen ungebührlich. «Was sind das schon für Verfehlungen. Betrunken war er, das ist alles. Nun ja, Männer trinken eben. Wie ich bemerkt habe, auch in der Türkei. Oder etwa nicht?» fragte sie spitz.

Beschir beruhigte sich. Er sah, daß kein Zwischenfall vorlag, der Verwickelungen hätte herbeiführen können. Außerdem erheiterte ihn der Mädchenzorn, und so begann er, mit ihr zu spielen, nicht um etwas von ihr, sondern um bei dieser Gelegenheit etwas über sie zu erfahren. Er gab also zu, daß es trotz Allahs Verbot auch in der Türkei Trinker gebe. Aber es sei zu tadeln, wenn Dewlet sich diesem Laster etwa in Gegenwart einer Hanum hingegeben habe.

«Aber nein! Ich nehme nur an, daß er betrunken war. Gesehen habe ich ihn überhaupt nicht. Ich war ganz woanders», versicherte sie. «Er schickte nur nach mir ... und ich hab es ja auch gar nicht getan!»

«Was nicht getan?» forderte er sie weiter heraus, bis sie schließlich seinem Blick mit einem Lächeln begegnete.

«Ich sollte –», sie zögerte – «ach was!» – entschloß sie sich dann tapfer: «Er verlangte, ich sollte mich ausziehen. Splitternackt, verstehen Sie? Und in diesem Zustand sollte ich vor ihm erscheinen. – Er mochte sich davon etwas versprochen haben; aber ich glaube nicht, daß er vor Entzükken gleich tot umgefallen wäre, wenn er mich ohne Kleider zu sehen gekriegt hätte. Und mir wäre auch nichts abhanden gekommen. So betrunken, wie er gewesen sein muß, hätte ich ihn, wenn es nötig geworden wäre, mit einigen gekonnten Griffen weit eher überwunden als er mich.»

Beschir überlegte, ob dieses Mädchens erstaunlicher Freimut wohl echt sei, besonders als sie noch hinzufügte, daß sie den Landesbrauch ja nicht kenne und daß Dewlet Bey sich offenbar mit seinem Verlangen im Recht gefühlt habe.

Ganz Ablehnung war Beschir, als er kühl erwiderte, der Landesbrauch sei genau derselbe wie bei allen gesitteten

Menschen in der ganzen Welt. Dagegen müsse er sich sehr wundern, wie sie, ein vornehmes Fräulein von Adel, sich selbst in einer derartigen Lage nur habe vorstellen mögen.

«Sie machen sich das sehr leicht», gab ihm das vornehme Fräulein zurück, «von einer Hanum hat man mir nichts gesagt, sondern nur, daß ich Dewlets Sklavin sei. Ich war auf allerhand gefaßt und habe mich in ganz andern Lagen vorgestellt, als ich mich weigerte. Einen Augenblick dachte ich sogar daran, mich zu fügen.»

«Aus Angst?»

«Kaum. Ich langweilte mich nur so sehr. Aber nur einen ganz kleinen Augenblick dachte ich es. Dann fand ich diesen Dewlet Bey wieder völlig unmöglich.»

«Einen so gutaussehenden Mann?»

«Jawohl», lachte sie, «Augen wie Sterne am Nachthimmel des Paradieses und so ähnlich. Außerdem noch so eitel! Das war auch kein Wunder. Sein Weibervolk umschwärmte ihn wie eine Horde läufiger Katzen. Einfach widerwärtig. Und nun wundern Sie sich und machen mir Vorwürfe, obwohl ich es ja gar nicht getan habe? Ich bin es durchaus nicht gewohnt – das können Sie mir glauben! –, mich vor Männern auszuziehen, die mich nichts angehen, und einer, der mich was angegangen hätte, war noch nie da. Leider.»

Beschir tat ganz ernsthaft und nickte. Er könne nun auf ein Leben von beträchtlicher Länge zurückblicken, sagte er, doch eine Frau wie sie habe er noch nie gesehen.

Das komme dann daher, daß er seine Augen nicht richtig aufgemacht habe. Er verstehe eben nichts von Mädchen, und umlernen sei auch nichts für ihn. Dafür scheine er ihr nicht mehr jung genug zu sein. Überhaupt habe sie ihn in einer lächerlichen Weise überschätzt. Er gehöre auch nur zu den Allerweltsleuten, die ihre blöden Vorurteile für Naturgesetze halten.

«Leider», sagte er und lachte in ihr zorniges Gesicht, «leider können wir dieses Gespräch erst in einigen Tagen fortsetzen», fuhr er ernster fort. «Ich hüte mich, Ihnen zu befehlen. Ich kann Sie nur bitten: Verlassen Sie diesen kaiserlichen Palast nicht. Wir haben Revolution. Kurze Zeit nachdem ich fort bin, wird alles, was Sie brauchen, zu Ihrer Verfügung stehen: Bedienung, Bäder, Kleider und, wenn Sie wollen, auch Gesellschaft.»

«Soll ich mich um die Frau kümmern?»

«Patronas Rakije? Sie neigt zur Eifersucht, und alles, was Mutter und Kind gefährden könnte, ist zu vermeiden. In wenigen Tagen, Dame, werden wir alles besprechen, und dann können Sie gehen, wohin Sie wollen, mit jeder Förderung und jedem Schutz, die der Kaiser – ich meine natürlich Seine Erhabenheit unsern Padischah – Ihnen geben kann. Bis das Personal hier ist, lasse ich Ihnen Mußli.»

Eine Antwort wartete Beschir nicht ab. Er klatschte in die Hände, gab seine Befehle und war mit Patrona allein.

«Sie werden dich auf dem Fleischmarkt vermissen», begann Beschir.

«Ich hätte hier nicht so lange herumlungern dürfen.» Patrona Chalil sorgte sich und verdichtete seine Sorge zu einem Angriff. «War das Gespräch mit dem Mädchen so wichtig?»

Für einen einfachen Janitscharen war die Frage eine Frechheit. Doch Beschir selbst hatte Chalils Macht als Argument gegen Chalil gebraucht und sie damit anerkannt. Auch jetzt verhandelte er gleich zu gleich mit ihm. Es schien ihm das die beste Art, zu untersuchen, ob er in ihm einen Parteigänger oder einen Gegner sehen müsse.

«Gar nicht wichtig», sagte er darum gelassen. «Ich hätte das Mädchen etwas später auch noch geheilt.»

«Aber dann ... Ich sage nichts gegen die Heilung. Sie trat schnell ein und war, wie ich sehen konnte, gründlich. Aber bei der Eile, die wir haben ...»

«Höre erst. Gerade das mit der Eile meine ich auch. Was wäre also, wenn inzwischen die kaiserliche Antwort auf dem Fleischmarkt eintreffen würde ...»

«Deine Exzellenz weiß ...»

«Ich sagte: Höre. Wer selbst spricht, überhört manches, was ihm vielleicht von Nutzen hätte werden können. Vergiß nicht: Die Macht gefährdet. Am meisten den, der sie besitzt. Wer keine hat, kann sie nicht verlieren. Wer sie aber verliert, dessen Kopf schützt sie nicht mehr. Nun denn, ihr hattet den Kapudanpascha, den Kaimakam, den Mufti und den Großwesir verlangt.»

«Jawohl! Aber lebend!» rief Patrona Chalil.

«Du brauchst nicht zu schreien, mein Sohn. Ich weiß es ohnehin. Also: Der Padischah hat den Kaimakam und den Kapudanpascha in das Gewahrsam des Bostandschibaschi gegeben ...»

«Hat er? Aber das ist doch ein Sieg!» jubelte Chalil. «Und was ist mit dem Großwesir und dem Mufti?»

«Der Padischah will sie beide absetzen und verbannen.»

«Verbannen?»

«Ganz recht. Ihr sollt auf ihre Köpfe verzichten. Hast du verstanden? Was, meinst du, wird man auf dem Fleischmarkt dazu sagen?»

«Aber den Kapudan und den Kaimakam bekommen sie lebend?»

«Die beiden sind beim Bostandschibaschi an der Pforte des Henkers.»

Beschir gab damit eine Auskunft. Die Auslegung überließ er Patrona Chalil. Der dachte nach.

«Was sie auf dem Fleischmarkt dazu sagen werden?» meinte er dann. «Mit dem Mufti war es ja von Anfang an gar nicht so ernst gemeint. Die Ulema ohne Amt freilich; aber wir ...»

«Und der Großwesir?»

«Absetzung und Verbannung ist für einen so alten Mann wie den Mufti eigentlich schlimm genug. Auch ist er ein Ulema. Für Leute wie wir ist es mißlich, ihn anzurühren. Es könnte eine schwere Sünde sein und uns am Jüngsten Tage angerechnet werden vor Allah. Was meint deine hohe Exzellenz?» fragte Patrona Chalil reichlich unsicher. Er wäre froh gewesen, wenn er von Seiner hohen Exzellenz erfahren hätte, was er meinen solle. Aber Beschir tat ihm den Gefallen nicht. Er war ganz Ironie und Verachtung.

«Ich sprach vom Großwesir, Chalil.»

«Gewiß, natürlich ... aber was hat er eigentlich getan?»

«Das müßt ihr wissen. Ihr habt ihn lebend verlangt. Ich vermute, nicht, um ihn am Leben zu lassen.»

Beschir sah zum Fenster hinaus. Wind war aufgekommen. Die Kastanien prasselten zur Erde, welke Blätter wirbelten über sie hin. Das alles sah Beschir und sah es nicht. Nichts durchdrang sein Starren. – Was Ibrahim getan habe, frage dieser Janitschar? Ohne Augen sei er, der so frage, und so wie er seien seine Gefährten und das Volk. Ibrahims Staatsbibliotheken und andere Bauten, seine Friedenspolitik und seine sehr menschliche, kluge Verwaltung im Innern, auch die zwölf Jahre, die er, Beschir, mit ihm zusammengearbeitet habe – alles, alles spreche für Ibrahim. Und nun frage dieser Janitschar: was Ibrahim eigentlich getan habe? Aber Chalil und das Volk seien immer nur vor vollendete Tatsachen gestellt worden, niemand habe ihnen das Warum genannt. Wenn hier Schuld sei, treffe sie andere, etwa ihn, Beschir, der zwar nicht zu den Regierenden, aber, was mehr sei, zu den Herrschenden gehört habe und gehöre.

«Wenn die Truppen die beiden andern kriegen», hörte er Patrona Chalil sagen, «dann wissen sie, warum sie ihre Kessel auf den Fleischmarkt geschleppt haben, ob zwei oder vier, ist nicht mehr ganz so wichtig. Die Hauptsache ist doch, daß der Padischah guten Willen zeigt, und das tut er doch, sag selbst, Exzellenz ...»

Ganz recht, jetzt müsse er, Elhadsch Beschir Aga, sich umwenden und diesen Revolutionär aus seiner, Beschirs, eigenen Macht bestärken, jetzt sei der Augenblick der Entscheidung ...

«Und sie werden ja auch verbannt», fuhr Chalil fort, «was können sie dann noch schaden? Den Großwesir schickt möglichst weit weg. Nach Kaffa vielleicht ...»

Weit weg? Nach Kaffa? Nein! Jetzt sei nicht der Augenblick der Entscheidung – die Entscheidung sei schon im Uferpalast zu Skutari gefallen. Dort habe Damad Ibrahim,

Pascha von sechs Roßschweifen, das Osmanische Reich verraten, dessen Großwesir er sei. Vielleicht würde ein anderer an seiner, des Kislars, Stelle das, was er jetzt vorhabe, ebenfalls tun, um seinen Kopf zu retten, der mehr als nur gefährdet und so gut wie verloren sei, wenn alles bliebe, wie es war. Diesen Vorwurf – wenn er einer sei – könne er vor sich selbst zurückweisen. In Skutari habe er seinen Kopf hingehalten und die Klinge schon über seinem Nakken gefühlt. Daran, daß Ibrahim alles getan habe, sie zum Niedersausen zu bringen, zweifle er nicht. Nach Kaffa? Weit weg? In einigen Segeltagen sei Kaffa zu erreichen. Nicht einmal Hadramaut im fernsten Arabien sei weit genug. Fatime Sultana sei sehr verliebt in ihren Mann. Vielleicht würde sie ihn begleiten. Und Fatime sei die Lieblingstochter Sultan Ahmeds, und Ibrahim sei nicht nur dessen Schwiegersohn, sondern auch mit Ahmed durch eine jahrzehntelange Freundschaft verbunden. Und da gebe es denn Boten und Briefe von der Tochter zum Vater und vom Freund zum Freund, und eines Tages ... Nein! Was er, Beschir, tue, sei nur zu rechtfertigen, wenn er die Macht, die er haben müsse, auch erhalte, um sie nie mehr aus den Händen zu geben. Ibrahim müsse fort, weil er nicht der Großwesir des Reiches, sondern nur der seines Schwiegervaters sein wolle. Und der Padischah, die Quelle aller Macht, auch seiner, Beschirs, eigener Macht, wenn er sie erränge? – Vierzehn Jahre habe Ahmed seinem Freunde Ibrahim die unumschränkte Macht überlassen, um sie dann plötzlich zu beschränken. Er habe sie nie aus den Händen geben oder nie zurückfordern dürfen. Auf Ahmed sei kein Verlaß. Mit tiefem Kummer erfüllte dieser Gedanke Beschir, aber auch mit einem kleinen Trost der andere, daß es aus der Zurückgezogenheit des Harems für einen abgedankten Padischah keine Wiederkehr zur Herrschaft gebe.

Das lange Verstummen Beschirs bedrückte den Janitscharen. Schließlich brachte er sich in Erinnerung.

«Hast du mir noch etwas zu sagen, Exzellenz?»

Langsam wandte Beschir sich um.

«Eine Kleinigkeit, mein Chalil. Und fürchte nicht, daß du zu spät auf den Fleischmarkt kommst. Sollte der Chasseki-aga mit seiner Botschaft vor dir da sein, so werden sie nicht wissen, was sie wollen, bis du erscheinst, an den sie glauben. Das Ergebnis wird dir zum Ruhme gereichen.»

«Und mir vielleicht auch den Dank des Padischahs eintragen?» meinte Patrona Chalil selbstgefällig und erwartungsvoll.

«Welches Padischahs?»

«Nun, unseres! Sultan Ahmeds! Ich kenne keinen anderen.»

«Ich wohl. Den künftigen Sultan.»

«Warum einen künftigen?»

«Ich frage dich, mein Chalil. Wenn dir unvermutet einer an die Kehle spränge, so daß du dich ihm nicht entwinden könntest, und nun müßtest du ihm deine Rakije abtreten, damit er dich freigäbe – würdest du ihm hinterher deine Freigabe danken?»

«Die Gedärme würde ich ihm austreten!»

«Und du glaubst, daß Sultan Ahmed seine Macht weniger liebt als du deine Rakije?»

Patrona Chalil staunte seinen Meister an, als sei der ein überirdisches Wesen.

«Also gut», sagte Beschir, «wir bekommen einen neuen Padischah. Den Namen sage ich dir noch.»

Nun ließ sich des Janitscharen Begeisterung nicht mehr dämmen.

«Du bist ein großer Lehrer, Exzellenz. Und ich war ein großer Dummkopf.»

«Du bist kein Dummkopf, du bist nur jünger als ich. Trachte danach, alt zu werden – es ist nicht immer ganz leicht, Chalil –, und du wirst ebensoviel und mehr wissen als ich.»

«Und Ibrahim?» fragte Chalil, der eine selbständige Entscheidung gar nicht mehr versuchte.

«Er ist Sultan Ahmeds bester Freund, also nicht deiner.»

«Außerdem ist er ein Mann der Feder und nicht des Schwertes», ereiferte sich Patrona als gelehriger Schüler.

«Wohlgesprochen, mein Freund.»

«Das wird auf dem Fleischmarkt seine Wirkung tun!»

«Und das Thronbesteigungsgeld», erinnerte Beschir. «Oder hast du vergessen? Das Thronbesteigungsgeschenk, das euch unser neuer Padischah – Allahs Segen über ihn! – auszahlen lassen muß!»

«Wie konnte ich das nur vergessen! Oh, Exzellenz, ich bin doch ein Dummkopf. Aber jetzt ... Sei versichert! Und wie ich denen auf dem Fleischmarkt das mit dem Thronbesteigungsgeld einblasen werde!»

Beschir hielt die Zeit für gekommen. Fast feierlich wurde er.

«Allahs Segen über dich, Patrona Chalil. Du bist ein großer Mann. Heute wendest du das Schicksal der Rechtgläubigen.»

Wie bereits allem Irdischen entrückt, stand er mit einem versonnenen Lächeln da und schien kaum den Handkuß zu bemerken, mit dem sich sein Schüler von ihm verabschiedete.

IX

Es war kein Wunder, daß man auf dem Fleischmarkt, wütend und sich selbst überlassen, wie man war, einfach dazu überging, nicht nur Generäle und Würdenträger abzusetzen, sondern auch gleich neue zu ernennen, ob die Erwählten nun wollten oder nicht. Keiner von den hohen Truppenoffizieren hatte sich bis jetzt den Aufständischen zugesellt. Alle waren im Serail oder hielten sich versteckt. Aber den alten Sulejman, den Mustermeister der Janitscharen, hatten sie erwischt. Ihm half es gar nichts, daß er sich in seinem Hause verkrochen hatte. Man stöberte ihn auf, zerrte ihn heraus und machte ihn zum Reis Efendi, nämlich zum Außenminister. Wenn er sich geweigert hätte, wäre sein Leben keinen Asper wert gewesen.

Weniger Umstände machte der ehemalige Richter von Konstantinopel, Seine Ehrwürden Sulali Hasan Efendi, den der Großwesir Ibrahim noch in letzter Minute für den Padischah zu gewinnen gehofft hatte. Auf dem Fleischmarkt entschied sich der Unversöhnliche gegen den Padischah, indem er die Würde des Oberstlandrichters von Anatolien statt vom Kaiser von dessen Truppen in der nicht unbegründeten Hoffnung entgegennahm, daß die Truppen ihn eher erhalten könnten als der entmachtete Herrscher.

Zwei Todesurteile fällte Sulali mit diesem Entschluß: sein eigenes, falls es ihm jemals einfallen sollte, jene Nacht mit dem Kislar in einem verborgenen Basarwinkel und die Lehren, die er daraus hatte ziehen können, zu vergessen – in jedem Fall aber das Todesurteil eines andern, weit über ihm stehenden Mannes. Als Gesandter des Padischahs war er auf dem Fleischmarkt erschienen, als Gesandter des Fleischmarkts kehrte er zum Padischah zurück. In gleicher Eigenschaft begleitete ihn der alte Sulejman. Die Antwort, die beide brachten, bestand auf den alten Forderungen und begehrte darüber hinaus die sofortige Bestätigung aller auf dem Fleischmarkt erfolgten Ernennungen.

Diesen Ernennungen wandte man sich vorerst im Serail zu, um dadurch die Entscheidung über die Auslieferung des Kapudan, des Kiaja und vor allem Ibrahim Paschas noch hinausschieben zu können. Die Bestätigungen wurden zwar sofort gewährt; aber es verging eine lange Zeit mit der Ausfertigung der Urkunden, die zugleich allen Beteiligten völlige Straflosigkeit zusicherte, bis sämtliche anwesenden Ulema, Sulali eingeschlossen, sie als Zeugen unterschrieben hatten. Zum Schluß drückte der Großwesir das kaiserliche Tughra auf das Pergament.

Bevor er das Petschaft wieder an sich nehmen konnte, legte der Kislar seine Hand darauf. Alle Umstehenden wußten, was das bedeutete, und wichen zurück. Es entstand ein leerer Raum um Ibrahim und Beschir. Allen sichtbar, waren sie dennoch allein. «Abgesetzt?» fragte Ibrahim.

«Du sagst es.»
«Verhaftet?»
«Ja.»
«Ich bin ein toter Mann», sagte Ibrahim nach einer Pause, «ich weiß es. Dir liegt es jetzt ob, an die Rettung des Herrn zu denken.»

Trotz des Wortsinnes hörte Beschir aus dem Klang dessen, was Ibrahim sagte, eine leise Hoffnung heraus. Beschir hätte diese Hoffnung auslöschen können. Sultan Ahmed hatte seinen Unterhändlern den geheimen Auftrag mitgegeben, im schlimmsten Falle auch den Großwesir zu opfern. Ahmed war nicht der Herrscher, mit dem ein Reich zu retten war. Beschir wußte das, aber er verschwieg es. Warum einem Verurteilten mehr aufbürden, als nötig sei? Wenn Ibrahim das Vergebliche seines Hoffens einsehen müsse, sei auch der Tod schon da und alles vorüber.

«Der Padischah wird leben», war Beschirs Antwort.

Es wäre unmöglich gewesen, dem kaiserlichen Harem etwas von den Vorgängen in Stadt und Serail zu verbergen. Nur der Grad und die Art der Teilnahme waren verschieden. Im Neuen Serail befand sich der eigentliche Harem des regierenden Sultans, dessen Schicksal sein Harem teilte. Im Alten Serail residierten die hinterbliebenen Gattinnen ehemaliger Padischahs. Diese Damen hatten, wie die Kämpfe auch ausgehen mochten, für sich selbst keine Veränderungen zu erwarten. Dennoch kam diese Residenz der Tanten, Mütter und Großmütter zu hohen Ehren.

Siebenundzwanzig Jahre waren seit der letzten Thronumwälzung verstrichen. Das war lange her, und die Haremsjugend des Neuen Serails wußte wenig von dem Damals, als Sultan Ahmed an seines Bruders Stelle den Thron bestiegen hatte. Da war es doch ganz natürlich, sich hoher Verwandter zu erinnern, die zu jener Zeit schon erwachsen gewesen waren, um von ihnen gelegentlich einer kleinen

Plauderstunde über derartige schreckliche Vorgänge vielleicht etwas Näheres zu erfahren. Seit Jahren hatte jedenfalls das Alte Serail nicht so viele Besuche empfangen wie gerade jetzt. Nicht, daß man die Abdankung der Majestät offen erörterte! Zuversichtlichkeit war der Beweis einer kaisertreuen Gesinnung, und diese Gesinnung zu hegen, hatten zumindest die Frauen Sultan Ahmeds allen Grund. Wenigstens die meisten. Daß aber die Mutter des fünfzehnjährigen Sultan Selim, Ahmeds Ältesten, den Aufstieg zu der überragenden Machtstellung einer Sultana Walide, einer Kaisermutter, begehren könnte – das öffentlich anzudeuten, war keiner und keine verwegen genug. Um so mehr dachte man daran als an eine Möglichkeit, wenn nicht eine Wahrscheinlichkeit.

Wie es sich für einen Mann von Ahmeds Kultur von selbst verstanden hatte, war Kia Sultana mit jeder Auszeichnung bedacht worden, die ihr als seiner Chasseki, seiner Innigstbegünstigten, zugekommen war. Dennoch glaubte man gelegentlich bemerkt zu haben, daß sie sich in ihrer Machtstellung von den Jüngeren bedroht fühlte. Im Neuen Serail waren ihr Ehrgeiz und ihre Herrschsucht also bekannt, und mehr als sonst sah sie sich an den Tagen und Stunden, da es um den Thron, wenn nicht um den Kopf ihres Gatten ging, von Frauen und Eunuchen umbuhlt – die ihrer eigenen Zukunft gedachten. Ahmed war Mustafa II., seinem Bruder, gefolgt, aber er selbst hatte keinen Bruder mehr. Wer anders als Sultan Selim, der immer als Schahzadeh, als Thronfolger, gegolten hatte, kam also für die Nachfolge in Frage? Und dann würde Kia Sultana bei einer Absetzung ihres Gatten wesentlich früher Walide werden, als sie bei Ahmeds guter Gesundheit und verhältnismäßiger Jugend es sonst hätte hoffen dürfen.

Unter den hohen Damen des Alten Serails, die den kleinen und großen Kämpfen am Goldenen Horn mehr zuschauten als unmittelbar an ihnen teilzunehmen Gelegenheit hatten, war Aigische Sultana, Mustafas II. Witwe, der Abgeklärtesten eine. Auch bei ihr waren genug Besucherinnen er-

schienen, und des Bewirtens mit Scherbett, des Bestäubens mit Düften war kein Ende gewesen, hatte sie doch vor siebenundzwanzig Jahren aus allernächster Nähe den letzten Thronumsturz erlebt, als dessen Hauptleidtragende sie hinterblieben war. Sie war nicht nur Mustafas Frau und die erste Dame seines Harems gewesen, sondern sie hatte ihn geliebt. Und mit ihm hatte sie alles verloren. Aus der ersten Dame war eine der Beiseitegestellten des Alten Serails geworden, die alle mieden, deren Dienst das erlaubte. Wer wollte schon die eigene Laufbahn gefährden? Nur Beschir hatte sich der Vereinsamten und ihrer Kinder angenommen, bei deren Geburt er schon zugegen gewesen war. Und daran hatte sich nichts geändert. Die vier Jahre der Verbannung Beschirs waren nur eine Unterbrechung gewesen. Ohne jedes Gepränge erfolgten seine Besuche bei Aigische. Meist ging der hohe Würdenträger den Weg vom Neuen zum Alten Serail zu Fuß, höchstens daß er bei schlechtem Wetter sich einer Sänfte bediente.

Mit den Jahren waren diese Zusammenkünfte für jedermann eine feststehende Einrichtung geworden, die weder Beschir noch seine hohe Freundin mehr missen mochte. Man plauderte, spielte Schach oder ließ sich auch einmal zu den Karten herab, Aigische Sultana berichtete mehr oder auch weniger Erfreuendes aus dem Leben und Lernen ihres Sohnes Mahmud, und auf diese Weise bildete sich eine Art Familienleben heraus, das für die Sultana eine Anregung, für Beschir eine Entspannung war, und außerdem gewann Aigische, ohne es eigentlich zu wollen, auf diese Weise einen Bruchteil ihres früheren Einflusses zurück.

An keinem Tage wäre der Besuch des Kislars im Alten Serail sonst überhaupt bemerkt worden, an diesem Abend geschah es dennoch hier und dort. Aus der Wiederaufnahme einer alten Gewohnheit glaubte man Folgerungen ziehen zu dürfen. Die meisten Stimmen fand die Auslegung, daß die Krisis im Neuen Serail vorüber sein müsse, wenigstens für den Padischah, wenn Ibrahim Pascha vielleicht auch verloren sei. Aigische Sultana wußte ebensowenig. Aber sie hatte einen jener kleinen Winke des Kislars erhalten, die man von irgendeiner Seite, der man es am wenigsten zugetraut hätte, ganz überraschend zu erhalten pflegte. Abgesehen von einigen ihrer vertrautesten Ehrenmädchen war sie also allein, als ihr Lala, ihr Hofmeister, den Kislar bei ihr einführte, der nun mit gekreuzten Armen in tiefer Verneigung vor ihr stand. Der Kislar selbst war der Wächter über diese Formen, und sich über sie hinwegzusetzen wäre in jedem Fall undenkbar gewesen. Immerhin hinderten sie nicht, daß die Mädchen sich nach und nach unter irgendwelchen Vorwänden verflüchtigten und die Sultana mit dem Kislar nun wirklich, wie Beschir es gewünscht hatte, allein war.

Keiner von beiden hatte die Unschicklichkeit begangen, in Gegenwart anderer über die Wirren um das Neue Serail ein Wort zu verlieren. Auch jetzt fuhren sie in ihrem Spiel fort, das sie in Erinnerung an den persischen Schah auch so nannten.

«Schah dem Schah», sagte Beschir.

«Ist das nicht eine Majestätsbeleidigung?» scherzte die Sultana.

«Nicht, wenn es sich aus den Tatsachen ergibt. Wollen Hoheit sich überzeugen?»

«O bitte!» widersprach sie, «ich kann meinen Schah noch hierherrücken!»

«Und der Renner, kaiserliche Hoheit …?»

«Dann dorthin … aber nein! Dann kommt eine hohe Exzellenz mit ihrem ungezogenen, ganz gemeinen Soldaten …» Sie warf die Figuren des Spiels durcheinander. «Dieses Spiel sollte verboten werden», sagte sie. «Ist es nicht scheußlich, daß ein einfacher Soldat einen Herrscher zu Fall bringen kann?»

Beschir erhob sich.

«Zweifellos muß dieser Gedanke einen loyalen Untertan verletzen», gab er zu und nahm das Schahspiel an sich. «Wenn kaiserliche Hoheit also geruhen sollten …», damit wies er auf die zwei Sofas mit Tischen in der Mitte des Raumes.

Auch Aigische stand auf. Sie kam gar nicht auf den Gedanken, daß der Kislar etwas Sinnloses tun könne. Widerspruchslos nahm sie den Platz ein, den Beschir ihr wies, und dämpfte unwillkürlich die Stimme. «Was bedeutet das, mein Freund?»

«Eine kleine Vorsicht für den Fall, daß unser Gespräch eine Wendung nehmen sollte, bei der unbekannte Lauscher nicht erwünscht wären.»

«Dort?» fragte Aigische mit einer Wendung des Kopfes zu dem Platz hin, den sie soeben verlassen hatte.

Kislar nickte.

«Schon zu Zeiten Hochdero erlauchten Vorgängerin in diesen Räumen bestand jene Abhorchröhre.»

«Und Sie ließen sie nicht entfernen?»

«Wozu? Ich wußte, daß mein Beauftragter mich verriet, und das machte mir ihn so wertvoll. Denn schließlich konnte es mir nur nützlich sein, wenn man jedes Wort erfuhr, das ich hier in den letzten Jahrzehnten sprach, wie es mir nützlich war, jedes Wort zu wissen, das hier gesprochen wurde – besonders über mich. Oh, meine hohe Freundin», wandte er sich ihr, die plötzlich ein so ernstes Gesicht machte, mit überzeugender Herzlichkeit zu, «ist es nicht etwas sehr Gutes, daß wir die besten Gründe haben, einander zu vertrauen?»

«Wieviel Umstände um eine alte Frau, wie ich es bin.» Sie lächelte nun doch. «Lassen Sie mir die Ruhe meines Verzichts.»

«Kein Verzicht ist endgültig. Warum müßten sonst die Nonnen und Mönche in den christlichen Klöstern, die so versessen darauf sind, sich des Lebens zu enthalten, ohne es aufzugeben, immer wieder versuchen, ihren Verzicht durch Ruten und Fasten zu erneuern? Warum das Gespräch abbrechen? Kaiserliche Hoheit meinten, wenn ich recht verstanden habe, es sei scheußlich, daß ein einfacher Soldat einen Herrscher zu Fall ...»

Er konnte den Satz nicht beenden: Ein schlanker Mann Anfang der Dreißig war eingetreten. Über dunklen, etwas verschleierten Augen lagen schwarze, breite Brauen, seine Oberlippe zierte ein Bart. Der Verzicht auf den männlicheren Vollbart unterstrich des Eintretenden Jugendlichkeit und hatte die gleiche Bedeutung wie der Verzicht auf Frauen, obwohl der Mann eine große Anziehung auf sie ausübte und ein eigener Harem seinen Jahren zugekommen wäre. Seine Kleidung war gepflegt, aber überaus einfach. Ein schmaler weißer Kopfbund bändigte seine Haare. Dennoch machte er den Eindruck eines etwas überzüchteten Mannes aus altem Geschlecht. Und das war er auch: ein kaiserlicher Prinz aus der erlauchten Herrscherfamilie Osman – zugleich ein armer Gefangener.

Als kleines Kind war Sultan Mahmud mit seinem abgesetzten Vater und drei Halbbrüdern in den Prinzenkäfig des Neuen Serails gekommen. Dort befand er sich heute noch, und wenn er jetzt von dem Vorrecht Gebrauch machte, unangemeldet bei seiner Mutter einzutreten, so war es doch nicht die richtige Stunde, und die unauffällige Kleidung ließ auf einen geheimen Besuch schließen. Tatsächlich hatte er den Weg auch ohne Ehrenwache zurückgelegt, die in Wirklichkeit nur die Eskorte eines Staatsgefangenen war. Aigische Sultana hatte demnach alle Ursache, erstaunt zu sein, als ihr Mahmud die Hand küßte.

«Meine Herrin haben befohlen?» sagte der Sultan.

Fragend sah die Dame den Kislar an.

«Euer kaiserliche Hoheit haben ganz recht, in mir den Schuldigen zu vermuten», antwortete er auf Unausgesprochenes, und damit wußten die andern, daß sie nicht von ungefähr zu dritt hier waren. Aber alle drei waren viel zu gut erzogen, als dabei zu verweilen und dadurch etwas, das bereits deutlich war, noch deutlicher zu machen.

«Ihre kaiserliche Hoheit, unsere höchstzuverehrende Herrin, mein Sultan», fuhr Beschir fort, «geruhte gelegentlich unseres Schahspiels, wenn es mir gestattet ist, Hochdero Worte zu deuten, eine Anspielung auf eine zwar geringe, doch in den letzten Tagen vielgenannte Person zu machen. Ich meine Patrona Chalil. Er und sein Freund Mußli sind einfache Janitscharen und dennoch die Ursache größter Wirren.»

«Unser Padischah wird mit ihnen schon fertig werden», gab Mahmud als Antwort, die bewies, daß der junge Herr nicht umsonst in einem Palastgefängnis und in der mütterlichen Schule Aigische Sultanas großgeworden war. Sogar Beschir, dem Vertrautesten der Vertrauten, gegenüber hielt sich der Prinz zurück.

«Hoheit haben natürlich recht», stimmte Beschir ihm bei. «Auf dem Schahbrett freilich konnte der gemeine Soldat siegen. Aber was ist schon ein Brett, verglichen mit den Möglichkeiten des Osmanischen Reiches?»

«Und doch hörte ich sagen», flocht Aigische mit halbem Scherz ein, «es genüge, auf das erste Quadrat des Schahbretts ein Weizenkorn zu legen und bei jedem weiteren zu verdoppeln, um zum Schluß eine Weizenmenge zu errechnen, die auf der ganzen Welt nicht zu beschaffen sei. So vernahm ich es. Exzellenz wissen das sicher besser.»

«Die Philosophen würden sagen, daß zwischen groß und klein kein Unterschied sei.»

Und jetzt, da kein Zweifel mehr bestand, daß mit dem Soldaten des Schahspiels Patrona Chalil gemeint sei, kam Beschir dem, was ihn hergeführt hatte, etwas näher:

«Bleiben daher wir – wenn ich es den Hoheiten vorschlagen darf –, die wir nicht unter der Kuppel sitzen und keine Wesire sind, bei unserm geliebten Schah, und lassen wir die Welthändel denen, die sie beizulegen berufen sind. Auf dem Schahbrett kann man den Zug berechnen, der zum Sieg oder zur Niederlage führt.»

«Und in der Politik kann man das nicht?»

«Mahmud!» ermahnte die Mutter ihren Sohn und zerriß zugleich tapfer alle Verschleierungen. «Merkst du nicht, daß der Kislar, der immer unser Freund und Beschützer war, sich sorgt?»

«Ich sorge mich in der Tat», gab Beschir zu. «Ich bin in

der unglücklichen Lage, annehmen zu müssen, daß ich als einziger die Notwendigkeit erkenne, während die andern, darunter kluge und bewährte Männer, im Irrtum oder, was noch schlimmer ist, in Gleichgültigkeit verharren. Sooft ich die Angelegenheiten dieses Reiches überdenke, komme ich immer wieder zu dem gleichen Ergebnis. Aber ich frage mich: warum nicht die andern, warum nicht die Wesire der Kuppel, warum nicht die Männer des Schwertes, warum nicht ... der Padischah? Doch ich verirre mich. Diese Hirngespinste sind kein Thema, Eure Hoheiten damit zu behelligen.»

Was er gehofft hatte, geschah. Mutter und Sohn widersprachen. Ohne seine letzten Ziele preisgeben zu müssen, konnte Beschir also die Politik entwickeln, deren Notwendigkeit der Padischah nicht hatte erkennen wollen.

Mit Aigische Sultana schien es sich anders zu verhalten. «Aber es ist doch noch nicht zu spät», sagte sie, als er geendet hatte. «Wenn die Wirren erst überwunden sind ... sie werden doch überwunden werden?»

«Ich befinde mich nicht unter den Handelnden des Neuen Serails. Hoheit sehen mich hier bei sich.»

«Hier ist nicht Ihr Platz! Nicht in dieser Stunde. Wenn einer retten kann, sind Sie es!»

«Und was meint mein Sultan?»

«Das eine Gute wenigstens hat meine Lage, daß ich für den Thron nicht in Frage komme. Wie könnte ich als Eingesperrter wissen, ob ich die Kraft hätte, alles durchzusetzen, was Sie für notwendig halten, Exzellenz? Aber daß Sie recht haben, davon bin ich überzeugt. Doch durchführen kann es nur einer, und das sind Sie!»

«Das ist er», wiederholte Aigische. «Er muß den Padischah retten. Sie müssen, Beschir.»

«Solange unser Padischah dem, der die Macht ausübte», sagte Beschir mit wohlüberlegter Wahl der Worte, «sein Vertrauen bewahrte, war er kein schlechter Herrscher. Erst dadurch, daß er es ihm plötzlich entzog, geriet er in die Lage, in der er sich jetzt befindet.»

«Sie ist nicht hoffnungslos, nicht wahr? Sprechen Sie, Kislar!» bestürmte ihn die Sultana. «Keine neue Absetzung, nur das nicht!»

Sie dachte an ihren verstorbenen Mann, und der Kislar wußte genau, welche Bilder die Sultana erfüllten.

Es hatte sehr einfach geklungen: ‹Bruder, die Truppen wollen dich zum Padischah.› Mit diesen Worten hatte Mustafa II. vor siebenundzwanzig Jahren seinem Bruder Ahmed III. den Thron überlassen. Aber vielleicht hätte er die Waffen zur rechten Zeit und mit allem Nachdruck angerufen, wenn er gewußt hätte, was er mit dem Thron sonst noch verlieren würde. Etwa das Leben? Es gab noch anderes, was einem abgedankten Padischah die Rückkehr auf den Thron unmöglich machen mußte: die Entehrung als Mann.

Mustafa war sie am dritten Tag nach Ahmeds Ankunft in Konstantinopel widerfahren.

Ein überaus glänzender Festzug hatte sich zur Säbelumgürtung des neuen Padischahs nach der Ejub Moschee begeben; eingeleitet worden war er jedoch durch eine Schaustellung der Tragödie des Bruders. In einem vergitterten, von weißen Eunuchen umgebenen Wagen hatte Sultan Mustafa den Zug eröffnen müssen. Ihm waren die Wagen der Mutter, der Tochter, der Schwester und die dreißig Wagen seiner Frauen in einer Eskorte schwarzer Eunuchen gefolgt, sein ganzer Harem, den er seit seiner Absetzung nie mehr hatte wiedersehen sollen. Denn zum Beschluß der Inthronisation des Bruders wurden Mustafas Damen ins Alte Serail übergeführt und er selbst mit seinen vier Söhnen im Prinzenkäfig des Neuen Serails festgesetzt. Am zweiundzwanzigsten August 1703 war er entthront worden – am einundzwanzigsten Dezember desselben Jahres war er gestorben. Lange hatte er seine Absetzung nicht überlebt.

«Ich bin überzeugt, er hat nicht mehr leben wollen», sagte Aigische.

«Wenn einer Hand an ihn legte, so war er es selbst. Sultan Mustafa war für jeden andern völlig ungefährlich, als er starb.»

Seit jener Zeit hatte sich Beschir – damals noch Schatzmeister des Harems – der gestürzten Familie angenommen, und so bedurfte es nicht vieler Worte, daß sich Sultana und Kislar verstanden, und ohne Beschir hätte Sultan Mahmud dem Gespräch kaum folgen können, weil es ein Brauch des Serails war, Personen wie ihn, ungeachtet ihrer hohen Geburt, durch Unwissenheit der Herrschaft fernzuhalten ... oder es doch wenigstens zu sollen.

«So begreifen Sie also auch, Exzellenz, wie schrecklich es mir wäre, wenn sich das alles noch einmal wiederholen sollte?»

«Daß gerade Hoheit so reden!» verlieh Beschir einer Überraschung Ausdruck, die er gar nicht empfand. «Unser Padischah hat sich nicht gerade bemüht, dem hohen Verstorbenen, Euer Hoheit Gatten, das zu ersparen, dessen Wiederholung Hoheit so befürchten. Ich müßte mich sehr irren, wenn Kia Sultana im gleichen Fall nicht lediglich von Haß- und Rachegefühlen sich leiten ließe.»

«Gerade deswegen muß Ahmed unser Padischah bleiben. Sultan Selim ist erst fünfzehn Jahre alt, Kia würde also nicht nur Walide, sondern auch als Vormünderin ihres Sohnes Regentin sein. Sie würde alles tun, ihre Macht zu behaupten, und sich des Eroberers erinnern, der zweimal seinem Vater den Thron wieder abtreten mußte und sich erst nach dessen Tode das drittemal auf ihm behaupten konnte.»

«Mir scheint, meine mütterliche Herrin hat recht. Mein Oheim kann immer noch aus seinen Fehlern Belehrung schöpfen. Die Erniedrigung eines osmanischen Fürsten jedoch schwächt das ganze Herrscherhaus und in ihm die starke, aber auch einzige Klammer dieses Reiches vieler Völker.»

Jetzt war Beschir wirklich überrascht. Er kenne wenige Fälle, sagte er dennoch, daß jemand aus seinen Fehlern gelernt habe. Das sei nicht die Art der Menschen, die zumeist gar nicht den ernsten Willen haben, zur Wirklichkeit vorzustoßen, und sich lieber mit der bequemeren Oberfläche begnügen. Zu ihnen gehöre Sultan Ahmed, und so seien mit ihm als Padischah die Ziele, die sich der Zustimmung der Hoheiten erfreuen, nicht zu erreichen. Dagegen sei er, Beschir, ebenfalls der Meinung Sultan Mahmuds, daß die Familie Osman kein Makel treffen dürfe.

«Nur auf diese Weise könnte Kia aber ihre Macht befestigen. Glauben Sie, daß die Sultanin darauf verzichten würde?» fragte Aigische, und ihre Frage war Widerspruch.

«Das glaube ich gewiß nicht. Aber daraus folgere ich nur, daß Kias Sohn nicht Kaiser und sie nicht Regentin werden darf.»

«Doch für den Fall einer Abdankung denkt niemand im Serail an einen andern.»

«Dann denkt keiner richtig im Serail», gab Beschir gelassen zurück. «Überdies ist es völlig gleichgültig, was man im Serail denkt. Im Augenblick gibt es nur eine einzige wirkliche Macht, und die hat ihren Sitz auf dem Fleischmarkt.»

Die Sultanin runzelte die Brauen.

«Und wo sind die Offiziere?» fragte sie.

«Soweit sie sich nicht verborgen halten, im Neuen Serail.»

«Also Herrschaft des gemeinen Mannes», stellte Aigische fest.

«Schrecklich!»

«Jedenfalls schwierig», gab Beschir zu. «Hoheit sollten aber bedenken, daß jede Macht zuerst einmal des gemeinen Mannes ist. Nur daß er meist wenig mit ihr anzufangen weiß. Aber wenn die Herrschenden sie ebenfalls nicht zu behaupten wissen, fällt sie zuletzt immer wieder an den gemeinen Mann zurück – in unserem Fall an den gemeinen Soldaten, ganz ohne alle Offiziere.»

«Sie denken doch nicht etwa an ein Bündnis mit den Rebellen, Exzellenz?»

«Würden Hoheit mich das fragen, wenn wir Schah miteinander spielten? Beim Schah kann ein einfacher Soldat einen König vom Brett werfen. Im Leben ist es nicht anders, und ich würde mit dem Scheitan ein Bündnis eingehen, wenn ich es für den Bestand des Osmanischen Reiches für notwendig hielte. Aber es ist nicht notwendig. Da es Ahmed nicht mehr sein kann und Selim mit seiner Mutter nicht sein dürfen – warum sollte man sich in Ratlosigkeit flüchten und nicht lieber einmal der Gesetze gedenken? Sie können ganz natürlich sein, die Gesetze. Ich zum Beispiel fand, daß nach osmanischem Recht der erledigte Thron stets dem ältesten Prinzen der Dynastie gebühre.»

Mit einem Ruck erhob sich Aigische.

«Was wollen Sie damit sagen?» fragte sie streng.

«Daß ich keinen älteren Prinzen kenne als Sultan Mahmud, meinen erhabenen Herrn, vor dem ich mich untertänigst verneige.»

Ein Zittern durchlief die Sultana. Wie in einem Taumel sank sie, aufgefangen von ihrem Sohn, auf das Polster zurück.

«Haben Sie Erbarmen, Beschir – töten Sie mir mein Kind nicht!»

Beschir lächelte nicht über das «Kind» von vierunddreißig Jahren. Er kannte diese Mutter zu gut. Als einst aus einer Königin des Harems eine vergessene Dame des Alten Serails geworden war, hatten sich erste freundschaftliche Beziehungen ergeben, und nun, nach siebenundzwanzig Jahren, stellte es sich heraus, daß von allen Frauen im Osmanischen Reich gerade sie für ihn die wichtigste war. Beschirs Skepsis war durch nichts einzuschläfern. Ob aber die Vorteile seiner Freundschaft zu Aigische Sultana von ihm bereits von Anfang an in Rechnung gestellt worden seien, das war eine Frage, die er weder mit ja noch nein ohne Einschränkung beantworten konnte. Als Staatsmann aber fühlte er sich durch die Erkenntnis bestätigt, daß genau wie alle Kräfte seiner Persönlichkeit selbst gefühlsmäßiges Verhalten noch dem einzigen Ziel zugewandt sei, das er kenne. Sein Verhältnis zu Mutter und Sohn sei jetzt zur Grundlage seiner künftigen Macht geworden.

Eine Wahl hatte er tatsächlich nicht; aber auch nicht die Empfindung, daß er dann anders wählen würde. Im Gegenteil! So sehr erfüllte ihn Zuversicht, daß er sich vornahm, seine Vorsicht zu verdoppeln. Sich selbst durch das Unwahrscheinlichste nicht überraschen zu lassen, war die erste Voraussetzung seines Wirkens.

«Eure kaiserlichen Hoheiten werden mir nun vielleicht zugeben, daß beklagenswerte Ereignisse wie bei Padischah Mustafas Abdankung sich nicht wiederholen werden.»

«Und Sie halten eine Rückkehr Ahmeds und eine Rache, die meinen Sohn treffen könnte, für unmöglich?»

«Nichts ist unmöglich. Aber was Hoheit andeuten, ist im höchsten Grade unwahrscheinlich. Weiter reicht freilich keine menschliche Voraussicht. Jede Macht, die nicht ständig gepflegt wird, verflüchtigt sich. Ihr Schwager Ahmed vergaß, wie er selbst zum Thron gelangte, und hat seine kaiserliche Macht durch leicht vermeidliche Fehler, ja durch kindischen Eigensinn verspielt. Man braucht ihn nicht zu entehren. Der gemeine Mann hat, wie Hoheit bereits erwähnten, ohne Hilfe der Offiziere die Macht ergriffen. Dieser Sieg ist mit Ahmeds Niederlage verbunden. Seine Rückkehr wäre für die Männer in Reih und Glied dasselbe wie eine verlorene Schlacht. Sie hätten diese Schlacht nachträglich verloren, und damit würden sie sich nie zufriedengeben. Kein Padischah kann gegen den Fleischmarkt regieren. Dagegen wird der Name Sultan Mahmuds, meines kaiserlichen Herrn, indes wir hier reden, bereits von den Regimentern genannt.»

Mahmud erhob sich.

«Ich beschwöre Eure hohe Exzellenz», sagte er, «dessen eingedenk zu sein, welches Leben ich bis zu diesem Tag führte, abgeschieden von der Welt, den Wissenschaften und allen körperlichen Übungen entrückt, in denen meine Ahnen so oft glänzten. Wie könnte ich Kaiser sein?»

«Ich erinnere mich», erwiderte Beschir mit einem leichten Anflug von Gekränktsein, «kaiserlicher Hoheit stets über die Angelegenheiten des Reiches und die Ereignisse außerhalb des Serails Vortrag gehalten zu haben. Auch gibt es in der Geschichte keinen osmanischen Prinzen unverwirrten Geistes, der, wenn er dazu berufen wurde, sein erhabenes Haus nicht mit Würde und Glanz vertreten hätte.»

Länger konnte Aigische sich nicht wehren. Ihre Angst wich den Wünschen, und die Wünsche ließen sie für das Wagnis sich entscheiden.

«Wage es, Mahmud», bat sie. «Du kannst es tun – mit Beschir kannst du es.»

«Meine Herrin ...», Mahmud zögerte immer noch ... «Wenn mein Oheim, ein erfahrener Mann ...»

«Er war keiner und ist keiner», entgegnete ihm seine Mutter.

«Ich kann Seine kaiserliche Hoheit wohl verstehen», meinte Beschir und wandte sich dann an Mahmud selbst. «Die Macht liegt auf der Straße, Hoheit, aber es wird nicht leicht sein, sie aufzuheben. Ehe Sie diese Macht wieder fest in Ihren Händen haben, wird eine geraume Zeit vergehen, eine Zeit, die Hoheit nicht glücklich machen wird. Aber so wenig an Macht Hoheit auch heute und morgen besitzen werden – eins ist Ihr unveräußerliches Eigentum, das Sie nicht den Truppen, sondern nur sich selbst und Ihrem mit Ihnen geborenen Recht verdanken. Es ist Ihre Legitimität. Sie wird sich am Ende als das Stärkere erweisen, besonders wenn es gelingt – und es wird gelingen! – die Aufständischen zu spalten. Diese Legitimität, Hoheit, beruft Sie zum Thron, und es ist Ihrer Dynastie und Ihren Völkern gegenüber Hoheits Pflicht, den Ihnen von Allah verliehenen Thron nun auch zu besteigen.»

«Es ist bereits entschieden, Exzellenz», erklärte Mahmud nicht ohne Haltung. «Ich bin nicht der Sohn, mich einem mütterlichen Befehl zu widersetzen. Und meine Mutter befahl. – Wann, glauben Euer Exzellenz, wird es geschehen?»

«Morgen, mein Padischah.»

X

Ahmeds Ängste brachten den drei Gefangenen des Bostandschibaschi den Tod: dem Kapudanpascha, dem Kiaja und dem Großwesir-Eidam, Ahmeds eigenem Schwiegersohn. Ein Gerücht hatte vom Anmarsch der Aufständischen auf das Serail wissen wollen, worauf der Sultan den Todesbefehl gab. Allerdings widersprachen die drei höchsten geistlichen Herren: der neue Mufti und die beiden Oberstlandrichter. «Mein Padischah», sagte der von Rumili, «sende doch ein paar deiner Diener, die Wahrheit zu erforschen.» Als die Abgesandten aber mit der Meldung zurückkamen, daß weit und breit kein Aufständischer zu sehen gewesen sei, waren die drei Opfer bereits erwürgt. Auf einem Karren wurden die Leichname durch Ochsen zum Fleischmarkt gefahren und den Rebellen ausgeliefert.

Soldaten und Volk hätten demnach zufrieden sein können, doch ihr Machtrausch hatte die Wesire lebend verlangt, und nun die Truppen sie als Tote vor sich sahen, fühlten sie sich um deren Qualen betrogen. Die Leiche des Kapudan warfen sie vor den Brunnen Chorchor, die des Kiaja auf die Wegscheide vor dem Fleischmarkt und die des Großwesirs auf den Serailplatz vor die herrliche Fontäne, die er selbst erbaut hatte. Das war zwar eine Erniedrigung der hohen Ämter, aber für die Rebellen doch nur halber Genuß, und so beschleunigte dieser letzte Rest von kaiserlichem Anstand – den Entfesselten die verlangten Opfer nicht lebend zuzugestehen – Sultan Ahmeds ohnehin schon entschiedenes Geschick.

Es war Ispirisade, der Scheich von Aja Sofia, der seinem Padischah ins Gesicht sagte, daß man ihn nicht mehr wolle. Alle empfanden das als eine Unverschämtheit. Das zeigte sich, als Ahmed den Geistlichen erklärte, daß er den Thron abzutreten bereit sei, falls zwei aus ihrer Mitte sich von den Rebellen die Sicherheit seines und seiner Kinder Leben beschwören lassen wollten. Erstaunt und verwirrt über diesen plötzlichen Entschluß schwiegen die Ulema. Nur Ispirisade

selbst und sein Freund Sulali Efendi, der sich von den Rebellen hatte befördern lassen, übernahmen schließlich den Auftrag.

Den ganzen Tag unterhandelten sie auf dem Fleischmarkt. Erst drei Stunden nach Sonnenuntergang kehrten sie mit der Nachricht ins Serail zurück, daß die Sicherheit der Familie Ahmeds von den Truppen verbürgt und auf den Koran beschworen worden sei.

Die Stunde Mahmuds, des Sohnes Mustafas II. und dessen Chasseki Aigische Sultana, war gekommen.

Sultan Ahmed küßte seinen herbeigeholten Neffen auf die Stirn, der Neffe seinem Oheim die Hand. Zum letztenmal. Denn nun beugten sich auf einen Wink des Entthronten bereits die Prinzen, seine Söhne, über die Hand ihres Vetters.

In kaum mehr als einer Viertelstunde hatten weiße Eunuchen höchsten Ranges den neuen Herrscher zu den Tönen vorgeschriebener Chöre umgekleidet, ihm die duftbesprengte kaiserliche Kapanidscha aus schwarzem Zobel auf golddurchwirktem Grund angelegt und den Selimi, den runden Turban, aufgesetzt. Einen gleichen Turban hielt der Grußmeister in seinen Händen, um den Sterblichen damit zuzunicken, deren Grüße selbst zu erwidern ein osmanischer Kaiser viel zu hoch stand. Feierlichen Zuges, in dem jeder den genau festgelegten Platz seines Amtes und seiner Würde hatte, ging es die wenigen Schritte in den Saal des Prophetenmantels, der Borda. Dort ließ sich Aigisches Sohn die diamantenbesetzten drei Reiheragraffen an den Turban stecken und betrat Stufen, die ihn über alle erhöhten. Alle andern lagen auf den Knien und berührten, wie im Gebet in der Richtung nach Mekka, mit den Stirnen den Boden vor ihrem Padischah.

Mahmud I. hatte den Thron bestiegen.

Nicht einen Augenblick gab sich der Kislar der Hoffnung hin, daß die Revolution dadurch beendet sei. Noch immer befand sich das Zeltlager auf dem Fleischmarkt, noch immer standen die Kasernen leer, und Patrona Chalil und Mußli waren mehr als je die Häupter des Aufruhrs.

Sie waren es, die ihn im Diwan verkörperten, zu dessen Sitzungen man sie hatte hinzuziehen müssen. Sie hielt man für die alleinigen Urheber alles dessen, was inzwischen geschehen war. Beschir, der ohnehin als Hofwürdenträger außerhalb des Diwans stand, war der letzte, durch sein Verhalten dieser Auffassung zu widersprechen; denn die Möglichkeit, aus den beiden Janitscharen Politiker und Verbündete zu machen, hatte er von Anfang an kaum in Betracht gezogen. Ihm konnte also nur daran liegen, daß sie seinen Anteil an dem Geschehen im gleichen Maße vergaßen, wie mit ihrer Selbstüberschätzung ihr herausforderndes Benehmen und ihre Forderungen sich ins Unerträgliche steigerten. Auf diese Weise konnte sich Beschirs Hoffnung am leichtesten verwirklichen, daß Chalil und Mußli nicht nur vergessen, sondern bald gar nicht mehr in der Lage sein möchten, sich zu erinnern. Beschir hatte wegen der gleichen Beschränktheit und dem gleichen Eigensinn den Dilettanten Ahmed fallenlassen, und so war es doch wirklich nicht zu erwarten, daß er andere Dilettanten, die ihm weit ferner standen, hätte halten sollen. Es war das Gegenteil von Gunst, wenn er dafür sorgte, daß den beiden alles hinging und selbst die unsinnigsten ihrer Wünsche erfüllt wurden. Er wollte die Herren Janitscharen sicher machen. Und sie fühlten sich sicher.

Als der neue Padischah Chalil die Ehre erwies, ihn zu empfangen, erschien Rakijes Mann mit den nackten Beinen und der roten Kopfbinde des Revolutionärs. Die huldreiche Ansprache seines Herrschers beantwortete er dann noch mit einer anderen Frechheit.

«Mein höchster Wunsch ist erreicht», sagte Chalil, «da ich dich auf dem Thron sehe, auf den ich dich gesetzt habe. Aber ich weiß auch, was auf den Wohltäter eines Thronherren wartet: ein schimpflicher Tod.»

Mahmud schwor bei seinen Ahnen, daß ihm nicht Leid

geschehen solle, und forderte ihn auf, sich eine Gnade auszubitten, die ihm im voraus gewährt sei.

Chalil war gescheit genug, mit Rücksicht auf seine Anhänger nichts für sich, sondern nur die Aufhebung der Malikiane zu wollen, der lebenslänglichen Pachtungen, die es den reichen Leuten ermöglichten, große Ländereien in ihre Gewalt zu bekommen, mit deren Weiterverpachtung sie zwar viel Geld verdienten, aber auch das Brot verteuerten. Dieses Verlangen, das von weiland Ibrahim Pascha gegen Beschirs Vorhaltungen immer wieder zurückgewiesen worden war, hatte den Aufständischen viele Anhänger zugebracht. Jetzt wurde es sogleich erfüllt, was Chalil nicht abhielt, am nächsten Tag den ersten Generalleutnant der Janitscharen bei einer Meinungsverschiedenheit auf dem Fleischmarkt niederzuschlagen, während die Herren Kameraden mit ihren Säbeln den Rest besorgten.

Und dann kam der Freitag und mit ihm das Fest der Säbelumgürtung in der Moschee Ejubs. Dieses Mal fuhr kein abgesetzter Padischah in seinem Käfig dem neuen voran; aber für viele war das, was sich bei dieser Säbelumgürtung begab, weit anstößiger. Unmittelbar vor dem Sultan ritten Chalil und Mußli, wiederum in Nichtachtung kaiserlicher Autorität mit nackten Beinen und der revolutionären Kopfbinde. Und als sei das nicht genug, fügten sie, die doch die Vertreter des Aufruhrs und nicht des Kaisers waren, den Hohn hinzu, daß sie als die Segenspender ritten. Nach der Tradition waren zwölf Beutel Goldes unter die Menge zu werfen. Den beiden Rotbinden war das nicht genug gewesen. Der Padischah gab zwölf – sie aber gaben fünfzig Beutel dem harrenden Volk.

In den letzten Jahren der Regierung Ahmeds hatten die Minister und Großen des Landes, um einem Wunsch ihres Herrschers zu genügen, sich zu beiden Seiten der süßen Wasser mit Landhäusern angebaut. Damit nichts an Ahmed und seinen Großwesir Ibrahim erinnere, hatten sich die Aufständischen als festlichen Beschluß des Tages den Antrag ausgedacht, diese Lusthäuser verbrennen zu dürfen.

Selbst das wurde zwar nicht gewährt, aber auch nicht gänzlich verworfen.

«Zum Verbrennen gebe ich meine kaiserliche Zustimmung nicht. Wir würden zum Gelächter der Ungläubigen werden», lautete des Sultans Antwort. Aber sie schloß: «Ich erlaube nur, daß man die Gebäude zerstöre.»

Bei der Außenpolitik mußte sich Beschirs wohlüberlegtes Entgegenkommen eine Einschränkung gefallen lassen; aber im Falle Mußlis hörte jede Begünstigung auf, wenn auch ein offenes Entgegentreten vermieden wurde.

Noch vor wenigen Tagen hätte Mußli gewiß nicht daran gedacht, auf seinen bewunderten Freund Patrona Chalil eifersüchtig zu sein. Aber der Erfolg und der Lohn des Erfolges hatten das zuwege gebracht. Man sprach ein wenig zu oft von Chalil, ohne Mußli zu erwähnen.

Mußli war der Frau seines Freundes rechtschaffen zugetan, und daran änderte sich auch jetzt nichts, da er sie als das Mittel zu seiner Erhöhung ausersehen hatte. Rakije war inzwischen eine große Person geworden. Sie wohnte nicht nur in einem kaiserlichen Palast, sondern auch das Unausdenkbare, was Mußli immer nur für eine Großsprecherei Chalils gehalten hatte, war eingetroffen: Nach ihrer Entbindung hatte Rakije mit allem Prunk den Scherbett und die Glückwünsche der erhabenen Walide erhalten. Der eigene Hofmeister der Kaisermutter hatte ihr mit großem Gefolge beides überbracht. Mochte das kaiserliche Ansehen durch den Aufstand auch gelitten haben – eine Walide blieb immer dasselbe, was sie war, unantastbar und auch für den ruppigsten Janitschar Sinnbild höchster Ehrfurcht, sie, die Vertreterin weiblicher Fruchtbarkeit, die Quelle des Lebens. Ein Abglanz von ihr war auf Rakije gefallen, und alle trachteten, so schnell wie möglich zu vergessen, daß man ihr einst hatte verwehren wollen, Kinder anständiger Frauen auch nur anzurühren. Lediglich Mußli wollte nicht vergessen. Er hatte Rakije nie geschmäht, sondern, da die vielen es getan hatten, ihnen als Chalils guter Freund geantwortet. Jetzt aber wollte er, daß auch sie bleibe, was sie gewesen war: der dunkle Punkt des Patrona Chalil.

In dieser Hinsicht konnte Mußli sich seinem Freund überlegen erweisen, und irgendeine Überlegenheit mußte er haben, um jetzt, nach dem Sieg, die andern Überlegenheiten Chalils ertragen zu können. Patrona Chalils Frau sei eine Straßendirne gewesen, von der ihr Mann sich habe aushalten lassen! Dahinein verkrallten sich Mußlis Gedanken. Er aber, Mußli, sei ein stattlicher Mann, ein starker Mann, ein siegreicher Mann und obendrein ein Mann ohne Makel. Er werde sich auch eine Frau nehmen, aber keine fortgejagte Sklavin, deren sich die Herrschaft entäußert habe, sondern eine Hanum, eine richtige Hanum, ein Mädchen, das Sprachen spreche und schon vor der Revolution Beziehungen zu höchsten Stellen gehabt habe. Also keine Emporgekommene.

Mußli hatte seine Augen auf Julienne geworfen. Bei der Plünderung des Woiwodenpalastes hatte er sich ihrer bemächtigt und folgerte nun daraus, daß sie ihm gehöre. Als man ihm dennoch den Zutritt zu ihr verwehrte, erklärte er, mit einer Verstärkung zurückkehren zu wollen, die genügen würde, das ganze Kastratengesindel, das ihm sein Eigentum vorenthalten wolle, zum Teufel zu jagen. Er kam auch zurück. Und dieses Mal wurde ihm und seinen Kameraden mit aller Höflichkeit aufgetan. Sie fanden vieles, was nach ihrem Abzug nicht mehr da war, nur eins fanden sie nicht: Julienne. Dafür stieß Mußli schließlich auf Beschir.

Der Kislar war taktvoll genug, nicht daran zu erinnern, daß Mußli sich mit der begehrten Hanum ursprünglich nur eines Dienstmädchens für Rakije habe versichern wollen. Er äußerte vielmehr ein tiefes Bedauern, daß die Erwählte, offenbar in völliger Unkenntnis der ihr zugedachten Ehre, sich entfernt habe und ihr gegenwärtiger Aufenthalt leider nicht bekannt sei. Der Kiaja habe allerdings sofort Nachforschungen befohlen, für die er Mußlis Unterstützung erbitte. Wozu er, der Kislar, jedoch vor allem den Bräutigam beglückwünsche, sei die Einwilligung des Padischahs zu der beabsichtigten Heirat. Seine Majestät habe sogar eine Mitgift gewährt, die dem Rang der Dame und den Verdiensten ihres künftigen Gatten entspreche. Einstweilen möge Mußli für die Auslagen bei der Suche freundlichst diesen Beutel entgegennehmen.

Mußli hatte die Freundlichkeit. So unbefriedigend erschien ihm die Lage gar nicht. Erstlich erwies es sich, daß der Beutel statt mit den erwarteten Piastern mit richtigen Dukaten gefüllt war, dann aber bestätigte ihm das prompte Eingreifen von allerhöchster Seite das Ansehen, in dem er stand, und die Macht, die er besaß. Er nahm, was man ihm gab, nicht ohne dabei verlauten zu lassen, daß er, falls man des Mädchens nicht habhaft werde, auf eine kaiserliche Prinzessin als Gattin rechne.

Es bedeutete viel, daß Beschir sich selbst bemüht hatte. An dringenden Aufgaben fehlte es ihm nicht, und so mußte die Geschichte mit Mußli wohl eine besonders dringliche gewesen sein. Außerdem mußten noch alle Geschöpfe Ibrahims aus ihren Ämtern entfernt und verbannt werden – alle bei der Absetzung Mustafas II. Verbannten waren zurückzurufen. Zahlreiche Ämter wurden neu besetzt. Dazu gehörten die Fürstenstühle in der Moldau, der Walachei und auf der Krim. Patrona Chalil betrachtete sie allerdings mehr als ihm sehr willkommene Verkaufsobjekte.

Die Hospodare der Moldau und der Walachei waren dem Herkommen nach Griechen, und der griechische Fleischer Janaki hatte während des Aufruhrs dem Patrona Fleisch auf Borg und Geld als Darlehen gegeben. Nun hielt er sich zu ebenso unmäßigen Forderungen berechtigt wie sein Janitscharenfreund und verlangte die Fürstenwürde der Moldau. Es machte Patrona nichts aus, daß Sultan Mahmud sie gerade vor vier Tagen dem Fürsten Gregor Gika bestätigt hatte, dem Angehörigen einer berühmten Familie vom Fanar, vom griechischen Leuchtturmviertel in Konstantinopel, wo immer noch das alt-byzantinische Patriziat saß. Für fünfhundert Beutel sagte er den «Fußschemel der Herrschaft» dem Fleischer zu.

Nicht einmal selbst bemühte er sich deswegen zum Großwesir, sondern er sandte an seiner Stelle Mußli. Der kaiserliche Schwertträger Mohamed Pascha, den nach Ibrahims Tod Sultan Ahmed noch ernannt hatte, war Großwesir geblieben. Er verwies auf die erst vier Tage alte kaiserliche Bestätigung des Fürsten Gika. Mußli erblickte darin kein Hindernis. Gika und Janaki seien Ungläubige, meinte er, und er könne zwischen zwei Giauren keinen Unterschied bemerken.

Um so klarer war sich seine Hoheit darüber, daß Leute wie dieser Mußli und nun gar Patrona Chalil ihm mit seinem Amt auch den Kopf zu nehmen vermochten. So glaubte er viel mit Mußlis Einwilligung erreicht zu haben, in dieser Angelegenheit einen kaiserlichen Befehl einholen zu dürfen. Keinen Augenblick zweifelte er, der im Hofdienst Ergraute, daß die freche Zumutung der Janitscharen zurückgewiesen werden würde. Mußli freilich war anderer Meinung.

«So geht denn zum Sultan», sagte er, «aber seid vor allem darauf bedacht, Patronas Willen zu tun.»

Und das Unfaßbare geschah. Gika wurde abgesetzt und der Fleischer als Fürst eingekleidet.

Dem Großwesir gab das Veranlassung, über Beschir nachzusinnen. Ein Mann wie der Kislar könne doch unmöglich die Aufständischen begünstigen? Aber hundertzwanzig Landhäuser und Köschke zu beiden Seiten der süßen Wasser, manche in der Architektur errichtet, wie sie Ludwig XIV. von Frankreich zu Ansehen gebracht habe, seien zerstört worden. Nur eins sei stehengeblieben. Niemand habe gewagt, an das Haus des Kislars Hand zu legen – niemand, nicht einmal die Janitscharen ...

Ein Gedanke an das übliche Thronbesteigungsgeschenk für die Truppen hätte dem Großwesir freilich die Antwort geben können, die er suchte.

Hundertfünfzig Wagen wurden auf den Fleischmarkt gefahren, jeder mit fünfzig Beuteln beladen. Diese siebeneinhalbtausend Beutel wurden unter vierzigtausend Janitscharen, achtzehntausend Kanonieren, zweiundzwanzigtausend Zeugschmieden und zwanzigtausend Sipahi verteilt. Über Erwarten reich beschenkt, erkannte die zufriedengestellte Truppe das Fetwa des Mufti an. Damit erklärten die Soldaten sich bereit, als gute Moslemin unter der heiligen Fahne gegen alle zu ziehen, die weiterhin Unruhe stiften wollten. Die Zelte auf dem Fleischmarkt verschwanden, die Soldaten kehrten in ihre Kasernen zurück, und am vierzehnten Tag des Aufruhrs wurden die Marktbuden wieder eröffnet. Es sah aus, als habe die Besatzung der Hauptstadt die Macht wieder in die Hände gelegt, in die sie gehörte.

Aber noch lebten Patrona Chalil, Mußli und viele andere, denen es schwerfiel, die Tage ihrer unbeschränkten Gewalt zu vergessen, und die überzeugt waren, sich dieser Gewalt jederzeit wieder bemächtigen zu können.

Das alte Brusa oder Brussa war, wenn man Plinius glauben will, von Hannibal und seinen karthagischen Mitflüchtlingen am Fuß des bithynischen Olymps in Kleinasien erbaut und nach dem Landesherrn Prusa genannt worden. Zur Zeit des noch unbedeutenden osmanischen Emirats war sie die einzige Hauptstadt gewesen, nach der Eroberung von Adrianopel die zweite und nach der von Konstantinopel die dritte Hauptstadt des osmanischen Weltreichs geworden. Aber gerade diese erste hatte die Entstehung des Reiches in seinen Leiden und Freuden zum guten Teil miterlebt. Ihre Lage vor dem Hintergrund der Gebirge war reizvoll. Allmählich hatte sie den Fluß Nilufer und Binarbaschi, das Quellenhaupt, bei dem ihr Eroberer, Osmans Sohn Orchan, seine Fahne aufgepflanzt hatte, in ihren Bereich gezogen. Über den Fluß hatte Osmans Schwiegertochter, das griechische Schloßfräulein des gleichen Namens, Nilufer, die steinerne Brücke erbaut. Clavigo, ein spanischer Reisender aus dem Beginn des dreizehnten Jahrhunderts, hatte die Fürstin dort in ihrer Residenz getroffen und sie als eine Dame von überlegener Klugheit und bestrickenden Umgangsformen geschildert.

Bei dieser Brücke erhob sich der Palast des Kadiasker Anatoli, des Oberstlandrichters von Kleinasien. Das war die Würde, zu der die Aufständischen Sulali Hasan Efendi, den früheren Richter von Konstantinopel, befördert hatten. Aber der neue Besitz seines schönen und in jedem Fall geräumigen Amtssitzes hatte Sulali nicht hindern können, ein weit bescheideneres Gebäude bei der Moschee des ersten Murad aufzusuchen.

Genug Sultane und Sultaninnen, Wesire, Geistliche höchsten Ranges, Leute von Macht und Reichtum hatten es sich angelegen sein lassen, durch Errichtung schöner Gebäude ihrem Namen Nachruhm zu erwerben, als daß ein Aufenthalt in dieser Stadt mit ihren Moscheen, Schulen, Bädern, darunter den berühmten heißen Quellen, mit ihren Basaren, Kaffeehäusern und anderen Orten der Geselligkeit hätte bedrückend sein müssen. Eher das Gegenteil war der Fall. Und doch war Brusa mit Chios, Kanea, Kaffa und anderen Städten und Inseln eine Stätte der Verbannten, allerdings einer Verbannung, die mehr Zwangsferien von unbestimmter Dauer glich. Sie konnte eine vorübergehende Sommerfrische sein, zu der die Täler und Höhen des Olympos genug Gelegenheiten boten, oder auch Jahrzehnte und selbst lebenslänglich dauern. Wer sich jedoch seines Ehrgeizes zu entäußern vermochte, den störte niemand, sich bei auskömmlichen Tagegeldern eines sorgenfreien und behaglichen Daseins zu erfreuen.

Die Verbannung eines abgesetzten hohen Beamten oder Würdenträgers war überhaupt weniger eine Strafe als eine für das öffentliche Wohl nützliche Vorkehrung – wie nützlich, das war aus dem Beispiel des neuen Kadiasker Sulali zu ersehen. Wäre er bei Ablauf seiner Amtszeit als Richter von Konstantinopel bis auf weiteres nach Brusa verwiesen worden, hätte er ruhig warten müssen, ob die Pforte ihn zu dem höheren Amt erheben oder nicht erheben werde. Statt dessen befand er sich nun zwar auch in Brusa, aber als der dritthöchste Geistliche der Monarchie, der sich im Besitz dieser ihm vom Aufstand verliehenen Würde gegen etwaige Absetzungsgelüste der Pforte glaubte sichern zu müssen. Um Ruhe zu finden, dachte er zu viel an jene Nacht im Basar und seine Unterredung mit dem Kislar. So oft dachte er daran, bis ihm Zweifel kamen, ob er auf dessen Gewogenheit auch wirklich rechnen könne. Deswegen befand sich Sulali Efendi unterwegs auf den Gassen von Brusa. Er durfte den Mann in dem bescheidenen Haus an der Moschee Murads I. als einen Höherstehenden nicht zu sich entbieten. Dieser Mann war Kaplangirai. Im Osmanischen Reich gab es wohl privilegierte Familien: die Nachkommen des Propheten, die in der ganzen Welt des Islams verehrt wurden, und dann durch Gewohnheitsrechte die Ulema. In den ersten Generationen beginnender Herrschaft spielten außerdem noch die Nachkommen der Gefährten Osmans eine Rolle. Sie waren der Ansatz zu einem weltlichen Adel gewesen. Aber diese Familien hatten sich allmählich in der Menge verloren und mit ihnen ihre Privilegien. Einige wenige Male tauchte in der neueren Geschichte noch hier und da der Name eines Michailoglu auf, in dessen Familien das Generalat der Akindschi erblich gewesen war. Doch ein straffer Militärstaat wie die Türkei konnte sich auf die Dauer keine Erbgeneräle leisten. Wohl konnten Fehlgriffe und Begünstigungen vorkommen, aber zuletzt mußte die Leistung entscheiden. Auch das Zivilleben war dem Heeresdienst unterworfen: die Gläubigen waren die Soldaten des Padischahs, die Rajah, die kaiserlichen christlichen Untertanen, hatten für Waffen, Munition, Kleidung, Proviant und Transport zu sorgen. Diesem System waren die abendländischen Ritterheere lange Zeit nicht gewachsen gewesen. Bei Mohacs war von den ungarisch-europäischen Streitkräften nicht so viel übriggeblieben, um daraus noch eine Kompanie bilden zu können. Aber nach dem fast völligen Verlust der türkischen Flotte bei Lepanto hatte es nur bis zum nächsten Frühjahr gedauert, und die Flotte des Großherrn war von den Dardanellen stärker als je zuvor ausgelaufen.

Schon allein der Umstand, daß der gesamte Grundbesitz

dem Padischah gehörte und Teile davon niemals übereignet, sondern nur auf Zeit und höchstens auf Lebenszeit verliehen werden konnten, ließ in der Türkei einen Feudaladel nicht aufkommen. Nicht einmal ein Geldadel konnte sich bilden. Kein Reicher durfte hoffen, sein Vermögen der eigenen Familie zu vererben, wenn er nicht dessen größten Teil dem Padischah vermacht hatte, und Besitzbeschlagnahme bei Absetzung und dem Todesfall eines Beamten, der zur Bereicherung Gelegenheit gehabt hatte, war so sehr die Regel, daß eine Ausnahme von ihr in den Annalen vermerkt wurde. Mochten sich die Großen vollsaugen wie Schwämme, was sie denn auch taten, zuletzt floß alles wieder dem Padischah zu und damit dem Staatsschatz.

Das milderte die Gefahren der Korruption und förderte zugleich die religiösen und kulturellen Bestrebungen. Was konnten die Großen und Reichen mit ihrem Gelde beginnen, das wie Grundbesitz ebenfalls nur auf Zeit verliehen war? Sie errichteten Moscheen, Bäder, Armenküchen, Bibliotheken, stifteten Lehrerstellen, Stipendien ... Während Großwesir Ibrahim Pascha seine prächtigen öffentlichen Bibliotheken für jedermann in Konstantinopel baute, lief in Wien der große Leibniz vergebens umher, um das Geld für die von ihm geplante Akademie aufzutreiben. Nichts bekam er.

Wenn aber auch im Osmanischen Reich weder Erbadel noch Geldadel hatte entstehen können, so gab es doch zwei Familien mit gesetzlich verbürgten Vorrechten: die Familie Osman und die Familie Girai. Wer auch Kaiser sein mochte – aus der Familie Osman mußte er sein, und nur ein Girai konnte auf das Polster der Krimkhane gelangen.

Die Girai waren erweislich Nachkommen Dschingis-Khans und als Dschingisiden eigentlich vornehmer als die osmanische Kaiserfamilie. Der Eroberer Timur, des türkischen Sultans Bajesid Jilderim Bezwinger, hatte sich immer irgendeinen unbedeutenden Dschingisiden als nominellen Khan seiner vielen Völker gehalten, um damit einer Vorstellung zu genügen, die den Vorfahren der Untertanen einst von Dschingis selbst eingeimpft worden war.

Mit den Girai verhielt es sich freilich anders. Sie waren wirkliche Tatarenkhane und hatten jahrhundertelang Großrußland niedergehalten. In dem Maße jedoch, wie sich die Russen einten und unabhängiger wurden, erhob sich der religionsverwandte Bundesgenosse am Bosporus zu einem Oberherrn, der die Khane ein- und absetzte. Es war keine Seltenheit, daß ein Prinz des Hauses Girai mehr als einmal zur Herrschaft gelangte. Auch Kaplangirai hatte schon den Zobelkalpak mit der doppelten Reiheragraffe getragen, die goldumrandete rote Kapanidscha, den juwelenbesetzten Säbel und den Perlenköcher – dafür war er aber in Konstantinopel auch schon im Gefängnis gewesen. Auf diese Weise hatte er seine Erfahrungen gesammelt und war nun gelassen.

Ein Nachkomme des Dschingis? Diese hohe und schlanke Erscheinung mit dem grauumbarteten Gesicht eines geistvollen und gelehrten Mannes erinnerte in nichts mehr an die gelben Pferdemenschen, wie sie einst aus ihren geheimnisvollen Steppen hervorgebrochen waren. Dschingis selbst hatte gegen Ende seines Lebens über seine eigenen Ur- und Ururenkel schon den Kopf geschüttelt, weil sie so ganz anders aussahen als er selbst und die alten Mitkämpfer seiner Generation. Aber es war ihm recht gewesen. Er hatte ja gewußt, daß es von den Frauen und Mädchen der Besiegten kam, die so reichlich die Zelte seiner Krieger bevölkert hatten. Jedes Kind an der Brust einer Mutter war ihm ein wohlgefälliger Anblick gewesen. Je mehr Kinder, um so mehr Krieger. In einem freilich hatte sich nichts geändert: Auch Kaplans feingliedrigen Händen war der Säbel vertraut. Er war Steppenreiter wie seine Ahnen.

In einem Raum von mäßiger Größe saß er jetzt mit seinem Gast. Teppiche an den Wänden und auf den roten Fliesen des Bodens waren außer zwei Polsterbänken alles, was er enthielt, und wenn einer durch die vielen bleigefaßten kleinen Glasscheiben des Fensters geschaut hätte, wäre sein Blick auch nur auf eine enge verlassene Straße gefallen. Die beiden Herren hockten mit untergeschlagenen Beinen auf den Polstern und rauchten ihre Wasserpfeifen. Kaplangirai war mit einem langen Hausgewand aus schwarzer Angorawolle bekleidet und trug dazu einen leichten Kopfbund aus weißem Dünntuch im Gegensatz zu dem Geistlichen mit seinem Wulstturban, seinem Kaftan und der vierärmeligen Kapanidscha in den violetten Farben, die ihm als Kadiasker zukam.

Der Tendur, die bronzene Feuerkiepe mit glühenden Holzkohlen, erwärmte nur streckenweise den Raum. So stand er denn zwischen ihnen und ließ auf diese Weise immerhin eine leichte Behaglichkeit aufkommen.

Kaplangirai war ein viel zu großer Herr, als daß er seinen Besucher nach dessen Begehren gefragt hätte. Er wartete, bis Sulali beginnen würde. Doch der begann nicht.

«Hoheit», sagte Sulali, während er sich über die beste Art, Wachteln zuzubereiten, ausließ ... rupfen, ausweiden, mit Kräutern füllen, in frisch gepflückte Kohlblätter wikkeln und so zwischen heißen Steinen eingraben ...

«Hochwürden haben vollkommen recht», unterbrach Kaplan ihn. «Aber ich bemerkte, daß Sie mich mehrfach ‹Hoheit› nannten. Ich bin erstaunt. Mir kommt das Prädikat nicht zu.»

«O bitte», widersprach Sulali, «nach dem Kanum haben der Tatarenkhan und der Großwesir auf diese Anrede Anspruch ...»

«Der Tatarenkhan – ja. In Ihrer Güte übersehen Hochwürden nur, daß ich keiner bin. Ich bin ein Privatmann, der sich aus guten Gründen in Brusa aufhält.»

«Hoheit waren Privatmann», sagte Sulali mit einer Betonung, die Kaplan jeder Ungewißheit enthob.

Dennoch schwieg er. Nur die Blicke sprachen zwischen ihm und dem Kadiasker. Erst nach einer Weile setzte Kaplan das Gespräch in einem ganz andern Ton fort.

«Weswegen sind Sie hier, Sulali? Im Auftrag der Pforte?»

Einen Augenblick zögerte Sulali.
«Nein», sagte er dann.
«Nicht die Pforte? Etwa der Großwesir persönlich?»
«Silihdar Mohamed Pascha ist nicht der Mann für eine persönliche Politik. Und er ist der Schwiegersohn Ahmeds III. – das zwingt ihn zur Vorsicht.»
Kaplan nickte.
«Ganz recht», gab er zurück. «Ich hätte anders fragen müssen. Eins kann man vom Kislar gewiß nicht behaupten: daß er der Schwiegersohn eines Sultans sei.» Er lächelte, während er Sulali bei der Nennung des Kislars scharf beobachtete, was der einzige Zweck seines reichlich billigen Scherzes war. Aber dafür wußte er jetzt auch, daß es nicht Beschir war, der den Kadiasker entsandt hatte.
«Urteilen Hoheit selbst», wich Sulali einer direkten Antwort aus. «Mengligirai war von der Pforte vorgeladen worden und befand sich bereits auf der Reise nach Stambul, als er den Befehl erhielt, in Janboli zu verharren.»
Mengligirai war Kaplans Bruder und gegenwärtiger Khan – Janboli eine Art von giraischen Ganerbentum, das der ganzen Familie gehörte.
Der Herr Bruder könne dort lange harren, dachte Kaplan ohne besondere Abneigung, aber auch ohne große Teilnahme. Daß ein Mitglied der Familie nach Janboli verwiesen wurde, war auch gar nicht aufregend. Es war ein beliebtes Aushilfsmittel der Pforte, wenn es Unruhen im Khanat zu beseitigen oder ihnen vorzubeugen galt. Nur erkläre das nicht Sulalis Kommen. Lediglich um Stunden vor einer Pfortenbotschaft zu erscheinen, sei er gewiß nicht da, dachte Kaplan und war zugleich davon überzeugt, daß er um so mehr erfahren werde, je weniger er zu wissen vorgebe. Und wenn es auch nur Bestätigungen sein sollten, so könnten auch die von Wert sein.
«Sie sagten, Efendi», begann er, «mein Bruder wurde vorgeladen, und er erhielt einen Befehl. Wer lud vor und wer befahl?»
«In beiden Fällen befahl der Großwesir – allerdings mit

einem Unterschied: Die Vorladung nach Stambul erfolgte, damit sich Mengligirai in Person der Umtriebe gegen ihn erwehren möge. Das war des Großwesirs wirkliche Absicht. Der Befehl, in Janboli zu bleiben, wurde der Hoheit hingegen abgerungen ...»

«Vom Kislar?»

«Haben Hoheit nie etwas von Patrona Chalil gehört?»

«Ich erinnere mich», sagte Kaplan und verleugnete damit jede genauere Kenntnis von den Vorgängen in Stambul. «Ist das nicht der Name eines Janitscharen, der während des Aufstandes viel genannt wurde?»

«Es ist der Name des Mannes, der jetzt am Bosporus herrscht», war Sulalis Antwort.

Sie wog schwer genug, um eine Pause zu hinterlassen. Dann erst ergänzte sie Kaplan.

«Also des Mannes, der mich auf den Thron meiner Familie zurückführen will.»

«Zurückgeführt hat.»

«Und Sie glauben, das sei endgültig?»

«Es stünde schlimm um uns, wenn es nicht so wäre.»

«Demnach verdanken auch Sie ihm Ihre Ernennung?»

«Ich verdanke sie den Truppen, obwohl ich sie von Sultan Ahmed hätte erlangen können. Aber die Truppen erschienen mir sicherer.»

«Und jetzt sind Sie dessen nicht mehr so gewiß? Denn irgendeinen Grund muß es doch haben, daß Sie diese Unterredung mit mir suchen. Nur um mir mit der Wiedereinsetzung als Khan ein hübsches Geschenk zu überbringen, sind Sie gewiß nicht gekommen.»

«Als Hoheits Verbündeter bin ich hier. Warum Patrona auf Hoheit verfallen ist ...»

«Oder Sulali auf mich verfiel ...»

«Auch das ... scheint mir klar. Mengligirai ist im Besitz. Das macht ihn hochmütig und eher dem Serail geneigt als dem Fleischmarkt und den Kasernen.»

«Wohingegen ich ...?»

«Wer einmal, wie Hoheit, mit seinen Reitern, ein Pferd

unter sich, den Säbel an der Seite, die Russen gejagt hat, der kehrt, wenn er kann, in die Steppe zurück und wird alles tun, um nicht wieder die Beschaulichkeit Brusas oder eines anderen angenehmen Ortes aufsuchen zu müssen.»

«Stimmt», sagte Kaplan, wobei es ihm weniger auf eine genaue Festlegung gegenüber der etwas phrasenhaften Unterstellung als darauf ankam, Sulali weiterzutreiben. «Aber Klatsch und Neugier gedeihen nirgends so gut wie in einem der beschaulichen Orte, von denen Hochwürden sprachen. Ich bekenne mich zur Neugier. Würden Sie mir eine Frage beantworten?»

«Gern.»

«Ihnen erschienen die Truppen sicherer als Sultan Ahmed. Nun ist jedoch der von Ahmed ernannte Großwesir immer noch im Amt. Die Frage, wer in den entscheidenden Stunden mehr Kaiser war, Ahmed oder Patrona, ist also noch nicht beantwortet?»

«Nein», gab der Kadiasker zu, «erst wenn es feststeht, wer länger im Amt bleibt: der Großwesir oder ... Sulali, wird man es wissen. Vielleicht ist es aber nicht unwichtig, daß Patrona und ich Landsleute sind.»

«Was für welche?»

«Albaner, Hoheit.»

«So, so – Albaner. Dann allerdings!» Kaplan lächelte. Das Zusammenkletten aller Albaner war bekannt. «Und dann ist Patrona wohl auch fromm?»

«Sehr fromm, Hoheit.» Nun lächelte auch Sulali. «Allah sei Dank!»

«Ihm sei Dank. Hochwürden werden aber verzeihen, daß ein Mann, der wie ich wieder in die große Welt zurück soll, gern seinen Weg sehen möchte. Nun weiß ich wohl, daß Sie von einem Ihrer Landsleute gehalten werden, der, wie Sie selbst sagten, am Bosporus herrscht, also von Patrona Chalil. Da aber der Großwesir diese Gunst gewiß nicht teilt ... oder irre ich mich?»

«Durchaus nicht, Hoheit.»

«... so muß es also noch einen zweiten Mann geben, der

auch noch am Bosporus etwas zu sagen hat. Wer es unter Sultan Ahmed war, wissen wir. Es war Ibrahim Pascha.»

«Er war es nicht allein, Hoheit», entfuhr es Sulali.

«Ganz recht. Er stützte sich auf den Mufti und den Kislar. Aber Ibrahim wurde erdrosselt, der Mufti verbannt – geblieben ist Beschir. Das Gerücht mag ja übertreiben. Gerüchte tun das gern. Daß sein Verhältnis zur Walide ungetrübt ist und er der eigentliche Erzieher unseres Padischahs war – das jedoch dürfte stimmen. Jedenfalls steht er schon als Kislar den Allerhöchsten um vieles näher als irgendeiner von uns. Auch dem gegenwärtigen Großwesir, der, wie Ibrahim, eine Tochter Sultan Ahmeds zur Frau hat, steht er schon dadurch nahe, daß er die Prinzessin persönlich kennt. Haben Hochwürden nie daran gedacht, daß Beschir ein zweiter Mann sein könnte, der am Bosporus herrscht?»

«Patrona wird schon mit ihm fertig werden», meinte Sulali zögernd und nicht gerade entzückt über Kaplans unanfechtbare Ausführungen.

«Das bezweifle ich durchaus nicht. Mir gilt es – Sie verstehen mich, nicht wahr? – als bester Beweis, daß Patrona Euer Hochwürden zu mir entsandte», pflichtete Kaplan mit einem leichten Lächeln und einer kleinen Verneigung ihm bei – wobei er freilich zu erwähnen vergaß, daß des Kislars Bote ebenfalls schon bei ihm war.

Zum Glück wußte Sulali das nicht, und so erhellten sich seine Züge.

«Sie halten also zu uns?» rief er mehr, als daß er fragte.

«Ich werde mich doch nicht gegen meinen Wohltäter wenden, der mir die Khanschaft zurückgibt, die man mir nahm! Ich sehe ein, daß von zwei Herrschern am Bosporus einer zuviel ist.»

«Patrona hat die Truppen», sagte Sulali, als sei damit das letzte Wort gesprochen.

Auch das Geld? hätte Kaplan gern erwidert. Aber da er die Antwort kannte, unterdrückte er die Frage.

«Der Ausgang kann gar nicht zweifelhaft sein», fuhr der Efendi fort. «Nicht einen Augenblick!» beteuerte Kaplan.

«Das Ziel ist ebenso klar. Nur müßte ich – falls meine Mitwirkung in Anspruch genommen werden sollte – wissen, auf welche Weise man es zu erreichen gedenkt.»

Sulali hielt zuerst mit der Antwort zurück. Unter dem Zwang von Kaplangirais Augen gab er sich dann einen Ruck.

«Hoheit haben richtig erkannt, daß der Kislar zu fürchten ist. Nach meiner persönlichen Meinung würde er übrigens mit der Zeit nicht schwächer, sondern stärker werden.»

«Zweifellos! Nämlich mit zunehmender Beruhigung der Zustände am Goldenen Horn.»

«Es wird vorerst keine Beruhigung geben. Beim letzten Vergleich mit Sultan Ahmed wurde im kaiserlichen Handschreiben nicht nur allen Beteiligten am Aufstand Straflosigkeit zugesichert, es wurden ihnen auch drei Fahnen zugestanden, unter denen sie sich, falls sie sich bedroht fühlen sollten, auf dem Fleischmarkt gesetzmäßig versammeln dürfen. Sie werden sich versammeln.»

«Und der Grund?»

«Wird sich finden.»

«Selbstverständlich. Nichts ist leichter zu finden als ein Grund.» Kaplan lächelte. «Also zuerst der Kislar?»

«Mit ihm natürlich der Großwesir, der Mufti und der Kapudan ...»

«Wieder einmal Dschanüm Hodscha? Sieben Jahre als Rudersklave auf christlichen Schiffen – nicht jeder hält das aus. Für hundert Dukaten losgekauft, erobert er Tine. Wegen Meinungsverschiedenheiten bei Korfu abgesetzt und in die sieben Türme gesperrt – alles in allem ein tapferer und fähiger Mann.»

«Wir werden ihn durch einen Besseren ersetzen, und für diesen brauchen wir sein Amt.»

«Darf ich fragen: für wen?»

«Für Patrona Chalil. Janitscharenaga soll Mußli werden ...»

«Ausgezeichnet! Damit hat Patrona Heer und Flotte. Und der jetzige Janitscharenaga ...?»

«... wird Großwesir.»

«Euer Hochwürden und Ihre Freunde hätten nicht besser wählen können.»

«Hoheit sind einverstanden?»

«Vollkommen.»

So ganz zufrieden war Sulali dennoch nicht. Die Anwerbung ging ihm zu reibungslos vor sich. «Ich freue mich, Hoheit», sagte er. «Ich hatte mit Einwendungen gerechnet.»

«Einwendungen habe ich nicht», meinte Kaplan weniger stürmisch, dafür um so nachdenklicher als bisher, «das könnte ich eigentlich nicht sagen ... Aber Hochwürden werden wohl selbst erwarten, daß ich über den mir zugedachten Anteil am künftigen Geschehen gern etwas Näheres erführe. Wozu haben Hochwürden und Ihre Freunde mich vorgesehen? Die Tatarenmacht ist zwar nicht klein – bis Stambul käme ich aber nicht damit.»

«Es genügen dreißigtausend Reiter», erwiderte Sulali, eine Antwort, deren Trockenheit Kaplangirai vermuten ließ, daß Sulali der Kopf der Bewegung sei.

«Nur dreißigtausend?»

«Sie genügen. Aber Sie können natürlich auch mehr nehmen – das steht ganz bei Hoheit.»

«Und was tu ich mit den dreißigtausend?»

«Damit fallen Hoheit, wenn die Truppen wieder auf den Fleischmarkt ziehen, gleichzeitig in Bessarabien ein.»

Allerhand! dachte Kaplan, und gar nicht so dumm. Dazu freilich würden die Herren Mengligirai nie vermögen – er tat also bedenklich.

«Unmöglich!» sagte er. «Ich werde dann in der Krim sein. Bis ich Tag und Stunde des neuen Aufstandes erführe, dauert es seine Zeit. Es würde aber genügen, zu gleicher Zeit mit dem neuen Aufstand meine dreißigtausend bereits an der Grenze zu haben. Es wäre dann Ihre Sache, das Gerücht eines Einfalls und damit die Unruhe in Stambul zu vergrößern. – Die Geistlichkeit ist doch auch dieses Mal wieder für den Fleischmarkt?»

«Wäre ich sonst hier?» fragte Sulali.

«Ich wollte keinen Zweifel ausdrücken», beruhigte Kaplan den andern. «Aber ohne unsere verehrten Ulema hätte ich mich kaum entschlossen ... nicht nur Patrona ist fromm», fügte er lachend hinzu. «Hätten wir sonst noch etwas zu besprechen, Hochwürden?»

Sulali verstand den Wink und erhob sich. Nun standen beide Herren.

«Ihr Besuch war mir eine große Freude», sagte Kaplangirai; «aber wir sehen uns ja bald in Stambul.»

Nachdem der Khan durch das Fenster beobachtet hatte, wie der Kadiasker, unter Vortritt seines Stabträgers, mit zwei Kawassen hinter sich, die Straße hinuntergegangen war, wandte er sich der Persönlichkeit zu, die ins Zimmer getreten war, nachdem Sulali es verlassen hatte. Seiner äußeren Erscheinung nach konnte der Mann als armenischer Priester mit seinem Kreuz auf der Brust wohl nichts mit dem Kislar zu tun haben – seinen Geschäften nach schien er jedoch dem Serail nicht ganz fern zu stehen.

«Die Ulema sind also immer noch auf seiten der Truppen?» fragte Kaplan obenhin.

«Wenn Sulali das gesagt hat, so ist er zu bedauern», war die Antwort. «Die Ulema wollen es sich nicht mehr gefallen lassen, daß die Janitscharen ihre Muftis absetzen. Und Sulalis Amtsbruder von Rumili – Hoheit kennen ja Paschmakdschisade – hat seinen Leuten Stockschläge versprochen, wenn sie sich mit Patrona Chalil einlassen.»

«Ich weiß es», lachte Kaplan gutgelaunt, «und so wollen wir uns vor dem Stock hüten, der uns bedroht.»

XI

Die Arme hinter dem Nacken verschränkt, das linke Bein über dem aufgestützten rechten, lag Julienne rücklings auf dem Diwan, also gerade recht, den linken Fuß so wippen zu lassen, um die Knöchelringe zum Klirren zu bringen.

«Ganz gescheit», meinte sie, «die Frauenzimmer hier wissen, wie man es macht. Auf so was fliegen die Männer.»

Da alle anderen Damen beim Empfang der englischen Gesandtin waren und die beiden kleinen Mädchen, die ihr hatten Gesellschaft leisten sollen, von ihr weggeschickt worden waren, so gab es niemand außer ihr im Raum, und an sie selbst richteten sich darum ihre Worte. An Selbstgespräche hatte sie sich seit langem gewöhnt.

«Was sind sie eigentlich, diese Fußreifen? Zeichen der Sklaverei?» fuhr sie fort. «Wenn ich diesen hageren, alten Mann wiedertreffe, werde ich ihn fragen. Er jedenfalls wird sich nicht wundern, wenn ich es tue. Aber wenn auch Sklavenringe! Diese Hosenfrauen haben aus Sklavenringen auch nur wieder ein Mittel zu ihrer eigenen Vergötterung gemacht, eine nette kleine Aufforderung mit Klirremusik haben sie daraus gemacht, ihnen die Füße zu küssen. Die nackten Füße natürlich. Schuhe und Knöchelringe passen nicht zusammen. Weg mit den Schuhen!»

Und ohne daß sie ihre Hände bemühte, befreite sie sich mit den Fußspitzen derart, daß die weit ausgeschnittenen Schuhe davonflogen.

«Die Batthany, die Frau Gräfin», erregte sie sich über ihre Erzfeindin, die ihr, so fern sie sein mochte, immer nahe war, «die und Knöchelreifen! Eine Watschelgans auf Stöckelschuhen – jawohl, das ist sie! Und wahrscheinlich hat sie Hühneraugen.»

Julienne blinzelte die eigenen Füße kritisch an, einen nach dem anderen und sehr sorgfältig. Nein, Hühneraugen hatte sie nicht an ihren keineswegs kleinen, aber schmalen, gleichsam trockenen Füßen mit den langen Zehen. Keine Strümpfe verbargen die Formen. Die Damen des Serails steckten ihre Füße nackt in die Schuhe, wenn Ort und Gelegenheit sie ihnen vorschrieben. Denn eigentlich sei es schade, dachte Julienne, sie in noch so weiches Leder oder Stoffe zu pressen, da doch die Teppiche nur darauf zu warten schienen, die Unverhüllten zärtlich zu empfangen. Was freilich ihre eigenen Füße anlangte, so hegte sie wegen deren Länge einige Zweifel und wieder auch nicht. Wenn ich ein Mann wäre ..., aber dies kam nicht über ihre Lippen. Nicht alles, was sie dachte, sagte sie laut. Und überdies sei sie ja auch kein Mann.

Sie sprang auf.

Der Raum, in dem sie sich befand, unterschied sich in seiner gediegenen Pracht nur wenig von denen des Prinzessinnen-Palastes, den sie noch vor wenigen Tagen bewohnt hatte. Wie sie überhaupt hierhergekommen war, wußte sie nicht, und bis jetzt hatte niemand es ihr sagen wollen. Sie erinnerte sich nur eines Lärms, einer Unruhe, ausweichender Antworten und der großen Erleichterung, die es ihrer Umgebung gewährt hatte, als sie mit größter Gleichgültigkeit gegenüber allem, was sich ereignen oder nicht ereignen mochte, ihr Bett aufgesucht hatte. Aufgewacht war sie in einem anderen Bett und inmitten einer Reihe ausgesucht hübscher Mädchen, die den saalartigen Raum die Nacht über mit ihr geteilt hatten. Seit Julienne von der Batthany fortgeritten und nicht in Promontor eingetroffen war, hatte sie so viele Veränderungen erlebt, daß sie sich nicht übermäßig gewundert hatte. Die Neugierde der anderen war größer als ihre eigene gewesen. Heiterkeit und Gelächter hatten Fragen und Antworten begleitet, alle hatten ihr helfen wollen, so daß keine recht dazu gekommen war, es wirklich zu tun, und in diesem fröhlichen Chaos war einige Zeit verstrichen, bis es Julienne endlich klargeworden war, daß sie sich im Alten Serail und im Harem der erhabenen Walide befunden hatte. Von den Mädchen war sie anfangs für «eine Neue» gehalten worden, für eines jener erlesenen Geschöpfe, die bestimmt waren, durch ihre Anmut den kaiserlichen Hof zu verherrlichen. Julienne hatte herzlich lachen müssen. Ob denn eine Nebelkrähe in einen Taubenschwarm passe? Man war höflich genug gewesen, zu widersprechen. Aber schließlich hatte Juliennes Hinweis auf ihr Alter gesiegt. Es war nicht zu verkennen gewesen, daß sie ihren Jahren nach mehr den vom Allerhöchsten nicht bemerkten Damen glich, mit deren Hand man zum Zeichen kaiserlicher Huld hohe Beamte zu beehren pflegte, wenn man ihnen nicht selbst im Harem ein Amt gab. Die andern Mädchen waren alle kaum flügge gewesen und hatten einer jener Gemeinschaften angehört, in denen sie noch vieles hatten erlernen sollen, ehe sie einer Prinzessin oder Favoritin als Gesellschafterin zugeteilt werden konnten. In scherzhafter Anlehnung an die militärische Einteilung nannte man solche Gemeinschaften eine Oda und ebenso die ihr vorgesetzte Gouvernante. In so eine Oda war Julienne geraten, und schon hatte sich um sie, die Rätselhafte, die womöglich eine künftige Vorgesetzte sein konnte, eine Art von Respektsraum bilden wollen, als die richtige Oda mit Entschuldigungen erschienen war, daß der zu verehrende Gast in der Eile des «Umzugs» unter diese losen Mädchen gebettet worden sei. «Euer Gnaden» nannte die Dame den Gast. Aber es dauerte nicht lange, bis der Schreck, der dieser feierlichen Anrede fast gefolgt wäre, von Julienne gänzlich beseitigt worden war. Selbst die gestrenge Oda hatte nach einigen vergeblichen Bemühungen, das vorlaute junge Volk zu dämpfen, ihre Würde nicht aufrechterhalten können. Hoffnungslos war sie der allgemeinen Heiterkeit anheimgefallen.

Es war eine nicht zu leugnende Tatsache, daß Julienne ganz gründlich verschlafen hatte, und nun war keine Zeit zu verlieren gewesen, sie zu baden, zu salben, zu schminken. Fränkische Kleider, wie sie der Ungläubigen zugestanden hätten, waren nicht dagewesen, und Julienne hatte darauf überhaupt für die Zeit ihrer Anwesenheit im Serail verzichtet. Stöckelschuhe spielten auch im Harem eine Rolle, aber nur beim Baden, ein Korsett sowie die neue Mode des Reifrocks waren Julienne in dieser Umwelt als barbarisch erschienen. Also zuerst die Hose, das erste und letzte Kleidungsstück einer orientalischen Dame. Wie Orgelbässe fielen die Beinkleider weit bis auf die Füße, um dort eine kleine Zusammenraffung zu erfahren. Darüber das hauchdünne Hemd, bei dem es darauf ankam, daß die von ihm mehr geschmückten als verhüllten Rundungen sehenswert

waren. Bei Julienne war das ebenso wie mit ihren Haaren der Fall, die einen perlendurchflochtenen bewunderten Zopf ergeben hatten. Der Kaftan, fest in die Hüfte geschmiegt, war fast so lang wie die Hosen, und der Talpotsch, die Tellerkappe mit herunterhängender Goldquaste – bei Julienne eine juwelenübersäte Goldquaste –, kam schräg auf den Kopf. Das alles war von Schmuck beherrscht worden. Juliennes Erstaunen war groß gewesen, welch Vielerlei man herangeschleppt hatte, um unter dem Mannigfaltigen gerade das Richtige zu finden.

Daß eine einfache Oda, so groß deren Autorität in ihrem Rahmen auch sein mochte, damit allein hätte fertig werden können – daran hatte natürlich niemand gedacht, sie selbst am allerwenigsten. Nein, Julienne war gewissermaßen von einer Hand in die andere gewandert. Höchstbewährte Fachleute: Bader, Masseure, Salber, Schminker, Ankleider und Ankleiderinnen, Schmücker und Schmückerinnen hatten sich von der ersten Grundierung bis zur Vollendung an dem Meisterwerk beteiligt, in dem Julienne, deren mancherlei Widerstände nur durch Berufung auf ihre weibliche Eitelkeit zu überwinden gewesen waren, sich selbst zuletzt nicht mehr wiedererkannt hatte. Doch dann hatte sie sich plötzlich sputen müssen. Ein Edler Befehl war nämlich gekommen, daß die erhabene Walide geruhe, die fränkische Dame gerade zu dieser Stunde in Audienz empfangen zu wollen.

Eine leichte Betäubung hatte sich Juliennes schon bemächtigt; aber ihr schwer zu erschütterndes Selbstbewußtsein und ein Hofknicks hoher Grade, der ihr wie angeboren aus den Gelenken gerollt war, hatten bei der Audienz um so größeren Eindruck hinterlassen, je geringere Erwartungen man gehegt hatte. Für die Walide war dieser Empfang nur ein Staatsakt gewesen – die Erfüllung eines Wunsches des Kislars, dem es infolge der sich überstürzenden Ereignisse nicht einmal möglich gewesen war, diesen Wunsch persönlich vorzubringen und zu begründen. Und das hatte für Julienne eine recht ungewisse Lage ergeben. Wohl hatte sie vom ersten Augenblick an für Aigische Sultana eine Sympathie wie für eine mütterliche Freundin empfunden, und diese Gefühle waren von der hohen Dame erwidert worden; aber das alles hatte Aigisches Wissen auch nicht vermehren können – in Wahrheit war die Sultana eigentlich erst durch Julienne ein wenig unterrichtet worden. In dem «hageren Herrn», den Julienne so stürmisch zu sprechen begehrt hatte, Beschir zu erkennen war für die Walide nicht schwer gewesen. Aber durch ein ganzes Leben war Aigische zur Vorsicht erzogen worden, und schon deswegen war kein Wort über ihre Lippen gekommen, das die Kreise ihres Kislars hätte stören können. Und welches Wort hätte das nicht vermocht?

Jetzt wartete Julienne in diesem Raum auf die Rückkehr der Walide, die ihr eine Unterredung unter vier Augen versprochen hatte. Ihre Mädchen hatte Julienne fortgeschickt, um sich vorher zu sammeln. Betrachtungen über weibliche Fußreifen gehörten mit dazu und alles, was ihr noch durch den Kopf schießen würde. Aber es gab genug Leute, die es erfahren und meist höchst unliebsam erfahren hatten, daß sie sehr wohl fähig war, die ganze Kraft ihrer Gedanken auf ein und denselben Gegenstand zu vereinigen. Leicht entging ihr da nichts. So hatte sie gehört, daß ein Mädchen, einmal in die Register des Harems eingetragen, ihm für die Zeit ihres Lebens verhaftet sei. Hartnäckig verfolgte sie diesen Einfall bis zu der Vorstellung, daß sie zur Zeit in unendlich verfeinerter Form dem gleichen Vorgang wie damals beim Überfall der Banditen ausgeliefert sei, damals, als sie, ihrer Freiheit beraubt, fortgeschleppt worden war. Überdies seien die Banditen weit weniger Banditen gewesen. Denen sei es doch wohl nur auf ein Lösegeld angekommen, während jetzt ihre Freiheit für Lebenszeit bedroht sei. Sie entwickelte einen ganz echten Zorn. Man denke: lebenslänglich! Bis sie in ein lautes Lachen über sich selbst ausbrach.

«Der Harem», sagte sie laut und lachte noch immer,

«würde sich durch mich entehrt glauben. Reihenweise würden die Leute in diesem wunderbaren Haus, in diesen Häusern, in dieser Stadt von Häusern der Glückseligkeit bei dem Gedanken in Ohnmacht fallen, daß ein so wenig schönes Mädchen wie ich hierbleiben könnte. Weißt du, was du bist, Julienne? Juliana vom Vorberg, Reichsfreiin? Eine Gans bist du. Eine Gans, die nicht weiß, was sie will! Du willst fort, so schnell wie möglich, und kannst es gar nicht erwarten. Und dann ärgerst du dich – sage nichts dagegen: du ärgerst dich, Julienne! –, daß in all diesen Tagen kein Mensch auch nur die leiseste Andeutung gemacht hat, du möchtest bleiben. Und dann, Julienne, wenn du fort willst – und das willst du doch? Wohin willst du eigentlich? Kann mir denn keiner sagen, wohin ich will?» Aller Lustigkeit bar war diese Frage.

«Ich kann es jedenfalls nicht, Dame», hörte sie eine Männerstimme antworten. Die Stimme kam aus dem Nichts.

Um der Vorschrift des Korans zu genügen, trennte ein Schleier den Raum in zwei Teile. Der Prophet hatte zwar einen Vorhang verlangt; aber gegen die Damen – nicht einmal gegen seine eigenen – hatte er schon zu Lebzeiten nicht viel ausrichten können, und dabei war es geblieben. So ein Schleier zartesten Gewebes wirkte in der Entfernung wie eine Nebelwand, die sich mit jeder Annäherung lichtete, um schließlich ganz zu verschwinden. Den Nebel glanzvoll durchbrechen, um sich dann in jedem beliebten Grade von einer leichten Dämpfung der Konturen und Farben bis zum völligen Verschwinden wieder in ihn zu hüllen ... das waren Möglichkeiten, die sich die Damen unmöglich entgehen lassen konnten. Es gab also zahlreiche solcher Audienzräume im Harem. Dort empfingen die Glückseligen ihre Vermögensverwalter, Makler, Lieferanten, ihre Lehrer und andere Männer, unverhüllten Gesichtes zwar, aber unantastbar nach dem Gebot des Korans hinter einem Vorhang, der da war und nicht da war – ganz wie die Gebieterinnen es jeweils wollten.

Die Männerstimme kam also aus dem Nebel, aus dem

Nichts. Ein winziger Tropfen kann, wenn er die richtige Zusammensetzung hat, eine glasklare Flüssigkeit plötzlich verfärben, trüben oder sonstwie verändern, ja sie zum Gerinnen bringen und so das Flüssige in Festes verkehren. Eine ähnliche Wirkung übte die Stimme auf Julienne aus. Es war jedoch nicht allein die Stimme, sondern auch die Zeit, gerade die richtige Stunde, in der sie erklang. Die Frage hatte gelautet: Wohin willst du? – die Antwort: Ich weiß es nicht. Die Stimme wußte es sowenig wie sie selbst. Sie wußte wohl, wohin sie konnte, ja eigentlich sollte – sie würde also wieder zurück nach ihrem Schloß Promontor unweit Buda an der Donau müssen. Dort hatte sie alles: einen ganzen Hofstaat, einen Marstall, Wälder, um darin zu jagen, gerade genug, um darin nach Belieben zu streifen, und ein paar große Nachbargüter gab es da auch noch – es brauchte nicht durchaus das der Batthany zu sein, der blöden Ziege. Man konnte zur Familie des Feldmarschalls Mercy reiten oder mit Franz Nesselrode, dem Bischof, Schach spielen, und der Bischof Emmerich Csaky war auch noch da. Nur eins konnte sie nicht: sich betätigen. Jeden Versuch vereitelte die prinzliche Güterverwaltung. Ihre Möglichkeiten waren zwar weiträumig, aber, an ihren Ansprüchen gemessen, genauso eng wie die eines ledigen Mannes, der seiner Behausung und deren Mängel überdrüssig geworden war. Wie ein kleiner Student war Dame Julienne beim Klang der Stimme und der Antwort ohne Trost plötzlich von der gleichen peinlichen Krankheit überfallen worden, deren Name «Budenangst» zwar scherzhaft ist, die den von ihr Betroffenen aber doch zu den unsinnigsten Entschlüssen treiben kann, unter anderem auch zu dem, sich zu verheiraten. Julienne bewog diese Krankheit dazu, in vollkommene Teilnahmslosigkeit gegen alles, was sie umgab, zu versinken. Hoffnungslos liefen ihr die Tränen herunter. Wie konnte sie wissen, daß die Stimme einem Mann gehörte, dessen huldreiche Unterstützung ihr für die Rückreise versprochen worden war, daß sie Sultan Mahmud Khan, dem Padischah der Osmanen, gehörte?

Mahmuds Lage war nicht beneidenswert. Als Nachfolger byzantinischer Kaiser wie ein Halbgott behandelt, empfand er die Zeremonien nicht weniger als Stäbe eines Käfigs wie die ständige Überwachung, die als Prinz sein Los gewesen war, ja mehr noch als damals. Früher hatte er von der Freiheit wenigstens träumen können, jetzt hatte er erkennen müssen, daß sie zwar als Wort die ganze Welt erfülle, aber nirgends wirklich zu finden sei. Er war ein Herrscher, der seines Thrones nicht eine Stunde sicher sein konnte. So scharf wehte der Wind am Bosporus, daß die erhabene Walide bis jetzt noch nicht im feierlichen Zuge aus dem Alten Serail ins Neue hatte übersiedeln können, was jedoch nicht hinderte, daß die Staatsakte ihr ebensowenig Zeit ließen wie ihm und er dadurch der Aussprache mit seiner Mutter, der er vertraute, so gut wie beraubt war. Den Kislar hatte er auch schon eine Reihe von Tagen nicht mehr gesehen, und er war nicht leichtsinnig genug, ihn durch einen Edlen Befehl zu sich zu entbieten. Mahmud hatte aus den letzten Herrschaftstagen seines Onkels Ahmed gelernt. Er wußte also, daß verlorene Stunden Gelegenheiten sein konnten, die, einmal verloren, durch nichts mehr zurückzugewinnen seien, und er gab sich keinen eitlen Hoffnungen hin, daß er die Meisterschaft eines Beschir in wenigen Tagen erlangen könne. Er war ein Herrscher, der vorerst nichts Besseres tun konnte – als nichts zu tun, und das war ein Zustand, der einen noch jungen Mann wie Mahmud schwerlich glücklich machen konnte.

Da war diese Sache mit der Druckerei, der ersten in Konstantinopel. Ibrahim Pascha, der Erdrosselte, hatte sie unter einem ungarischen Renegaten, der bei der Beschneidung den Namen seines Beschützers erhalten hatte, ins Leben gerufen. Aber nun hatte sie mit Ibrahim Pascha den Protektor verloren. Gern hätte Mahmud ihr seinen kaiserlichen Besuch mit allem Pomp gewährt, doch schon das durfte Mahmud nicht wagen. Die Efendi, die Gelehrten, waren in ihrer Masse gegen die Druckerei, weil sie von ihr die Einbuße des Teiles ihres Einkommens befürchteten, den ihnen die Abschreibarbeiten einbrachten. Eine so einflußreiche Schicht herauszufordern, ließen die unsicheren Verhältnisse nicht zu.

Mahmud konnte nicht helfen. Er kam dazu, den BetteldeRwisch zu beneiden oder den kleinen Schreiber, der sein Polster vor einem Amt niederlegte und sein Leben von Bittschriften fristete, die ihn nichts angingen. Und über solchen Gedanken kam ihm die Erinnerung an die kleinen Mittelchen, mit denen er die Wächter seiner früheren Prinzenjahre überlistet hatte. Es war eine Schuljungenexistenz gewesen, die er damals gelebt hatte, nicht gerade förderlich für einen erwachsenen Mann. Aber nun mußte er als Padischah, als Selbstherrscher und Kalif, seine Zuflucht zu dem nehmen, was er damals zu gebrauchen gelernt hatte.

Es war keineswegs etwas so Unerhörtes, daß ein osmanischer Kaiser sich unerkannt auf den Gassen herumtrieb. Der Eroberer war zeitweilig Nacht für Nacht Gast in den Winkelkneipen und Hurendielen Adrianopels gewesen. Andere hatten es mehr mit der Moral gehabt. Mahmud war in Verkleidung zum Drucker Ibrahim gegangen, dem allein er sich offenbart hatte. Er hatte gesehen, was zu sehen gewesen war, und dann hatte er das erste Werk, das die Presse verlassen hatte, gekauft. Diese beiden Foliobände unterm Arm, stand Mahmud da, um sie seiner Mutter zu zeigen, die er endlich zu sprechen hoffte. Und statt seine Mutter zu finden, hörte er eine weibliche Stimme die Frage aufwerfen, ob ihr denn keiner sagen könne, wohin sie wolle.

Das war eine Frage, die niemand beantworten konnte. Es handelte sich, zumal die Dame sich allein wähnte, offenbar um einen Notschrei an jedermann, möglicherweise sogar an Gott. Nun war Mahmud als Kalif zwar Gottes Schatten auf Erden, aber Gott war er nicht. Allah war ein monotheistischer, eifriger Gott, nicht dreierlei, sondern einerlei Gestalt. Er duldete keine Götter neben sich, nicht einmal sich selbst in Verdreifachung, und nach der Überzeugung ganz strenger Sunniten auch keine Heiligen, deren Verehrung bereits Lästerung sei. Mahmud war ganz strenger Sunnit.

Doch damit vertrug es sich, daß er weibliche Notschreie in einem Hause der Glückseligkeit als etwas Ungewöhnliches, um nicht zu sagen Ungehöriges empfand. Seine allerhöchste Machtvollkommenheit war damit angerufen und auf diese Weise das Laster der Neugier in die Tugend einer Pflichterfüllung verwandelt worden. Er betrat also vollends den Raum.

Seine kundige Hand fand mühelos den unsichtbaren Schlitz im Schleier, durch den er das Frauenreich betrat, und er stand nun vor dem Diwan, auf dem das Wesen des Anstoßes lag. Ohne ihm auch nur das kleinste Anzeichen zu gönnen, daß es ihn bemerke, lag es da. Es starrte die Decke an und ließ die Tränen laufen, wie sie wollten.

Gegen weibliche Reize war Mahmud ziemlich abgehärtet. Nicht daß sein Onkel Ahmed ihm in seiner Prinzenzeit Frauen verweigert hätte! Aber da Mahmud gewußt hatte, daß niemals der Hofmeister erscheinen und ihm einen Sohn in die Arme legen würde, hatte er sich der Frauen enthalten. Viele hatten das als das Benehmen eines Prinzipienreiters, andere für eine Ausrede, alle aber als Verirrung angesehen. Mit seiner Thronbesteigung freilich hörten seine Grundsätze auf, seine persönlichen Angelegenheiten zu sein. Was half es ihm, daß die Schuhsohlen des Padischahs mit silbernen Nägeln beschlagen waren, damit beim Klang seiner Tritte alles Weibliche rechtzeitig verschwinden konnte? Es gab genug andere Gelegenheiten, bei denen der Padischah gar keine Möglichkeit hatte, den Damen auszuweichen. Schon hatten sich Parteien gebildet, die sich nicht scheuten, ihre Kandidatinnen vor dem Gebieter ins rechte Licht zu rücken. Fast sah es in Konstantinopel aus wie in Versailles oder in Dresden am kursächsisch-polnischen Hofe. Aber Mahmud war weder ein Louis noch ein starker August.

Daß er seine Junggesellenmarotte aufgeben müsse, war allen klar; aber diese Osmanenprinzen waren oft unberechenbar. Der eine hatte es, wie Soliman der Gesetzgeber, nur mit einer Frau gehalten, was sich mit der Würde des

Thrones schlechterdings nicht vertrug – der andere gar mit keiner, was noch schlimmer gewesen war. Kein anderer als der Eroberer war es gewesen, dem der Vater erst den gemessenen Befehl hatte zukommen lassen müssen, zu seiner Kusine von Kastemuni ins Bett zu steigen, ehe in dieser Hinsicht seinerseits etwas geschehen war. Aber Mahmud war bereits Padischah – wer konnte ihm befehlen? Höchstens die Frau Mama.

Doch die hätte ihm einen Weiberhaß nicht auszureden brauchen, er hatte keinen. Nur waren ihm immer die Mädchen in Massen entgegengetreten, jede schön und somit jede der anderen im Werte gleich, wenn man von der Schönheit als von einem meßbaren Wert sprechen wollte. Mahmud war durchaus nicht dazu geneigt. Nichts als Gleichgültigkeit empfand er für die Massenschönheit, und seine Enthaltsamkeit hatte ihn während seiner ganzen Prinzenzeit keine Überwindung gekostet. Genug junge Eunuchen und Pagen waren zu seiner Verfügung gewesen.

Nun also stand er vor Julienne, und auf eine Frage hätte er ohne Zaudern geantwortet, daß sie im Harem seiner erlauchten Mutter nicht zu dulden sei. Niemand fragte ihn jedoch. Er brauchte demnach – falls er hätte ehrlich sein wollen – nicht hinzuzufügen, daß er in dem Herrschaftsbereich des mütterlichen Harems selbst ein Gast sei und dies alles hier ihn, Allah sei Dank, nichts angehe. Er konnte dennoch seine Blicke mißbilligend auf den fortgeschleuderten Schuhen ruhen lassen. Ihm erschien es, als sei die Dame von Allah berührt und ihres irdischen Verstandes beraubt, verdiene also die Nachsicht, die solchen Geschöpfen gebühre.

Behutsam legte er die beiden Bücher auf den Teppich, hob die Schuhe auf und streifte sie dem barfüßigen Mädchen zwecks Abwendung einer Unziemlichkeit wieder über, wobei er nicht umhin konnte, den gepflegten Füßen einige Aufmerksamkeit zu widmen. Es seien richtige Füße, dachte er, auf denen sich vermutlich ganz vernünftig gehen lasse und die jedem Pagen zur Zierde gereichen würden.

Diesen Betrachtungen wurde er jäh entrissen.

«Was machen Sie da?» fragte das von Allah berührte Mädchen. «Wenn man Sie hier auf der Frauenseite findet, ergeht es Ihnen schlecht. Haben Sie nie etwas von Stockschlägen auf die nackten Sohlen gehört?»

Das sei etwas für Peiks, für Pagen, die den Hofdienst erlernen und sich vergangen haben, meinte er, und er sei keiner.

«Aha, Sie sind also der Drucker?»

«Woran sehen Sie das?»

«Dumme Frage. An den Büchern natürlich.»

«Natürlich an den Büchern», stimmte er zu und fand sich zu seinem eigenen Erstaunen willig in die ihm damit zugewiesene Rolle. «Ich hatte die Bücher fast vergessen. Ihre Erhabenheit haben sie bestellt.»

«Sie kann jeden Augenblick hier sein. Verschwinden Sie schleunigst. Ich verstehe überhaupt nicht, wie Sie ohne Anmeldung hereinkamen.»

«Ihre kaiserliche Hoheit will mir wohl. Ich glaube nicht, daß sie mich mit Stockschlägen traktieren wird.»

Beinahe hätte er gesagt, daß die Zeit, in der das geschehen sei, schon etwas zurückliege. Aber er bezwang sich. Das Abenteuer mit diesem Mädchen, mochte es nun verrückt sein oder nicht, war unerwartet und begann ihn zu fesseln. Eigentlich sei das Mädchen wohl auch nicht verrückt, denn was es sage, sei viel einfacher und vernünftiger als alles, was er Haremsdamen je habe sagen hören.

«Nun, Sie müssen es ja wissen», meinte Julienne, «und daß Hoheit Ihre Arbeiten begünstigen möchte, weiß ich von ihr selbst. Aber was haben Sie da für Bücher?»

Der Padischah bückte sich bereits so beflissen, als gehöre es sich, jedem Begehren dieser fragwürdigen Erscheinung nachzukommen.

Die Bücher waren Lughatti Wankulis Arabisches Wörterbuch, der erste Band von sechshundertsechsundsechzig Seiten. Mahmud verfehlte nicht, zu berichten, daß er von den beiden Ausgaben die auf dem besseren Papier gekauft habe.

«Ich muß schreiben lernen», war alles, was Julienne erwiderte.

«Sie können nicht schreiben, Dame?» Mahmud war ehrlich erstaunt.

«Nun ja, was da so bei uns vorkommt, kann ich schreiben. Französisch, deutsch, italienisch oder ungarisch ... was dachten Sie sich? Glauben Sie, ich sei wild aufgewachsen? Eure orientalischen Schriftzeichen muß ich lernen. Wundervoll, wie sie so dastehen. Mit solchen Büchern muß man eine fremde Sprache wie das Arabische doch viel leichter erlernen. – Nun grinsen Sie wieder und denken, daß mein Türkisch auch nicht gerade der Gipfel sei. Das ist mir hier erst aufgefallen, und darum spreche ich es. Bleiben Sie mir mit Ihrem Ungarisch vom Leibe! Das brauche ich nicht erst zu lernen.» Da Mahmud kein Wort dieser Sprache kannte, gehorchte er sehr gern und blieb ihr mit seinem «Ungarisch» vom Leibe.

«Hören Sie, Ibrahim, wer sind Sie in Wirklichkeit?» fuhr sie fort. «Ich meine, wer waren Sie in Ungarn?»

Nicht ungeschickt entzog sich Mahmud dieser Schlinge.

«Es war bei Allah von Anfang an beschlossen, daß ich Ibrahim sein solle, und so war ich es von Anfang an.»

«Allah gibt gute Ausreden, wie ich höre», lobte Julienne. «Daran erkenne ich, daß eure Religion gut sein muß. Und Sie haben obendrein Theologie studiert, zwar christliche, aber das will nichts besagen. Jede Theologie ist eine Wissenschaft von den guten Ausreden. Mich wundert nur, daß Sie trotzdem im Examen durchgefallen sind.»

Mahmud beschwor, daß er nicht im Examen durchgefallen sei.

«Nun ja», meinte Julienne gnädig, «das habsburgische Ungarn ist für Protestanten kein Paradies, und da gibt es manche, die wegen einer Lappalie davongejagt wurden. Ich weiß von Geistlichen, die, als seien sie Bauern, die ihren

Zins nicht zahlen konnten, in den Bakony-Wald gegangen und Banditen geworden sind.»

Mahmud glaubte, sich den Nimbus eines Banditen nicht entgehen lassen zu dürfen, zumal diese Sünde ja auch nicht auf sein Konto, sondern auf das des Druckers Ibrahim komme.

«Ich war auch einer», sagte er düster und merkte gar nicht, wie er sich durch solche Lügen in das Mädchen verstrickte, das seiner kaiserlichen Beachtung so wenig würdig zu sein schien. Seinem Chodscha, seinem Lehrer und geistlichen Berater, der ihm wie jedem Padischah zur Seite stand, würde er das wahrscheinlich gar nicht erzählen können. «Und Sie?» fuhr er fort. «Wo kommen Sie her, und was sind Sie eigentlich?»

«So fragt man Dumme», sagte sie. «Ich bin eine Hanum des Harems der erhabenen Walide – sollten Sie das nicht gemerkt haben?»

Mahmud fand diese Auskunft wenig aufschlußreich, und Christin sei sie wohl auch? Und außerdem sei sie durch die Unterhaltung bei der Walide über des Druckers Vergangenheit, die er, Mahmud, nun zu vertreten habe, weit besser unterrichtet als er selbst. Auch das noch!

«Ich sehe schon», sagte er dennoch ganz unüberlegt. «Sie sind eine Ungläubige. Sie sind nicht die erste im Serail und werden nicht die letzte sein. Die Geschichte des Hauses Osman ist eine Geschichte der Sündenfälle.»

Julienne sperrte es fast den Mund. «Was?!» empörte sie sich. «Einen Sündenfall nennen Sie mich?!»

«So drückte ich mich aus – bitte sehr: nach den Worten des Propheten, daß es besser sei, eine gläubige Sklavin zu ehelichen als eine ungläubige Freie; nun sind Sie gar keine Freie, sondern eine Sklavin, eine ungläubige Sklavin, also ein Wesen, das ein frommer Moslem nie und nimmer ohne schwerste Sündenschuld heiraten könnte.»

Damit glaubte Mahmud den Fall abgetan – worin er sich jedoch irrte.

«Was geht mich Ihre alberne Heiraterei an?! Wissen Sie,

was Sie sind: Ein ganz Unverschämter sind Sie! Sie heirate ich gewiß nicht, Sie … Sie», endlich fand sie das Wort. «Sie verkrachter Pfarrbandit. Was wollen Sie überhaupt hier? Sie gehören in den Bakony-Wald, um dort den Leuten die Gurgeln abzuschneiden. Aber selbst dabei haben Sie es nicht ausgehalten! Hinterher waren Sie Sklave bei einem Türken. Sie werden selbst am besten wissen, wie das gekommen ist. Aber anstatt dankbar zu sein, ein Dach überm Kopf und satt zu essen zu haben, beklagten Sie sich über Ihren Herrn …»

Davon hatte Mahmud gehört.

«Wenn Sie wüßten, was der mir alles an Arbeit aufgepackt hat?» flocht er schon etwas schüchterner ein.

«Papperlapapp! Nichts als Faulheit. Nur aus Faulheit sind Sie zum Islam übergetreten. Und um so richtig faulenzen zu können, wollten Sie frei sein.»

Das war ein etwas herbes Urteil. Aber Juliennes Ärger war auch nicht gering. Dabei hätte sie nicht einmal erklären können, warum sie sich eigentlich so geärgert hatte.

«Ganz so faul war ich denn doch nicht», warf Mahmud ein. «Glauben Sie, daß diese Bücher sich von selbst gedruckt haben?»

Das glaubte Julienne freilich nicht, und so verlor der Umgang mit ihr etwas von seinen Schrecken. Sie nahm den zweiten Band, schlug ihn auf und war von dem Satzbild, das für sie nur aus krausen Linien bestand, dennoch stark gefesselt.

«Eine unheimliche Arbeit muß das gewesen sein», sagte sie.

«Und dabei sind noch sechs Werke in Vorbereitung», triumphierte Mahmud, als sei er wirklich der Urheber dieser Schätze. Eifrig zählte er sie auf: «Die Geschichte der Seekriege von Katib Tschelibisade Hadschi Chalfa, die Geschichte der persischen Dynastie Ssafi, des polnischen Jesuiten Krusinski, die Geschichte Westindiens, die Geschichte Timur Gurgans und die Geschichte des Alten und Neuen Ägyptens. Ist das etwa nichts?»

«Ich bewundere Sie.»

Obwohl sie ihren Ärger eben noch heftig genug geäußert hatte, sagte sie es, und das mit einer Einfachheit, die Mahmud plötzlich zum Bewußtsein brachte, auf welchen Wegen er wandelte. Er hatte alle Ehren geerbt, die auf einen Sterblichen nur zu häufen waren, nur die Ehren nicht, die einzig der Leistung zukamen. Und gerade nach ihnen hatte er eben gegriffen. Ganz verlegen war er.

«O bitte, Dame, sagen Sie das nicht!» beinahe bettelte er.

«Warum nicht?»

«Ich fürchte, Sie eines Tages enttäuschen zu müssen.»

«Das fürchte ich gar nicht. Was ich hier vor mir sehe, ist in einem Jahr genau dasselbe wie jetzt, und in zehn Jahren und in Hunderten von Jahren – ich sehe nicht ein, wie mich das jemals enttäuschen sollte. Ich bewundere Sie, Drucker Ibrahim.»

«Dame ...», wollte er sie unterbrechen. Doch es blieb bei dem Versuch, weil er natürlich nicht durchdrang.

«Ich möchte Ihre Druckerei sehen – wäre das möglich?»

Bei dieser Frage verzichtete Mahmud auf seine fruchtlosen Versuche, sie von ihrer Bewunderung für ihn oder für den Drucker Ibrahim abzubringen. Ohne künftige Verwicklungen und etwaige Schwierigkeiten der Hanum zu berücksichtigen, wie es ihm als einem Tschelebi, einem Kavalier, geziemt hätte, überlegte er blitzschnell nur das Nächstliegende, und da ersah er, daß er dem Begehren der Dame mit einiger Nachhilfe wohl willfahren könne. Daß zu dieser Erkenntnis auch der Wunsch ein wenig beigetragen hatte, das völlig unmögliche Mädchen abseits von allen Späherblicken des Serails wiederzusehen, verhehlte er sich nach Art der Leute in seinem Zustand. Meist wird ja den Männern bereits im Lebensalter des Fohlens von einem weiblichen Wesen das Seil umgeworfen. Das ist das Einfachste und Ungefährlichste. In schwierigen Fällen versuchen Männer ihrem fast unabwendbaren Schicksal noch im Alter einjähriger Pferde oder gar noch länger zu entgehen. Schlimm daran aber sind die armen, erfahrungslosen Wesen, die in ihrer

Reife das Seil zum erstenmal spüren. Alles, was sie sich von Unabhängigkeit und Freiheit und an wundervollen Vorsätzen ausgedacht haben, bricht ihnen dann zusammen, und nichts bleibt als das Seil, woran sie sich dann noch halten können. Meist wissen sie dabei nicht einmal, wie es um sie steht. Mahmud ahnte es nicht.

«Warum nicht», sagte er mit einem gewinnenden Lächeln, das besser von seinem Gesicht weggeblieben wäre.

«Ich freue mich, ich freue mich wirklich», erklärte sie voll Eifer. «Sie müssen nicht glauben, daß ich nur aus Langerweile die Druckerei sehen möchte. Obwohl … Ach, wissen Sie, Ibrahim, ich bin ein undankbares Geschöpf! Die Walide ist eine so wunderbare Dame, wie ich nie eine sein werde – gegen sie ist die Batthany – seien Sie froh, daß Sie die Ziege nicht kennen – ein – eine … aber das gehört nicht hierher. Die Walide, wollte ich sagen, ist reizend zu mir. Nur daß die Leute hier alle so fein sind! Das habe ich nie ausstehen können. So richtig reden kann man überhaupt nur mit den kleinen Mädchen, solange sie noch nicht dressiert sind. Haben sie die Ruten erst hinter sich, werden auch sie wahrscheinlich schrecklich fein sein. Am meisten ärgere ich mich aber über einen älteren hageren Herrn, der mich nach Ungarn zurückschaffen wollte. Nicht daß es mir eilt! Durchaus nicht. Aber daß er sich überhaupt nicht mehr hat blicken lassen … wie finden Sie das?»

Mahmud fand das sehr ungehörig, und nach einigen Fragen glaubte er zu wissen, daß Juliennes hagerer Herr sein Kislar sei.

«Machen Sie sich nichts daraus», sagte er. «Ich hätte ihn auch gern gesprochen; aber glauben Sie, daß ich seiner habhaft werde?»

«Wahrscheinlich wollen Sie Geld von ihm», kam es trokken von Julienne. «Da kann ich das verstehen.»

Mahmud beteuerte, daß die Dame sich irre, und rückte dann mit einer Bedingung für den Druckereibesuch heraus. Er wolle sie selbst führen, sagte er, und darum bitte er sie, ihr Kommen unter allen Umständen vorher anzumelden. «Werden Sie es nicht vergessen?» fragte er noch.

Bevor Julienne antworten konnte, war ein Eunuch der Walide mit der Meldung erschienen, daß Ihre kaiserliche Hoheit das Fräulein im grünen Audienzsaal erwarte.

«Ich komme», sagte Julienne und dann mit einer Wendung zu Mahmud, der sich in den schützenden Hintergrund zurückgezogen hatte: «Ich werde es nicht vergessen. Ich lasse Sie wissen, wann ich komme.»

XII

Viele Orte zwischen Osten und Westen hatte Konstantin geprüft, ehe er sich nach langem Wählen für das einst spartanische Byzanz als der Stätte des neuen Roms entschieden hatte. Ebenso siebenhügelig wie das alte war es, aber im Gegensatz zu dem am Tiber eine Stadt am Meer mit einem Hafen, der aus den süßen Wassern breit und tief in den thrakischen Bosporus floß, die Stadt der Städte: Konstantinopel.

Das Garten- und Palastwunder des Neuen Serails lag, wo der Boden sich zum Meer und zum Goldenen Horn hinsenkte. Es bedeckte den Raum einer mittleren Stadt. Das berühmte bosporonische Skutari, dem Serail gegenüber auf der asiatischen Seite, übertraf das Neue Serail an Ausdehnung kaum. Vom Achor Kapussi, dem Stadttor, bis zum Top Kapu, der Serailspitze mit dem Sommerharem, reichte das Meerufer des Sultanpalastes, und vom Top Kapu bis zum Jak Köschk begrenzte das Goldene Horn die Gärten. Das Alte Serail war ebenfalls vom Eroberer erbaut worden, nur eher. Es lag mehr stadteinwärts und doch nicht abseits vom Meer, weil man von dieser gesegneten Stadt behaupten durfte, daß von jedem Punkt innerhalb ihrer alten Stadtmauern die Propontis und der Hafen zu sehen seien.

Das Alte Serail krönte inmitten von Grün einen der sieben Hügel, eines der sieben Wahrzeichen, die das Neue Rom mit dem tiberischen gemeinsam hatte.

Julienne war sehr überrascht, daß nicht nur der eine, sondern ein richtiges Gefolge von vier Eunuchen sie zu dem ihr bezeichneten Saal geleitete. Es war ein dreitüriger Raum. Die eine diente dem Eintritt vom Korridor aus, die beiden anderen vermittelten den Weg von und zu den benachbarten Sälen. Vor Julienne öffnete sich die Korridortür als vor einer Hochgeehrten mit beiden Flügeln, und so betrat sie in strenger Ordnung mit ihrer Begleitung den Audienzsaal. Grün war die Farbe des Kalifenhauses, und ihr paßten sich auch die mit chinesischem Porzellan gekachelten Wände und die wenigen kostbaren Möbel an. Der Schleier war als unnötig für das Frauengespräch zurückgezogen und gab als zwei einengende Nebelstreifen zwischen den Säulen und Wänden dem Raum an den weitgeschweiften Fenstern einen Hauch von Intimität.

Als die Tür sich hinter Julienne wieder schloß, war sie die einzige Frau im Raum. Das erklärte sich daraus, daß sie die Erhabene um eine Audienz unter vier Augen gebeten hatte, und so war sie es, die warten mußte. Eine Kaisermutter wartete nicht.

Nur unter dem Einfluß der Aussicht, die sich ihr darbot, trat Julienne ohne bewußtes Wollen ans Fenster. Über die herrliche Suleimanije, vorbei an dem Grabmal, das den großen Soliman und Roxelane umschloß, hinweg über das von Schiffen und Booten wimmelnde Goldene Horn, erblickte sie Galata, heute ein kleiner Stadtteil, früher der genuesische Hafen aus den letzten Tagen des byzantinischen Reiches, und dahinter, aus dem Grün der Kirchhöfe und Gärten emporsteigend, das Gesandtenviertel von Pera.

Diese Stadt war schön, wo man ihrer auch ansichtig wurde. Trotz enger und engster Gassen und Gäßchen am Grunde der hohen Häuser, in deren Schluchten die Sonne sich nur schüchtern hineinwagte, weitete sie sich immer wieder zu Bildern von Reichtum und Pracht. Nur hier zwischen Osten und Westen hatte sie entstehen können, in

Wahrheit eine Weltstadt, weil sie die Stadt mancher Welten war.

Ein Bedauern überlief Julienne, daß sie das alles verlassen sollte, und dazu ein Ärger über sich selbst. Tue sie nicht alles, den Abschied zu beschleunigen? Sei es nicht geradezu lächerlich, etwas so Seltenes wie diese Audienz gleichsam erzwungen zu haben, nur um wieder in das öde Promontor zurückzukehren, das wie alle ungarischen Schlösser mehr eine Festung als ein Schloß und ganz und gar keine Heimstätte sei? Natürlich blieben ihre Gedanken bei Promontor nicht stehen, und welches andere Ziel hätten sie ansteuern können, wenn nicht den großen Mann, der mehr schlecht als recht ihr Onkel sei? Durch ihre Baronisierung hat er diese Tatsache anerkannt. Daß es etwa aus Achtung für ihre Mutter, seine leibliche Schwester, geschehen sei – daran verschwendete sie freilich keinen einzigen Gedanken. Und von Liebe könne ebensowenig die Rede sein. Wahrscheinlich sei so ein kleines Totengerippe mit Allongeperücke überhaupt keiner Gefühle fähig. Hätte er sie nicht längst an seinen Hof ziehen können? Nicht gerade als Silberbewahrerin. Aber er habe ja eine Bibliothek und Gärten, die für sie zu einem Wirkungskreis hätten werden können, und der Platz als Erste Dame seines Haushaltes, einer «dame de la cour du Prince», sei bei diesem Hagestolzen nie besetzt worden. Vielleicht werde er jetzt daran denken müssen, dachte sie nicht ohne einen kleinen Haß und einen großen Triumph. Genug Lärm werde ihre Rückkehr schon aufwirbeln. An allen Höfen solle man von ihr sprechen, und dabei könne eine hohe Frau wie die Walide ihr helfen. Möglichst prunkvoll müßte ihr Wiederauftauchen, der Abschied von Konstantinopel, die Reise und die Übergabe an der Grenze erfolgen – dann sei sie ein politisches Objekt, und dann könne sich Wien auch nicht lumpen lassen. Nein – die Audienz sei schon das Richtige ...

«Euer Gnaden ...», hörte sie flüstern – sie drehte sich um.

Die Flügeltür der einen Seitenwand öffnete sich. An den

seidenen Gewändern der Eintretenden erkannte sie höhere Eunuchen – die unteren trugen Tuch –, und als sie, etwas zu hastig, in die Mitte des Saales getreten war, sah sie auch schon den Lala, den Hofmeister der Walide. Das war ihr Zeichen. Hinter ihrem Lala kam die Herrin, soweit kannte sie sich in den Zeremonien aus. Julienne versank also in einen tiefen Hofknicks, der sich wenig von der byzantinischen Proskynese unterschied und es jedenfalls verhinderte, daß Julienne etwas wahrnahm, was sich höher als einen Meter über dem Parkett bewegte. Sie erwartete, die Stimme der Hoheit zu hören und vielleicht aufblickend die ihr huldreich hingestreckte Hand der Fürstin zu sehen.

Statt dessen vernahm sie etwas anderes.

«Euer Gnaden geruhen mir eine Ehre zu erweisen, die einem Unwürdigen wie mir nicht zusteht», sagte eine ihr nicht unbekannte Stimme.

Julienne kam schneller in die Höhe, als sie sich bei der Verneigung dem Boden genähert hatte.

Ja, das war er, der «magere Lange», das war er, der Hagere, der da mit über der Brust gekreuzten Armen in Verneigung vor ihr verharrte. Jetzt richtete er sich auf und sah sie nicht ganz ohne Belustigung, aber auch mit beträchtlichem Wohlwollen an. Ihr erstes Gefühl war Trotz gegen ihn, der sie so lange hatte warten lassen, doch dann konnte sie sich des Eindrucks nicht erwehren, den er auf sie machte: schlank und groß, im marderbesetzten gelben Kaftan, den Fächer im weißen Gürtel und auf dem Kopf die grünumwundene Kürbishaube des Eunuchen – so stand er da.

Mit einer weichen Bewegung hob er die Hand, als wolle er etwas fortstreichen. Und er strich auch etwas fort.

Über die Lautlosigkeit der Eunuchen hatte sich Julienne schon oft gewundert. Sie schienen hier aus den Wänden zu kommen und durch sie wieder zu verschwinden. Auch jetzt geschah das ... Als sie sich zu einer Antwort aufraffen wollte, war sie mit dem Hageren allein – ohne von dessen hoher Würde etwas zu wissen.

Wenn Julienne nach ihrer Gewohnheit nicht auch im Harem mit einer großartigen Unbefangenheit über die Meinung ihrer Umgebung hinweggegangen wäre, hätte sie sich weit unsicherer gefühlt, als es in der Tat der Fall war. Mehr als einmal hatte sie sich in ihren Selbstgesprächen eine Hochstaplerin genannt, und zu dieser Überzeugung war sie gelangt, weil niemandem im Harem die leiseste Anspielung darauf entglitten war, wer sie in Wirklichkeit wohl sein möge. Julienne hatte sich nicht veranlaßt gefühlt, es zu sagen, und das hatte ihr einen gewissen Respekt verschafft. Wieviel Mädchen in ihrer Lage wären standhaft genug gewesen, sich nicht sogleich die Erleichterung zu verschaffen, die Mitteilsamkeit gewährt?

Die Zurückhaltung ihrer Umgebung war weit leichter zu erklären: Das Thema hatte auf Wunsch einer anderen Stelle nicht berührt werden sollen. Wie hätte Julienne wissen können, daß diese andere Stelle der Mann war, der jetzt vor ihr stand?

Wenn er Juliennes ebenso sicher gewesen wäre wie der Walide, hätte er ihretwegen weniger Sorgen gehabt. Aber er hatte zu viele Frauen gekannt und kannte zu viele, als überhaupt mit Juliennes Verschwiegenheit zu rechnen, sondern nur mit den Vorsichtsmaßnahmen, die das Durchsickern des Geheimnisses in die Öffentlichkeit verhindern sollten. Nur die allerdringlichsten Notwendigkeiten hatten den Kislar vermocht, die endgültige Erledigung dieser Angelegenheit von Tag zu Tag hinauszuschieben, und um so größer war seine freudige Überraschung, als er bei seinem Wiederauftauchen im Harem erfuhr, daß kein Mensch auch nur eine Ahnung habe, wer die fränkische Dame sei. Erst daraufhin hatte er sich diese Aussprache, noch vor der Audienz und bevor Julienne etwa Geständnisse machen könne, erbeten.

«Sie, meine hochzuverehrende Hanum, sind eine der größten Überraschungen meiner nicht gerade kurzen Laufbahn», begann er.

«Warum?»

«Sie haben den Mund gehalten, Erlauchte. Niemand weiß, wer Sie sind.»

«Ich habe ihn schon seit langem gehalten, und auch Sie werden nichts von mir erfahren, wenn Sie sich auch noch so gescheit spreizen, als seien Sie der Herrgott in Person.»

«Sie haben vollkommen recht. Ich bin nicht der Herrgott. Ich bin ein Eunuch, und was das ist, wissen Sie.»

«Mich interessiert nur, daß Sie im Palast der Prinzessin versprachen, mich in den nächsten Tagen aufzusuchen. Wer nicht kam, waren Sie. Das ist nicht das Verhalten eines Kavaliers, eines Tschelebis. Fragen Sie, wen Sie wollen, wenn Sie es selbst nicht wissen sollten.»

«Ich kann nur hoffen ...», wollte der Kislar beginnen, doch weiter kam er nicht.

«Hoffen Sie nicht», sagte Julienne. «Ich habe die Walide um eine Audienz gebeten und nicht Sie.»

«Die Audienz werden Sie erhalten.»

«Dann weiß ich nicht, warum ich erst noch lange mit Ihnen reden soll. Ich bin zwar nur ein Bastard ...»

Sie erwartete Widerspruch wie damals, als sie zum erstenmal damit aufgetrumpft hatte. Zu ihrem Mißvergnügen erntete sie Zustimmung.

«Stimmt», sagte Beschir mit einer einladenden Geste, «Euer Gnaden sind ein Bastard. Aber wollen das Fräulein nicht Platz nehmen? Es plaudert sich besser im Sitzen.»

Ohne selbst dessen gewahr zu werden, gehorchte Julienne dem Frechen, der sich herausnahm, zu bestätigen, was nach ihrer Überzeugung nur sie selbst sich zu sagen erlauben durfte. Doch da die Vorsicht ihr zu hören gebot – sprach Beschir.

«Im Sinne der Ungläubigen», sagte er, «hat das Fräulein recht. Bei uns von Allah Erleuchteten freilich erstreckt sich der eheliche Segen nur auf die zwei Menschen, die ihn jeweils nachsuchen, während die Kinder ein und desselben Vaters untereinander alle gleichberechtigte Geschwister sind. Bei Euer Gnaden kommt freilich mehr die mütterliche als die väterliche Linie in Betracht. Dero Frau Mutter waren Mademoiselle de Soissons, Prinzessin von Savoyen-Carignan, Tochter Seiner durchlauchtigsten Hoheit des Grafen von Soissons und der Olympia Mancini, Nichte des Kardinals Mazarin. Mademoiselle de Soissons war somit die leibliche Schwester des weltberühmten Prinzen Eugen von Savoyen. Sie starb kurz nach Dero Geburt 1705. Für den unbekannten Vater ...»

«Der Ihnen natürlich bekannt ist ...»

In diesem Fall war es völlig zwecklos, den Kislar unterbrechen zu wollen.

«Für den unbekannten Vater», wiederholte er, «trat besagter Prinz für Sie ein, und so habe ich die Ehre, der Reichsfreiin vom Vorberg auf Schloß Promontor meinen Respekt zu bezeigen.»

«Wenn es Ihnen nichts ausmacht, lassen wir es mit dem Respekt genug sein», sagte sie trocken. «Ich bin nicht weiter neugierig auf mich.»

«Wie es der Baronesse beliebt. Mir genügt es, wenn ich annehmen darf, daß Euer Gnaden mit mir zu reden bereit sind.»

«Sie haben mich überzeugt, und ich bin bereit.»

«Nachdem Euer Gnaden wider Dero eigenen Willen zum größten Bedauern der Pforte auf türkisches Gebiet verschleppt wurden, ist die Türkei sich ihrer Pflichten der Gastfreundschaft bewußt und gewillt, sie auf das sorgfältigste zu erfüllen.»

«Dann sind Sie also die Türkei?» spöttelte sie.

«Für Sie und in diesem Augenblick bin ich es allerdings – und so möchte ich mir die Frage erlauben, ob Euer Gnaden sich über irgend etwas zu beklagen haben?»

«Ich merke schon, nun möchten Sie wieder dem blöden Dewlet Bey an den Kragen ...»

«Ich weiß von keinem blöden Dewlet Bey ...»

«Was?!» Julienne empörte sich ehrlich. «Lang und breit haben wir, soweit die Zeit es zuließ, im Prinzessinnenpalast davon gesprochen. Und benommen haben Sie sich! Prüde wie eine alte Jungfer!»

Beschir unterdrückte ein Lächeln.

«Das mag wohl sein», erklärte er ihr, «aber was die Gnädige irgendwo einmal mit einem Unbekannten sprachen – davon hat ein Diener der Walide nichts gehört.»

Julienne verstand sofort.

«Ach, so ist das bei euch?», stellte sie mehr fest, als daß sie es fragte.

«Aber könnte man darauf nicht verzichten? Was verstehen Sie unter ‹offen reden›? Ich möchte es Ihnen nämlich gerade vorschlagen.»

Nicht übel! und in diesem Augenblick sei sie stärker als er, dachte Beschir, dessen Grundsatz es war, weder Partner noch Gegner zu unterschätzen. Vorläufig sei das Mädchen weder das eine noch das andere. Doch wenn er nicht nur seine Aufgabe korrekt erledigen, sondern nebenbei auch noch etwas über diese nicht ganz einfache junge Dame erfahren wolle – dann müsse er den Ton ändern. Mit der vollendeten Beherrschung aller höfischen Formen mache er auf sie jedenfalls keinen Eindruck.

«Sie haben recht, und ich hoffe immer noch, daß wir zu dieser Offenheit kommen», sagte er. «Aber Sie scheinen den Eunuchen als Hindernis zu empfinden. Warum eigentlich? Die Herren in Wien können sich darunter nicht viel vorstellen. Das wenigstens weiß ich. Aber Sie?»

«Ich kann mir unter einem Eunuchen auch nichts vorstellen. Höchstens …»

«Etwas Komisches? … Aus Ihrem reizenden Zunicken zu schließen, habe ich es erraten. Das hat etwas sehr Beruhigendes für mich. Sie glauben gar nicht, wie sicher man sich fühlt, wenn man nicht ernst genommen wird.»

«Ich dagegen fühle mich durchaus nicht sicher», erklärte Julienne mißmutig, «weit weniger als vorher.»

«Daraus ergibt sich, daß nur der Eunuch der gegenseitigen Offenheit im Wege steht. Lassen wir ihn doch beiseite! Wie wäre es, wenn ich Ihnen meinen Namen nennen würde?»

«Ausgezeichnet», begeisterte sie sich. «Weg mit der Baronesse! Ich heiße Julienne, und mehr als Julienne bin ich auch nicht. Bilden Sie sich das nur nicht ein.»

«Und ich heiße Beschir. Das ist das, was ich wirklich bin und bis zu meinem Ende sein werde. Aber Beschir oder Julienne – kein Mensch ist nur das, was er selbst ist, sondern noch manches andere. Sie, Julienne, sosehr Sie für mich auch Julienne sein mögen, sind für das Osmanische Reich die Nichte des Prinzen.»

«Nichts weiter?»

«Für das Osmanische Reich ist das sehr viel.»

«Für Wien ist das sehr wenig.»

«Warum?»

«Weil von mir nie die Rede sein durfte.»

«Es sieht so aus», sagte Beschir, ohne zu verraten, daß er weit mehr darüber wußte. «Kennen Sie Herrn von Talmann?»

«Außer den paar Leuten in Ungarn ...»

«Bitte, erzählen Sie mir jetzt nichts von der Gräfin Batthany.»

«Was?! Von der wissen Sie auch schon?! – Und warum soll ich nicht?»

«Ich fürchte», meinte Beschir mit einem ironischen Lächeln, «daß unser Gespräch sich sonst lange hinziehen würde.»

Was Beschir jedoch nicht für möglich gehalten hätte, geschah jetzt. Julienne wurde rot. Ganz sichtlich errötete sie vor Beschirs sehenden Augen. Beschir war klug genug, darüber sein Lächeln zu verlieren.

«Ich wollte Sie nicht verletzen, Julienne.»

«Natürlich halten Sie mich für eine Gans, Beschir, und ganz gewiß habe ich mich albern benommen. Mehr als einmal. Aber wenn Sie auf die Fortsetzung unseres Gespräches Wert legen, dann müssen Sie sich meine Geschichte mit der Batthany anhören. Schon wegen Ihres abscheulichen Grinsens müssen Sie das.»

Voller Genugtuung bemerkte Beschir des Mädchens Erregung. Das sei mehr, als er gehofft habe. Er werde also über die Batthany, das Mädchen und den Prinzen etwas erfahren, was er noch nicht wisse.

«Daß die Batthany des Prinzen Freundin ist, dürfte Ihnen nichts Neues sein. Der Wiener Kaiser hat doch schon gesagt, daß ihm wohl Eugens Ratschläge, aber nicht die der Batthany willkommen seien, auch dann nicht, wenn sie ihm durch Eugen zukämen.»

Mit keinem Zucken verriet Beschir, daß ihm dies allerdings längst bekannt war.

«Wenn ich sie», fuhr Julienne fort, «eine blöde Ziege genannt habe – und das habe ich getan! –, so war das eine ganz gemeine Lüge von mir. Aber ich kann Ihnen leider nicht versprechen, daß ich das nie wieder tun werde. In Wirklichkeit ist sie stattlich, hat ein bemerkenswertes Dekolleté und kann schrecklich liebenswürdig und geradezu damenhaft sein. Das andere erzähle ich Ihnen jetzt. Nur so als Beispiel. Sie hatte eine junge Ungarin zu ihrer Bedienung, ein hübsches, nettes Ding, das so herzlich gern einen der gräflichen Förster geheiratet hätte, nur daß die Gräfin, die sich an sie gewöhnt hatte, ihre Einwilligung versagte. Eines Tages vermißte nun die Batthany, die alte Schlampe, eine wertvolle Brosche und tat natürlich das, was solche Weiber immer in solchen Fällen tun: In ihrem ersten Ärger und ihrer Wut bezichtigte sie den ersten besten oder die erste beste des Diebstahls. Als Gutsherrin hatte die Batthany obendrein die Gerichtsbarkeit. Der Justitiar wurde in Bewegung gesetzt, und wenn sich die Brosche nicht rechtzeitig im Stallstroh gefunden hätte, wo die Gräfin sie verloren hatte, wäre das Mädchen Vilma als Diebin gehenkt worden. Glücklicherweise hatte nicht die Batthany selbst den Schmuck wiedergefunden, sondern der Stallmeister, der in seiner Dummheit erst einiges davon hermachte, ehe er der Gräfin die Brosche brachte. – Ich war damals im Schloß zu Besuch und hatte niemals an Vilmas Schuld geglaubt. In meiner Freude suchte ich sie nun, erhielt aber nur verlegene Antworten, bis ich Geschrei vernahm. Wenn ich doch nie wieder solche Schreie hören müßte! Um viele Zuschauer zu haben, hatte man eine Bank auf den Hof gestellt, Vilma nackt daraufgeschnallt, und zwei Heidukken – wissen Sie, was für Kerle das sind? –, also zwei von ihnen standen da, auf jeder Seite einer, und peitschten mit dicken Lederpeitschen auf das arme Ding ein, daß von Rükken, Lenden und Schenkeln das Blut nur so runterlief. Sie können sich denken, wie ich dazwischengefahren bin und wie schnell ich oben bei der Batthany war, als ich das Scheusal an einem Fenster bemerkte, wie es zusah. Es ist wahr, ich habe sie angebrüllt, aber sie war auch nicht gerade fein. Die Vilma sei ihre Leibeigene und nicht meine, schrie sie. Ich wollte sie ihr abkaufen, doch sie lachte nur. Dafür beschimpfte sie mich mit meiner Mutter und meiner Geburt, und ich hätte wohl noch viel zu hören bekommen, was ich noch nicht gewußt hatte, wenn ich nicht hinuntergerast wäre und mit allen meinen Leuten, die ich gerade schnell zu fassen bekommen konnte, das Schloß verlassen hätte. Im Galopp, kann ich Ihnen sagen! – So, und nun können Sie mir auch mit Rechtssätzen und Grundsätzen kommen und damit, daß die Gräfin nach all dem Lärm blamiert gewesen und das Vertrauen in die Rechtspflege erschüttert worden wäre, wenn die Vilma nicht wenigstens einen kleinen Denkzettel erhalten hätte. Einen kleinen Denkzettel! Fünfzig Peitschenhiebe! und dann: was es für ein ordentliches Mädchen wie die Vilma bedeutete, vor allen Leuten, die doch ihre Welt waren, sich splitternackt zeigen zu müssen! – Also», schloß sie und schöpfte tief Atem, «jetzt dürfen Sie meinetwegen auch noch die Bibel zitieren. Daß Sie sich darin auskennen, traue ich Ihnen zu.»

«War es der von Nesselrode oder der Csaky?» erkundigte sich Beschir.

«Was?!» entsetzte sich Julienne wieder einmal.

«Das ist nicht so verwunderlich», beruhigte er sie aber. «Die beiden hochwürdigen Bischöfe sind ganz in der Nähe des prinzlichen Besitzes begütert. Einer von den beiden dürfte es demnach gewesen sein.»

«Es war der Nesselrode», sagte sie. «Er meinte, daß die

Leute der Obrigkeit untertan sein müssen, der Gott Gewalt über sie gegeben habe, und daß die Gräfin eher zu loben als zu tadeln sei.»

«Und was haben Sie ihm geantwortet?»

«Ich möchte das lieber nicht wiederholen. Sie haben mir schon einmal gute Lehren gegeben, und ich begreife nicht, warum ich überhaupt mit Ihnen rede.»

«Um so dankbarer bin ich Ihnen dafür. Nun weiß ich doch, daß Sie meine Angaben über Ihre Herkunft nachprüfen konnten.»

«Sie sagten es mir auf eine anständige Weise. Aber das Schändliche bei der Batthany ist es, daß sie mit Hinsicht auf meine Herkunft liebend gern mit mir tauschen würde. Sie ist nämlich eine geborene Stratmann, die Tochter eines Bürgerlichen, der wegen wirklich großer Verdienste später geadelt wurde. Für eine hochfürstliche Geburt – auch ohne kirchlichen Segen – würde sie dreimal ihren Herrn Vater verleugnen.»

«Die Welt, in der Sie leben, Julienne, ist in der Tat ein wenig seltsam.»

«Ihre vielleicht nicht?»

«Unsere Türkei ist eine Männerwelt. Ausschließlich. Wollten Sie das sagen? Aber sehen Sie, Julienne: ein Kampf von Männern mit Frauen? – das ist ein Kampf wie mit Quallen. Je fester der Mann zudrückt, je weniger bleibt ihm in der Hand.»

Julienne sah ihn groß an, bevor ihr die Erleuchtung kam.

«Ach so», sagte sie, «daher Eunuch? Sie drücken nicht zu, und darum bleibt Ihnen mehr in der Hand von den Frauen und von deren Macht?»

Beschir schmunzelte.

«Unsere Welten mögen sein, wie sie wollen. Sie jedenfalls beginnen, die unsere zu verstehen.»

«Es scheint so.» Aus einem ihr unerklärlichen Mißbehagen äußerte sie es kürzer, als sie gewollt hatte.

«Ganz recht», sagte Beschir denn auch. «Nicht um unsere Welt handelt es sich, sondern um Ihre Heimreise. Über die

Sache selbst bestehen keine Meinungsverschiedenheiten. Wien, Stambul und keineswegs zuletzt Sie, Julienne, wollen sie und müssen sie wollen. Nur über die Art könnte man verschiedener Meinung sein. Sie kennen also Herrn von Talmann nicht?»

«Wer ist das?»

«Der Wiener Resident bei der Pforte. Sehen Sie drüben das Gassengewimmel? Das ist Galata, und das große Gebäude am Rande, ein wenig höher, ist das Palais des Woiwoden von Galata. Dort lebten Sie. Das gelichtetere Viertel darüber ist Pera. Das höchste Haus darin ist die holländische Gesandtschaft, etwas tiefer liegt die österreichische. Von dort aus konnte Herr von Talmann gut und gern zusehen, wie Sie, die er suchen sollte, ihm vor seiner Nase weggeschleppt wurden. Seien wir ehrlich: dafür konnte er nichts. Aber es ist ein wenig komisch, und so etwas von einem Diplomaten zu wissen ist immer gut. Man kann ihn gegebenenfalls damit in Schach halten. Ein anderes dagegen ist es mit der Art, in der er sich Ihre Heimreise dachte. Er hoffte, Sie irgendwo aufzustöbern und Sie dann ohne viel Aufhebens nach Ungarn zurückzuschaffen. Das verrät eine tiefe Unkenntnis der Verhältnisse. Bei Sklavenhändlern ließ er Sie suchen! Kein Sklavenhändler hätte gewagt, auch nur Auskunft über Sie zu geben, geschweige, Sie zu kaufen. Sie sind ein viel zu heißes Eisen, Julienne.»

«Auch für die Pforte?»

«Gut bemerkt. Nur … um einige ganz wenige Grade zu gut. Ich hoffe, Sie ließen mich keinen Fehler machen, Julienne? Es gibt wenige Leute, denen ich das verzeihen würde, ausgenommen natürlich die, denen ich meine Fehler verzeihen müßte. Und dazu gehören Sie. Wien liegt für mich zu weit … abseits.»

«Das würde mich beruhigen, wenn ich glauben dürfte, daß man mich nach Wien ließe. Aber trotzdem will ich mich an Sie wagen, Beschir. Sie machten nämlich wirklich einen Fehler.»

Mit einer eleganten Gebärde lud er sie zum Sprechen ein.

«Talmann – so heißt er doch? – hätte sich sagen müssen, daß ich nicht vierundzwanzig Stunden auf türkischem Boden sein konnte, ohne daß man über meine Person Bescheid wußte ...»

«Bitte, weiter ...»

«Nun ja – auch das plötzliche Verschwinden aller Personen, in deren Gewalt ich war und die etwas über mich aussagen konnten – meine Reise von Nisch nach Galata, der Transport in den Prinzessinnenpalast und von dort in den Harem der Walide – das geschah doch nach einem festgelegten ... Plan?»

«An dem der Aufstand, die Unruhen keinen Anteil hatten?»

«O doch! Aber die Lenkung parierte alle Zwischenfälle.»

«Die Lenkung? Welche Lenkung?»

«Nun, die Ihrer Regierung, Ihrer Polizei, irgendwelcher Behörden!»

«Recht schmeichelhaft für unsere Behörden. Übrigens auch Ihrerseits recht begabt erdacht. Aber zulernen müßten Sie doch noch einiges, ehe Sie für Wien zu brauchen wären.»

«Für Wien zu brauchen? Was verstehen Sie darunter?»

«Nun, ich würde, wenn ich der zuständige Wiener Minister oder gar der Prinz wäre, mir Ihre Mitarbeit nicht entgehen lassen.»

Julienne lachte nur. Denn man habe sie doch in Ungarn begraben, und die Spitze des Stephansdomes habe sie noch kein einziges Mal gesehen. Mochte Julienne auch noch so viel lachen – deswegen minderte Beschir seine Vorsicht nicht. Auch der Umstand, daß ihm das Mädchen gefiel, konnte das nicht bewirken. Sie war der Gegner, der mögliche Gegner, und das genügte.

XIII

An vielen Dingen nahm Beschir mit seinem stets wachen Verstand Anteil; aber der Inhalt seines Lebens war das Osmanische Reich. Das Menschlich-Allzumenschliche war ihm eine Selbstverständlichkeit – aber nur bei den andern. Er rechnete damit, daß die Bemühungen der türkischen Staatsmänner genau so, wie es bei den Staatsmännern anderer Völker der Fall sei, in erster Linie der eigenen Person gelten, dem Wunsch, sich im Amt zu halten, sich zu bereichern. Um diese Haltung mit ihrer Selbstachtung zu vereinbaren, seien die Staatsmänner aller Zeiten bereit, die eigenen Interessen für Staatsinteressen zu halten und das mit ihrer angeblichen Unersetzbarkeit zu begründen, wodurch das Eigenwohl zum Staatswohl werde. Bei solchen Meinungen, die durch die Tatsachen täglich als ebenso viele Wahrheiten verhärtet wurden, mußte einem Manne wie Beschir der Wunsch nach der absoluten, unkontrollierbaren Macht kommen, die unter Ausschaltung aller persönlichen Wünsche allein den durch Beschir vertretenen Reichsinteressen diene, einer geheimen Macht also, deren Grundlage und Maschinerie auch den Amtsträgern, und gerade denen, sowie den fremden Gesandten völlig unbekannt seien.

Des Großwesirs Ibrahim Neuerungen waren schon in der Anlage ungeeignet gewesen, diese Macht zu schaffen. Ihr fehlte vor allem das Geheimnis. Zwar war auch Ibrahim die bei der Pforte übliche hochmütige Unwissenheit in bezug auf alle europäischen Verhältnisse bedenklich erschienen; aber er hatte sich dem französischen Gesandten als seinem Gewährsmann anvertraut, von dem ihm natürlich nichts mitgeteilt worden war, was nicht im Interesse Frankreichs gelegen hätte. Dieser Weg wäre für Beschir auch dann nicht begehbar gewesen, wenn er ihn nicht ohnehin verworfen hätte. Sein Amt unterhielt keinen unmittelbaren Verkehr mit Gesandtschaften. Beschirs Möglichkeit lag auf einem andern Gebiet. Er besaß ein Vermögen, über dessen Verwendung er nicht nur niemandem Rechenschaft schuldig war, sondern von dessen riesigem Ausmaß kein Mensch außer ihm selbst etwas ahnte. Freilich – daß ein Kislar Aga etwa arm sein solle, war so unwahrscheinlich, daß man ihn gelegentlich für einen Geizhals hielt. Beschir hörte das gern. Auf diese Weise komme man nicht auf die Vermutung, daß er zur Erhöhung seiner an sich schon überaus großen Macht als Kislar Aga das Geld wohlbedacht, aber doch mit vollen Händen für seine Organisation ausgab.

Dabei ging er bei ihrem Aufbau von sehr einfachen Erwägungen aus. Er war überhaupt der Meinung, daß die wirklich großen Dinge dieser Welt, vor allem in der Politik, nur mit dem kleinen Einmaleins zu lösen seien.

Es gäbe, meinte er, mehr oder weniger Leute, die mehr oder weniger gescheit, mehr oder weniger brauchbar seien und sehr wenig oder gar kein Geld haben.

Unter diesen suchte er oder vielmehr ließ er seine Leute suchen. Von Hunderten von ihnen hatte kaum einer je ein Wort mit ihm gesprochen oder wußte auch nur, daß er mit der hohen Exzellenz des Kislar Aga in irgendeiner Beziehung stehe. Weit eher dachten sie an Spanien und dessen intrigante Königin Elisabeth Farnese oder an Frankreich. Sie wußten nur von einer geheimnisvollen Macht, und vor der fürchteten sie sich. Die ganz wenigen jedoch, die ihn kannten – und es waren nicht mehr an Zahl als die Finger einer Hand –, kamen nicht sechsspännig mit Vorreitern an wie Gesandte. Er sprach sie in irgendeinem Basarwinkel oder sonstwo. Das Ergebnis war dennoch oder gerade deswegen, daß er alles erfuhr, was er gerade wissen wollte oder was ihn interessieren konnte, und das sogar ziemlich zuverlässig. In wichtigeren Fällen ließ er sich zum Vergleich mehrere Berichte kommen, deren Urheber nicht das mindeste voneinander wußten.

Julienne sei mit ihren Vermutungen der Wirklichkeit bedenklich nahegekommen, dachte Beschir. An ihn selbst als an ein Machtzentrum denke zum Glück auch sie nicht,

nicht einmal als Kislar Aga kenne sie ihn, und abendländischen Gehirnen seien seine amtlichen Funktionen überhaupt kaum verständlich. Er werde also in seinem wohltätigen Dunkel bleiben. Dagegen könne das Mädchen in Wien eine Überschätzung des türkischen Staatsapparates hervorrufen. Doch sei das gar nicht sehr wahrscheinlich, weil es offenkundige Fälle gäbe, in denen die türkische Staatsmaschine nach abendländischen Begriffen versagt habe. Nein, Beschir bereute nichts. Das Mädchen sei Eugens Nichte, und es wäre unverantwortlich gewesen, nicht versucht zu haben, über sie und vor allem durch sie über ihn etwas zu erfahren. Je mehr man vom Gegner wisse, um so leichter sei er zu errechnen und zu besiegen.

«Darf ich Ihr Lachen so verstehen, Dame Julienne», fragte Beschir, «daß Sie keine Sehnsucht nach dem Wiener Steffel haben?»

«Wie sollte ich, da ich Wien gar nicht kenne.»

«Ich könnte Ihnen Stiche zeigen.»

«Danke. Die habe ich selbst.»

«Also zurück nach Ungarn? Möglichst ohne Geräusch?»

«Wenn Sie wüßten, wie ich mich dort langweilte!»

«Demnach Rückkehr mit viel Geräusch, was Sie sehr leicht nach Wien führen könnte, wo man Sie, wie Sie sagten, nicht will? – Das läge auch in unserem Interesse.»

«Ich verstehe nur nicht den Grund von so viel Anteilnahme der Pforte an mir.»

«Spricht man bei Ihnen nie von den Türken?»

«Sehr oft sogar. Bei den Ungarn haben sie noch viel Sympathien!»

«Und bei den Deutschen?»

«Für die sind sie gefährliche Teufel oder arme Teufel, die nicht mehr gefährlich sind.»

«Aber Teufel in jedem Fall.»

«In jedem Fall, mein Herr Beschir. Geben Sie sich nur keinen Illusionen hin.»

«Und dann fragen Sie noch, welches Interesse wir an

Ihrer Person haben? Sie befinden sich auf türkischem Boden. Demnach haben die Teufel Sie hierher verschleppt. Auf jeden Fall haben sie sich Ihrer Person bemächtigt, um sich Ihrer als Pfand zu bedienen! Bruch des Völkerrechtes! Des Friedensvertrages! Kein Friede, kein Nebeneinander zwischen Christen und Heiden möglich! Ist es nicht so?»

«So wird man sagen. Aber das sind Worte.»

«Es sind gefährliche Worte.»

«Und Sie wollen mich trotzdem nicht heimlich über die Grenze abschieben?»

«Ganz zu verheimlichen wäre Ihre Rückkehr ebensowenig, wie es Ihr Verschwinden war. Eine heimliche Rückkehr würde den Skandal auf unsere Kosten am sichersten entfesseln. Das gerade wäre für die Hetzer der fetteste Brocken, den sie sich wünschen könnten. Sehen Sie das denn nicht ein, mein Kind?»

«Ich zweifle nicht, daß Sie recht haben. Aber die Hauptsache ist mir doch, daß ich nicht abgeschoben werden soll.»

«Haben Sie keine Angst. Im Augenblick wissen nur Sie und ich, wer Sie sind und wo Sie sind. Es war gut, daß Sie schwiegen. Im andern Fall freilich hätten Ihre Worte diesen Harem auch nicht verlassen. Alles kommt darauf an, daß nicht die andern, sondern wir Sie ‹finden› und den Fund in ein und derselben Stunde allen Gesandtschaften mitteilen, möglichst zugleich mit dem Termin Ihrer Rückkehr.»

Julienne überlegte. «Nicht übel, so eine Rückkehr von einem kaiserlichen Serail aus», meinte sie dann.

«Bei Allah, nein!» rief Beschir. «Das ist doch der Grund, warum ich mit Ihnen rede. Sie dürfen niemals im kaiserlichen Serail gewesen sein, auch nicht in dem der Walide. Die Ungläubigen kennen keine Unterschiede und wollen sie auch gar nicht kennen. Ich höre die Hetze schon: Nichte des Prinzen Eugen als Sklavin im Sultanspalast, und alle abendländischen Spießer sind überzeugt, daß unser erhabener Padischah an nichts weiter denkt als an ihre übelriechenden Weibsbilder. Verzeihen Sie, Julienne, aber ich rechne mit Ihrem Verständnis. Daß Sie in den Prinzessinnenpalast kamen, war Zufall. Ebensogut hätte sich Mußli auch eine andere greifen können. Aber daß der Harem der Walide Sie aufnahm, war Zwang. Wohin mit Ihnen, als Mußli mit seinen Kameraden Ihre Gemächer zu sprengen drohte? Ehe man ihn einließ, konnte man Sie gerade noch fortschaffen.»

«Was wollte dieser Mußli denn von mir?»

«Keineswegs Sie unter einen Glassturz stellen», erwiderte Beschir ein wenig ungehalten.

«Ach so?» Julienne sah ein, daß sie verstehen müsse. «Dann war es freilich gut, daß man mich fortbrachte. Gut für Mußli, mein' ich.»

«Es war auch gut für Sie», erklärte ihr Beschir mit unverkennbarer Mißbilligung. «Wenn Sie jetzt eine Genugtuung verlangten – die Pforte könnte Ihnen keine geben.»

«So mächtig sind diese Herren Janitscharen noch in Kon... in Stambul?»

«Darüber kann man Ihnen in Wien erschöpfende Auskunft geben. Seien Sie dessen versichert.»

«Von wo aus will man mich denn zurückbringen?» äußerte sich nun auch Julienne. «Etwa aus einem Sklavenbasar?»

«Nicht gerade. Aber aus einem Kloster.»

«Ich denke nicht daran. Ich ziehe den Sklavenmarkt vor.»

«Wir aber nicht. In Fällen wie dem Ihren müssen christliche Mädchen in ein Kloster. Das gibt ihnen einen Heiligenschein und damit alles zurück, was sie inzwischen etwa verloren haben könnten.»

«Und Sie, ein Haremseunuch, verfügen so schlankweg über christliche Klöster?» fragte sie, nicht ohne die Absicht, ihn zu kränken.

«Zuweilen, mein Kind», sagte er, und er sagte es ganz gelassen. «Der Islam ist von sich aus tolerant, und so haben wir bei uns Kirchen und Klöster. Oder wissen Sie etwas von Moscheen in Rom, in Paris oder Wien? Ich nicht. Alle diese Griechen, Jakobiten, Armenier, Katholiken brauchen einen Schutzherrn, und das ist in der Türkei unser Padischah. Das andere ergibt sich daraus von selbst. Wir haben in Stambul mehrere katholische Klöster. Suchen Sie sich eins aus. Da sind zum Beispiel die Carmeliterinnen …»

Er hätte nichts Schlimmeres sagen können, um Julienne in Harnisch zu bringen.

«Das fehlte noch!» rief sie empört. «Die Spanierin, die heilige Theresa? Wissen Sie, was die getan hat?»

«Wieso: ‹getan hat›? Wenn sie es nicht mehr tut?»

«Die ist doch an anderthalb Jahrhunderte tot!»

«Was geht sie uns dann noch an?»

«Aber ihre Regeln leben! Nichts als Prügeln hatte sie im Kopf. Ihren Mönchen zog sie die Hosen aus. Sie waren ihr dabei offenbar im Wege. Statt dessen mußten die Patres und Fratres Filzschürzchen vorbinden. Und ihren Nonnen zog sie Hosen an, die bisher nur Tänzerinnen hatten tragen müssen.»

«Was macht Ihnen das aus, Julienne? Sie tragen ja schon Hosen. Ins Kloster dürfen Sie damit freilich nicht. Fränkische Kleider liegen schon bereit, ein ganzer Haufen zur Auswahl. Kleider, Julienne!» beschwor er sie mit dem wirkungsvollsten Appell, den er für solche Fälle kannte. «Freilich, von Hosen und Filzschürzchen ist mir nichts bekannt», fuhr er fort, um sogleich wieder dringlich zu werden. «Ich bitte, Julienne, sperren Sie sich doch nicht! Sie sind ja nur Gast im Kloster. Nur für wenige Tage. Die Nonnen werden Sie auf das ehrenvollste aufnehmen und bedienen. Vergessen Sie nicht, Julienne: Stambul ist uns nicht zu weit, und mit uns kann der Papst nicht so umspringen wie mit dem Kaiser in Wien. Unser Papst ist der Padischah. Julienne …!»

Julienne stand am Fenster und antwortete nicht. Sie blickte auf das Goldene Horn, über die Stadt der sieben Hügel, über die Kuppeln, die sich wie Himmelsstürze auf die Moscheen senkten, über die strahldünnen Minarette und Schiffe, jedes ein Bote aus anderen Ländern nach anderen Ländern – und sie sollte nun zurück nach Promontor, zu Nachbarn, denen sie unverständlich war, zu Unterdrückten, denen sie nicht helfen konnte, ohne eine andere Aufgabe, ein anderes Ziel, als älter und alt zu werden und schließlich zu sterben? Und das viele, viele Jahre? – Einmal leben! wünschte sie sich, ihretwegen kurz und dann aus; aber leben! In einer Stadt wie dieser, die der Blume gleich den Schmutz, dem sie entstiegen, zur Schönheit wandelte ...

«Julienne ...!»

Sie hörte Beschirs beschwörende Stimme und blickte sich um. Er aber sah ihr in die Augen und verstand plötzlich mehr als sie selbst von dem, was sie bewegte. Ein neuer Gedanke überkam ihn. Alles Drängende fiel von ihm ab. Er hatte Zeit.

«Und Wien?» fragte Beschir.

«Glauben Sie, daß ich hinkomme?»

Beschir ließ sich absichtlich breit über die Reisevorbereitungen aus.

«Wir werden Ihnen eine Eskorte geben, die Aufsehen erregen soll und erregen wird. Unser Hof ist wegen seiner prunkvollen Aufzüge berühmt. Bei Ihrer Rückkehr wird nichts an Hofkarossen und Ehreneunuchen gespart werden. Auch für eine Abteilung berittener Bostandschi – kaiserliche Palastwächter, meine Liebe! – mit der sechsfach bespannten Ehrenkutsche für Sie selbst wird gesorgt sein. Zwei Kämmerer werden in ihren scharlachroten Gewändern sehr wirkungsvoll Ihren Kutschenschlägen zur Seite reiten. Dazu kommen dann noch die Beamten des Defterdars, des Kiajas und des Reis Efendi, jeder mit seinem eigenen Gefolge. An vierzig Wagen werden dabei herauskommen ohne das, was Herr von Talmann noch auftreibt. Viel wird es nicht sein. Nur von unseren Hofdamen können wir Ihnen keine mitgeben. Mit unserem Harem haben Sie nichts zu tun. Dagegen gibt es genügend Präzedenzfälle, daß Ehreneunuchen christlichen Damen beigeordnet wurden. Im übrigen müssen Sie sich mit Nonnen behelfen.»

«Danke, Beschir – ich zweifle nicht daran, daß Ihr Hof bei dieser Gelegenheit alles tun wird, um Wien zu übertrumpfen. Auf mich können Sie dabei rechnen. Über die offzielle Darstellung meiner Leiden, die keine waren, und meiner ‹glanzvollen Befreiung durch die Pforte› werden wir noch einig. Am besten wäre es, Sie schrieben das selbst auf.»

«Danke, Julienne.»

«Ich bin es, die immerhin einige Ursache hat, Ihnen zu danken.»

Die letzten Sätze waren kühl und geschäftsmäßig gewechselt worden, als sei alles zu Ende. Nun aber wurde Julienne ganz Vorwurf: «Auf meine Frage, ob ich wohl auf diese Weise nach Wien käme, haben Sie mir allerdings nicht geantwortet.»

«Zieht es Sie so sehr nach Wien?»

«Mich zieht nichts nach Promontor.»

«Und Wiens sind Sie nicht einmal sicher. Nach Ihrem Übertritt bei Belgrad könnte man die Welt ebensogut wissen lassen, Baronesse Juliane vom Vorberg habe sich auf ihre Güter nach Ungarn begeben. Wenige Wochen später spräche man nicht mehr von Ihnen. Der Prinz, meine Teure, hat noch andere, und zwar legitime Verwandte. Daß er sich Ihrer überhaupt annahm, muß einen Grund haben, den wir nicht kennen. Jedenfalls kenne ich ihn nicht.»

«Meinen Sie, ich etwa ...?»

«Nein, Sie kennen ihn auch nicht.»

«Dann geben Sie wenigstens zu, daß meine Lage alles andere als beglückend ist.»

«Sie haben die Wahl, und das ist viel für einen Mann und noch mehr für eine Frau.»

«Eine Wahl? Ich?»

«Jawohl, zwischen einer halben und einer ganzen Gewißheit. Die halbe ist Wien. Eine Kanalisation und eine Wasserleitung wie Stambul hat keine abendländische Stadt, und es ist noch gar nicht so lange her, da trieb sich das Federvieh, und statt unserer Hunde trieben sich Schweine auf den Wiener Gassen herum. Heute dürfte das in den Hauptstraßen nicht mehr üblich sein. Wie ich

aus Abbildungen ersah, sind dort inzwischen schöne Gebäude entstanden. Sie dagegen kennen nichts außer Promontor, den paar Schlössern Ihrer Umgebung und vielleicht Buda und Pest, und so würde Wien Sie möglicherweise befriedigen. Aber die Menschen, mein Kind. Sie haben es erfahren, welche Rolle Sie für den einzelnen spielen. Sehr groß ist Wien nicht. Die in sich noch vielfach geteilte bürgerliche Gesellschaft der Gelehrten, Künstler, wohlhabenden Leute, nichtadeligen Beamten, die noch am ehesten etwas zu bieten hätte, ist Ihnen, auch wenn Sie sich über die abendländischen Vorurteile hinwegsetzen wollten, verschlossen. Unser Hofkürschner Paraskowitz, obendrein ein Ungläubiger, ist nicht nur ein reicher, sondern bei uns auch ein so einflußreicher Mann, daß fremde Höfe, darunter der Wiener, sich um sein Wohlwollen bemühen. In Wien selbst würde er in den Adelspalästen auf die Bedientenpreppe verwiesen werden. Für Sie, Dame Julienne, käme nur die Hofgesellschaft in Frage, die Sie von Promontor her in einigen Exemplaren bereits kennen. Beim Prinzen freilich wären außerdem noch Gelehrte und Künstler von Rang anzutreffen, viele Ausländer darunter. Aber das hindert den Prinzen nicht, Tag für Tag bei der Batthany vorzufahren, um dort ... Karten zu spielen. Trotz allem zweifle ich nicht, daß Sie mit einer angemessenen Mitgift von seiten des Prinzen in Wien einen Mann fänden.»

Julienne wurde rot vor Ärger.

«Sie sind sehr klug, mein Herr», sagte sie spitz. «Könnten Sie mir nicht auch verraten, was ich mit einem Mann anfange?»

«Das kann ich Ihnen nicht sagen, meine Dame, nur so viel, daß Sie ihn gar nicht zu suchen brauchten. Man würde Sie auch ohne Ihr Zutun verheiraten. Die Hofgesellschaft und die Kaiserin würden es dem Prinzen sehr übelnehmen, wenn er es nicht täte.»

«Meine Mutter war auch nicht verheiratet», stieß Julienne wild hervor, «oder wenn – dann doch nur in einer ungültigen Ehe mit einem Abbé, der die Weihen hatte. Doch davon verstehen Sie nichts.»

«Ich verstehe nur so viel davon, daß ich mir für Sie ein anderes Leben wünsche als das von Mademoiselle Soissons.»

«Und ich mir ein anderes als das einer Haremsfrau!» war Juliennes hoffärtige Antwort.

«Harem heißt ‹heilige Hürde›, und ihr Sinn ist, die Frauen vor jeder Unbill zu bewahren. In einen fremden Harem einzudringen oder eindringen zu lassen, würde sich selbst der Kaiser überlegen.»

«Und was ist mit dem Schleier? Auf der Straße müssen ihn die Frauen noch dazu unmenschlich dicht tragen. Ganz entstellt sind die Ärmsten!»

«Rühren Sie nicht an den Schleier, Julienne. Welcher Mann würde es wagen, eine verschleierte Frau auf der Straße anzuhalten? Im nächsten Augenblick wäre er zusammengeschlagen. Eine Frau, frei oder nicht, lenkt bei uns ihre Schritte, wohin sie will – und es wird immer sehr schwierig sein, zu erfahren, was sie dort tut. Können Sie das gleiche von den Abendländerinnen behaupten?»

«Sie machen es einem nicht leicht», sagte Julienne. «Aber jetzt verstehe ich wenigstens genau, was Sie damit meinten, daß die Männer, je mehr sie die Frauen drücken, um so weniger in der Hand behalten.»

«Gerade so viel, wie die Frauen wollen. Nicht mehr. Das gilt von allen, auch von denen des Abendlandes, obwohl sie sich nicht der gleichen Möglichkeiten wie unsere Frauen erfreuen.»

«Nicht?» fragte Julienne ungläubig. «Das mit dem Schleier mag ja stimmen. Ich wenigstens kann nichts dagegen sagen. Aber sonst? Alle Welt weiß doch, daß ihr eure Frauen in Harems sperrt, bewacht von – von ...»

«Eunuchen wollten Sie sagen und erinnerten sich dann, daß auch ich einer bin. Seien Sie nicht so zartfühlend, Dame, das erschwert die Verständigung. Übrigens hat unser Padischah für seinen persönlichen Dienst ebenfalls Eunuchen, die den Harem kaum je zu sehen bekommen. Es sind die weißen Eunuchen. Was sagt Ihre ‹alle Welt› darüber – etwa, daß diese Herren den Kaiser eingesperrt halten?»

In Erwartung einer Antwort hielt Beschir inne. – Doch Julienne hatte keine.

«Glauben Sie, daß es sich mit den Königinnen des Harems und den purpurgeborenen Prinzessinnen anders als mit dem Padischah verhält? Haben Sie in diesem Palast Kerkermeister und Gefangene bemerkt?»

«Nicht jeder Türke ist Padischah.»

«Wieviel weniger also kann sich der Untertan leisten, was der Padischah sich nicht erlaubt.»

Er sei unausstehlich, meinte Julienne, der es durchaus nicht gefiel, daß Beschir recht haben sollte. Aber eins sei doch wohl nicht zu leugnen, er möge sich wenden, wie er wolle: daß es in der Türkei Sklaven und Sklavenhändler gäbe. Sie sei neugierig, womit er ihr jetzt wohl kommen werde.

«Mit der Wahrheit», sagte Beschir, «falls Sie das nicht allzu sehr verletzen sollte, meine Dame. Wenn es Ihnen so beliebt, können Sie den Dukaten einen Pfennig und den Pfennig einen Dukaten nennen. Das ändert aber nichts daran, daß die eine Münze aus Gold, die andere aus Kupfer ist. – Von der Größe gar nicht erst zu reden. – Ihr Abendländer nennt unsere Dienerinnen und Diener ‹Sklaven›, ein Wort, das wir in unserer Sprache gar nicht haben, und eure eigenen Sklaven ‹Leibeigene›, die ihr, wenn es sich ergibt, familienweise oder einzeln kauft oder verkauft. Die Rechtsverhältnisse eurer Leibeigenen sind, wie ich zugebe, unterschiedlich; aber das bedeutet wenig, wenn diese Leute, die sich um das Brot für die andern schinden, selber hungern müssen. Bei uns werden Sie einen Diener und nun gar eine Dienerin vergeblich auf Äckern suchen. Sie verrichten Hausarbeiten, die selten schwer sind.»

«Was wieder an dem andern nichts ändert», entgegnete Julienne und genoß schon im voraus ihren Triumph, «daß sie alle – Leibeigene oder Haussklaven – ihre gesegneten Prügel bekommen, wenn es der Herrschaft so gefällt.»

Wider Juliennes Erwarten hatte Beschir für diesen Trumpf nur ein Lächeln.

«Als Sie mir von Dewlet Beys ungehöriger Zumutung an Sie erzählten, Julienne, war es nicht zu verkennen, daß Sie sich gar nicht vorzustellen vermochten, wir Rechtgläubigen könnten vielleicht menschenfreundlichere Gepflogenheiten haben als die Christen. Es ist anzuerkennen, daß Ihr Verhalten bei einer solchen Voraussetzung recht mutig war. Wenn ich Sie mir auf gleiche Weise in den Händen eines deutschen oder ungarischen Grundherrn denken müßte, wäre ich wesentlich beunruhigter. Denn bei uns hätte Ihnen in Wirklichkeit wenig geschehen können, auch wenn Sie Dewlets Dienerin oder, wie die Abendländer sagen, seine Sklavin gewesen wären. Der Herr oder die Herrin können allerdings das ihnen gehörige Gesinde schlagen. Aber die Grenze ist schnell erreicht. Nur drei Peitschenhiebe oder Rutenstreiche sind erlaubt, und dies Gesetz zu übertreten ist keineswegs so ungefährlich, wie Sie vielleicht glauben möchten. Es ist noch gar nicht so lange her, daß ein Mann, der zwei seiner Sklavinnen gepeitscht hatte, dafür den Tod am Haken erlitt. Dabei dürfen Sie getrost annehmen, Julienne, daß seine Grausamkeit hinter der einer Gräfin Batthany um vieles zurückblieb. Wenn auch – um alles zu bedenken – beim Urteil mitgewirkt haben mag, daß der Mann ein Jude und die beiden Mädchen rechtgläubige Moslemin waren, so wäre das Vergehen doch in keinem Fall unbestraft geblieben.»

Julienne war traurig, auch über Beschir – gerade über ihn. Was könne es ihm schon ausmachen, sie bei ihrer anerzogenen Überzeugung von der Minderwertigkeit des Ostens zu lassen? Es gab Grundsätze und Überzeugungen, über die sie nie nachgedacht hatte, weil ihr niemals eingefallen war, darüber nachdenken zu müssen. Und nun auf einmal stand bei ihr nichts mehr fest. Jetzt, da sie Konstantinopel verlassen sollte, da alles für ihre Abreise vorbereitet wurde, obwohl die Zukunft sehr unklar vor ihr lag, jetzt hätte sie dringend der unerschütterlichen Überzeugung bedurft, daß eine Dame ihrer Abkunft sich nur für begrenzte Zeit in Konstantinopel aufhalten könne, als Frau eines Gesandten oder sonst in einer von ihrer abendländischen Heimat gesicherten Lage. Die Vorstellung, daß sie als ein dazugehöriger Teil in diese Welt einträte und in sie eingeschmolzen würde, sei als völlig unstatthaft beiseite zu schieben. Dies alles hätte er, dieser Beschir, fühlen und bei seiner Klugheit einfach wissen müssen.

Und er wisse es auch, überfiel es sie plötzlich. Aber statt ihr zu helfen ...!

«Ich hätte es mir gleich sagen können», rief sie voll Wut, «immer haben Sie recht. Ich weiß überhaupt nicht, warum ich noch mit Ihnen rede!»

«Wissen Sie es wirklich nicht?»

«Nein!! Aber Sie natürlich, Sie wissen es.»

«Ich glaube: ja.»

«Dann sagen Sie es doch. Aber ich leugne alles. Mögen Sie noch so recht haben!»

XIV

Beschir begann mit dem, was Julienne gerade eben als eine Ungeheuerlichkeit in ihren Gedanken abgelehnt hatte.

«Sie reden mit mir, Baronin», sagte er, «weil es Ihnen so schwerfällt, sich von uns zu trennen.»

Das allerschlimmste sei, daß er die Wahrheit sage, dachte Julienne sofort und wandte sich ab. Am Fenster stand sie und sah auf die Stadt hinab, als solle es das letztemal sein. Es sei etwas anderes: in Promontor leben oder wieder hinmüssen, nachdem man in Konstantinopel gewesen sei. Und Wien ...?

Beschir überließ sie vorerst sich selbst.

In Wien, wenn man sie überhaupt hinließe, würde sie im wesentlichen das sein, was die Geburt im Guten und im

Bösen aus ihr gemacht habe, überlegte sie. Die Machtstellung des Prinzen, der sie schon so viel verdanke, könnte noch ein übriges tun; aber sie würde auch die Gegnerschaft seiner Feinde mit zu ertragen haben, ohne deswegen der Freundschaft seiner Freunde sicher zu sein. Sie dachte an die Batthany. Etwaige verwandtschaftliche Gefühle, wenn der alte Herr ihrer überhaupt fähig sei, würde die Gräfin dem Prinzen schon austreiben und nichts für sie, Julienne, übriglassen, als was Schicklichkeit und Anstand ihm gebiete. Etwas wenig sei das, fand Julienne. Die Rolle einer Edelfrau mit einem Haufen Kinder und einem langweiligen oder weniger langweiligen Mann, den sie wahrscheinlich mit jeder hübschen Gutsmagd zu teilen hätte, sei auch nicht nach ihrem Geschmack. Schon mit dem Gedanken, daß die Magdskinder die Leibeigenen ihrer eigenen zu sein hätten, würde sie sich schwer abfinden können. Und dies alles sei im besten Fall nur eine Hoffnung und keineswegs eine Gewißheit, von der Gebrauch zu machen ihr jederzeit freistehe. Ihre eigene Welt sei eine der Kasten mit unzähligen, kaum wahrnehmbaren Unterteilungen, doch selbst der kleinste Teil vom andern durch schwer übersteigbare Mauern getrennt, ohne Möglichkeit, sich als Mensch den eigenen Kräften gemäß zu entfalten.

«Sie versprachen zu leugnen», hörte sie Beschir sagen. «Warum leugnen Sie nicht, Julienne?»

Das Sprechen fiel ihr schwer, und so schüttelte sie nur den Kopf. Doch dann raffte sie sich zusammen.

«Ich leugne nicht. Was hätte das auch zu bedeuten? Bis jetzt bat mich niemand zu bleiben.»

«Sie meinen, der Harem bat Sie nicht? Der Harem kann Sie nicht darum bitten. Sie sind nicht die Frau, die man als Gunstbeweis an einen hohen Würdenträger verheiraten kann, und Sie wären in dem Alter dazu, falls Sie nicht ...» Er machte eine Geste des Überlegens und dachte an den Padischah. «Nein, es geht nicht», fuhr er dann fort, «das Risiko ist zu groß. Der kaiserliche Harem bemächtigt sich nicht widerrechtlich einer Dame, und so würde es gedeutet werden, wenn man erführe, daß Sie, die Nichte des Prinzen von Savoyen, sich im Harem des Sultans befänden. Aber überlegen Sie einmal, in welcher Lage Sie wären, wenn der Prinz sich Ihrer nicht angenommen hätte.»

«Ich wäre gezwungen gewesen, mir meine eigene Lage zu schaffen, während ich bis jetzt nichts dazu beitragen mußte.»

«Ihre Aufrichtigkeit ehrt Sie, Julienne. Sie ermutigt mich zu einer Frage: Könnten Sie sich vorstellen, daß ein anderer als der Prinz in Ihrem Leben dessen Rolle übernähme?»

Julienne lachte: «Wie Sie mich überschätzen, Beschir. Bisher hat sich kein anderer gefunden. Und ein Backfisch bin ich längst nicht mehr.»

Beschir blieb ernst. «Es fand sich ein anderer. Darüber, daß Sie sich schwer von Stambul trennen und von der Welt, deren Spitze es ist, brauchen wir nicht lange zu reden. Hätte ich mich geirrt, würden Sie ohnehin ablehnen. Habe ich mich geirrt?»

«Nein, aber ...»

Beschir unterbrach sie.

«Verzeihen Sie, Julienne», sagte er, «ich werde Ihnen gern Rede und Antwort stehen; aber ich glaube, es würde uns manches ersparen, wenn Sie zuvor mich reden ließen. Sie brauchen mir gar nichts von Ihren Vorbehalten zu sagen, die Sie gegen die Welt hegen, von der wir sprechen, gegen die Welt des Islams und des Ostens. Dabei dürften die vier Frauen, die der Prophet dem Gläubigen erlaubt, für Sie das geringste Gewicht haben. Da Sie kein Backfisch mehr sind, wie Sie selbst sagten, so wissen Sie, daß die eine Frau eines christlichen Herrn selten seine einzige ist. Bei uns aber blieben Sie immer Herrin Ihrer Person und Ihres Vermögens, was Sie beides in einer abendländischen Ehe verlören, einer Ehe, deren Unauflöslichkeit beiden Gatten so oft zur Hölle wird. Hier dagegen brauchten Sie nur vor Zeugen einen Satz in der gehörigen Form auszusprechen, um eine Bindung zu lösen, die Ihnen mißfällig wurde. Aber da Sie nicht nur an sich denken, bedrücken Sie wahrscheinlich Worte, mit denen Sie groß wurden und die einfach abzuschütteln Ihnen schwerfällt. Von Türken hörten Sie nur als von Heiden und Barbaren sprechen, von Menschen oder gar Untermenschen, bar jeder Treue und nur um des Mordens willen dem Mord zugetan. Vielleicht glaubten Sie nicht ganz so fest daran wie andere; denn Sie erwähnten Sympathien, die man uns bei den Ungarn noch entgegenbringe. Aber als Feinde Habsburgs gelten die Ungarn den Deutschen als nicht viel besser. Es will diesen Deutschen nicht in den Kopf, daß jemand das mildere türkische Regiment dem österreichischen Raubsystem vorziehen könne.»

«Aber wenn etwas so beharrlich immer wieder behauptet wird, so kann doch nicht alles gelogen sein. Es wäre schrecklich!» rief Julienne.

«Eine Lüge gewinnt durch Beharrlichkeit wohl an Wirkung – Wahrheit wird sie dadurch nicht. Und das erste ist wirklich schrecklich, Julienne. Auch gibt es manches, worin wir Rechtgläubigen nicht besser als die Ungläubigen sind. Wir pflegten unsere Kriege jenseits der Grenzen auf fremdem Boden zu führen, was die Möglichkeiten von Vergleichen einschränkte. Aber beim letzten Krieg waren wir so unglücklich, ihn im eigenen Lande zu haben. Was serbische Frauen und Kinder dabei von den Regimentern des Königs von Böhmen erlitten, hält den Vergleich mit den Untaten unserer Akindschi, unserer Renner und Brenner, in der Steiermark und am Semmering aus. Alles, was in dieser Hinsicht je geschah, überbietet es aber wohl, einen bei lebendigem Leibe gerösteten Türken zur Verhöhnung seiner Landsleute über die Stadtmauern zu hängen. Es geschah ebenfalls im letzten Krieg. Ein Festungskommandant war der Täter. Die Festung heißt Kaschau, der Kommandant ist ein ... österreichischer Offizier. Eine Beförderung belohnte den Kannibalen.»

«Oh, Beschir, ich bitte Sie, sagen Sie, daß es nicht wahr ist! Es kann doch nicht ...»

«Es ist und wird sein. Betrachten Sie doch die vielen ebenso gesetzlichen wie viehischen Hinrichtungsarten der

Abendländer. Wenn bei uns das Gesetz einem Menschen das Leben abspricht, so wird es ihm auf eine Weise genommen, die den Zweck erreicht, ohne dabei im Volk die Wollust der Grausamkeit zu entflammen. Bei Vornehmen und aus Gunst geschieht es durch die seidene Schnur, die in geschickten Händen den Tod schnell herbeiführt. Andere werden durch das Schwert gerichtet, das mit einem Blitzen den Kopf auf das Blutleder rollen läßt. Wieder andere werden an den Haken gehängt. Ich muß zugeben, daß die abendländische Art des Hängens, bei der man den Verurteilten von der Leiter stößt, den Vorzug verdient. Sie kürzt den Todeskampf ab; aber auch am Haken erlebt selten ein Mensch die nächste Minute. Ich rede nicht von Verbrechen. Die gibt es, wo Menschen sich zusammenfinden. Die Gesetze, die sich die Völker geben, bestimmen ihren menschlichen Rang. Und Gesetz ist es in England, den lebenden Hochverrätern die Bäuche aufzuschlitzen und die Gedärme herauszuwinden. Allerdings nur in England. Aber im ganzen Abendland ist es gesetzlich möglich, einen Hinzurichtenden erst seiner Gliedmaßen zu berauben, ehe man ihm den Kopf abschlägt. Man vierteilt Menschen, indem man vor Arme und Beine je zwei kräftige Pferde spannt und die dazu Verurteilten bei lebendigem Leibe in vier Teile zerreißen läßt. Man rädert ...»

«Hören Sie auf, Beschir. Ich bitte Sie.»

«Seien Sie tapfer, Julienne», sagte er bestimmt, wenn auch ohne Härte. «Es geht hier nicht um ein Damengespräch, seien Sie tapfer und gerecht. Sie haben unsere Welt angegriffen und müssen sich nun auch die Antwort gefallen lassen, wenn Sie nicht zur Meute gemeiner Hetzer gehören wollen, die auf Menschenwürde keinen Anspruch haben. Oder ist etwas unwahr, was ich sagte?»

«Es ist wahr. Aber Sie sagen das alles so ganz anders, als ich es hörte. So, wie Sie es sagen, ist es schwer zu ertragen.»

«Es ist leichter zu ertragen, als auf ein Podest geschnallt zu werden, damit einem die Henkersknechte mit schweren Eisenzangen Arme, Schenkel, Beine und Brustkorb zer-

schmettern, um diesen Menschenstampf dann durch die Speichen eines Rades zu ziehen. Auf hoher Stange lassen sie das Rad lustig um sich selbst kreiseln. Und es muß gesagt werden, daß dieses Etwas, das einmal ein Mensch war, bei diesem Kreiseln in den meisten Fällen noch lebt. Das gefällt Ihnen nicht, Dame Julienne? Aber auch das ist das Schlimmste noch nicht. Oder meinen Sie, es sei leichter, bei lebendigem Leibe zu verbrennen und, wenn der Henker es so will, bei kleinem, schwelendem Feuer? Das geschah und geschieht euern Ketzern. Wir kennen nur einen Bekenner, der wegen abweichender Lehren getötet wurde. Es geschah auf Befehl Solimans des Gesetzgebers, und die Tat gilt den Gläubigen heute noch als ein Fleck auf seinem sonst so reinen Gesicht. Bei uns war es dieser eine Fall. Bei euch sind es Hundert- und aber Hunderttausende. Der König von Spanien und seine Königin fehlen nie bei den Festen der Qualen, die ihnen die christliche Kirche im Namen ihres Dreigöttergottes bereitet. Auch das Volk wird zu diesen Lustmorden geladen. Die Veranstalter verbergen sich dabei nicht in Höhlen und dunklen Gewölben – nein, sie setzen sich mit königlichem Prunk in die Sonne, und Königin und Prinzessinnen, feine Damen und Herren, geilen sich daran auf, wie Frauen, Männer, Kinder und Mädchen sich in den Flammen winden, wenn das gebratene Fleisch platzt und aus der Menschenmarter noch einmal das Gebrüll der Urwelt hervorbricht. – Das gilt von Ketzergerichten und der heiligen Inquisition. – Die Hexenverbrennungen sind mehr eine Belustigung für das ganze Volk. Selbst die kleinste Stadt, jedes Dorf will Hexen brennen. Bei uns teilte zu keiner Zeit jemals ein von Allah Erleuchteter diesen unmenschlichen abendländischen Aberglauben. Man lacht darüber, man entsetzt sich, und selbst die Unwissenden unter uns verlachen die klägliche, selbstgewollte Dummheit der Ungläubigen, die den widerlichsten Süchten als Mantel dienen muß. Durch diese Verleugnung jeder Vernunft werden der Raffgier und Rachgier, dem Geiz, der Lüsternheit eines Einflußreichen etwa, der eine Frau nackt im Folterkeller haben möchte, weit die Tore geöffnet. Die abgeschmacktesten Vorwände genügen zu einem Lustmordverfahren. Keine anständige Frau, kein noch so unbescholtenes Mädchen ist vor dem schmierigen Lustverlangen des verseuchten Volkes sicher, dem sie angehören.»

«Es geschieht nicht mehr so oft», sagte Julienne leise.

«Es geschah täglich und kann heute noch jeden Tag geschehen», erwiderte Beschir fest. «Und auch das geschieht nicht heimlich und als ein Verbrechen, sondern auf offenem Markt mit gesiegeltem Urteil und dem Segen der Kirche Jesu, des Sohnes der Maria. Kaum einer des Volkes möchte fehlen, wenn die Armesünderglocke das Verbrechen gegen Allahs Gebote einwimmert. Kopf an Kopf stehen sie dann da, die Hausväter, Töchter und Mägde, Gesellen und Greise, die Geistlichen voran, die Ratsherren und Schöffen. Wollüstig atmen sie den Geruch verbrannten Fleisches, trinken sie die Qualschreie der Verbrennenden, saugen sie letztes Zucken einer Verendenden in sich ein. – Es geschieht nicht mehr so oft, sagen Sie? – Hören Sie nicht das Trappen vieler Füße in den Gassen? Das Volk kehrt heim und kriecht, Glieder und Brüste vor Geilheit prall, in die Betten. Was glauben Sie, Juliane vom Vorberg, könnte aus den Verschlingungen dieser Vertierten auf Jahrhunderte hinaus wohl anderes hervorkriechen als nur immer wieder ebensolche Vertierten? Mit einem Wort: Abendländer.»

Im einzelnen hatte Julienne schon selbst ähnliche Gedanken gehabt und sie sich nur nicht einzugestehen gewagt. Jetzt traten sie ihr zusammengeschlossen und offen entgegen und verlangten das, was die Menschen am meisten fürchten, eine Entscheidung. Doch immer noch suchte sie nach einem Ausweg.

Beschir war wieder ganz ruhig. Seine starke innere Anteilnahme, die sich soeben noch unmittelbar gezeigt hatte, wurde wieder von einer größeren Gelassenheit verdeckt, die Julienne nicht täuschte. Sie hatte einen Blick in das Feuer geworfen, das ihn beherrschte und vorantrieb, und diese Einsicht hatte ihn ihr menschlich nähergebracht. Angesichts einer Niederlage, deren sie sich bewußt war, kämpfte sie mehr um des Kampfes willen, als um zu verteidigen, was für sie nicht zu verteidigen war.

«Ich möchte Sie dennoch etwas fragen, Beschir», sagte sie. «Sie sprachen vom Allerbarmer. Und doch wird den Mohammedanern geboten, ihren Glauben durch Feuer und Schwert zu verbreiten.»

Beschir lächelte.

«Meine liebe Julienne», meinte er, «ich warne Sie vor theologischen Gesprächen. Sie haben die Eigenschaft, so lange zu währen, bis niemand mehr weiß, worüber eigentlich geredet wurde. Würden Sie sich statt dessen an Tatsachen genügen lassen? – Sehen Sie, ich könnte Ihnen von diesem Fenster aus eine ganze Reihe christlicher Kirchen und Klöster zeigen, die sich auch in Kriegszeiten ungestörter Ruhe erfreuen. Das gleiche ist in allen größeren Städten des Osmanischen Reiches der Fall. Wir haben in Stambul einen griechischen, in Jerusalem einen römischen Patriarchen, die mit ihren Bischöfen die Gerichtsbarkeit über ihr Kirchenvolk ausüben, und die Kirchenherren der Armenier, der Jakobiten, der Kopten und anderer Konfessionen, die unter dem Schutze des Padischahs dasselbe tun. Ich glaube, dies und vieles andere ist Duldsamkeit, wie denn auch der Koran nicht nur den Sohn der Maria zu den beglaubigten Propheten rechnet, sondern überhaupt einen Unterschied zwischen Heiden und Kindern des Buches macht, zu denen Christen und Juden gehören. Wissen Sie, was dagegen in Spanien geschah, nachdem der Islam dort achthundert Jahre geblüht hatte? Die Moslemin wurden ihrer Güter beraubt, davongejagt, ermordet, verbrannt, und selbst der letzte kümmerliche Rest, der das Meeresufer erreicht hatte, konnte nur mit Waffengewalt durch Chaireddin Barbarossas Schiffe nach Afrika gerettet werden. Heute finden Sie keinen Moslem in Spanien, allerdings auch nichts von der berühmten Universität in Cordova und nichts mehr vom Wohlstande, den Spanien einstmals besaß.»

«Dafür ist es katholisch … nichts als katholisch …»

«Abendländisch», ergänzte Beschir. «Genügt Ihnen das nicht, Julienne?»

«Nein …» Zögernd machte sie einem Gegner, der in Wahrheit schon ein Beichtvater geworden war, dies Geständnis. «Ich weiß gar nicht, was eigentlich hinter ‹heiligen› Worten in Wirklichkeit steckt. Jedenfalls kenne ich niemanden, der mir darüber eine überzeugende Auskunft gegeben hätte. Wenn ich, wie so viele vornehme Mädchen, in ein Kloster gesteckt worden wäre, dann wüßte ich wenigstens, wie Nonnen über diese Dinge denken. Aber ich fürchte sehr, daß ihr bißchen Nonnenverstand auch nur zur Verschleierung einer Leere reicht und daß die frommen Jungfrauen bei mir zu ihrem letzten und stärksten Argument, nämlich zur Rute, gegriffen hätten. Freilich gibt es nicht nur solche Klöster. Viele sind nichts anderes als Damenzirkel. Kein Mensch denkt dort daran, sich Kasteiungen zu unterziehen, die man höchstens in angemessener Entfernung bei den Heiligen bewundert.»

«Die andern», meinte Beschir, «streben offenbar danach, durch Selbstentäußerung und Mißachtung ihres Leibes in die unmittelbare Nähe Gottes zu gelangen.»

«Ist das ein Weg?» fragte Julienne.

Beschir wich aus. «Es gibt noch einen zweiten», sagte er. «Den Lusthunger mit allen Mitteln zu stärken, bis er ein Wolf ist, um ihn dann mit sich selbst zu sättigen. Manchem mag es wohl gelingen, sich seiner Brunst, die den Geist trübt, auf diese Weise zu entledigen.»

«Also alles erfahren, alles erleben?» Ein Schauder überlief Julienne. «Mit dem eigenen Körper erleben?» fragte sie noch.

«Es ist schwer, sich nicht dabei zu verlieren.» Beschir sagte es als eine ferne Warnung.

«Aber möglich ist es?» beharrte sie nur noch mehr.

Beschir gab nach.

«Wir haben Beweise.» Nur gedrungen gab er die Antwort.

«Nun ja, Sie denken, es sei nicht mein Weg», meinte Julienne auf eine Art, die ihre Enttäuschung verriet. «Aber wissen Sie denn gar nichts, woran ich mich halten könnte?»

«Ich kann Ihnen nur das größte Verbrechen nennen, Julienne», sagte Beschir, «oder das, was ich dafür halte.»

«Nennen Sie es! Bitte, nennen Sie es, Beschir.»

«Nicht wissen wollen. Nicht wollen! – Das ist das größte Verbrechen.» Beschir hielt inne. «Und es würde mich freuen, Julienne», fuhr er fort, «wenn es mir gelungen wäre, Sie von Ihrem Aberglauben in bezug auf unsere Welt des Islams ein wenig zu befreien ...»

«... Sie beschämen mich, Beschir ...»

«Das war nicht meine Absicht. Ich fragte nur, um zum Anfang unseres Gespräches zurückkehren zu können.»

«Sie sagten, ob ich mir vorstellen könne, daß ein anderer an die Stelle des Prinzen in mein Leben träte. Und dann meinten Sie auch, daß dieser andere sich gefunden habe. Aber, verzeihen Sie, Beschir, das letzte kann ich mir unmöglich vorstellen. Ich wüßte wirklich nicht, wer es sein sollte.»

«Er ist ein Mensch, der in Stambul etwa die gleiche Machtstellung innehat wie der Prinz in Wien. Und ich unterschätze die Macht Seiner Hoheit keineswegs. Aus königlichem Blut wie Eugen ist er allerdings nicht. Aber Sie wissen ja, daß Abstammung bei uns keine Macht gibt. Sein Schutz würde jedenfalls hier ebenso wirksam sein wie der des Prinzen in Wien.»

«Und was veranlaßt diesen Wundermann, mir zum Bleiben verhelfen zu wollen?»

«Noch kein bestimmter Gedanke, sondern nur die Möglichkeit einer späteren Zusammenarbeit. Doch das darf Sie nicht beunruhigen. Es würde alles nur von Ihnen abhängen. Niemand würde Sie zwingen, etwas zu tun, was Ihnen mißfiele. Auch mit Ihrer Dankbarkeit würde nicht gerechnet werden. Die hohe Exzellenz, von der ich spreche, kann sich enttäuschte Hoffnungen leisten.»

«Haben Seine hohe Exzellenz einen Namen?»

«Exzellenz heißen Beschir.»

Julienne konnte einen Schrei der Überraschung nicht unterdrücken.

«Aber Sie sind doch nicht ...?»

«Allerdings bin ich der Kislar Aga, also der Mädchenaga, Präfekt der schwarzen Eunuchen des kaiserlichen Harems und hohe Exzellenz, Kurator aller kaiserlichen Moscheen und Universitäten – Elhadsch Beschir – der Pilger Beschir.»

«Aber vom Kislar Aga erzählt man sich doch ... daß er Sultan Ahmed verraten habe?»

«Ganz recht, Julienne, der Verräter bin ich.»

In einer Versammlung beim Großwesir forderte Patrona Chalil die Kriegserklärung gegen Rußland, weil es die Perser begünstige. Kaplan Girai war schon vor Tagen aus Brusa eingetroffen. Obwohl seine Wiedereinsetzung als regierender Krimkhan von den Aufständischen gefordert und erzwungen worden war, sprach er gegen den Antrag. Patrona nahm diesen Einspruch, der dem gesunden Menschenverstand als etwas Selbstverständliches erscheinen mußte, wenig freundlich auf. Etwas seltsam war es freilich auch, daß gerade der Günstling der Aufständischen das, was gesagt werden mußte, aussprach, während alle andern schwiegen. Auf diese Weise geschah es, daß Patrona Chalil, obwohl er mit einer großen Zahl seiner eifrigsten Anhänger erschienen war, die Entscheidung doch nicht erzwingen konnte. Die Beratung wurde vertagt.

Vor wenigen Wochen wäre ein derartiges Ergebnis nicht möglich gewesen, doch inzwischen war die Lage der Regierung besser geworden. Zuerst hatte das Thronbesteigungsgeschenk diese Wendung herbeigeführt, und dann waren in den letzten Tagen die geheimen Zuwendungen an einflußreiche Janitscharen ebenfalls nicht ohne Wirkung geblieben. Fünftausend Dukaten hatte der Defterdar, der Schatzmeister, dafür hergeben müssen, und verteilt hatte sie Chalil Pehlewan, Chalil der Ringer oder Kämpfer. Er war ein tapferer, starker Mann und Oberst des siebenten Janitscharenregimentes, dem auch Patrona angehörte.

Die Unterredung des Oberstlandrichters Sulali mit Kaplan Girai in Brusa hatte sich ganz anders ausgewirkt, als es von den Aufständischen vorgesehen war. Durch Kaplan wußten der Kislar, der Großwesir und der Mufti jetzt, daß sie beseitigt werden sollten und daß Patrona mit seinen Freunden sich gleichzeitig der höchsten Kommandostellen in Heer und Flotte zu bemächtigen gedachten. Das also wußte der Kislar.

Was wußte Patrona Chalil? Er wußte nichts. Er hatte keine Ahnung, was der Oberstlandrichter Sulali dem Krimkhan eröffnet haben mochte. Sulali war noch auf dem Wege nach Stambul. Außerdem sah Patrona in Kaplan Girai mehr einen ungeschickten Verbündeten als einen Gegner. Es hätte entscheidend sein können, wenn er darüber unterrichtet gewesen wäre, daß die Bedrohten und vor allem der Kislar seine Pläne kannten. Aber er wußte nur, daß man auch einer hohen Exzellenz oder einer Hoheit eine seidene Schnur umlegen könne, und das zu wissen war, wenn es sich dabei um einen Menschen wie Beschir Aga handelte, etwas wenig.

Zwei Tage später fand zum festgesetzten Termin des fünfundzwanzigsten November die zweite Versammlung statt. Dieses Mal wurde der Pfortendiwan selbst einberufen, und in der höchsten Versammlung des Reiches, die nur aus Wesiren und Pfortenherren bestand, erschien Patrona wiederum inmitten seiner Getreuen. Zu allen Zeiten wäre das eine todeswürdige Dreistigkeit gewesen, und das war es auch jetzt. Aber niemand stellte Patrona zur Rede. Die Wirklichkeit war nämlich gar nicht mehr im Diwansaal – sie befand sich zur gleichen Zeit im benachbarten Saal der Fayencen, wo sich Chalil Pehlewan mit zweiunddreißig rüstigen Kriegern versteckt hielt.

Nach der Annahme von Patronas Antrag, dem nunmehr auch die Hoheit des Khans zugestimmt hatte, verkündete der Großwesir die huldreiche Entschließung Seiner allerhöchsten Majestät, den besagten Patrona Chalil um seiner Tugenden und Verdienste willen als Beglerbey Rumili einzukleiden.

Dieses Amt des Generalstatthalters der europäischen Provinzen war einst das des ersten Statthalters des Reiches gewesen. Inzwischen waren zivile Verwaltungen und Militärwesen längst auf die einzelnen Provinzpaschas übergegangen, und aus dem Amt war eine Würde geworden, die, mit schönen Einkünften verknüpft, verdienten Männern verliehen wurde. Aber Patrona wollte keine Würde – er wollte Macht.

«Ich nehme den Pelz nicht», schrie er, als man sich ihm mit der zobelbesetzten Kapanidscha näherte, und wandte sich dann gegen den Großwesir: «Was willst du, Mohammed, der du deine Laufbahn im Bett machtest», womit er andeuten wollte, daß Mohammed Pascha das Siegel als Sultan Ahmeds Schwiegersohn bekommen habe, «begnüge dich damit, deiner Frau Kinder zu machen; aber wo Männer handeln, da schweig! Ich begehre die Stelle des Janitscharenaga!»

Das war eine wüste Rede, wie sie unter der Kuppel der Wesire kaum je gehört worden war. Selbst Patronas Gefährten mißbilligten sie, während sie den Ministerialen gelegen kam. Gerade Patronas grobe Ungehörigkeit ließ den Antrag durchgehen, sich wegen der Kriegserklärung sofort ins Serail, also in die Gegenwart der Erhabenheit, zu begeben. Es war völlig ausgeschlossen, daß Patrona außer mit Mußli noch mit sechsundzwanzig weiteren Gefolgsleuten vor dem Padischah erscheinen konnte. An eine solche Möglichkeit dachte selbst Patrona nicht mehr. Die sechsundzwanzig mußten in den nächsten Stunden im Saal des Löwenhauses verweilen, wobei jeder einzelne überzeugt war, seine frühere Macht auf dem Fleischmarkt bald mit einer staatlichen und daher legalen Machtstellung vertauscht zu haben. Dagegen begaben sich die Hoheiten des Großwesirs und des Khans, der hochwürdigste Mufti, der Kapudan Pascha und die Ulema mit Patrona und Mußli ins Köschk Eriwan.

Von keinem Uneingeweihten war bemerkt worden, daß Chalil Pehlewan mit seinen zweiunddreißig eingeschworenen Janitscharen sich inzwischen durch das Tor der kalten Fontäne in den Saal der Sofawächter begeben hatte. In dem Augenblick, da Seine allerhöchste Majestät unter großem Vorantritt den Saal der Beratung betrat, brach der Großwesir an Stelle des traditionellen «Alais» in den Ruf aus:

«Unser immer siegreicher Padischah und seine unüberwindlichen Waffen – Alai!»

Die Worte «immer siegreicher Padischah» waren das verabredete Zeichen. Während aller Augen auf den prunkvollen Einzug des Erhabenen gerichtet waren, kam Chalil Pehlewan mit seinen zweiunddreißig ganz ohne Getöse aus dem Saal der Sofawächter, und als die Majestät sich niederließ, waren, ohne daß Patrona und Mußli es überhaupt bemerkt hatten, alle Türen besetzt.

Wie eine Ratte hätte der Pehlewan den Patrona niedermachen können, doch das widerstrebte ihm als wackerem Mann und Türken.

«He, Patrona!» rief er, «wende dich um!» Und nachdem Patrona der Aufforderung gefolgt war und sein Ende gesehen hatte, fügte der Pehlewan hinzu: «Bist du der Kerl, der Janitscharenaga sein will?»

Kampflos ergab Patrona sich nicht. Er riß das Seitengewehr aus der Scheide; aber nach einigem Schlagwechsel, in den niemand sich einmischte, erlag Patrona seinem Bimbaschi.

Mußli wurde ohne viel Umstände zusammengehauen.

Der Padischah sah nicht, was zu sehen unter seiner Würde gewesen wäre.

Er befand sich nicht mehr im Saal.

Es blieben die sechsundzwanzig, und mit ihnen erneuerte sich das Märchen von Ali Baba. Unter dem Vorwande, sie mit den Gewändern ihrer neuen Würde und Ämter zu bekleiden, wurden sie zwei zu zwei eingeführt. Dreizehnmal vollzog sich die Wanderung des Ehrengeleites mit je zwei der Begnadeten vom Löwenhaus zum Köschk von Eriwan.

Doch keiner der Eingeführten erreichte den Saal seiner Erhöhung. Alle starben sie vorher durch die Schärfe des Schwertes.

Zu diesem Sieg über die Rebellen wünschten die Minister dem Padischah Glück. Ein Schattscherif dankte den Janitscharen für ihre bewährte Treue, und – was die Hauptsache war – fünfzigtausend Piaster wurden unter Patronas Kameraden, dreißigtausend unter die Topdschi, die Artilleristen, und fünfunddreißigtausend unter die Dschebedschi, die Pioniere und Zeugschmiede, verteilt.

Kein Auge hatte in diesen Tagen der Entscheidung den Kislar in der Öffentlichkeit gesehen.

Zweites Buch

XV

Man konnte von einem Tal zwischen hohen blauen Bergen sprechen, von einer dörferumgebenen Stadt mit bekuppelten Moscheen und vielen strahldünnen Minaretten, mit dem Palast des Paschas, einem Basar und Kasernen – man konnte das alles bestaunen oder doch wenigstens ganz annehmbar finden. Aber ebenso möglich war es auch, die Straße als eine besonders gelungene Vorbereitung künftiger Genick- und Achsenbrüche zu bezeichnen, ihren Staub als eine Pest, die selbst den kümmerlichen Bäumen ihr bißchen Grün raube, und andere unfreundliche Bemerkungen von sich zu geben. Wer das tat, kannte allerdings die kümmerlichen Bäume nicht. Sie waren nämlich Pflaumenbäume und ergaben einen von Christen und Moslemin gleicherweise geschätzten und unbeschwerten Herzens genossenen Schnaps. Die christlichen Bosniaken hatten es dabei sehr leicht, weil Mohammeds Weinverbot sie nichts anging. Die Beschnittenen dagegen erklärten, daß von Pflaumen im Koran nichts stehe. Und so soffen sie auch. Die Türken schließlich hielten es ebenfalls nicht viel anders, und der feine Kavalier tat unrecht, den Bäumen nicht mehr Ehre zu erweisen; denn sie waren es, über die zwischen Gerechten und Ungerechten, Gläubigen und Ungläubigen völlige Übereinstimmung bestand, und Einstimmigkeit war ein rarer Artikel in diesem türkisch verbliebenen Teil der serbischen Lande, der dem früheren Königreich Bosnien entsprach. Sogar einen Namen hatte dieses Friedenswasser, das erwähnter Herr Graf so unglücklich war nicht zu kennen – einen köstlichen Namen. Das Wasser hieß: Slibowitz.

Von einem Mann, dem eine derartige Unkenntnis nachgesagt werden mußte, war denn auch nicht viel zu erwarten. Das ansehnliche Dorf, in das er eingewiesen worden war, scheute er sich nicht ein armseliges, gottverlassenes Nest zu nennen – und das, obwohl es eine Kirche hatte! Nicht gerade eine große, und einen neuen Anstrich hätte sie auch verdient; aber immerhin: eine Kirche. Und gottverlassen? In allen europäischen Hauptstädten war es hinreichend bekannt, daß dieser Herr sich aus dem lieben Gott herzlich wenig machte und – wie zu vermuten – umgekehrt auch. Gerade er hatte also nicht die geringste Ursache, eine derartig ehrenrührige Behauptung über sein Asyl aufzustellen. Denn ein Asyl war es, das er mit Bewilligung der Hohen Pforte in diesem Dorf einige Meilen von Serajewo genoß – er und sein Gefolge.

Aus etwa zehn Menschen bestand es, aus Dienern, die ihn nicht hatten verlassen wollen – denn er flößte ebensowohl leidenschaftliche Ergebenheit wie gnadenlosen Haß ein –, wie auch aus einigen kleinen Abenteurern, die ihr Glück bei ihm, dem großen, zu machen hofften. Einer von ihnen nannte sich Ingenieur; er hatte eine neue Sprengbombe erfunden, für die er irgendeine Regierung als Abnehmerin suchte und jetzt die türkische zu gewinnen hoffte. Für alle diese Leute hatte der Kavalier aufzukommen, und das war mit einem Tagegeld von zehn Piastern, das die Pforte ihm zu seinem Unterhalt ausgesetzt hatte, nicht ganz leicht.

Eben setzte ihm sein Kammerdiener Lamira, der in Europa bei allen Leuten von Stand oder wenigstens Berühmtheit fast ebenso bekannt war wie sein Herr, das auseinander. Lamira glaubte an seinen Herrn und der an sich; aber von beiden war Lamira der Zuversichtlichere. Alle andern Menschen waren überzeugt, daß der Graf von Bonneval sich in eine Lage manövriert habe, die seinen endgültigen Untergang bedeute. Freilich waren zehn Piaster ein Geld, von dem eine mit ebenso vielen Köpfen gesegnete Bauernfamilie nicht nur einen Tag, sondern ein ganzes Jahr leben konnte. Aber der Graf war eben kein bosnischer Bauer, und seine Diener und Gefährten waren es auch nicht.

Sie waren das Gefolge eines Herrn, der sich gern seiner Verwandtschaft mit den Bourbonen rühmte und es darum recht oft tat. Trotzdem war er wirklich mit ihnen verwandt. Ein Hochstapler war er durchaus nicht. Die Bonnevals waren ein altes Geschlecht aus dem Limousin, dessen Oberhaupt das Marquisat besaß. Im Laufe der Zeiten hatte es keinen Mangel an Männern gehabt, die in hohen Stellungen des Staates, der Kirche und des Heeres gewesen waren. Sie warteten nicht, daß man sich für sie regte, sie regten sich selbst. Alexander von Bonneval, der Bemerkenswerteste von allen, war mit dreizehn Jahren schon ein junger Mann gewesen. Damals hatte er sein Haar gegen die Zeitmode kurz und rund schneiden lassen, was seinem Gesicht mit den Zügen der Offenheit und Entschlossenheit einen betont soldatischen Ausdruck verliehen hatte, und davon ging er bis in sein Alter nicht ab. Als Freiwilliger war er in die Marinegarden eingetreten, und seine erste Beförderung im gleichen Jahr hatte bereits das angedeutet, was in ihm steckte. Vom Marineminister war bei einer Inspektion mit Hinblick auf Bonneval ungnädig getadelt worden, daß man neuerdings offenbar bereits Kinder einstelle. Unter Verletzung jeglicher Disziplin hatte der junge Herr sich scharf und laut entrüstet: «Man entläßt keinen Bonneval, mein Herr!» Wider Erwarten war der hohe Beamte durch diese Frechheit umgestimmt worden. «Doch», war dessen Antwort gewesen, «der König entläßt den Rekruten und stellt ihn als Schiffsfähnrich wieder ein.»

Infolge eines Duells, mit dem der Junge von einem Schiffsfähnrich unmöglich länger hatte warten können, war es mit der Marine dann doch ausgewesen und er zu den französischen Garden gekommen, ohne daß sich sein militärischer Aufstieg deswegen verzögert hätte. Im spanischen Erbfolgekrieg hatte er als Sechsundzwanzigjähriger ein Regiment kommandiert. Bei seinen französischen Landsleuten sowohl wie bei den Österreichern, deren Oberbefehlshaber der Prinz von Savoyen gewesen war, hatte er bereits als kleine Berühmtheit gegolten, als seiner Laufbahn durch einen soliden Krach mit dem Minister Chamillard – wie es geschienen hatte – ein Ende gemacht worden war. Soweit es sich um Frankreich gehandelt hatte, war das auch der Fall gewesen; aber der unverwüstliche Bonneval hatte sich gefragt, ob Prinz Eugen von Savoyen nicht ebenfalls Franzose sei? – Mit einer Rangerhöhung zum General war der Oberst Graf Bonneval nach dem Beispiel des Prinzen Eugen und anderer in österreichische Dienste getreten und hatte die Erwartungen, die man hegte, nicht enttäuscht. Bald war er Generalfeldzeugmeister gewesen. Zu mehreren Siegen, besonders zu Eugens Sieg bei Peterwardein, hatte er entscheidend beigetragen. Was sich ein Mensch seines Standes nur hätte wünschen können, war ihm zuteil geworden. Seine Beförderungen hatten mit seinen Erfolgen Schritt gehalten. Frauen, aber auch Männer waren ihm zugeflogen – er war der Liebling des Kaisers und – was mehr war – des Prinzen Eugen gewesen, in dessen Kreis geistvoller Menschen er zu den geistvollsten gehört hatte. Mit großen Künstlern und Gelehrten nicht weniger als mit Fürsten befreundet und aus der Fülle zu leben gewohnt, hatte er mit seinem Salon, den ihm seine hohen Einkommen gestattet hatten, jeden andern in seiner jeweiligen Residenz ausgestochen. Für eine Natur wie Bonneval war das auf die Dauer ein schwer erträglicher Zustand gewesen. Also Krach mit Eugen, der versichert hatte, daß er Wien durch das andere Tor verlassen würde, wenn Bonneval durch das eine wieder einzöge. Und dann das fast Unglaubliche: Karl VI. hatte tatsächlich gezaudert, welchen der beiden früheren Freunde er habe ziehen lassen sollen. Die Mühe war ganz vergeblich gewesen. Bonneval hatte seinen Streit mit dem Statthalter der österreichischen Niederlande, deren Militärkommandant er gewesen war, prompt so sehr auf die Spitze getrieben, daß auch nicht die kleinste Beleidigung, die er irgendwo gegen irgendwen hatte anbringen können, vergessen worden war. Es war nichts anderes übriggeblieben, als ihn aller seiner Würden und Ämter zu entsetzen, worauf er zum zweitenmal in Venedig, diesem Asyl aller Emigranten, gelandet war. Dorthin hatte er sich schon einmal nach seiner Entlassung aus dem Dienst des Königs von Frankreich zurückgezogen.

Nur hatte für Bonneval sich etwas entscheidend geändert: Das erstemal war er eine kleine Berühmtheit, ein kleiner Oberst mit, wie alle Welt vermutet hatte, großer Zukunft, das zweitemal eine unangezweifelte europäische Berühmtheit gewesen, und gerade das hatte seine Lage so mißlich gestaltet. Bei den vielen Kriegen, die immer wieder neu ausbrachen, waren fähige Generalsoffiziere gefragt – fähige! guter Durchschnitt und etwas mehr. Bonneval war solchen Leuten weit überlegen, was ihn verführt hatte, Österreich die Stirn zu bieten. Im Grunde war das eher ein Spiel gewesen, wie ein Stiergefecht etwa – nichts hatte ihn gezwungen. Aber es war geschehen, und nun saß sein Schiff auf dem Sand. Wie konnte es wieder Wasser unter seinen Kiel bekommen?

Seiner großen Talente hätte man sich gern bedient; aber der Preis wäre unter manchem andern der gewesen, daß Österreich sein Engagement als unfreundlichen Akt angesehen hätte. Die Gegenkonstellation aber beherrschte Frankreich, aus dessen Armee Bonneval desertiert war.

Nach dem Frieden von Rastatt war Bonneval freilich amnestiert worden, nicht ganz zu Unrecht, weil er sich um das Zustandekommen des Friedens verdient gemacht hatte. Er war auch nach Frankreich zurückgekehrt, der kaiserliche Herr Generalfeldzeugmeister, und in Paris als Sensation gefeiert worden, hatte sich mit einem Fräulein aus dem vornehmen Haus der Herzöge von Biron verheiraten lassen und war wieder gegangen, ohne sich um Frankreich und die schwärmerische Liebe seiner jungen Frau groß zu kümmern. Aufgenommen hätte ihn sein Vaterland, nur hätte es ihn nicht beschäftigt. Ohne sich rächen zu können, wäre er aber an seinem Haß gegen Österreich erstickt. Also Venedig, wo er nicht weniger gefeiert worden war als in Paris – gefeiert als Kavalier, als glänzender Gesellschafter, nicht jedoch als Feldherr und als der Staatsmann, der er war. Es war nicht so sehr der Umstand gewesen, daß ihm, der nicht gerade haushälterisch gelebt hatte, allmählich die Mittel zu Ende gegangen waren, sondern die Langeweile, die ihn umzubringen gedroht hatte, daß er eines schönen Sommertages mit seiner kleinen Gesellschaft in Venedig ein leichtes Fahrzeug mit dem Ziel Ragusa bestiegen und sich von dort weiter ins Osmanische Reich verzogen hatte. Es war eine Argonautenfahrt mit kaum vorhandenen Glückschancen gewesen. Bonneval hatte es bald gemerkt und spürte es noch immer Tag für Tag.

Die Türkei war von Österreich geschlagen worden und vermied alles, was in Wien hätte verstimmen können. Bonneval aber schwebte so etwas wie ein Bündnis mit dem Sultan vor, um von türkischem Gebiet aus mit unzufriedenen Untertanen des Kaisers einen neuen Aufstand vorzubereiten. Diese Gedankengänge bewiesen aber nur, wie sehr sich selbst ein kluger und weltläufiger Abendländer über die ihm fremde Welt des Islams täuschen konnte, und zwar im Sinne einer Überschätzung wie auch einer Unterschätzung seiner eigenen Person.

lucia mia
Che buona misa

Wenn Bonneval an Venedig dachte, an dieses byzantinische Gebilde zwischen Morgen und Abend, bedrängten ihn Bilder gesellschaftlicher Triumphe auf Maskenfesten, in den Logen der Opernhäuser und bei geistbeschwingten Gesprächen – Bilder von Gondelfahrten zu heiterlauten Gelagen mit Musik und Feuerwerk oder zu andern in einem der vielen stadtentrückten, schweigenumhüllten Liebesnester der weiten Lagunen. Ganz Wohlwollen war Bonneval für die Stadt, die ihm zweimal zum Asyl geworden war. Daß er Venedig jedoch – weniger, um einem Übermaß des Abschiednehmens zu entgehen, als aus Vorbedacht – mit dem venezianischen Korfu als angebliches Ziel verlassen hatte, erwies sich als wohlgetan. Er wäre sonst nicht weit und gewiß nicht bis Ragusa gekommen, wo er sich unter der Suzeränität des Sultans in Sicherheit befunden hatte. Bonneval starrte freilich nur auf Österreich, und seinetwegen war er so besorgt bei jedem Trunk, den er tat, und jedem Bissen, den er aß. Mochte aber sogar eine Entführung über die Donau und zu diesem Zweck die Bestechung türkischer Beamter nicht völlig unmöglich erscheinen, so hatte er, ohne es zu wissen, im abgelegenen Bosnien weniger zu fürchten als in Konstantinopel, das seine Seele suchte und zu dem man ihm den Zutritt versagte. Nach einem so glanzvollen Leben wäre ein klang- und spurloses Verschwinden zwischen den bosnischen Bergen freilich ein trauriges Ende gewesen. In Konstantinopel aber hätte ihn weit eher noch das nicht rühmlichere durch den Dolch eines gekauften Bravos treffen können.

Vielleicht zum erstenmal in seinem Leben war Bonneval zu bescheiden gewesen. Die venezianische Staatsinquisition hatte ihn höher eingeschätzt als er sich selbst. Diese Herren sahen bereits mit seiner Landung in Ragusa den Verlust ihres letzten Gebietes, nämlich Dalmatiens, vor Augen. Venedig hatte im vergangenen Krieg schon den griechischen Peloponnes an die Türken verloren. Das allein war schon hart genug. Aber eine etwaige Eroberung Dalmatiens durch die Türken wäre eine ständige Bedrohung der

Stadt selbst gewesen, und diese Eroberung anzuregen und durchzuführen hielt man Bonneval für fähig. Das Kollegium der Staatsinquisitoren sprach daher ein geheimes Todesurteil gegen ihn aus und beauftragte den Bailo, den venezianischen Gesandten bei der Pforte, für dessen Vollstreckung zu sorgen.

«Mögen Eure Exzellenzen», mußte der Würdenträger den Herren Inquisitoren aber schreiben, «mir Zeit lassen. Es handelt sich bei diesem Auftrag um sehr delikate Operationen, die sorgfältig vorzubereiten sind und für die man eine günstige Konstellation abwarten muß.» Bonnevals Anwesenheit in Konstantinopel wäre eine solche «günstige Konstellation» gewesen. Während sein stürmisches Temperament ihn alle Qualen des Wartens erleiden ließ, hatte er ein Glück, das er nicht ahnte und das dennoch alle seine Enttäuschungen übertraf.

Wie an etwas Selbstverständliches hatte Bonneval an die Unterstützung seiner Pläne durch Frankreich geglaubt, zumal sie so ganz der Politik entsprachen, die das Königreich betrieben hatte und zu betreiben immer geneigt sein würde. Aber Kardinal Fleury, Ludwigs XV. höchst mittelmäßiger Premier, hatte eine entsprechende Angst, dem Vatikan durch eine enge Verbindung mit den Türken zu mißfallen. Mochte der Herr Gesandte auch voraussehen, daß der beleidigte Bonneval, falls es ihm gelingen sollte, sich bei den Türken einzunisten, ein ernstes Hindernis für ein bündnisloses Zusammenarbeiten der Türkei mit Frankreich werden würde – er hatte Befehl, dessen beide Briefe unbeantwortet zu lassen, auch den letzten, in dem Bonneval mit seinem Übertritt zum Islam gedroht hatte.

Für einen christlichen Edelmann wie den Gesandten Marquis de Villeneuve war das eine kaum glaubliche Drohung, zumal gegenüber einem Kardinal Fleury. Damit hatte Bonneval auch gerechnet; aber sonst bedeutete ein Kardinal Fleury, schon seines geringen Herkommens wegen, ihm gar nichts, mochte der Kardinal immerhin der Erste Minister Frankreichs sein, und ebenso erging es Herrn von Villeneuve, dessen Familie es mit den Coussac-Bonnevals an Alter und Vornehmheit der Familienverbindungen tatsächlich nicht aufnehmen konnte. Alles andere aber zählte für Bonneval nicht. Dieser kühne, kluge und ungewöhnlich gebildete Mann war seinen Überzeugungen nach noch immer einer der alten Feudalherren, wie seine Vorfahren es gewesen waren. Alle seine Konflikte entsprangen dem Mißvergnügen über die in Frankreich stetig wachsende Beamtenmacht, die vom Amt und nicht von der Herkunft des Stelleninhabers ausging. Für ihn blieb Fleury immer dieser «Steißtrommler», weil er seines Königs Erzieher gewesen war, und Villeneuve «dieser kleine Parvenü». Mit einer solchen Gesinnung wäre es eigentlich nicht zu vereinbaren gewesen, sich durch den Übertritt zum Islam in einen Untertan des Sultans und damit in einen Gleichen unter Gleichen zu verwandeln. Der osmanische Staat hatte alle Ansätze zu einem Erbadel und zu wirklich feudalen Zuständen immer wieder beseitigt. Er kannte nur die Macht der geistlichen und weltlichen Ämter und über ihr die Sultansmacht. Aber Ursache und Ziel alles dessen, was Bonneval tat, war sein Haß gegen Österreich, ja das ganze Abendland, von dem er sich zurückgestoßen und in einem Erdenwinkel festgehalten fühlte, den er nur verachten konnte.

«Immer Hammelfleisch», sagte er also, «können Sie denn gar nicht einmal etwas anderes auftreiben? Ich weiß schon – vermutlich mußten Sie es sich pumpen. Aber konnte es denn nicht auch etwas anderes als Hammelfleisch sein? Und überhaupt: war es denn gar nicht möglich, in Serajewo einen Vorschuß auf meine Tagegelder zu erlangen?»

Das ereignete sich im Garten hinter dem Flachdachhaus, der sich allerdings von Eugens Blumengärten bei Belvedere durch die mehr nahrhaften Pflanzen unterschied, die er enthielt, und von himmelwärts schießenden Fontänen durch einen Brunnen, in dessen Wasser sich nicht die Lichter farbig brachen, weil es, mit Mühsal ans Licht gezogen, einer braunen Brühe gleichsah, die sich freilich für Wasser ausgab. Der Mann aber, an den Bonneval seine Worte richtete, war sein Kammerdiener Lamira.

Bonneval hatte in gleichem Maß die Gabe, Menschen anzuziehen und abzustoßen – Lamira hatte er angezogen, aber er hatte ihn deswegen nicht unterjocht. Nicht einmal versucht hatte er es; denn da der Kammerdiener ebenfalls eine andere Gesellschaftsordnung als die feudale sich nicht denken konnte, so fühlte er sich keineswegs durch sie erniedrigt. Sie gab ihm seinen Platz und seinen Rang. Sein Herr war ein Graf, und er war der Kammerdiener – mehr Vasall als Diener nach Lamiras Meinung. Bonneval tat gut daran, sie zu respektieren, weil Lamira nach ihr seine Pflichten bemaß, die er weit höher als die eines einfachen Dieners anschlug. Beide standen in der Mitte ihres sechsten Jahrzehnts, und man konnte von einer Ähnlichkeit beider sprechen, woran Bonnevals Neigung zu körperlichen Rundungen nicht viel änderte; denn diese Ähnlichkeit bestand mehr in einer gewissen Großartigkeit von Lamiras Bewegungen und Formen, die ihm von Bonneval angeflogen waren, ohne daß er sie gesucht hätte. Jetzt machte er die Geste eines Mannes, der zu seinem Bedauern gezwungen ist, einen andren über mißliche Umstände aufzuklären.

«Herr Graf wünschen einen Vorschuß», sagte er, «das ist begreiflich, ich wünsche ihn auch. Aber wenn man bei uns in Wien, Paris, Dresden, Madrid recht damit hätte, daß die Türken Barbaren seien, so könnte ich mich nicht enthalten, für die Klugheit dieser Barbaren die größte Hochachtung zu empfinden. Sie erkannten sofort, daß Herrn Grafs Besitz voraussichtlich keine Deckung biete und Herr Graf selbst auch keine Sicherheit darstellen.»

«Ich verstehe Sie nicht, Lamira. Sie sind doch sonst nicht schüchtern. Konnten Sie nicht darauf hinweisen, daß die zehn Piaster täglich mir von der Pforte als Lebensunterhalt ausgesetzt sind und daß ich keineswegs in den letzten Zügen liege?»

«Selbstverständlich wies ich darauf hin. Es lohnte sich auch. Denn die Antwort war lehrreich.»

«Dann lassen Sie sie hören!»

«Die Bewilligung könne am nächsten Tag zurückgezogen sein, sagten sie ...»

«Ich möchte wohl wissen, warum?» rief Bonneval.

«... man lasse zwar keinen, der sich hilfeflehend der Hohen Pforte nahe, ungetröstet von dannen ziehen», fuhr Lamira, ohne seines Herrn Einwurf zu beachten, fort, «aber wie nun, wenn sich der Getröstete nachträglich als unwürdig erweise? Die gleiche Frage sei für den Fall seines plötzlichen Abgangs durch Tod aufzuwerfen. In den bosnischen Bergen könne er sehr leicht erfolgen, und selbst innerhalb unseres Harems sei er nicht völlig ausgeschlossen. – Sie nannten diese Hütte den Harem des Herrn Grafen, obwohl wie außer Rostands Frau, die auch nicht mehr die Jüngste ist, Mädchen doch nur vorübergehend bei uns haben. Aber diese Leute aufzuklären hat keinen Zweck. Was sie nicht hören wollen, hören sie nicht, und immer bleiben sie ruhig und gelassen. Auch auf die Möglichkeit einer Entführung wiesen sie hin ...»

«Nur auf die Möglichkeit von Bestechungen türkischer Beamter durch die Deutschen wiesen sie nicht hin!»

«Herr Graf irren. Auch von Bestechungen wurde gesprochen. Den Bestochenen würden sie zur Schande gereichen, sagte man, und am Jüngsten Tage hätten die Schuldigen es zu bereuen. Leider fügte man auch hinzu, daß sie, die das Geld hergeben sollten, so lange nicht warten könnten.»

«Und eine Auslieferung?»

«Die sei sehr wohl möglich, meinten die Herren des Defterdars; aber eine etwaige Auslieferung an die Deutschen sei kein Hindernis für einen Vorschuß. Den müßten, bevor an den Vollzug eines Auslieferungsbefehls nur zu denken sei, erst einmal die Österreicher bezahlen. – Ich konnte dieser Versicherung keinen Trost abgewinnen», schloß Lamira.

«Mir gibt diese Versicherung zu bedenken», meinte Bonneval, «daß wir Vorbereitungen treffen sollten, um uns, wie es Karl XII. von Schweden im türkischen Bender tat, gegen eine Belagerung unseres Hauses verteidigen zu können.»

«Mit leerem Magen läßt sich schlecht etwas verteidigen», war Lamiras kühle Antwort.

«Bis jetzt haben wir noch immer unser Essen gehabt», meinte Bonneval. «Auch heute haben wir es. Wer gab Ihnen Kredit?»

«Niemand. Aber hoffentlich erinnern sich Herr Graf noch jener wohlhabenden Witwe eines Rajahs, der Herr Graf, wie ich vermute, seine Beachtung zu schenken geruhten. Es wäre mißlich, wenn es anders wäre. Herr Graf wissen ja: auf der Straße und im Basar tragen auch die Christenfrauen Schleier, und glücklicherweise war es der Basar, in dem ich sie erkannte. Im Basar ist es leichter, sich bemerkbar zu machen. Jedenfalls trafen wir uns bei dem Hebräer, dem Herr Graf schon zuweilen Ihre Gunst schenkten, und dort verabredeten wir – doch nein, natürlich nicht wir uns, sondern ich verabredete den Herrn Grafen mit der Witwe für übermorgen. Morgen ist Sonntag, und an einem Sonntag sündige ich nicht. Davon war sie nicht abzubringen, weil sie nun einmal eine so fromme Frau ist. So befahl ich denn beim Hebräer das Bad für Montag – mit dem Parfüm, das Herr Graf so lieben. Kein Grund zu Beunruhigung. Die Dame zahlt alles. Sie war es auch, die uns den Hammel schenkte.»

Besonders glücklich schien Bonneval nicht zu sein, daß er auf diese Weise für die Ernährung seiner Leute aufkommen sollte.

«Es muß etwas geschehen», sagte er.

Lamira verstand sofort, daß mit diesem etwaigen Geschehen nicht das des Montags gemeint sei. Auch in der Sache selbst gab er seinem Herrn recht. Nur die Frage, was zu geschehen habe, machte ihm Kummer. «Ein dritter Brief an Herrn von Villeneuve», ließ er mit wenig Vertrauen und um so mehr Zweifel verlauten. Aber eine Heirat mit der Witwe komme erstens überhaupt nicht in Frage, und dann wäre sie auch nur wie ein Tropfen auf heißem Stein, und schließlich habe sein Graf ja auch schon seine Gräfin. Freilich in Frankreich; aber immerhin ... alles Mögliche und

Unmögliche gab Lamira so lange zu erwägen, bis er an seines Herrn Drohung in dessen letztem Brief an Villeneuve dachte. «Um so etwas erfolgreich zu tun, müßten Herr Graf ja wirklich Moslem werden», stieß er hervor, «dann hätten Sie noch drei weitere Ehemöglichkeiten. Bedenken der Herr Graf!»

Das Schlimmste an Bonnevals Lage war es, daß er von allem, was außerhalb Serajewos und dessen nächster Umgebung vor sich ging, völlig abgeschlossen war. Nachrichten aus Konstantinopel brauchten Wochen und oft auch länger, bis sie in die abgelegenen Provinzen durchsickerten. Von dem, was zum Pascha an Neuigkeiten gelangte, erfuhr das Volk grundsätzlich nichts. Unter diesen Umständen war es für Bonneval unmöglich, seine eigene Lage zu beurteilen. Er kannte keine ihrer Voraussetzungen, nichts von den jüngsten Vorgängen in der Hauptstadt, geschweige denn die letzten Weltereignisse. Es war gefährlich für ihn, sich schriftlich zu äußern, weil seine eigenen Briefe ihn immer weitertrieben, bis zuletzt etwas eintrat, was er gar nicht gewollt hatte. So war es gewesen, als er von der Armee seines Königs zu der des Kaisers übergegangen war, und so in seinem Streit mit dem Marquis Prié, Eugens Stellvertreter in den österreichischen Niederlanden. Jetzt saß er obendrein wie in einem finsteren Zimmer. Nichts wußte er, als daß seine Person gefährdet sei, was sie auch wirklich war. Als toter Mann aber hätte er vergeblich gehaßt. Bis jetzt war nichts getan, kein Aufstand organisiert, um den Deutschen die ersiegten neuen Provinzen wieder abzunehmen oder, mehr bonnevalmäßig ausgedrückt, an der Spitze türkischer Bataillone dem Prinzen Eugen eins hinter die Ohren zu geben. An seinem Haß richtete Bonneval sich wieder auf. Seines Hasses wegen mußte er leben.

«Sie kennen doch Abdullah Efendi, Lamira? – nun doch, den jungen Herrn aus der Kanzlei der Pachten … aber den Neffen des Paschas werden Sie doch kennen?»

«Ach, den meinen Herr Graf!»

«Ihnen kann ich es ja sagen, Lamira, er war es, der meinen zweiten Brief an Villeneuve mit nach Konstantinopel nahm. Nicht gerade ungefährlich für ihn, also ein großer Dienst, aber nach seiner Rückkehr habe ich ihn nicht mehr gesehen. Es muß ihm wohl jeder Verkehr mit mir verboten worden sein. Aufsuchen möchte ich ihn nicht, ich darf ihn nicht kompromittieren. Aber was ich nicht kann, dürfen Sie.»

«Ich kenne seinen Koch», erklärte Lamira, womit er alles gesagt hatte.

«Ausgezeichnet!» fand auch Bonneval. «Fragen Sie also den Efendi – und er möge es Ihnen in lateinischen Buchstaben aufschreiben, nämlich die religiöse Formel, die ich bei einem Übertritt zum Islam auszusprechen hätte.»

«Herr Graf haben sich wirklich entschlossen?»

«Was soll ich machen, mein Lieber? Solange ich lebe, ist nichts verloren.»

«Gewiß nicht.»

«Betrachten Sie es also von dieser Seite, Lamira. Eine Auslieferung an die Deutschen käme nach meinem Übertritt nicht mehr in Frage. Das beseitigt die Hauptgefahr. Nicht einmal mehr bestechen lassen würde sich ein türkischer Beamter zum Schaden eines Rechtgläubigen und eines Gastes seines Padischahs. Außerdem wäre es nicht mehr so leicht, mich auszuheben, oder glauben Sie nicht auch, daß ich mit verstärktem Schutze seitens des Paschas rechnen könnte? Und mit Geld rechnen könnte? Mit dem Mehrfachen oder Vielfachen meiner jetzigen Tagegelder?»

«Herr Graf sind viel zu berühmt, als daß die Türken sich des Herrn Grafen Bekehrung nicht etwas kosten ließen. Aber ...»

«Es würde nach meinem Übertritt schwierig sein, die Türkei wieder zu verlassen. Das meinen Sie doch?»

«Und ebenso wäre der Übertitt keine Gewähr für den Herrn Grafen, nun auch nach Konstantinopel zu kommen.»

«Das sind spätere Sorgen. Übrigens kennen mich die Janitscharen. Bei Peterwardein habe ich Brust an Brust mit ihnen gekämpft, bis mir trotz ihrer riesigen Übermacht der

Durchbruch gelang. Diese Männer werden mich nicht vergessen haben.»

«Gewiß nicht. Und darum vielleicht eines Tages des Herrn Grafen Kopf verlangen.»

«Das hätten sie schon eher gekonnt. Aber sehen Sie, Lamira, Sie waren nie Soldat, und daher verstehen Sie das nicht: Eher als meinen Kopf werden die Janitscharen mich zu ihrem Aga verlangen.»

«Herr Graf sind also entschlossen?»

«Fast. Es bleibt mir nichts anderes übrig. Und was getan werden muß, will ich schnell tun.»

«Und ich will meinen Freund, den Koch, aufsuchen. Vielleicht hat er etwas Anständiges auf dem Herd. Er ist wirklich ein ausgezeichneter Koch, und ich wünschte in des Herrn Grafen Interesse, der Efendi wäre die Witwe und die Witwe der Efendi. Aber ich könnte es auch begreifen, wenn dem Herrn Grafen angesichts des schweren Entschlusses ... der Kopf überhaupt nicht mehr nach der Witwe stände?»

Es fehlte nicht viel, und Bonneval wäre ungehalten geworden.

«Im Gegenteil!» versicherte er. «Meine Beschäftigung mit der Religion verlangt geradezu einen sehr irdischen Ausgleich.»

«Die Witwe ist aber ebenfalls fromm ... wenigstens sonntags ...»

«Um so ausgeruhter ist sie dann montags ... sehr ausgeruht, Lamira – kann ich Ihnen verraten –, erschreckend ausgeruht. Das Leben ist nicht immer ganz leicht, Lamira ... Aber Spaß macht es doch!»

Es wurde anfangs bezweifelt, ob Bonneval bei seinem Übertritt der Zirkumzision, der heiligen Beschneidung, auch wirklich teilhaftig geworden sei. Nicht bezweifelt werden konnte es jedoch, daß Bonneval das Glaubensbekenntnis fehlerfrei und fließend hergesagt, daß der erste Imam der Hauptmoschee ihn daraufhin in den Islam aufgenommen hatte und daß der alte Sünder, nämlich Bonneval, anschließend einige Zeit unsichtbar gewesen war. Erst im Bade bei der Moschee der Chasseki kam es an den Tag: Bonneval war tatsächlich beschnitten worden. Aber Bonneval wäre nicht Bonneval gewesen, hätte er die geistliche Operation nicht mit einer weltlichen verquickt. Durch einen Arzt hatte er sich in das freigelegte Rund Goldplättchen pflanzen lassen, die – inzwischen mit den Narben verwachsen – ihren Zweck zu erfüllen versprachen. Begreiflicherweise brachte dies letzte Unternehmen dem interessanten Neugläubigen größeren Ruhm bei den Frauen ein als die Schlacht bei Peterwardein.

Der Arzt aber zog aus dem Ruhm noch Gewinn. Er hatte bald eine große Modepraxis, weil die Damen, denen das Original nicht zugänglich war, wenigstens eine Kopie haben wollten.

Auch Bonnevals Äußeres mußte sich grundsätzliche Neuerungen gefallen lassen. Es gab genug junge Türken, die im Ausland, besonders in Italien, studiert hatten und nach ihrer Rückkehr sich nur einen Fes auf die Allongeperücke stülpten. Diese Leute waren mit ihrer Neugier und Anmaßung, zuweilen auch Aufdringlichkeit nicht immer eine angenehme Gesellschaft. Bonneval wußte, was er tat, als er den auf Taille gearbeiteten Rock mit der langen Weste und den mächtigen Ärmelaufschlägen ablegte und auf Kniehosen und Schnallenschuhe ebenso wie auf Federhut und Degen verzichtete. Er tat es zugunsten des reich bestickten, fließenden Gewandes eines vornehmen Türken und dessen kostbarer Pelzrobe. Für ihn kam kein leichtfertiger Fes in Frage. Seufzend nahm er die Last eines vierpfündigen, weit ausladenden Turbans auf sich. Diese Konzessionen machte er dem Türken Ahmed, der er jetzt war. Was die Religion anlangte, so hatte er schon als Christ von der Kirche einen zu bescheidenen Gebrauch gemacht, als daß er jetzt als Moslem die Moschee nicht in gleicher Weise geschont hätte.

Aber nach dem Gesetz war er ein Moslem. Darauf allein

kam es an. Allerdings gab es bei aller türkischen Toleranz für Abkömmlinge von Moslemin oder für Bekehrte keinen Rücktritt vom Islam. Auf Abfall stand Tod. Das freilich bereitete Bonneval keine Beschwerden.

Etwas anderes bedrückte ihn. Zwar genoß er alle Vorteile, die er sich von seinem Übertritt versprochen hatte. Er war ein angesehener kaiserlicher Pensionär, der auf jedes Entgegenkommen der Behörden rechnen konnte, nur darauf nicht, daß sie ihn ohne ausdrückliche Berufung nach Konstantinopel reisen ließen. Und diese Berufung hatte er nicht.

Unter solchen Umständen wurde Bonneval, der sich nun einmal betätigen mußte, ein eifriger Briefschreiber. Er schrieb nach Wien, Paris, Madrid, Venedig, nach Dresden schrieb er; aber auch dem Marquis Bonneval, seinem älteren Bruder, dem Oberhaupt der Familie, glaubte er schreiben zu müssen, und natürlich Herrn Voltaire. Wer schrieb nicht an Voltaire? Der Schriftsteller J. B. Rousseau in Antwerpen hatte das unschätzbare Verdienst, fast ebenso hoffnungslos mit Eugen verkracht zu sein wie Bonneval selbst. Er bekam seine Briefe wie Stanislaus Lesczinsky, der frühere König von Polen und Ludwigs XV. Schwiegervater, ebenso wie Casanova, wie der König von Schweden, und jedermann ließ sie sich gern gefallen; denn langweilig waren sie nicht. Er schrieb an alle, die er kannte, und er kannte alle, die einen Namen hatten. Nur an seine Frau, die ihn liebte, schrieb er nicht. Warum sollte er ihr schreiben? Ihres Herzens und ihres Bettes war er gewiß.

XVI

Von welcher Seite man die Lage eines so berühmten und fähigen Mannes wie des Grafen Bonneval auch ansehen mochte, so belustigte sie in jedem Fall mehr die andern als ihn selbst. Im Gegensatz zu ihr war die eines seiner Mitemigranten fürstlich. Zwar hatte der Wiener Hof so lange seine Verbannung beantragt, bis Konstantinopel von dem hohen Herrn freiwillig aufgegeben worden war, aber nicht, um nach einer ferngelegenen Stadt Anatoliens oder einer einsamen Insel im Archipel sich zu verflüchtigen, wie man es in Wien gern gesehen hätte. Auch in der Emigration wurde dieser Gast der Hohen Pforte von so großen Mächten wie Frankreich und Spanien und von anderen Staaten als Souverän anerkannt, bei dem sie Gesandtschaften unterhielten, die sich in nichts von denen bei der Pforte unterschieden. Das allein wäre auch dann zu berücksichtigen gewesen, wenn die Türkei selbst sich nicht ebenfalls dieses Mannes zu bedienen gehofft und ein Mangel an Achtung überhaupt ihrer vornehmen Tradition widersprochen hätte. Für die Türken war Großmut gegenüber dem Schutzbedürftigen eine Selbstverständlichkeit.

«Alle, die sich Unserer Hohen Pforte als Gäste nahen, werden ehrenvoll behandelt und sollen an Unserer Hilfe und Unterstützung nicht zweifeln. Es ist Unser Edler Befehl, daß auch Deine Hoheit aller Ehren teilhaftig werde, die ihr gebühren.»

Mit diesen Worten hatte Sultan Ahmed 1717 Seine durchlauchtigste Hoheit Franz II. Rakoczy, Fürst von Siebenbürgen und Ungarn, in großer Audienz und mit allem Gepränge empfangen, das einem Fürsten Siebenbürgens nach dem Kanun zustand.

Als die Deutschen sich dann wegen der Abwesenheit ihres Erzfeindes beunruhigt hatten, war der Großwesir Ibrahim mit bewährter byzantinischer Diplomatie auch ihnen entgegengekommen. Rakoczys Palast war von Anfang an zu klein gewesen für den fürstlichen Hofstaat mit seinen «Gentilhommes de la cour de S. A. S. le Prince», seinen Kammerherren, adeligen Jagdbeamten, Hofgeistlichen, Intendanten und Sekretären mit insgesamt über achtzig Hofherren und deren Damen. An Stelle eines so ungenügenden Baues erhielt der Fürst eine ganze Stadt zu seiner Residenz und in ihr über dreißig der schönsten Gebäude zu seiner persönlichen Verfügung. Diese Stadt Rodosto lag der

Insel Marmara im Meer gleichen Namens gegenüber. Es war eine christliche Stadt. Ihre zwanzigtausend Einwohner bestanden fast nur aus Griechen und Armeniern. Bei einem so eifrigen Christen wie Rakoczy konnte das nur dazu beitragen, sich in seiner neuen Residenz leichter heimisch zu fühlen. Noch größer war der andere Vorteil für ihn: Von Konstantinopel aus konnte man Rodosto mit Segeln und Rudern in einer einzigen Nacht erreichen – mit Segeln und Rudern; denn diese kleinen, offenen Tschaiks waren hierfür am besten geeignet. Rodosto hatte keinen Hafen, und die Reede war flach. Ebenso schnell und für Kuriere noch schneller war die Post mit ihren Stationen zum Pferdewechsel alle vier bis fünf Meilen.

Die Kosten für des Fürsten Hofhaltung, seine adeligen Leibwächter in ihren blauen Waffenröcken mit orangefarbenen Schärpen und goldenen Knöpfen, sowie für die Dienerschaft wurden von Frankreich wie von der Pforte getragen. Diesen Kosten fügte der Sultan noch die für eine Ehrenwache von hundert Janitscharen unter dem Befehl eines Obersten hinzu. Die Abkommandierung eines so hohen Stabsoffiziers zu einer so kleinen Herdschaft bewies hinlänglich, daß es sich dabei nicht um Bewachung, sondern um Hofdienst handelte, in den sich die fürstlichen Leibwächter mit dem Fanfarengeschmetter ihrer Zinken und die Janitscharen mit Querpfeifen und Schellenbaum teilten.

Glanzvoll genug sah Rakoczys Leben auf diese Weise aus, ihm selbst erschien es eher als das eines Bettlers, eines Bettlers freilich, der bei feierlichen Anlässen einen diamantenbesternten Kalpak zum Purpurmantel trug und seinen Stuhl unter einen Thronhimmel stellen durfte.

Im Todesjahr seines Vaters war er bereits als Fürst Rakoczy und als einer der Reichsten der Christenheit geboren worden. Aber trotz seiner vielen Güter und weiten Gebiete, seiner Städte und Festungen mit Rakoczyschen Besatzungen war er in seinen Knabenjahren der Dürftigkeit, dem Hunger und der Kälte preisgegeben gewesen. Vielleicht wäre der Tod des Knaben dessen Stiefvater, dem Grafen Tököly, nicht ungelegen gekommen. In seinem Kampf gegen Österreich hätte Tököly das Vermögen der Rakoczy weit eher gebrauchen können als die kriegerische Hilfe eines neunjährigen Jungen. In jedem Fall war es für den kleinen Fürsten ein Glück gewesen, daß er mit zwölf Jahren in seiner eigenen, von der Mutter hartnäckig verteidigten Festung Munkacz in österreichische Gefangenschaft geraten war. Daraufhin hatte der Kaiser sich zu seinem und seiner Schwester Vormund erklärt, von der er sich ebenso wie von seiner Mutter, seinem Hofmeister und seinen Dienern in Wien hatte trennen müssen, um zuerst im Neuhäuser Konvikt und dann auf der Prager Universität von Jesuiten erzogen zu werden. Diese drei Jahre hatten sein religiöses Leben entschieden. Stockkatholisch war er geworden und auch dann noch geblieben, als später in seinem Freiheitskampf der Papst ihm in den Rücken gefallen war. Nach allzu stürmischen Kinderjahren waren diese drei Jahre die ersten einer verhältnismäßigen Ruhe gewesen, und so gedachte er ihrer bis an sein Ende als der Jahre eines verlorenen Glückes.

Vorerst freilich hatte es so ausgesehen, als solle das Glück erst kommen. Bis jetzt war die Vormundschaft in Stellvertretung vom Kardinal Kolonicz ausgeübt worden, nun aber hatte der Kaiser selbst verfügt, daß dieser junge Mann aus einem ihm so feindlichen Geschlecht nach Wien kommen möge, um persönlich in dem Prozeß um seine Güter gehört zu werden. Das war zweifellos ein Beweis kaiserlicher Gunst mit berechtigten Hoffnungen auf eine Versöhnung gewesen. Als eine noch beglückendere Gewißheit hatte ihn das Wiedersehen mit seiner Schwester erwartet. Des Rakoczyschen Reichtums wegen war ihr vom Kardinal das Kloster zugedacht gewesen. Sie aber hatte es vorgezogen, trotz aller kirchlichen Schikanen die Ehe mit dem Grafen Aspremont durchzusetzen. Ihren Bruder, den allgemein beliebten, schüchternen jungen Mann, der so erfreuend bigott war, hatte der Kardinal geglaubt eher ins Kloster zu bekommen – das beste Geschäft, das die Kirche seit langem gemacht hätte. Aber dann war das Unerwartete geschehen: Fürst Rakoczy hatte sich in aller Stille nach Italien davongemacht, um dort in einem schöneren Klima seine jungen Jahre zu feiern, und statt dann wenigstens reuig zurückzukehren, um die ihm zugedachte Bestimmung zu erfüllen, hatte der verhinderte Mönch obendrein noch in Köln die Prinzessin Maria Amalia von Hessen-Rheinfels geheiratet! Ganz ohne jede Rückfrage war das geschehen; aber von diesen Eigenwilligkeiten abgesehen, war der Fürst mit seinen achtzehn Jahren der österreichischen Monarchie genauso gefährlich gewesen wie das Kaninchen einem Fleischerhund.

Nicht einmal gegen seine Eigenmächtigkeit war vom Standpunkt des Rechts irgend etwas zu sagen gewesen, weil der Kaiser den Fürsten vorher für mündig erklärt hatte. Aber es gab Leute, die getäuschte Hoffnungen als schreiendes Unrecht empfinden, und zu diesen hatte der Kardinal Kolonicz gehört. Zu sicher hatte er sich schon des Rakoczyschen Besitzes gefühlt, der nicht sein eigen gewesen war und dessen Herausgabe er dennoch verweigert hatte. Um Geld war der hohe Kirchenfürst zu jeder Eheanfechtung, zu jedem Prozeß, kurz – zu allem bereit gewesen.

Das alles hatte nicht verhindern können, daß der junge Ehemann mit seiner nicht älteren Eheliebsten auf seine oberungarischen Güter gegangen war, um dort in dem Zustand zu leben, der ihm stets als der erstrebenswerte erschien, nämlich dem der Ruhe. In einer Ehe geht es allerdings kaum je nach den Wünschen des Ehemannes, und auch diese war keine Ausnahme gewesen. Mächtige Stürme hatte es gegeben, bis diese beiden kindlichen Wesen sich inner- und außerhalb des Ehebettes aneinander gewöhnt hatten.

Das Wohlwollen eines Kaisers, der – etwas weitsichtiger oder auch uneigennütziger als seine Minister – sich des jungen Mannes mit dem großen Namen als Brücke zur ungarischen Nation hatte versichern wollen, hätte dem «Franzl» wohl das geruhsame Leben verschaffen können, zu dem ihn seine Neigungen hingezogen hatten. Aber kaiserliches Wohlwollen konnte wohl viel bedeuten, gegen ministerielles Mißtrauen war es vertan ... wenn ein so ungeheuerlicher Besitz im Spiel war. Das Vermögen der Rakoczy! – ein Märchen war das. Kein Wunder, daß Kardinal Kolonicz es für die Kirche hatte haben wollen. Aber zu groß war dieses Vermögen gewesen, nicht einmal der Kirche Magen ließ man den Brocken verdauen. Da es Politik war, wegen Hochverrats eingezogene Güter ungarischer Patrioten zu verschenken, so hatten bereits Dutzende von anderen hochgeborenen Leichenfledderern auf die verheißungsvolle Beute gelauert. Der Unterschied war gering. Die Kirche hielt in solchen Fällen Klosterkerker bereit, während die Staatsgewaltigen einen Prozeß und das Beil des Henkers benötigten. Unter solchen Umständen konnte selbst größtes kaiserliches Wohlwollen das beflissene Mißtrauen der Wölfe nicht beseitigen, was auch unbillig gegen die armen Wölfe gewesen wäre. Die Mast an den tausend Wunden des armen Ungarn schlug diesen Kreisen für Thron und Altar so schön an! Jedenfalls hatte der Sieg über Kolonicz dem jungen Franz Rakoczy nur eine Atempause verschafft. Der große Wolf war aus dem Feld geschlagen worden, die andern waren geblieben. Nicht einmal der Antrag, seine ungarischen Güter, um jeden Verdacht einer österreichfeindlichen Gesinnung zu zerstreuen, gegen einen ähnlichen Besitz im Reich zu tauschen, hatte ihm genützt. Seiner Güter hatte man sich, auch ohne sie erst erwerben zu müssen, sicher geglaubt. Gründe für eine Anklage würden sich schon finden.

Und sie hatten sich gefunden, worauf der junge Mann sich nicht länger hatte dagegen wehren können, den Weg des Schulbücher-Ruhmes und eines nationalen Helden zu beschreiten.

Der Inhalt von Rakoczys Korrespondenz mit Ludwig XIV. von Frankreich wurde bekannt. Der Wiener Hof, der damit seine Anklage wegen Hochverrats begründet hatte, weigerte sich auch später stets, die Briefe zu veröffentlichen. Einziger Zeuge im Prozeß war jener Belgier gewesen, dem es als österreichischem Offizier gelungen war, die Freundschaft des Fürsten zu gewinnen, um dann dessen Briefe dem Reichspräsidenten Öttingen submissest auszuliefern. Dies sowie die Baronie in Verbindung mit einer der Rakoczyschen Güter für den Provokateur und Spion ließen mehr als nur vermuten, daß die Anklage nicht aufrechtzuerhalten gewesen wäre, weswegen die kaiserliche Regierung von ordentlichen Gerichten nichts hatte wissen wollen. Als Fürst des römischen Reiches und als ungarischer Magnat hätte Rakoczy nur von Standesgleichen gerichtet werden dürfen. Da das aber zu einem Freispruch geführt hätte, war von der Regierung eines jener beliebten Mord- und Sondergerichte vorgezogen worden, das dann auch in diesem Fall den Hof prompt mit einem Todesurteil bedient hatte ... allerdings in Abwesenheit der Hauptperson.

Im gleichen Zimmer, das Rakoczys Großvater, Graf Zriny, nur verlassen hatte, um das Schafott zu besteigen, war auch der Enkel festgesetzt worden. Aber der jugendlichen Maria Amalia erwachtes Wohlwollen für ihren Mann war zu jedem Opfer bereit gewesen, nur nicht zu dem, ihm in die Freiheit zu folgen. Sie hatte ihn befreit. Dafür war Hauptmann Lehmann, Kommandeur des Dragonerpikets, das den Fürsten hatte bewachen sollen, zur Feier des Heiligen Abends 1701 gevierteilt worden. Das wiederum wäre Rakoczy nie passiert. Aber ein Fürst und ein bürgerlicher Hauptmann ...? Leuten von Ordnung und Staatsuntertänigkeit war allerdings das Bedenken gekommen, wie die gebotenen Verschärfungen für einen Mann aus dem Volk noch ersonnen werden könnten, wenn die Gerechtigkeit bereits bei einem Offzier ihre heilsamen Trümpfe derart verausgabe. Einige der am besten Bewanderten hatten sich schließlich für die Lösung entschieden, im Kreis und bei zweckentsprechendem Abstand um den Verurteilten eine Feuerwand zu entfachen, um ihn auf diese Weise langsam zu Tode zu braten. In den nordamerikanischen Kolonien habe dieses Verfahren der dortigen Pflanzer bei ihren Niggern gute Erfolge gezeitigt.

Dies alles und das Wutgeschnaube über Rakoczys Entkommen, mit dem es dem Wiener Hof gelungen war, sich nachträglich noch lächerlich zu machen, hätten am Gang der Ereignisse kaum etwas ändern können.

Spanien hatte sich mit seinem zweiten Habsburger Karl eines Königs erfreut, der in vollkommenster Weise alle geistlichen, weniger jedoch geistigen Ansprüchen entsprochen hatte. Trotzdem war die Majestät für viele Völker ein Unruheherd gewesen, da alles auf sein Ableben und damit auf die große Rauferei um den Nachlaß gewartet hatte. Die Rauferei war denn auch erfolgt. Als Spanischer Erbfolgekrieg hatte sie inzwischen ein hübsches Etikett erhalten, auf daß man die unabsehbare Vielfalt von Greueln nicht mehr sehe.

Es lag auf der Hand, wie sehr dieser Krieg, in den vor allen anderen der Kaiser und Ludwig XIV. verwickelt gewesen waren, den Ungarn für einen neuen Aufstand gegen die österreichischen Unterdrücker gelegen gekommen war. Dieser Aufstand hatte wie sein Vorgänger als Bauernaufstand begonnen; aber die Bauern hatten die Ursachen des Zusammenbruchs der letzten Erhebung nicht in ihrem mangelhaften Zusammenschluß, sondern in der fehlenden adeligen Führung erblickt und, um diesen vermeintlichen Fehler nicht zu wiederholen, sich an den Träger des glanzvollsten ungarischen Namens gewandt: an Rakoczy. Natürlich war damit der Krieg für die Bauern bereits verloren gewesen, als er begonnen hatte. Ein siegreicher Adel hätte den Sinn seines Sieges wohl kaum darin erblickt, die Leibeigenen zu befreien und dem Volke ein menschenwürdiges Los zu verschaffen.

Der Wille des einzelnen hatte auch damals nichts zu sagen gehabt. Als Rakoczy 1703 mit siebenundzwanzig Jahren an die Spitze des Bauernkrieges getreten war, war aus dem Bauernkrieg ein Adelskrieg geworden. Anders hätte es sich Seine Hoheit auch gar nicht vorzustellen vermocht.

Allerdings war auch der Adel unterdrückt worden, in seinen Reihen hatte das Schwert des Henkers gewütet, und der blutig geraubte Besitz war an Ausländer, vornehmlich Deutsche, verschleudert worden; aber der Fürst oder vielmehr Paul Rhaday, sein späterer Kanzler, hatte im ersten fürstlichen Manifest aus Rhadays Feder klugerweise die Leiden des Volkes nicht vergessen. Sie waren trotz allem größer gewesen als die des steuerfreien Adels.

«Wir sprechen mit tiefster Trauer», hieß es in der immer noch berühmten europäischen Schrift, «von den Leiden des armen Landvolkes, das, von allen Mitteln zur Entrichtung der unerschwinglichen Abgaben entblößt, zu Maßnahmen greift, wie sie nur die größte Verzweiflung einzugeben vermag. Was früher nie vorkam – heute geschieht es. Viele machen ihrem Leben durch Selbstmord ein Ende – andere suchen in der türkischen Sklaverei ein menschenwürdiges Dasein. Um sich und die Seinen vor den viehischen Greueln militärischer Steuereintreiber zu retten, verkauft der eine sein Weib, ein anderer seine Kinder den Türken, wo sie vor dem Zugriff einer entmenschten Soldateska in Sicherheit sind. Oh, welch harte, einer ehemals freien, christlichen Nation unerträgliche Sklaverei! Das unglückselige Landvolk sagt es laut, daß es sich nach der milden Herrschaft des Halbmondes zurücksehnt. Unwiderleglich ist es nachgewiesen, daß von den Türken in fünfzig Jahren nicht so viel erhoben wurde, wie vom Kaiser, dem Haupt der Christenheit, in fünfzig Wochen von den Ärmsten der Armen erpreßt wurde.» Des langen Manifestes Schluß war gewesen: «Abkömmling freier Fürsten, haben Wir im Lande ein zurückgezogenes Leben geführt und nur oft tränenden Auges den Verfall des Vaterlandes betrachtet. Auf Unser schuldfreies Gewissen gestützt, haben Wir nie an eine Uns drohende persönliche Gefahr gedacht, als plötzlich der Wiener Hofrat den Entschluß faßte, sich aller Großen Ungarns zu entledigen, und Wir infolgedessen gegen Recht und Gesetz ohne Verhör ergriffen und in ein elendes Gefängnis geworfen wurden. Der Himmel, auf den Wir vertrauen, wird für Uns kämpfen. Er wird einer tiefbetrübten Nation ihre unvermeidlichen Fehltritte nicht zu hoch anrechnen und ihre heilige Sache in den Hafen ihres alten Glükkes gelangen lassen. – Gegeben in Unserem Lager bei Unserer Festung Munkacz, den siebenten Juni 1703: Franz, von Gottes Gnaden Fürst Rakoczy von Felsövadaß, Obergespan von Saros, Herzog von Munkacz und Nakovicz, Erbherr von Sarospatak, Tokay, Negecz etc.»

Die Kämpfe waren für Österreich durchaus nicht rühmlich verlaufen. Während der ersten fünf Kriegsjahre hatte Wien immer wieder Versöhnungsversuche gemacht, die aber alle daran gescheitert waren, daß es Rakoczy und seine Ungarn nicht – wie es seitens anderer Staaten geschah – als kriegführende Macht hatte anerkennen wollen. Es hatte, anstatt einen regelrechten Friedensvertrag anzubieten, nur wenig glaubhafte Versprechungen gemacht. Immer neue Emissäre, auch Damen, waren bei Rakoczy erschienen, bis auf Veranlassung des Wiener Kabinetts während des Waffenstillstandes von 1706 die Fürstin selbst ihren Gatten aufgesucht hatte.

Deutsche und Ungarn hatten sie mit Ehren überhäuft. Ihre karmoisinrot ausgeschlagene Galakutsche war von zwei Schwadronen kaiserlicher Dragoner eskortiert worden. Das Gefährt war ein Geschenk des Kaisers gewesen und hatte zwölftausend Gulden gekostet – zweitausend mehr als der für den Kopf des Gatten ausgelobte Preis. Bereits an den Toren aller österreichischen Städte hatten die Stadtkommandanten die hohe Dame empfangen, um sie dann mit Ehrenbanketten zu bewirten. In Poszony hatte sie die Stadt morgens durch das Osttor verlassen, wo sie unter des fürstlichen Generals Ocskays Befehl von achthundert Rakoczy-Husaren in Empfang genommen worden war. Das war der Beginn eines Triumphzuges ohnegleichen durch die Länder gewesen, die sich in der Gewalt ihres Mannes befunden hatten. Vor gesenkten Fahnen, unter dem Hurra-

geschrei der Menge, dem Geläut der Glocken und dem Salutkrachen der Kanonen war die Wiedervereinigung der beiden Gatten erfolgt. Den brünetten Offizier zur Seite der Kutsche hatte die Fürstin nach den fünf Jahren zwischen Abschied und Wiedersehen freilich erst erkannt, als er den kurzen Pelzmantel mit dem purpurnen vertauscht und den diamantenbesetzten Reiher-Kalpak aufgesetzt hatte. Ob und wie es von Maria Amalia versucht worden war, ihren Franz für Österreich zu gewinnen, darüber wurde nichts Zuverlässiges bekannt. Gewisser war es schon, daß die Kriegsjahre die von Anbeginn nicht sehr starken menschlichen Bindungen zwischen den Gatten noch mehr gelockert hatten. Jedenfalls war die Fürstin noch keine drei Wochen bei ihrem Mann gewesen, als sie schon nach Wien geschrieben hatte, daß ihr Gesundheitszustand dringend einer Kur in Karlsbad bedürfe. Aber eine Weile hatte sie noch bleiben müssen. Ihre Anwesenheit war zur Überwindung von Etikettenschwierigkeiten zu nützlich gewesen, als auf sie zu verzichten. Bei ihr hatten sich Rakoczy, dessen ungarische Generäle und Würdenträger, die Vertreter des Kaisers und die ausländischen Bevollmächtigten zwanglos treffen können. Aber das Ergebnis war doch die Ablehnung aller kaiserlichen Angebote durch Rakoczy gewesen. Die Wiedereinsetzung in alle seine Güter und Würden, die Verleihung der Markgrafenschaft Burgau als unmittelbares Reichsfürstentum sowie andere Versprechungen hatten ihn nicht umstimmen können.

Dieses Zusammentreffen war das letzte der Ehegatten gewesen. Sie hatten sich nicht wiedergesehen.

Der Krieg war weitergegangen und hatte erst mit dem károlyischen Friedensschluß vom ersten Mai 1711 sein Ende gefunden. Das Ergebnis war gewesen: Habsburg behielt die ungarische Königskrone; aber der Versuch, das Land zur österreichischen Provinz zu machen und die Nation in ein willfähriges Völkergemisch einzuschmelzen, war gescheitert. Seitdem wagte Wien es nicht mehr, die Rechte und Freiheiten des ungarischen Volkes einfach zu übersehen.

Allerdings Volk ... In einem Beschluß des ungarischen Reichstages wurde einmal, um jeder Vermessenheit zuvorzukommen, genau festgestellt, was unter «Volk» zu verstehen sei, nämlich die Magnaten, die Prälaten, der niedere Adel ... und sonst nichts.

Immerhin war das Durchhalten in einem gnadenlosen Krieg von acht Jahren auch und vor allem von Rakoczy eine Leistung gewesen, die seinen Ruhm und das politische Ansehen, das er genoß, begreiflich machte. Ganz zuletzt hatte er noch im Friedensvertrag die Wiedereinsetzung seiner Kampfgefährten in Besitz und Recht durchgesetzt, er selbst sich aber nicht darin aufnehmen lassen und den Friedensvertrag auch nicht unterschrieben. Alle Angebote hatte er zurückgewiesen und es vorgezogen, mit dem Verlust alles persönlichen Besitzes ins Exil zu gehen.

Einige Jahre hatte er als Mönch im französischen Kloster Grosbois zugebracht und war von dort erst nach Konstantinopel gekommen, als er geglaubt hatte, seine Rolle als unbeugsamer und ungebeugter Prätendent wieder aufnehmen zu können. Durch diesen Plan hatte der Friede von Passarowitz einstweilen einen Strich gemacht.

Die Söhne des Fürsten, die Herzöge von Munkacz und Nakowicz, waren in Wien zurückgehalten worden. Wenn man Bonneval glauben wolle – und ein Lügner war er nicht –, so hatte der Graf beim Tode der Fürstin, ihrer Mutter, erst das Geld für anständige Trauerkleider geben müssen.

Bonneval und Rakoczy waren zweierlei Welten. Rakoczy hatten äußere Einwirkungen und nicht eigener Wille in den Wirbel gestürzt, in dem er sich ehrenvoll behauptet hatte. Bonneval rührte seinerseits die Wirbel an, um sich aus ihnen wider Erwarten und zur Verblüffung aller glanzvoll herauszuziehen.

Keiner konnte den andern ausstehen.

XVII

«Stell dich nicht so an, Miriam. Wenn du eine feine Dame sein willst, mußt du dir auch die Troddeln auf der Schnauze gefallen lassen.»

Das sagte Julienne ohne Rücksicht darauf, ob Miriam auch wirklich eine feine Dame sein wollte. Miriam wollte es keineswegs und wehrte sich gegen diese Unterstellung dadurch, daß sie besagte Schnauze in die Luft warf und schnaubte.

«Die Hanum sollte Nuuman nehmen», rief Seineb. Sie war ein vierzehnjähriges Küchenmädchen. Nach Glanz verlangte es sie – für sich natürlich, aber auch für die Herrin, der sie, obwohl sie zur Kritik neigte, nicht abgeneigt war. «Er stampft schon, der Nuuman», fügte die Kleine noch hinzu, «weil er hinauswill, stampft er.»

Für den hochbeinigen südarabischen Eselhengst aus dem edlen Blute von Maskat hatte sie eine Vorliebe, fast Verehrung. Natürlich stand er ganz allein für sich in seiner eigenen Box, und in sein wundervolles, gepflegtes, nahezu weißes Fell waren an den Beinen zierliche Ornamente eingeschoren.

Trotzdem wollte Julienne ihn nicht. Nuuman war wertvoller als ein Pferd von Geblüt, und wenn der Esel mit seinem schnellen, harten Tritt hochmütig die Straßen durcheilte, fiel er auf – sein Reiter oder gar seine Reiterin mit ihm. Das aber war es gerade, was Julienne nicht wollte. Lieber nahm sie davon Abstand, ihre brave, völlig stammbaumlose Eselin mit einem geknüpften Stirnnetz und bunten Troddeln zu schmücken. Über die Jahre der Eitelkeiten war Miriam hinaus. Sie war erst zufrieden, als man ihr das gewohnte Geschirr aus Stricken und einigen Stückchen Leder anlegte. Ein Markt- und Küchenesel war sie – zu etwas anderem ließ sie sich nicht gebrauchen, und ihren Eigensinn zu reizen war nicht ratsam. Einen Sattel hätte sie sich niemals auflegen lassen, wohl aber Säcke. So mußte es denn ein Heusack tun, der ihr zu beiden Seiten herniederhing und auf den die Hochgeborene sich nun schwang. So war es gut. Es hätte nicht des gellenden «Yalla, yalla» Seinebs bedurft, um sie anzutreiben. Sie klapperte auch so schnell genug dahin.

Mit geringer Begeisterung folgte Seineb auf Miriams Sohn der Herrin. Für sie war ein Ritt in die Stadt ein Ereignis, nur hätte sie sich ihren Einzug festlicher gewünscht: in den Sätteln zweier Maskatesel, sie selbst in ihrer roten Hose, dem blauen Kittel, mit weißem Kopftuch, ebensolchem Schleier und mit einem Stöckchen aus fremdländischem Rohr zum Antreiben in der Hand. Statt dessen waren Kopftuch und Schleier schwarz wie die der Hanum und alles andere auch.

Wie zwei Landmädchen, die zu Markt ritten, waren sie anzuschauen.

Den Eseln machte das nichts aus. Sie kannten den Weg und waren durch nichts zu beirren. Durch die Viertel von Ejub und Blachernen ging es immer tiefer hinein ins Gewirr der Straßen und Menschen bis zum Besestan, zum Basar. Dort harrte auf Seineb eine neue Enttäuschung. Julienne stieg ab und bedeutete ihr, mit den Eseln auf ihre Rückkehr zu warten.

Unbefriedigt in ihrer Eitelkeit wie in ihrer Neugier sah Seineb mißfällig, wie ihre Dame im Basar untertauchte und sogleich auch schon verschwunden war, als sei sie nie gewesen. Keine Ahnung hatte Seineb gehabt, was dieser Ritt bezwecken solle, aber sich der Erwartung hingegeben, das Geheimnis mit der Gebieterin teilen zu dürfen. Und nun war es auch damit nichts.

«Sohn einer Hure!» schrie sie im frischen Ärger ihren Esel an, als er versuchte, sich an einem Gemüsestand zu versündigen. «Erhältst du von mir nicht deinen Hafer, dein Heu, Gefräßiger? Sollen alle diese Leute über mich lachen, als fehlten mir die Mittel, dich zu sättigen, mir, die ich deine Herrin bin?»

Zugleich hatte die Vierzehnjährige auch schon flink ihren Schuh abgestreift und schlug, um den Eindruck ihrer

Rede zu vertiefen, auf das diebische Maul. Nichts half ihm sein Protest mit lautem «I-ah».

Seinebs Lage wurde dadurch nicht gebessert. Es ist nichts leichter, als im Labyrinth des Basars und im Gewimmel seiner Menschen zu verschwinden. Wie hätte Seineb ihrer Herrin nachspüren können? Auch hätte sie es nicht gewagt, die Esel allein zu lassen. Aber so viele Menschen in den Basar hineingingen, auf irgendeine Weise kamen sie doch immer wieder heraus. Es fragte sich nur, wo. Julienne machte keine Ausnahme. Sie verließ ihn beim Jenichan, wandte sich dem Hafen zu, um wiederum in einer Quergasse dadurch zu verschwinden, daß sie durch einen weiten Torbogen einen Hof betrat, in dem sich der Eingang zur Druckerei befand.

Auf der Diele standen Bänke für die wartenden Lastträger und Boten. In allen Behörden und Kaufmannsgewölben war es Brauch, daß sich diese Männer vor jedem ansehnlichen Besucher achtungsvoll erhoben. Auch in der Druckerei geschah es, allerdings erhoben sie sich nicht vor Julienne. Erstaunen löste sie aus, aber keine Achtung. Was wolle eine Frau aus dem Volk in der Druckerei? fragte man sich. Möge das neue Unternehmen, wie viele sagen, ein Werk des Scheitan sein, so sei es doch, auch abgesehen von der Hoheit des Stifters, des Großwesirs Ibrahim, dessen Atem man durch die Schnur verkürzt habe, eine hohe und merkwürdige Sache, die für eine Frau ohne Eunuchen und Dienerinnen nicht der richtige Platz sei.

In der Schreibstube erging es ihr zunächst nicht viel besser. Drei Männer waren darin: einer im Druckerkittel, die beiden andern schienen ihr Männer der Feder und einer davon der Vorgesetzte zu sein. Auf ihr Begehren, zum Drucker Ibrahim zu wollen, wurde sie mit Herablassung und einem Lächeln behandelt, das zum Gelächter wurde, als sie erklärte, ihr Anliegen nur beim Baschi selbst vorbringen zu können. Doch das Ausbleiben des Wortschwalls, der bei einer Frau aus dem Volk nahegelegen hätte, und die Art, wie Julienne das Türkische aussprach, mochte in dem Herrn Vorgesetzten Bedenken erweckt haben. Jedenfalls schickte er den Faktor und seinen Schreiber mit einem schweigengebietenden Blick hinaus, um sich dann dem weiblichen Wesen zuzuwenden, das ihm noch vor wenigen Augenblicken so eindeutig erschienen war. Der Baschi sei wohl da, meinte er, aber er könne sie jetzt wohl kaum empfangen, da er einen sehr hohen Besuch erwarte, und ob sie sich ihm, dem Kanzleivorstand, nicht anvertrauen wolle; er würde alles genau ausrichten.

Der Schleier verbarg alle Zeichen von Juliennes Belustigung. Statt jeder Antwort erbat sie ein Stückchen Papier, das ihr auch zuteil wurde. Stolz auf ihre neuerworbene Kunst nahm sie es gelassen in die Linke, holte das Blatt kunstgerecht ein und schrieb mit dem abgeschrägten Holzstift einige türkische Worte in arabischer Schrift darauf, wobei ihr die wachsende Verwunderung des eben noch so überheblichen Mannes viel Spaß machte. Nur wenige Worte schrieb sie ... «die Dame aus dem Alten Serail» stand auf dem Zettel.

«So», sagte sie, während sie ihr Meisterwerk zusammenfaltete, um es dem Herrn Kanzleivorstand zu reichen. «Wenn Sie nun die Gewogenheit haben möchten, dies Ihrem Herrn, über dem Allah sei, zu geben?»

Der Kanzleimann versprach es, und wenn er mit einem Blick auf Juliennes allzu einfache Kleidung seine Zurückhaltung auch nicht aufgab, so deutete er für alle Fälle doch so etwas wie eine Verbeugung an. Darauf verschwand er in ein Allerheiligstes, in das eindringen zu wollen sich seine Besucherin so hartnäckig vermaß.

Julienne blieb nicht lange allein. Mit tiefer Verneigung und einer Feierlichkeit, die sie in einer Druckerei nicht erwartet hätte, meldete der Zurückkehrende «Ibrahim Efendi» an, wobei er die Tür für den Herrn offenhielt, der für Julienne Ibrahim war, nämlich für Mahmud.

«Wenn es Ihnen beliebt hätte, Ihr gesegnetes Nahen ankündigen zu lassen, hätte ich Sie am Hoftor empfangen», rief er.

Julienne konnte nur den Kopf schütteln.

«Immer dieser Überschwang!» tadelte sie. «Sie haben schon ganz anders über mich gesprochen.»

«Glauben Sie mir, Hanum», bat er, «ich habe die ganze Zeit nichts anderes getan als auf Sie gewartet.»

Julienne blieb ungerührt.

«Wenn Sie nichts Besseres zu tun haben, läßt mich das für Ihre Druckerei fürchten», sagte sie und überschritt, ohne eine Einladung abzuwarten, die Schwelle.

Der Rundgang war beendet. Julienne hatte großes Verständnis für alles gezeigt. Für sie war Ibrahim ein bedeutender Mann, eine Überzeugung, die sich auf den Respekt gründete, den sie dem Andenken des verstorbenen Großwesirs entgegenbrachte. Unmöglich erschien es ihr, daß Ibrahim Pascha einen Mittelmäßigen mit einer so wichtigen Aufgabe, wie es diese Druckerei sei, betraut habe. So wunderte es sie denn, daß er die Erklärungen in der Hauptsache seinem Kanzleivorstand überlassen und sich selbst auf kurze Bemerkungen beschränkt habe, die auch wieder von seinem Untergebenen ergänzt worden seien. ‹Auch so ein Feiner!› hatte sie zuerst gedacht. Als alberne Großtuerei eines Mannes, der, um Eindruck zu machen, seine «kostbaren» Worte zähle, war ihr sein Verhalten erschienen. Aber schließlich spreche sein Werk für ihn, gab sie sich zu bedenken, und vielleicht lasse es gar seine Bescheidenheit nicht zu, sich selbst in dem, was er geschaffen habe, zu loben. Wieder im Zimmer des Druckers – der Herr Kanzleivorstand hatte sich bereits verabschiedet –, war sie jedenfalls recht nachdenklich.

Der Raum selbst war nicht gerade üppig. Zwar gab es Teppiche, einen Diwan, und im übrigen bezeigten Tische und Stühle die abendländische Abkunft des Bewohners. Für Julienne enthielt diese Beobachtung eine kleine persönliche Genugtuung, der sie sich nicht ganz erwehren konnte. Während man hier mit dem Drucken erst anfange, dachte sie, gebe es in ihrer Heimat bereits ganze Bibliotheken gedruckter Bücher. Überhaupt beginne das Abendland, möge es sein, wie es wolle, die Welt des Islams auf fast allen technischen Gebieten zu überflügeln. Sie mußte an Beschir denken, dessen Meinung sie in so vielen Hinsichten teilte. Doch gerade er werde diese Tatsache nicht bestreiten, sei er es doch, der an nichts anderes als an die Verteidigung des Islams denke und gegen eine Gefahr, die er nicht gering einschätze.

«Darf ich Hanum von diesem Kuchen anbieten?» fragte Mahmud und riß sie damit aus ihren Gedanken.

Die übliche Bewirtung mit Kaffee, dem berühmten Scherbett und anderen Süßigkeiten fand statt. «Pillules orientales» fehlten ebenfalls nicht, die den Atem versüßten und im Geruch eines Aphrodisiakum standen. Auch von ihnen bot Mahmud an.

«Danke», sagte Julienne, «ich nehme Kaffee.»

Er reichte die Tasse, und durch das Alleinsein mit ihr begünstigt, versicherte er, wie unglücklich er gewesen sei, sie nie mehr im Alten Serail getroffen zu haben.

Das war fast schon zu viel gesagt, und Julienne zögerte denn auch nicht mit der Antwort. Zu Mahmuds Glück lief sie nur in einen Tadel für Ibrahim aus.

«Daß die Walide Sie empfangen hat, war schon eine Ehre, deren Sie sich bis an Ihr Lebensende erinnern werden», sagte sie. «Sollte sich das Ereignis wirklich wiederholt haben, so würde das an ein Wunder grenzen. Wenn Sie mir aber weismachen wollen, Sie gehen bei der Erhabenen aus und ein, dann stehe ich lieber auf. Ich mag Lügner nicht.»

«Die Hanum verstand mich falsch», beschwor er sie.

«Hoffentlich. Jedenfalls weiß ich nicht, wie Sie mich dort hätten treffen können.»

Mahmuds Irrtum war begreiflich. Seine Mutter und ihre Damen hatten in seiner Gegenwart nie über Julienne gesprochen, und wäre es geschehen, so hätte es ihm auch nicht geholfen. Er kannte ja nicht einmal ihren Namen. Wie hätte er wissen sollen, daß sie sich gar nicht mehr im Alten Serail befand?

«Sie brauchten mir nur eine Gelegenheit zu geben, Sie zu treffen», knüpfte er an ihre letzte Bemerkung an. «Für mich könnte ich gutsagen.»

Julienne dachte nicht daran, es zu tun. Ihr war es lieber, allein zu bestimmen, ob überhaupt und wenn – wann und wo ein neues Treffen erfolgen könnte. Denn obwohl sie die Wirkung ihrer Reize stark unterschätzte, hielt sie es auch nach und nach doch für möglich, daß er ihr aus Laune oder einem anderen Grund vielleicht nachspüren würde – ein Gedanke, der ihre Sorglosigkeit nicht erschütterte, sondern sie nur reizte, ihn durch das selbstherrliche Wechseln des Themas herauszufordern.

«Glauben Sie, sich in Ihrer Druckerei behaupten zu können?»

Für das Degenklirren eines heiteren Wortgeplänkels entsprach diese Frage zu sehr recht unerwünschten Tatsachen, als noch heiter zu wirken. Mahmud empfand daher als überheblichen Überfall, was im Grunde doch nur echte Teilnahme war.

«Warum fragen Sie mich das gerade jetzt?» meinte, unter dem Namen Ibrahims gekränkt, der Sultan.

«Weil ich gerade jetzt hier bin und nicht weiß, ob ich dazu noch einmal Gelegenheit haben werde», gab Julienne zurück.

Immer noch blieb ein Anflug von Unmut auf Mahmuds Zügen. Aus der Geste, mit der er von neuem begann, war zu ersehen, daß er versuchen wolle, dieses Mädchens Oberfläche zu durchdringen, und daß es ihm unlieb wäre, nichts darunter zu finden.

«Ich fragte Sie, Hanum», begann er mit aller Vorsicht, «und wenn es Ihnen beliebt hätte, mir zu antworten, wäre etwas mehr Klarheit zwischen uns. Sie sehen, Dame, meine Frage war keineswegs müßig.»

«Auch meine war es nicht», begütigte sie ihn. «Glauben Sie es bitte, mein Freund. Ich dachte darüber nach, wie man Ihnen helfen könnte.»

«Oh», rief Mahmud. «Helfen möchten Sie mir? Aber

wenn Sie an Hilfe denken, müssen Sie mir doch geneigt sein?»

Er bedrängte sie mit seinen Augen, und Julienne war ein wenig gerührt darüber, wie schnell eine einzige Bemerkung von ihr ihn verwandelt habe. Er sah sie lächeln.

«Ich bin der Druckerei geneigt, aber» – sie mochte keinen neuen Schatten heraufbeschwören – «wenn ich es der Druckerei bin, muß ich es wohl ein wenig auch dem Drukker sein.» Sie ließ es geschehen, daß er ihre Hände ergriff und stürmisch küßte. Sie lachte nur immer noch.

Einen Augenblick dachte Mahmud dabei an seine Vergangenheit, an seine Pagen, an seine Eunuchen, auch an die schönen Mädchen seiner Mutter dachte er und ... fand sie insgesamt äußerst langweilig. Bei denen gab es keine Geheimnisse. Wenn er es wollte, besaß er sie. Freilich glaubte dieses Mädchen mit Ibrahim zu reden, erinnerte er sich, und es komme darauf an, was sie tun würde, wenn er sich ihr offenbarte. Es reizte ihn, das zu wissen. Würde sie nicht auch aufspringen und in tiefster Verneigung ersterben? Doch nein, lieber nicht! Dann wäre alles vorbei, und er sei des ewig Vorhergesehenen so satt! Hier gebe es Zweifel, Kümmernisse und aufwallende Freude – bei diesem Mädchen gebe es das. Möge dann kommen, was kommen müsse. Später. Nicht jetzt. Dann würde er das Leben einmal als Drucker Ibrahim genossen und nicht immer nur als Padischah vor verschlossenen oder, was ziemlich dasselbe sei, vor zu bereitwillig geöffneten Türen gestanden haben. Hilfe für Ibrahim? Darüber könne er reden. Er wußte etwas über den Stand des Unternehmens.

«Es ist der Wunsch, mir zu helfen, wofür ich Ihnen danke», sagte er. «Aber eine so große Dame Sie sein mögen, und ich zweifle nicht, daß Sie es sind – so leicht ist das dennoch nicht. Ibrahim Pascha war sehr reich. Er ist nicht mehr. Heute könnte nur noch der Padischah helfen. Aber er darf es sich nicht erlauben. Wegen der Efendi, wissen Sie. Später vielleicht, wenn er sich erst auf dem Thron befestigt hat ...»

Sie unterbrach ihn.

«Ich staune über Ihren Leichtsinn, Ibrahim, mir, einer Frau gegenüber, deren Namen Sie nicht einmal kennen!»

«So reden sie doch alle.»

«Sie sind nicht ‹alle›. Sie schmälern mit Ihrem Gewerbe das Einkommen der Ulema, und das ist etwas, worin Geistlichkeiten empfindlich sind. Geben Sie diesen Leuten keine Gelegenheit, Sie persönlich anzugreifen. Für Sie hat es keinen Padischah zu geben, der noch nicht fest auf dem Thron sitzt. Daß man Ihnen das noch sagen muß! Aber Männer, und nun gar junge wie Sie und Ihr Kanzlist, sind Kinder.»

Daß Ibrahim in die Kindschaft einbezogen wurde, war für Mahmud ein Trost.

«Zur Großmutter fehlt Ihnen auch noch einiges», murmelte er, und diese Verteidigung war zweifellos schwach.

Ihretwegen hätte die Verteidigung noch schwächer sein können, dadurch wäre Mahmud ihr nur nähergerückt. Mit genug hochstehenden Männern war sie zusammengekommen, ohne daß sie deren Autorität verfallen wäre, geschweige denn deren Geschlecht. Bischof oder Feldmarschall bedeuteten für sie gerade das, was diese Leute in ihren Augen als Menschen waren. Dabei bewahrte ein Gefühl der Mitverantwortlichkeit für weibliche Schwächen sie davor, sich zu überheben. Sie konnte nicht nur über Männer und andere Frauen, sondern ebenso noch mehr über sich selbst lachen.

Nichts allerdings erheiterte sie so wie männchenhaftes Gespreize, wovon Mahmud ihr erstaunlich wenig zu haben schien. Wie hätte er auch sollen? Er hatte sich nie um Frauen zu bemühen brauchen. Aber das konnte sie nicht wissen. Bei ihrem Verhältnis zu den Männern glaubte sie, diese Wesen seien eher schutzbedürftig als zu fürchten, und Mahmud, der für sie Ibrahim war, fehlte überhaupt die Fähigkeit, sich zu wehren. Auf diese Weise war der ganze Mann ein Appell an Juliennes weibliches, so ausgesprochen mütterliches Gefühl. Schon im Serail war er für sie kein gewöhnlicher Mann gewesen, sonst hätte sie nicht seine Druckerei zu sehen verlangt, und was gezeigt worden war, hatte ihr eine Achtung abgenötigt, gegen die sich, wie im letzten Aufbäumen, nur noch einmal ihre fast schon vergessenen aristokratischen Vorbehalte regten. Wenn auch Bastard, so war sie doch immerhin aus königlichem Blut, mit einer Bourbonin als Urgroßmutter, was aus dem Bewußtsein ihrer früheren Umgebung nie auszurotten und darum auch von ihr nicht leicht zu überwinden gewesen war. Die vielen Liebhaber Ihrer Hoheit Mademoiselle de Soissons, der Frau Mama, waren dem Vermuten nach sämtlich hochadelig gewesen, mit der einen Ausnahme des Ehemannes, der als Abbé gar kein richtiger Ehemann hatte sein können. In schwachen Stunden war es Julienne keineswegs unangenehm, in diesem geistlichen Herrn nicht ihren Vater erblikken zu müssen; aber seit geraumer Zeit befand sie sich in einem Lande, das überhaupt ohne Aristokraten auszukommen vermochte, und Anstalten, es zu verlassen, hatte sie auch noch nicht getroffen. Dagegen saß jetzt der Plebejer Ibrahim oder doch der Mann, den sie dafür hielt, mit seinen gepflegten Manieren vor ihr, mit seinem feingeschnittenen Gesicht, das durch einen neuen, kurzgehaltenen Bart an Eleganz noch gewonnen hatte. Diese guten Eindrücke, die sie von ihm empfing, konnte es nicht beeinträchtigen, daß der Ärmste mit dem Zusammenbruch alles dessen rechnen mußte, was ihm seine Mühen eingebracht hatten. Auch andere Baroninnen, gleichviel welcher Herkunft, hätten kaum widerstehen können. Julienne konnte es nicht und kam sich dabei vor wie etwa Cäsar in dem Augenblick, als er den Rubicon überschritt. Nur daß Cäsars Rubicon wirklich da und wirklich ein Fluß war, während Juliennes Plebejer in Wirklichkeit das Oberhaupt einer Familie war, die auf mehr als halbtausendjährige Herrschaft und einen Stammbaum zurückblicken konnte, der sich bis weit ins Halbdunkel asiatischer Steppen verlor. Ganz ernsthaft dachte sie daran, ihrem Plebejer zu helfen, und dabei dachte sie an Beschir.

Julienne war ein Mädchen mit einem sehr gesunden, widerstandsfähigen Gehirn. Sie wußte, daß jede Macht ihre Grenzen habe, und hätte diese Tatsache gegen jedermann vertreten. Trotzdem empfand sie Beschirs Macht als grenzenlos, und diesem Glauben entsprach ihr Vertrauen. Was der Padischah nicht könne, vermöge Beschir – das war ihre Überzeugung, mit der sie gar nicht so unrecht hatte.

«Nun beichten Sie mal Ihre Schulden, Ibrahim.»

«Sind Sie so reich?»

«Geht Sie das an?»

«Nicht eigentlich ... Ich kenne ja nicht einmal Ihren Namen ...»

«Und ich nicht Ihren.»

«Immerhin wissen Sie, wie man mich in dieser Welt des Islams ruft: Ibrahim oder, wenn Ihnen das mehr zusagt: Abraham.»

«So erzväterlich sehen Sie gar nicht aus. Vielleicht gefällt mir Ihr ungarischer Name besser?»

«Wir mögen beide unsere Namen nicht nennen», wich Mahmud aus. «Aber im Serail hatten Sie doch einen ...»

«Hören Sie, Ibrahim», unterbrach sie ihn etwas von oben herab, «es ist wirklich sehr anerkennenswert, was Sie aus sich gemacht haben. Aber überheben sollten Sie sich auch nicht. Selbst Ihrem jetzigen Stande entspricht nicht, was Sie soeben versuchten. Mischen Sie sich nie in Verhältnisse des kaiserlichen Serails.»

«Des kaiserlichen Serails», hatte sie gesagt. Mahmud seufzte. Hätte er seine Mutter nach ihr ausfragen sollen? Es hätte sich nicht geschickt. Oder einen der Großeunuchen? Es hätte sich noch viel weniger geschickt. Oder eine der Damen? Daran nur zu denken wäre schon der Gipfel der Schamlosigkeit. Sein Bruder Osman sei nicht viel jünger als er, für Ersatz sei also gesorgt, und es gäbe viele Dinge, die das Volk seinem Padischah nicht verzeihe, am allerwenigsten aber Unehrerbietigkeit gegen seine Mutter, und sie auszufragen grenze daran.

«Nun ja», sagte er, «Sie haben recht, und ich will mich ja

auch nicht in Geheimnisse mischen, die einem Mann versagt sind ...»

«Außer dem Padischah natürlich», schaltete sie ein.

«Wieso: ‹außer dem Padischah›?» fragte er ganz erstaunt.

«Natürlich!» gab sie, über so viel Begriffsstutzigkeit ungehalten, zurück. «Der Padischah wird sich doch wohl in seinem eigenen Harem auskennen.»

«Ach, wenn Sie wüßten!» sagte Mahmud und hätte sich hinterher auf die Zunge gebissen.

«Ibrahim!» rief sie ungefähr so, wie Gottvater auf dem Sinai Moses angeredet haben mochte. «Seien Sie nicht naseweis. Wenn Sie so weitermachen und den Padischah als einen Trottel hinstellen, reden Sie sich noch um Ihren Kopf.»

«Bloß nicht», sagte Mahmud. «Dann würden Sie ja nie erfahren, wieviel Schulden ich habe.»

«Endlich werden Sie vernünftig», meinte Julienne ein wenig besänftigt. «Sie sollten sich angewöhnen, geschäftliche Dinge ernsthaft zu betreiben. Sonst schaden Sie Ihrem Kredit.»

Das war etwas schwierig für Mahmud. Er wußte doch – das sah er jetzt ein – viel zuwenig über die Druckerei. Seine Hoffnung war, daß die Dame ihm das, was er wissen müsse, schon selbst sagen werde. Darin hatte er sich auch nicht getäuscht. Aber zuvor lag ihr noch etwas am Herzen.

«Was den Namen anlangt ...», sagte sie. «Ich sehe ein, daß Namen die Unterhaltung erleichtern. Ich nenne Sie Ibrahim. Weil Sie verstockt sind, tue ich das, obwohl ich weiß, daß es nicht Ihr richtiger Name ist. Geben Sie mir auch einen Namen, nur so für uns beide. Wollen Sie?»

«Wie denken Hanum über ‹Eva›? Ich sehe nicht erzväterlich aus – Hanum sagten es – und ...»

«Wenn Sie jetzt grinsen, Ibrahim, dann ist es aus mit uns.»

«Ich grinse nicht», beteuerte er, «ich dachte nur ...»

«Wahrscheinlich eine Unverschämtheit, aber da ich sie nicht gehört habe, nehme ich an, Sie meinten die Eva nach dem Sündenfall ... Da hatte sie schon was an. Feigenblätter oder so. Seien Sie versichert, das hat sich schnell gegeben. Aber wie Adam auch hinterher gestöhnt haben mag, so langweilig wie vor dem Sündenfall ist sie ihm bestimmt nie wieder gewesen. Sie dürfen mich also Eva nennen.» Sie reichte damit Mahmud ihre Rechte, und es dauerte eine Weile, bis sie ihm die Hand entriß. «Die Schulden will ich wissen!» rief sie. «Aber nicht so eine Läpperei, weil Sie sich schämen, und dann reicht das Geld doch wieder nicht. Sagen Sie lieber etwas mehr. Ein zweites Mal bekommen Sie keinen Asper. Von mir nicht!»

Mahmud saß völlig fest, und so hielt er es für entschuldbar, sich in eine ungeheure Lüge zu flüchten. Jedenfalls soweit er Ibrahim war. «Eigentlich habe ich gar keine Schulden», erklärte er; aber wenn er geglaubt haben sollte, sie dadurch mundtot zu machen, wäre das ein schwerer Irrtum gewesen.

«Das kennt man», sagte sie mit einer Überlegenheit, die ihn wünschen ließ, sich etwas früher mit Frauen befaßt zu haben. Denn, wie es jetzt mit ihm stehe, sei er ihnen nicht gewachsen, auf keinen Fall dieser Dame. «Da haben Sie Ihren Pachtvertrag», fuhr sie fort, «Ihre Maschinen, Ihren Papiervorrat, womöglich noch Manuskripte, und vor allem natürlich die Bücher, die Sie schon druckten und an denen Sie nun jeden Tag Ihre Freude haben, wenn Sie durchs Magazin gehen. Aber, mein Lieber, mit Pachtverträgen und arabischen Wörterbüchern können Sie Ihre Leute nicht bezahlen, und ich weiß genau, daß es damit schon Schwierigkeiten gegeben hat. Sie brauchen bares Geld, damit Sie Ihre Bücher in Ruhe verkaufen und später daraus Ihre Betriebskosten decken können. Und verdienen wollen Sie doch auch einmal!»

Mahmud versicherte, daß er wolle. Als er aber eine genaue Summe nennen sollte, versuchte er nur, sich herauszureden. Ohne die Beihilfe des gewesenen Großwesirs, sagte er, hätte er niemals an die Druckerei nur denken können. Ibrahim Pascha aber habe, um der Freuden des Paradieses teilhaftig zu werden, sich seines irdischen Lebens begeben müssen, sein Vermögen sei eingezogen ...

«Aber Ibrahim», unterbrach sie. «Das wissen wir doch alle. Glauben Sie mir: Ich bin ehrlich überzeugt, daß ich Ihnen helfen kann. Nennen Sie doch endlich einen Betrag. Nur ungefähr. Und seien Sie nicht schüchtern.»

«Hunderttausend Piaster», sagte er.

Seine Aufmerksamkeit war plötzlich abgelenkt, was Julienne nicht sogleich merkte.

«Hunderttausend ...», rief sie ganz erschrocken. «Aber das ist ja ein Thronbesteigungsgeld!»

«Allerdings ... gewiß ...», stammelte er.

«Ich bitte Sie, rechnen Sie noch einmal ganz genau nach – mit Ihrem Kanzleimann. Vielleicht, daß er ...»

Nun hörte auch sie es. Ein Streit schien im Vorraum entstanden zu sein, lauter wurden die Stimmen. Vornehmlich eine erhob sich über die andern. Die Türklinke wurde niedergedrückt.

«Unterstehst du dich, mir den Eintritt zu wehren?» schrie die Stimme. Die Tür sprang auf. «Hundesohn!»

Im Rahmen stand ein Mann in Mahmuds Alter. Julienne, die nicht gerade schüchtern war, erschrak. Der Herr trug den runden Turban, die golddurchzogene Selimi, seine Kapanidscha war aus Goldbrokat mit Zobelbesatz. Von den Schultern hingen ihm neben den engeren angezogenen Ärmeln zwei leere für den Kuß derjenigen, deren zu geringer Rang ihnen nicht gestattete, mit ihren Lippen die Hand des Gebieters zu berühren. Dazu kamen der juwelengeschmückte Säbel, Reithosen und die roten Stiefel der Generäle.

So viel hatte Julienne inzwischen gelernt, um zu wissen, daß der Eintretende Kleider trug, die sogar den Schwiegersöhnen des Padischahs nur bei ganz besonderen Gelegenheiten erlaubt waren und sonst nur dem Padischah, den Prinzen und dem Großwesir zustanden. Da der Großwesir jedoch reiferen Alters war, konnte man Juliennes Irrtum, die allerhöchste Person vor sich zu haben, begreifen. Sie sah sich nach Mahmud um. Der stand verschlossenen Gesichtes aufrecht da, ohne den geringsten Versuch zu einer huldigenden Verbeugung, wie sie sich ihres Vermeinens geschickt hätte.

«Bruder», sagte Mahmud.

«Mein Padischah», antwortete der Glänzende und versank mit über der Brust gekreuzten Armen in tiefster Verneigung nach vorn.

Mahmud rührte sich nicht. Selbst Juliennes unterdrückten Aufschrei schien er nicht zu vernehmen.

«Es ist mir nicht lieb, Bruder, auch nur den geringsten meiner Untertanen von Euer kaiserlichen Hoheit ‹Hundesohn› nennen zu hören. ‹Wir sind alle Sklaven des Padischahs› lautet die Formel. Danach gehören meine Untertanen mir, ich gehöre ihnen, und das heißt: ‹Wir sind allzumal Brüder.›»

«Ich bitte Euer Majestät um allerhöchstdero Befehle.»

«Ich habe nur den Befehl, mein Osman, du mögest dir einen vergnügten Tag machen.» Damit war Sultan Osman von seinem kaiserlichen Bruder mit einem Lächeln unter Andeutung einer liebenswürdigen Verneigung entlassen.

Auf einen Wink Mahmuds blieb Ibrahim zurück und schloß hinter dem Prinzen die Tür. Für den Drucker war der kleine Zwischenfall eine Ehre. Nicht nur der Padischah, sondern auch dessen Bruder hatten seine Werkstatt besichtigt oder doch besichtigen wollen. Für Mahmud bedeutete es das Reißen einer menschlichen Beziehung, die ihm wert geworden war. Traurig und voll des Mitleids mit sich selbst wandte er sich zu Julienne. Aber dieser ganze Aufwand an Erhabenheit war völlig vertan. Er fand sie durchaus nicht in tiefster Proskynese irgendwo am Boden. Ganz stramm auf ihren – wie er überzeugt war – geraden Beinen stand sie vor ihm.

«Majestät», sagte sie, und der Ton war eine Kriegserklärung. «Majestät geruhten, sich mit mir einen Scherz zu erlauben, der nicht ganz so ...»

«Aber Hanum ...»

Ihn zu Worte kommen lassen? Alles andere lieber als das! Sie ging über ihn hinweg.

«Ganz recht, einen Scherz, der nicht ganz so fein war, wie Majestät es sich offenbar einbildeten –»

«Aber bitte, so hören Sie doch …»

«Kein Grund, sich zu grämen. Als osmanischer Prinz wird man geboren. Zum Tschelebi machen einen Mann Erziehung und Begabung.»

«Eva Hanum …»

«Hanum sollte doch bedenken …», mischte sich nun auch Ibrahim noch ein. «So kann man doch nicht mit einem Kaiser reden.»

«Ich kann nicht? Ich kann! Ich kann mich darüber wundern, was man einer Hanum des Serails zumutet. Aber glücklicherweise bin ich keine. Ich war dort als Gast. Als Gast, Majestät. Falls Sie wissen sollten, was für Verpflichtungen das ergibt. Oder haben Sie etwa die Absicht, mich ersäufen zu lassen?»

«Das ist nicht die Art», sagte Mahmud ehrlich empört, «wie man bei uns einer Dame begegnet. Bitte, Ibrahim Efendi, helfen Sie mir doch! Sagen Sie ihr, daß ich sie um Entschuldigung bitte.»

«Nicht nötig. Mir genügt es, wenn Majestät mir den Weg freigeben.»

«Aber doch nicht so … wenn Sie wenigstens warten wollten, bis eine Kutsche beschafft ist.»

«Eine Kutsche? Warum? Ich reite. Auf einer Eselin reite ich. Sie ist ein ehrliches Geschöpf und gibt sich nicht für etwas aus, was sie nicht ist. Sie ist wirklich eine ganz gewöhnliche Markteselin und heißt Miriam.»

«Efendi … Ibrahim …»

Ibrahim konnte diesen Hilferuf seines Padischahs nicht überhören. Unwiderruflich war der Augenblick seines Heldentums wider Willen gekommen. Er sprang vor die Tür.

«Ich flehe Hanum an», rief er, «bedenken Hanum …»

Jetzt erst besah Julienne sich ihn näher, und damit wurde sie bedrohlich.

«Ach Sie ...», sagte sie und dehnte die Silben, «Sie waren ja auch dabei, Sie haben ja auch geholfen, und Sie, Sie, Sie wenigstens sind kein Kaiser!»

Und damit hatte er – schwippschwapp – zwei Backpfeifen weg.

Er taumelte zur Seite. Sie war draußen ...

Als Mahmud zum Überlegen kam, war er gar nicht mehr empört – er war verzweifelt.

«Wie soll ich sie nur wiederfinden?» stöhnte er. «Wissen Sie nichts, Ibrahim?»

«Frauenraub?» fragte der Drucker nur, und eine Pause kam auf, die das Unmögliche des kaiserlichen Begehrens unterstrich.

Noch immer standen die Männer unter dem Eindruck der entlaufenen Frau. Eine ganze Weile herrschte Schweigen.

Ganz versonnen rieb Ibrahim seine Wange. Mahmud sah es.

«Daß Sie sich nicht unterstehen», fuhr er ihn an, «sich etwa beleidigt zu fühlen. Die Backpfeifen galten mir. Alle beide!»

Ibrahim nickte.

«Wenn man so bedenkt», fuhr er immer noch nachdenklich fort, «wie viele wunderschöne Damen Majestät im Serail der Glückseligkeit ...»

«Habe ich», gab Mahmud zu, «aber keine einzige, die mal so wirklich zuhaut.»

«Ja!» begeisterte sich nun auch Ibrahim Efendi, «Majestät haben ganz recht. Sie muß eine schrecklich vornehme Dame sein.»

XVIII

Er bemerkte gar nicht, wie eine gepflegte weibliche Hand während des Gesprächs die Karten niederlegte, geschah es doch gar nicht selten, daß die Unterhaltung das Interesse am Spiel verdrängte. Heute, bei einer Zweier-Partie, die naturgemäß geringeren Anreiz bot und andererseits die Unterhaltung begünstigte, war es ohnehin zu erwarten gewesen.

«Es wundert mich, liebe Freundin», sagte der Prinz, indem er seine großen, dem Himmel zugewandten Nasenlöcher mit westindischem Tabak zustopfte, «warum Sie sich nicht überzeugen lassen, daß unsere Lage und damit meine eigene nicht so rosig ist, wie alle Welt annimmt.»

Er sagte das keineswegs ungehalten, sondern in einer Art, die der Gräfin verriet, wie erwünscht dem Prinzen das ungestörte Alleinsein mit ihr sei.

Karl VI. von Habsburg und römischer Kaiser nannte sich nur zu gern noch König von Spanien, obwohl er das Königreich selbst dem Bourbonen Philipp hatte überlassen müssen. Im Spanischen Erbfolgekrieg war das geschehen, in dem der alte Prinz dem jungen Kaiser als ein Teil des Habsburger Erbes immerhin die italienischen Besitzungen Spaniens mit dem Königreich Neapel und der Lombardei sowie die spanischen Niederlande ersiegt hatte.

Es war bezeichnend für den Prinzen Eugen von Savoyen, daß ihm nach seiner Flucht aus Frankreich und bei seiner Ankunft in Deutschland ein Mann, aber drei Frauen Hilfe angeboten hatten. Der Mann war sein Vetter gewesen, der regierende Herzog von Savoyen, und die drei Frauen seine Mutter, seine Großmutter und seine Tante. Dabei war er der Häßlichste der Häßlichen, und in diesem Punkt kannte seine schöne Mutter sonst kein Erbarmen. Er aber glaubte an den erdgebundenen Verstand der Frau, an ihre Begabung für das einzelne. Darum war es ihm ein Bedürfnis, sein jeweiliges Tatsachenbild und die Pläne, die er daraus gewann, gelegentlich von einer gescheiten Frau überprüfen zu lassen, ein Umstand, dem die Gräfin Eleonore Batthany die Machtstellung verdankte, die sie als Vertraute des Prinzen in einem höheren Grade besaß, als wenn sie des Kaisers Geliebte gewesen wäre.

Ausnahmsweise befanden sich Freundin und Freund im

KAISER
Karl VI

prinzlichen Palais in der Himmelpfortgasse. Eugen litt wieder einmal an einer fiebrigen Erkältung.

«Ich bin nur eine Frau», entgegnete die Gräfin seinem leichten Vorwurf, «und ich erinnere mich nicht, daß Sie den ernsthaften Versuch gemacht haben, mich zu bekehren. Mit Kaiser Josephs Tod war der spanische Königstraum doch ausgeträumt? Die Mächte hätten die Vereinigung der Kaiserkrone mit der spanischen, wie ich immer hörte, nie zugegeben. Damit muß man sich ein für allemal abfinden. Schon die spanischen Kolonien ...»

«Sie haben vollkommen recht, meine Liebe, und um sich damit nicht abzufinden, muß man schon Karl sein», bemerkte der alte Herr, und das war keine Lobpreisung. «Ich dagegen denke nur daran, wie das Eroberte zu halten sei.»

«Verteidigen wird es der Eroberer», sagte sie.

«Aber Lori!» war seine ganze Erwiderung, und wenn er «Lori» zu ihr sagte, war die Batthany gewarnt. «Könnten Sie sich nicht einmal», kam es auch schon, «nach einer anderen Nebenbeschäftigung für mich umsehen? Vielleicht denken Sie an unsere Ostindische Kompanie, die sich so gut anließ.»

«Gott sei Dank, daß ich kein Geld gegeben habe!» rief die Gräfin. «Nur ein Trottel konnte so was tun.»

«Ich habe mich mit sechzigtausend Gulden beteiligt», bemerkte der Prinz trocken. «Aber Holland und England begannen unsere friedlichen paar Kauffahrer zu beschießen. England und Holland haben Schiffe, und deswegen haben wir unsere schöne Kompanie aufgelöst, und deswegen können wir im Kriegsfall Neapel und Sizilien nicht halten. Es ist viel leichter, an jedem beliebigen Punkt Truppen zu landen, als sie von Böhmen oder Steiermark nach Sizilien marschieren zu lassen.»

Die Batthany sprach nicht von Verträgen. Friedensverträge seien Atempausen vor neuen Kriegen, war ihre Überzeugung. Wohin solle man ohne Kriege auch mit den Prinzen und den Söhnen des Hochadels – so viele Bistümer und Großpfründen gebe es nicht, um bei der Kirche alle die unterzubringen, deren gottgewollte Bestimmung es sei, alle irdische Macht und Herrlichkeit dem niederen Volke, dem sie ein für allemal versagt seien, wenigstens vorzuleben. Das Fehlende müsse also das Militär besorgen, bei dem das Einkommen eines Obristen und Regimentsinhabers dem eines Marquisats gleichkomme, von der Generalität gar nicht erst zu reden. Sie sah sich in dem intimen Raum der kostbarsten Edelhölzer um; aber so wie dies Teezimmer kannte sie das ganze Haus Seiner Hoheit, das der berühmte Fischer von Erlach und Johann Lukas Hildebrand erbaut hatten, dieses Haus mit seinen prachtvollen Stiegen, den Prunksälen, den Wohnräumen, dem Treppen-, Wand- und Deckenschmuck aus den Händen großer Meister. Das alles habe der Krieg dem Hausherrn eingebracht, der als bespöttelter Bettelprinz nach Deutschland gekommen sei.

Mit einem verschmitzten Lächeln, das seinen Totenkopf nicht verschönte, sah er zu der stattlichen Dame auf. Ebenso wie viele kleine Männer liebte auch er große, vollbusige Frauen.

«Es ist nichts mit dem Westen», unterbrach sie das Schweigen.

«Bitte ...», sagte er nur.

«Als Sie zu uns kamen, Prinz, schien Deutschland nur die Wahl zu haben, türkisch oder französisch zu werden. Wie sieht es heute aus?»

«Nun ja», gab der Prinz zu, «Ungarn, Siebenbürgen und noch andere Neuerwerbungen, darunter auch Belgrad ...»

«Belgrad ist nicht nur eine Stadt, sondern ein Land.»

«Also das haben Sie auch schon herausgekriegt?» meinte er mit einem reichlich ironischen Lächeln.

«Es wäre besser, Sie hätten sich das vor dreizehn Jahren beim Friedensschluß von Passarowitz gesagt», begegnete sie ihm mit Strenge, «dann brauchten Sie sich über Neapel und Sizilien nicht den Kopf zu zerbrechen. Dann hätten wir mit dem Balkan den mehrfachen Ersatz.»

«Würden Sie mir vielleicht einmal ganz ehrlich sagen,

liebste Freundin, was Sie vor dreizehn Jahren von all diesem glaubten?»

Sie überlegte und erschrak; aber sie war klug genug, nicht zu lügen.

«Ich ... ich ... Damals glaubte ich an einen Türkenkrieg wie alle andern.»

«Mir ging es nicht viel besser. Aber ich bin immerhin froh, daß ich jetzt weiß, wie dumm ich damals war. Seine Dummheiten erkennen ist halber Sieg.»

«Halber Sieg ... halber Sieg ...?» flüsterte sie, womit sie gleichzeitig einer unbequemen Selbsterkenntnis aus dem Wege ging. «So haben Sie also die Absicht ...? – Bleiben Sie sitzen!» rief sie, als er sich erheben wollte.

«Aber ich möchte Ihnen doch etwas zeigen.»

Das war natürlich etwas anderes. Doch damit wenigstens etwas geschähe, beklagte sie sich, daß er wieder einmal von oben bis unten mit Tabak bedreckt sei. Sie müsse sich ja schämen, sagte sie, und sie sitze oft wie auf Kohlen. Immer wieder müsse sie ihn wie einen Standleuchter abstauben. – Er ließ das Unvermeidliche geschehen, und dann ging er mit ihr in die Bibliothek.

Sie war sehenswert. In roten Saffian waren die Werke der Geschichte, in Blau die der Theologie und in Gelb die der schönen Literatur gebunden – alle mit Goldschnitt und mit eingeprägtem Wappen des Prinzen auf Vorder- und Rückseite. Doch das war der Gräfin nichts Neues. Dagegen überraschte sie die Menge an geographischen Skizzen, die den Boden bedeckten – Landkarten vom Balkan, wie sie bei näherem Hinsehen erkannte.

«Sie wollen also Ihren Fehler wirklich korrigieren?» fragte sie.

Sie habe es gesehen, meinte er, nur stehe der Zeitpunkt des Angriffs noch nicht fest. – Er unterbrach sich. Was sie eigentlich wolle, fragte er, da er so was wie eine Enttäuschung an ihr zu bemerken glaubte. So schnell gehe das alles nicht. Erst müsse noch jede Quadratmeile Balkan, die man nicht genau kenne, sorgsam aufgenommen werden, und dann verbiete der Gesundheitszustand des starken Augustus zur Zeit überhaupt diesen Krieg.

«Des Kurfürsten von Sachsen?» fragte sie.

«Auch König von Polen», ging er auf den Kern des Problems ein. «Polen ist ein Wahlreich, und wenn August II. sterben sollte, wird der sächsische Kurprinz, sein Sohn, sich zur Wahl stellen müssen. Ehrlich gewählt aber würde er nie, nicht er, nicht der Infant von Portugal, keiner von den Piasten oder aus dem polnischen Hochadel – mit nicht zu bezweifelnder Majorität wird der frühere König Stanislaus Leszczynsky König werden. Wie gesagt: falls die Ehrlichkeit siegen sollte. Hatten Sie Leszczynsky vergessen, Gräfin?»

«Ich hörte mehr von andern Kandidaten als gerade von Leszczynsky», widersprach sie.

Eugen lachte grimmig.

«Nun ja, unsere Herren Wiener Staatenlenker! Wichtigtuer! Das Problem heißt Leszczynsky. Es ist schwierig genug. Überlegen Sie, liebe Freundin: Er wurde von Schweden auf den Thron gesetzt – stimmt. Also er war schon einmal König des Landes, und laut internationalem Vergleich führt er den Titel noch heute. Dazu ist er Schwiegervater des Königs von Frankreich und dennoch kein Ausländer, sondern Pole. Nicht zu unterschätzen ist es auch, daß er vom Sachsenkurfürst verdrängt wurde. Den Polen ist nichts so verhaßt wie Sachsen. An Geld fehlt es ihm ebenfalls nicht – ihm nicht und Frankreich nicht. Kein anderer Kandidat kann mit solchen Trümpfen aufwarten.»

«Dann freilich, und bei dem freien Wahlrecht der Polen ...»

«Das aus Ihrem Munde, Gräfin?» Er konnte nur den Kopf schütteln.

«Aber alle Polen, die man hört, reden von nichts anderem.»

«Meine Liebe, man ist auf nichts so stolz wie auf eine Freiheit, die man nicht besitzt. Reden wir vernünftig. Mit Preußen und Rußland sind wir verbündet, alle drei haben wir Armeen, und alle drei grenzen wir an Polen. Das ergibt, meine Dame?» Genießerisch stopfte er von neuem eine Fuhre Tabak in seine Nase.

«Einmarsch in Polen!» sagte die Batthany, ohne diesmal der Prise zu achten.

«Das wohl», gab Eugen zu. «Aber es ergibt auch, daß die polnische Frage in Italien und am Rhein entschieden wird.» Er schloß seine Tabatiere mit einem Klaps.

«Also Krieg?» flüsterte sie. «Richtiger Krieg ...»

«So richtig, daß wir Süditalien und vielleicht sonst noch einige Kleinigkeiten verlieren werden. Aber dann, wenn alle erst ihre Knochen haben, dann ist es die höchste Zeit, mit dem Balkan Ernst zu machen. Dann muß es sofort geschehen und muß es schnell geschehen.»

«Muß es überhaupt geschehen?» fragte sie, «ich meine, das mit dem Polenkrieg?»

Eine kleine Pause entstand, bis er wieder den Kopf hob, um ihr in die Augen zu blicken.

«Möchten Sie Leszczynsky als König von Polen sehen? Leszczynsky ist Habsburgs erklärter Feind und der ebenso erklärte Freund aller unserer Gegner. Was meinen Sie, würde Fürst Rakoczy tun, wenn sein Freund Leszinsky nach Warschau zurückkehrte? Und dann die Türkei. Bonneval ist Leszczynskys Intimissimus, meine Liebe.»

«Immer noch Bonneval! Ich denke, der ist längst abgetan?»

«Eine Kurzsichtigkeit, Eleonore. Bonneval wird erst abgetan sein, wenn er tot ist. Der Kaiser hätte ihn zu seinem Generalleutnant und Reichsfeldmarschall machen oder ihn hinrichten lassen sollen.»

«Das erste hätte die Absetzung des Prinzen Eugen bedeutet», warf sie ein. «Reden wir also nicht von solchen Unmöglichkeiten.»

«Doch! meine Liebe. Reden wir sehr davon. Die Rechnung hätte dann so ausgesehen: Bonneval steht als Feldherr und Staatsmann dem Prinzen kaum nach – fortgejagt, wird er ein unerbittlicher und sehr gefährlicher Feind. Und sehen Sie, meine Freundin, das ist der Unterschied zwischen

Bonneval und mir: Ich wäre nie zu den Türken gegangen. Daraus folgt? Es war ein schlechtes Geschäft, was der Kaiser damals machte. Aber ich konnte mich nicht einmischen. – Nun, ich weiß, was Sie denken. Also ja! Ich wollte mich nicht einmischen. Manchmal muß ich freilich denken, daß es nicht immer ein Glück sei, zu siegen. Vielleicht hätte ich über meinen Sturz Ihre Freundschaft nicht verloren, und dann wäre mir wohler als jetzt.»

«Ihr Männer seid gräßlich gefühlsselig», sagte sie, und das war alles.

«Wir sprachen von Bonneval. Ich weiß, daß er alle meine Pläne gefährden kann; aber das ist auch das einzige, was ich weiß. Alles andere ist nur ein Hoffen, zum Beispiel, daß Indolenz und böser Wille der türkischen Generäle ihn schon bremsen werden. Von den vielen Aga und Baschi selbst weiß ich überhaupt nichts. Drüben ist so vieles Geheimnis, was sich bei uns vor allen Leuten abspielt. Eine der wichtigsten Machtquellen ist doch nun einmal das Bett, und bei uns ist es etwas Selbstverständliches, wenn hochgeborene Ehemänner in großen Staatsstellen sich wie Unsinnige gebärden, wenn irgendeine Nebenbuhlerin die hochgräfliche oder fürstliche Ehefrau aus dem Bett des Herrschers vertreiben möchte, das der Ehemann bereits mit seiner eigenen Gemahlin bediente.»

«Aber das ist doch keine Schande, Prinz!» rief die Batthany und dachte an Eugens Mutter Olympia Mancini, die lange genug Ludwigs XIV. Favoritin gewesen war.

Olympias Sohn lachte.

«Ein Mißverständnis, liebe Lori. Überlassen wir die Moral dem Volk. Ich wollte nur sagen, daß wir von denen da drüben gar nichts wissen, während ihnen über uns alles bekannt ist. Es gibt ganz einfache, klare Vorgänge, über deren Hintergründe, wenn sie sich bei uns ereignet hätten, jeder Lakai unterrichtet wäre. Von Konstantinopel aber kennen wir höchstens die Begebenheiten, aber keineswegs deren Ursache.»

«Zum Beispiel?»

«Plötzlich wird der Großwesir zum Statthalter von Haleb degradiert, und der Oberstkämmerer Ibrahim, genannt Kabakulak, was ‹das Grobohr› bedeutet, tritt an seine Stelle. Gerade zur rechten Zeit, könnte man meinen. Acht Wochen später bricht nämlich erneut der Aufstand aus, der dieses Mal nach fünfmonatiger Dauer mit siebzehntausend Toten auf seiten der Rebellen endet. Daß es gleichzeitig auch mit dem Grobohr aus ist, läßt sich verstehen. Man trennt sich vom rauhen Besen, der seine Schuldigkeit tat, und mit ihm vom Odium der Grausamkeit. Kabakulak geht als Negropontes' Statthalter in die Verbannung, und aus Morea wird Osman der Hinker berufen. – Was für Leute sind das? Einen Adel, eine herrschende Klasse als Zuchtprodukt haben sie nicht. Keiner von den Hohen und Höchsten des Reiches schämt sich, wenn das Volk an seinen Namen das väterliche Gewerbe hängt – das ist noch byzantinisches Erbe. Da gibt es den ‹Schustersohn›, den ‹Dickmilchverkäufersohn›, den ‹Doktorsohn› ... überdies sollte man den persischen Krieg Ali Hakimsades, des Arztsohnes, studieren. Es lohnt sich. Es ist beängstigend, wie er mit den Persern fertig wird. Und nun sehe man auf diese Menschen in ihren Ämtern, wie die Götter gekleidet und von einer Großartigkeit des Benehmens, die Könige und Kurfürsten beschämen könnte. Hinter all dem Unverständlichen muß doch ein Verständliches, eine treibende, regulierende Kraft sein, die wir nicht kennen!»

«Trotz diesem Unverständlichen haben Sie bei Zenta, Peterwardein und Belgrad gesiegt.»

«Meine Freundin ist gütig, sich dessen zu erinnern. Aber Sie sagen nichts über das Warum. Warum verloren die Türken diese Schlachten? Einiges wissen wir vielleicht. Wir könnten sagen, weil sie vorher zu oft gesiegt hatten, und falls es Bonneval gelingen sollte, sie das vergessen zu lassen und sie endlich einmal von ihrer heiliggehaltenen Schlachtordnung abzubringen ...»

«Bonneval – recht schön ..., aber wie denkt mein Freund über den Harem?»

«Ja …», Eugen zauderte. «Ja!» wiederholte er. «Hinter der Anonymität des Harems können sich viele Kräfte verbergen. Nicht abzuweisen ist dieser Einfall von Ihnen, Eleonore.»

«Ein Einfall, den ich einem andern Mannsbild so leicht nicht zu unterbreiten gewagt hätte.»

«Durchaus möglich, was Sie sagten.» Noch einmal bekräftigte es Eugen. «An den jungen Sultan glaube ich nicht so recht», fuhr er dann fort, «die Erziehung osmanischer Prinzen bringt kaum noch große Herrscher hervor. Das war anders in jenen Tagen, als sie nur die Wahl zwischen Thron und Schnur hatten.»

Des Prinzen Zustimmung ermutigte die Gräfin.

«Sie denken beim Harem natürlich zuerst an die Eunuchen. An den großen Narses etwa und solche Leute. Aber die Frauen?» fragte sie mit einem sanften Lächeln. «Wollen Euer Liebden ihnen denn gar keine Chancen geben?»

«Die Frauen …? Selbstverständlich die Frauen!» Er sprang auf, um sich dann sehr tief über die Hand seiner Freundin zu neigen.

«Wie ich das nur vergessen konnte», sagte er, «in Ihrer Gegenwart, Eleonore!»

«Das ergab sich von selbst», meinte sie mit seltenem Entgegenkommen, «Sie sprachen von den Türken, und die sind Männer. Aber was weiß man von den Frauen am Bosporus? Nichts. Diese Damen kommen aus allen Teilen eines Weltreiches, aus allen Teilen der Welt. Wir selbst haben aus unserem engsten Zirkel eine beigesteuert», fügte sie hinterhältig hinzu.

Es bestand für den Prinzen kein Zweifel, daß seine Nichte Julienne gemeint sei. Eugen aber dachte in diesem Zusammenhang weniger an seine Frau Schwester, wie er sie, wenn es nicht zu umgehen war, nannte, sondern an seinen Lebensretter Andlaw, seinen Stallmeister. Ihm gegenüber jedoch regte sich seit Juliennes Verschwinden immer noch das Gefühl einer unbeglichenen Schuld. Sehr behaglich war ihm der Gedanke an sein Fräulein Nichte also nicht.

«Glauben Sie, daß sie noch lebt? Ich meine natürlich Julienne!»

Ein Lachen war die Antwort.

«Julienne ist kein Mädchen, das zugrunde geht», erklärte die Gräfin mit einer Zuversicht, die beruhigen sollte.

«Sie mögen sie nicht?» fragte er dennoch so mißtrauisch wie nur möglich.

«Sie mag mich nicht!» trumpfte sie auf. «Das ist ein Unterschied, mein Lieber.»

«Aber warum hat sie sich nie gemeldet? In dieser ganzen Zeit muß sie doch irgendwann einmal eine Gelegenheit gehabt haben, es zu tun ...?»

«Seien Sie versichert, daß sie in dieser Zeit an jedem Tag und in jeder Stunde eine Gelegenheit hatte», erklärte seine Freundin mit dem ganzen Gewicht ihrer weiblichen Überlegenheit. «Aber vergessen Sie nicht, daß ein paar Wochen Ungarn ganz hübsch sein können; über zwanzig Jahre jedoch nichts als Ungarn ...»

Darüber konnte eine Dame wie die Gräfin nur die Achseln zucken, was ihr Freund Eugen als das empfand, was es sein sollte: ein Vorwurf an das ganze männliche Geschlecht, die Junggesellen voran.

«Ist sie hübsch?» forschte er denn auch sichtlich zerknirscht.

«Nicht gerade hübsch, doch mehr. Sie fesselt. Unsereins fügt sich in die Gesellschaft, um sich darin seinen Platz zu erobern und ihn zu halten. Julienne dagegen ist so ... so unbedingt. Man kann auch damit Erfolg haben; aber vielleicht erklärt das, warum wir – sie und ich – einmal aneinandergerieten. Wegen einer Bagatelle, mein Lieber – wirklich nur eine Bagatelle! Sie regte sich darüber auf, weil ich eine Leibeigene auspeitschen ließ. Dabei legte sie auf die Schuldfrage ein übertriebenes Gewicht, während sie für Opportunität und Anstand überhaupt kein Verständnis zeigte. Aber ich gebe zu, daß sie in anderen Verhältnissen mit ihrem Temperament Eindruck machen könnte. Vielleicht macht sie noch Karriere», schloß die Dame ihre Erörterungen in einem Ton, als sei über ein Nebenbei die Rede gewesen.

Der Prinz schien anderer Meinung zu sein.

«Karriere?» fragte er. «Im Harem eines Paschas? Halten Sie das für Karriere? Immerhin ist sie meine Nichte.»

«Ihre illegitime Nichte. Denken Sie lieber an die Kinder des Grafen Thomas von Soissons, Ihres Herrn Bruders.»

Eine Antwort bekam sie nicht, weil der Haushofmeister meldete, daß die Abendgäste versammelt seien. Gedankenverloren reichte Eugen seiner Freundin den Arm. Plötzlich blieb er stehen.

«Hielten Sie es für möglich», fragte er, «daß sie noch einmal zurückkehrte?»

«Sie sind unverbesserlich!» lachte sie. «Aber wenn Sie es wissen wollen: Bei Julienne, mein armer Freund, ist nichts unmöglich.»

XIX

Ganz ohne Kaffeeschänken war Konstantinopel auch dann nicht gewesen, als sie insgesamt auf Pfortenbefehl geschlossen worden waren: In Winkeln und Winkelchen hatten sie im verborgenen weitergeblüht – nur noch durch den Bakschisch an die zuständigen Polizeiorgane geschützt. Pfortenbefehl und Bakschisch hatten miteinander konkurriert, wobei die ehrwürdige Einrichtung des Bakschisch sich als überlegen erwiesen hatte.

Allah war nicht nur barmherzig, sondern auch allmächtig, und der Padischah war als Allahs Schatten auf Erden also ebenfalls allmächtig, woran zu zweifeln keinem Rechtgläubigen eingefallen wäre. Aber ebensowenig war daran zu deuteln, daß es Kaffeeschänken gab, und zwar bereits seit den Zeiten des Gerechten, den die Ungläubigen, die Allah verdamme, Soliman nannten. Und was der Gerechte zugelassen hatte, konnte nichts anderes sein als Recht – das

Recht der Rechtgläubigen. Wie nun aber, wenn dieses Recht der Macht, der Allmacht begegnete ...? Das warf Fragen auf, die besprochen und geklärt werden wollten. Und an welchen andern Stätten hätte man das wohl vermocht, wenn nicht dort, wo alles, was sich in dieser oder jener Welt ereignet hatte, ereignete oder noch ereignen würde, zu allen Zeiten besprochen und geklärt wurde, nämlich im Kaffeehaus?

Also hatte man getan, was zu tun gewesen war – man war auch weiterhin ins Kaffeehaus gegangen.

Wie ein mütterlicher Schoß umfing eine Kaffeestube den Gast. Polster an den Wänden der halbdunklen Stube. In einer Ecke glosten die Holzkohlen, der Heißwasserkessel hing darüber. Daneben stand die schöngetriebene Messingkanne mit dem Schwanenhals als Ausguß für das kalte Wasser. Der Kanne gegenüber wartete das Kaffeepulver in einer schimmernden Dose. An der einen Wandseite hingen die kleinen Kupferkännchen – für jedes Täßchen ein neues. Auf der anderen Seite standen Täßchen und Untertäßchen auf dem Bord. Dazu noch ein Löffel, und nur keine Eile nach Art der lästigen Franken.

Mit dem Löffel das Pulver ins Kupfer, aus dem Kessel Heißwasser darüber gekippt, dann das Kännchen in die Glut, ein Aufwallen, ein Abschrecken mit einigen Kaltwassertropfen, wieder hinein in die Kohlen, einmal, zweimal – und nun – das Täßchen tief unten, das Kännchen hoch oben, aus einem Meter Höhe und mehr ergoß sich in feinem, wohlbemessenem Strahl das schäumige Getränk in die Tasse. Kaffeekoch in Konstantinopel wollte gelernt sein.

Doch an diesen Kunstfertigkeiten hätte die Pforte keinen Anstoß genommen, wenn sich aus dem köstlichen Geruch des Kaffees und dem ebenso köstlichen blauen Gewölk der Wasserpfeifen nicht Worte zu lösen pflegten. Dichter rezitierten ihre Verse – was wäre aus der Literatur ohne Kaffeeküchen geworden? –, Nachrichten wurden umgetragen, und alles, alles wurde diskutiert und kritisiert. An dieser Kritik, die zu allen Zeiten das heiligste Recht der Gläubigen gewesen war, hatte die Pforte im Hinblick auf die Unruhen des Aufstandes Anstoß genommen; aber selbst Kabakulak, das Grobohr, so genannt, weil er nie hörte, was er nicht hören wollte, hatte erkennen müssen, daß der Kritik mit Verboten nicht beizukommen war. Nach den ersten Überfällen hatten seine Leute immer nur noch süße Düfte und einen wassergelöschten Kohlenhaufen in sonst leeren Räumen vorgefunden. Rückfragen bei den Hausbesitzern hatten stets die gleiche Antwort ergeben, daß die Räume zu vermieten seien und man sich freuen würde, wenn die geehrten Herren von den preiswerten Angeboten Gebrauch machen würden.

Siebzehntausend Rebellen hatten den Aufstand mit ihrem Leben bezahlt. An den Kaffeeküchen war der Großwesir-Rebellentöter gescheitert. Jetzt war er Beglerbey, Generalstatthalter in Haleb, zweifellos ein hoher Posten für einen großen Mann; aber Großwesir war er gewesen.

Für Osman, den Hinker aus Morea, war die Aufhebung des Kaffeeküchenverbotes ein glücklicher Beginn seines Großwesirats. Alles atmete auf; aber nicht, weil man nun wieder ins Kaffeehaus gehen könne – man hatte nie aufgehört, es zu tun –, sondern weil die Zeit der Unruhen vorüber sei und Handel und Gewerbe sich nun wieder entfalten können.

Die Veränderungen im Kaffeeschankgewerbe selbst waren geringfügig. Für die meisten dieser kleinen Unternehmer bestanden sie darin, daß sie wieder in ihre alten Räume einzogen, die sie inzwischen mit anderen vertauscht hatten. Andere blieben, wo sie waren, und nur ganz wenige mußten wirklich neu eröffnen. Zu ihnen gehörte das Kaffeehaus am Arsenal. Es war keine Kaffeestube, es war das erste und einzige große Kaffeehaus in Konstantinopel, ein Säulenpalast mit Sälen, in die bei Hitze der Seewind hineinfächeln konnte. Es war ganz neu und ein Experiment, also etwas, das von allen gesetzten Leuten mit Mißtrauen betrachtet wurde. Die zwei würdigen Efendi und der junge Mann, die durch die Menge der Lewende und

Barbaresken, mit einem Wort Hafenvolk, hindurchgegangen waren und nun den lärmerfüllten Palast verließen, gehörten trotz ihres unterschiedlichen Alters zu den gesetzten Leuten. Es war Ahmed Efendi mit einem etwas jüngeren Herrn und einem Jüngling seiner europäischen Begleitung, dessen Beschneidung im Gegensatz zu seiner eigenen nicht das geringste Aufsehen erregt hatte.

Ja, es war Bonneval! Endlich, endlich hatte er die Erlaubnis erhalten, nach Konstantinopel zu kommen, und nun war er da. Eine Bleibe hatte er auch schon und ebenso ein Thein, ein Tagesgeld, mit dem sich auskommen ließ. Lamira brauchte ihn nicht mehr zu verkuppeln. Daß alle europäischen Gesandtschaften an ihre Höfe berichtet hatten, war ihm bekannt. Die Sensation war in Europa größer als in der Türkei. Dabei blieb es freilich vorerst noch. Obwohl die Nichtbeantwortung seiner Briefe an Villeneuve recht aufschlußreich gewesen war, hatte er im stillen doch damit gerechnet, daß ein oder der andere Gesandte, wenigstens der kleineren Staaten, etwas von sich hören lassen würde. Nichts dergleichen war geschehen. Man hielt sich vorsichtig zurück, man erwartete Instruktionen, wollte der Pforte nicht vorgreifen, der es überlassen bleiben müsse, ob sie von seinen Diensten Gebrauch machen wolle oder nicht. Später werde man dann sehen. Unter diesen Umständen hatte es ihn als erstes bescheidenes Anzeichen künftiger Erfolge gefreut, daß Hassan Efendi als Begleiter einer kleinen Traglast von Likören mit einem Kompliment, nicht etwa des schwedischen Gesandten, sondern des Königs von Schweden selbst, bei ihm erschienen war. Natürlich hatten die guten Wünsche des Königs nichts Schriftliches begleitet, aber dennoch waren sie sehr glaubhaft. Bonneval kannte König Friedrich noch als Landgraf von Hessen-Kassel sehr gut, die beiden Herren hatten manche Flasche miteinander geleert und sich überhaupt stets trefflich verstanden. Auch der so ganz inoffizielle Hassan war ein munterer Mann, und Bonneval hatte keinen Grund gesehen, dessen Bitte, ihm einiges von Konstantinopel zeigen zu dürfen, nicht anzunehmen. In Venedig war es oft umgekehrt gewesen. Berühmte Durchreisende hatten es selten verabsäumt, ihm, dem berühmten Bonneval, ihre Aufwartung zu machen, wobei er ihnen dann ähnliche Freundschaftsdienste erwiesen hatte. Besonders gern erinnerte er sich des Herrn von Montesquien, mit dem er damals fast täglich zusammen gewesen war und der sich so sehr für seine technischen Experimente interessiert hatte. Wenigstens sei er jetzt kein Cicerone mehr, dachte Bonneval, als er sich Hassan zuwandte.

«Ich kann es mir noch gar nicht vorstellen», sagte er, «daß Dschanüm Pascha dieses große Kaffeehaus erbauen ließ.»

«Deswegen ist er ja abgesetzt worden. Kennen Euer Gnaden seine Geschichte nicht? Er hat doch den Angriff auf das venezianische Korfu befehligt, den General Schulenburg dann abschlug. Diese Niederlage wurde Dschanüm verziehen. Er kam später als Gefangener in die Sieben Türme, wurde wiederum Kapudanpascha ...»

«Aber ein Großadmiral als Kaffeewirt!»

Das sei gar nicht so übel, meinte Hassan, Dschanüm habe sein Kaffeehaus immer voll, allerdings von Leuten niedrigster Klasse. Weil er aus ihnen hervorgegangen sei, hänge alles See- und Hafenvolk an ihm wie an einem Gott. Nun ja, er, Hassan, habe in Padua studiert und verstehe sehr wohl die Verwunderung des geehrten Gastes. Aber ein Kaffeehaus bauen und Gewinn daraus ziehen sei in der Türkei auch für einen Pascha mit drei Roßschweifen keine Schande, und hätte Dschanüm nicht geglaubt, als Kapudan die Pfortenbefehle übertreten zu können, wäre er heute noch Kapudanpascha. Des Kaffeehauses wegen hätte man ihn nicht abgesetzt.

Für einen Grafen Bonneval aus königlicher Verwandtschaft war das ein wenig viel auf einmal. Kaffeehauswirt mit Pöbelkundschaft und zugleich Exzellenz? Aber er hatte bereits in Serajewo einiges lernen müssen und brachte genug Wirklichkeitssinn auf, um sich zu sagen, daß ihm gar nichts anderes übrigbleibe, als den Weg, den er eingeschlagen habe, zu Ende zu gehen. Schließlich habe er selbst es ja auch mit seiner Grafen- und Generalswürde vereinbaren können, fiel ihm ein, sich kaiserliche Lizenzen für Stahlerzeugung und überseeischen Handel geben zu lassen. Adel sei gewiß notwendig und darauf zu achten, daß er so vornehm wie nur möglich sei; aber sonst … man lebe nicht mehr in den Zeiten der Kreuzzüge, es sei vielmehr angezeigt, den adligen Anspruch auf den Boden und den Arbeitsertrag der darauf lebenden Menschen zu erweitern, und zwar auf den Arbeitsertrag aller Nichtadeligen überhaupt. Monopole seien ebenso gut wie Land und Leute, die bürgerliche Kanaille …

Mit diesem Gedanken hatte der gescheite, geistvolle und weitschauende Bonneval die Grenze seiner Möglichkeiten erreicht und zugleich die Erkenntnis gewonnen, daß die Türkei auf dem Wege über die Monopole vielleicht doch einmal der Barbarei entrissen werden könne. Ein Geldadel sei immer noch besser als gar keiner und könne in Ermangelung eines Besseren der Beginn einer gesitteten Gesellschaft werden.

Die drei Herren waren unterdessen bei ihrer Kaffeestube angelangt, die Hassan empfahl, und in diesem Punkt stimmte Bonneval mit dem gehobeneren Teil der Einheimischen überein: Dieser kleine niedrige Raum schien ihm viel vornehmer zu sein als das Kaffeehaus am Arsenal. Er fühlte sich hier ganz behaglich, und da die angenehmen Gerüche des Kaffees und der guten Tabake alle andern überboten, vermißte er nicht einmal den typischen Abendländergeruch, diese Verbindung von Schmutz- und Schweißdünsten mit denen des Parfüms und des Puders. Nicht etwa, daß die Türken die Parfüms ablehnten. Im Gegenteil! Es gehörte zu den unerläßlichen Höflichkeiten, einen geehrten Besuch mit allem, was auf diesem Gebiet gut und teuer war, zu bestäuben; aber ebenso unerläßlich galt ihnen als Unterlage die frisch gewaschene, gebadete Haut. Unzählige Dampfbäder gab es in jeder türkischen Stadt. Es gab keine Paläste, keine anständigen Häuser ohne

Badezimmer und kein noch so kleines Dorf ohne Dampfbad – selbst in den geheimsten Örtlichkeiten fand man noch Wasserkannen für sich ergebende Waschungen. Das erfolgte aus der Tatsache, daß Konstantinopel zu allen Zeiten nicht nur eine Kanalisation hatte, sondern unter dem einflußreichen Amt der Wasserbegeher auch seine Wasserleitung, ebenso wie Mekka und andere Großstädte des Reiches. Im Abendland hätte man vergeblich eine Stadt mit Kanalisation und Wasserleitung gesucht. In jedem Fall jedoch hatte das kleinste osmanische Dorf sein Bad, und am reichsten ausgestattet waren natürlich die Bäder der Moscheen. Im Islam war Baden Gottesdienst.

Dagegen schreckte selbst ein Freigeist wie Bonneval vor dem blasphemischen Gedanken einer Vereinigung von Bädern mit christlichen Kirchen zurück. Dem Moslem aber galt es von je als Selbstverständlichkeit, ebenso wie Universitäten auch Armenküchen, Altersheime und Krankenhäuser in die religiösen Stiftungen der Moscheen einzuschließen, und ganz besonders die Bäder, die sich so gut mit der durch den Koran gebotenen Reinlichkeit vertrugen. Das war keine Besonderheit des Islams. Byzanz hatte es nicht anders gehalten, und dem entsprach das Verhalten der griechischen Christen in der Türkei und in Rußland. Bonneval war niemals im Reich der Zaren gewesen; aber, für alles interessiert, wußte er doch, daß die Altgläubigen dort durch die seidenen Kniehosen der Männer ebensowenig wie durch die raschelnden Reifröcke der Frauen sich für die Eingliederung in den Westen gewinnen lassen wollten, sondern an ihren Bärten und an ihrer Körperpflege festhielten.

Von den Klöstern war selbstverständlich nichts anderes zu erwarten, obwohl die östlichen Mönche und Nonnen durch derartiges Widerstreben gegen westliche Aufklärung auch weiterhin den penetranten Geruch der Heiligkeit entbehren mußten, der bei den römischen Christen in so hohem Ansehen stand.

Der Freigeist Bonneval war ein Mann, der sich das Leben

nicht unnötig schwerer machte, als es ohnehin war, und da er und Lamira schnell eingesehen hatten, daß der Grund der Unbeliebtheit abendländischer Kavaliere in türkischen Kanzleien nicht so sehr in religiösen Divergenzen als darin bestand, daß die Herren Kavaliere stanken, so war er den Erfordernissen tapfer entgegengekommen. Er hatte sich nicht erst lange damit aufgehalten, daß regelmäßiges Baden im Osten als Frömmigkeit, im Westen aber als schmutzige Sinnlichkeit und Laster galt. Wozu hätte er sollen? Es gab gar kein Laster, vor dem Bonneval zurückgeschreckt wäre. Auch alle Befürchtungen vor gesundheitlichen Schädigungen hatten sich erfreulicherweise als hinfällig erwiesen, während seine Bekehrung zu Wasser und Seife seine geistliche und geistige auf das glücklichste ergänzt hatte. Alle Zweifel waren zerstreut worden: Er war ein Türke, ein rechtgläubiger Efendi, wohlriechend und gebadet. Im allgemeinen hieß es ja: «Ein Ungläubiger bleibt immer ein Schwein – warum an ihn eine Beschneidung vergeuden?» Aber für Ahmed Tschelebi Efendi galt das nicht. An ihm hatte Allah ein Wunder getan.

Das änderte aber nichts daran, daß Seine Gnaden längst wieder hätten zurück sein müssen. Für einen Augenblick, wie er gesagt hatte, war er gegangen, aber nun war der Augenblick selbst bei weitester Auslegung verstrichen. Man hätte das eigentlich schon früher merken können; aber die beiden Herren, Hassan Efendi und der junge Suleiman, hatten sich verplaudert. Der junge Herr konnte ebensowenig Türkisch wie sein Chef, und so war es ihm ein Vergnügen gewesen, mit Hassan französisch zu sprechen. Der arme Junge hatte Heimweh – Hassan merkte das sofort und dachte, daß der Graf doch eine große Anziehungskraft haben müsse. Dieser Suleiman sei auch nicht immer Suleiman gewesen, er habe ein deutsches Offizierspatent gehabt und sei dennoch sofort gekommen, als sein verkrachter General gewinkt habe. Zum Staunen sei das. Aber nun sei es allmählich Zeit geworden, eben diesen General zu suchen.

Seiner Gnaden sei vielleicht übel geworden? meinte er

zu Suleiman, eine Möglichkeit, die der junge Herr zugeben mußte, ohne daß Ahmed Efendi deswegen so leicht gefunden worden wäre. Im engen Flur wäre der so schwer beunruhigte Hassan beinahe von drei Lastträgern umgeworfen worden, die einen großen zusammengerollten Teppich zur Haustür hinauswuchteten. Gerade noch glimpflich und unter Lachen ging es ab. Doch das Lachen verging ihnen freilich, als sie den Grafen dann trotz allem Suchen nicht fanden. Längere Zeit warteten sie noch bei neuem Kaffee für den Fall, daß er auf die Gasse getreten sei und zurückkehren werde. Erst als beide ihr Nargileh ausgeraucht hatten, meinte Hassan Efendi, daß es nun zwecklos geworden sei, noch zu bleiben. Er, Hassan, werde Suleiman nach Pera begleiten, wo der Vermißte ihrer vielleicht schon harre. «Und Sie glauben nicht, daß ihm etwas zugestoßen sein könnte?» fragte Suleiman.

«Ein Unwohlsein? Daran glaube ich nicht mehr. Wir haben ihn doch sofort an dem Ort gesucht, wohin man sich in einer solchen Lage zurückzuziehen pflegt. Und was fanden wir? Zwei Wasserkannen, sonst nichts.»

«Es könnte auch etwas anderes geben», beharrte Suleiman und sah dem andern scharf in die Augen, «einen Überfall zum Beispiel ...»

Hassan Efendi hielt dem Blick stand, bis er sich schließlich mit einem Lächeln demaskierte.

«Diese Gefahr besteht nicht», sagte er. «Sie besteht nicht mehr», fügte er hinzu.

«Sie wollen mir nicht verraten, was Sie wissen?» Diese Frage Suleimans war eine Drohung.

«Mein lieber junger Freund», sagte Hassan, «hier gibt es nichts zu verraten.»

«Schuft!» schrie Suleiman und packte den andern an der Kehle, ein Griff, der sich mit einem Gegengriff erledigte.

«Das ist hier nicht üblich», erklärte Hassan; «aber ... ich begreife Ihre Beunruhigung. Immerhin ist es Ihr General und ...»

«Ich bin sein Sohn», sagte Suleiman.

Die Hosen aus blaßgelbem Atlas, auf der Mittelzehe des linken Fußes ein großer Rubin, wofür zugunsten des rechten Beines auf Knöchelreifen verzichtet wurde, der eng anliegende Kaftan aus pfauenblauem Brokat, über den Haaren ein rosig angehauchter Kaschmirschal und vor dem Gesicht das ganze Feuerwerk eines juwelenbesetzten Fächers – so saß Julienne mit untergeschlagenen Beinen auf ihrem Polster.

So schön wie nur möglich hatte sie sich für einen Mann mit so wunderbar schlechtem Ruf wie Bonneval angezogen. Es war das erste und vielleicht das letzte Zusammentreffen mit ihm, aber einem derartigen Mann gegenüber verhielt sich nur eine dumme Frau gleichgültig. Daß er mehr als doppelt so alt war wie sie, selbst daran verschwendete die Dame aus Ungarn keinen einzigen Gedanken. Aus jungen Männern hatte sie sich bis vor kurzem überhaupt nichts gemacht, und seit ihrer Enttäuschung mit Ibrahim oder vielmehr Mahmud galten sie ihr als endgültig und für alle Zeiten erledigt. Bonnevals Alter hatte sie also zu keinerlei Erwägungen veranlaßt; wohl aber er selbst, mochte sie auch alles andere als Tändelei beabsichtigen. Selbst in der Politik blieb Julienne immer noch Frau.

Ganz offenkundig lachte Julienne, wogegen die Stimmung des männlichen Geschöpfes, das den Vorzug ihrer Gegenwart genoß, sich nicht ohne weiteres erkennen ließ. Trotz und die Entschlossenheit, sich nicht einschüchtern zu lassen, kämpften auf seinem Gesicht mit Bereitschaft zu kavaliersmäßiger Balz, zu der das wenige, was von Julienne zu sehen war, immerhin einlud.

Leicht freilich machte sie es ihrem Gefangenen nicht. In allen Sprachen, die er kannte, versuchte er das Gespräch zu beginnen. Vor allem natürlich auf Französisch. Für einen Franzosen war es schwer zu begreifen, daß es Menschen gebe, denen die Sprache unbekannt sei. Mit Italienisch kam er auch nicht weiter, und auf die paar Brocken Deutsch, denen er als gewesener Offizier römischer Majestät deutscher Nation nicht hatte entgehen können, rechnete er schon überhaupt nicht mehr. Das war falsch. Denn gerade im fließenden Deutsch kam ihm die Antwort.

«Worüber beschweren Sie sich eigentlich, mein Herr?»

Er beschwere sich durchaus nicht, sagte er. Im Gegenteil, geschmeichelt fühle er sich, daß eine schöne Frau ihn nur zu dem Zweck habe entführen lassen, um seine Huldigungen entgegenzunehmen.

Diese Phrase verbarg natürlich nicht, daß er auf seiner Hut war. Ein Mann wie Bonneval hatte sich zu oft in heiklen, wenn nicht gefährlichen Lagen befunden, hatte nicht umsonst schon seit einiger Zeit die Fünfzig erreicht, als daß er eine Dame, die er auf diese Weise kennenlernte, noch für harmlos gehalten hätte. In dieser Hinsicht war die Lagunenstadt Venedig weit fragwürdiger als Konstantinopel mit seiner durchaus eindeutigen Herrschaft. Aber das konnte Bonneval noch nicht übersehen. Falle sei Falle, dachte er, und um so verderblicher, je hübscher das Mädchen. Sei das vorliegende Mädchen aber wirklich hübsch? Das zu erkunden, war er sehr begierig, einmal mit Rücksicht auf seine Sicherheit, dann aber auch als Fachmann auf dem Gebiet der Weibergeschichten. Welcher Beweggrund der stärkere sei, war selbst für ihn schwer zu entscheiden. Er versuchte das gar nicht erst und zog es vor, sich seiner doppelten Aufgabe mit ungeteiltem Eifer hinzugeben.

Zwei Füße, eine Hand und zwei Augen ließ Julienne sehen, genug für einen Mann wie Bonneval, sich angezogen oder abgestoßen zu fühlen, aber nicht genug für einen Bonneval, dessen Wünsche erweckt waren, sich der Umrisse des Mädchens mit allem, was dazu gehörte, vergewissern zu wollen. Vorläufig freilich ließ sie ihn noch nicht die heldenhafte Rolle spielen, die seine Absichten vielleicht gefördert hätten. Mit der Vorstellung von einem in einen Teppich gerollten Mann verband die Reichsfreiin vom Vorberg nicht die einer besonderen männlichen Großartigkeit. Sie war ungerecht – sie gab sich das ohne weiteres zu –, doch diese Vorstellung belustigte sie. Immerhin hatte Bonneval von ihrer Ungerechtigkeit den Vorteil, daß ihr Schuldbewußtsein ihn von der deutschen Sprache erlöste und sie mit ihm französisch zu sprechen begann.

«Haben Sie sich ein wenig erholt, Graf?» fragte sie.

Er war klug genug, ihrer unverkennbaren Heiterkeit nicht mit Beleidigtsein, sondern ebenfalls mit Humor zu begegnen.

«Ich würde mich sofort noch einmal einrollen lassen, Madame, wenn ich es auf keine andere Weise erreichen könnte, noch einmal ... so herrlich geduscht zu werden», schloß er weit prosaischer, als er hatte hoffen lassen. «Eine Bitte hätte ich allerdings: könnte man nicht das nächste Mal von dem Fausthieb auf mein armes Nasenbein Abstand nehmen?»

«Sie Ärmster!» bedauerte sie ihn. «Aber sagen Sie selbst, Graf, wie hätte ich Sie sonst herbekommen sollen, wenn nicht mit ein bißchen Gewalt? Stimmt es?»

«Es stimmt.»

«Und sehen Sie: jetzt sind Sie hier, ohne zu wissen, wo Sie sich befinden, ohne zu wissen, wer ich bin, und ohne eine einzige Antwort auf die vielen Fragen, die Sie sonst gestellt hätten. Stimmt es?»

«Ich kann es nicht leugnen», sagte er und versuchte sofort, mit allem, was sich ihm darbot, aus seiner Niederlage herauszukommen. «Ich befinde mich vollständig in Ihren Händen. Aber Madame dürfen nicht erwarten, daß ich diese Tatsache als einen Übelstand betrachte. Dennoch halte ich es für sehr grausam», fuhr er drängender fort, «daß mir, nachdem ich alle Phasen des Fegefeuers erleiden mußte, dieser gewiß sehr schöne Fächer Ihren Anblick noch immer verbirgt.»

Mit der Siegeszuversicht so mancher über Frauen gewonnener Schlachten beugte er sich über sie. Es lag zu nahe, daß er sich zu einem Spiel geladen glaubte, und es wäre nicht das erstemal gewesen, daß er es bestanden hätte. So sicher fühlte er sich, daß er gar nicht bemerkte, wie Julienne nur Zuschauerin blieb. Sie war keine Frau, sich an einen männlichen Körper zu verlieren. Geist, Witz, vor allem aber Gedankenschärfe übten einen geradezu sinnlichen Reiz auf sie aus, und Bonneval hatte nichts von seiner alten Meisterschaft verloren. Es war daher nicht so sehr der Gedanke an Mahmud, der sich etwa zwischen sie und Bonneval drängte, sondern eher der an Beschir.

So stand es um Julienne.

Bonneval dagegen hielt die Festung für sturmreif, wenn überhaupt etwas zu stürmen gewesen sei. Er zweifelte nicht an dem Blick der Erwartung unter ihren niedergeschlagenen Lidern, während der Blick in Wahrheit nur sein beginnendes Embonpoint taxierte. Nicht seine Schuld war es, wenn die bewährte weiche, kosende Bewegung sich dieses Mal nicht zum sieggekrönten Rund vollendete. Julienne warf den zusammengeklappten Fächer deckenwärts, und wenn sie dabei aufsprang und federnd entwich, war nicht sie das Opfer, sondern er. Er war der Gefahr jedes Spieles erlegen – sei es auch nur für Augenblicke, nämlich es für echt zu halten. Ihre Bewegung riß ihn mit, bis er sich wiederfand, wie er ihren Rubin zu erhaschen suchte. Lachend hob sie ihren linken Fuß an seine Lippen, und dabei sah er sie hinter ihrem Schleier lachen. Nichts als den Schleier hatte er statt ihres Fächers gewonnen.

Es war zu spät, seine Manneswürde stückweis zusammenzuklauben und sich gekränkt und feierlich zu erheben. Er stemmte vielmehr seine Hände hinten auf den Boden und schaute sie an, die, das linke Bein hoch hinaufgezogen und an sich gepreßt, auf ihn herabsah.

«Reizend», sagte er.

«Soll ich Ihnen das Kompliment zurückgeben?» fragte sie.

Mit einem Ruck stand er. So viel schaffte er als guter Reiter immer noch.

«Ich bin Madames Gefangener vermutlich?» fragte er in einem anderen Ton.

«Beantworten Sie sich diese Frage selbst, Graf, falls Sie die Unhöflichkeit begehen wollten ...»

«Danke!» Er winkte ab. «Ich denke an mein Nasenbein.

Auch müßte ich fürchten, daß mir manches entgehen würde, was ich von Madame noch erfahren soll?»

«Es ist ein Vergnügen, mit Ihnen zu reden, Bonneval, und ich zweifle nicht, daß es noch viele Frauen in Konstantinopel gibt, die dessen teilhaftig werden möchten. Darf ich Ihnen für solche Fälle einige Ratschläge geben? Sie können diese Teppichhandlung – wir befinden uns in einer solchen – ohne die geringsten Schwierigkeiten durch einen der vielen Ausgänge verlassen. Sie können auch wiederkommen. Sie können sogar nach mir fragen und werden dann eben erfahren, daß eine Dame wie ich nie hier war, wie jeder andere das gleiche zu hören bekäme. Wir armen Sklavinnen hinter Haremsgittern» – sie lachte laut – «sind so frei, wie es unsere Schwestern im freien Abendland nicht sind. Es ist freilich ratsam, auf geputzte Kleider in der Öffentlichkeit zu verzichten. Welcher Mann darf es dann wagen, eine Frau, und nun gar eine in Schwarz und mit schwarzem Schleier, anzureden? Er würde nicht mit blauen Flecken davonkommen. Überhaupt ist alles sehr bequem. Fast alle Damen haben ihre ‹mestre ebree›, ihre Hausjuden, die besorgen, was zu besorgen ist …»

«Zuweilen auch den Mann?»

«Zuweilen sogar die Gelegenheit zu einer Aussprache, bei der es weder Mann noch Frau, sondern nur Teilnehmer gibt.»

«Nichts als das, Madame?»

«Nichts als das, Monsieur.»

Bonneval richtete sich auf.

«Bitte, Madame, weswegen bin ich hier?»

«Wegen der Politik, Graf Bonneval.»

Nachdenklich setzte sie sich wieder, dieses Mal auf abendländische Art, die Beine übereinandergeschlagen. Dann begann sie.

«Sie werden meinen Namen natürlich nicht erfahren, und er würde Ihnen auch nichts bedeuten. Aber es gibt Legitimationen, die sicherer sind und die Sie nachprüfen können. – Sie sind jetzt hier, und dazu beglückwünsche ich

Sie. Ein Mann wie Sie muß unter der Untätigkeit und Ungewißheit in Serajewo sehr gelitten haben ...»

«Verzeihung, Madame ...»

«Nein, nicht um Ihnen das zu sagen, bin ich hier – haben Sie bitte ein wenig Geduld. Alle Welt weiß es nicht anders, als daß Sie es wohl durchgesetzt haben, in die Hauptstadt berufen zu werden, daß sich aber an dem alten Zustand Ihrer Untätigkeit und der Ungewißheit, ob und in welchem Grade die Pforte Sie beschäftigen wird, nichts, aber auch gar nichts geändert hat.» Sie hatte ihren Fächer wieder aufgenommen und sah ihn über dessen Rand forschend an. «Haben Sie mit keinem Menschen darüber gesprochen, daß es sich in Wirklichkeit ganz anders verhält?»

Bonneval setzte eine gelangweilte Miene auf, er hielt sich noch gerade so, daß er nicht gähnte. «Aber, Madame, leider verhält es sich mit Ihrem ergebenen Diener gar nicht anders. Es wäre wirklich an der Zeit ...»

«Gut», unterbrach ihn Julienne. «Aber mir gegenüber werden Sie sich nicht äußern. Das ist ganz natürlich. Ich gehöre nicht zu Ihrem Gefolge wie – sagen wir einmal – Suleiman.»

«Was ist mit Suleiman?» fragte Bonneval und mußte sich bereits zusammennehmen, um seine Gereiztheit zu verbergen.

Julienne bemerkte es mit Wohlgefallen und schoß dann ab, was sie im Lauf hatte.

«Suleiman ist Ihr Sohn, nicht wahr?»

«Wer sagt das?!»

«Suleiman selbst.»

«Dieser dumme Bengel! Verzeihung, Madame ...»

«Keine Ursache, Graf. Ob Sie ihn als Ihren Sohn bei uns einführen oder nicht, ist doch ganz allein Ihre Angelegenheit, und wenn Sie Ihr Diplom erhalten, wird auch für Ihren Herrn Sohn ein Offizierspatent oder etwas anderes, wenn Sie es wünschen ... Sie wissen doch, daß Ihre Söhne bei uns als legitim gelten? Die Frau Gräfin, die Tochter des Herzogs Biron, geruhte nicht, Ihnen Nachkommen zu schenken, hatte auch wohl während ihrer vierzehntägigen Ehe mit Ihnen kaum die rechte Zeit dazu. Ihr Ältester, Graf Latour, war zuletzt Obrist Ihres Regiments, das jetzt aufgelöst wurde, und vertritt noch immer Ihre Interessen in Wien. Sie haben anhängliche Söhne, Graf. Nun noch der Suleiman aus Comacchio ...»

«Aus Mailand, Madame. Bitte um Entschuldigung. Da Sie alles so genau wissen ...»

«Natürlich aus Mailand!» jubelte Julienne mit spitzbübischer Ironie. «Comacchio im Kirchenstaat – dort haben Sie den Heiligen Vater recht geärgert –, gewissermaßen Vizekaiser waren Sie da, und dort trafen Sie die Frau Mama ...»

«Und als ich abberufen wurde, nahm ich sie mit nach Mailand, wo der Bengel geboren wurde, der noch von mir hören wird, Madame!»

Bonneval richtete sich auf. «Ich gebe zu, daß Sie sehr viel von mir wissen; aber das könnte auch jeder andere, der sich ...»

«Gewiß!» stimmte Julienne zu. «Jeder, der sich für Sie interessierte, könnte das erfahren, und wer interessiert sich nicht für Graf Bonneval? Wir doch auch ...» Julienne sah ihm tief in die Augen.

Bonneval fühlte sich nicht mehr so ganz sicher wie zu Beginn. Den Suleiman hätte er einfach ableugnen sollen, dachte er. Andererseits habe das Frauenzimmer auch wieder recht: es bedeute wenig, ob man ihn als seinen Sohn kenne oder nicht.

«Ihr Interesse für mich ist schmeichelhaft», sagte er in der Hoffnung, zu Ende zu kommen. «Aber Madame selbst sind ja der Meinung, daß es nicht als Legitimation zu betrachten sei, mir Anweisungen zukommen zu lassen.»

«Ich sprach nie von Anweisungen, Graf. ‹Ratschläge› wäre vielleicht das Wort. Aber wir haben uns über Ihren Sohn ein wenig verplaudert. Soll ich Ihnen nicht lieber die hohe Stelle nennen, an der Sie vorgestern in geheimer Audienz empfangen wurden? Sie haben mit niemand darüber gesprochen, auch nicht mit Ihrem Sohn; ich aber kann

Ihnen die Tür, durch die Sie eingetreten sind, die Treppe, die Sie hinaufstiegen, und die Korridore beschreiben, die Sie entlanggegangen sind. Doch glaube ich, daß Türen und Stiegen nicht so wichtig sind wie das, was Sie dem Großwesir vorschlugen. Es war das Bündnis mit Frankreich.»

Bonneval sprang auf. Zu verhehlen gab es nichts mehr. «Es ist die einzige vernünftige Politik!» rief er.

«Das wird nicht bestritten. Und Sie machten in zwei Schreiben an den Marquis von Villeneuve bereits den gleichen Vorschlag, ohne daß Sie allerdings vom Herrn Botschafter Frankreichs einer Antwort gewürdigt wurden.»

Das war für Bonneval zuviel!

«Ein Parvenü, dieser Mann», wütete er, «seine Familie ...»

Julienne unterbrach ihn mit einem Lächeln.

«Wir sind in der Türkei, Graf.»

«Sie taten gut daran, Madame, mich mit Gewalt hierherschleppen zu lassen», grollte er. «Wenn ich gewußt hätte, daß ich das hier vernehmen sollte ... nur um mich zu beleidigen!»

Ganz ruhig blieb Julienne.

«Es gehört zur Sache, Graf, und darum ist es keine Beleidigung. Villeneuve tat doch nur, was ihm der Kardinal Fleury in Paris befahl. Dafür wird der Arme noch einmal eine bittere Stunde bei Ihnen erleben müssen – Sie, mein Lieber, sind nicht der Mann, sie ihm leichter zu machen –, und dann wird er eine ganze Weile demütig hinter Ihnen herzutrotteln haben.»

«Eine Weile nur? Bis wann denn?»

«Bis zu Ihrem Erfolg, Graf. Nach dem Erfolg kommen die Leichenfledderer. In diesem Fall Villeneuve. Meinen Sie, daß die Erfolgsfledderer bei Ihnen eine Ausnahme machen werden?»

«Dann glauben Sie also an meinen Erfolg?»

«Ich halte ihn für möglich und wünsche ihn. Vorausgesetzt, daß Sie die Niederlage Habsburgs darunter verstehen.»

«Was denn sonst?»

«Nun ... Sie hätten in den beiden nicht beantworteten Briefen eine viel frischere Ursache zu einem gesunden Haß gegen Frankreich.»

«Ich bin Franzose.»

Julienne lachte laut.

«Und das sagt der Mann, der sein Vaterland mit so großer Wirkung bekämpft hat. Aber in die Schale Ihres Hasses fällt wohl als schwerstes Gewicht immer wieder Ihr früherer Freund Eugen.»

«Ich werde ihn in Ungarn bekämpfen.»

«Und Rakoczy? Der Fürst? Er ist ein Nationalheld der Ungarn und ist Souverän. Vergessen Sie das nicht.»

«Es wird auch für mich ein Stück Habsburg abfallen.»

«Einverstanden», sagte sie. «Aber wir dürfen nur mit dem rechnen, was wir haben. Ungarn haben wir nicht.»

«Wir brauchen Frankreich!» rief er.

«Charmant, Graf, wie Sie das sagen: ‹Wir›. Aus Ihrem Munde ist das ein richtiges Wort. Wir und Frankreich. Natürlich können wir Frankreich gebrauchen. Aber wir brauchen es nicht.»

«Und wer soll siegen, Madame, ohne Ungarn, ohne Frankreich?»

«Wir!» sagte Julienne und ging einige Schritte, bis sie vor dem Abenteurer stand. Sie sah ihn fest an. «Wir werden siegen. Mit Bonneval!» schloß sie den Satz.

Es war ein Paukenschlag. Viel Erfolg hatte er schon gehabt, und seine eigene Meinung von sich blieb nicht hinter seinen Erfolgen zurück. Aber eine solche Ehre wie jetzt von diesem Mädchen war ihm noch nicht widerfahren. Er wurde rot.

«Verzeihung, Madame» – fast zitterte er –, «ich sprach mit Seiner Hoheit dem Großwesir ...»

«Sprechen Sie mit ihm, sooft Sie können. Osman der Hinker ist ein trefflicher Mann. Er hat sich nicht minder als sein Vorgänger um die Unterdrückung des letzten Aufstandes verdient gemacht. Natürlich gibt es zwischen den Untertanen des Padischahs vielerlei Bindungen; am stärksten aber sind die landsmannschaftlichen. Die Albaner zumal – und der Aufstand gegen Sultan Ahmed trug albanisches Gepräge ... Osman Pascha hat die Meuterer in Bosnien und Albanien ausfindig gemacht ...»

«Es wird Geschrei gegeben haben?»

«Tote schreien nicht, mein Herr. Wie gesagt: sehr tüchtig ist Osman. Aber vergessen Sie nicht, daß er seit dem dreißigsten September 1730 bis jetzt, Ende 1731, bereits der dritte Großwesir ist. Sie, Graf Bonneval, möchten ins Amt kommen; aber wir möchten Sie gern etwas länger darin behalten.»

«Und wer bleibt länger?»

«Die, die kein Amt haben», sagte Julienne.

Wider sein eigenes Erwarten verneigte sich Bonneval sehr tief vor einem Mädchen, das ihm an Jahren weit nachstand.

«Darf ich Madame an Ihre eigenen Worte erinnern? Sie sagten, man könne Frankreich gebrauchen. Was verstehen Madame darunter?»

«Kein unterhaltsames Gerede, keine mündlichen Versprechungen und Gegenversprechungen. Überhaupt nichts Mündliches! Einen genauen, schriftlichen Bündnisvertrag und dazu ein königliches Handschreiben an den Padischah. Frankreich muß sich vollständig binden, wie wir uns zu binden bereit sind.»

«Fleury ist Kardinal», erinnerte Bonneval.

«Um so schlimmer für Frankreich.»

«Man behauptet in Paris, daß kein Präzedenzfall vorliege ...»

«Doch! Der Handelsvertrag Franz' I. von Frankreich mit Kaiser Soliman!»

«Das ist etwas lange her», meinte Bonneval.

«Nicht ganz zweihundert Jahre», sagte Julienne, als sei es gestern gewesen.

«Und was wünschen Madame von mir?»

«Ich wünschte, daß Sie Türke würden, und die Türkei

umschließt viele Völker; aber Sie sind nun schon so lange in diesem Reich, das Ihnen Zuflucht gewährt, und kennen kaum vier Worte Türkisch. Dieser Wunsch geht über Ihre Kraft. Ich sehe das ein. So wünsche ich denn, daß Sie Ihre Aufgabe erkennen. Und die geht nicht über Ihre Kraft.»

«Und die wäre?»

«Die Türkei muß in kürzester Zeit militärisch so stark sein, daß sie mit einem Mann, wie Sie es sind, aber ohne einen Verbündeten drei Großmächten gewachsen ist.»

«Drei …?» Bonneval war erschüttert.

«Jawohl: Drei. Rußland geht es um Asow und vielleicht auch um Bessarabien. Der Krieg mit Persien ist im Grunde kein Krieg, sondern ein Zustand. Österreich aber muß sich für künftige Verluste mit unserem Balkan – dem ganzen Balkan! – entschädigen, will es sich auf seiner jetzigen Höhe halten.»

«Viel, sehr viel», sagte Bonneval und durchmaß ohne Rücksicht auf die Dame nachdenklich den Raum.

«So, nicht anders wird der Krieg aussehen», schloß Julienne.

Bonneval blieb stehen.

«Ich soll also ein Zusammengehen mit Frankreich nicht mehr vorschlagen?»

«Doch! Lassen Sie Villeneuve sich nur abhetzen. Auch gibt es hier zu viel Leute, die an ein Zusammengehen mit Frankreich gewöhnt sind, und deren Feindschaft dürfen Sie sich nicht zuziehen. Für seinen nächsten Krieg möchte Frankreich uns wieder mal gebrauchen. Es rechnet fest auf uns. Verhandeln wir mit möglichst viel Getöse. Aber verlangen wir einen schriftlichen Vertrag mit gegenseitiger Garantie der Grenzen. Den kann Villeneuve uns nicht bieten – Fleury hat geschworen, das Beispiel Franz' I. nicht zu wiederholen –, und das ist des Herrn Gesandten Niederlage. Gönnen Sie sie ihm doch!»

«Hinterher stände die Türkei allerdings wirklich allein …»

«Allein, ja! aber stärker, viel stärker! Oder glauben Sie,

daß es die Türkei nie gespürt habe, wenn sie wieder einmal von Frankreich im Stich gelassen wurde?»

«Und wenn der Großwesir sich ohne Vertrag bindet?» Bonneval wandte Julienne sein Gesicht zu.

«Mein Lieber», sagte sie, und diesmal blieb sie ernst, «kein Großwesir, weder Sultan Ahmeds Ibrahim noch dessen drei Nachfolger bis zu Topal Osman Pascha, dem heutigen, hätten es gewagt, die Wiener Regierung durch Ihre Berufung nach Konstantinopel herauszufordern. Talmann tobt immer noch. Sie kennen ihn nicht? Er ist der Wiener Resident. Nicht ungefährlich für Sie, der Mann.»

«Wenn Sie recht hätten ...», sann Bonneval, «dann gäb es also noch eine Macht ...»

«... nach der nie geforscht werden darf!» vollendete Julienne. «Am allerwenigsten von Ihnen.»

«Ist das alles?» fragte er.

«Die Zeit Ihrer Haft ist abgelaufen», sagte sie. «Verlassen Sie mich durch jene Tür. Man wird Sie auf die Straße geleiten ... Halt!» rief sie, als er den Türgriff schon in der Hand hatte. «Der Großwesir hat Ihnen Aussichten eröffnet und dergleichen. Lassen wir ihn. Ich habe Ihnen mitzuteilen, daß Sie innerhalb von vier Tagen ein kaiserliches Diplom mit dem Auftrag erhalten werden, eine neue Truppe der Bombardiere zu errichten. Sie sind Militär genug, um zu wissen, was Sie daraus zur Reorganisierung des Heeres machen können. Fangen Sie sofort an. Es ist keine Zeit zu verlieren.»

XX

Es war zu erwarten, daß die Militärrevolte des Jahres 1730 sich auf die Außenpolitik auswirken würde. Sie war erfolgt, weil die nachgiebige Politik Ahmeds III. und Ibrahim Paschas den Unwillen des Heeres erregt hatte.

Als erste Folge hatte sich jedoch ergeben, daß eine ganze

Reihe türkischer Landschaften und Städte von den Persern besetzt worden waren.

Unmittelbar nach Mahmuds I. Thronbesteigung hatte die Pforte daher neue Seraskere, neue Oberbefehlshaber, gegen Persien ernannt, darunter Ahmed Pascha von Bagdad und Ali Pascha Hakimsade, den Doktorsohn, dessen Vater der berühmte Venezianer Nuh Efendi gewesen war, der große Arzt.

Ahmed Pascha brachte die besetzten Gebiete wieder in die Türkei, Ali Pascha folgte dem Schah, der sich zurückzog und zugleich den Wunsch nach Friedensverhandlungen vortäuschte, um seinem geplanten Überfall auf das osmanische Heer die größtmöglichen Erfolgsaussichten zu verschaffen.

In der Ebene von Koridschan fand der Angriff von vierzigtausend Persern mit acht Karthaunen, fünf Falkaunen und zweihundert Kanonen statt. Er zerschellte an Alis bewährtem Feldherrntalent. Mochte auch die Behauptung, daß von zwanzigtausend persischen Reitern nur zwei am Leben geblieben und drei Vierteile des Fußvolkes zusammengehauen seien, kaum genau der Wahrheit entsprochen haben, so änderte das nichts an der völligen Vernichtung des persischen Heeres. Die gesamte Artillerie und das ganze Fuhrwesen wurden erbeutet, und am folgenden Tag fiel die Stadt Hamadan mit ihrem schweren Geschütz. Bis Isfahan streiften die Osmanen.

Als Folge dieser Schlacht erschien beim Serasker Ahmed Pascha in Bagdad ein persischer Unterhändler mit der Bitte um Friedensbesprechungen. Ahmed Pascha willigte ein; die Pforte jedoch gab die Erlaubnis nur unter der ausdrücklichen Einschränkung, daß dem Heer durch die Unterhandlungen kein Vorteil entwunden und insbesondere der siegreiche Ali Pascha Hakimsade, der andere Serasker, nicht in seinen Bewegungen und Eroberungen gehemmt werden dürfe.

Aus einem Bericht des Marquis von Villeneuve, Gesandten Seiner allerchristlichen Majestät von Frankreich bei der Hohen kaiserlichen Pforte zu Stambul, an den königlichen Minister, Kardinal Fleury zu Paris:

«Es ist mir ein Vergnügen, Euer Eminenz berichten zu können, daß sich die türkischen Siege in Persien noch über Erwarten zu unseren Gunsten auswirken. Das wiedererweckte Vertrauen in die Schlagkraft der türkischen Heere erhöht an sich schon den Wert der Pfortengarantie für die Wahlfreiheit im Königreich Polen. Angesichts des so überaus bedenklichen Gesundheitszustandes des Königs-Kurfürsten von Polen-Sachsen ist, selbst wenn Persien etwas mehr behielte, als ihm nach der militärischen Lage zukäme, ein schneller Friedensschluß notwendig. Die Gegner des erneuten Eintritts der Türkei in einen europäischen Krieg können dann nicht mehr vorschützen, daß der persische die Pforte an der Erfüllung ihres Garantieversprechens hindere. Meine Propaganda gegen derartige Neutralitätsabsichten hatte bei den Wesiren der Kuppel bemerkenswerten Erfolg, vor allem bei Seiner Hoheit dem Großwesir selbst. Topal Osman Pascha, dessen Großwesirat nach meiner Überzeugung weit fester begründet ist als das seiner Vorgänger, ist Franzosenfreund.

Der Grund dieses für uns so günstigen Umstandes wird Euer Eminenz interessieren. Topal Osman wurde in seinen jüngeren Jahren von einem türkischen Fahrzeug weggefangen und von den Malteserrittern als Galeerensklave ans Ruder geschmiedet. In dieser traurigen Lage lernte ihn ein Franzose kennen. Unser Landsmann war großmütig genug, den Bedauernswerten gegen dessen Versprechen einer Rückvergütung der Auslagen loszukaufen, Topal Osman hielt sein Versprechen. Als er aber Großwesir geworden war, ließ er obendrein seinen französischen Wohltäter mit dessen inzwischen herangewachsenen Söhnen einladen und überhäufte sie nun mit Geschenken und Wohltaten aller Art. Man ist allgemein gerührt, besonders in unserer hiesigen Kolonie, wie Euer Eminenz sich denken können.

Leider erstreckt der Großwesir seine Franzosenfreundschaft auch auf Herrn von Bonneval, dem er trotz Herrn von Talmanns Einsprüchen und Drohungen erlaubt hat, nach Konstantinopel zu kommen. Bonneval setzt sich – überdies durch kein Amt berechtigt – ebenfalls und noch dazu mit größtem Eifer beim Großwesir für das ‹historische Bündnis› mit Frankreich ein; verlangt aber einen regelrechten, schriftlichen Vertrag, wie es unserem erleuchteten Zeitalter entspreche. Eingedenk der Instruktionen Euer Eminenz habe ich der Hoheit des Großwesirs vorgestellt, daß die verlangten schriftlichen Verträge ja bereits vorhanden seien, nämlich der Garantievertrag der Pforte mit den polnischen Konföderierten und der gleiche Vertrag Seiner Majestät von Frankreich mit den polnischen Magnaten. Wenn also nach dem Tode Augusts II. von Sachsen an seiner Stelle König Stanislaus Leszinsky zum zweitenmal zum König von Polen gewählt, aber durch auswärtige Mächte daran gehindert würde, seinen Thron zu besteigen oder ihn zu behaupten, so müßte das Zusammenwirken Frankreichs mit der Türkei sich aus bestehenden Verträgen ergeben, die keiner weiteren Ergänzungen bedürfen. Seine Hoheit hatte die Gewohnheit, meine Ausführungen als vertretbar zu bezeichnen, obwohl Herrn von Bonnevals Forderung – wie ich nicht verhehlen darf – vorher nicht ohne Eindruck auf ihn geblieben war. Zuletzt hat der General also in dieser Sache ebensowenig erreicht, wie er auch sonst die allgemeinen Erwartungen enttäuschte. Ohne die Gunst des Großwesirs würde er hier nicht mehr als ein Unterleutnant bedeuten ... Wie ich soeben – noch während der Niederschrift dieses Berichtes – erfahre, hat Herr von Bonneval inzwischen einen völlig unwichtigen Posten als Chef einer erst noch aufzustellenden Truppe sogenannter ‹Bombardiere› erhalten – wohl mehr, um ihn zu beschäftigen, als aus seiner Beschäftigung wirklichen Nutzen zu ziehen.

Wichtiger erscheint mir, daß Madame von Villeneuve, meine Frau, der hohen Ehre teilhaft wurde, von Ihrer allerhöchsten kaiserlichen Hoheit der Sultana Walide zu einem

Halwet, einem Divertissement mit Kaffee, Scherbett und anderem Zuckerwerk, eingeladen zu werden. Ihre kaiserliche Hoheit zeichneten die Marquise in jeder Hinsicht aus. Allerhöchstsie bekundeten größtes Interesse an den Pariser Moden und bewunderten besonders die Reifröcke und die neuen, vertieften Taillenausschnitte an Madame und deren Ehrendamen. Bei der Zeremonie der Duftdurchstäubung ihrer Gäste, die unter allgemeiner Heiterkeit verlief, ließ sich die Walide sogar herab, in bezug auf die Frau Marquise selbst Anordnungen zu treffen und dabei sogar einen Flakon in die eigenen Hände zu nehmen ...»

Nach der Belagerung von einem Monat eroberte Ali Pascha Hakimsade die Stadt Urmia am See gleichen Namens. Drei Wochen später zog er im Triumph in Täbris ein, wo er schon vorher als Serasker kommandiert hatte. Fast ganz Persien lag wehrlos vor ihm.

Der Schah war nach Teheran entkommen.

Der Serasker Ahmed Pascha von Bagdad schloß mit dem persischen Unterhändler auf folgende Bedingungen Frieden: Tiflis, Eriwan und Daghistan sollten mit allem Zubehör Besitz der Pforte sein, dagegen Täbris, wo Ali Pascha residierte, und das eben eroberte Hamadan den Persern bleiben.

Fast schien es so, als solle der Perlenköschk des Neuen Serails einen seiner großen Tage erleben – so beträchtlich war der Aufwand an Garden, Palastdienern und Würdenträgern, Verschnittenen und Unverschnittenen, so erlaucht die Persönlichkeiten, die sich hier als Teilnehmer am großen Thronrat zusammenfanden. Vor allen wurde dabei in tiefer Untertänigkeit die höfische Auffassung zur Schau getragen, daß Mittelpunkt der Quelle allen Geschehens der Erhabene sei.

Vielleicht hätte das feierliche, Glanz verbreitende Zeremonial selbst auf eine Julienne sich ausgewirkt, wenn sie ihren Ibrahim-Mahmud hätte erblicken können. Angetan war er mit seiner großherrlichen Drei-Reiher-Agraffe am Turban und seinem zobelbesetzten Kürk aus goldenem Brokat. Alle andern waren kaum weniger prächtig gekleidet, der Großwesir im purpurnen Pelz mit einer Zwei-Reiher-Agraffe und alle Wesire mit Turbanen, durchzogen mit Goldsäumen in der Richtung der Sonnenbahn. Alle Farben glänzten im Brokat und Atlas der Pelze auf, wie sie jeweils dem Stand und dem Rang der Träger entsprachen. So war es denn nicht so sehr sein Gewand, sondern der Sitz und der weite, leere Raum um ihn, der Mahmud über alle erhob.

Das kaiserliche Polster befand sich auf einer Erhöhung, deren Riesenteppich fast bis zur Hälfte des darunterliegenden Parketts vorstieß und damit einen geheiligten, dem Padischah allein vorbehaltenen Raum schuf. Ihm sich nur zu nähern glich schon einem Sakrileg. Erst nach einer weiteren Respektentfernung begannen die Reihen der Sofas für die hohen Herren der Beratung.

Ohne ein Wort zu reden, war Mahmud unter großem Vortritt beim Perlenköschk angelangt, schweigend hatte er die Schwelle des Beratungssaales überschritten, wo seine höchsten Untertanen mit den Stirnen auf dem Boden vor ihm gelegen waren, schweigend hatte er – immer noch von den Herren der Achsel unterwürfig gehalten und geleitet – sich auf dem Sitz der Herrschaft niedergelassen und wie aus weiter Ferne das Aufklirren des Stabes seines Tschauschbaschi, seines Reichsmarschalls, gehört. Dieses dreimalige Klirren war für die Liegenden das Zeichen gewesen, die Augen erheben und sich ebenfalls setzen zu dürfen. Und immer noch schwieg Mahmud, den Bogen mit dem pfeilgespickten Köcher und die Keule vor sich, er als einzig Bewaffneter mit dem heiligen Säbel Osmans, dem Symbol seiner legitimen Herrschaft über zwei Weltteile, umgürtet. Alles, die Farbenpracht der Gewänder, die Umrisse der Symbole, alles war für das Auge gerichtet, nur eines nicht: das «Auge des Reiches». Das kleine Fenster im

Hintergrund ließ sich auf den großen Soliman zurückführen. Dort hatte, um an der Sitzung der Kuppel ungesehen teilzunehmen, der Herrscher gesessen, dort die Kaiserin Roxelane, als der Gesandte Franz' von Frankreich zum ersten Male in Audienz empfangen worden war, dort so manche Damen, so mancher Würdenträger, meist Verschnittene, die Macht gehabt hatten im Hause Osman. Jetzt saß dort der Unsichtbarste der Unsichtbaren, jetzt saß dort Beschir.

Schweigend ließ der Kaiser Mahmud seine Blicke über die Sichtbaren gleiten. Er war sich völlig klar über sie. So wie er hereingekommen war und hier saß, so war es ihm von ihnen zugedacht, ohne ein Wort geredet zu haben, das Köschk auch wieder zu verlassen. Hinterher würde sein Großwesir dann den allerhöchsten Beschluß formulieren und verkünden und noch später würde er selbst erfahren, was er beschlossen hatte.

Er kannte nicht jeden der Männer vor ihm genau, aber einige doch genug, um sich ungefähr ausrechnen zu können, wieviel jeder einzelne wohl von Villeneuve bekommen habe, um die ihm überwiesene Rolle in diesem Schauspiel korrekt herunterzuspielen. Die Bestechung sei offenbar nicht auszurotten, dachte er, und der Großwesir könne höchstens dafür sorgen, daß die Gelder zuletzt in den Schatz flössen. In diesem Fall französisches Geld für den osmanischen Schatz. Fleißige Bienen seien die Bestochenen, denen der Honig schon rechtzeitig abgenommen werden würde, spätestens bei Amtsentsetzung. Mahmud war noch jung genug, daß ihm dieser Gedanke bei allem Unmut eine bittersüße Freude bereitete. Seine Heiligkeit der Mufti Abdullah Paschmakdschisade, der Schustersohn, der sich so wacker gegen die Meuterer gehalten habe und im weißen Kaftan seines höchsten geistlichen Amtes auf seinem Ehrenplatz sitze, hätte gar nicht mehr als den Schusterverstand seines Vaters gebraucht, um einer derartigen Unannehmlichkeit zu entgehen. Aber es sei wohl ein Gesetz, daß mit der Macht und dem Geld der Verstand sich zur Primitivität verflüchtige und der Blick für das, was über den eigenen, direkten Vorteil hinausreiche, sich trübe. Diese Gedanken konnten es nicht hindern, daß Mahmud im Augenblick einer wichtigen Reichsentscheidung sich des Mädchens in der Druckerei erinnerte. Die sei nicht zu bestechen gewesen – nicht einmal von ihm.

Trotz seinem langen Schweigen hatte sich die Stille nur vertieft. Jetzt bewegte der Kaiser kaum wahrnehmbar die Hand, und sofort begann eine laute, hallende Stimme, der es zukam, an seiner Stelle die Beratung zu eröffnen, die nach dem Willen des Erhabenen dem Friedensschluß mit Persien gewidmet sei. Daß der Erhabene diesen seinen Willen etwa selbst kundtun könne, kam nach dem Beispiel byzantinischer Basileen auch für einen osmanischen Kaiser nicht in Frage.

Darauf las der Reisefendi, der Außenminister Ibrahim, den Bericht des Seraskers Ahmed Pascha von Bagdad vor, die Übersetzung des persischen Schreibens und zuletzt die Urkunde des abzuschließenden Friedens. Und nun geschah das Unerwartete: Mahmud I. ergriff in eigener Person das Wort.

«Unsere Diener!» sagte er. «Wir ermahnen euch, allen näheren Umständen mit Fleiß nachzugehen und nichts zu übersehen. Unsere Hohe Pforte stimmte den persischen Verhandlungen nur unter der Bedingung zu, daß Unseren Truppen, den Löwen und Leoparden der Schlachten und eroberten Städte, durch sie kein Vorteil entwunden würde, insbesondere auch nicht der Vorteil ihrer freien Bewegung und künftiger Eroberungen. Sollen Wir nur darum an Ali Pascha Ehrenpelz und Ehrensäbel mit Unserem belobenden Hatti Scherif übersandt haben, um jetzt Urmia und Täbris geringzuachten, wegen deren Eroberung Wir ihn belobten?»

Alles schwieg. Eine lange Pause mußte verstreichen, ehe nach Worten des Großherrn ein Untertan sich vernehmen lassen konnte, und eigentlich gab es überhaupt nur zwei unter den Anwesenden, die es sich erlauben durften – das waren Seine Hoheit der Großwesir und Seine Heiligkeit der Mufti.

In diesem Fall war es der Mufti, der sich als erster entschloß.

«Sprechen Sie», sagte er zum Defterdar, dem Schatzmeister Emini Mohamed Efendi, «Sie von uns allen sind mit der ganzen Verhandlung am besten bekannt.»

Aber der Defterdar rückte nur, ohne ein Wort zu sprechen, verlegen auf dem Sofa hin und her. Er war für diesen unvorhergesehenen Fall nicht vorbereitet und zog es vor, den Eindruck zu erwecken, als fühle er sich zu gering, um Seiner allerhöchsten Majestät zu widersprechen. Erst durch einen Außenseiter, durch Firdewsi Seid Ebubekr Efendi, wurde die Lage für die Wesire gerettet. Firdewsi war «Seid», einer der Nachkommen des Propheten war er, die er als Emir seiner Körperschaft vertrat. Wie sich Mahmud auch verhalten sollte, Seid würde Firdewsi immer bleiben, und das gab ihm die Dreistigkeit, in Gegenwart der Majestät so weit vorzutreten, daß er in halber Fußlänge den Teppich berührte. Alle, die es sahen, und es sahen alle, senkten aus Scham über sein Benehmen die Blicke zu Boden.

«Mein Padischah!» rief er. «Sollen wir uns nach der Weise der Ungläubigen verhalten, der Teufelsanbeter? Denen ist kein Vertrag heilig. Der Ruhm Deiner Hohen Pforte aber war stets deren Treue zu ihren Verträgen. Die Unterhandlungen begannen nach der Schlacht auf der Ebene von Koridschan – Allah sei Dank für den Sieg! Was später geschah, war nur eine Folge dieses Sieges, und Ahmed Pascha von Bagdad hat recht ...»

Jetzt tat der Mufti etwas, was nur er sich erlauben konnte und auch nur gegenüber dem Seid und im Gedenken an dessen Vermessenheit. Er unterbrach ihn, und das auf eine grobe Art, deren er fähig war und sich zuweilen sogar rühmte.

«He! Ebubekr!» rief er. «Du junger Fant solltest gescheiter sein als ich Alter. Hast du den kaiserlichen Willen nicht erfaßt? Was vergeudest du Seiner Majestät Zeit mit Worten.»

Länger konnte der Großwesir nicht in Unnahbarkeit verharren. Da die Beratung eine militärische Angelegenheit betraf, war auch die Generalität geladen worden. An sie wandte sich Topal Osman mit der Aufforderung, ihre Meinung zu äußern, wobei er dem General der Dschebedschi, der Zeugschmiede, einen Wink gab, einen verhängnisvollen; denn der General sprach ebenfalls für die Annahme des vorliegenden Vertrages und begründete das unvorsichtigerweise mit der osmanischen Garantie der freien Königswahl in Polen, für deren Erfüllung dem Padischah gegebenenfalls alle seine Heere zur Verfügung stehen müßten. Villeneuve selbst hätte es nicht besser sagen können, und Mahmud I. wußte jetzt, daß er inmitten seines gesamten Thronrats allein war.

Zweifellos hielten die Herren ihren jungen Monarchen für einen unerfahrenen Prinzen und wähnten die wirkliche Macht in den Händen Topal Osmans. Schließlich müsse ja auch wieder eine Ordnung werden, wie sie unter Ahmed gewesen sei, als Ibrahim Pascha das Reich regiert habe. Man kannte Osman Paschas Vorliebe für Frankreich, und so sprach auf jeden Fall niemand gegen eine Politik, wie sie dadurch vorgezeichnet schien. Nicht einmal Mahmuds Hartnäckigkeit konnte diese erfahrenen Männer daran irremachen. Sie hatten es oft erlebt, daß Wesire zu sehr auf die Worte eines Padischahs gehört und zu wenig in den Zügen des Großwesirs gelesen hatten und dabei zu Fall gekommen waren. Es war ein ungeschriebenes Gesetz, daß man den Großwesir, solange er im Amt war, regieren ließ. Osman war im Amt und blieb es auch, als Mahmud jetzt erklärte, daß er zuvor die Rückkehr seines Ersten Tschokadars abwarten wolle, den er zu Erkundungen an die Front gesandt habe. Inzwischen befahl er nochmalige Beratung im Palast des Großwesirs.

«Ich will», schloß er, «daß Meine Diener, die Mein Brot essen, auch der abscheulichen Ketzerei der Perser gedenken. Nie werden sie Unsere Freunde sein. Sie sind Schiiten und verwerfen Unser Kalifat, das sich auf der Sunna gründet.»

Eigentlich war damit die Sitzung zu Ende, und nur ein so unbedenklicher Mann im höchsten geistlichen Amt wie der gegenwärtige Mufti konnte es wagen, noch etwas hinzuzufügen. Abdullah Paschmakdschisade, der überhaupt von Mahmud keine große Meinung hatte, wagte es.

«Glorreicher Padischah!» sagte er, «unsere Nacken beugen sich alle dem Befehl des Erhabenen. Festungen und Lande gehören Euer Majestät, und gesetzlich ist es nicht erlaubt, dem Feinde auch nur eine Spanne Landes abzutreten. Aber um die Ruhe der Diener Gottes und der Untertanen zu sichern, kann die Zurückgabe einiger Orte aus bloßer Huld und Gnade als ein Geschenk kaiserlicher Großmut und Freigiebigkeit betrachtet werden.» Damit wandte er sich an die anwesenden hohen Geistlichen, die beiden Kadiaskere, die Oberstlandrichter des Reiches und die Scheich-Imams der großen Moscheen. «Ist es nicht so, meine Herren?» Sie bejahten im Chor.

Mahmud aber blieb hart und erwiderte nichts. Unbewegten Gesichts verließ er, von den Herren der Achsel gehalten und geleitet, durch die Reihen seiner zu Boden gesunkenen Untertanen den Saal.

In der Mitte des Fastenmonats Ramadan befanden sich etwa die gleichen Herren wie die des Thronrates wiederum vor dem Padischah und dem kaiserlichen Hof, dieses Mal allerdings im Köschk der Sofas und zu einem anderen Zweck. Es war der Tag der öffentlichen Ausstellung des Prophetenmantels, der Borda. Großwesir und Mufti hatten das allerheiligste Kleid bereits in frommer Verehrung mit den Augenbrauen berührt.

Beide waren guter Dinge und fühlten sich – die höchste weltliche und die höchste geistliche Macht – kraft ihrer freundschaftlichen, gegenseitigen Unterstützung als Herren der Lage. Genau die gleiche Konstellation habe zu Zeiten Ahmeds III. das langjährige Großwesirat Ibrahim Paschas ergeben, und keiner von beiden zweifelte an einem gleichfalls langjährigen Großwesirat Osman Paschas. Unstimmigkeiten haben gelegentlich auch mit Ahmed III. bestanden, und die würden unter seinem jungen Neffen, ob das durchgesickerte Gerücht nun auf Wahrheit beruhe oder nicht, sich ebenfalls hin und wieder ereignen. Unmittelbar nach der zwei Wochen zurückliegenden Thronratssitzung hatte der Padischah sich nämlich zu seiner erlauchten Mutter ins Alte Serail begeben, und bei ihr solle Mahmud, so lautete das Gerücht, in unkaiserlicher Hast mehrere Male den Papageiensaal durchrast und dabei böse Worte gegen die Wesire ausgestoßen haben. Erst nach einer Weile sei der Höchsterlauchten und dem Kislar Aga gelungen, ihn zu besänftigen. Nun ja, dachte Osman, dafür sei ein Kislar Aga eben da. Er nahm sich vor, die Interessen dieses brauchbaren Haremsdieners fürderhin nach Möglichkeit wahrzunehmen. Denn das Wagnis der Thronratssitzungen sei geglückt, noch immer sei er – jetzt nach zwei Wochen – im Besitz des Siegels, ein Beweis dafür, daß der Kaiser gar nicht daran denke, es ihm, dem Unentbehrlichen, zu nehmen.

Inzwischen war der Hof abgetreten. Nur die Wesire standen noch da. Der Großwesir gab seinen Amtsbrüdern mit dem Kopf ein Zeichen, sich ebenfalls zu entfernen und, wie vorgesehen, beim Köschk von Eriwan Aufstellung zu nehmen. Er selbst wartete noch auf den Silihdar, den Schwertträger, der ihm nach dem Zeremonial unter die Achseln zu greifen hatte. Der Silihdar kam auch, entschuldigte sich aber mit Altersschwäche, so daß Osman Pascha auf diesen Ehrendienst verzichten mußte. Doch beim Köschk von Eriwan war ihres Bleibens ebenfalls nicht. Ihnen wurde bedeutet, daß der Padischah auf seinem Weg in den Beschneidungssaal hier vorbeikommen würde und die Herren sich ins Innere des Gebäudes begeben möchten.

Dort geschah es dann.

Der Silihdar kehrte zurück und forderte dem Großwesir

das Siegel ab. Osman wurde nicht gestattet, noch einmal seinen Palast aufzusuchen. So, wie er ging und stand, mußte er die Galeere besteigen, die am Hafen schon bereitlag, um ihn nach Kalchedon zu bringen.

Mufti und Kapudan teilten sein Los.

XXI

«Verstehen Sie diese Politik?»

«Man sollte glauben, wenn der Großwesir abgesetzt ist, müsse auch der persische Friede, den er doch …»

«Der Friede, der, zugegeben, für Persien viel zu günstig ist …»

«Und nun wird er angenommen, und der Großwesir, der ihn vertrat, muß im gleichen Augenblick das Siegel abgeben.»

«Nicht einmal eine Statthalterschaft hat Osman bekommen. Als einfacher Privatmann nach Kalchedon verwiesen!»

«Gar keine so häßliche Gegend übrigens …»

«Aber zum Sterben langweilig!»

Mehr Laute und Ausrufe als Sätze waren es, die im Gespräch ungeregelt durcheinanderwirbelten, einem Strudel in einem dahinströmenden Gewässer zu vergleichen, bis es dann wieder seinen Weg auf eine gemächlichere Art weiterverfolgte. Da es sich um wohlerzogene Leute handelte, kam nach dem ersten Ausbruch der allgemeinen Verwunderung über die letzten Geschehnisse allmählich auch wieder Ordnung ins Gespräch. Es fand in dem größten der etwa dreißig Gebäude statt, die dem Hof des Fürsten Rakoczy in Rodosto zur Verfügung standen. Dieses größte wurde das «Schloß» genannt und zeichnete sich mehr durch seine Gärten aus, die der Fürst selbst bearbeitete, als durch eine imposante Architektur oder sonst durch etwas, das vielleicht hätte imponieren können. Dem Fürsten genügte die Villa vollkommen. Gemessen an den Ansprüchen, die an ihn gestellt wurden, neigte er zur Askese. So hatte er, obwohl er die Jagd liebte, sie mitsamt den dazugehörigen Pferden aufgegeben, als ihm unter Ibrahims Großwesirschaft sein Thein, seine Pension, vorübergehend gekürzt worden war, und er hatte die Jagd auch nicht wieder erneuert, als der Defterdar ihm sein Gastgeld nach Mahmuds Thronbesteigung wieder in alter Höhe ausgezahlt hatte. Jetzt besaß er nur noch einen Hofjagdmeister ohne Jagd. Die Zahl derjenigen seiner Generäle und Mitkämpfer aus den großen ungarischen Geschlechtern, die anfangs noch als unabhängige Freunde seine Verbannung geteilt hatten, war im Lauf der Zeit zusammengeschmolzen, sei es durch Tod oder weil sie verzogen waren. Paris oder Warschau hatten mehr zu bieten.

Baron Zay war erst später eingetroffen und um so willkommener gewesen, weil er seine Frau mitgebracht hatte, der an diesem frauenarmen Hof ohne Fürstin gern der Platz der Ersten Dame überlassen worden war, von dem aus sie jetzt eine echte Frauentyrannis ausübte, gegen die niemand aufzubegehren wagte, Seine Hoheit schon gar nicht. Selbstverständlich gehörte sie zu dieser geschlossenen Gesellschaft, die sich in so vielem von einem allgemeinen Empfang unterschied. Außerdem war sie – soeben erst aus Konstantinopel zurückgekehrt – gerade heute unentbehrlich, noch dazu in Begleitung ihrer beiden Freundinnen. Man konnte also auf Einzelheiten und Stimmungsberichte hoffen, die man von anderer Seite kaum erwarten durfte. Daneben bedeutete es nicht viel, daß die Baronin auch ihren Mann mitgebracht hatte.

Der Baronin war es natürlich klar, daß sie nicht ständig in Rodosto versauern könne. Die Gasthäuser in Konstantinopel jedoch – soweit es sie gab – waren zu einem längeren Aufenthalt für Damen wenig geeignet. Ein Haus mieten, Kutsche und Dienerschaft unterhalten – dazu reichte nicht, was die Zays von ihrem Vermögen gerettet hatten. In ihrer Bedrängnis sandte die Vorsehung – so sah es die Baronin – eben die beiden Freundinnen.

Sie waren weder Türkinnen noch Fränkinnen, sondern Griechinnen und gehörten zu den vornehmen Patriziergeschlechtern vom Fanar, vom Leuchtturm. Diesen Stadtteil hatte der Eroberer deren Vorfahren überlassen, dort befand sich das Patriarcheion, dessen erzene Tür ehrfurchtsvoll zu küssen kein frommer griechischer Christ je unterlassen hatte, dort die Apostelkirche, der Sitz des hohen Kapitels von Konstantinopel, seit die Hagia Sophia Moschee geworden war. In den engen Gassen des kleinen Viertels in hohen schmalen Häusern saßen dort die Geschlechter aus den Verwandtschaften der früheren byzantinischen Kaiser und regierten immer noch das christliche Volk. Sie besetzten die hohen Stellen der Kirche, die nicht nur die geistliche, sondern auch die bürgerliche Rechtsprechung über ihre Gläubigen ausübte. Aus ihren Reihen kamen die Sprachknaben und der jeweilige Pfortendolmetsch, ein Mann von fürstlicher Stellung, aus ihnen wurden die Hospodare, die Fürsten, der Moldau sowohl wie der Walachei ernannt. Was schierte die Pforte Titel und Würden, wenn es keine türkischen waren? Mochten die Könige von Wien, die von den Ungläubigen Kaiser der Deutschen genannt wurden, aus Leuten des Fanars Grafen und Fürsten des heiligen Reiches machen – deswegen blieben die Gegraften und Gefürsteten doch Untertanen des Padischahs, und wenn sich Sünde ergab, kostete es sie ihren Kopf.

Der angeheiratete Onkel Elena Gikas, der einen der beiden Freundinnen, war zur Zeit Fürst der Moldau, während das Familienoberhaupt der andern, ein Maurocordato, in gleicher Eigenschaft die Walachei regierte. In Wien hätte man zu jeder der Damen «Prinzessin» sagen müssen. Sie waren es so gut wie Rakoczy, der auf den Titel eines Fürsten des heiligen Reiches niemals verzichtet hatte. Bei der Theodora Maurocordato waren übrigens anfangs Schwierigkeiten aufgetaucht. Es hatte in ihren Kreisen Aufsehen und Beunruhigung erregt, als sie mit einem Schiff aus Marseille vom französischen Kanada her mit der Behauptung gekommen war, die Tochter eines seit fast einem Menschenalter verschollenen und jüngst verstorbenen Maurocordato zu sein. Aber ihre Papiere waren in Ordnung, so daß Fürst Konstantin als Familienoberhaupt, ferner das Patriarcheion und zuletzt die Pforte sie anerkannt hatten. Diese glückliche Regelung hatte ein Verzicht auf Erbauseinandersetzungen sehr vereinfacht, und auf diese Weise war aus Juliane vom Vorberg eine Theodora Maurocordato geworden.

Gleich anfangs hatte der Patriarch Theodora, seinen Schützling, bei der jungen Witwe Elena Gika untergebracht und die Freundschaft, die daraus entstanden war, gern gesehen. Er war der Meinung, daß die vornehmen Frauen einander in den Gefahren und Verführungen der Weltstadt mit Rat und Tat unterstützen und vor übler Nachrede bewahren könnten oder – weniger kirchlich ausgedrückt – daß sie auch auf diese Weise in der Lage seien, alles zu tun, wozu sie Lust spürten, ohne deswegen der Ehre verlustig zu gehen, von einer der Königinnen des Harems – vielleicht sogar der Walide selbst – zu einem Halwet, Kaffeeklatsch, geladen zu werden.

Es stand wegen innerer Zwistigkeiten ohnehin nicht gut um das Patriarcheion, und das Eingreifen der Pforte war zu befürchten. Das war eben die Kehrseite der Macht, die der Padischah den Patriarchen ließ. Infolge dieser Rechtsbefugnisse behandelte der türkische Kaiser den christlichen Kirchenherrn nicht ganz zu Unrecht als seinen Beamten. Das alles kümmerte Paula Zay freilich recht wenig. Sie hatte ihre beiden Freundinnen und brauchte nun in Konstantinopel weder ein Gasthaus noch sonst ein Haus. Wenn sie von Zeit zu Zeit in die Hauptstadt fuhr, erwartete sie am Fanar ein Unterkommen, wie es einer anspruchsvollen Dame zukam, und eine Weibergesellschaft, der es weder an Lustigkeit noch an gerade so viel Lüsternheit fehlte, wie zu einer vergnüglichen Auflockerung nötig war.

Der interessanteste Mann der Gesellschaft war zweifellos Herr de Bohn oder von Bohn oder auch einfach nur Bohn, aber sonst von einwandfreiem dänischem Adel. Sein Wissen war groß und universell, seine Talente vielseitig. Bohns Persönlichkeit war stark genug, daß er trotz seiner bescheidenen Lebensumstände eine Rolle spielte. Unter anderem besaß er auch ein liebenswürdiges Zeichentalent, das ihn in Verbindung mit seinen wissenschaftlichen Kenntnissen befähigte, für die Pforte Landkarten zu zeichnen. Ein mäßiges Gehalt, das er dafür bezog, war die eine Seite seines Einkommens, die andere die Gage, die er als Gentilhomme de la cour de Son Altesse sérénissime le Prince Rakoczy erhielt. In dieser Hinsicht war er Kamerad eines anderen Hofmannes des Prinzen, des Herrn César de Saussure, eines Mannes mittlerer Begabung, der seinen Lebensunterhalt im Herrendienst, und zwar in einer Form zu suchen hatte, die sein Wappen gerade noch zuließ. Mit dem englischen Gesandten war Saussure nach Konstantinopel gekommen und nach einem Zerwürfnis mit diesem Brotherrn froh gewesen, beim Fürsten unterzukommen. Er hatte den Herrn Bohn auf Befehl Seiner Hoheit aus Konstantinopel mitgebracht.

Im ganzen waren es acht Personen, die sich schnupfend, kaffeetrinkend und bei nur kümmerlichem Genuß geistiger Getränke – der Fürst war abstinent – zusammengefunden hatten. Der achte war Desalleurs.

Desalleurs war der französische Gesandte bei Rakoczy. Er war es bereits in den schweren ungarischen Kriegsjahren gewesen, kannte alle Fäden so gut und zuweilen besser als Rakoczy selbst, und im Lauf der Jahre waren des Fürsten Angelegenheiten so gut wie seine eigenen geworden. Es gab keinen Tag, an dem er sich nicht bitter beklagte, immer noch nicht nach Madrid, nach Warschau oder doch wenigstens Stockholm gekommen zu sein; aber er wäre sehr unglücklich gewesen, wenn man ihn in eine dieser Städte versetzt hätte. Auch war sein Posten in Rodosto, den kein anderer so wie er hätte versehen können, durchaus nicht unwichtig. Frankreich hatte auf diese Weise zwei Gesandte am Bosporus, und es war Desalleurs, der Villeneuve kontrollierte.

«Die Absetzung Osman Paschas wird meinem Kollegen Villeneuve Kopfschmerzen bereiten», meinte Desalleurs.

«Ihnen nicht, Exzellenz?» fragte der Fürst.

Er hatte einiges Recht zu dieser Frage. Von den Westmächten war er zwar immer noch als Fürst von Siebenbürgen anerkannt, aber nur, weil man hoffte, daß er bei einem neuen Krieg gegen Österreich die Ungarn noch einmal unter seinen Fahnen zum Aufstand bringen werde. An der Vorbereitung dieses Aufstandes wurde in Rodosto Jahr für Jahr gearbeitet. Welche Bedeutung würde der Fürst noch haben, wenn aus dem Krieg nichts werden sollte? Er würde ein Mann sein, der seine Zeit gehabt hätte. So aber war er der Mann der ungarischen Diversion, die Türken und Franzosen zum Siegen verhelfen sollte. Und nun sprach der Meister dieser Diversionspolitik, Desalleurs, so obenhin von Osmans Absetzung, die alles in Frage stellte? Der Fürst hatte ein Recht, gekränkt zu sein.

Aber das Vergnügen, Herrn von Villeneuve in Schwierigkeiten zu wissen, war schließlich auch bei Desalleurs nicht ganz so groß wie seine eigene Besorgnis.

«Bei der Pforte konnte ich noch nichts erfahren», lenkte er deshalb ein, «auch wissen Sie ja, wie vorsichtig ich sein muß, um meinem sehr verehrten Kollegen nicht ins Gehege zu kommen. Und dann: Der neue Großwesir ist ja noch gar nicht da. Eins jedoch, meine ich, könnte uns schon jetzt etwas sagen, nämlich daß Ali Pascha, zur Zeit der fähigste türkische Feldherr, das Siegel bekam. Ein Krieg gegen Persien und ein Krieg gegen die Deutschen sind zweierlei. In einem Krieg gegen die Deutschen hätte unter allen Umständen der Großwesir den Befehl zu übernehmen. In einem solchen Fall war es aber geradezu geboten, daß der amtierende Großwesir zugleich auch der beste General ist, über den die Pforte verfügt.»

«Ganz recht, Desalleurs, so ist es!» rief die Zay. «Hoheit sollten sich nicht alterieren.»

«Gewiß nicht, meine Liebe», sagte der Fürst, «mir ist nur nicht ganz klar, warum – wenn Exzellenz, wie ich hoffe, recht haben – Topal Osman mit den Zeichen einer so sichtbaren Ungnade entlassen wurde?»

«Er ist doch mit Paschmakdschisade befreundet», warf die kleine Gika ein.

«Was hat der Mufti mit dem Großwesir ...»

«Die gnädige Frau hat recht», sagte Desalleurs. «Wir kennen doch Paschmakdschisade. Ein tapferer alter Mann, aber grob. Als Patrona Chalil auf der Höhe seiner Macht stand, hat Paschmakdschisade seinen Leuten Prügel angedroht, wenn sie sich mit dem Kerl einlassen würden. Ein Glück für ihn, daß es mit Patrona so schnell zu Ende kam, sonst hätte es dem Alten noch schlecht gehen können. Ich möchte sagen, es geht ihm glänzend, wenn man bedenkt, was das alte, gelehrte Rauhbein alles über Seine Majestät gesagt hat. Nebenbei bemerkt: ohne jede Berechtigung. Und dennoch ist der Alte nur abgesetzt und nicht einmal verbannt.»

«Wie denken Sie darüber, Herr von Bohn?» fragte der Fürst mit unverkennbarer Achtung vor dem Angesprochenen.

«Wir haben durch Exzellenz eine glaubhafte Begründung für Topal Osmans Absetzung und für Ali Paschas Berufung erhalten, woraus auf eine türkische Politik mit Frankreich gegen die Deutschen zu schließen wäre.»

Die ganze Zeit hatte Julienne, die man in diesem Kreis nur als eine Maurocordato kannte, sich aufs Beobachten beschränkt. Jetzt stieß sie vor.

«Haben Sie dabei schon in Betracht gezogen, daß der Resident von Talmann inzwischen zum Internuntius erhoben wurde? Wenn ich nicht irre, hatte sich die Pforte bisher stets gesträubt.»

Diese so ganz nebenbei geäußerte Frage erzeugte einen Wirbel. Die Nachricht war neu und in ihren Auswirkungen noch gar nicht zu übersehen.

«Woher wissen Sie es?» fragte Bohn geradezu.

«Sie brauchen es nicht zu glauben», erwiderte Julienne kurz.

«Verzeihung, gnädige Frau ...»

«Fräulein», sagte sie.

«... Prinzessin», verbesserte er sich, «unmittelbar vor der Audienz erhielt Talmann die Mitteilung, daß die Pforte in seine Rangerhöhung willige?»

«Unmittelbar davor.»

«Dann ist der Fall klar», versicherte Bohn, «etwa zu gleicher Zeit wird Mustafa Aga in Wien empfangen, und der hat als zweiter Defterdar den höheren Rang. Es handelt sich also nur um die Gleichstellung Talmanns mit Mustafa», schloß er mit einem Gehabe von Überlegenheit, das man ihm in diesem Kreis gewohnheitsmäßig zugestand.

Julienne freilich nahm das nicht so selbstverständlich hin. Außerdem fühlte sie sich von Bohn geradezu bespäht und wollte wissen, was hinter seinem zur Schau getragenen Gesicht wohl zu finden sei. Um das zu erfahren, mußte sie ihn reizen – so viel wußte sie. Auf den Fürsten brauchte sie keine Rücksicht zu nehmen. Er war Schriftsteller oder bildete sich doch ein, es zu sein, und sie war vorsichtig genug gewesen, schon bei der ersten Begrüßung ein lebhaftes Interesse für seine Arbeiten zu zeigen, ein Interesse, das sie weit entfernt war, in Wirklichkeit zu hegen.

«Ganz recht, mein Herr», sagte sie zu Bohn, «so könnte es sein. Allerdings ...», sie ließ eine kleine Pause verstreichen. «Sie wissen doch, daß ein Padischah sich bei Audienzen kaum so weit herabläßt, selbst das Wort an einen Gesandten zu richten?»

«Ich bin lange genug in Konstantinopel», gab er hochmütig zurück, «um mit den Sitten im Serail vertraut zu sein.»

«Natürlich» – Julienne lächelte ihn beflissen an –, «das meine ich. Deswegen dachte ich, würde es vielleicht interessieren, daß Sultan Mahmud Herrn von Talmann persönlich antwortete ...»

«Unmöglich!» Bohn sprach aus, was alle dachten. Alle wußten, daß es «unmöglich» sei. «Ihr Gewährsmann muß sich irren, Prinzessin.»

«Es wäre jedenfalls eine unerhörte Neuerung», meinte Desalleurs.

«Du, Thea», Paula Zay beugte sich zu Julienne hinüber, wobei sie die großartige Theodora in eine «Thea» milderte, «wenn die Herren doch alle sagen: Das kann's nicht geben? Die Leut' schwätzen so viel ...?»

Julienne wandte sich an den Fürsten.

«Wenn Hoheit glauben, daß diese Nachricht die Lage wesentlich verändern würde –»

«Von Grund auf, Madame.»

«Übermorgen könnten Hoheit die Bestätigung haben.»

«Bestätigung?» fragte Bohn. «Von wem?»

«Vielleicht von Herrn von Talmann?» sagte Julienne. «Er hat keine Veranlassung, die Tatsache zu verheimlichen.»

«Und wer soll ihn fragen?»

«Könnten Sie es nicht tun?» warf Julienne hin.

«Ich wäre wohl der letzte!» antwortete Bohn mit betonter Schroffheit.

«Allerdings», klärte nun auch der Fürst Julienne auf, «ein Mitglied meines Hofes ...»

Man war ratlos, man zweifelte, ob man fortfahren solle oder nicht – jedenfalls hatte Julienne die Beratung ins Stokken gebracht, als ein Kurier mit einer Depesche für Herrn von Desalleurs gemeldet wurde, der sie nach erhaltener Erlaubnis des Fürsten erbrach.

Nichts war zu hören als das Knittern des Papiers. Dann ließ der Gesandte das Blatt sinken.

«Es stimmt», sagte er, «Villeneuve bestätigt die Meldung unserer verehrten Freundin. Der Sultan hat sich sogar nach dem Befinden des Kaisers erkundigt, und auch der Marquis hält den Fall für wichtig genug, mich zu bitten, mit Hoheit darüber zu sprechen.»

Man sah, daß der Fürst Anstalten machte aufzuspringen; aber seine Selbstbeherrschung war zuletzt stärker als dieser erste Impuls. Alle warteten, daß er das Wort ergreifen würde.

«Lassen Sie uns bitte», begann er, nachdem er sich etwas

gesammelt hatte, «die Lage gemeinsam überlegen. Als ich von Ahmed III. in Audienz empfangen wurde, hatte man mich als Bundesgenossen aus Frankreich hierhergebeten. Diese Audienz allein war schon eine Drohung für Österreich, ich sollte den Aufstand in Ungarn erneuern, und die Rede des Padischahs, die Sie kennen, verstärkte die Drohung noch. Aber bei mir war es etwas anderes, ich bin rechtmäßig gewählter und legitimer Fürst von Siebenbürgen und kein Gesandter. Im Fall des Herrn von Talmann ist die Ansprache Mahmuds eine unerhörte Neuerung. Sie wäre es, wenn Seine Majestät sich mißfällig geäußert hätten. Das hat der Sultan aber nicht getan. Er erkundigte sich vielmehr nach dem Wohlergehen Karls VI. als dem eines befreundeten Monarchen. Dazu die Rangerhöhung des Gesandten – und wir wissen doch, wie schwierig die Pforte in diesen Fragen ist –; das alles läßt wohl kaum eine andere Deutung zu, als daß die Türkei sich Österreich nähert und von Frankreich abrückt.»

Für Franz II. Rakoczy war das ein schweres Wort. Es zerstörte den Sinn des Lebens, das vor ihm lag.

«Und wenn es nur eine Finte wäre, um Österreich zu beruhigen?» ließ Bohn einfließen. «Wir wissen alle, wie schwach die Türkei an der Donau ist.»

«Darüber könnte uns höchstens Exzellenz Desalleurs etwas sagen», meinte der Fürst.

«Ich bin leider nicht in der Lage. Morgen kehre ich nach Konstantinopel zurück.»

Paula Zay hielt den Augenblick für gekommen, in dieser Stimmung ohne Trost ihrerseits einiges zu äußern.

«Der Franzosenfreund Topal Osman wird abgesetzt, und Ali Pascha, der alles andere sein soll als das, wird berufen. Es ist ein Jammer, daß an einen Padischah nicht heranzukommen ist. Ich, wenn ich im Harem wäre …»

«Gewiß, gewiß, meine Teuerste», versuchte ihr Gatte sie zum Schweigen zu bringen, «ich betrachte es dennoch als ein persönliches Glück, daß dem nicht so ist.»

«Da hören Sie den Baron!» rief sie. «Als wenn man der

Politik nicht einmal ein kleines Opfer bringen könnte. Aber das ist allerdings sicher: Eine Frau vermag in diesem Fall nichts auszurichten. Was soll man anfangen, wenn man den Mann nicht da hat. Aber wenn auch keine Frau, so gibt es doch einen Mann, und nur einen, der helfen könnte. Ich finde es von Eminenz Fleury gar nicht nett und sehr kurzsichtig, daß er den Grafen Bonneval so schlecht behandelt.»

«Der kommt auch nicht an den Padischah heran», sagte Desalleurs.

Aber wenn Paula Zay einen Gedanken erfaßt hatte, war sie schwer davon abzubringen. In diesem Kreis kannte man sie, und so versuchte es niemand.

«Nein», gab sie zu, «an den Padischah nicht, aber an den Großwesir. Ali Pascha ist ein bedeutender General, und Bonneval – na, das weiß die Welt! und zwei solche Männer – ich kenne diese Sorte! – sollten nicht miteinander über ihre Feldzüge reden? Stundenlang, sage ich Ihnen! Und dann dieser schlechte persische Friede. Der kann doch nur den Zweck haben, Truppen freizubekommen. Truppen wofür, wenn nicht gegen Österreich? Etwa gegen Frankreich?»

«Du bist ein Genie, Paula», sagte Julienne mit einem Lachen, in das die anderen einfielen. «Wenn ich der Padischah wäre, machte ich dich ...»

«... zu deiner Innigstbegünstigten? O bitte, sag ja!»

«Nein, zu meinem Großwesir», sagte Julienne und nahm die gute Freundin in die Arme.

Das Gelächter mochte noch so allgemein sein, aber den schwachen Punkt im diplomatischen Aufmarsch der Pforte hatte Paula Zay, ohne es recht zu wissen, getroffen. Der persische Friede. Wie die Dinge jetzt zu liegen schienen, war er nur durch Unfähigkeit zu erklären oder ...? Etwas nachdenklich war der Fürst geworden.

«Ach so!» sagte er dann und schüttelte damit alle weiteren Gedanken ab. «Sie haben eben ihr Wort gegeben, diese Türken, und so glauben sie, es halten zu müssen. Auch mir erfüllen sie alle Zusagen.»

XXII

Die Damen Elena Gika und Theodora Maurocordato waren in einem der Kavaliershäuser untergebracht. Viel überflüssigen Raum hatte man nicht, und besonders Damen von Rang geziemend unterzubringen war an diesem Männerhof in Rodosto nicht immer ganz leicht. Dennoch hatte man Elena und Theodora in zwei etwas voneinander entfernt liegenden Räumen untergebracht. Der Ehre war in jeder Hinsicht genügt, aber nicht Elena Gikas Wünschen. Elena maulte. Sie war es gewohnt, mit Julienne zusammen zu schlafen, und sah es nicht ein, warum sie in Rodosto, das sie bei dieser Gelegenheit mit allerlei unfreundlichen Namen belegte, ihrer Gewohnheit entsagen solle. Und eifersüchtig war sie auch noch, nämlich auf Paula Zay.

Obwohl Julienne selbst sie zu Bett brachte, benahm sich Elena immer noch so, daß erst einige vorläufige Klapse sie zur Ruhe bringen konnten. In Julienne kämpfte der Ärger mit Rührung über eine Freundin, die so verliebt war. Und ganz unrecht hatte die Kleine auch gar nicht. Sie hielt es für das Selbstverständlichste von der Welt, daß Julienne entweder zu ihr hinübergezogen wäre oder sie mit Sack und Pack bei sich aufgenommen hätte. Für Neuerungen war Elena nicht. Die machten sie mißtrauisch. Und es wäre auch alles nach der Regel erfolgt, wenn Julienne für die Frühe des nächsten Februarmorgens nicht etwas vorgehabt hätte und lieber allen überflüssigen Fragereien aus dem Wege hatte gehen wollen. Denn Elena, die kleine Zärtliche, schlief bis zum Mittag, wenn man «Imbettliegen» und Schlafen als ein und dasselbe ansehen wollte.

Julienne hatte sich gestern beim Abschied noch mit dem Fürsten zu einem Gespräch unter vier Augen verabredet. Bei Tagesanbruch erhob sie sich also. Zum Reifrock fühlte sie sich jedoch nicht verpflichtet. Ein weiter dunkler Rock mußte es tun. Eine anliegende Jacke ergänzte ihn, die durch schmale weiße Streifen flandrischer Spitzen an Hals und Ärmeln erhellt wurde. Darüber nahm sie einen grauen Mantel.

Der Winter war in diesem Jahr 1732 besonders warm, und es war überhaupt eine Seltenheit, daß sich das milde bosporonische Meeresklima zu einer empfindlichen Kälte verhärtete. Fast in jedem Winter gab es in den Gärten, wenn auch etwas spärlicher, noch Blumen, und die gepflegten Beete des Fürsten machten davon keine Ausnahme. Die Gartenarbeit ruhte überhaupt nicht, so daß Julienne sich gar nicht verwunderte, einen Gartenarbeiter anzutreffen. Gerade wollte sie sich bei ihm erkundigen, ob er Seine Hoheit gesehen habe, als sie entdeckte, daß der Gärtner der Fürst selber war.

Nachdem er der Jagd entsagt hatte, war Rakoczy ein leidenschaftlicher Gärtner geworden. Schon im Kloster Grosbois, in dem er angeblich als Benediktiner, in Wirklichkeit aber in einer von ihm erbauten Villa gelebt hatte, waren gärtnerische Versuche seine tägliche Beschäftigung gewesen, und jetzt kam erst einmal ein Gartengespräch zustande, wie es zwischen dem glücklichen Besitzer und einem höflichen Besucher noch zu allen Zeiten stattfand. Blumen, insbesondere Rosen, wurden gezeigt, die gar nicht da waren, und Flecken schwarzer Erde, auf denen noch etwas wachsen sollte. Aber den Fürsten befriedigte die Unterhaltung außerordentlich. Sie lenkte ihn von der Politik ab, gerade von dem, weswegen Julienne gekommen war.

Der Fürst entging dennoch seinem Schicksal nicht. Julienne brachte ihr Vorhaben in Erinnerung.

«Wollen wir ins Haus gehen?» fragte er.

Julienne sah sich vorsichtig um und erblickte keine gefährlichen Büsche, wohl aber eine Fontäne, die sie als Sitzplatz vorschlug.

«Sie sind sehr vorsichtig», meinte der Fürst.

«Was ich Ihnen sagen möchte, ist nichts für Lauscher.»

«Ich fürchte nur, daß wir nichts mehr zu verbergen haben. Denn daß meine Sache verloren ist, weiß man ohnehin.»

«Es scheint so», sagte sie. «Ich möchte Ihnen dennoch vorschlagen zu untersuchen, ob es sich wirklich so verhält. Sie können sich eine Erhebung Ungarns nur im Bündnis mit Frankreich und der Pforte vorstellen?»

«Wie denn sonst, meine Dame? Ich brauche Geld und Waffen. Der ungarische Adel hat weder das eine noch das andere. Österreich hat ihm beides genommen.»

«Der ungarische Adel ...», wiederholte Julienne. «Lassen wir einmal die Türkei und Frankreich beiseite. Sie sitzen hier in Rodosto und halten die Verbindung mit dem ungarischen Adel aufrecht. Von 1703 bis 1711 haben Sie mit ihm gegen Österreich gekämpft. Damals war der Adel revolutionär. Wie die ganze Nation war er unterdrückt.»

«Er ist es noch heute.»

«Ich weiß. Trotz des Szathmarer Friedens. Wann hätte Österreich jemals Schwächeren gegenüber seine Verträge gehalten? Der ungarische Adel ist heute noch mehr unterdrückt als damals, da er die Waffen erhob. Abgaben aller Art bedrängen ihn. Seine Burgen, seine Festungen sind von deutschen Soldaten besetzt, in deren Mitte er leben muß. Von Spitzeln umgeben, hat er jeden Tag mit Hochverratsprozessen zu rechnen. Im ganzen Land sitzen auf Gütern, die den Ungarn geraubt wurden, Fremde, Feinde, kaiserliche Generäle, die lachend das Raubgut als Schenkungen einstreichen ...»

«Oh, wenn Sie ihre Briefe lesen wollten, die Briefe meiner Ungarn!» rief Rakoczy pathetisch und sentimental.

«Gewiß, Briefe», erwiderte Julienne trocken. «Es mag auch wohl weh tun. Aber sie leben doch, Ihre Leute von Adel. Sie haben doch immer noch etwas zu verlieren. Es ist ihr Letztes, und gerade darum werden sie es nicht aufs Spiel setzen. Es sind über zwanzig Jahre her seit dem Ende Ihres Krieges. Haben Sie sich nie überlegt, warum Sie ihn verloren haben? Tun Sie es doch, ehe Sie einen neuen beginnen. Denn Sie waren es nicht, der den alten begann. Sie waren vor dem Henker nach Polen geflohen – eine ganz natürliche Handlung, aus der Ihnen kein Vorwurf zu machen ist. Von dorther rief man Sie. Begonnen haben Bauern den Krieg, Leibeigene, Sklaven, zu Tieren herabgewürdigte Menschen, die vor ihrem Elend in die Wälder geflohen und dort Banditen geworden waren, oder doch Leute, die mit Räubern zusammensteckten, weil jeder Halsabschneider ihnen lieber sein mußte als ein Steuereintreiber. Das waren die Menschen, von denen Sie gerufen wurden, Sie, der Fürst, weil diese Enterbten an ihrer Spitze einen Namen brauchten. Nun ja, jeder Mann wird Ihnen zugeben müssen: Um aus diesen Zusammenrottungen Regimenter zu machen, brauchten Sie Offiziere. Und da bot der Adel sich dar, der seinerseits auch wieder seine Leibeigenen mitbrachte. Von Anfang an wurde auf diese Weise das Heer mit der Hörigkeit vergiftet. Im Handumdrehen war aus dem Bauernkrieg ein Adelskrieg geworden.»

«Die früheren Bauernaufstände wurden sofort erstickt. Die Bauern selbst erkannten das, als sie mich riefen, und mein Krieg hat Österreich acht Jahre zu schaffen gemacht.»

«Ein Beweis dafür», fuhr Julienne fort, «daß er zu gewinnen gewesen wäre, wenn Sie die Nation hinter sich gehabt hätten. Sie aber hatten selbst auf der Höhe Ihres Erfolges immer nur einen Teil des Adels hinter sich. Daß auch er später, nach militärischen Fehlschlägen, dahinschwand, weil ihm für den Abfall der Rest seines Besitzes garantiert wurde – das war fast eine Gesetzmäßigkeit, also vorauszusehen.»

Rakoczy begann unter Julienne zu leiden. Es quälte ihn, daß eine junge Frau, ein Mädchen, ihn und seinen Krieg mit solcher Selbstverständlichkeit und – was das Schlimmste war – mit solcher Klarheit durchschaue. Dennoch ließen Höflichkeit und eine innere Erregung ihn beharren, wobei er selbst die Überzeugung nährte, nur der Höflichkeit zu genügen. «Ich habe den Frieden von Szathmar nicht unterschrieben», sagte er.

Es war ein etwas ungleicher Kampf zwischen den beiden. Sie selbst war auf Grund der besten Quellen, die nur denkbar waren, vorbereitet, und alles war auf das gründlichste durchdacht worden. An jedes Wort, das aus ihrem Munde kam, glaubte sie. Rakoczy dagegen stand ihr nur mit seiner Gartenschere und seinen Erinnerungen gegenüber.

«Hoheit haben den Frieden von Szathmar nicht unterschrieben, sonst würde dieses Gespräch ja gar nicht stattfinden. Aber das erübrigt die Frage nicht, welche Macht in den acht Kriegsjahren hätte entwickelt werden müssen, um den Krieg bis zum Sieg, also bis zur Unabhängigkeit Ungarns, fortführen zu können.»

«Welche Macht? Sie sind wohl nicht so orientiert, mein Fräulein. Die Türken waren ganz ausgeschieden, Frankreichs Lage im Spanischen Erbfolgekrieg war äußerst prekär geworden ... ich weiß nicht, was Sie meinen ...?»

«Etwas anderes als Sie, Fürst. Sie widersprachen nicht, als ich Ihnen die Ursache von Szathmar nannte. Sie konnten es nicht. Glauben Sie, daß heute, nach über zwanzig Jahren, die Verhältnisse für Sie günstiger liegen? Eher wohl schlechter, wenn es nur auf den Adel ankäme.»

«Worauf denn sonst!» unterbrach er sie.

«Auf das Volk, mein Fürst. Leben in Ungarn nur Adlige?»

«Aber diese anderen sind doch nur Leibeigene, im besten Fall Bürgerliche, die wenig zu sagen haben.»

«Die Bürgerlichen würden – damit müßte gerechnet werden – sich zum Adel schlagen, falls nicht ein Teil durch Offiziersstellen zu gewinnen wäre. Für Offiziersstellen käme auch der niedrige Adel in Frage. Die Hauptsache aber bliebe das Volk.»

«Leibeigene, die sich selbst nicht gehören! Die man auspeitscht oder gar aufhängt, wenn sie sich von der Scholle entfernen.»

Ganz einfach wütend wurde Julienne, als sie das so aussprechen hörte.

«Gerade auf sie kommt es an!» rief sie. «Überlegen Sie sich doch einmal, was diese Leute nach einem achtjährigen Krieg für Ihre hochfürstliche Sache erwarten konnte, wenn sie noch ein neuntes und ein zehntes Jahr, kurz: bis zum Sieg gekämpft hätten. Sie wären Leibeigene geblieben, die man peitscht und henkt, wenn sie es sich nicht gehorsam ansehen wollen, daß man ihre Weiber und Töchter vergewaltigt und ihnen das letzte Essen vom Mund wegreißt. War es vor Ihrem Krieg, auf den Sie so stolz sind, schlimm, so ist es jetzt schlimmer. Der Adel ist verarmt und drückt auf seine Leibeigenen, denen er kaum noch die Zeit zum Schlafen gönnt. Nach den vielen Kriegen, darunter dem ungarischen, ist der habsburgische Kronschatz leer. Wer soll die künftigen Kriege bezahlen? Die Leibeigenen natürlich. Ich verstehe Euer Durchlaucht nicht. Kennen Sie eigentlich Ihr eigenes Manifest vom 7. Juni 1703, das Paul Raday für Sie schrieb?!»

Rakoczy verstand nicht ganz, auf welche Weise er wohl dieses wilde Mädchen gereizt haben mochte, aber daß es tatsächlich geschehen sei, konnte er sich nicht verhehlen.

«Aber mein Fräulein», versuchte er, sie zu begütigen, «ich sagte doch nichts gegen die Leibeigenen. Ich beklage sie aufrichtig. Als Fürst und Staatsmann jedoch kann ich mich leider nicht schönen Wallungen hingeben, die Sie so anziehend machen. Zwischen einem Manifest und der Wirklichkeit gibt es gewisse Unterschiede, und so muß ich Ihnen sagen, daß sich die Lage der Leibeigenen nur durch Hebung der allgemeinen Wohlfahrt ändern könnte.»

«Also wenn es dem Adel besser geht, wird weniger geprügelt? Meinen Sie das?»

«Sie drücken es etwas herb aus, meine Dame ...»

«... aber es ist richtig! Nun – dann sind wir soweit. Vom Manifest wird nicht mehr gesprochen. Werden wir also das, was Sie ‹wirklich› nennen. Immerhin haben Sie Ihren Krieg nicht unbegabt geführt ...»

Der Fürst verneigte sich stumm; aber Julienne übersah diese Ironie vollkommen.

«... keineswegs unbegabt, mein Fürst», wiederholte sie unbeirrt. «Sie werden also militärische Dinge begreifen.

Auf diesem Gebiet habe ich Ihnen nämlich etwas vorzuschlagen.»

«Verzeihung, mein Fräulein, was legitimiert Sie als Unterhändlerin? Bis jetzt sah ich kein Schriftstück.»

«Ich bin heute hier und spreche heute. Aber Sie brauchen sich nicht in diesem Augenblick zu entscheiden. Inzwischen können Sie beim Kiaja, dem Stellvertreter des Großwesirs, verhandeln lassen. Dort werden Sie zwar nicht das geringste über mich, wohl aber zur Sache so viel erfahren, daß ich Ihnen als legitimiert erscheinen werde.»

«Es ist gut», sagte Rakoczy. «Was haben Sie vorzuschlagen?»

«Waffen für insgesamt hunderttausend Mann: Infanterie, Artillerie, eingeschlossen zwanzigtausend Mann Kavallerie. Die Artillerie mit Feldgeschützen. Festungsartillerie wäre vom Feind zu erobern. Selbstverständlich Munition und jeder Nachschub in erforderlicher Menge. Proviant für drei Monate. Es wird angenommen, daß Ihre Armee sich beim Vorrücken aus dem Lande ernähren kann. Für den Beginn sechshundert Offiziere aus der Schule des Herrn von Bonneval ...»

«Dieser Mensch will mich als Fürst von Siebenbürgen nicht anerkennen!»

«Bonneval ist in seiner Art ein Genie und zugleich ein Narr. Er ist Pfortendiener, und die Offiziere – alle echt christlich – werden dasein. Zufahrt und Schmuggel, wenn alle anderen Wege blockiert sein sollten: Jassy. Außerdem die Höchstsubsidie, die Sie von Ludwig XVI. erhielten, umgerechnet zum Tageskurs. Ist sonst noch etwas zu bemerken?»

«Ich habe noch niemals so viel gehabt. Es fragt sich nur, was ich dafür zu tun hätte.»

«Sie, Fürst, hätten Ihren Nimbus zur Verfügung zu stellen, er ist das einzige, was sich in zwanzig Jahren nicht verflüchtigt hat. Sie sind heute mehr Nationalheld in Ungarn als je.»

«Und weiter?»

«Sie hätten ein Manifest zu erlassen, das allen ungarischen Leibeigenen die Freiheit gibt ...»

«Prinzessin!» schrie Rakoczy und sprang auf.

«... und sie zu freien Besitzern des von ihnen bebauten Bodens erklärt und den bisherigen Eigentümern eine Entschädigung in Aussicht stellt.»

«Niemals!» Rakoczy faßte sich mühsam. «Sie sind doch Christin, mein Fräulein, als ein christliches Mädchen erzogen. Begreifen Sie denn nicht, daß ich, ein ungarischer Magnat, dem ungarischen Adel nicht seinen Besitz nehmen kann, sein Land nicht und nicht die Leibeigenen, die doch sein wertvollster Besitz sind? Das wäre ja Raub! Ich hoffe zu Gott, daß ein Mann meines Namens sich niemals auf dem Weg solcher Verbrechen betreffen lassen wird.»

«Leibeigene sind also keine Menschen. Sie sind ein Besitz.»

«Das sagte ich nicht. Diesen Leuten, deren Los schwer ist, ja, ich gebe zu, oftmals grausam, legte die Vorsehung auf, sich zum Heil ihrer Seele demütig unter den unerforschlichen Ratschluß des Höchsten zu beugen.»

«Es tut mir leid, die historischen Kenntnisse Euer durchlauchtigsten Hoheit anzweifeln zu müssen ...»

«Hier gelten keine Kenntnisse, sondern gilt nur Unterwerfung.»

«... sonst würden Hoheit wissen, wie freie Menschen zu Sklaven gemacht wurden. Sehen Sie sich doch an, was Sie in der Türkei vorfinden. Hier gehört aller Grund und Boden dem Padischah. Leibeigene gibt es hier nicht.»

«In Ungarn hat Gott es zugelassen, und so ist es in Ungarn gut. Wenn ich am Jüngsten Tag vor Gottes Richterstuhl stehe, will ich diese Schuld der Empörung gegen den Willen des Höchsten nicht auf mich geladen haben.»

«Sie möchten also zu den weißen Lämmern auf der rechten Seite gehören?»

«Sie nicht?»

«Ich habe nicht viel Angst, aber vor der Langeweile habe ich welche, und so verzichte ich lieber auf die weißen Lämmer. Nur, mein Fürst ... übersteigt es Ihre Vorstellungskraft, daß am Jüngsten Tag, sagen wir mal, die durch keine Dogmen zu bestechende Gerechtigkeit ihren Richterstuhl aufstellen könnte? Was glauben Sie, hätte Ihr lieber Gott dann zu stammeln, wenn er für alles, was er in seiner hochherrschaftlichen Allmacht zugelassen hat, sich verantworten müßte?»

«Sie lästern Gott! Das ist Gotteslästerung!!»

«Das ist Theologie, mein Fürst», entgegnete Julienne sanft. «Mich wundert sehr, daß Sie bei den Benediktinern von Grosbois nicht mehr gelernt haben. Oder wußten die selbst nichts? Ich habe keine Angst vor Worten. Was ich aufwarf und was Sie so empört, ist etwas Ureinfaches. Es ist die Frage, ob die Menschen Geschöpfe Gottes oder Gott ein Geschöpf der menschlichen Phantasie sei. Mit dieser Frage müssen Sie selbst fertig werden. Ich bin damit fertig geworden, und darum glaube ich, wir brechen das Gespräch vorläufig ab.»

Sie wollte gehen, aber der Fürst umklammerte sie. Fast mit Gewalt hielt er sie zurück.

«Glauben Sie denn nichts?!» Er schrie es.

«Ein Gran Wissen ist mir lieber als eine Welt voll Glauben. Warum hat – wir wollen einmal annehmen – Ihr lieber Gott uns Verstand gegeben, wenn wir keinen Gebrauch davon machen dürfen? Das ist so was wie die Geschichte mit dem Apfel, und für solche Marotten habe ich als Frau schon gar kein Verständnis. Der Apfel ist da und wird gegessen. Für Götter zu ausschließlich herrschaftlichem Gebrauch hab ich nichts übrig!»

«Und die Gnade?» flehte er. «Ich bitte Sie, Kirina, junge Herrin, Fräulein, Sie sind doch eine Frau. Sie haben doch meine Traktate gelesen. Die Gnade, deren wir alle bedürfen! Auch daran glauben Sie nicht?»

«Die Gnade ist eine geschminkte Hure, die immer dann auftaucht, wenn die Gerechtigkeit einmal Ernst machen könnte. Gnade für Ihren Adel, für die Begüterten; für das gemeine Volk aber, wie ihr die Menschen nennt, die euch ernähren, ein unerbittliches Recht, das nichts weiter ist als teuflische Ungerechtigkeit.»

«Und was ist Ihre Gerechtigkeit, auf die Sie so großen Wert zu legen scheinen?»

«Beschäftigen Sie sich mit dem kleinen Einmaleins, mit der Multiplikation der ersten zehn Zahlen. Dann wissen Sie es.»

«Und wo finde ich diese Gerechtigkeit?»

«Überall im Kampf mit Ihren Göttern.»

Durch eine fast unmerkliche Bewegung hatte sich Julienne dem Fürsten entzogen. Es war, als sei ihr inzwischen ein Reifrock angewachsen. Zwei ihrer Finger faßten ihn an der gedachten Peripherie, und so entschwebte sie, wie es so unvergleichlich schon ihre Großmutter, Olympia Mancini, verstanden hatte.

XXIII

Viele Menschen hatte Julienne im Reiche Osmans kennengelernt, darunter drei bemerkenswerte Männer. Alle drei zusammen waren das Gespann vor ein und demselben Wagen, einer Troika, und alle drei so verschieden untereinander wie nur möglich: Rakoczy, Beschir, Bonneval. Zwei von ihnen waren weltberühmt, der dritte war ein Geheimnis. Aber gerade Beschir hielt die Mitte unter dem hohen Bogen des Osmanischen Reiches. Die beiden anderen waren nur die Seitenbespannung.

In der Lage, in die Julienne selbst sich gebracht hatte, bekamen diese Männer für sie als Frau Bedeutung. Immer war Julienne gegen die junge Männlichkeit spröde gewesen und weit aufgeschlossen gegenüber den Älteren. Mahmud war der erste ihrem Alter gemäße jüngere Mann, an dem sie Anteil genommen hatte. Aber in dem Augenblick, als aus dem unbekannten Schützling ein Kaiser, das höchstbegehrte Wesen eines ganzen, großen Harems geworden war, hatte die panische Furcht vor dem Verlust der Unbedingtheit ihr den scheinbar so natürlichen Weg aus seelischen und körperlichen Spannungen wieder verschlossen.

Allerdings waren ihre erotischen Möglichkeiten wenig begrenzt, und so konnte sie auf einen gleichaltrigen Partner und überhaupt auf einen Partner schließlich verzichten. Gelegentlich freilich kam sie sich wie in einem Irrgarten vor, in den ihre Triebe sie gesperrt haben – ein Gefühl, das abzuwerfen ihr stets gelang. Sie war eben der Sproß einer jener feudalen Familien, für die das Erzielen von Nachkommenschaft eine mehr gesellschaftliche Angelegenheit war, wobei es nicht so darauf ankam, auf welche Weise dieser Pflicht genügt wurde. Wenn nur alles sich in gleichen adeligen Kreisen abspielte, verbot es schon der primitivste Anstand, einer Vaterschaft nachzuspüren. Später waren die hohen Damen vollends frei, jede geschlechtliche Neugier und jede persönliche Laune zu befriedigen. Das alles kannte Julienne und wußte, daß ihre Frau Mutter nur die Unvorsichtigkeit begangen hatte, sich nicht vorher verheiraten zu lassen. Fürstliche Verbindungen kamen allerdings nicht immer leicht zustande, und eine andere einzugehen, war das Fräulein Soissons zu vornehm gewesen.

In dieser so ganz anderen Welt des Ostens hatte Beschir Julienne als seine Mitarbeiterin gewonnen. Unter dem großen Eindruck, den er auf sie gemacht und der sich bis jetzt auch nicht abgeschwächt hatte, war das geschehen. Durch ihn war sie mit den beiden anderen in Berührung gekommen.

Der Bestaussehende von den dreien war zweifellos Franz Rakoczy. Schon in seiner Jugend fielen Vergleiche dieser Art meist zu seinen Gunsten aus, und bei den Damen war er – obwohl alles andere als ein Eroberer – gut gelitten. Noch immer hatten seine dunklen Augen ihren Glanz bewahrt. Seine blauschwarzen Haare waren freilich angegraut, besaßen aber noch ihre alte Fülle, ebenso wie sein nach beiden Seiten lang ausgezogener Schnurrbart sich trotz Kloster und Askese behauptet hatte. Dieser Schnurrbart täuschte Husarenstückchen vor, die nie geritten worden waren. Rakoczy glich eher einem Kater, dem die Ratten schon den Schwanz annagen müßten, sollte er sich erheben, um dann allerdings soviel wie möglich von seinen Angreifern nach bewährten Katerregeln abzutun. Er hatte sich seine Aufgabe nicht selbst gestellt, sondern war in sie hineingeschlittert. Einmal unauflöslich mit ihr verbunden, war sein Verfahren vom Standpunkt seiner feudalen Klasse untadelig gewesen. Vor allem hatte er den Aufstand entpöbelt, zu einem aristokratischen gemacht und dafür gesorgt, daß im Falle eines Sieges nicht etwa das Volk – ein in politischer Hinsicht unvorhandenes Etwas – am Erfolg der eigenen Kämpfe und Leiden beteiligt gewesen wäre. Auf diese Weise hatte Rakoczy seinen großen Namen bekommen. Die Lohnschreiber der Feudalen und der aufstrebenden Geldmacht wußten, was sie ihren Brotgebern schuldig waren.

Aber ebenso begreiflich war es auch, daß es Julienne nicht verlockt hatte, diesen Mann dem Kloster und der Askese zu entreißen, zumal nicht nach ihrem letzten Gespräch mit ihm. Der schöne Schein langweilte sie, und sie log nicht: Es gab wenig, was sie so haßte wie Langeweile.

Das gleiche hätte sie von Bonneval nicht sagen können. Im Geist sah sie ihn oft in ihrem abendländischen Kreis von Bischöfen, kaiserlichen Offizieren, ungarischen Adeligen, Kavalieren und Damen sich selbstherrlich ausbreiten. Sie wußte keinen von den andern, der ihm gleichgekommen wäre. Aber alle hatten dieselben Vorurteile, denselben Gedanken wie Bonneval, nämlich sich selbst. Wenn Julienne, ohne Beschir zu kennen, auf Bonneval gestoßen wäre, hätte seine geistige Überlegenheit sicher viel unmittelbarer auf sie gewirkt, sein beginnendes Embonpoint sie kaum abgelenkt. Aber sie kannte Beschir, den Mann des vorurteilslosen Wissenwollens und eines umfassenden Wissens. Beidem verdankte er seine überlegene Ironie. Sie kannte den Mann, der sich, durchdrungen von seiner selbstgewählten Mission, als einzelner dem Einbruch eines – wie ihn dünkte – entmenschten Abendlandes entgegenstemmte, einem Einbruch in seine eigenen Welten. Sie kannte seine aus sich selbst geborene Würde jenseits jeder ererbten.

Dabei hätte Julienne nicht Julienne sein müssen, wenn sie für sein Allzumenschliches nicht jederzeit ein Lächeln bereitgehalten hätte. Das Alter des ausgemergelten, aber straffen Mannes gehörte freilich nicht zu dem, worüber sie lächelte. Für sie bedeutete es etwa so viel wie Bonnevals beginnende Fülle. Kein Alter war für sie ein Hindernis, wenn ihre Fähigkeit zur Vergeistigung, auf die sie allein jetzt angewiesen war, ihren Trieb ergriff. Die Verwandlung von Geist in Fleisch würde ihr in ihrem jetzigen Zustand leichter fallen als das Umgekehrte. Von Geist hatte sie genug.

Julienne war ein Mädchen ... eine junge Frau ... sie begehrte das Fleisch.

Anscheinend hatte sie es im Arm, und zwar in Gestalt der jungen Witwe, der kleinen Mädchenfrau Elena Gika, die sich gerade herumwarf und ihre Nase in Juliennes Achselhöhle bohrte. Elena war wieder zu Hause und schlief wieder im gemeinschaftlichen Bett mit Julienne. Alles war gut.

Es sei zu grausam, sie jetzt zu wecken, dachte Julienne und ließ sich von Elenas Beinen und Armen umklammern. Mütterliche Gefühle überkamen sie, als sie so auf ihre kleine Schwarze hinuntersah, also gerade das ergriff sie, worauf es Elena so sehr ankam, auf Gefühle, die sie in der größeren Freundin mit so vielem Fleiß geweckt hatte.

Es war überhaupt ganz anders, als man auf den ersten Blick vielleicht hätte annehmen können. Julienne, die scheinbar so klare, willensstarke Julienne, war in ihren eindeutigen Beziehungen zur Freundin keineswegs die Verführerin gewesen, noch war sie es jetzt. Wohl übte sie das Regiment aus, aber nicht, weil das allerdings ihrem eigenen Wesen entgegenkam, sondern in Wirklichkeit wegen Elenas starkem Verlangen, sich einer festen Führung unterwerfen zu müssen. Dieses Verlangen war ein untrennbarer

Teil ihrer zärtlich leidenschaftlichen Liebe zu ihrer Freundin. Untertanin sein, ohne nicht gelegentlich auch gestraft zu werden – in einem derartigen halben Zustand hätte sie sich verzehrt, und dadurch wäre sie für ein Zusammenleben völlig unbrauchbar geworden. Das temperamentvolle Persönchen konnte recht zornig werden. Mit scharfem Blick erkannte sie die schwachen Stellen der Menschen, die sie kränken wollte, und insbesondere Julienne kannte sie in dieser Hinsicht genau. Sie wußte ihre geschliffenen Bosheiten bei ihr anzusetzen und war, wenn sie auf andere Weise keinen Eindruck machen konnte, durch nichts vom Durchhalten eines mürrischen, unausstehlichen Betragens abzubringen. In solchen Fällen war Elena die Stärkere, und es fragte sich noch, wer von den beiden Damen das Feld in Wirklichkeit beherrschte. Julienne mochte entschlossen gewesen sein, sich nicht reizen zu lassen – zuletzt sprang sie doch wütend auf. Dann war es soweit.

Elena mußte Juliennes Zofe holen, die schon wußte, was sie mitzubringen habe, und mit deren Beistand kam die Kleine dann auf den Triangel, einen dreibeinigen Strafbock, allerdings ohne die enganliegenden Damenbeinkleider aus weißem Byssus, wie sie die Byzantinerinnen seit je und besonders jetzt wieder unter den Reifröcken trugen, weil sie es für schamlos hielten, darunter von den Knien aufwärts nackt zu sein. Von dieser Prüderie wußten die europäischen Damen nichts.

Überdies war das, was der armen Elena bei derartigen Anlässen widerfuhr, nicht gar so ausgefallen. Katharina Medici, die doch eine Königin von Frankreich gewesen war, hatte es mit ihren Hofdamen nicht anders gehalten. An fünf Dutzend waren davon ständig in ihren Diensten gewesen. Häufige Heiraten hatten zwar die Reihen gelichtet, aber immer wieder hatten Neue die Lücken ausgefüllt. Alle aber waren als ausgesucht hübsche Mädchen aus dem französischen Adel gekommen. Mit ihren wundervollen Federhüten und Kleidern – besonders ohne sie – hatten sie zu Fuß und beritten eine gefährliche Kavallerie gebildet. Nie hatte es lange gedauert, bis auch die Rekruten die Künste der Koketterie beherrscht hatten. Brauchbar waren sie auch gewesen. Wenn sich zwischen der Königin und einer politischen Persönlichkeit Differenzen ergeben hatten, so waren diese erfahrungsgemäß am besten im Bett einer der jungen Damen geschlichtet worden.

Es hatte viele Differenzen, aber zum Glück auch genug Mädchen gegeben. Keines jedoch hätte es sich einfallen lassen, Ihrer Majestät bei solchen und anderen Gelegenheiten den Gehorsam zu verweigern, auch dann nicht, wenn es der hohen Frau beliebt hatte, über eines und mehrere ihrer Ehrenfräulein eine Rutenstrafe zu verhängen. Meister Brantome, der ja selbst ein Mitglied Ihrer Majestät Hofstaat gewesen war, berichtete mit seiner schönen Sachlichkeit auch darüber wie über alle anderen Ereignisse und Zustände. Nach seinem Hofbericht wurde eine solche Strafe meist durch eine Kammerfrau vollstreckt, nachdem sich das adlige Fräulein vorher hatte ausziehen müssen. Auf Reisen jedoch, bei Mangel an Zeit und beim Fehlen eines geeigneten Ortes, an dem die Strafe in aller Ruhe hätte vollzogen werden können, war es zuweilen auch geschehen, daß die Majestät selbst die Ruten ergriffen und die hochgeborenen Sünderinnen über ihr eigenes allerhöchstes Knie gelegt hatte. Jedermann war diese Hauszucht als das Selbstverständlichste von der Welt erschienen, und es war allgemein bekannt gewesen, daß die jungen Damen ihrer Herrin nie etwas nachgetragen, sondern sie im Gegenteil auf das leidenschaftlichste angeschwärmt hatten. Selbst in ihren Betten hatten sie sich noch durch unzerreißbare Fäden an ihre Königin gefesselt und von ihr gelenkt gefühlt. Von keiner war Katharina jemals verraten worden.

Im Hinblick auf Elena konnte Julienne von sich selbst das gleiche sagen. Wenn Elena sich nach solch einem Zwischenfall wieder erheben durfte und ihr Geschrei, das während der Exekution den Raum erfüllt hatte, sich in Schluchzen umzuwandeln begann, stellte es sich bei den ersten Worten der Gestraften stets heraus, daß ein völlig verändertes, sanftes Geschöpf aus dem Fegefeuer hervorgekommen war, voll von einer hingebenden Liebe, die es nach nichts so sehr wie nach deren Bestätigung verlangte.

Gestern abend, dachte Julienne, während ihre Hände über Elena glitten, sei es etwas hart hergegangen, und einige Tage dürfte es dauern, bis die Folgen der Ungezogenheit ihrer Kleinen nicht mehr zu sehen sein würden. Verdient habe es das freche Ding. Schon in Rodosto habe sie, Julienne, sich über sie ärgern müssen ...

Aber alle diese erzieherischen Erwägungen endeten zuletzt doch nur in einem leichten Seufzer. Nichts wurde Julienne schwerer als das, worin die meisten Menschen so große Fähigkeiten entwickelten, nämlich, sich selbst zu belügen. Eben aber, sagte sie sich, sei sie auf dem besten Wege gewesen, es zu tun. Wohl habe sie – das sei nicht zu bezweifeln – als eine echte und rechte Zuchtmutter gehandelt. Anders habe sie sich der Kleinen auch gar nicht erwehren können. Sie sei auf das Zusammenleben mit ihr, das sie auch gar nicht missen möge, angewiesen und habe nur das Mittel angewandt, das dieses gemeinsame Leben allein ermöglichte. Im Grunde jedoch sei es auch diesmal wieder Elena und nur sie gewesen, die ihr die Rute in die Hand gedrückt habe, und so sei es ganz unnötig, daß ihr das gierige Gesicht der Batthany erscheine, wie es war, als die Gräfin der öffentlichen Auspeitschung ihrer Leibeigenen zusah. Zwischen rohen Heiducken mit derben Hofpeitschen und einer rutenbewehrten Damenhand im Boudoir oder auch in einem gepflegten türkischen Baderaum sei ein Unterschied – ein sehr großer! Überhaupt habe das eine mit dem andern nicht das geringste zu tun. Liege ihr nicht Elena jetzt, nach ihrer Bestrafung, beruhigt und glücklich im Arm ...?

Julienne schalt sich dumm und verwirrt, aber gerade damit rief sie nur ihren eigenen Verstand auf über das, was ihr so fremd war, sich Klarheit zu verschaffen. Nun ja ... durch die Schläge sei das Blut in die Körpermitte gepreßt und dort der Trieb entfesselt worden. Aber dieser rein mechanische Vorgang könne unmöglich das Wesentliche sein und sei es auch nicht. Denn fast alle, die der Rute sich hingeben, verlange es danach, jedes Selbstbewußtsein, jeden eigenen Willen, jede Scham, die ganze eigene Persönlichkeit der andern, um ein Teil von ihr zu werden, in Schmerzen hinzugeben. Befreiung vom Ich sei das, ursächlich das gleiche wie der Drang, der den Menschen auf hohem Felsen nach dem Tod der Tiefe ergreife.

Allein in der Christenheit habe es seit über eineinhalb Jahrtausend immer wieder Menschen mit der Hoffnung gegeben, durch völlige Selbstentäußerung und Kasteiungen den Himmel erstürmen zu können. Mit Todes- und Lebenssucht werde der Mensch nun einmal geboren. Beide seien wohl nicht immer gleich stark, aber stets lebendig zugegen in den vom Machtrausch Besessenen sowohl wie in den selbstgewollten Sklaven, die nur darauf warten, ihres Selbst entkleidet, in eine erträumte Verwandlung einzugehen.

Julienne schloß erschrocken die Augen.

Sie versuchte, an den lebensgefährdenden Mut und die lebenerhaltende Feigheit und alles mögliche andere zu denken; aber das befreite sie nicht von dem Wissen, daß selten ein chemisches Element rein aus der Retorte steige, und ihr kam aus der Retorte eine Ahnung von dem, über dessen Unverständlichkeit sie so oft fast verzweifelt gewesen war.

Stets hatte sie Sklaven, die sich beugten, Leibeigene, die sich nicht widersetzten, nicht rächten, bitterer gehaßt als die Unterdrücker, die der Mangel an Widerstand zu den gröbsten Scheußlichkeiten geradezu ermutigte. Ohne Sklaven gäbe es keine Tyrannen, dachte sie, und die Sklaven seien zuerst dagewesen. In allen Zeiten habe es harte Despotien von großer Zähigkeit gegeben, die von den vergewaltigten Völkern bei einer Gefahr mit wilder Leidenschaft verteidigt worden seien. Julienne hatte das früher nie verstanden.

Jetzt wußte sie die Antwort.

Aber auch das wußte sie jetzt, wo der Hebel anzusetzen sei, und sie nahm sich vor, mit Beschir darüber zu reden.

Julienne war nicht in einer Mädchenwelt aufgewachsen, nicht in einer Klosterschule und nicht in einem ähnlichen Internat, selbst Mädchen mit den andern unter Aufsicht von Erzieherinnen, die ebenfalls Mädchen waren. Nichts hatte sie von gleichgeschlechtlicher Liebe unter Frauen gewußt, die in derartigen Verhältnissen kaum zu vermeiden war. Erst durch Elena war sie mit einer Möglichkeit bekannt gemacht worden, von der sie sich selbst ganz kühl den Vorteil versprochen hatte, daß «man dann ja keine Männer mehr nötig habe». Gleichzeitig war aber auch schon ihre erotische Neugier wach gewesen, der sich Elenas kindhaft schmalhüftiger und doch edel geschwungener Körper so willig dargeboten hatte. Aus der ästhetischen Freude an dieser Mischung von Schulmädchen und junger Frau war dann die Erwiderung von Elenas begehrlicher Unterwürfigkeit durch eine echte Zuneigung erwachsen, die für Julienne durchaus keine Selbstverständlichkeit gewesen war.

Für Elena war sie es gewesen. Ihr hatte das Kloster seinen Stempel mit der Abneigung gegen das sündhafte Männliche und dem Bedürfnis nach einer angebeteten strengen Bußmutter eingeprägt. Den tiefsten, nicht mehr zu verwischenden Eindruck hatte Schwester Ingerina bei ihr hinterlassen, in deren Hände Elena in der Zeit ihrer beginnenden Pubertät geraten war. Diese kaum dreißigjährige Nonne – wie aus einer Ikone herausgetreten mit ihren langfingrigen Händen und ihren großen dunklen Augen im bleichgelben Gesicht – war schon ihres Aussehens wegen mit dem Nimbus einer besonderen Heiligkeit umkleidet gewesen. Dieses Ansehen hatte sich noch durch ihr häufiges Verlangen gestärkt, die Igumena möge ihr armen Sünderin doch um der Heiligen willen die Disziplin geben lassen. Daß sie an einem Lungenübel gelitten hatte und dadurch ihr Trieb ständig erhitzt gewesen war – derartige weltliche Erfahrungen hatten im Kloster natürlich keinen

Eingang gefunden. Vielmehr war es als ein Zeichen für Schwester Ingerinas besondere Berufung für das Amt der Schulvorsteherin angesehen worden, daß aus ihrem Lehrzimmer stark und oft genug das Geschrei gezüchtigter Schülerinnen nach außen gedrungen war. Die erste Verfügung der neuen Präfektin hatte denn auch gelautet, daß niemand als nur sie selbst die kleinen und großen Mädchen über das Katheder legen dürfe, worauf sie sich mit Inbrunst dem Teil der Erziehung hingegeben hatte, der ihr der liebste gewesen war.

Vielleicht war ihr Leben durch die Freude an dieser heilsamen Tätigkeit verlängert worden. Schließlich hatte sie aber doch in der standhaften Überzeugung, daß der Gezüchtigten Schreie der lieben Heiligen schönste Musik sei, sich selbst zu den Heiligen begeben müssen, deren himmlische Ohren durch sie mit täglichen Konzerten erquickt worden waren.

Für Elena war dieser Todesfall der Anlaß gewesen, in Bußübungen für das Seelenheil der angebeteten Lehrerin aufzugehen. Wenn ihre Familie sie nicht gerade noch rechtzeitig mit dem jungen Gika verheiratet hätte, wäre es durchaus möglich gewesen, daß die kleine Dame als Ingerinas Liebling allmählich deren Nachfolge angetreten hätte. So aber war durch die Ehe den Hoffnungen des Klosters ein Ende bereitet worden und der Ehe wieder durch einen der vielen Inselstürme in der Ägäis, aus dem Kir Gika sich nicht hatte retten können.

Julienne, die diese Geschichte kannte und weder Nonne war noch an Auszehrung litt, hatte ein wenig Angst davor, Schwester Ingerina allzu ähnlich zu werden. Elena fand immer Mittel und Wege, daß die Freundin sie im ehrlichen Ärger bestrafte. Julienne aber mußte sich gestehen, daß dieser Ärger jedesmal sehr schnell einem Mitleid zutrieb, dessen Wollust sie alles Bitten und Flehen ihrer Geliebten überhören ließ.

Zu gut ergänzten sich beide Damen, als daß Elena auch nur entfernt daran gedacht hätte, sich jemals von ihrer vergötterten Freundin zu trennen. Sie hätte mit Selbstmord gedroht und ihn vielleicht sogar begangen. Aber auch Julienne erkannte es dankbar an, daß die Lebensgemeinschaft mit einem Wesen, das mit jeder körperlichen Auseinandersetzung mehr in sie, Julienne, hineinwuchs, sie von Spannungen befreite, die sonst die Schärfe ihres Verstandes hätten trüben können, eines Verstandes, dessen sie so sehr in ihrem anderen Leben bedurfte, von dem Elena keine Ahnung hatte.

Nein ... nur keine Männer! dachte Julienne.

Aber ...

«Woran denkst du?»

Es war Elena, die es fragte, und Julienne war es, als habe die Kleine sie schon eine Weile betrachtet. Eine Antwort aber erhielt sie trotzdem oder gerade deswegen nicht. Julienne zog sie nur näher an sich heran und fragte ihrerseits, wie sich die Freundin befinde.

«So gut, wie es eben sein kann», sagte Elena und verzog ein wenig den Mund.

«Also nicht ganz gut?» fragte Julienne und streichelte sie.

«Ich fühle es noch», sagte Elena, «aber das gehört sich auch so. Mir graust noch, wenn ich daran denke, was ich dir gestern alles gesagt habe.»

«Und mir graust auch vor etwas», lachte Julienne. «Doch das macht nichts. Ich laß dich massieren, und nach drei Tagen ist nichts mehr zu sehen.»

Elena fuhr mißtrauisch auf. Vor Juliennes Phantasien hatte sie Angst.

«Du läßt mich ...? Selbst willst du nicht? Aber dann laß es wenigstens deine Zoë sein», bat sie. «Zoë weiß Bescheid, und bei der macht es nicht viel.»

Aber Julienne hatte ihre Freude daran, Elena ein wenig zu schrecken. Und dann steuerte sie auch ein Ziel an, dessen Bedeutung für sie die Freundin nicht wissen durfte.

«Und wenn es nun ein sehr guter Masseur wäre?» fragte sie.

«Nein! Bitte nicht! Keinen Mann.»

«Du hast dich doch gestern bei deinen Frechheiten nicht geschämt.»

Statt einer Antwort warf Elena sich herum und vergrub ihr Gesicht in den Kissen.

Ganz reizend fand es Julienne, daß Elena trotz des Klosters die Fähigkeit, sich zu schämen, immer noch besaß, und sie nahm sich vor, davon gelegentlich noch Gebrauch zu machen. Jetzt jedoch faßte sie die Freundin an den Schultern und drehte sie herum.

«Sei nicht so zimperlich», sagte sie. «Als wenn ich nicht wüßte, was ihr in euren Klöstern treibt. Dabei meine ich nicht einmal einen so ganz richtigen Mann. Wozu haben deine Verwandten dir den Mardian überlassen, den Eunuchen? Du sagtest, er sei Damenarzt?»

«Und Lehrer!» fügte Elena hinzu. Sie war offenbar stolz auf ihren Familieneunuchen und nicht gewillt, auch nur einen von seinen Vorzügen preiszugeben.

«Aber Damenarzt doch auch», beharrte Julienne, «und ich möchte bei dir von ihm Gebrauch machen. Sieh mal, Elena», log sie mal wieder, «du weißt doch, daß wir in Kanada von Eunuchen keine Ahnung hatten. Ich möchte gern so einen näher kennenlernen. Wozu hast du ihn denn? Nur um dir griechisch vorlesen zu lassen, weil ich das nicht verstehe und ihr euch mir gegenüber damit aufspielen könnt? Oder daß er dir alte Geschichten aus Byzanz erzählt, das gar nicht mehr da ist?»

«Oh, Thea, er ist sehr, sehr gelehrt!» versicherte Elena eifrig. «Wenn er zum Islam übergetreten wäre, hätte er längst eine große Staatsstellung als Professor oder noch höher. Bis ich ins Kloster kam, hat er mich unterrichtet, und was ich weiß, habe ich eigentlich nur von ihm. Und als ich heiratete, war er es, der durchaus als mein Lehrer zu mir wollte. Die Verwandten hatten gar nichts damit zu tun. Er hätte hingehen können, wohin er wollte – irgendwo hätte er stets eine bedeutende Stellung bekommen. Aber er ist so anhänglich, Thea. Es ist einfach, daß er mich liebhat!»

«So? ‹liebhat›? Aber dann kannst du doch …»

«Etwas peinlich wäre es schon für mich; aber er würde mich nicht verklatschen, daß ich es noch mit der Rute bekomme.»

Damit warf sie sich über Julienne und bedeckte sie mit Küssen, die entgegengenommen und erwidert wurden.

Nach dem Abebben dieses Gefühlsausbruches verlangte Julienne, daß Elena ihr alles sage, was sie über Eunuchen wisse. Elena meinte, daß es der Takt verbiete, über dieses Thema, das nicht auf dem Studienplan der Klosterschule gestanden habe, sich von Mardian einen Vortrag halten zu lassen. – Sie selbst hatte seit ihrer Heirat zwar manches hinzugelernt; aber es stellte sich doch heraus, daß Mardian ziemlich prüde war oder sich wenigstens seiner Schülerin gegenüber so gab.

«Ich glaube», konnte Elena nur vermuten, «heute macht man es nicht mehr, daß man ... alles entfernt ...»

Julienne wußte viel mehr. Sie hatte manches darüber gelesen. In der Serailbibliothek, aus der sie durch Beschir Bücher erhielt, befanden sich lateinische Schriften. Sie war in Ungarn aufgewachsen, und jeder gebildete Ungar kannte ein wenig Latein, die Sprache der Landtage und Behörden.

«Ich bin überzeugt, daß man zu allen Zeiten verschiedene Verfahren anwandte», sagte sie, «auch das, den Knaben, wie du es erwähntest, nichts zu lassen. ‹Cazimazier› nannte man sie. Vielleicht sind die Sopransänger in unserer Apostelkirche solche Eunuchen. Achte einmal darauf, wenn du sie den cherubinischen Lobgesang singen hörst. ‹Laßt uns, die wir auf geheimnisvolle Weise die Cherubim abbilden› – weißt du?»

«Meinst du, daß die hohen Stimmen damit zusammenhängen?»

«Bist du wirklich so dumm?»

«Mardian spricht viel tiefer», verteidigte sich Elena.

«Dann wird er wohl noch Verschiedenes haben.»

«Ach sooo ist das.» – «Ja, so ist es», bestätigte Julienne trocken.

«Dann waren es keine Sopransänger, von denen die Polly

sprach. Sie war auch im Kloster und sagte mir, daß manche Eunuchen viel leidenschaftlicher seien und viel mehr Kunst ... aber Kinder können sie nicht kriegen!»

«Wer? Die Eunuchen?» neckte Julienne.

«Die Frauen können von den Eunuchen keine Kinder kriegen! und das ist doch schließlich die Hauptsache.»

«Und die Leidenschaft, die Kunst? Für dich bedeutet das wohl gar nichts ... Laß mich los! Ich ersticke!»

Elena aber schloß ihr noch immer mit Küssen den Mund.

«Du kleines Biest!» Mit diesem Schrei befreite sich Julienne. «Übrigens», fuhr sie fort, während sie noch nach Atem rang, «was deine Polly sagte, überrascht mich gar nicht. Die phrygischen Eunuchenpriester der Kybele waren im ganzen Altertum als große Erotiker berühmt und in ihrem Zustand besonders von den Frauen geschätzt. Kannst du dir ja denken!»

«Was du nicht alles weißt ...», staunte Elena.

«Wenn ich du gewesen wäre, wüßte ich viel mehr. Aber in Montreal am Sankt-Lorenz-Strom lernt man so etwas nicht, und einiges ist mir dennoch bekannt. Juvenal schrieb einmal darüber. Das war ein römischer Schriftsteller, wenn du es nicht wissen solltest. Er schrieb, daß sich die vornehme junge Herrenwelt nur den Damen zuliebe auf diese Weise herrichten lasse. Nur wegen des Nichtkinderkriegens geschah das gewiß nicht. Damals war man nicht sehr heikel, und wenn die Damen einen Mann hatten, galt er ohne weiteres als Vater – mochte er es nun sein oder nicht. Es geschah, weil die Damen leidenschaftliche Liebhaber von großer Ausdauer haben wollten. Wenn das damit nicht erreicht worden wäre, hätten die Herren ihren Arzt nicht bezahlt. Vor allen andern war das der große Heliodor, und der war nicht billig. Sonst hätte er kein Millionenvermögen hinterlassen.»

«Aber Mardian ... Ich weiß, daß er mich liebt.»

«Dein Mardian ist ein Tropf. Wahrscheinlich ist er schüchtern. Aber so sind sie nicht alle. Herodot hat auch schon über die unbändige Erotik der babylonischen Eunuchen geschrieben. Und wie erklärst du dir das, meine Süße, daß fast alle reichen Eunuchen ihre eigenen Harems haben? So etwas kostet Geld, und die meisten sind geizig.»

«Dieser Mardian!» sagte Elena, als sei sie bei diesem Gespräch auf einen ganz durchtriebenen Mardian gestoßen, den sie noch gar nicht gekannt habe. «Glaubst du, daß er deswegen zu mir wollte?»

«Jedenfalls nicht, um von dir Griechisch zu lernen.»

XXIV

Jeden Morgen verließ Bonneval in aller Frühe sein Haus, um in einem Boot von Pera nach dem asiatischen Ufer überzusetzen.

Jeden Morgen pilgerte eine Zuschauermenge, darunter viele Militärs, nach Skutari zum Truppenübungsplatz, um Bonneval mit seinen Kumbaradschi, seinen Bombardieren, exerzieren zu sehen.

Es war auch etwas ganz Neues und völlig Ungewohntes, was dort vor sich ging. Die Janitscharen übten in Konstantinopel so gut wie nie. Fast alle hatten ihr kleines Gewerbe, und der Dienst wurde mehr als Belästigung empfunden. Gerade noch aufrechterhalten wurde er. Daneben gab es noch eine besondere Art von Janitscharen, deren Zahl immer größer wurde. Ihr Dienst endete damit, daß es ihnen gelang, ins Register aufgenommen zu werden, um von da ab den Sold als eine Art Rente zu beziehen und auch die mannigfaltigen anderen Vorteile zu genießen, ohne sich dank ihrer guten Beziehungen sonst irgendwie noch bemühen zu müssen. Die aktiven und wirklichen Janitscharen aber konnten auf Waffenübungen deswegen verzichten, weil sie in den Schlachten gewohnt waren, durch ihre Masse und durch ihre zweifellos vorhandene Tapferkeit zu wirken, ein Verfahren, das jedoch durch die Entwicklung der Waffen und der Kriegführung längst überholt war.

Allerdings kamen die Janitscharen bei ihrer Taktik mit

ganz wenig Offizieren aus. Selbst die Soldsipahi und die Lehensreiterei hatten das Mehrfache an Vorgesetzten. Und nun sah man in Skutari die Heerschar der Kumbaradschi, insgesamt etwa viertausend Mann, in Regimenter, Bataillone, Kompanien und Züge aufgeteilt, unter dem Kommando von zahlreichen Offizieren und Unteroffizieren sich auf einem verhältnismäßig kleinen Raum wie ein geregeltes Uhrwerk bewegen, ohne Stauungen und unvorhergesehene Zwischenräume die Richtung wechseln, schwenken, sich teilen und zu Linien zusammenfinden, wie es dem Willen des Kommandierenden entsprach. Jedem Zuschauer war es klar, daß selbst die kleinste Einheit, ja der einzelne nach einem gemeinsamen Willen selbständig vorgehe, ohne daß die Formationen deswegen auseinanderfielen.

Diese Truppe, die sich zu einem Vorbild für das türkische Heer und einer Schule für Offiziere und Unteroffiziere zu entwickeln begann, war aus Männern aller Teile des großen Osmanischen Reiches, zugleich aus Flüchtlingen anderer europäischer Länder zusammengesetzt. Zum ersten Male hatte das türkische Heer unter seine Mitkämpfer auch Christen aufgenommen. Gerade die letzten waren besonders wertvoll, weil sie die landsmannschaftlichen Bindungen lockerten, die bei den Janitscharen so oft Schwierigkeiten verursacht hatten. Bei den Bombardieren dagegen bildete ihr Lehrer und Kommandeur, mit dessen Ruhm sie sich schmückten, das einigende Band.

Und doch hatte Bonneval die Gefährdung seiner Schöpfung für möglich gehalten, als Topal Osman, der ihm so wohlgewollt hatte, vom Amt des Großwesirs abberufen worden war. Die Bemerkung jener Dame, der er nie wieder begegnet war, daß mit seinen Diensten für die Dauer gerechnet werde, hatte er zwar nicht vergessen. Als er aber die Einladung zum neuen Großwesir Ali Hakimsade erhielt, war er dennoch auf alles gefaßt.

Natürlich gab es auch in der Türkei beliebte und unbeliebte Generäle. Die meisten waren den Truppen gleichgültig, und die beliebten waren bei der Regierung unbeliebt. Voltaire hatte geschrieben, daß er Bonneval noch bei den Persern zu sehen erwarte. Doch wen – Freund oder Feind – ließ Voltaire schon mit seiner Feder unbehelligt? Wohl befriedigte die Lage Bonnevals Eitelkeit; aber sein Sicherheitsbedürfnis war zur Zeit größer. Für ihn gab es nur die Türkei. Was wäre aus seinem Haß gegen Habsburg in Persien, Indien oder China geworden?

Nicht in der besten Laune betrat der große Herr aus dem Limousin des Arztsohnes schönen Palast.

Auch Ali Pascha war erst in der zweiten Generation Türke, wenn man den Venezianer, seinen Vater, der es im Osten zu hohem wissenschaftlichem und menschlichem Ansehen gebracht hatte, als erste Generation rechnen wollte.

Genaugenommen standen sich mit Bonneval und Ali ein Franzose und ein Italiener gegenüber.

Aber Ali war Großwesir, also der Schatten des Padischahs, und der mußte seinen Stellvertreter schon mit Absetzung, vielleicht gar Tod bedrohen, wenn er ihn zügeln wollte. Mochte ein Großwesir Jahrzehnte oder drei Tage im Amt sein – solange er das Siegel des Reiches um seinen Hals trug, konnte ihm niemand dreinreden, nicht einmal der Sultan. Wenn das Siegel ihm abgefordert wurde, verließ er sein Amt mit den Füßen voraus und als stiller Mann aus der Pforte des Bostandschibaschi, um in einer komfortablen Turbe beigesetzt zu werden, oder er wurde wieder ein Pascha mit drei Roßschweifen und erhielt wie Topal Osman Pascha, der inzwischen Beglerbey von Trapezunt geworden war, eine große Statthalterschaft des Reiches.

Was war Bonneval dagegen? Kaiserlicher Generalfeldzeugmeister und Mitglied des Wiener Hofkriegsrates war er nicht mehr. In der Türkei hatte man ihn seiner Gelehrsamkeit wegen anfangs als Efendi angesprochen, ohne daß er darauf wirklich ein Recht gehabt hätte. Mit seinem militärischen Kommando war er wie jeder hohe Offizier und jeder hohe Hofbeamte «Aga» geworden. Als Eunuch konnte ein Aga sogar mehr als ein Pascha sein, als Kislar Aga etwa oder Chasineder Aga. Für Bonneval bestand diese Möglichkeit nicht. Jeder der fünf Generalleutnante der Janitscharen – von dem Janitscharenaga selbst gar nicht zu reden – stand im Rang über Bonneval. Ihm schien es, als habe man seine Stellung absichtlich im unklaren lassen wollen, während man ihm eine Aufgabe zuweise, die Sein oder Nichtsein der Türkei berühre. Der Hof habe ihn gewissermaßen sich selbst überlassen, mußte er denken. Was sei ihm also übriggeblieben, als sich so fest wie nur möglich in seiner eigenen Truppe zu verankern? Der Katzensprung vom Goldenen Horn bis zum bosporonischen Skutari bedeute nichts. Es sei Tatsache, daß er in Konstantinopel mit viertausend besttrainierten und bestbewaffneten Männern stehe, die nur ihm gehorchen, ohne daß er die Stellung und die Rechte eines Paschas habe, und lange könne sich ein solcher Widersinn nicht behaupten.

Er war keineswegs glücklich darüber.

Der Empfang Ahmed Agas, wie Bonneval jetzt hieß, war jedoch genau wie unter Topal Osman der eines Mannes, dessen Zeit noch kommen würde. Beflissene Ehrenbezeigungen, höfliche Begrüßungen, ein Öffnen der Türen, wo es nicht unbedingt nötig gewesen wäre, ein Erheben Gleichrangiger, die ebensogut hätten sitzen bleiben können, und vor allem: Bonneval brauchte nicht zu warten. Der Tschausch führte ihn sofort bei Seiner Hoheit ein.

Die Überraschung jedoch war Ali Hakimsade selbst. Nachdem er durch eine Handbewegung seine Umgebung mit Einschluß des Dolmetschers entlassen hatte, erhob er sich, der Großwesir, von seinem Polster, was selbst einem Pascha von drei Roßschweifen gegenüber eine Gunst gewesen wäre.

«Mein Herr Bruder», sagte Ali und streckte dem einfachen Militäraga lachend die Hand hin, «ich sehe Sie nicht zum erstenmal.»

Das größte Wohlwollen für Bonneval war es aber, daß Ali französisch sprach.

Alis Muttersprache war Italienisch. Auch seine Mutter war Venezianerin. Dennoch beherrschte er mehrere Sprachen und natürlich auch Türkisch in einer Weise, daß er damit auch vor dem Efendi bestehen konnte. Ali mit seinem blassen, schwarzumbarteten Gesicht, seinen gepflegten Händen und seiner Haltung von lässiger Überlegenheit war ein Tschelebi, ein gebildeter Herr, der, wenn nicht in hohen und höchsten Stellungen, nur noch als gelehrter Privatmann denkbar war.

Bonneval und Ali waren wie geschaffen, sich zu ergänzen. Erstaunlich war nur das Fehlen jedes Talentes für Fremdsprachen beim Grafen. Mit seinem Französisch wußte er freilich umzugehen, wenn seine Spottgedichte auch kaum als literarische Versuche gelten konnten. Einzig und allein der Stoff hatte sie berühmt gemacht. In Wahrheit war auch das Französische für ihn eine Fremdsprache geblieben. Eine Überraschung, eine Erregung ließen ihn unweigerlich in den wenig lieblichen Dialekt aus dem Limousin verfallen, der erst übersetzt werden mußte, um von einem Franzosen verstanden zu werden. Sonst allerdings war sein Wissen so universell, daß es zur Grundlage einer dauernden Freundschaft mit Leibniz hatte werden können.

«Hoheit sahen mich?» fragte Bonneval erstaunt. «Ich bitte um Entschuldigung ...»

«Sie mißverstehen mich, Ahmed Aga», sagte Ali. «Ich sah wohl Sie, doch Sie nicht mich. – Aber wollen wir uns nicht setzen?»

Damit wies er einladend auf das Polster, was ebenfalls ungewöhnlich war, Bonneval jedoch die Gelegenheit gab, seinen pfortenmäßigen Takt dadurch zu beweisen, daß er sich nicht als Gast zuerst, sondern als Aga nach dem Großwesir setzte. Sitten und Gebräuche lernte er schneller als die türkische Sprache.

«Die Leute bestaunen Sie», fuhr Ali Pascha fort. «So mischte ich mich denn unter die Zuschauer, als Sie mit Ihren Kumbaradschi exerzierten. Übrigens ganz lehrreich:

Zehntausende, Hunderttausende haben mich bei meinem Einzug in allem Prunk gesehen. Meinen Sie, es habe mich einer erkannt, als ich in Skutari unter der Menge stand? Dafür habe ich Sie und Ihre Methoden um so besser studieren können. Dieselben Entwicklungen, das gleiche Zusammenströmen zu einem schier unentwirrbaren Knäuel, um dann nach Minuten in einer sauberen Marschformation dazustehen, ohne daß ein Mann auch nur des anderen Ärmel berührt hätte. Und nun gar die Gefechtsstellung, ohne daß ein Mann den anderen behindert, und bei der doch der Zusammenhang stets erhalten bleibt! Alles entspricht der Denkschrift, die Sie Osman Pascha einreichten und die ich mit Bewunderung las.»

«Ich bin überrascht, daß Hoheit ...»

«Und ich bin überrascht, daß Sie überrascht sind, mein Ahmed. Von der großen Masse ist nichts anderes zu erwarten: Topal Osman war als Freund der Franzosen bekannt, und infolgedessen muß sein Nachfolger Franzosenfeind sein. Unfaßbar ist es den Leuten, daß eine Leistung losgelöst von allen persönlichen Umständen beurteilt werden könnte. Ich würde auch dann der Freund Ihrer Leistungen sein, wenn ich Ihr Feind wäre, auch wenn Sie Perser oder Russe wären.» Die beiden Herren lachten.

«Perser und Russen sind also schlimmer als Franzosen?» fragte Bonneval.

«Sollen wir die Perser lieben?» gab Ali zurück. «Vielleicht ihre Dichter. Aber sonst! Wir haben sie stets geschlagen; aber immer kommen sie wieder. Wenn man von ihrer Großspurigkeit absieht, bedeuten sie nicht viel. Sie sind die Hunde an unserer Flanke, die uns bei ernsteren Auseinandersetzungen mit den Deutschen stören. Und die Russen? Wer wußte etwas von ihnen zur Zeit Solimans, wie ihr Europäer unseren Suleiman nennt? Tributpflichtige unserer Tataren waren sie. Niemand kümmerte es groß, wenn ein Fürst von Moskau uns seinen Gesandten schickte – höchstens die Pelzhändler. Und nun beginnen auch sie allmählich lästig zu werden.»

«Lästig zu werden?» wiederholte Bonneval voll Verwunderung.

«Zweifellos haben Hoheit die russische Gefahr längst erkannt?»

«Gefahr? Glauben Sie ernstlich an eine russische Gefahr?»

«Hoheit nicht?»

Unverkennbar besaß Bonneval in dieser Hinsicht eine starke Überzeugung, und darüber hinwegzugehen, war Ali Pascha nicht der Mann. «Eine Meinung von Ihnen wird mir immer wertvoll sein», sagte er. «Dürfte ich sie hören?»

«Wie Hoheit befehlen.» Bonneval verneigte sich leicht, um dann zu beginnen: «Die russische Gefahr hat bereits seit der Gründung des Großfürstentums Kiew bestanden. Russische Flotten erschienen vor Konstantinopel. Also zu einer Zeit, als auf dem Schwarzen Meer noch Platz genug für sie gewesen wäre, empfanden sie unsere Meerenge bereits als ein Hindernis. Großfürst Swjatoslaw von Kiew versuchte die Erstürmung zu Lande und eroberte tatsächlich Moldau und Walachei, wurde zuletzt aber durch die überlegene byzantinische Taktik und einen großen Feldherrn, den Kaiser Johannes Timiszes, überwunden. Swjatoslaw I. wurde auf der Flucht von den Petschenegen erschlagen. Dies waren die ersten frühzeitigen Warnsignale ... Doch ich vergaß», unterbrach Bonneval sich selbst, «manche Leute mögen keine Geschichte ...?»

«Ich bin kein Dummkopf, Aga, und möchte Staatsmann sein», sagte Ali. «Bitte, fahren Sie fort. Ich habe, wie ich merke, einiges nachzuholen.»

«Immerhin kann ich es kurz machen. Die nächsten zweihundert Jahre löste sich das Großfürstentum in eine Reihe von Kleinstaaten auf, die dann unter das mongolische Joch des Dschingis und seiner Nachkommen gerieten. Hoheit hatten ganz recht, zu fragen, wer denn zu Solimans Zeit etwas von Rußland gewußt habe. Aber jetzt weiß man von ihm. Eine Tatarenherrschaft über Rußland gibt es nicht mehr und Kleinstaaten, wie Hoheit wissen, auch nicht. Heute nennen die Zaren sich Kaiser.»

«Bei uns nennt man sie nicht so», sagte Ali.

«Gewiß nicht», bestätigte Bonneval, «es gibt nur einen Gott und nur einen Kaiser.»

«Unsern Herrn», schloß der Weṣir.

Bonneval verneigte sich zustimmend.

«Inzwischen ist allerdings ein Anspruch, der an dreihundert Jahre nichts war als das, ein Grundsatz geworden. Er beginnt sich deswegen in der Außenpolitik so gefährlich auszuwirken, weil ein großes Volk diesen Grundsatz als sein Schicksal empfindet. Der Pol der russischen Politik ist immer noch Miklagaard, Konstantinopel, Stambul, sind die eisfreien Häfen des Mittelmeeres und dieses Meer selbst. Als Zoë Paläologa, die Tochter des Despoten Thomas und Nichte des letzten Konstantin, den Moskauer Thronfolger Iwan heiratete, wurde das wenig bemerkt. Moskau aber nahm den schwarzen Doppeladler von Byzanz als sein Wappen an und erklärte sich damit als das russische Byzanz, das es war, zugleich auch zum politischen Prätendenten für das Reich der christlichen Basileen, dessen tatsächliche Nachfolge wir angetreten hatten und innehaben.»

Mit einem Lächeln unterbrach ihn Ali. «Verzeihen Sie, Graf», erkundigte er sich, «was verstehen Sie unter ‹wir›?»

«Uns Türken natürlich», gab ihm Bonneval mit ebensolchem Lächeln zurück.

«Das ist eine Antwort, zu der ich Sie beglückwünsche, Aga. Alle sind Türken, die sich ehrlich zum Osmanischen Reich und zum Koran bekennen.»

«Unter diesen Umständen glaube ich mich keiner Mißdeutung auszusetzen, wenn ich unsere Türkei als das osmanische Byzanz dem russischen Byzanz gegenüberstelle. Die Religion trennt beide, und keine Gegnerschaft ist so stark wie die zwischen zwei Parteien, die eigentlich zusammengehören.»

«Ich erkenne an, daß eine Landmasse wie Rußland sich den Zugang zum Meer erkämpfen muß. Tat es das aber nicht schon mit der Gründung Petersburgs und der Eroberung der baltischen Länder? Und glauben Sie nicht, daß die Verteidigung dieser Eroberungen noch eine ganze Weile Rußlands Kraft beanspruchen wird?»

Das waren Fragen und keine Meinungen. So faßte sie Bonneval auch auf.

«Wollen Hoheit bitte berücksichtigen, daß Rußland bereits mit dem Zaren Peter die europäische Kriegstechnik bei sich eingeführt hat? Seine Generäle sind Ausländer oder Russen mit ausländischer Schulung ...»

«Sie wollen damit sagen, daß wir nicht schnell genug das Versäumte nachholen können?»

«Allerdings, Hoheit. Obendrein ist Rußland, an unseren Wünschen gemessen, in seinem Nordwesten viel zuwenig in Anspruch genommen. Schweden ist besiegt. Ich kenne den König. Er ist ein fähiger Mann; aber sein Vorgänger und Schwager, Karl XII., hat das Land in einem solchen Zustand zurückgelassen, daß eine Wiedereroberung des Verlorenen kaum in Betracht kommt. Polen ist in seinem jetzigen Zustand keine Macht, und mit Österreich ist Rußland verbündet.»

«Die beiden Rivalen ...»

«Sehr recht, Hoheit. Aber die Rivalität wird erst dann zum Ausbruch kommen, nachdem Österreich und Rußland uns geworfen haben. Ich habe in Süditalien kommandiert. Das Land ist nicht zu halten. Österreich braucht als Ersatz unsern Balkan und würde daneben die Meerenge gern mitnehmen. Rußland braucht unsere Meerenge und würde auch den Balkan mitnehmen. Für Rußland ist die Ostsee auch nur ein Binnenmeer ohne eisfreie Häfen. Jede feindliche Flotte von entsprechender Stärke kann sie im dänischen Sund sperren. Zur Zeit starrt es auf Asow und die Krim. Das sind Kriegsschauplätze zweiten und dritten Ranges mit einer mohammedanischen Bevölkerung. Gefährlich und gefährlicher als Österreich werden die Russen erst, wenn sie an der Donaumündung, in der Moldau und Walachei erscheinen. Dort ist die Bevölkerung griechisch-orthodox und schon der gemeinsamen Konfession wegen Rußland geneigt. Österreich dagegen ist römisch-katholisch, und das ist für diese Leute schlimmer als mohammedanisch. Vom Islam haben sie jede Toleranz zu erwarten – vom Papst nicht die geringste. Ermessen Hoheit bitte, welche der beiden Mächte auf lange Sicht die gefährlichere ist.»

«Und zur Zeit – wenn wir von der langen Sicht absehen?»

«Im Augenblick sind es noch die Deutschen. Aber wer uns auch zuerst angreifen wird – Österreich oder Rußland –, wir werden immer gegen beide zu kämpfen haben. Keiner wird dem andern die Beute überlassen wollen – die leichte Beute, wie sie glauben.»

«Und was glauben Sie, Aga?»

«Ich kenne die Kampfkraft der türkischen Heere. Hoheit haben sie in Persien bewiesen. Wenn die Pforte sich nun noch zu einer neuen Taktik entschließen kann, zu einer, die nicht nur eine Nachahmung der europäischen ist, sondern diese noch übertrifft – dann würden die Deutschen eine Überraschung erleben. Es läßt sich denken, wie und wo der alte Mann seinen Angriff eröffnen wird ...»

«Der alte Mann? – Sie meinen den Prinzen?»

«Ich meine Eugen. Er ist alt und, wie ich mir habe berichten lassen, nicht mehr der alte. Das Ziel seiner südöstlichen Feldzüge ist aber immer Belgrad gewesen. Es ist anzunehmen, daß er auch das nächste Mal von dort ausgehen wird. Das würde einen Krieg in Serbien bedeuten, in einem Bergland mit zahllosen Tälern und Höhenzügen, die der Entfaltung großer Heere entgegenstehen. Hoheit sehen schon daran, wie grundlegend die türkische Taktik auf diesem Kriegsschauplatz umgestellt werden müßte. Kleine und kleinste Kampfgruppen, also mit dem Vielfachen an Offizieren und einem Meldedienst, der die aufgelockerte Armee dennoch straff zusammenhält.»

«Wenn man etwas über die Pläne des Prinzen erfahren könnte», meinte Ali nachdenklich, um dann plötzlich aufzublicken. «Wo würden Sie angreifen, Generalfeldzeugmeister?» fragte er. «Als Österreicher, meine ich.»

«An der Donaumündung», antwortete Bonneval ohne Besinnen. «In der Moldau und der Walachei fänden die Österreicher Länder, in denen sich mit großen Heeren operieren ließe.»

«Und unsere Aussichten?»

«Wenn es uns gelingen sollte, genügend Offiziere auszubilden, und wenn unsere Generalität sich in ihren Schlachtordnungen völlig von der Tradition befreien könnte ...»

«Völlig?»

Das klang wie eine Warnung an Bonneval, nicht zu weit zu gehen. Dabei stand alles für ihn auf dem Spiel, und Ali Pascha war ein General aus der türkischen Schule.

Aber noch ein verlorener Krieg? Der Graf war zu sehr Feldherr, als sich anzupassen, wo es um seine Überzeugung ging.

«Jawohl, völlig!» Er wich nicht zurück. «Eine traditionelle Schlachtordnung war nur in Zeiten einer primitiven Kriegführung möglich, die kaum etwas anderes als Massenangriff kannte. Mit diesen Schlachtordnungen sind wir Türken europäischen Armeen genauso unterlegen, wie es das ungarisch-deutsche Ritterheer den Osmanen war, als der große Soliman es bei Mohacz in einer Weise vernichtete, von der es sich in anderthalb Jahrhunderten nicht mehr erholen konnte. Heute muß eine Armee so geschmeidig sein, daß sie sich allen örtlichen Verhältnissen anpassen kann, die sie beim Zusammenstoß mit dem Feind antrifft.»

«Sie sind sich klar über das, was Sie sagen?»

«Vollkommen klar, Hoheit.»

«Was auch der Kriegsschauplatz sein sollte: Serbien oder die Donaumündung – in jedem Fall würden wir eine grundlegende Umgestaltung unserer Heeresverfassung brauchen. Das meinen Sie doch?»

«Nichts anderes.»

«Sie haben die Janitscharen nicht vergessen?»

«Ich bin mir der Schwierigkeiten bewußt, die sie bereiten

werden. Aber vielleicht ist es gut zu wissen, daß sich noch vor meiner Bekehrung in Serajewo stets etwa dreißig Janitscharen ohne Befehl aus eigener Entschließung zusammenfanden, um mich bei meinen Gängen zum Pascha und zurück in mein Quartier zu beschützen und zugleich dem Pascha zu zeigen, daß sie es nicht ruhig mit ansehen würden, wenn mir, dem Gast ihres Padischahs, etwas zustieße.»

«Also regelrechte Empörung.»

«Ich habe diese Begleitung auf eine Order zurückgeführt und die Zusammenhänge erst später erfahren.»

«Und jetzt möchten Sie andeuten, daß man auch bei den Janitscharen mit einigen Ihrer Reformen durchdringen würde. Ich verstehe Sie sehr gut, Aga. Zu gut vielleicht. Wenn Ihnen aber alles so klar ist, so wissen Sie sicher auch, wieviel Zeit diese Umgestaltung in Anspruch nehmen würde.»

«Mehrere Jahre.»

«Und das sagen Sie so ruhig? Sie jedenfalls sollten doch wissen, daß wir anläßlich der polnischen Königswahl nächstes Jahr Krieg zu erwarten haben.»

«Die christlichen Mächte haben ihn zu erwarten. Was uns betrifft, so brauchen wir uns noch nicht zu schlagen.»

«Auch nicht, wenn es Seite an Seite mit Frankreich geschähe?»

«Auch dann nicht, Hoheit. Ich glaube sogar an Frankreichs Sieg; aber der würde uns Belgrad kaum wiedergewinnen. Frankreich versteht sich auf Friedensschlüsse, die ihm nützen, während es sich um uns bei solchen Gelegenheiten kaum verdient gemacht hat. Übrigens ist es auch weit wichtiger als jeder Gebietsgewinn, den wir fremden Waffen verdanken, daß wir selbst keine weiteren militärischen Schlappen erleiden. Sie könnten das Selbstvertrauen unserer Truppen schwächen. Dem Krieg brauchen wir nicht nachzulaufen. Er kommt ganz von selbst zu uns.»

«Das wäre dann ein Krieg, in dem wir allein ständen», sagte der Großwesir.

«Ein Krieg, für den wir uns geschont haben und gerüstet

sind, wenn er da ist, ein Krieg mit einer österreichischen Armee, die von den Franzosen am Rhein geschlagen wurde und für die der Kriegsfaktor Oppenheimer kaum das Notwendigste an Proviant, Munition, Pferden und vor allem an Sold wird auftreiben können.»

Der Großwesir erhob sich jetzt, und so stand auch Graf Bonneval.

«Graf Bonneval», sagte Ali mit einem Ernst, der einer Drohung nicht fern war, «Sie haben sich auch nach Ihrer Bekehrung, wie Sie Ihren Übertritt zu nennen belieben, zu oft und zu laut als Franzose bezeichnet, als daß ich Ihnen glauben kann. In allen Ihren Vorträgen und Vorschlägen haben Sie sich für den Krieg in Gemeinschaft mit Frankreich eingesetzt, und nun, da sein Ausbruch unmittelbar bevorsteht, sagen Sie nein?»

Bonneval mußte an jene junge Dame denken, deren Legitimation seine von ihr vorausgesagte Ernennung zum Chef der Bombardiere gewesen war. Er kannte die Quelle ihrer Ratschläge nicht; aber er war zu eigenwillig und zu unerschrocken, als nicht ganz anders zu handeln, wenn er zu einer entgegengesetzten Überzeugung gekommen wäre. Den letzten Zweifel aber hatte dieses Gespräch mit dem Großwesir beseitigt. Es gebe also jemand, fragte er sich, der weiter vorausschaue als er selbst? Ihm jedenfalls danke er es, daß er jetzt Ali Pascha eine Antwort geben könne.

«Darf ich Hoheit darauf aufmerksam machen», sagte er, «daß ich stets einem Bündnis mit Frankreich das Wort geredet habe und das auch jetzt noch tue, einem schriftlichen Vertrag, in dem die Krone Frankreichs der Pforte als Mindestgrenze Belgrad, Serbien, die kleine Walachei garantiert und sich verpflichtet, nicht vor der Erfüllung dieser Garantie die Waffen niederzulegen. Frankreich will aber etwas ganz anderes.»

«Sollten Sie auf so kleine Unterschiede so großen Wert legen? Ihr Vaterland braucht uns, Graf Bonneval.»

«Hilfsheere, die nichts kosten, werden immer gebraucht.

Frankreich macht keine Ausnahme. Ich aber muß ohne Frankreich auskommen, Hoheit – ohne die Türkei jedoch kann ich nicht leben.»

Ali Pascha nahm den Schlegel eines Gongs.

«Sie sind ein gefährlicher Mensch, Graf», sagte er, «und nur auf zweierlei Weise kann man mit Ihnen verfahren. Entweder man beseitigt Sie, oder – man macht Sie zum Pascha.»

Ali schlug den Gong, die Flügeltür öffnete sich zum großen Saal, in dem die Würdenträger und Leibwachenoffiziere des Großwesirs standen. Die Tschausche begannen im Chor den Alkisch, den Segenswunsch, und Ali zeigte auf einen Mirulaalem, einen Fahnenträger, der den Tugh, den Stab mit den Roßschweifen, hielt.

«Komm, Bruder Pascha», sagte Ali, «nimm deinen Tugh.»

Als Bonneval hinter seinem ihm vorangetragenen Tugh, umgeben von einer berittenen Ehren-Oda der großwesirlichen Leibwache, den Palasthof verließ, mußte ein anderer Zug sich auf die Seite begeben und warten. Es war die Karosse des Herrn von Villeneuve mit Läufern und Kawassen.

Grüße wurden nicht ausgetauscht. Die beiden Herren kannten sich nicht.

XXV

Ahmeds III. lange Regierung war eine Reihe ständiger Feste gewesen, die unter Sultan Mahmud eingestellt worden waren. Mit um so größerem Aufwand wurde das der Geburt des Propheten gefeiert, weil es das Fest war, in dessen Mittelpunkt der Kislar Aga stand.

Mit einem zahlreichen Gefolge von Eunuchen und Palastwachen aller Grade eröffnete er es noch vor dem Eintreffen des Padischahs, und erst, nachdem der Monarch ohne Begleitung und ganz schlicht ins Serail zurückgekehrt war, schloß es der Kislar, um mit noch größerem Gepränge und unter feierlichem Vorantritt des Janitscharenaga sich ebenfalls ins Haus der Glückseligkeit zu begeben. Zweitausend Lampen brannten in der Moschee auf Befehl des höchsten Würdenträgers des Hofes, des Präfekten des kaiserlichen Harems und der Harems von Mekka und Medina, und dieses Fest, dessen Gastgeber er war, war ausschließlich das seine.

An diesem Tage mußte sogar der Kaiser, geschweige denn jeder andere, zugunsten des Kislars auf Auszeichnungen und Ehrengeleit verzichten. Alle ehrten ihn, und keiner wurde geehrt außer ihm.

Vielerlei begab sich zwischen Eintritt und Austritt.

Zu beiden Seiten des Altars saßen auf hohen Polstern der Großwesir und der Mufti, auf der rechten Seite des Großwesirs die Wesire der Kuppel, die Herren des Diwans und der Janitscharenaga – auf der linken des Muftis die Oberstlandrichter, die Molla, die Muderrise und Kadi. Vor ihnen und von ihnen begrenzt, mit dem Rücken zum Altar und dem Gesicht zur Empore des Sultans, befanden sich die Herren der Kammer und der Gerichtsbehörden, der Minister des Auswärtigen und der Reichsmarschall. Einen besonderen Vorzug genoß der Emir der Propheten-Abkömmlinge, der Seid. Er saß unter einem grünen Zelt in der Nähe der Kanzel, hinter ihm der Zeremonienmeister und der Leibwachenhauptmann des Großwesirs, dahinter wieder, neben der Kanzel des Freitagsredners, die Generalleutnante der Janitscharen. Zwei Reihen von Janitscharen waren es auch, die diese hohe Versammlung vom Volke trennten.

Fast unbemerkt erfolgte der Eintritt des Padischahs, der in jedem andern Fall einem Sonnenaufgang geglichen hätte. Nur daß der Festgeber selbst seinen Gast auf die Empore geleitete. Dort reichten Schwertträger und Tschokadar Aloe und Rosenwasser, während unten die Baltadschi des Kislars die erlauchte Versammlung mit Düften besprengte.

Dann erst begann der Hymnus auf den Propheten, ehe das eigentliche Geburtsgedicht von Sängern, die sich ablösten, gesungen wurde. Das Zuckerwerk und der Scherbett der Baltadschi erquickte indessen alle, bis sich die ganze Versammlung bei der allerheiligsten Stelle von der Geburt des Propheten erhob. Dieser Akt der Verehrung war zugleich das Zeichen für die Antwort des Scherifen von Mekka auf das großherrliche Schreiben, das der Emirol Hadsch, der Führer der jährlichen Pilgerkarawane zum Ort der Kaaba, gebracht hatte. Mit schwarzem Musselin war der Turban des Boten umwunden und mit einem Reiher geschmückt, das Schreiben selbst befand sich in einem Beutel aus grünem Atlas. Als erster erhielt ihn der Großwesir, der ihn dem Außenminister gab. Unter Vorantritt des Hofmarschalls nahte sich der Beglückte mit dem Freudenbrief der Empore und dem Kislar Aga. Der Glückseligen höchster Betreuer reichte ihn endlich dem Sultan, der ihn zurückgab, worauf ihn der Reis Efendi, der Außenminister, zur Aufbewahrung im kaiserlichen Archiv erhielt. Wahrlich ein langer Weg für ein Schreiben, das nicht gelesen wurde.

Dafür legte der Kislar Aga sich selbst einen Zobelpelz an, wie ihn nicht einmal der Padischah trug, und ließ die drei Sänger mit Ehrenkaftanen bekleiden.

Ein kurzes Gebet beschloß die Feier. Die Tassen mit Zuckerwerk wurden den Herren ins Haus gebracht.

Beschir war keineswegs müde, obwohl er nach dem Ablegen seines Zobelpelzes von seinem Recht Gebrauch machte, sich in eine Unerreichbarkeit zurückzuziehen, in der ihn auch der Padischah und nicht einmal die Walide zu stören pflegte. Die allerhöchsten Herrschaften hatten geruht, ihm bereits vor dem Festakt Glück zu wünschen, ebenso wie einige wenige besonders ranghohe Angehörige des Serails. Die Zahl der andern, die sich begnügen mußten, ihre gute Gesinnung schriftlich und durch Geschenke zu beteuern, ging in die Tausend. Wenn der Kislar selbst es nicht anders wollte, war sein Tagewerk nunmehr vollbracht. Allerdings wäre er, wo er sich immer gezeigt hätte, Mittelpunkt und geehrter Gast gewesen.

Aber er zeigte sich nicht. Er war einfach nicht mehr da, und es gab Leute, die sich immer noch wunderten, daß ein

Mensch von der Unverkennbarkeit des Kislars jederzeit, wenn es ihm so beliebe, spurlos verschwinden könne. Und nun hatte es ihm beliebt. Bis zu den Süßen Wassern jenseits des Goldenen Horns war immerhin ein recht weiter Weg.

Es gab Dinge, die der Kislar aus Furcht, sich zu verraten, kaum mit seinen Gedanken berührte. Ein Durchschnittsmensch mit der starken Seite einer Vergeßlichkeit für unangenehme Dinge hätte seinen Anteil an der Entfesselung des Aufstandes, die Aufopferung eines Kaisers und den Tod eines Mannes wie Ibrahim, einfach zu vergessen versucht. Beschir vergaß nicht. Aber sich in der Form von «Gewissensbissen» zu erinnern, war er zu klar. Er drückte sich keineswegs vor dem Stuhl seines strengsten Richters, und das war er selbst; aber das Verfahren war noch im Gange, die Zeit für ein Urteil noch nicht gekommen. Kaum ein Opfer wäre zu groß gewesen, falls der unvermeidliche Krieg gewonnen werden würde. Im andern Fall freilich hätte er ein unsühnbares Verbrechen auf sich geladen, und er war nicht der Mensch, sich mit seinen guten Absichten 'rauszureden.

Er mußte lachen. Wie war er nur darauf gekommen? Ach so, ja! Die Süßen Wasser. Im Augenblick waren sie sein Ziel – ein etwas unheimliches Ziel für jeden, der nicht Beschir war.

Nichts Lieberes hätten ihm Patrona Chalil und dessen Kerle antun können, als die hochherrschaftlichen Landhäuser seiner früheren Nachbarn zu zerstören. Jetzt saß er inmitten eines Ruinenfeldes ... allein. Er hatte zu beiden Seiten seines Landhauses sich billig weiter Strecken versichert. Jetzt besaß er die ganze Bucht mit den davorgelagerten fünf Inseln. Sie durch Unterwassergatter mit dem Ufer und untereinander so zu verbinden, daß nicht einmal ein Schwimmer, geschweige denn ein Boot hindurch konnte, war nicht schwergefallen und ebensowenig, davor die erdebeschwerten Flöße zu verankern, auf denen jetzt die grüne Wand der dichten Sträucher wuchs. Die kilometerlange,

stachelbewehrte, hohe weiße Mauer entlang den Weg nach Kagadchane und die beiden Mauern vom Weg bis zum Fluß hatten mehr gekostet, als ihm lieb gewesen war. Aber diese Mauern umhegten nicht nur ein Trümmerfeld, das er wild überwachsen ließ, sondern sie wehrten jedem Blick vom Lande, wie es die Inseln und das Grün von der Wasserseite taten. Zwischen diesen sicheren Grenzen hatte Beschir seine Wildnis, in der er sich selbst und nur sich gehörte, und in ihr mit seinem in Gärten gebetteten Haus ein Märchenschloß in der Wüste.

Man hätte annehmen können, das Haus sei von Stummen bewohnt. Mit über der Brust gekreuzten Armen wurde der Gebieter empfangen, mit Verbeugungen sein unscheinbarer Esel fortgeführt und sein weiter Kapuzenmantel, den er beim Betreten des Hauses abwarf, aufgefangen. Umzuziehen brauchte er sich nicht. Er war bereits in einer dunkelblauen Galabieh, einem Hauskleid ohne Verbrämung und Stickerei mit einem Gürtel von gleicher Farbe. So begab er sich in die hellerleuchteten Räume. Beschir liebte kein Halbdunkel, was nicht hinderte, daß die zahllosen Lampen in Farben- und Lichtwirkung sorgfältig aufeinander abgestimmt waren. Ohne jede Grelle schwammen die Gemächer in farbigem Licht.

Jetzt betrat er einen Saal, der nur wenige Stufen über dem Garten lag. Die breiten Fenster verbargen sich hinter Vorhängen aus kirschrotem Damast, hellgelber Marmor bildete den Fußboden und die Pfeiler. Frei von Möbeln, lud der Raum zum Tanzen ein. Nur einige Kissen lagen wie hingestreut auf den in die Wände eingelassenen Bänken.

Doch Beschir verweilte nicht. Er ging auf eine hohe und breite Doppeltür zu, die danach aussah, als seien ihre Flügel schwer zu öffnen. Er aber legte nur leicht die Hände an sie, als wollte er sie beschwören.

«Dort sind Ihre Mädchen nicht», sagte eine weibliche Stimme.

Das war ein dreister Überfall. Beschir hatte geglaubt,

allein zu sein. Trotzdem antwortete er gelassen, als befinde er sich mitten in einem Gespräch. Er wandte sich nicht einmal um. «Sahen Sie hier Mädchen?»

«Einige. Am liebsten, glaube ich, hätten sie mich hinweggefaucht. Aber Ihr Zauberschlüssel, Beschir, den zur äußeren Westpforte ...»

«Sie bekamen ihn von mir für den Fall, daß Sie einen Zufluchtsort brauchten. Brauchen Sie einen? Und vor wem?»

Jetzt erst sah Beschir sich nach ihr um. Ein wenig beruhigte es ihn, daß sie ganz in Schwarz war. Mit Kopftuch, Gesichtsschleier und Mantel hatte sie auf der Straße nicht auffallen können.

«Vor wem sind Sie geflüchtet?» Nicht ganz ohne Besorgnis wiederholte er seine Frage.

«Vor meiner alten Feindin. Sie kennen sie doch. Vor der Langeweile!» Sie lachte laut. «Und ich bereue es gar nicht, hergekommen zu sein, sowenig gastfreundlich Sie auch sein mögen.»

Beschir aber wollte wissen, ob etwas Unerwartetes geschehen sei, worauf sie ihn einen Griesgram nannte. Nichts habe sich ereignet, erklärte sie, nicht das geringste, was beunruhigen könnte.

«Und Elena Gika?» warf er hin. «Bedenken Sie doch, Julienne, welche Mühen es gekostet hat, eine verbrieft echte Maurocordato aus Ihnen zu machen. Eine bessere Stütze als den Fanar könnten wir nicht für Sie finden. Sie waren selbst dieser Meinung, und Ihre Freundschaft mit der Gika ...»

«Lassen Sie Elena. Es ist doch nicht zu vermeiden, daß ich sie hin und wieder allein lassen muß. Zu sehr verwöhnen darf ich sie nicht, sonst gäbe es in solchen Fällen jedesmal ein Geschrei. Das könnten Sie sich doch selbst sagen.»

«Darum weiß ich aber immer noch nicht, was Sie bei einem alten Eunuchen wollen», meinte Beschir.

«Glauben Sie, daß ich bei einem jungen Eunuchen besser aufgehoben wäre?» fragte Julienne spitzmündig dagegen. «Ich finde es sehr ungesellig von Ihnen, daß Sie mich niemals so richtig eingeladen haben. Dieser Saal hier fordert zum Tanzen heraus. Meinen Sie, ich könnte nicht tanzen?»

«Sie verstehen sehr gut, Julienne. Ich finde, daß mein Harem nicht der passende Aufenthalt für eine Nachkommin von Königen ...»

Sie unterbrach ihn.

«Die Hauptsache ist, daß der Nachkommin von Königen dieser Aufenthalt paßt. – Wissen Sie, Beschir, ich habe schon einige alte Tanten gekannt; aber eine wie Sie noch nicht. Woher sind Sie eigentlich?»

«Ich bin ein abessinischer Sklave und wurde für dreißig Piaster gekauft.» Das sagte ein Mann, der viele Millionen Golddukaten sein eigen nannte. «Das weiß ich», fuhr er fort, «aus dem Register des kaiserlichen Harems, und das ist ziemlich genau. Erinnern kann ich mich nicht. Es würde meine Eitelkeit befriedigen, Ihnen sagen zu können, ich sei zwecks Bereinigung einer amharischen Erbfolge weggegeben worden. Aber nehmen wir lieber an, daß meine Mutter mich verkauft hat, um den Hunger ihrer anderen Kinder zu stillen. Sie sehen also, meine Teure, daß Sie mit Ihrer Eigenschaft als Bastard auf mich gar keinen Eindruck machen können.»

«Bastard genügt Ihnen nicht? Sie sind schwer zu befriedigen, Beschir. Dabei habe ich außer meinem Geburtsfehler noch ein vorbildlich schlechtes Benehmen aufzuweisen. Sie sagten es selbst, und sicher finden Sie es auch wieder unpassend, wie ich Ihrem heiligen Franz – ich meine den Fürsten Rakoczy – zugesetzt habe?»

«Beunruhigen Sie sich seinetwegen nicht, Julienne. Sie haben auch einmal Politik machen wollen und gar keine schlechte. Nur daß Rakoczy der letzte ist, mit dem sie zu machen wäre.»

«Das habe ich gemerkt! Ich werde ihn bestimmt nicht mehr sprechen.»

«Im Gegenteil! Er wird alles daransetzen, Sie wiederzusehen.»

«Mich?» Julienne war ehrlich erstaunt. «Warum?»

«Um Sie zu bekehren. Er dürfte finden, daß es sich bei einer so großen Sünderin, wie Sie es sind, lohnt. Am liebsten würde er dazu noch sämtliche Moslemin zu Katholiken machen – natürlich zu römischen. Solche Leute wie Rakoczy ändern sich nicht.»

«Bonneval auch nicht», meinte Julienne.

«Bonneval ist ein Mann wie Rakoczy», gab Beschir ihr recht. «Beide leben sie noch in der Zeit der Kreuzzüge, die ohnehin nicht glücklich für ihresgleichen verliefen, in einer Welt leben sie, die nie die unsere sein kann. Für unsere Welt hegen diese Leute nur Geringschätzung. Sehen Sie, Julienne: Auch Osman der Dynastiegründer, Mehmet der Eroberer, Sulejman der Gesetzgeber – alle hatten sie geborene Christen um sich, die nicht nur hohe Posten erlangten, sondern wirklich führende Männer des Reiches und des Islams waren. Unsere Welt hatte sie dem Abendland völlig abtrünnig gemacht, im Islam und im Osmanischen Reich gingen sie auf. Halten Sie dagegen Bonneval – oder vielmehr Ahmed Aga – für einen überzeugten Muslim?»

«Aber Beschir», rief Julienne, «wie kommen Sie auf diesen seltsamen Gedanken! Bonneval könnte wohl Bischof oder Kardinal und, wenn es sich so machte, auch Mufti oder Papst sein – nur eines wird er niemals haben: eine religiöse Überzeugung. Ahmed Pascha ist Graf Bonneval aus dem Limousin – nichts sonst.»

«Sie sagen es selbst. Das also ist Bonneval; und Sie, Julienne, haben sich überhaupt nicht entschließen können, eine Moslime zu werden. An einen Übertritt Rakoczys aber auch nur zu denken wäre barer Unsinn, ganz abgesehen davon, daß er nur als Christ und Fürst von Siebenbürgen etwas nützen kann. Bonneval ist uns schon heute unentbehrlich, und Rakoczys werde ich mich unbedenklich bedienen, wenn die Gelegenheit da ist. Das entspricht alter, guter Tradition der osmanischen Politik. Der Unterschied zwischen den Zeiten der Eroberungen und der Gegenwart ist dennoch groß. Damals griff unsere Welt das Abendland an. Sie war nicht nur in ihrer Toleranz, in ihren menschenfreundlicheren Gesetzen, in der Achtung vor den Frauen der Untertanen, sondern auch im Aufbau ihres Heerwesens, in Verwaltung und Technik die Überlegene. Inzwischen ist unser Heerwesen veraltet, unsere Pioniere sind nicht mehr die besten der Welt, und unsere Wissenschaft ist stehengeblieben. Heute brauche ich Abendländer, die Abendländer geblieben sind, um mich des Abendlandes zu erwehren. Das ist nicht gerade sehr erhebend, Julienne.»

«Vielleicht nicht erhebend, aber gescheit», erklärte sie ungerührt. «In jedem Fall ist es kein Grund, auf Ihr Ziel zu verzichten.»

Fast böse sagte sie es. Sie wollte sich nicht in seine Schwermut hineinziehen lassen. Offenbar war das aber gerade der richtige Ton; denn sofort wurde er lebhaft.

«Verzichten? Ich?» grollte er. «Wenn Sie allerdings an Eroberungen denken – darauf verzichte ich. Wir haben schon genug Christen im Osmanischen Reich. Aber eine feste Grenze will ich, die wir verteidigen können.» Er unterbrach sich und sah sie erstaunt an. «Ich dachte, wir seien einig, Julienne? Oder haben Sie nie an die Balkanvölker gedacht? Sie wissen doch, was Leibeigenschaft bedeutet? Es ist gewiß auch in diesem großen Reich nicht alles eitel Gerechtigkeit und Menschenliebe. Aber die Bedrücker sind, wo es sie gibt, kaiserliche Beamte und haben nicht auf den Schutz der Regierung zu rechnen. Im Gegenteil! Und die Bedrückten sind im allerschlimmsten Fall frei und können sich dem Druck entziehen. Es ist nicht geraten, es so weit kommen zu lassen, daß sie es tun. Die Furcht vor einer Klage hält Ungerechtigkeit und Mißbrauch der Gesetze in Grenzen. Was haben dagegen die Österreicher in dem Teil Serbiens gemacht, den sie seit dem letzten Friedensschluß besitzen? Das Land gehört jetzt statt dem Sultan, also dem Staat, großen Herren in Wien, von denen die meisten ihren Besitz niemals sahen, nicht das Land, nicht die Menschen, die auf diesem Lande leben und ihnen auch gehören. Die sind nicht frei und können sich nicht dem Druck entziehen, denen hilft keine Klage. Die herrschaftlichen Verwalter sind unangreifbar, und das um so mehr, je größer ihre Erpressungen sind. Was die neuen Grundherren mit ihrem Privateigentum, mit ihrem Land und den dazugehörigen Leuten machen, ist deren Privatangelegenheit, um die sich kein Kaiser kümmert. Wollen Sie den ganzen Balkan dieser schrecklichen Leibeigenschaft ausliefern, der tiefsten Erniedrigung und vollständigsten Ausbeutung, zu der Menschen jemals gezwungen wurden oder sich hergaben?»

Über der Leidenschaft, mit der er sich zu seiner Politik bekannte, hatte er zwar etwas von seiner gewöhnlichen, kalten Überlegenheit eingebüßt, aber dadurch bei Julienne nur gewonnen. Sie dachte wie er, und daraus schloß sie, daß ihm ähnliche Zweifel, wie sie sie gehabt hatte, nicht erspart geblieben seien, Zweifel, über die sie ihn hatte befragen wollen.

«Sie sagten», begann sie, «die Leibeigenschaft sei die tiefste Erniedrigung und vollständigste Ausbeutung, zu der Menschen jemals gezwungen wurden oder ... sich hergaben. Für mich ist der letzte Zusatz, ‹oder sich hergaben›, das Schrecklichste.»

«Warum, Julienne?»

«Sie wissen es selbst, Beschir. Mehr Abscheu als vor einer zermürbenden Arbeit, die ihnen kaum die Zeit für ihre kümmerliche Nahrung und einen kurzen Schlaf läßt, mehr Abscheu als vor der Peitsche und jeder nur denkbaren Entwürdigung empfinden diese Menschen also vor dem Denken? Nicht wahr, Beschir, ich habe recht? Lieber Frau und Tochter mißbraucht sehen, lieber unter dem Stock des Fronvogts verröcheln, als nur ein einziges Mal die Mühe des Denkens auf sich zu nehmen. Und wenn wirklich lang gestauter Haß als Widerstand und Aufruhr aus ihnen herausbricht, dann befriedigen sie ihn mehr wie Tiere als wie Menschen. Alles nur, weil sie nicht denken möchten.»

Beschir nickte.

«Diese Armseligen haben nur vor Gewalt und Grausamkeit Achtung. Im Grunde erkennen sie nur sich selbst und ihre Ausbeuter als lebensberechtigt an. Ohne sie, die Gedankenlosen, gäbe es keine Tyrannen, und schmerzlich ist den meisten dieser Unterdrückten der Anblick von Menschen, die weder Ausbeuter noch Ausgebeutete sein wollen. Begegnen sie ihnen, erfaßt sie eine Wut, auch diese unterjocht zu sehen, wie sie selbst unterjocht sind. Nicht so sehr wegen eines gnädigen Lächelns ihrer Tyrannen tun sie das, sondern zu ihrer eigenen Lust. – Es ist schwer, sich damit abzufinden. Sie, Julienne, sind Christin oder doch christlich erzogen. Vielleicht können Sie mir helfen. Ich habe in euerm Neuen Testament einen sehr dunklen Satz gefunden, der vom Sohn der Maria stammen soll, unserm Propheten Jesus. Er spricht von der Sünde wider den Heiligen Geist als der einzigen, die nie vergeben werden könne. Kennen Sie diese Stelle?»

«Ich kenne sie; aber wo sie steht, kann ich so genau nicht sagen. Übrigens ist sie wirklich dunkel.»

«Mit euern drei Göttern und deren Frau und Mutter Maria habe ich als Anbeter eines einzigen, des wahren Gottes nichts zu schaffen», fuhr Beschir fort, «wenn ich aber Christ wäre, würde ich annehmen, daß mit der Sünde wider den Heiligen Geist der grundsätzliche Haß gegen den Geist gemeint sei, die Sünde des Nichtdenkenwollens. Dann freilich müßte ich bedauern, daß die Stelle nicht im Koran steht. Mit Flinten und Kanonen allein kann man nicht befreien. Gebt den Gedankenlosen den Gedanken – das ist der einzige Weg. Das befruchtende Wort wird die Führer hervorbringen, Männer und Weiber, und zum Glück hat Allah es so gefügt, daß nicht alle Unterdrückten wider den Geist sind.»

Julienne sah ihn mit glänzenden Augen an.

«Oh, Beschir ...» Weiter kam sie nicht.

Eine Pause entstand.

«Was meinten Sie, Julienne?»

«Sie sagten, die Bibelstelle sei von einem Gott, der nicht Ihr Gott sei, und verständlich sei sie auch nicht. Aber wenn nicht die Stelle selbst, so ist doch die Auslegung klar. Wie kann dem vergeben werden, der sich nie einer Schuld bewußt zu werden vermag, weil er nicht denken will? Das ist von keinem Propheten und von keinem Gott. Diese Auslegung ist von Ihnen, und Sie, Beschir, sind ein Mensch.»

Der Mensch Beschir enthielt sich jeglicher Anmerkung, und auch Julienne faßte sich schnell. Eine neue Erkenntnis machte sie froh und nicht rührselig. Beschir tat lediglich das, worin er vorhin von Julienne unterbrochen worden war: Von neuem legte er seine Hände an die schweren Schiebetüren, und wie durch Zauberei flogen sie lautlos auseinander.

«Wenn ich das gewußt hätte!» rief Julienne, wobei der Ton ihrer Stimme keinen Zweifel darüber ließ, daß sie sich dann schon vorher einen Einblick in den weit größeren Raum verschafft hätte, der sich ihr nun öffnete.

«Eine Spielerei, wenn Sie so wollen», erklärte Beschir. «Eine Anordnung von Gewichten – nichts weiter. Sie sind in die Wände eingelassen, und in Wirklichkeit regieren die Gewichte die Türen. Da Sie gerade hier sind, Julienne ... man soll die Neugier der Damen nicht unbefriedigt lassen ...» Beschirs Worte spiegelten eine kleine Eitelkeit. Er hatte eine Freude an der Mechanik und besaß einige hundert mehr oder weniger kostbare Uhren. Es war überhaupt die Frage, ob die Türen nicht deswegen so schwer gehalten waren, um einer Mechanik zu bedürfen.

Julienne sah hinter der weiten Öffnung eine spiegelnde Bodenfläche. Es kam ihr vor, als schwebe sie. Sie trat näher.

«Aber das ist ja ein Bad», sagte sie erstaunt, «ein richtiges, großes Schwimmbad. Ich gestehe: bei Ihnen ist es nicht langweilig. Jedenfalls nicht für mich, während ich durch meinen Überfall eine Enttäuschung verursacht habe, und zwar Ihnen, mein Freund. Geben Sie es zu, Beschir, daß Sie den Lärm vermißten, als Sie bei Ihrem Eintreten sogleich die Türen öffnen wollten. Sie erwarteten, Ihre Mädchen hier anzutreffen. Offenbar habe ich liebgewordene Gewohnheiten durchbrochen; aber reden Sie mir nicht von

Ihrem Alter. Ich glaube es Ihnen nicht. Jetzt schon gar nicht!»

«Dann verschließen Sie sich den Tatsachen.»

«Tatsachen? Ich zähle Ihre Jahre nicht. Ich weiß, daß Sie leben, und wenn Sie etwa glauben, daß ich nun wenigstens so taktvoll sein werde, schleunigst zu verschwinden – dann irren Sie sich gewaltig. Sie tun mir leid, Beschir; aber ich habe auch meine Gepflogenheiten, und mit denen dürften Sie, wie ich vermute, ein wenig vertraut sein. Sie Armer! Von den Süßen Wassern bis zum Fanar ist ein weiter Weg, und den bei Nacht zurück ...? Schlagen Sie sich das nur aus dem Kopf. Daraus wird nichts.»

Leicht fiel es dem Kislar gar nicht, sich in diesem Augenblick so steif zu verneigen, wie er das für notwendig hielt.

«Mein Haus gehört Ihnen, solange Sie darin zu verweilen geruhen.»

Inzwischen waren Juliennes Augen nicht müßig gewesen. Mit Andacht hatte sie das Bad betrachtet. Es war auch sehenswert. Die Abmessungen waren weit größer als die des Saales, und nach der Verfärbung der rosa Kacheln mit zunehmender Tiefe zu urteilen, konnten sich nur Leute, die der Kunst des Schwimmens vollständig mächtig waren, dem Becken anvertrauen. Beschir könne also schwimmen, dachte Julienne. Doch was könne er nicht? Die Wände waren von jenem hauchzart getönten, grünlichen Marmor Lakonies, in den venezianische Spiegel eingelassen waren ... Schön! sagte sie, und die Wirkung der Spiegel sei gewiß recht hübsch.

«Was ich von Ihren Mädchen sah, war nicht häßlich, Beschir. Aber wie wäre das auch möglich – ein Ästhet wie Sie!» Immer ausgelassener wurde Julienne. «Und das gehört mir, solange ich darin zu verweilen geruhe? Oh, ich geruhe, Beschir, ich geruhe sehr. Sie sind leichtsinnig, Beschir. Denn besonders in diesem Bade gedenke ich zu verweilen. Daß ich tanzen könne, bemerkte ich schon. Aber ich kann auch schwimmen. Sie haben Pech, Beschir, ich kann. Ich habe es in der Donau gelernt, und die hat bei Ofen herum noch ein ganz tüchtiges Gefälle.»

«Sie wollen also wirklich, Julienne?» fragte Beschir mit beflissener Höflichkeit.

«Sie hätten Grund zu fragen, wenn ich nicht wollte.»

«Dann gestatten Sie wohl, daß ich mich zurückziehe, Julienne, und Ihnen statt meiner einige Mädchen zu Ihrer Gesellschaft sende?»

«Beschir!!»

Schon nach dem Bettgespräch mit Elena hatte sie sich vorgenommen, das Geschlechtswesen Beschir zu ergründen. Bestärkt wurde sie in dieser Absicht noch durch eins jener Ereignisse, die ebenso häufig vorkommen, wie sie selten bekannt werden. – Vor wenigen Tagen hatte die junge und schöne Frau eines Paschas durch dessen Eifersucht ihr Leben verloren. Der eigentliche Mörder aber war – und deswegen vor allem ging die Begebenheit Julienne an – ein ebenfalls junger, intriganter Eunuch, der mit seinen Liebesanträgen von der Herrin abgewiesen worden war. –

Es gab also Eunuchen als Liebhaber, und eine Haremsdame ihrer Bekanntschaft hatte über die Frage nur ihr Erstaunen ausdrücken können und zugleich Treue und Zuverlässigkeit der Unfruchtbaren zu rühmen gewußt. Jetzt aber, da alles – Schwimmbecken, Einsamkeit und völlige Losgelöstheit von der übrigen Welt – sich anbot, wollte dieser Beschir sich ihr entziehen? Also doch ein Mann! dachte Julienne, und das sollte beileibe kein Lob sein.

Sie stand gerade hinter einem Wandschirm, der aus Platten in kostbarer Emailarbeit zusammengesetzt war, und sah, wie er mit einer Beschwingtheit, die sie empörte, dem Gong zustrebte, um seine Drohung wahr zu machen. «Sie Feigling!» rief Julienne ihm nach.

Er blieb stehen.

«Ich scheine das Unglück zu haben, meiner Freundin zu mißfallen?»

«Sie haben das Unglück.»

«Doch nicht etwa, weil ich mich bemühe, eine Unziemlichkeit von Ihnen abzuwenden?»

«Wenden Sie nicht ab. Passen Sie lieber auf, daß die Damen Ihres Harems, die Sie offenbar herbeizulärmen gedenken, mich nicht bei einer so schönen Gelegenheit ganz aus Versehen ersäufen. Tief genug ist das Becken.»

Beschir änderte den Ton.

«Julienne», sagte er, «ist Ihnen niemals der Gedanke gekommen, daß zwischen Dewlet Bey und mir ein Unterschied bestehen könnte?»

«Doch!» schmetterte sie ihm ins Gesicht. «Ein sehr großer Unterschied besteht zwischen euch beiden. Wenn Dewlet Bey betrunken ist, hat er so erfolglose Einfälle wie den, mich nackt zu sich zu entbieten. Mir wäre lieber, Sie betränken sich hin und wieder, dann würden Sie sich Ihrer störenden Vorurteile ebenso gründlich entledigen wie ich mich meiner Kleider.»

Damit warf sie mit Krach den Wandschirm um und stand nun da, ihre Füße vom herabgeglittenen Hemd weiß überbauscht. Steil hob sie ein Bein nach dem andern, und so entstieg sie dem Kreis ihrer Gewänder, um mit einem Kopfsprung im Becken zu verschatten.

Mit keinem Gedanken dachte Beschir mehr an den Gong. Sein Hauskleid war abgeworfen, und unmittelbar darauf spitzte das Wasser zum zweitenmal. Einige wenige Blasen und ein glucksender Laut waren alles, was es zu sehen und zu hören gab. So formgerecht erfolgte der Sprung des pfeilschlanken, bronzefarbenen Körpers, daß er mehr einem Gleiten als einem Sprung glich.

Und dann begann im Widerschein der angestrahlten rosigen Kacheln ein Jagen mit dem weißhäutigen Frauenleib, ein Schweben über dem Grund, ein Steigen und Tauchen, kaum daß einmal ein Kopf – der des Mannes, des Mädchens – sekundenlang luftschöpfend die Oberfläche durchbrach. Beide flohen und beide verfolgten; aber keine Hand griff nach dem andern wie nach einem zu erhaschenden Besitz. Um sich zu nähern, flohen sich die Leiber und streiften sich in einer aufreizend feinen Berührung.

Wie der Hochzeitstanz silbriger Lachse im Bach war dieses Spiel der lichtdunklen Schatten im marmorumrandeten Becken.

Drittes Buch

XXVI

Es wäre einem Padischah nie möglich gewesen, sich von dem mit kaiserlichen Polstern verbundenen Glanz zu befreien. Ihn mit Würde zu tragen, dazu war er geboren, das war ein keineswegs unwesentlicher Teil der Aufgaben, die jedes Prinzen auf der obersten Stufe harrten, wenn er sie zu erreichen vermochte. Im türkischen Padischah verbanden sich byzantinisches Gottkaisertum mit der geistlichen und weltlichen Despotie der Kalifen, der einzigen Regierungsform, die einst den eigenbrötlerischen, streitlüsternen Arabern ihre Weltrolle hatte aufnötigen können.

Der abgesetzte Ahmed III. war in den siebenundzwanzig Jahren seiner Regierung nicht unglücklich gewesen. Wenn auch nicht in der Rolle des Staatsmannes, war er doch in der andern, das Reich und die Macht durch Prunk zu verkörpern, völlig und mit Freuden aufgegangen.

Sein Neffe hatte es nicht so gut. Mahmud fühlte die Verantwortung für das Reich in ihrer ganzen Schwere, während er den Glanz nur als eine Last und nicht die geringste Genugtuung darüber empfand, daß er nicht ohne die vorgeschriebenen Hymnen an- und ausgekleidet werden durfte und jedes seiner Hemden bei ähnlicher Musik gewaschen wurde. Am erträglichsten dünkte ihm noch die Hemdenwäsche, weil er nicht dabeizusein brauchte.

In seinem Drang, dem Zeremonial zu entrinnen, hatte er viel von einem Jungen, dem nichts lieber war, als die Schule zu schwänzen. Und darin hatte er es zu einer meisterlichen Geschicklichkeit gebracht. Wenn der Padischah einmal wieder unauffindbar war, tauchte für Stunden oder Tage an einem Ort, an dem es nicht zu vermuten war, ein jüngerer Mann auf, der sich ganz der Kleidung gemäß verhielt, die er trug. Dann wußte nur der Kislar Aga, wo die Majestät notfalls zu finden sei; denn nie fiel Mahmud aus der Rolle, die er anzunehmen sich entschlossen hatte. Das war gar keine Schauspielerei. Die Rolle entsprach seinem Wesen mehr als sein Herrscheramt, dem er dennoch nichts schuldig blieb. Im Gegenteil! Dieses Abstand- und Maßnehmen gab ihm eine Objektivität, die er sonst nicht gehabt hätte. Der Kislar wußte das. Er wußte auch, daß er, wenn er an den Kaiser appellierte, sich auf den Kaiser verlassen konnte.

Gelegentlich hieß es, der Erhabene geruhe, sich seiner Jagdlust hinzugeben, und das hörte sich jedesmal wie eine Lüge an. Sein riesiger Jagdstaat mit den Würdenträgern, Herren und Knechten, mit Hunden und Falken hatte sich nicht aus seinem Standort gerührt. Von einer jener Jagden, wie sie nach der Meinung aller einzig und allein eines Padischahs würdig seien, konnte man auch nicht reden, von einer jener Jagden, bei denen nach dem Beispiel Dschingis-Khans ganze Heere in Bewegung gesetzt wurden, Jagden, die mehr riesigen Manövern als Jagden glichen. Mahmuds

Ausflüge waren nahezu friedliche Pirschgänge, bei denen Hügel und Bach, Blume und Baum keine geringere Rolle spielten als das Wild. Diese Wildgänge mochten den Streifen gleichen, die sich Mahmuds Ahnen, dem Schwarzen Osman, bei einem Herdentrieb am Tumanidsch oder kleinasiatischen Olymp dargeboten und mit Reisigfeuer zwischen Steinen zum Rösten des Wildbrets geendet hatten. Nicht um eine möglichst «stattliche Strecke» hatte man sich gemüht und nur so viel Wild erlegt, wie zur Sättigung nötig gewesen war. So jedenfalls jagte Mahmud, und bei solchen Gelegenheiten wäre hinter den Säulenportalen seiner zahlreichen Schlösser und Köschke sein Quartier vergebens gesucht worden. Nur ganz wenige wußten, daß ein Holzhäuschen im Walde den Herrn zweier Meere und zweier Kontinente gar nicht so selten beherbergte.

Was da unter ihnen – dort, der Straße nach Kagadchane entlang – für ein weißes Band sei? fragte Mahmud jetzt.

Ein Gebäude könne es nicht sein, dazu sei es zu ausgedehnt.

Sein Büchsenspanner wußte es. Mit unwillkürlicher Scheu – nicht so sehr vor dem Herrscher, der ihm auf mancher Pirsch vertraut geworden war, als vor dem unheimlichen Kislar – erklärte er, daß es eine weiße Mauer sei, die Beschir Agas Besitz, und zwar dessen Harem zugleich mit der Umgebung, einhege.

Mahmud schmunzelte. Also dort hause der Väterliche, dessen Überlegenheit er zwar anerkannte, an dem Menschliches zu entdecken ihn aber gerade darum so erfreute. Sein Vergnügen war noch größer, weil dieser Harem des Eunuchen schon gesprächsweise erwähnt worden war. Bei einem Wiederauftauchen Beschirs im kaiserlichen Serail hatte Mahmud eines Tages geäußert, daß er, der Kaiser, jederzeit seinem Kislar zugänglich sei, was man umgekehrt von Seiner hohen Exzellenz in bezug auf den Padischah nicht behaupten könne. Die Antwort hatte jedoch die kaiserliche Behauptung widerlegt. Von Beschir war auf den Schlüssel zur Westpforte seines Besitzes hingewiesen worden, der ständig in seinem Sekretariat bereitliege und es gestatte, daß er, der Kislar, zu jeder Stunde des Tages und der Nacht für die Befehle des Herrn erreichbar sei. Solche kleinen Scherzgefechte nahmen freilich zwischen Mahmud und Beschir selten schnell ein Ende. Flugs hatte der Sultan sich beklagt, daß er nicht der gleichen Bevorzugung gewürdigt worden sei wie ein simples Sekretariat, und Beschir hatte nach wenigen Tagen dem Kaiser verschmitzt lächelnd einen goldenen oder doch wenigstens vergoldeten Schlüssel mit untertänigstem Dank dafür überreicht, daß Seine allerhöchste Majestät geruht habe, ihn zu vermissen. Mahmud lachte laut.

«Hast du den Schlüssel – den goldenen, weißt du –, den ich dir gab?»

Der Büchsenspanner bejahte.

Ohne feste Absicht hatte Mahmud den Schlüssel mitgenommen, um, falls er unversehens in die Nähe kommen sollte, seinen Kislar vielleicht einmal zu überraschen. Der Fall war eingetreten, und Mahmud fühlte sich zu einer kleinen Neckerei gestimmt; denn etwas anderes konnte der Besuch nicht bedeuten.

«Laß uns zu den Pferden gehen», sagte Mahmud

Die Westpforte war wirklich nur klein und niedrig. Sie zwang zur Demut. Hoch zu Roß war sie nicht zu passieren, und auch Mahmud gab sie als ein Zeichen strenger Abgeschlossenheit zu denken. Sein Gefolge war zwar nur klein und hätte vielleicht gerade noch seinen persönlichen Schutz, doch schon nicht mehr die Unversehrtheit seiner hohen Würde verbürgen können. Und mit ihm vor das Landhaus seines höchsten Eunuchen zu preschen, war das Gefolge aber wieder entschieden zu groß – ein einziger Begleiter war in diesem Fall schon zuviel.

Mahmud war Kalif und dem Brauch nach berechtigt, das unverhüllte Antlitz einer Moslime zu erblicken. Keine Schande wurde ihr oder ihrem Gatten dadurch erweckt. Es gab Empfänge im kaiserlichen Serail, zu denen auch Damen geladen waren, und dann sah der Padischah die Gemahlinnen und Töchter seiner Würdenträger auf diese Weise. Das gleiche galt von den weiblichen Gästen seiner Mutter oder anderer Sultaninnen und Herrinnen des Serails. Mahmud konnte also unbedenklich eindringen, obwohl Beschirs Landhaus dessen Harem enthielt. Was verschlug es, einem schleierlosen Mädchen zu begegnen, wenn der Fremde der Kalif war? Bei profanen Männern hätte es die Mädchen und deren Herren verletzen können.

So durchschritt denn Mahmud allein die Pforte und saß erst hinter ihr wieder auf. Er ritt im Schritt.

In einen Traum ritt er. Kein menschlicher Laut störte. Die Ruinen schienen in ihrer Überwucherung Überbleibsel einer vergangenen Menschheit zu sein. Nichts verrieten sie darüber, daß die brennenden Farben hier und da auftauchender Blumenbüsche von menschlicher Hand in die Wirre gepflanzt waren. Zur Linken begleitete ihn das aufblitzende Gewässer, zur Rechten die Mauer, deren Weiß zuweilen das dichte Gerank durchbrach. Wasser und Mauer waren zu fern, um noch Grenzen zu sein. Längst war Mahmud vom Wege abgewichen, nie hatte er sich so allein gefühlt.

Offenbar träumte sein Pferd weniger als der Reiter. Jedenfalls schnaubte es, und als Mahmud, ohne sich dessen bewußt zu sein, die Zügel straffte, bemerkte er ein Buntes, an dem vorbeizureiten er eben im Begriff gewesen war. Der arabische Hengst hatte einen anderen Grund für sein Schnauben. Ihm war Menschengeruch in die Nüstern gestiegen. Und nun sah es auch Mahmud. Er hielt vor abgelegten Kleidern, vor weiblichen Kleidern.

Der Araber hatte weniger Bedenken als sein Herr. Wenn ihm etwas auffiel, spitzte er die Ohren und beschnupperte es. Vorausgesetzt allerdings, daß die Zügel es ihm erlaubten, und in diesem Fall erlaubten sie es ihm. Mahmud hatte eine Schicklichkeit zu berücksichtigen, die er zu übertreten einige Lust verspürte. Erst sah er sich daher nach allen Seiten um, ob nicht etwa jemand in der Nähe sei, der ihn beobachten könne, bevor er, die Zügel in der Beuge seines Ellenbogens, den Sattel verließ. Richtig! Das Bunte bestand aus Frauenkleidern, Hosen und Hemden, Schuhen und Schmuck. Mahmud schien alles ganz klar: Die nackte Haut völlig dem Licht und der Luft hingegeben, schweife das Damenvolk nun in dem ebenso einsamen wie umfangreichen Gefilde umher. Wer von der holden Horde habe seine Ankunft voraussehen können?

Mahmud gefiel sich in dieser Vorstellung, die bei den Damen seines eigenen Serails wahrscheinlich wenig Begeisterung erweckt hätte. Die Haut unverhüllt der Sonne auszusetzen? Wie schamlos! Wie schrecklich! Mahmud dachte nicht so. Leere Hosenröhren in den Händen, war ihm die daraus entsprungene Weiblichkeit auf eine Weise phantasiebereichert, wie es die geschmückten Glückseligen seines Harems niemals gewesen waren und kaum jemals sein würden.

Doch er wollte zum Kislar, und sein unkaiserliches Eindringen in die Geheimnisse von Frauen, die ihn nichts angingen, hatte nun lange genug gedauert. Das empfand er selbst, und er hätte sich mit einem Lächeln zurückgezogen, wenn sein Blick nicht auf einen Fußreifen gefallen wäre, den er zu kennen glaubte. Und er kannte ihn auch! Am Knöchel jenes Mädchens, dem er im mütterlichen Harem die Schuhe übergestreift hatte, waren dessen Reifen ihm wegen ihrer Schlangenform aufgefallen. Dieser hier hatte die gleiche Form und in den Augen dieselben Smaragde. Kein Zweifel schien ihm möglich: er gehöre dem Mädchen aus dem Alten Serail, dem Mädchen aus der Druckerei.

Alles war ihm wie heute. Nichts hatte er vergessen, nichts vergessen können. Dieses Mal aber werde er sich nicht von der Fährte abbringen lassen, schwor er sich und besiegelte seinen Schwur dadurch, daß er bedenkenlos stahl. Denn es war unleugbar Diebstahl, daß er den Fußreifen eines fremden Mädchens an seiner Brust verbarg, wo der Schmuck seiner Bestimmung nach auf keinen Fall hingehörte.

Nachdem die Majestät sich auf diese Weise betätigt hatte, ritt sie zurück, und so erfuhr niemand im Landhaus des Kislars von dem hohen Besuch.

Der hochwürdige Bischof Antonius von Belgrad Graf von Thurn-Valsassina an Seine durchlauchtigste Hoheit, den Prinzen Eugen von Savoyen-Carignan, Reichsfeldmarschall und Generalleutnant kaiserlicher Majestät:

«Gnädiger Herr!

Euer Hoheit wollen verzeihen, wenn dieses Schreiben Hochsie unnötig bemühen sollte. Lieber will ich doch diese Möglichkeit als etwa eine nicht wiedergutzumachende Unterlassung auf mich nehmen.

Es handelt sich um eine griechisch-orthodoxe Klosterfrau, die sich laut Zeugnis mit dem Siegel der Igumena vom Kloster der allerheiligsten Panagia von Fanar als Mutter Theodora und Kanonissin gleichen Klosters auswies. Die Genannte befindet sich dem Anschein nach in einem Alter Mitte der zwanziger Jahre und kam in geziemender Begleitung einer älteren Laienschwester mit der Post aus Konstantinopel nach Belgrad, um bei mir eine Audienz nachzusuchen, die ich gewährte.

Was die Kanonissin mir eröffnete, scheint eine Nachprüfung zu rechtfertigen, die ohne Zustimmung Eurer Hoheit allerdings nicht eingeleitet werden kann und die auch kein anderer durchführen lassen könnte als Euer Hoheit selbst. Mutter Theodora behauptet nämlich nichts Geringeres, als die illegitime Tochter von Euer Hoheit Schwester, der hochfürstlichen Dame von Soissons, zu sein und, mit dem Namen Juliana de Promontor zur Baronin des Römischen Reiches erhoben, unter Euer Hoheit erlauchtem Schutz im Schloß Promontor gelebt zu haben, bis sie von dort durch Banditen in die Türkei verschleppt worden sei.

Natürlich ermangelte ich nicht, weitere Fragen an die geistliche Frau zu richten, in der Euer Hoheit Nichte zu sehen ich mir notgedrungen vorbehalten mußte. Ich erhielt jedoch jedesmal die Antwort, daß sie sich nur Euer Hoheit selbst anvertrauen wolle ...»

Aus vielen großen und kleinen Teilen setzte sich das Mosaik von Beschirs Macht zusammen, und er vernachlässigte selbst den kleinsten nicht, weil er zum Erreichen seiner Ziele einer stets lückenlosen Macht bedurfte. Ihre wichtigste Grundlage war die Zustimmung Mahmuds und der Kaisermutter zu seiner Politik. Er besaß sie und war sich dessen bewußt, hätte es aber für unverzeihlich gehalten, wenn er mit den allerhöchsten Herrschaften, sobald sie dazu geneigt waren, nicht ständig die jeweilige Lage mit ihren Fortschritten und Rückschlägen besprochen hätte. Da er sich auf Gespräche mit Damen verstand und vor trockenen Vorträgen hütete, ergaben sich unterhaltsame Plaudereien, die zu Fragen anregten, auf die er antworten konnte, und stets hielt er heitere Geschichten bereit, kleine unpolitische Begebenheiten, die er zum Ergötzen von Mutter und Sohn einflechten konnte. Keinen von den Großwesiren gab es, der eine Walide zu sehen bekam, höchstens einmal als Angeheirateter der kaiserlichen Familie. Selbst ein Vortrag bei Seiner Majestät war für Großwesire ein Unternehmen mit Prunkentfaltung, das der Reichsgeschichtsschreiber in seinen Annalen erwähnte. Niemand hatte einen so leichten und selbstverständlichen Zugang zum Ohr der Herrscher wie Beschir. Das war die Möglichkeit eines jeden Kislar Aga, auch dann, wenn er nicht einen so souveränen Gebrauch davon machte wie der gegenwärtige, der mehr zu den allerhöchsten Herrschaften gehörte als alle Prinzen und Prinzessinnen des kaiserlichen Hauses. Sogar ein Kaffee wurde ihm aufgenötigt, wenn er mit Aigische Sultana allein war.

Jetzt war er mit ihr allein.

Aigische hatte sich mit dem Freund vieler Jahre in einen kleinen Raum zurückgezogen, den sie mit Vorliebe für vertrauliche Gespräche aufsuchte. Ihr Gefolge wußte dann, daß sie nicht gestört werden wolle.

Beschir hatte von der neuen Pariser Haarmode berichtet. Sie lege den Damen statt der zurückgekämmten Frisur eine Löckchenfülle auf, die aus dem Eigenwuchs nicht immer leicht zu beschaffen sei.

Die arme Marquise Villeneuve! hatte Aigische gesagt, und sie sei neugierig, wie sich die Dame wohl aus der Verlegenheit ziehen werde.

Ergiebiger noch war Beschirs Neuigkeit gewesen, daß Ludwig XV. von Frankreich, dieser schöne junge Mann, nun schließlich doch seine Unschuld verloren habe. Die frömmelnde Leszcinska, seine Frau, habe es zu sehr mit der Keuschheit gehalten und darüber ihren Mann verloren. Jetzt sei durch Vermittlung des Herzogs von Richelieu eine Gräfin Mailly Ludwigs erste Mätresse geworden, eine Frau, gerade in dem richtigen, reiferen Alter, um einen Unerfahrenen wie Ludwig in die Liebeskunst einzuführen.

Als Beschir das sagte, war er auch schon überzeugt, einen Fehler begangen zu haben. Er wisse es und hätte es berücksichtigen sollen, daß eine besorgte Mutter alles auf ihre Kinder beziehe, in diesem Fall auf ihren Sohn, und das sei der Padischah. Aber alle seine Bemühungen, die Walide von dem Thema abzulenken, schlugen fehl. Beharrlich steuerte sie ihr Ziel an. Denn sie hatte eins.

Indem sie auf die Leszcinska zurückkam, verwunderte sie sich zuerst über die Verschrobenheit der Christen, sich ihren Göttern durch Zuwiderhandlung gegen Tugend und Pflicht empfehlen zu wollen. Das beweise, wie Menschen, die dem wahren Glauben widerstreben, sich den Einflüssen des Scheitans preisgeben. Die höchste Tugend einer Frau sei es, die Menschheit zu erhalten, und eines Mannes, ihr zu diesem Zweck Nachkommen zu erwecken. Jegliche Enthaltsamkeit in dieser Hinsicht sei Laster und Unzucht.

Damit sprach sie das Glaubensbekenntnis einer Türkin und Mohammedanerin aus. Der Prophet hatte die gleiche Meinung nicht nur gepredigt, er hatte nach ihr gelebt und war damit allen Männern des Islams zum Vorbild geworden. Sieben Frauen hatte er gleichzeitig gehabt, und von keiner war je vernommen worden, daß er sie vernachlässigt habe. Ihm sei Ehre.

Natürlich habe Ihre kaiserliche Hoheit völlig recht, pflichtete Beschir bei, um die Beharrlichkeit der Walide durch bereitwillige Anerkennung ihrer Überzeugungen zu erschüttern. Unverständlich sei es, wie Christen, ohne ihrer Sünde bewußt zu werden, sich so völlig entgegengesetzt zu dem verhalten können, was allen Verständigen recht dünke. Es handele sich hier um eine Verderbtheit durch den christlichen Fehlglauben, der Stanislaus Leszcinskis Tochter zum Opfer gefallen sei.

Wenn Beschir jedoch geglaubt hatte, seine überallhöchstzuverehrende kaiserliche Freundin beschwichtigt zu haben, irrte er sich. In Wahrheit hatte er es auch nur gewünscht und gehofft, aber selbst nicht geglaubt. Er kannte Frauen, und so war er nicht überrascht, daß Aigische Sultana seufzte.

Es war demnach soweit: Das vertrauliche Gespräch über Sultan Mahmuds Kinderlosigkeit und den Kummer der verhinderten Großmutter war nicht mehr zu vermeiden. Es würde nicht das erste dieser Art sein. Wer hätte das besser wissen können als Beschir? So wehrte er sich nicht länger.

«Ich frage mich immer, Exzellenz», sagte denn auch ganz nach Beschirs Erwarten die Walide, «was sträflicher ist: die teuflische Dummheit verblendeter Christinnen und Christen – oder die Gleichgültigkeit von Moslemin gegenüber Allahs Geboten, und nun gar bei unserm Herrn, dem Padischah, dem Kalifen, dem Statthalter des Propheten, dem in allen Stücken nachzueifern Sultan Mahmud höchstes Gebot sein müßte. Dennoch ist er kinderlos. Bis zu seiner Thronbesteigung war es Trotz, der ihn Frauen fernhielt. Sagen Sie mir, Beschir, was ist es jetzt?»

Beschir war zu sehr Kislar Aga, als daß er nicht wenigstens versucht hätte, einer Stellungnahme in bezug auf seinen Schüler und Herrn auszuweichen. Mit einer Geste des Nichtwissens hob er nur leicht die Schultern.

«Gut, ich verstehe», übersetzte Aigische die stumme Antwort, «Sie möchten sich nicht äußern, obwohl mein Sohn und ich schon viele offene Worte von Ihnen haben hinnehmen müssen und Ihnen nicht ein einziges übelgenommen haben.»

Was nicht vorzukommen pflegte und nicht zu geschehen hatte – jetzt war es Tatsache geworden. Beschir war in die Ecke gequetscht worden, und zwar von einer Frau. Sollte er sich als Diener seines Herrn erklären – ein Sklave und nichts weiter? Er war Beschir der Sklave, Beschir der Pilger, aber in Wirklichkeit Beschir der Regent dieses Reiches. Warum war er das? Er hatte den Sohn und die Mutter immer mit Brot statt mit Steinen bedient. Jetzt wäre es zu spät und auch zu gefährlich gewesen – jetzt konnte er nicht damit anfangen, ihnen statt Substanz noch so offizielle Phrasen zu bieten. Zumal bei der Walide konnte er das nicht. «Es sieht nicht so aus», sagte er, «als solle die Dynastie Osman aussterben.«

Und nun kam das, was Beschir befürchtet hatte. Aigische wurde heftig.

«O nein!» rief sie. «Meinen Schwager Ahmed hat man nicht wie meinen kaiserlichen Gatten von seinem Harem getrennt. Ahmed hat man außer dem Thron alles gelassen. Er residiert als der Angebetete noch immer im Kreise seiner Frauen und gibt dem Volk das Schauspiel eines gottgefälligen Familienlebens, während mein Sohn Mahmud ...»

«Hoheit meinen, der gegenwärtige Zustand könnte dem Ansehen der Majestät schaden?»

«Und Sie denken, der Majestät Ansehen bedeute nicht viel, solange Sie da seien, uns zu regieren», bemerkte sie mit aufwallender Bitterkeit. In diesem Augenblick war Aigische ungerecht.

«Ich bin nicht so vermessen, das zu glauben», war alles, was der Kislar erwiderte. «Außerdem würde ein Eunuch auch nie populär sein – höchstens gefürchtet. Aber Hoheit vergessen, daß beim Nächstberechtigten zum Thron, bei Sultan Osman, die Dinge ebenso liegen. Und da Osman nur wenige Monate später als der Kaiser geboren wurde, also kaum jünger ist ...»

Mit der Erwähnung Osmans löste sich Aigisches Verbissenheit.

«Begreifen Sie das alles, Beschir?» fragte sie. «Wenn Osman nicht wäre, müßte ich denken, es liege an mir. Aber wie Sie selbst sagen, verhält es sich mit Sultan Osman ebenso, und Osman ist nicht mein Sohn.»

Mit diesen Worten begab sich Aigische – ohne es offen auszusprechen – wieder in den bewährten Schutz ihres alten Freundes. Der aber war auf seiner Hut. Mit irgendeiner Überraschung werde die hohe Frau wohl aufwarten, war seine Meinung, und es war ihm daher nicht zu verdenken, daß er sich vorerst einmal in die Sachlichkeit flüchtete.

«Euer Hoheit Gemahl, Mustafa II., hatte acht Söhne, darunter Seine Majestät und Sultan Osman, sowie sechs Töchter, also insgesamt vierzehn Kinder. Dessen Bruder Ahmed brachte es auf achtzehn Söhne und zwanzig Töchter, insgesamt auf achtunddreißig Nachkommen, wobei ein Ende noch nicht abzusehen ist. Nach Erschöpfung osmanischer Lendenkräfte sieht das alles nicht aus.»

«Um so beschämender ...»

«Und gerade deswegen ist Überlegung nötig, was geschehen muß, um den Zustand, der meiner allerhöchsten Gebieterin Kummer bereitet, zu wenden. Euer Hoheit können mir befehlen, mich auf der ganzen Welt nach erreichbaren, schönen, begabten und anziehenden Mädchen umzusehen, die vielleicht geeignet wären, bei der Majestät Gefühle zu erwecken, die bis jetzt beharrlich schliefen. Keine Geldmittel, die der kaiserlichen Erweckung dienen, sind zu hoch, daß der Chasinedar sie nicht zur Verfügung stellen müßte. Verspricht das aber Erfolg? Fehlt es dem kaiserlichen Serail an Damen, wie ich sie untertänigst beschrieb? Ich habe darüber nachgedacht und bin zu dem Ergebnis gekommen, daß es nicht die Damen sind, denen sich die Majestät verschließt, sondern dieser ganze große Apparat des großherrlichen Harems, der ihm diese Damen darbietet. Es ist der

Apparat, Kaiserliche Hoheit, der seine Lendenkräfte lähmt. Majestät sieht nur Register, Rechnungsbücher, Hofchargen, das Zeremonial, das Vorausbedachte, Vorgeschriebene, in Regeln Gezwängte bei jedem Mädchen, für das er sich zu entscheiden geruhen würde. Statt einer Frau hätte er einen Apparat im Bett. Was seine erlauchten Vorgänger anreizte und anreizt, macht Hochdero erhabenen Sohn unvermögend.»

Was Beschir erwartet hatte, eine nicht ganz gnädige Entgegnung der ohnehin oppositionell gestimmten Walide, blieb aus, und das betrachtete Beschir als eine zweite Warnung. Aigische Sultana hatte jedoch wirklich eine reine Freude an Beschirs klarer Folgerichtigkeit, mit der er ein Problem enthüllte, das kein anderer außer ihm angefaßt hätte, schon deswegen nicht, weil kein anderer die Souveränität hatte, es zu übersehen. Aber trotz allen Wohlwollens bereitete sie unbeirrbar ihren Überfall vor, wobei sie nicht ohne Wollust empfand, einmal die Stärkere zu sein.

«Sie glauben also ohne Einfluß auf ein Ereignis zu sein», fragte sie, «das wir so sehnlich wünschen?»

«Würde ich warten, Hoheit?»

«Nein, das würden Sie nicht», sagte sie mit großer Wärme. «Ich weiß es. Aber sonst – sehen Sie keine Möglichkeit?»

«Möglich ist alles», meinte Beschir. «Die Begegnung, die wir wünschen, entzieht sich jedoch unserem äußeren Einfluß, mehr noch, sie würde durch jede menschliche Dazwischenkunft zur Wirkung eines ‹Apparates› und dadurch völlig entwertet.»

«Mit anderen Worten: ein Zufall?»

«Gewiß. Kaiserliche Hoheit können sich denken, daß ich dem Zufall nicht gewogen sein kann. Wenn aber ohne Erfolg alles geschehen ist, was getan werden konnte, bleibt er die einzige Hoffnung. Glauben ohne Wissen, Hoffnung ohne Gewißheit.»

«Wahrscheinlichkeit ist mehr als Hoffnung.»

«Sie ist mehr ...», sagte Beschir und erschrak. «Aber an

eine Wahrscheinlichkeit oder auch nur an eine begründete Vermutung glaube ich nicht.» Er raffte sich wieder auf. «Enttäuschte Hoffnungen sind schwerer zu ertragen als gar keine. Wir kennen unsern Padischah – Hoheit natürlich weit besser als ich –, aber daraus können wir keine Schlüsse ziehen. Wir wissen nicht, ob die Frau, die imstande wäre, ihn zu befreien, hell oder dunkel, häßlich oder schön, klug oder einfachen Denkens ist und ob es sie überhaupt auf dieser Welt gibt. Wenn sie sich je fände ...»

«Beschir», sagte Aigische, und ihre Stimme wurde dringender. «Ich weiß so wenig wie Sie. Aber wenn sie sich nun finden würde? Ich habe zu viel Achtung vor Ihren Fähigkeiten und Ihren Verdiensten um das Reich und um uns. Mich werden Sie jederzeit an Ihrer Seite sehen. Ich weiß auch, wie sehr Sie um der Ziele willen Ihrer Macht versichert sein müssen, die ja die Macht des Padischahs ist. Und dann etwa einen neuen Menschen, eine neue Macht in seiner Nähe? Eine unberechenbare Macht? Ein Dutzend Frauen sind wenig zu fürchten, aber eine? Und das bei einem Mann, der alle andern ablehnt? Ich könnte es verstehen, wenn Sie sich dagegen schützten. Und doch bitte ich Sie, es nicht zu tun. In keinem Augenblick seines Lebens bedurfte mein Sohn so sehr Ihrer Hilfe wie jetzt.»

Ihr Flehen – und es war ein Flehen! – gab Beschir fast die Gewißheit, daß jenes unbekannte Mädchen, das bisher nur in den Wünschen der Kaisermutter gelebt habe, ganz wirklich aufgetaucht sei. Was er vernahm, war mehr, als er zu hören gedacht hatte: Mahmuds Zusammentreffen mit dem Mädchen im Alten Serail und beim Drucker Ibrahim sowie der Fund auf den ausgezogenen Mädchenkleidern.

Der Unmut darüber, daß seiner Organisation die beiden Begegnungen mit Mahmud entgangen seien, bedeutete nichts gegen die Angst, in dem unbekannten Mädchen seine Geliebte zu entdecken. Er wußte, wo Mahmud gejagt hatte.

«Und wo fanden Seine Majestät die Kleider und den

Fußreifen?» fragte er mit einer Stimme, die ihm selbst blechern vorkam.

«Oh, Beschir», sagte die Walide, ohne ihres Kislars Erregung zu beachten, «ich bin so zuversichtlich, so überzeugt, daß Sie ihm helfen können. Mein Sohn fand den Reifen an den Süßen Wassern. Auf Ihrem Gelände, Beschir, fand er ihn!»

«Darf ich ihn sehen, ich meine den Fußreifen?»

Er bekam ihn und wurde grau im Gesicht.

Das Gespenst, das er an sich heranschleichen gefühlt hatte, stand vor ihm. Welches andere Mädchen als Julienne komme denn überhaupt in Frage? Er hatte mit einem weiblichen Wesen gerechnet, das ihm vielleicht Schwierigkeiten bereiten könnte; aber nun sah er sich seiner Geliebten beraubt. Schon bevor er es erkannt hatte, war sie ihm nahe gewesen. Doch wie tief sie ihre Wurzeln in ihn geschlagen hatte, wußte er erst jetzt.

Auch dem Padischah konnte er sie nicht im ersten Augenblick einfach hingeben. Er konnte es nicht. Und dann suchte er Ausreden über Ausreden für sich selbst. Wer solle sie fragen? Sie sei ja gar nicht erreichbar. Und vielleicht handele es sich wirklich um ein anderes Mädchen, und er selbst sei die Beute eines tückischen Zufalls. Einen Fußreifen könne die eine ab-, die andere überstreifen. Auch sei es immer noch möglich, daß Julienne Sultan Mahmud ablehne …

Doch nein! Ein gutaussehender junger Mann, ein Kaiser, und dann er selbst, er, Beschir? Beinahe hätte er laut gelacht. Außerdem würde er Julienne auch in einem so unausdenkbaren Fall verlieren. Wenn sich Julienne dem Padischah versagte, könnten sie – er und Julienne – ihre Beziehungen dennoch nicht aufrechterhalten. Möge es um seinen alten Kopf, selbst um Julienne sein; aber es gehe um eine Welt, die er zu verteidigen habe.

«Nun, Beschir», hörte er Aigisches bangende Stimme, «haben Sie eine Hoffnung oder auch nur eine Vermutung?»

«Ich habe eine Vermutung, Hoheit, und sie ist nicht unbegründet. Aber wenn ich die Dame finden sollte, so ist das kein Ende, sondern ein Anfang, ein sehr schwieriger Anfang. Wir sind nicht allein auf dieser Welt.»

XXVII

«Das war ganz gescheit», sagte Herr von Talmann, als er Juliennes verwehendem Reifrock mit dem Gedanken nachsann, ob nicht sie «es» sein könne, «durch weibliche Oberhoheit über deinen Junggesellenhaushalt ein wenig Glanz zu verbreiten.»

Nicht ohne Mißtrauen warf Christian von Andlaw dem Gast einen Blick zu, mitten hinein in dessen Lächeln.

«Ich freue mich», sagte er etwas steif, «einer Verwandten Heim und Tätigkeit bieten zu können.»

«Das natürlich auch», gab Talmann bereitwillig zu. «In jedem Fall ist sie ein großartiges Mädchen. Deine Nichte.»

Ja, das sei sie wohl, meinte nun auch Andlaw ganz ehrlich.

Talmann fand freilich im stillen, sie sei etwas zu großartig und darum vielleicht nicht ungefährlich. Zugleich glaubte er durch die Unterhaltung zu einer entscheidenden Frage das Recht erworben zu haben und hielt nicht lange mit ihr zurück.

«Von einer Nichte des Barons Andlaw war allerdings nichts anderes zu erwarten», sagte er. «Denn sie ist doch deine Nichte, Christian? Freilich hat keiner von euch drei Brüdern geheiratet, und Schwestern habt ihr auch nicht gehabt.»

«Es gibt Verwandte zweiten und dritten Grades», unterbrach ihn Andlaw unwillig, «und alte Freunde, die trotz guter Erziehung recht taktlos sein können, gibt es ebenfalls.»

Talmann lachte nicht gerade leise.

«Und es gibt gute Freunde, die einer väterlichen Erziehung noch als reichlich erwachsene Männer so erliegen, daß sie aus der Zimperlichkeit nie herauskommen. Christian, alter Freund, schließlich bist du doch ein Kavalier und kein Küster. Laß die Moral der Kanaille. Denk lieber an den vierzehnten Louis. Jede seiner Mätressen hatte eine höhere Bedeutung als die Königin, und seinen Bastarden hätte er am liebsten das Recht der Thronfolge eingeräumt. Als Prinzen von Geblüt wurden sie dann später ja auch wirklich anerkannt, der Herzog von Maine, der Graf von Toulouse ... Du aber? Man braucht dich nur nach deiner Nichte zu fragen, und schon gebärdest du dich wie ein Backfisch, dem man in den Ausschnitt greift.»

Er hielt inne. Aber nicht die Nichte kehrte zurück. Zwei Lakaien brachten eine Erfrischung, darunter guten Tokaier. Das war alles.

Der Internuntius von Talmann war aus Konstantinopel zur Berichterstattung nach Wien gekommen, und auf seiner umfangreichen Besuchsliste hatte auch der Name des alten Freundes von Andlaw gestanden. Bei ihm, dessen Muckertum er doch so gut kannte, war er zu seiner Belustigung einer Nichte vorgestellt worden. Denn daß diese Nichte des Barons genauso eine Nichte sei wie die eines Kardinals – daran hatte er keinen Augenblick gezweifelt. Auch bei Kardinalsnichten pflegte sich der Stammbaum ebenso in einem wohltuenden Dunkel zu verlieren, wie es ihm hier der Fall zu sein schien.

Die Frage, ob sie eine Geliebte oder eine uneheliche Tochter sei, lag zu nahe, als daß ein Mann wie Talmann sie nicht gestellt hätte. Sehr bald jedoch entschied er sich für eine Geliebte. Vor einem Vierteljahrhundert hatte nicht nur der Vater des Barons noch gelebt, sondern damals hatten die Grundsätze, in denen der Sohn erzogen worden war, noch völlig mit dessen Überzeugungen übereingestimmt. Bei dem guten Christian aus jener Zeit kavaliersmäßige Vergnügungen anzunehmen sei völlig verfehlt, dachte Talmann, und möge es sie auch gegeben haben, so sei der Tugendbestrebte doch nicht der Mann, aus alten Sünden sittliche Dauerverpflichtungen für sich selbst abzuleiten.

Nein – die Nichte sei keineswegs die Tochter, sondern die Geliebte, war Talmanns endgültige Meinung, sie sei eine Person weiblichen Geschlechts, über deren Vergangenheit Andlaw auch nichts Genaues wisse ... vielleicht eine Abenteuerin? Ebensogut könne sie aber auch zum Kreis des Fürsten Rakoczy gehören, also eine Dame sein, die der Politik schon mal ein Opfer bringe, zumal der Baron aufreizend unverbraucht und gerade im richtigen Torschlußalter sei. Und Rakoczy? Wo habe dieser unversöhnlichste Feind der habsburgischen Monarchie nicht seine Agenten? In Frankreich, Spanien, Polen, den Niederlanden, Schweden – das sei selbstverständlich und gehöre ganz oder beinahe in das Gebiet diplomatischer Beziehungen; aber auch in Dresden, Berlin, Hannover, München, Kassel. Warum nicht in Wien? Natürlich in Wien! Nur daß die Tätigkeit Rakoczyscher Emissäre dort etwas gefährlich und also ein Unterrock dafür noch am geeignetsten sei.

Das waren Talmanns Gedanken gewesen, als er Andlaws Nichte nachgesonnen hatte, ob sie «es» wohl sein könne. Und dazu hatte er eine ganz besondere Veranlassung.

Der vornehmste von Talmanns Agenten und Spähern in Konstantinopel war – schwer zu glauben, aber tatsächlich – jener dänische Edelmann Bohn, der für die Türkei Landkarten zeichnete und als Hofkavalier dem Fürsten Rakoczy verbunden war. Talmann machte insofern eine Ausnahme von andern Leuten seiner Art, als er sich den Mann, dem er es verdankte, der Hofburg über jeden Schritt Rakoczys berichten zu können, erhalten wollte. Immer von neuem beantragte er Tausende von Gulden für den Unentbehrlichen und setzte zuletzt sogar ein Obristenpatent für ihn durch, dessen sich Bohn nach einem erzwungenen Rückzug über die österreichische Grenze erfreuen sollte.

Meistens berichtete Bohn über Tatsachen, über Erfolge und Mißerfolge des fürstlichen Hofes oder über Pläne, deren Urheber er selbst gewesen war. Zuweilen aber gab er auch Aufgaben zu lösen, die er selbst, an Konstantinopel geschmiedet, wie er war, nicht weiter verfolgen konnte. So hatte er eines Tages auf eine junge Dame aus dem berühmten Hause der Maurocordato hingewiesen, die am Hofe des Fürsten aufgetaucht sei, um dann wieder spurlos zu verschwinden. Die Meldung hatte Bohn, dessen liebenswürdiges Zeichentalent sich nicht mit der Anfertigung von Landkarten erschöpfte, mit einer aus dem Gedächtnis hingeworfenen Porträtskizze bereichert.

Dieses Material war von Talmann mit Eifer aufgegriffen worden – bis jetzt allerdings ohne Erfolg. Jene Parteigängerin des Fürsten war in Konstantinopel für die österreichische Diplomatie kein Grund zur Aufregung. Gefährlich war sie erst geworden, nachdem sie sich durch ihr Verschwinden jeder Überwachung entzogen hatte. Man mußte sie finden. Die Nachforschungen hätten zwar an eine Wiener Stelle weitergegeben werden können; aber die Akten über die Baronesse vom Vorberg waren noch nicht geschlossen und würden zu Lebzeiten des Prinzen auch nicht geschlossen werden – Talmann hatte demnach eine Scharte auszuwetzen, die seine sonst so trefflichen Leistungen verunstaltete. Der Baronesse hatte er nicht habhaft werden können – die Prinzessin Maurocordato würde ihm seines Vermeinens nicht entgehen!

Alles hatte auf die Walachei als Aufenthalt der Entschwundenen hingewiesen. Dort regierte das Familienoberhaupt Konstantin Maurocordato als von der Pforte eingesetzter Fürst. Doch weder an seinem Hofe noch sonst irgendwo im fürstlichen Machtbereich war eine Dame entdeckt worden, auf die Bohns Beschreibung und das Porträt von Rakoczys Freundin gepaßt hätten. Unter gleichen Bedingungen wie die des Maurocordato war Gregor Gika Fürst der Moldau, und die beste Freundin der gesuchten Damen – das hatte man in Konstantinopel herausbekommen – war Elena Gika, eine Verwandte dieses Fürsten. Zu Talmanns Bedauern hatte jedoch das Ergebnis seiner Bemühungen in der Moldau dem in der Walachei geglichen. Die Angelegenheit schien ähnlich verlaufen zu wollen wie die der Baronesse vom Vorberg; aber zum Glück durfte man in diesem Fall vermuten, daß die gesuchte Dame das Osmanische Reich bereits verlassen habe. Talmann hätte dann als umsichtiger Beamter gehandelt und konnte daher mit bestem Gewissen den Akt an die Wiener Behörde abtreten. Das war geschehen. Aus dem erhofften Erfolg war zwar nichts geworden, dafür hatte sich Talmann mit Ehren aus einer Angelegenheit gezogen, die schwierig hätte werden können.

Fest entschlossen war er gewesen, keine Gedanken mehr an die Dame Maurocordato zu verschwenden, als in seinem Wiener Bekanntenkreis die aus dem Nichts emporgetauchte Nichte Andlaws erwähnt worden war. Den Baron hochverräterischer Beziehungen zum Fürsten Rakoczy zu verdächtigen war Talmann nicht eingefallen, und was die Nichte seiner Aufmerksamkeit empfohlen hatte, war lediglich ihr Mangel an einer sichtbaren Vergangenheit gewesen. Um Talmanns Besuch wäre dessen Jugendfreund ohnehin nicht gekommen, die Nichte hatte ihn nur beschleunigt. Könnte es die Dame mit dem großen griechischen Namen nicht nach Wien gezogen haben? hatte er sich gefragt. Wo seien dem Fürsten Rakoczy nützlichere Dienste zu erweisen als in der Hauptstadt seines Erzfeindes? Gäbe es aber bei solchen Absichten einen besseren Schutz als den eines Onkels von Andlaws subalterner Ehrenhaftigkeit, die der Konvention nie etwas abschlage? Gewiß sei der weitbekannte Name Maurocordato auch nicht zu verachten. Er gebe vor allem die zureichende Erklärung für die Anwesenheit der Dame in Konstantinopel, das ihre Heimatstadt sei. Aber zugleich sei der Name auch so auffallend und leicht kontrollierbar, daß er jede Mission gefährde.

Freilich war auch die Überwachung der Abendländerinnen im Osmanischen Reich nicht allzu schwer. Ihre Zahl war nicht groß. Nicht, daß sie in der Türkei nicht sicher und vielleicht sicherer gewesen wären als in manchem westlichen Land; aber das von Kirche und Staat eifrig geförderte Vorurteil, sich bei einer Reise in die Türkei in eine barbarische Welt zu begeben, war so abschreckend, daß kaum eine sich anders als im Schutze einer europäischen Gesandtschaft dazu entschließen konnte. Talmann war daher auch sehr geneigt, die ganze Angelegenheit der Stelle zu überlassen, wo sie dem Zustand eines vergessenen Aktes entgegenschlummerte. Seine Konferenzen genügten ihm vollkommen. Wien war Wien und Talmann durchaus nicht bereit, sich seinen Anteil an den Vergnügungen dieser Stadt schmälern zu lassen. Wenn nur nicht das Porträt gewesen wäre. Die Ähnlichkeit von Bohns Gedächtnisskizze mit der Nichte des Barons war nicht entscheidend, aber im Ungefähren doch so sehr vorhanden, um die Möglichkeit, ja vielleicht sogar die Wahrscheinlichkeit zuzulassen, in der Nichte die Maurocordato gefunden zu haben.

Diese Meinung verdichtete sich in Talmann, als er beim Verlassen des Hauses noch von der Treppe aus die Dame eine Karosse besteigen und davonfahren sah.

Das Ziel der Fahrt zu erkunden fiel nicht schwer. Offenbar war es kein Geheimnis. Die gnädige Baronesse, hieß es, sei zur Hoheit des Prinzen von Savoyen in die Himmelpfortgasse gefahren.

Das entschied! Zum Prinzen? In die Himmelpfortgasse? Dagegen konnten selbst die wohlverdienten Freuden eines amtlichen Wiener Aufenthalts nicht aufkommen. Talmann sah ein, daß in dieser Sache ein Dank des Vaterlandes zu verdienen sei.

Wenn Talmanns Gedanken auch an der Wahrheit vorbeigingen, so war ihnen eine gewisse Folgerichtigkeit nicht abzusprechen. Die Wahrheit jedoch unterschied sich von Talmanns Vermutungen recht wesentlich.

Der Brief des hochwürdigsten Bischofs von Belgrad hatte nicht verfehlt, auf Seine Hoheit den Prinzen einen Eindruck zu machen, als sei er von einem Geschoß erreicht worden – nur daß ein Geschoß aus Blei im Falle des Überlebens keine so nachhaltigen Folgen hinterlassen hätte wie der Brief. Die Erklärung war sehr einfach: Die Zeit und alles, was dem kleinen, dürren und kränklichen Körper noch als letzte Leistung abgenötigt worden war, hatte der Kriegsgott verbraucht. Geblieben war der große Name und die Anbetung der Truppen, die sich bereits Sieger glaubten, wenn Eugen sich unter ihnen zeigte. Geblieben war – wenn auch im Schwinden – der Nimbus des Staatsmannes und in jedem Fall eine Ehrfurcht, die etwas Vergangenem galt. Das bedenklichste war, daß seine Feinde – und er hatte deren genug – ihn weniger zu hassen begannen. Der Eugen zur Zeit von Juliennes Verschwinden war ein anderer als der ihrer Wiederkehr.

Er brauchte Ruhe. Sein Bequemlichkeitsdrang war zu einer Alterssucht geworden. Hatte ihm der Gedanke, ein junges Mädchen mit Lebensansprüchen um sich haben zu sollen, vordem Unbehagen bereitet, so empfand er jetzt Angst davor, die verpflichtende Vergangenheit mit Julienne noch einmal erleben zu müssen, weniger die Verwandtenpflicht gegenüber der Tochter seiner Schwester, desto mehr aber die Pflicht dem Verstorbenen gegenüber, der ihm das Leben gerettet hatte. Und der war Juliennes Vater gewesen.

In den ersten Tagen nach Empfang des Briefes war es öfter als sonst vorgekommen, daß er vor sich hin gestiert und gar keine oder nur verworrene Antworten gegeben hatte. Als er dann wieder zu sich gekommen war, hatte er aus sich selbst einen kleinen, feigen Aufschub herausgehandelt. Die Zeit der kecken Sprünge ins Ungewisse war endgültig vorbei.

Keinem hatte er etwas gesagt, und statt Hauptmann Verlet, seinen ungarischen Güterdirektor, oder Frau von Stuntz oder beide, die Julienne seit deren Jugend kannten, nach Belgrad zu schicken, hatte er die Dame und den Hauptmann nach Wien befohlen, die Sorge für Juliennes Reise aber dem Bischof überlassen.

Da sich so bald keine Schiffsverbindung donauaufwärts nach Wien ergeben hatte, war der Landweg gewählt worden. Vorausgesandte Kuriere hatten während der ganzen Reise für alles Nötige in dem verwüsteten Lande gesorgt, und wenn Julienne auch als eine Geheimnisvolle gereist war, so hatte sie doch in den Klöstern, Gutshöfen und Stadtkommandanturen, ihr als Stationen zugewiesen, nichts vermißt, weder bequeme Unterkunft, reich gedeckte Tafel noch Höflichkeit. In Wien war sie für die erste Nacht bei den Karmeliterinnen abgestiegen, von wo eine Hofkutsche des Prinzen sie am nächsten Vormittag hatte abholen sollen.

Zu gleicher Zeit hatte der Prinz einen kleinen Kreis von Personen um sich versammelt, ohne auch nur ein einziges Mitglied seiner Hofhaltung hinzuzuziehen. Es war alles etwas geheimnisvoll gewesen. So war keiner von den Versammelten über den Zweck der Berufung verständigt worden. Man war gekommen, weil es befohlen worden war oder weil man dem Prinzen seine Bitte nicht hatte abschlagen wollen.

«Möchten die verehrten Damen und Herren sich noch eine kurze Weile gedulden», hatte der Prinz, höflich wie stets, gebeten und dabei dem Herrn von Andlaw eine Prise angeboten, «ich erwarte noch einen Gast.»

«Entweder ist es eine sehr hohe oder eine ganz besondere Persönlichkeit, lieber Freund; über das Warten, dachte ich, seien Sie längst hinaus.»

Es war die Gräfin Batthany gewesen, die das gesagt hatte und sich das hatte erlauben dürfen. Von ihr war die Bemerkung um so unausbleiblicher gewesen, als die Zusammenstellung der Gäste ihr bereits Grund zur Verwunderung gegeben hatte. An Christian von Andlaw, Baron des Römischen Reiches, war ihrerseits freilich nichts ausgesetzt worden. Wenn er auch nicht gerade zum engeren Kreis des Hausherrn gehöre, so sei sein Adel doch alt und vornehm. Als Tochter eines ursprünglich bürgerlichen Vaters hielt die Batthany mehr noch auf Familie als selbst eine Altadelige. Aber die beiden andern Anwesenden! Bei einem großen Fest hätte man über sie hinwegsehen können. Der Prinz habe nun einmal seine Schrullen und halte von Verstand, Phantasie und Wissen mehr als von Titeln. Unter

Umständen gelte ein Leibniz ihm mehr als ein Prinz von Geblüt. Schließlich sei dieser Herr Claudius Verlet auch ein tüchtiger Offizier gewesen, Rittmeister im Dragonerregiment Prinz von Savoyen, jetzt Güterdirektor Seiner Hoheit von Ungarn. Eben Ungarn! Von dorther kenne man sich. Frau von Stuntz sei im wohltuenden Gegensatz zu Verlet sogar von Adel, wenn auch aus recht kleinem, und als ehemalige Gouvernante dem Gesinde bedenklich nahe. Auf dem Lande möge das alles hingehen, schicke sich aber nicht für Wien – jedenfalls sei es ihr, der Gräfin, unerklärlich, was die beiden in diesem allerengsten Kreis, gleichsam in einem Familienzirkel, zu suchen haben.

Der Batthany hochgräfliche Gedanken waren deswegen so in die Breite gegangen, weil sich inzwischen der Baron und der Prinz über das Wetter unterhalten und die beiden Anstößigen respektvoll geschwiegen hatten. Diese langweiligen Männer! Zwischen den Augen der Gräfin hatten sich zwei Falten vertieft. Zweifellos sei etwas geschehen, hatte sie gedacht, was ihr vom Prinzen vorenthalten worden sei – ein Zustand, den hinzunehmen sie nicht gewillt war. Ihre Wut gegen Eugen hatte sich von Minute zu Minute gesteigert, bis ihr der Gedanke an die neueste Wiener Bosheit zur Genugtuung geworden war.

Des Prinzen isabellfarbenes Gespann, hatte man sich erzählt, habe jeden Abend den Weg von der Himmelpfortgasse zum Hause der Batthany auf der Freiung von selbst gefunden. Ab- und ausgestiegen aber sei niemand. Eugen, sein Kutscher, sein Heiduck und der Lakai haben mit ihrem gemeinsamen Alter von über dreihundertundzehn Jahren ruhig weitergeschlafen, bis es den Pferden an der Zeit geschienen sei zurückzukehren.

Wohl war diese Geschichte eine Persiflage auf die Langweiligkeit der Batthanyschen Piquet-Gesellschaft, doch mehr noch auf die Hinfälligkeit des alten Löwen gewesen, was der Gräfin augenblickliche Genugtuung erklärt hatte.

Mittlerweile war das Wettergespräch der beiden Herrn bis zu den Krankheiten gediehen, was auch Frau von

Stuntz und den Rittmeister alle Hürden hatte nehmen lassen. Fortan hatten zwei Damen und drei Männer zu den schönsten Krankheiten eingeladen oder sie gehabt zu haben behauptet, nur um die verwegensten Kuren vorschlagen zu können. Der Batthany Zurückhaltung war keineswegs darauf zurückzuführen gewesen, daß sie nicht auch in solchen Gesprächen zu glänzen vermocht hätte; aber sie war erbittert, weil Monseigneur noch immer nicht geruht hatte, ihre Teilnahmslosigkeit zu bemerken. Im Grunde hatte nur die Angst vor dem Unvermeidlichen ihn sich in diese Gespräche stürzen lassen. Und schließlich war er auch so abgelenkt gewesen, daß es ihn überrascht hatte, die Tür zum Vorsaal mit beiden Flügeln sich öffnen zu sehen.

Der erwartete Gast war gekommen.

«Die ehrwürdige Mutter Theodora», hatte der Haushofmeister gemeldet, «Kanonissin vom Kloster der Panagia am Fanar.»

Er war begabt, dieser Haushofmeister. Nicht jeder hätte die fremden Laute so glatt herausbekommen.

Dann aber war sie selbst da – vor der Tür, die sich feierlich hinter ihr geschlossen hatte. Eine Klosterfrau im weißen Schleier, der ihr vom Kopf geflossen war. Auf dem ebenfalls weißen Kleid das eingestickte violette doppelbalkige Kreuz und darüber der blaue Mantel. In der Tracht der Kanonissinnen ihres Klosters hatte sie dagestanden. Mit der nie versagenden Höflichkeit des Kavaliers war der Prinz aufgestanden, und für die Zeit eines Atemzuges hatte Schweigen geherrscht, bis ein Schrei es zerrissen hatte.

«Julienne!» hatte die Batthany geschrien.

«Julienne» – war es wie erstickt aus Frau von Stuntz gekommen.

«Gnädigste Baronesse», hatte Verlet gesagt.

«Julienne!» hatte die Gräfin wiederholt und ihr Opfer in die Arme gerissen, um sich dann dem Prinzen zuzuwenden: «Habe ich es nicht gesagt? Von unserer Julienne kann man alles erwarten.»

Es war Julienne unmöglich gewesen, dieses kleine dürre

Männchen mit dem Totengesicht, das ihr Onkel sein sollte, nicht mit dem unerschöpften Beschir zu vergleichen, als sie in einem Hofknicks von damenhafter Vollendung vor dem Greis mehr niedergeschwebt als -gesunken war und ihm die Hand geküßt hatte.

Dann war sie von Seiner Hoheit aufgehoben worden.

«Seien Sie willkommen in Wien», hatte er gesagt und: «dies ist Baron Andlaw, Ihr anderer Onkel», hinzugefügt, «der Bruder Ihres Vaters, meines Lebensretters und Freundes.»

Die etwas umständliche Strategie des Prinzen hatte sich also bewährt. Die Frage, ob man es mit einer Hochstaplerin oder der richtigen Juliane vom Vorberg zu tun habe, war durch eine Überraschung, gewissermaßen einen Überfall, in Sekundenschnelle und auf eine Weise entschieden worden, die keinen Zweifel mehr zugelassen hatte, womit zur Erleichterung der Gräfin die Rolle der Frau von Stuntz und des Herrn Verlet ausgespielt gewesen waren. Nur sie selbst war mit den beiden Oheimen und der Nichte zurückgeblieben.

Der natürlichen Frage nach dem Grund ihres langen Schweigens war Julienne durch die Erklärung zuvorgekommen, daß sie aus höchster Not heraus in ihrem Kloster eine Zuflucht gefunden habe und fortan dessen Regeln verpflichtet gewesen sei. Erst der Sturm im ökumenischen Patriarchat habe sie hierhergeweht. Seine durchlauchtigste Hoheit sei doch unterrichtet …?

Seine Hoheit war es gewesen. Nichts, was sich in der Türkei an Ungewöhnlichem ereigne, sei Wien gleichgültig, hatte er gesagt, und die kirchlichen Unstimmigkeiten bei den griechischen Untertanen des Sultans schien er mit größtem Interesse verfolgt zu haben. Leider ergebe sich aus den Berichten des Internuntius nicht recht – der Herr von Talmann wisse es offenbar selbst nicht –, welche von den beiden Parteien, die Parteigänger des Patriarchen oder dessen Gegner, am leichtesten für Österreich zu gewinnen sei.

Keine von beiden – hatte Julienne gedacht. Laut gesagt hatte sie jedoch, daß die Parteigänger des Patriarchen Jeremias nur wenige Nutznießer und überhaupt keine Partei seien. Ihrer aber, Juliennes, habe man sich im Verlauf der Zwistigkeiten als eines Mädchens entsonnen, das einmal ein Schützling Seiner Hoheit gewesen sei. «Ein Schützling» und «gewesen sei», hatte sie gesagt und durch diese bescheidene Zurückhaltung einen Stolz bewiesen, den der Prinz seinen Schwestern gewünscht hätte. Sie sei, hatte die Nichte weiter berichtet, zur Kanonissin erhoben worden, zum höchsten Rang nach der Äbtissin, und erlaube sich nun, Seine allerdurchlauchtigste Hoheit um eine Audienz zur Überreichung ihrer Beglaubigungen zu bitten.

Diesem Wunsch hatte nichts im Wege gestanden, weil zuverlässige Nachrichten von seiten einer geistlichen Persönlichkeit der griechischen Kirche nur hatten erwünscht sein können. Vorerst aber war ein Streit des Edelmutes zwischen dem Prinzen und dem Baron entstanden. Da die Verwandtschaft mit der Nichte anerkannt wurde, war auch der gleiche nahe Grad in beiden Fällen nicht zu bestreiten gewesen. Prinz und Baron hatten sich so lange beeifert, Julienne den Schutz ihrer Wohnsitze anzupreisen, bis dann, wie meist in solchen Fällen, der Schwächere gesiegt hatte. Es war ausgemacht worden, daß der Prinz wohl seine Schatulle und seine Häuser der Nichte öffnen dürfe, insbesondere seine Bibliothek in der Himmelpfortgasse – wohnen aber solle sie als Nichte des Herrn von Andlaw in dessen Wiener Stadthaus. Diese Beschlüsse hatten den Interessen aller Beteiligten entsprochen. Auch die abendländischen Nonnentrachten hatten im Verlauf des Barock mancherlei Veränderungen erfahren. An Stelle des Schleiers hatten sich riesige Flügelhauben eingeschlichen, die unter der Einwirkung von Stärkemehl phantastische Formen angenommen hatten. Andere Neuerungen waren gefolgt, während die Ostkirche bei den strengen Formen des frühen Mittelalters, vor allem aber bei der Farbe geblieben war, die das Abendland bei seinen Klostergewändern so gut wie abgeschafft hatte. Die Kutten der griechischen Kirche waren immer den Vorstellungen gemäß gewesen, die über die Kleidung von Christi Zeitgenossen bestanden hatten – die Muttergottes natürlich in Blau, woran noch der blaue Mantel der Kanonissinnen des Panagienklosters in Konstantinopel erinnert hatte. Blau war die Farbe der Maria und des kaiserlichen Byzanz.

In ihrer gültigen Klostertracht wäre Julienne demnach aufgefallen, was zu vermeiden gewesen war. Die Pforte hatte nicht nur ihren ständigen Schahbender, ihren Konsul, sondern auch ein kleines Heer von Agenten in Wien. Eine griechische Nonne in der feindlichen Hauptstadt und beim Prinzen gar? Das hätte die Spürhunde zum Bellen gebracht. Angelegenheiten der griechischen Kirche waren Angelegenheiten der Pforte, und jede Dazwischenkunft eines Untertanen war Hochverrat. Von Julienne jedoch sei alles zu erwarten, war die Meinung der andern gewesen, selbst ihre Rückkehr ins Kloster am Fanar. Was sie aber auch tun möge – türkischem Argwohn dürfe sie sich nicht aussetzen. Für Julienne war dieser Glaube die Hauptsache gewesen, die Feststellung, daß für abendländisches Vorurteil etwas anderes als Türkenfeindschaft für sie gar nicht in Frage komme.

Im Kloster habe man alles vorausbedacht, hatte sie sagen können, und so habe sie einen Generaldispens, der sie von allen geistlichen Verpflichtungen befreie, soweit sie ihrer Mission hinderlich werden könnten. Und das Habit sei hinderlich.

Das war beruhigend gewesen, und Andlaw hatte darauf hingewiesen, daß es ja auch adelige Damenstifte gebe, deren Insassinnen mit ihren weltlichen Geschlechtsgenossinnen in Kleidern und Schmuck wetteiferten und höchstens einmal in ihrer Stiftskirche Klostertracht anlegten. Als dann noch Frau von Stuntz zu Juliennes Ehrendame erhoben worden war, hatte sich alles so glücklich gefügt, wie man es sich nur hatte wünschen können.

Von nun an glich Juliennes Leben nach außen in sehr

vielem dem einer beliebigen jungen Dame von Stand: Besuch der Messe, Ausritte, Einkaufsfahrten durch die Stadt, eine Jagdpartie mit dem Onkel Andlaw ... Die stundenlangen Besuche der Bibliothek dagegen hatte wohl keine andere aufzuweisen, und nur wenige würden mit Julienne in der Zurückhaltung übereingestimmt haben, die sie dem gesellschaftlichen Leben gegenüber übte.

Zuerst war im Familienrat, wie Julienne das Gremium der beiden Onkel mit der unvermeidlichen Batthany spöttisch nannte, viel von einer Vorstellung bei Hofe geredet worden, was mit einem Schlage alles geändert hätte. Dann hatte man sich entschlossen, mit der Feierlichkeit einstweilen noch zu warten, bis es Julienne selbst danach verlangen sollte. Daran, daß dies eines Tages geschehen würde, hatte niemand gezweifelt. Man hätte glauben sollen, daß sich im bunten Wiener Gesellschaftsgetriebe eine Geheimtätigkeit leichter hätte ausdehnen und auch verbergen können. Aber am Ausdehnen hatte Julienne offenbar deswegen nichts gelegen, weil es zum Verbergen gar nichts zu geben schien. Selbst die allerschärfste Überwachung – und dafür war von der Gräfin gesorgt worden – hatte bei Juliennes Besuchen in den wenigen Familien, mit denen so etwas wie ein Verkehr aufgenommen war, oder bei Empfängen im Andlawschen Hause keinen geheimen Austausch von Papierstückchen, kein Ausbreiten von Karten in bestimmter Reihenfolge oder sonst irgendeine verdächtige Bewegung feststellen können. Selbst die Gräfin war schließlich zur Überzeugung gekommen, daß Juliennes ganzes Geheimnis deren konfessionspolitische Mission sei: Österreich solle dafür gewonnen werden, in Konstantinopel gegen den Schützling der Pforte, den verhaßten Patriarchen Jeremias, und zugunsten von dessen abgesetzten Vorgänger zu wirken, der nach Brussa verbannt worden war und den die Griechen wiederhaben wollten. Alle Nachrichten Juliennes gingen den Weg zum Bosporus, und alle, die sie erhielt, kamen von dort.

Dennoch hinderten diese für Julienne so erfreulichen

Ergebnisse sie nicht, daß sie nach dem Auftauchen des Freiherrn von Talmann in Wien einem Sandelholzkasten mit Perlmutterintarsien ein leeres Blatt Papier entnahm und mit unsichtbarer Tinte vier verschlüsselte Worte darauf schrieb: «Talmann überwachen – laufender Bericht!»

Dem Verbleib dieses Briefes hätte man umsonst nachgeforscht. Er ging nicht nach Konstantinopel.

XXVIII

Es war der Vorteil eines Kislar Aga, daß sein Weg zum Ohr des Padischahs nicht durch lästige Zeremonien eingeengt wurde und daß er zur Familie gehörte, mehr als selbst die angeheirateten Schwäger und Schwiegersöhne.

Was half dem Großwesir Ali Hakimsade, dem Doktorsohn, seine milde und erfolgreiche dreijährige Verwaltung – was der Beifall, der ihm gespendet worden war, als er in der letzten Ratsversammlung erklärt hatte, den persischen Feldzug wieder selbst als Serasker führen zu wollen? Er war bei Beschirs Gespräch mit dem Padischah und dessen Mutter nicht zugegen. Zu dritt waren sie und ohne Zeugen. Aigische Sultana hatte es so gefügt und damit mütterliche Absichten verbunden, die sich noch erfüllen sollten. Vorerst sprach man allerdings nur von Politik, wenn freilich alles, was den Padischah betraf, sich auch als Politik auswirken konnte, und das war mit dem, was die Walide anstrebte, mehr, als sie es selbst wußte, der Fall. Sie wartete die reichswichtigen Erörterungen ab, an denen sie selbst interessiert war, weil sie wußte, daß sie das Gespräch auch ohne Gewaltsamkeit dahin lenken konnte, wo sie es haben wollte, und dann einem aufgelockerten Beschir gegenüberstehen würde. Denn Beschir, der Hüter höfischen Anstandes und des Zeremonials, hielt vorläufig noch streng auf gebührenden Abstand von den kaiserlichen Herrschaften, immer bereit, jedes Hofamt zu vertreten, dessen Träger gegebenerweise abwesend sein mußte. Im Augenblick kredenzte er den Herrschern Scherbett.

In einem kleinen Raum, mehr in einer großen Nische befanden sie sich, die achteckig in den Garten hinaus oder, von außen gesehen, in ein Tulpenbeet hinein gebaut worden war. Die hohen Blumenstauden, die das Tulpenbeet und die Aussicht begrenzten, standen schon so weit entfernt, daß Lauschenwollen vergebliche Mühe bedeutet hätte.

Beschir war noch lange nicht mit dem fertig, was er zu sagen entschlossen gewesen war, und eine Unterbrechung befürchtete er nicht. Immer noch sah Mahmud in ihm den Lehrer und Beschützer seiner Jugend, den unentbehrlichen Diener seiner Herrschaft. Er war es, der uneingeschränkt Beschir respektierte, während dessen Devotion mehr dem Herrscheramt seines ehemaligen Schülers galt. Natürlich war das ein Zustand, der ohne Mahmuds Besonnenheit und Rechtlichkeit kaum haltbar gewesen wäre. Viele andere – Sultan Osman etwa, sein Stiefbruder – hätten ihn nicht ertragen. Beschir sprach also ohne Arg und ganz wie ein Mann, der etwas bereits Geschehenes erklärt, nicht aber wie einer, der etwas noch zu Geschehendes sich vorzuschlagen erlaubt.

Und dann unterbrach Mahmud ihn doch!

Er tat es nicht überbetont wie Menschen, die in ihrer Scheu schrecken und sich selbst Mut machen wollen, sondern mehr so, als gehe ihn die Sache nicht eigentlich viel an. Auch sagte er beileibe nicht «Exzellenz», was in diesem Fall wie Verweis und Vorwurf geklungen hätte, sondern ganz einfach «Beschir», und es war wie eine Frage.

«Was haben Sie eigentlich gegen den Großwesir, Beschir?» fragte er.

«Sind Euer Majestät mit Ali Hakimsades Wesirschaft zufrieden?»

«Wenn Sie es wären, würde ich es auch sein», sagte Mahmud, und das war ein Pflaster für Beschir.

«Ich bin es», sagte er.

«Und trotzdem wollen Sie ihn, wie ich Sie verstanden habe, absetzen?»

«Wer bin ich, Majestät, daß ich wollen könnte, wo mein Herrscher zu befehlen hat?»

Aber dieses Mal erfuhr Beschir zu seinem Erstaunen und auch zu seinem Erschrecken, daß er Mahmud ein wenig unterschätzt hatte. Sogar Aigische sah nicht ohne Überraschung auf ihren Sohn, den sie liebte.

«Beschir», sagte Mahmud, und es war wie eine Bitte, «lassen Sie uns doch einmal frei von allem zueinander sprechen. Sie sind nicht Kislar, ich bin nicht Kaiser, und Ihre kaiserliche Hoheit ist meine Mutter Aigische. Wir sind hier: Beschir, Aigische und Mahmud, nichts sonst. Soll es so sein?»

Beschir kreuzte seine Arme über der Brust und verneigte sich stumm. Er wußte, daß der Augenblick gekommen sei, daß er seine Macht verteidigen müsse.

«Beschir!» begann Mahmud von neuem, und seine Stimme war warm und werbend, «ich bin Ihr Schüler. Ich hätte Ihnen einen begabteren gewünscht ...»

«Sultan Mahmud ...!» verwahrte sich Beschir.

«Ganz recht, ‹begabteren›», fuhr Mahmud aber fort. «Aber so unbegabt bin ich nun auch wieder nicht, daß ich überhaupt nichts von Ihnen gelernt hätte. Ich glaube Ihnen gern, mein weiser Lehrer. Aber das hindert nicht, daß ich nicht auch wissen möchte. Ich möchte wissen, warum Ali Pascha, der Bewährte, trotz großer Erfolge mein Siegel verlieren soll.»

Mit der Schnelligkeit eines Blitzes überlegte Beschir – mehr noch: Beschirs Überlegungen waren schneller als der Blitz.

Diese Sekunde würde über seine Macht entscheiden. Er hat sie nicht gefährdet geglaubt, nun sehe er, daß sie es sei. Jetzt sei der Panzer des Zeremonials nicht mehr wert als ein durchlöchertes Bettuch. Jetzt gäbe es nur noch das Gefährlichste, unter Umständen aber auch das Stärkste: die

Wahrheit, die nackte Wahrheit. Wenn Mahmud die hinnehmen würde, sei seine, Beschirs, Macht gerettet.

«Ich könnte sagen», begann er, «die selbstherrliche Art, mit der Ali im letzten Kriegsrat erklärte, den persischen Krieg selbst als Serasker zu Ende führen zu wollen, vertrage sich nicht mit den Interessen des Reiches, das seinen Großwesir am Bosporus verlange.»

«Bei einem Krieg hat jeder Großwesir das Recht auf den Oberbefehl. Das ist Gesetz. Selbst ein Padischah kann es ihm nicht verweigern.»

«Er kann ihn absetzen.»

«Ist dies der wahre Grund?» fragte Mahmud.

«Nein.» – Fest sah ihm Beschir in die Augen.

«Nennen Sie den Grund, mein Vater.»

«Unsere Rede sei frei von allem, was die Wahrheit trüben könnte», wiederholte Beschir des Padischahs Wort, und dessen Erwähnung sollte mahnen.

«Sie sei es», war alles, was Mahmud erwiderte.

«Gut.» Beschir hielt inne. «Mein Padischah», begann er dann, «wir sind hier zu dritt, und zu dritt – keiner ist es allein – sind wir die höchste Macht im Osmanischen Reich.»

«Zugegeben», sagte Mahmud.

«Ist nun einer von Ihnen beiden der Meinung, daß sich die Lage des Reiches seit Sultan Ahmed verschlechtert habe?»

«O nein, Beschir!» rief die Walide. «Verbessert hat sie sich. Das wissen Sie doch selbst. Warum fragen Sie?»

«Dann wäre es doch das beste», meinte er, «die Macht dort zu belassen, wo sie sich gegenwärtig befindet?»

«Ali wäre nie in der Lage, sie zu schmälern», meinte Mahmud.

«Ich meine natürlich Ihre Macht, Beschir.»

«Nicht zu schmälern – vielleicht nicht; wohl aber, sie zu übernehmen. Da nach dem Willen meines Padischahs und seiner erhabenen Mutter alle Verkleidungen fallen sollen, bitte ich, mir eine Frage zu erlauben, die unter andern Umständen dem Verbrechen eines Mangels an Achtung vor der Majestät nahekäme.»

«Fragen Sie, Beschir», sagte die Walide und dachte dabei, daß auch sie noch Fragen stellen würde – aber an den Kislar. «Mein Sohn wird Ihnen nichts verhehlen. Ich verbürge mich.»

«Nun dann: Hat Ali niemals versucht, meinen Padischah gegen mich einzunehmen?»

Eine Pause kam auf, ehe sich Mahmud überwand.

«Er hat es versucht», sagte er dann. «Aber es hat nicht den geringsten Eindruck auf mich gemacht. Glauben Sie mir das, und vergessen Sie bitte darüber nicht, daß Ali ein fähiger Großwesir ist. Sie sagten es selbst.»

«Er ist ein noch fähigerer General, und in dieser Eigenschaft hat er Anspruch auf jeden Beistand, den die Macht ihm geben kann. Das Reich braucht ihn. Aber das Reich bedarf auch der Beständigkeit einer bewährten Macht. Gerade ein fähiger Großwesir dürfte, wenn er mehr an das Reich und weniger an sich selbst dächte, sich nicht beikommen lassen, eine solche Macht zu gefährden – selbst dann nicht, wenn er selbst keinen Teil an ihr hätte. Der Mensch ändert sich täglich. Was ihn an einem Tag ruhig läßt, kann ihn an einem andern bewegen.»

Beschir hielt Mahmud nicht für wankelmütig und hatte auch keinen Grund dazu; aber daß etwas zwischen ihnen ihr Verhältnis trübe, fühlte er seit einiger Zeit. Ob es wirklich Ali sei, fragte er sich, oder ob Mahmud Ali nur vorschiebe, um den eigentlichen Grund seines Mißvergnügens nicht nennen zu müssen? Jedenfalls habe er, Beschir, gegen eine derartige Hartnäckigkeit Mahmuds seit dessen Thronbesteigung noch nicht zu kämpfen gehabt.

«Würden Sie uns mit den vielen Schwierigkeiten, die uns umgeben, allein lassen, Aga, wenn ich mich nicht entschließen könnte, dem Großwesir das Siegel zu nehmen?» fragte Mahmud.

Das war ein Stoß in Beschirs Herz. Die Frage sei die Aufforderung, auch fernerhin sich zu mühen, dachte er, aber ohne die Macht, es mit Erfolg tun zu können, dafür mit der sichern Aussicht, alle Schmach für die Unzulänglichkeit anderer auf sich nehmen zu müssen.

«Ich kann mich nicht einer Bürde entledigen, die mein Padischah mir auferlegte», sagte er laut. «Ich bin ein Sklave. Für dreißig Piaster hat mich der Harem gekauft. So steht es im Register, und ich habe es nie vergessen. Ich kann meinen Padischah nur daran erinnern, daß ich schon einmal habe gehen müssen.»

«Um dann zurückberufen zu werden!» fiel die Walide ein.

«Das zweitemal» – Beschir dehnte die Silben – «könnte es leicht nach einem Ort sein, von wo man nicht zurückberufen werden kann.»

«Beschir!» rief Aigische, «bekämpfen Sie diese Bitterkeit, die Sie ungerecht macht. Wir, mein Sohn und ich, werden nie vergessen ...»

«Ich meine ebenfalls, mein Vater», trieb es nun auch Mahmud ...

«Wir Menschen», erwiderte Beschir gelassen, «wir halten uns gern für Herren unseres Tuns. Wir sind es nicht. Auch ein Padischah ist es nicht. Aber schon gar nicht wäre es Ali Pascha, ein so braver Mann er sein mag. Mit seinem Sieg könnte er nicht aufhören, mich zu bekämpfen. Nicht eine Stunde würde er sich seiner Macht sicher fühlen, solange ich lebte. Dagegen kommt nichts auf, auch nicht, daß ich meinem Padischah einmal einige Kenntnisse und Erkenntnisse beibringen durfte.»

Mutter und Sohn erschauerten.

«Gilt das auch von Ihnen, mein Vater?» fragte Mahmud. «Ich meine, dieser Zwang ...»

«Nicht ganz», warf Beschir hin. «Ich brauche nicht Alis Leben, sondern nur sein Siegel.»

Die behagliche Heiterkeit, die sonst bei allem Ernst der Gespräche immer von Beschir ausgegangen war, herrschte gar nicht mehr in der Nische. Von den drei Menschen, die sich vor den aufgetauchten Spannungen fürchteten und doch nicht die Worte fanden, sie zu lösen, faßte sich als erste die Walide. Ganz nüchtern stellte sie bei sich fest, daß der Vorschlag ihres Sohnes – der eben auch nur ein Mann sei, wie weiland ihr eigener –, alle Hemmungen fallenzulassen, ein großer Mißerfolg gewesen sei – der arme Junge, der es doch so gut gemeint habe! – Aus sicherem weiblichen Instinkt erfaßte sie, daß ein heilsamer Wechsel des Themas alle Gegensätze verschwinden lassen könnte.

«Beschir», sagte sie, «du bist genauso ein Bock wie die andern, womit ich nicht leugnen will, daß du von allen andern der Verständigste bist. Und in der Sache mit Ali hast du recht –»

«Meine Herrin», wollte Mahmud widersprechen ...

«Mein Sohn», unterbrach ihn Aigische, «ich war vor dir da, und du bist es nur, weil ich dich ausgetragen und geboren habe, während ich selbst auch ohne dich dasein würde. Ich bereue nichts und erfreue mich deines Daseins; aber jetzt laß deine Mutter reden, deine und des Reiches Mutter.»

«Ich bin meiner Herrin gehorsamer Sohn», erklärte Mahmud und fühlte sich wie in der Jugendzeit sehr zufrieden und sehr beschützt, wenn die Mutter ihn in Krankheitsfällen ins Bett gebracht hatte. Die Mutter war über ihm. Nichts konnte ihm widerfahren.

«Beschir», sagte Aigische unterdessen, «erinnern Sie sich noch unseres Gesprächs über ein Mädchen?»

«Ich erinnere mich, Hoheit.»

«Sie versprachen mir nichts. Sie vermuteten nur etwas. Können Sie mir sagen, ob sich Ihre Vermutung bestätigte?»

«Das kann nur mein Padischah sagen. Wenn Majestät geruhen würde, mir einige Fragen zu beantworten?»

«Wovon sprechen Sie eigentlich, Sie, meine Mutter, und Sie, Beschir?»

«Von einem Mädchen, von einer Dame vielmehr. Sie war Gast Ihrer kaiserlichen Hoheit im Alten Serail ...»

Ein leichter Aufschrei der Walide unterbrach Beschir.

«Oh, dann kenne ich sie. Aber ich kenne nicht ihr Geheimnis. Sie sagten es mir nie, Beschir. Sie gaben Sie in meine Obhut und nahmen sie wieder fort. Sie tun immer das, was Sie wollen», schloß sie. «Aber ein ungewöhnliches Mädchen ist sie», fügte sie noch hinzu.

Mit einem hechelnden «Ja – ja – ja – ja!» hatte Mahmud die Worte seiner Mutter begleitet, wie ein Windhund, der im Begriff ist, sich von der Leine zu reißen.

«Ja!!!» schrie er mehr, als daß er es sagte. «Ein ungewöhnliches Mädchen! Oh, wie danke ich Ihnen, meine Mutter, für diese Worte!»

«Geschah es damals», mischte Beschirs Sachlichkeit sich ein, «als Majestät zum erstenmal und insgeheim die Drukkerei besuchten?»

«Natürlich wußten Sie es, Beschir, man entgeht Ihnen nicht. Ja, damals geschah es. Ich kam ins Alte Serail, um Ihrer kaiserlichen Hoheit Bücher zu bringen, und dort fand ich die Dame in der kleinen Audienz. Meine Mutter empfing gerade die englische Gesandtin. Die Dame, von der wir sprechen, war also allein und war verzweifelt. Ich streifte ihr die Schuhe wieder über, die sie von ihren Füßen geschleudert hatte …»

«Majestät …», wies die Walide ihn zurecht.

«Ich tat es als Ibrahim der Drucker», verteidigte sich Mahmud, «und so vergab ich nichts der kaiserlichen Würde. Aber bei meiner Beschäftigung mit den Damenfüßen erblickte ich einen Knöchelreifen. Er war nichts allzu Kostbares; dennoch behielt ich ihn wegen der Form im Gedächtnis. Und jetzt besitze ich ihn. Genauer gesagt: Ich stahl ihn.»

«Wann geruhten kaiserliche Majestät sich huldreichst jenes Reifens zu bemächtigen?» fragte Beschir verwundert. «Sahen Majestät die Dame denn ein zweites Mal?»

«Das wußten Sie nicht?»

Beschir, überrumpelt, entschloß sich zur Wahrheit. «Nein», sagte er.

«Allah sei Dank!» rief Mahmud. «Es ist schön zu denken, daß der Allwissende es auch Ihnen verwehrt, ihm zu gleichen, daß es Dinge gibt, die sogar Ihnen unbekannt bleiben. Auf diese Weise sind Sie nicht immer zu allen Zeiten der weise Lehrer, und das macht Sie menschlicher, Beschir. Hören Sie also. Die Dame nahm großen Anteil an der Druckerei und versprach, sie zu besichtigen. Wie verabredet, benachrichtigte sie mich auch, das heißt, sie benachrichtigte den Drucker Ibrahim, für den sie mich hielt, und kam. Wenn sie auch viel an mir auszusetzen hatte, so ließ sich doch sonst alles ganz gut an, und ich bin überzeugt, wenn ich nur den richtigen Augenblick hätte abwarten können, um ihr beizubringen, daß ich der Kaiser sei ...»

«Hat es die Dame erschreckt?» fragte die Walide.

«Den Eindruck hatte ich nicht, liebe Mutter. Als sie es durch die sehr peinliche Dazwischenkunft meines Bruders Osman ganz plötzlich erfuhr, antwortete sie mit zwei kräftigen Backpfeifen.»

«Welch Verbrechen! Welch todeswür ...»

Den Rest ihrer Worte verschluckte die Walide, weil sie auf die gelassene Miene Beschirs starren mußte, über die sogar – es schien ihr eine Halluzination gewesen zu sein – soeben noch ein Hauch von Heiterkeit geschwebt hatte ...

«Dem könnte ich nicht zustimmen, meine Herrin», meinte Mahmud inzwischen. «Nicht nur deswegen nicht, weil der richtige Ibrahim die Backpfeifen bekam; denn gegolten haben sie mir. Aber man kann sie eben nicht mit anderen Mädchen vergleichen.»

«Sie sehen selbst, Beschir, wie es steht», sagte sie nicht ohne eine kleine Ironie. «Jenes Mädchen kann man nicht mit anderen Mädchen vergleichen. Die Familie Osman ist ebenfalls nicht mit anderen Familien zu vergleichen. Sie kennen sie als Kislar Aga, und ich habe in sie hineingeheiratet, und so kenne ich sie auch. Wir sind beide über sie unterrichtet, und auch Sie werden sich wohl zuweilen gewundert haben. Manche von ihren männlichen Mitgliedern – ich denke an meinen Schwager Ahmed – stürzen sich wie Wölfe in ganze Herden von Frauen und können nie genug davon kriegen. Und dann gab es wieder den Dynastiegründer Osman, der jahrelang um die Priestertochter Malchatun freite, ferner Sulejman, den Gesetzgeber, mit der Kaiserin Churrem und Sulejmans Vater, den blutigen Selim, der vor nichts Angst hatte als nur vor seiner schönen Halssa Chatun und deren Drohung, sich von seinem Bett zu scheiden. Seine Majestät haben manche Ähnlichkeit mit diesen Vorfahren, für die man meine Leute, von denen ich stamme, nicht verantwortlich machen kann. Von mir hat er das nicht. Ich bin aus einer christlichen Familie Georgiens, und dort zählt man den Männern die Frauen nicht nach, bei denen sie – außer bei ihren eigenen – verstohlenerweise liegen. Zum Glück sind wir beide, ich und Sie, Beschir, Rechtgläubige und dienen dem Kalifen. Wenn Sie also wissen, wo jenes Mädchen zu finden ist ...»

«Sie ist uns nicht erreichbar», erklärte Beschir und legte den Ton eines Bedauerns, das er nicht empfand, in seine Worte. Man verlangte Julienne von ihm, mit der seinem Alter ein Glück aufgespart worden war, das er nicht missen wollte. Er hatte Mahmud beschützt und begünstigt, doch jetzt begann er, ihn als Räuber zu empfinden, mehr noch: als Erpresser. Dieser junge Mann sei, durch Geburt und von ihm gehoben, ins Herrscheramt gelangt, und wenn er dessen Ansprüchen allein auch nicht gewachsen sei, so gehe doch jede Macht im Reiche von ihm aus – er könne eine verliehene oder gewohnheitsmäßig anerkannte in jedem Augenblick zurücknehmen, wenn es ihm beliebe. Seinem Kislar brauche er nicht einmal ein Siegel abfordern zu lassen, mit keiner Zeile ihm seinen kaiserlichen Willen zu verkünden, er brauche sich ihm nur zu entziehen, wie er es zu tun bereits begonnen habe. Sei es aber in Wirklichkeit Ali Pascha gewesen, der Mahmud seinem Kislar habe Widerstand leisten lassen? Nein, Julienne sei es gewesen und Unmut darüber, daß sein Verlangen nach dem Mädchen nicht befriedigt worden sei. Gewohnt, alles von seinem Kislar zu erwarten, erfülle es ihn mit Erbitterung, die Begehrte nicht schon längst in seinem Bett vorgefunden zu haben, ihm hineingelegt von Beschir. Um einer eingebildeten Verliebtheit willen, der es an jeder natürlichen Voraussetzung fehle, sei Mahmud bereit, die Beständigkeit der Reichsleitung in Frage zu stellen.

Wenn sich Beschir bewußt gewesen wäre, wie sehr er sich von seiner früheren klaren Gelassenheit entfernt habe, und zwar aus Gründen, die von denen Mahmuds nicht gar so entfernt waren – vielleicht hätte es ihn erschreckt. Aber er war sich nicht bewußt und empfand Julienne über die Bitterkeit der Trennung hinweg als wohlverwahrt in ihrer Wiener Unerreichbarkeit.

Das war sein wahres Gefühl, indes er seiner Stimme den Ton des Bedauerns gab.

«Haben Sie immer noch keine Nachricht von ihr?» drängte nun auch Mahmud.

«Ich kann nur wiederholen, was ich vor kurzem Ihrer kaiserlichen Hoheit mitzuteilen die Ehre hatte, und kann nur hinzufügen, daß sich bis jetzt nichts daran änderte. Die Dame befindet sich nicht innerhalb der Grenzen des Osmanischen Reiches. Aber …», Beschir holte Atem, «mein Padischah, darf ich Euer Majestät untertänigst die Überlegung anraten, ob sich die Lage wirklich für Ihre Wünsche günstig gestalten würde, wenn die Dame sich in der Türkei befände?»

«Meinen Sie nicht, daß ich sie dann sprechen könnte?» fragte Mahmud mit einer Schüchternheit, die Aigisches Mutterherz rührte.

Beschir war weniger anfällig.

«Majestät werden das selbst am besten beurteilen können», sagte er kühl. «Bis jetzt wissen wir nur, daß wir die Dame kennen. Was wir aber von ihr wissen, ist weder ermutigend noch viel. Wie lange ist es her, daß Majestät sie sahen? Zwei Jahre, drei Jahre? Wir haben es also mit einem Erinnerungsbild Euer Majestät zu tun, und was aus der Ferne lockt, könnte – wenn mir die Bemerkung erlaubt ist – mit seinen echten Farben enttäuschen …»

«Sie wird mich nicht enttäuschen, kann es nicht!» rief Mahmud heftig. «Oh, Beschir …»

«Nun ja», meinte jetzt auch Aigische. «Sie in Ihrem Alter, Beschir, und ...», aus Gründen des Taktes hielt sie mit einem Hauch von Verlegenheit inne, um dann um so entschlossener fortzufahren: «Seine Majestät dürfte über die Stärke seiner Gefühle und Hoffnungen genauer unterrichtet sein als wir. Eine Enttäuschung aber, sosehr ich sie beklagen würde, ist leichter zu ertragen als dieses ungestillte Verlangen des Erhabenen nach einem Menschen, von dem er sich Heil erwartet.»

Beschir verneigte sich, ohne zu antworten.

Es sei ja so begreiflich! dachte er. Die Walide kämpfe um eine Gelegenheit, ihren Sohn den natürlichen Beziehungen vom Mann zur Frau zu gewinnen. Und sei hier nicht die Jugend – sei hier nicht der Herrscher ... und sei hier nicht das Reich, seine erste Geliebte, die dann auch seine letzte sein würde? Mit Zärtlichkeit und Kummer dachte er an Julienne – aber ihre Freundschaft würde sie ihm auch als Mahmuds Geliebte erhalten. Davon war er fest überzeugt. Und dann: Mahmud beherrschend – und sie würde ihn beherrschen! –, könnte sie die Beständigkeit seiner Macht garantieren und seiner Politik, die sie selbst billige.

Der Gedanke schmerzte. Beschir konnte nicht mehr lächeln über sich. Er blickte seiner Eifersucht ins Gesicht und erkannte ihre Echtheit. Wie weit habe die Eifersucht ihn – er selbst ohne den Zügel des Verstandes – über jede Wahrscheinlichkeit hinausgetrieben! Julienne – Mahmuds Geliebte. Wieviel liege nicht zwischen beiden! Würde sie den Sultan begehren, ihn lieben oder wie man es nennen wolle? Und würde sie ihn nehmen, wenn er sie nicht geistig auszufüllen vermöge? – Und dann gab es da noch etwas sehr Gewichtiges:

Julienne war des Prinzen Nichte.

Schon begann die Pause drückend zu werden, und so war es für Beschir an der Zeit zu antworten.

«Eure kaiserliche Hoheit», sagte er, und seine Förmlichkeit kündigte etwas Neues an, das sich dem Gespräch über Gefühle, Hoffnungen und Enttäuschungen nicht einfügen würde. Eine Schutzmauer war dieses Neue, doch das wußte nur Beschir, der sich hinter ihr verbarg. «Kaiserliche Hoheit», fuhr er fort, «äußerten Worte der Menschlichkeit und des Verstehens, beglückend für jeden, der sie vernahm. Möchte es mir Unwürdigem nunmehr vergönnt sein, die Voraussetzungen des Gesprächs, soweit sie mir bekannt sind, den Allerhöchsten mit der Genauigkeit zu unterbreiten, die sie verdienen.» Indes Beschir Atem schöpfte, schwiegen Mutter und Sohn voller Erwartung. «Jene Dame, der mein Padischah Interesse entgegenzubringen geruht, ist die Tochter einer königlichen Prinzessin von Frankreich ...»

«Sind Sie dessen sicher, Beschir?» rief die Walide erschrocken.

Obwohl der Abkunft eines Menschen in der Welt des Islams nur in wenigen Fällen Bedeutung zukam, so wußten sie doch um deren entscheidende Wirkung bei den Ungläubigen. Große Schwierigkeiten konnten sich daraus für die Würde ihres Sohnes ergeben. Die Zeiten, da türkische Padischahs ausländische Prinzessinnen – auch Christinnen – heirateten, waren seit dem Kanun des Eroberers vorüber.

Beschir war sich jedoch seiner Behauptung vollkommen sicher.

«Die Person des Vaters allerdings», fuhr er fort, «ist mir, und ich glaube hinzufügen zu dürfen, auch der Dame selbst, unbekannt.»

Mahmud schöpfte Hoffnung.

«Aber dann», sagte er. «Ich weiß doch, daß die Ungläubigen bei ihren Nachkommen einen übertriebenen Wert auf die regelrechte Heirat der Eltern legen. Und Sie sagten doch, Beschir, daß sie – da ...»

«Julienne», ergänzte sein Kislar. «Ihr Name ist, französisch ausgesprochen, Julienne. Juliana Promontor oder deutsch: Juliane vom Vorberg – unter diesem Namen wurde sie vom König in Wien, den die Christen Kaiser nennen, zur Baronin des Heiligen Römischen Reiches Deutscher Nation erhoben.»

Was Juliennes uneheliche Geburt an Hoffnungen erweckt haben mochte, wischte die Mitteilung über ihre so bemerkenswerte Standeserhöhung wieder fort. Beschir versäumte nicht, darauf hinzuweisen.

«Von den Männern, mit denen sich ihre Mutter gelegentlich zusammentat, ist, soweit sie bekannt sind, keiner als Vater zu betrachten, war keiner, der die Erhöhung der Tochter hätte bewirken können. Die Mutter selbst aber hätte schon wegen ihrer Lebensführung nicht einmal in Frankreich den allergeringsten Einfluß gehabt, geschweige denn in Wien. Die Mutter war die Mademoiselle de Soissons. Es war ihr Bruder, der die Tochter beschützte und ihr den Namen eines seiner ungarischen Güter gab, auf dem das elternlose Mädchen aufwuchs. Er war mächtig genug, das zu können. Julienne Hanum ist», er verhielt ein wenig, ehe er schloß, «die Nichte des Prinzen Eugen.»

Der Satz war ein Schlag, der Mahmuds Hoffnung keinen Raum mehr zu lassen schien. Er tat Beschir leid – so bleich war er.

«Des Prinzen Nichte ...», murmelte er.

«Ich hatte die Nichte des Prinzen im Alten Serail?» fragte, kaum weniger bestürzt, die Walide.

«Ich weiß meiner Herrin untertänigsten Dank für Dero überschwengliches Vertrauen. Jetzt aber werden die allerhöchsten Herrschaften mir vielleicht die Gefährlichkeit des Geheimnisses bestätigen. Niemals hätte ich die Dame ins Serail zu bringen gewagt, wenn der kaiserliche Harem in jenen Tagen des Aufruhrs nicht die einzige sichere Zuflucht der Hanum vor den Nachstellungen des Rebellen Mußli gewesen wäre. Es ging nicht nur um das Mädchen – es ging zugleich um das Reich. Eine Verleumdung wird um so leichter geglaubt, je bösartiger und unsinniger eine Behauptung ist. Die Allerhöchsten mögen gütigst bedenken, welch willkommener Sturm der Entrüstung das gesamte Abendland durchtobt hätte, wenn man eine Verbindung der Pforte mit dem Verschwinden der Nichte des Prinzen hätte behaupten können. Die Dame zu schützen war das eine; aber daß es im tiefsten Geheimnis geschehe, das andere, was zu bedenken gewesen war.»

Ein Schweigen, das wie Erstarrung wirkte, breitete sich aus. Mit dem Seufzer einer tiefen Enttäuschung kam von Aigische der erste Laut.

«Ihr Verhalten scheint mir tadelfrei, Exzellenz», überwand sich dann auch Mahmud, «und ich zweifle nicht, daß die Walide, unsere Herrin, mir beipflichten wird. Immer sind Sie tadelfrei – immer – warum sind Sie immer – oh, Beschir, wie ich Sie ...!!»

«Mahmud!» beschwor seine Mutter des Sohnes aufsteigende Bitterkeit.

«Nun ja – ich wollte Exzellenz nur fragen», lenkte der Sultan ein, «ob sich bei abebbendem Aufstand keine Gelegenheit fand, die Dame ehrenvoll in deren Heimat zu geleiten.»

Eine unerwartete Frage stand plötzlich vor Beschir. Doch genüge als Antwort das äußere Geschehen, entschied er schnell, die Hintergründe sei er niemandem schuldig, auch nicht dem Kaiser.

«Das wäre allerdings, wie Majestät bereits andeuteten, das Nächstliegende gewesen, und so war es beabsichtigt ...»

«Nur beabsichtigt? Ich hoffe, sie wurde nicht bei Nacht und Nebel insgeheim über die Grenze geschafft?»

«Keineswegs. Aber ebensowenig konnte man sie mit geziemendem Ehrendienst nach Belgrad geleiten, da die Dame sich entschloß, in Stambul zu bleiben.»

«In Stambul?!»

Mahmud sprang auf; aber das zählte schon nicht mehr. Es war nicht das erste unkaiserliche Verhalten bei dieser Unterredung.

«Aus eigenem freiem Willen blieb sie bei uns», versicherte Beschir. «Sie unterfertigte ein Schriftstück, das uns für jeden Fall ...»

«Ich zweifele keinen Augenblick, Exzellenz, daß alles auf das trefflichste geordnet wurde», unterbrach Mahmud. Seine Leidenschaft hatte sich bis zu einem Zustand gesteigert, daß sich für ihn die Welt in widerstrebende Menschen und Dinge oder ebenso hassenswerte, gleichgültige spaltete. Er konnte nicht warten, nicht eine Sekunde konnte er warten.

«Sie ist also hier. Wo finde ich sie, daß ich sie sehen, daß ich berichtigen kann, was verfehlt wurde? Ich muß sie sehen! Ich muß sie sprechen! Sie sagten doch, Beschir, daß sie hier sei ...»

«Sie ist es nicht mehr, Majestät», ließ sich Beschir mit einer Sachlichkeit vernehmen, die Verweis war. Eine böse Wollust, das sagen zu können, war in ihm.

«Nicht mehr hier?»

«Nein.»

«Und Sie ließen sie gehen?»

«Ja.»

«Und Sie wußten, wie sehr ich ihrer bedurfte, und ließen sie dennoch gehen? Oh, ich weiß, Sie sind tadelfrei und hatten die besten Gründe. Die Nichte des Prinzen Eugen, der Padischah und die Folgerungen, die sich für das Osmanische Reich hätten ergeben können. Es beliebte Ihnen, wieder einmal Allah zu spielen, mein unterwürfiger Diener. Was bin ich in Ihren Altersaugen? Ein unzuverlässiger, junger Mensch, der zu seiner Aufgabe angehalten werden muß wie der Schüler zu seinem Klassenziel. Was wissen Sie, der Sie nur noch denken und nichts mehr fühlen? Sie sind ein großer Mann, Beschir, und ich bin ein mißratener Prinz. Sie sind der Schöpfer meiner Macht, und ich bin Ihr Geschöpf. Aber eins kann ich noch: Ich kann hassen. Und das bin ich selbst. Und Sie hasse ich, Beschir, mein Kislar Aga, hohe Exzellenz – ich hasse Sie, hasse Sie, hasse Sie!»

Nichts hätte Mahmud hemmen können. Man hätte ihm mit der Hand den Mund zuhalten müssen, und es wäre nichts gewonnen gewesen. In diesem Augenblick konnte nur die Walide helfen. Sie tat es, indem sie ihren Sohn umschlang.

«Vergiß nicht, Mahmud, Beschir war immer unser Freund und ist es noch. Versündige dich nicht und höre ihn an. Sprechen Sie, Beschir, ich beschwöre Sie: Sprechen Sie.»

Matt und geschlagen löste sich Mahmud aus den Armen der Mutter und sah den Geschmähten an.

«Mein Padischah möge verzeihen», begann Beschir mit der Stimme eines Arztes, der einem Kranken zuspricht, «aber von dem Verlangen Eurer Majestät nach der erwähnten Dame erfuhr ich erst von Ihrer kaiserlichen Hoheit, als die Hanum schon fort war.»

«Abgeschoben über die Grenze?» höhnte Mahmud.

«Nicht ganz», sagte Beschir gelassen. «Die Baronin vom Vorberg geruhte, sich der kaiserlich-osmanischen Post zu bedienen und im Palais des Grafen Thurn, des neuen römisch-katholischen Bischofs von Belgrad, Residenz zu nehmen.»

«Und sie hat nie von mir gesprochen? Nie vom Drucker Ibrahim, der ich war? Nie von unserer Zusammenkunft in der Druckerei?»

«Wenn die Dame den Padischah erwähnt haben sollte – erinnern kann ich mich nicht –, so geschah es doch nie im Zusammenhang mit Eurer Majestät und der Dame eigenen Person.»

«Nie ...», wiederholte Mahmud. «Nicht einmal erwähnt ...»

Auch er ... dachte Beschir und hätte beinahe die Hände nach Julienne ausgestreckt, so leibhaftig sah er sie vor sich.

«Und wo ist sie jetzt?» fuhr der Sultan auf. «Ich sehe es Ihnen an, Beschir, daß Sie es wissen!»

Beschir schwieg.

«Sagen Sie es Seiner Majestät», flehte die Walide, «wenn es ein Geheimnis ist, wird mein Sohn es wahren.»

Mit einem Ruck faßte sich Beschir. Er war wieder wach.

«Mir genügt der Befehl meines Padischahs», sagte er. «Er ist der Kalif. Er ist Allahs Mund und weiß, daß es tödliche Geheimnisse gibt.»

«Sprechen Sie», bat Mahmud.

«Sie ist in Wien.»

«Beim Prinzen?»

«Ich bin dessen sicher.»

«Und sie wird bei ihm bleiben, bei ihrem Onkel? Was frage ich noch! Sie war hier, eine Abendländerin bei uns, und nachdem sie alles gesehen und sich über alles bei uns hinreichend belustigt hatte, kehrte sie in die Heimat und zu ihren Verwandten zurück – genauso wie zur Zeit meines Onkels Ahmed jene Gesandtin, jene englische Lady ... Oh!» Länger vermochte er nicht an sich zu halten, und seine ganze Verzweiflung, seine Bitterkeit und Selbstverhöhnung brach in banalen Worten aus ihm heraus: «Es ist alles so einfach, alles so natürlich, so selbstverständlich, und ein Narr ist, der sich darüber wundert.» Er schwieg, um nach einer Pause hinzuzufügen: «Ich bin so ein Narr.»

«Mein Sohn, mein armer Junge», hauchte die Walide, von dem Unwert ihrer Beschwichtigung selbst überzeugt. Das sei eben das Ende einer Episode, die sich so lange zäh hingezogen und von deren glücklichem Ausgang sie so viel für ihren Mahmud erhofft habe. Und nicht einmal eine Medizin sei verschüttet worden. Jetzt stelle es sich heraus, daß das, was sie dafür gehalten habe, niemals eine gewesen sei.

Weder Mutter noch Sohn zweifelten, daß mit den Worten: ‹Sie ist die Nichte des Prinzen und bei ihm in Wien› alles zu Ende sei. Beschir konnte das Gespräch abbrechen. Er hätte keinen Widerstand gefunden. Aber er war es auch gewesen, der Julienne gefragt hatte, ob sie die Reise machen wolle, die für sie weniger gefährlich sei als für jeden andern – immerhin noch gefährlich genug. Aber als sie beide damals den Plan überlegt hatten – er und Julienne –, war alles mit äußerster Schärfe des Verstandes errechnet, nichts improvisiert, nichts dem Zufall überlassen worden. Mit dem ganzen Leichtsinn des Intellekts waren sie vorgegangen. Für Gefühl war in ihrem Plan kein Platz gewesen.

Aber die Gefühle hatten mit der Gewalt des Selbstverständlichen ihren Platz eingenommen, und nun waren Beschirs Gedanken täglich und stündlich bei Julienne.

Das allein ermöglichte es Beschir, Mahmud zu begreifen.

Es wäre furchtbar für ihn, wenn Julienne nicht zurückkehren würde, und ebenso empfand Mahmud, hoffnungslos wie er war, ihr Fernsein schon jetzt. Aber was würde sein, wenn sie, wie Beschir überzeugt sein wollte, zurückgekehrt wäre? Könnte ihm Mahmud jemals verzeihen, wenn er jetzt schwiege? Und wenn er nicht verzeihe …? Nein, es war nicht zu Ende. Beschir erkannte, daß er zu den vielen Opfern, die er dem Osmanischen Reich gebracht hatte, ein neues zu bringen habe. Aber sei es denn ein Opfer … falls es eins sei, habe er überhaupt etwas aufzugeben, was er jemals in Wirklichkeit besessen habe? Überheblichkeit lag ihm fern. Er, ein alter Eunuch, und dagegen Mahmud, ein gutaussehender jüngerer Mann und obendrein der Padischah – welch eine Vermessenheit, dieser Vergleich! Eine Laune gegen eine echte Liebesmöglichkeit – könne Julienne zögern? Beschir zweifelte nicht daran, daß er von ihr Abschied nähme, wenn er jetzt spräche. Und er nahm Abschied von ihr; denn er sprach.

«Mir scheint», sagte er, «daß Euer Majestät Allerhöchstdero Interesse für die erwähnte Hanum durch deren Reise nach Wien als gegenstandslos betrachten. Wie sich das Fräulein Eurer Majestät gegenüber verhalten wird – darüber weiß ich natürlich nichts. Im Augenblick wird sie es selbst nicht wissen. Aber daß wir ihre Rückkehr erwarten dürfen, das anzunehmen bin ich den Umständen nach berechtigt.»

«Beschir!» rief Mahmud. «Ist das wahr?»

«Soweit ein Mensch den andern zu kennen vermag, ist es wahr», versicherte Beschir und gedachte dabei frauenbetörender junger Männer, an denen in Wien gewiß kein Mangel sei und von denen ein einzelner jede noch so sichere Erwartung vereiteln könnte. Was dann, wenn Julienne sich in einen von diesen Elegants verliebe? Ihre Kutte würde sie nicht davon abhalten.

«Allah sei Dank», meinte die Walide zu Beschir, «dann werden Seiner Majestät Wünsche vielleicht doch noch erfüllt werden.»

«Bis jetzt sehe ich nur eins, was dafür spricht.»

«Und was ist das?»

«Die beiden Ohrfeigen, die Majestät von der Dame zugedacht waren.»

«So ist es!» ereiferte sich Mahmud, «Sie meinen doch auch ...»

«Mein Padischah», sagte Beschir, «als Euer Majestät Erster Diener habe ich Sie von allem rechtzeitig zu unterrichten, was Euer Majestät erhabenen Absichten Schwierigkeiten machen könnte. In diesem Fall dürften es der kaiserliche Harem und dessen Gesetze sein, daß eine Dame, die ihm angehört, ihn nur als Frau eines mit ihr begnadeten Würdenträgers, und eine Frau, die des Padischahs Bett geteilt, das kaiserliche Serail niemals verlassen kann. Julienne Hanum, die Allah mit allen Tugenden, ausgenommen die des Gehorsams, geschmückt hat, liebt ihre Freiheit.»

«Wer wird sie ihr nehmen wollen!» mischte die Walide sich ein. «Mein Sohn erwähnte bereits Lady Mary Wortley Montagu. Diese englische Dame schnupperte überall herum. Ihre Neugier war unersättlich. So kam sie auch in den kaiserlichen Harem; aber nicht nur als Frau des englischen Gesandten bei einem Empfang der Walide, sondern als eine Frau, die ihn nach Ihrer strengen Meinung, Beschir, nie wieder hätte verlassen dürfen. Ich erinnere mich ihrer noch sehr genau mit ihren schwarzen Kulleraugen, mit ihrem verschwenderischen Dekolleté, das allerdings nicht viel zu verraten hatte, und mit dem hermelinverbrämten Kaftan ... Doch lassen wir das. Mein Schwager Ahmed wird ihr die Kleider ohnehin nicht lange angelassen haben. Ich wollte nur sagen, daß sie dann doch den Harem wieder verließ.»

«Weil unsichtbar hinter ihr die englischen Kriegsschiffe standen», sagte Beschir.

«Und Julienne Hanum ist die Nichte des Prinzen», erwiderte die Walide.

«Wenn sie zurückkehrt, ist sie es nicht mehr. Auch möchte ich kaiserlicher Hoheit bemerken dürfen, daß Lady

Wortley nach ihrer Rückkehr aus dem Harem mit ihrem gesetzlichen Gatten zwar in einem freundschaftlichen Verhältnis, aber doch von seinem Bett getrennt lebte.»

Die Walide fand das gar nicht so entsetzlich.

«Was will das Bett des Herrn Gesandten schon sagen? Es ist doch bekannt, daß Lady Mary ihrem eigenen Geschlecht noch mehr zugetan ist als dem andern. Mein Schwager Ahmed freilich ...»

Mahmud unterbrach die Walide, und hinter seiner Höflichkeit konnte man eine fiebrige Ungeduld verspüren.

«Liebe Mutter, meine Herrin», sagte er. «Julienne Hanum läßt sich mit keiner anderen Frau vergleichen, auch nicht mit jener Lady, jener Vielschreiberin berühmter Briefe, die dann in Abschriften reihum gingen. Ich würde froh sein, Dame Julienne nur sehen und mit ihr sprechen zu können. Vielleicht läßt sie sich von der Aufrichtigkeit und der Beständigkeit meiner Neigung überzeugen. Sie, Beschir, sind freilich längst über Leidenschaften hinaus und können mich ...» – Mahmud vermochte nicht gleich die taktvollen Worte zu finden. Entgegen allen Erfahrungen der Haremsdamen, bei denen über die vielseitige Brauchbarkeit der Eunuchen keine Zweifel bestanden, glaubte er immer noch ganz naiv an bequeme Übereinkünfte, die nichts als leere Vokabeln waren – «und können mich wohl nicht so ganz verstehen», schloß er schnell. «Wollen Sie mir desungeachtet helfen», fuhr er um so dringender fort, «der Sie stets unser Schützer und Freund waren?»

Beschir küßte die ihm dargebotene Hand des Erhabenen, aber er antwortete nichts.

«Ich danke Ihnen, Beschir», sagte Mahmud, womit das Gespräch eigentlich hätte zu Ende sein können. «Und dann», fügte der Sultan aber noch hinzu, als handele es sich um eine stehengebliebene Taschenuhr und nicht um einen entscheidenden Auftrag an den Oberstschwertträger, «sagen Sie doch dem Silihdar, Beschir, er möge Ali Pascha das Siegel abfordern.»

Mit Mahmuds letzten Worten hatte der Kislar in der

Großwesirsfrage gesiegt. Aber niemand weiß, wenn er einen Sieg errang, ob er nicht eine Niederlage erlitt. Beschir freute sich jedenfalls nicht. Er sollte seinen Erfolg mit Julienne bezahlen.

XXIX

Weniger erlauchte Häuser in Wien hätten den Gast, der sich in einer Vormittagsstunde in das Palais des Prinzen durch die rechte, die Herrschaftseinfahrt, begab, kaum dieser Ehre gewürdigt. Er war nicht in sechsspänniger Karosse mit betreßtem Kutscher auf dem Bock und ebensolchen Lakaien hintenauf durchs Tor gefahren – nicht einmal in vierspänniger. Das Tor war gar nicht in Frage gekommen, er bediente sich einer Kalesche, eines jener Stuhlwagen, wie sie jetzt in England aufgekommen waren. Der wertvolle Apfelschimmel in der Gabel des schwarzlackierten Einspänners und der silbergrau gekleidete Kutscher verbanden sich zu einer unscheinbaren Farblosigkeit, die weder durch bunte Tressen, Verschnürungen oder Troddeln gestört wurde und dennoch oder gerade deshalb den Eindruck einer eigenwilligen Eleganz erweckte, über deren Ursache sich die meisten nur nicht gleich schlüssig wurden.

Statt wie eine Karosse in den Innenhof zu fahren, hielt das Gefährt etwa dreißig Schritte entfernt auf der Straße.

Ganz in Schwarz mit ein wenig Weiß – das war der erste Eindruck von der Kleidung des Gastes, wie er nun in der Vorhalle stand. Der erste Gedanke, den er auslöste, war der an einen Geistlichen, der zweite der an einen meisterhaft bekleideten Herrn. Der Tuchrock scharf in die Hüfte geschnitten, aus der die Glocke schwungvoll herabfiel, darunter die langschößige Brokatweste, die durch sparsam eingewebte Silberfäden eine ganz leichte Aufhellung erfuhr, und darunter die Atlashosen, deren Schnitt gleich weit von Spannungen wie von allzu reichlichem Faltenwurf entfernt war – jeder Kavalier, der seine Erfolge in den Salons suchte, ohne ebensolchen Schneider zu haben, mußte beim

Anblick derartiger Vollkommenheiten verzagen. Dazu kamen Jugend und gutes Aussehen und ein Friseur, der sich offenbar darauf verstand, eine Perücke locker auf die Schultern wehen zu lassen. Eins freilich fehlte: der Degen. Jeder mittlere Beamte trug ihn, aber dem Herrn in Schwarz war er in Wien verwehrt. Er mußte froh sein, daß er sich nicht, wie seine Religionsverwandten, einen gelben Lappen anheften mußte.

Dieser Umstand mochte die Ursache der sehr gemessenen Höflichkeit, fast Herablassung der Lakaien sein, die sich dem Gast Seiner Hoheit überlegen zu dünken schienen und ihm nicht einmal den Dreispitz abnahmen. Sie boten keinen Grund zu einer Beschwerde, doch auch keinen zu einem gepfefferten Trinkgeld – es sei denn, sie geschmeidiger zu machen. Dieser elegante Dreißiger, dem es auf einige Gulden nicht anzukommen brauchte, kannte jedoch die gelegentlich recht gegenteilige Wirkung von Trinkgeldern und gar allzu großer. Weltmann war er und weitgereist. In England nannte man in John Openham, und für seine englischen Freunde hieß er Jonny, in Holland war er Jan Openhem, in Frankreich Jean d'Openheimère, dasselbe in der Türkei, woher er kam, um in Wien wieder als das zu gelten, was er war, als Josua oder Jesche Oppenheimer, der Enkel des großen Samuel Oppenheimer, «Hofjud kaiserlicher Majestät» und «Oberfaktor des Reiches», wie seine Titel gelautet hatten.

Der Alte hatte des Kaisers Kriege nicht weniger geführt, seine Siege nicht weniger erfochten als der Prinz. Ohne seine Kredite und Lieferungen hätte Eugen nicht marschieren und daher auch nicht siegen können, und oft war es nötig gewesen, den Vormarsch abzublasen, weil Samuel Oppenheimer erst seine Wechsel hatte einlösen müssen, ehe er imstande gewesen war, neue Lieferungen und neue Kredite zu gewähren.

Überall hatten die ansehnlichen Familien ihre Hausjuden und die Fürsten ihre Hofjuden, aber mit dem Haus Oppenheimer war noch heute kein anderes zu vergleichen. Der alte Samuel war in der Judenschaft so gut wie der Kaiser selbst gewesen. Und nun hatte der Enkel hinter dem Vater und Herrn Wertheimer, der nach Samuels Tod eingetreten war, wieder seinen Platz als Juniorteilhaber im Wiener Comptoir der Firma eingenommen.

Aus der Türkei war Jesche zurückgekehrt, und kein Tag verfloß, ohne daß der Prinz an die Türken gedacht hätte. Jede Nachricht über sie, jede Beobachtung über Geschehnisse und Zustände im Osmanischen Reich waren ihm wichtig, und wenn er eines Menschen habhaft wurde, den er abseits von jeder amtlichen Berichterstattung ausfragen konnte – der mußte heran. Josua Oppenheimer machte keine Ausnahme. Der Prinz, der ein höflicher Mann war, hatte ihn zu sich gebeten, was freilich soviel wie ein Befehl gewesen war. Josua Oppenheimer machte das allerdings wenig aus. Er fühlte keine Beklemmung, weil er nicht zum erstenmal den hohen Herrn sprechen würde, mit dem sein väterliches Haus so enge Beziehungen verbanden. Er kannte auch den Weg in die Bibliothek, so daß die Begleitung des Hausoffizianten im Grunde überflüssig gewesen wäre.

Es war bekannt, daß Seine Hoheit Männer der Wissenschaft oder Schriftsteller, also Leute, denen der Prinz eine, wie man fand, übertriebene Bedeutung beilegte, statt im großen Konferenzsaal gern in seiner Bibliothek empfing. Auch Jean Baptiste Rousseau hatte dort viele Male mit dem Prinzen zusammengesessen, und der Schauplatz der ersten Begegnung mit Leibniz war ebenfalls diese Bibliothek gewesen. So hätte denn der Juniorchef des Hauses Oppenheimer die Wahl des Raumes als Kompliment für seine geistigen Interessen auffassen können. Wenn auch nicht als Schaffender, so war er doch als Genießer der Literatur eng verbunden. Aber so weit, sich das Kompliment einzubilden, ging Jesche Oppenheimers Eitelkeit nicht. Es müsse einen anderen Grund haben, dachte er. Sollte ...

Er hatte inzwischen die Bibliothek betreten, und beim Anblick der Dame, die er dort antraf, stutzte er – um sich dann augenblicks zu erinnern. Nur ein einziges Mal hatte er sie gesehen, und auch das nur flüchtig; aber es hatte ihm genügt, das Gesicht nicht zu vergessen. Sie sei eine große Dame, die inkognito reise, hatte man ihm berichtet. Mehr wußte er nicht. Auf den Gedanken an eine hochwürdige Kanonissin wäre er überhaupt nie gekommen. Zwar war sie dunkel gekleidet, aber doch mit dem unerläßlichen Ausschnitt, aus dem, schwarz unterstrichen, die weiße Haut des Halses und Brustansatzes wirksam hervortrat. Und der Reifrock fehlte natürlich auch nicht.

Tief verneigte er sich, so tief, daß er ihr kurzes, ihm als Gegengruß gewährtes Nicken nicht sah. Sie offenbar dachte beim Anblick des Mannes an keine frühere Begegnung. Aber leider hatte sie sich mit dem Arm voll Bücher, die sie zum Regal zurücktragen wollte, übernommen. Eins glitt heraus, und dann lagen alle auf dem schön ausgelegten Parkett. Der junge Millionär konnte sich gar nicht erst aus seiner Verbeugung wieder aufrichten und, um die Bücher aufzuheben, sich als höflicher Mann nur noch aufs Knie niederlassen.

«Ich bitte gnädige Frau, sich nicht zu bemühen», sagte er.

Julienne lachte.

Es war schwer zu sagen, ob sie die Degenlosigkeit ihres Kavaliers geflissentlich übersah oder gar nicht bemerkte. Großen Eindruck hatte sie ihr auf keinen Fall gemacht. Genaugenommen, empfand sie die Degen der europäischen Herren als kindisch und nicht nur als barbarisch. Im Osten schleppte kein freier Mann beständig sein Schlachtschwert mit sich herum. In Stambul habe man Kultur.

«Warum sollte ich mich bemühen, mein Herr? Sie scheinen es ja ganz allein zu schaffen. – Danke!»

In diesem Augenblick öffnete sich eine der Türen und schloß sich erst wieder nach dem Eintritt des kleinen, verkrümmten Männchens mit dem Totenkopf.

Jesche Oppenheimer erschrak. Er hatte den Prinzen weniger verfallen in der Erinnerung. Seine Verneigung bekam dadurch so etwas wie eine menschliche Bereitschaft für den

Greis, der durch das gemeinsame Wirken mit Jesches Großvater das Idol der Familie Oppenheimer geworden war, während Julienne ihren Reifrock leicht anhob und einen Hofknicks andeutete, den der alte Herr auf eine Weise erwiderte, wie es ein Kornett auch nicht besser zusammengebracht hätte.

«Dies hier, meine Liebe», sagte er, »ist Monsieur Oppenheimer, dessen väterlichem Haus ich manchen Succès verdanke.» Und zu Jesche: «Die Baronesse von Andlaw.»

Aber man wolle sich doch lieber des Französischen bedienen, fuhr er dann fort. Er verspreche sich einiges von der Unterhaltung und möchte von ihr nichts missen. Zwar habe er sich immer für das Deutsche und besonders für dessen Einheitlichkeit im ganzen Reich eingesetzt, weil die einheitliche Sprache erste Voraussetzung einer großen Nation sei, aber selbst habe er es leider nicht dazu gebracht, sie so zu beherrschen, wie er sich das wünsche.

Von den Verhältnissen im Osmanischen Reich wußte er durch Julienne Näheres über den griechischen Streit wegen des Patriarchen. Er hoffte, daß beim Angriff einer christlichen Macht auf die Unterstützung der Griechen zu rechnen sei. Jetzt war es ihm darum zu tun, vom jungen Oppenheimer Genaueres über die türkischen Juden und deren Lage zu erfahren. Aber davon äußerte er ebensowenig wie über Juliennes Aufenthalt in der Türkei und die dadurch gewonnene Möglichkeit, die Mitteilungen des jüdischen Herrn zu überprüfen.

Dies war es, was der Prinz erfuhr:

Trotz der Handelsbegabung der Griechen – gar nicht erst von den Armeniern, den gefürchteten Haien des Basars, zu reden – waren die meisten reichen Kaufleute Juden.

Das hatte mehrere Gründe.

Die eine Ursache gab den Juden auch im Abendland eine gewisse Stärke: es war das System des Hausjuden, das Bindungen schuf, die sich nicht allein auf den Umsatz beschränkten. Jeder Pascha hatte seinen Hausjuden und vor allem jede Dame ihren «Mestre ebree», der um die intimsten Geheimnisse wußte und alle Geschäfte besorgte. Jede Bestechung, jede Ware ging durch irgendeine jüdische Hand. Juden dienten den großen Herren als Ärzte, Haushofmeister und Dolmetscher, unabhängig von einem Regierungswechsel genossen sie stets den Schutz der Pforte. Und alle diese Leute waren wieder gleichsam die Außenvertreter der jüdischen Handelshäuser, die auf diese Weise zu Beziehungen bis in die Betten aller Leute von Einfluß gelangten. Es war also kein Wunder, daß sie schwer zu umgehen waren und auch europäische Firmen nicht ohne sie auskommen konnten.

Ein weiterer Grund waren die mannigfachen Privilegien. Es handelte sich dabei um Beschäftigungen, die der Gläubigen angeblich nicht würdig seien und zu sehr ertragreichen jüdischen Monopolen wurden.

Das letzte aber war die unentrinnbare Geschlossenheit des türkischen Judentums. Es war undenkbar, daß irgendwelche jüdischen Parteien ihre religiösen Streitigkeiten – wie es die Griechen taten – vor den großherrlichen Diwan brachten. Sie hatten ihre eigene, innere Gerichtsbarkeit nach mosaischem Gesetz, und der Große Fluch in der Synagoge bedeutete für jeden Verurteilten das wirtschaftliche und gesellschaftliche Todesurteil, das selbst der Padischah nicht beseitigen konnte. Zugleich schützte die Gemeinschaft jedes ihrer Mitglieder. Ein Außenstehender, der einen Juden, und sei er der geringste, beleidigt oder geschädigt hatte, bekam die ganze Macht der Gesamtheit zu spüren. Ihr opferte der fromme Jude sogar seine Eitelkeit. Er durfte so viel verdienen, wie er vermochte; aber sein Lebensstil wurde ihm vorgeschrieben. Herausforderndes Protzentum wurde als zu gefährlich nicht geduldet. Von außen waren die Häuser selbst der Reichen bescheiden, ja ärmlich anzuschauen. Im Innern freilich war jeder Prunk, jeder Luxus anzutreffen und oft auch ein verfeinerter Lebensgenuß, der hinter abbröckelnden Mauern weitaus besser gedieh als in protzigen Palästen.

In der Burg dieser türkischen Judenheit gab es keine Bresche, in die man hätte eindringen können. Das bedeutete für den Prinzen: Es gab keine Hoffnung, die türkischen Juden für einen äußeren Feind zu gewinnen und schon gar nicht für einen Feind wie die Deutschen, deren Juden so viel zu leiden hatten. Dagegen konnte es das Volk, aus dem das Christentum hervorgegangen war, nirgendwo besser haben als in der Türkei.

«Und die Pforte?» fragte der Prinz. «Braucht sie nie Geld?»

«Da ich nicht Monseigneurs einzige Quelle bin ...» Jesche zögerte.

«Und wenn ich etwas noch so oft höre – irgend etwas Neues ist immer dabei. Sprechen Sie nur, Monsieur.»

«Die türkische Steuerverwaltung beruht auf der alten byzantinischen, die nur jeweils den Bedürfnissen angepaßt wurde. Sie ist viel besser als unsere.»

«Und gestohlen?»

«Wird auch. Aber seltener und mäßiger. Es ist eben ein ganz anderes Verfahren. Wird ein Gouverneur wegen Bedrückung verklagt, so bekommt er eine Rüge, einmal, zweimal, wird vielleicht auch versetzt; aber wenn das alles nicht hilft, rollt sein Kopf auf das Blutleder. Haben Hoheit schon einmal gehört, daß bei uns ein Statthalter wegen Volksbedrückung und Unredlichkeit geköpft worden sei? Ich nicht. Es mag bei uns weniger barbarisch zugehen ... für die Hocharistokraten ... für den großherrlichen Schatz, der in der Hauptsache ein Volksschatz ist, und für das Volk selbst sind die türkischen Methoden humaner.»

«Also keine Anleihen?» knurrte der Prinz.

«Ich habe nicht gehört, daß die Pforte je einer bedurft hätte.»

«Ein gefährlicher Staat! Nun ja, Sie, Monsieur, sind für das Volk. Das verstehe ich natürlich, obwohl Sie und Ihre Firma an unserm Schlendrian verdienen. Glänzend verdienen! Aber ich ...»

«Monseigneur sind natürlich für die Aristokratie!»

meinte der junge Oppenheimer mit größter Unbefangenheit, weil er wußte, daß seine Firma bald wieder gebraucht würde.

«Offenbar wissen Sie mehr als ich. Vielleicht mögen Sie auch recht haben. Aber ...» – der Prinz dachte an alle die spanischen, böhmischen und anderen Herren, die ihm am Hofe Karls VI. das Leben schwermachten – «so genau weiß ich das nicht – ich meine, ob ich für die Aristokraten bin. Darüber habe ich oft nachgedacht. Doch zuletzt», er versuchte zu einer festen Überzeugung zu kommen, «nein, mein Herr! Schon allein, daß die Türken keinen Adel haben ...» – er verstärkte die Ablehnung mit dem Zeigefinger – «nein! Diese Türken sind ein gefährliches Volk.»

«Hoheit haben recht. Jeder türkische Soldat kann Stockprügel bekommen, aber dafür hat er auch die Aussicht, Pascha zu werden, während die Soldaten Österreichs und des Reiches sich an den Stockprügeln genügen lassen müssen.»

«Sie sind dreist – finden Sie das nicht auch?»

«Hoheit schmeicheln mir.»

«Nicht so sehr. Ich glaube Ihnen nämlich nicht, daß die Pforte aus ihren Juden keine Anleihen herauspreßt.»

«Euer durchlauchtigste Hoheit geruhen zu übersehen, daß sich harte Münzen in jüdischen Händen leicht in Wechsel verwandeln und Wechsel an einem beliebigen Ort unserer Erdkugel ebenso leicht wieder in Hartgeld.»

«Zahlen Ihre Leute denn überhaupt nichts?»

«Sie zahlen Steuern.»

«Und wer kontrolliert sie?»

«Die Synagoge. In der Türkei weiß sie, daß die Steuern ehrlich gezahlt werden müssen, und dort weiß sie auch, daß es zuletzt für das Volk selbst geschieht.»

Der Prinz antwortete nicht mehr. Es ergab sich einer jener Augenblicke, die in letzter Zeit so häufig waren, in denen er nur noch vor sich hin starrte.

Plötzlich schreckte er auf.

«Sie können gehen», sagte er müde und ohne jeden Zorn.

Bevor der junge Oppenheimer die Bibliothek verließ, machte er zwei Verbeugungen – die vor Julienne war die tiefere.

«Können Sie sich denken, Julienne», begann nach Jesches Fortgehen der alte Mann mehr wie im Selbstgespräch, «daß ich den Vater dieses Menschen stehen und von General Hohenberg befragen ließ, ohne selbst das Wort an ihn zu richten? Ich werde mir das abgewöhnen. Der junge Kerl wäre imstande, mir zu sagen: ‹Kredit gibt es nicht› ... ja ... und wir brauchen Kredit.»

Wiederum breitete Schweigen sich aus, währenddem Julienne an Beschir denken mußte.

«Der Großvater, der Reichsfaktor», fuhr der Feldherr von einst fort, «den habe ich blaß gesehen – aus Angst, seine Wechsel nicht einlösen zu können, den alten Samuel. Es scheint nun, daß es für diese Leute dasselbe ist, ihren Namen als Bankbrüchige am Schwarzen Brett der Amsterdamer Börse zu wissen, wie für einen Adeligen, sein Wappen durch Henkershand zerbrochen zu sehen ...» Der Prinz blickte auf.

«Seltsam, nicht wahr?»

Es gab etwas, was man sich in den Wiener Salons nur in die Ohren flüsterte.

«Also die Baronesse Andlaw?»

«Ja, die! Die hier plötzlich so Hereingeschneite. Niemand weiß, woher.»

«Und die –?»

«Ja, eine große Kufe aus Holz – so groß, daß sich eine ausgewachsene Person hineinlegen kann.»

«Ließ sie sich machen –?»

«Ja, denken Sie, meine Teure.»

«Daß sich ein ehrbarer Böttcher zu so etwas hergibt!»

«Das sage ich auch. Und in dieser Kufe läßt sie heißes und kaltes Wasser mischen –»

«Die armen Mägde, die das alles herbeischleppen –»

«– und damit den Tag gleich anfangen müssen! Dann –

denken Sie, Liebe – mitten hinein steigt die Andlaw in das warme Wasser, so wie sie aus dem Bett kommt.»

«Das kann doch unmöglich gesund sein.»

«Natürlich nicht! In Krankheitsfällen werden wohl auch Bäder verordnet; doch dann bekommen die Bedauernswerten wenigstens ein langes Badehemd angezogen. Aber was meinen Sie, tut die Andlaw?»

«Bitte, sprechen Sie!»

«Sie zieht es aus.»

«Was?»

«Ihr Hemd zieht sie aus, bevor sie in die Balge steigt. Ich habe es aus sicherster Quelle.»

«Also ganz – ganz …?»

«Splitterpudelnackend, meine Liebe!»

«Ach …»

Die Damen hatten vollkommen recht. Genau in dem erwähnten Zustande saß Julienne an diesem gesegneten Morgen in ihrem Badewasser und ließ sich von der geistlichen Zofe, der mitgebrachten Laienschwester, den Rücken seifen, während Juliennes weltliche Gewänder – Hemd, Mieder, Taille und viele Röcke – bereits ausgebreitet der Dame harrten. Wenn aber auf Grund eines klösterlichen Dispenses, um mit ihrem griechischen Ritus in Wien nicht aufzufallen, Julienne sich weltlich kleidete, so vernachlässigte sie dennoch nichts, was ihrer angeblichen Eigenschaft als Nonne entsprochen hätte. Betschemel, Kruzifix, Rosenkranz waren da, und selbst eine Geißel fehlte nicht. Die Laienschwester, die sich in gleicher Lage befand, war für die Eingeweihten – vor allem für die am meisten zu fürchtende Batthany – ein weiteres Attribut geistlichen Wandelns, und für die Nichteingeweihten konnte tätige Frömmigkeit nie etwas schaden. Andererseits war von der Laienschwester mit den unantastbaren Papieren überhaupt nichts zu fürchten. Man wußte in Konstantinopel zu viel von ihr, was ihr anderswo Folter und ähnliche Verdrießlichkeiten eintragen konnte.

Es schien demnach alles in Ordnung zu sein, als Julienne

ein Billett gebracht wurde. Es sei von einer «Person», wurde ihr erklärt, die sich nicht abweisen lasse.

Julienne überlegte: Eine Person sei ein weibliches Wesen mehr dienenden als bedienten Standes, und soweit es das Billett betraf, hatte sie recht. Es behauptete, eine Angestellte des Modenhauses Fournier aus der Kärntner Gasse bitte Ihre Gnaden, sie vorzulassen. Aber das allein hätte kaum zur Erfüllung der Bitte gereicht.

«Sie soll kommen», sagte Julienne dennoch. Sie hatte die Handschrift erkannt.

«Aber Euer Gnaden können so doch nicht ...»

«Meinen Morgenrock», schnitt Julienne jede Erörterung ihres völlig unbekleideten Zustandes ab und erhob sich mit Geräusch aus dem Wasser.

Nach flüchtigem Abtrocknen warf sie den Morgenrock über, und da schob sich die hartnäckige Person auch schon mit einem großen Karton durch die Tür.

«Laß uns allein», befahl Julienne, und die geistliche Zofe verschwand. Erst dann wandte sich Julienne der Eingetretenen zu.

«Paula!»

«Du wunderst dich, was?»

Die Baronin Zay aus Rodosto umarmte ihre Freundin Julienne, und das dauerte einige Zeit.

«Vor allem sprich leise», sagte Julienne als erstes, «und präge es dir ein, ganz fest, daß ich keineswegs Theodora Maurocordato bin.»

«Wie?» fragte Paula. «Ich bin ganz verwirrt. Auch Bohn darf es nicht wissen?»

«Was ist mit Bohn?»

«Er hat mir geholfen, als ich heimlich ausreißen wollte, und dabei bat er mich, es ihn wissen zu lassen, falls ich dir in Wien begegnen sollte.»

«Also Bohn ist schon der letzte, der über mich etwas erfahren darf.»

«Zu mir war er sehr gefällig, und es so zu nennen ist noch zu wenig. Was hast du gegen ihn?»

«Mir ist er zu undurchsichtig. – Höre, Paula, wir sind Freundinnen, und Frauen müssen zusammenhalten. Nichts von einer Thea Maurocordato zu Bohn! Und überhaupt zu niemandem – ohne jede Ausnahme.»

«Wie du willst, Thea ...»

«Ich heiße Julienne.»

Auf Paulas Gesicht erschien eine spießgesellige Grimasse.

«Auf mich kannst du zählen – wie sagtest du? – ‹Julienne›? Und das ist dein richtiger Name? Dann bist du wohl auch die richtige Nichte des Herrn von Andlaw?» – sie lachte.

«Ich bin es wirklich, Paula.»

«Ach so, reuige Rückkehr ins Onkelhaus? Dann will ich es glauben. Wenn mir es auch um Elena leid tut.»

«Elena?»

«Sie hat sich so über dein Verschwinden gegrämt, daß sie – bitte, erschrick nicht! Sie hat den Schleier genommen. Jedenfalls war sie gerade dabei, es zu tun, als ich Konstantinopel verließ.»

Julienne war nicht leicht zu erschüttern; jetzt aber war sie es. Elena ... armes Mädchen, dachte sie. Die kleine Eifersüchtige sei ihr Opfer geworden, das Opfer ihrer Aufgabe, die sie, Julienne, übernommen habe; aber ... immerhin ihr Opfer ... Wenn man den Eintritt in ein Kloster von jemandem, der für das Kloster seinen Anlagen nach geschaffen sei, als ein Unglück betrachten wolle. Dort habe Elena alles, was sie brauche. Ein Mann werde niemals ihren Pulsschlag beschleunigen. Nein, kam Julienne zum Schluß, ihre Erwägung sei keine billige Selbstbeschwichtigung, sie sei die reine Wirklichkeit. – Nur das unbehagliche Verantwortungsgefühl blieb ihr, daß sie es gewesen sei, die einem anderen Leben die entscheidende Wendung gegeben habe ... ein wehmütiges Denken an die Kleine blieb ihr – in ihrem eigenen, Juliennes, Leben zwar nur eine Episode –, aber doch nicht so einfach wegzudenken, diese kleine Verliebte.

«Tut es dir leid um sie, Paula?» fragte sie jetzt. «An irgendeinem Tage wäre es doch geschehen. Jedenfalls erscheint es mir so besser, als wenn sie ihrer Familie nachgegeben und sich von neuem hätte verheiraten lassen. Elena ist nichts für eine Ehe mit einem Mann.»

Paula lachte.

«Aber für die Ehe mit dir war sie sehr zu haben. Wenn sie nur nicht so eifersüchtig gewesen wäre. Daß ich es nicht war, mußt du zugeben. Wir beide – du und ich –, wir werden uns nie das Leben erschweren. Außerdem bin ich schamlos verliebt, und zwar – du wirst es kaum glauben – in einen Mann!»

Daß Paula dieses Geliebten wegen den guten Baron Zay, ihren eigenen Gatten, verlassen und sich aus Konstantinopel fortgemacht habe, brauchte sie ihrer Freundin nicht erst zu sagen.

«Er war es auch», fuhr Paula fort, «durch den ich dich fand.»

«Kenne ich ihn?»

«Du kennst ihn. Aber trotzdem ist unser Zusammentreffen ein kleines Wunder. Weißt du auch, daß wir in Neuhäusel aneinander vorüberfuhren?»

Julienne dachte nach. «Neuhäusel haben wir nachts passiert. Ich habe damals im Wagen geschlafen.»

«Nicht die ganze Zeit. Hör zu: Du bist mit deinem ganzen Gefolge an mir vorübergebraust, wir dagegen hatten kurz vor Neuhäusel einen Achsenbruch und karrten mühselig hinterdrein. Als wir bei der Posthalterei ankamen, waren deine Leute gerade beim Pferdewechseln, und es war ein Glück, daß wir sie noch erwischten. Sie halfen uns mit einer Ersatzachse aus. Schon das war ein Wunder. Und dann muß man sich das vorstellen: Wagen an Wagen standen wir da, keine von uns beiden hatte eine Ahnung von der andern!»

«Und weiter?» drängte Julienne.

«Dann kamen die Männer mit der Achse, und ich mußte aussteigen. Dies aber war der Augenblick, da ich dein Gesicht am Wagenfenster erblickte. Beim Fackellicht der arbeitenden Männer sah ich es ganz deutlich. Ich schrie deinen Namen – das kannst du dir denken – und rannte hinterher, denn gleichzeitig hatten deine Pferde schon angezogen. Und dann, ja – dann warst du fort. Mein Liebster hat dich auch gesehen, und ich habe es ihm eingeschärft, sich sofort nach deiner Wohnung zu erkundigen, falls du ihm begegnen solltest. Nun aber ist es wirklich so gekommen!»

«In Wien hat er mich gesehen? Wo denn?»

«Beim Prinzen Eugen.»

«Wie? Der junge Oppenheimer? Aber der ist ja ...»

«Ich weiß, ein Jud. Schrecklich, nicht wahr?»

«Für mich nicht. Aber für dich habe ich Bedenken. Bist du nicht katholisch verheiratet?»

«Zay ist Protestant.»

«Dann könnte eure Ehe also geschieden werden?»

Paula lachte hellauf.

«Ich weiß, woran du denkst. Ich soll meinen Jesche heiraten? Aber Julienne! Einen Juden heiratet man nicht. Aber selbst, wenn ich wollte, seine Familie würde mich gar nicht nehmen. Ich habe so ein bißchen um die Ecke geguckt. Jüdische Familien sind halsstarriger und verschlossener als reichsgräfliche. Bei dem Gedanken, unter solchen Menschen leben zu müssen, graust mir.»

«Du lebst doch mit deinem Jesche – übrigens ein hübscher und gescheiter Mensch.»

«Du bist lieb, das zu sagen, Julienne! Doch zu meinem offiziellen Geliebten kann ich ihn trotz allem nicht machen. Das können wir uns beide nicht leisten – Jesche sich nicht mit mir, ich mir nicht mit ihm. Aber in einer noch so schönen Wohnung zu sitzen und immer nur auf ihn zu warten, habe ich auch keine Lust. Ein kleines Palais möchte ich schon haben, und ich kriege es auch. Doch das wäre ebenfalls langweilig, wenn ich nicht in die Wiener Gesellschaft komme. Schließlich bin ich aus einem gräflichen Haus, und Zay ist ungarischer Magnat.»

«Zugleich aber auch Rebell.»

«Was tut das? In Wien lebt eine ganze Reihe Rebellenfrauen, und fast alle verkehren bei Hofe. Die selige Fürstin Rakoczy gehörte auch zu ihnen. Entweder bekamen sie einen Teil ihrer Güter zurück, oder sie erhalten eine standesgemäße Rente. Dabei bin ich besser daran als die meisten; denn ich habe ohnedem Geld – von Jesche natürlich. Was mir noch fehlt, ist nur die Anerkennung, der Empfang bei Hofe, und dazu brauche ich eine Dame, die mich einführt. Eine Prinzessin Maurocordato wäre sehr schön gewesen. Man schmeichelt hier den griechischen Patriziern, weil man hofft, sie noch gegen die Türken gebrauchen zu können. Doch ein Fräulein von Andlaw – bester Uradel und Barone des römischen Reiches – ist auch nicht schlecht. Du kannst mir helfen, Thea – wirst du es tun, Julienne?»

Julienne sann nach.

«Wenn dir mit der Gräfin Batthany gedient ist ...?»

«Die Batthany!» rief Paula in Tönen höchsten Entzükkens. «Die Freundin des Prinzen Eugen! Laß dich umarmen, Schatz!»

«Aber du vergißt nicht ...», mahnte Julienne.

«Ich denke, wir kennen uns. Ich weiß doch genug von dir, von Elena und – von mir selbst natürlich auch. Aber hast du jemals davon zu hören bekommen? Und weswegen, glaubst du, stehe ich als kleines Putzmachermädel vor dir? Weil ich nicht wußte, ob ich dich nicht vielleicht in Verlegenheit brächte, und vorher kundschaften wollte.»

Auch Julienne sah in Paula keine Gefahr, wie sie in Konstantinopel keine in ihr gesehen hatte. Doch dort hätte eine Indiskretion nicht so schwer gewogen wie in Wien.

«Also Verschwiegenheit», sagte sie, «auch Jesche gegenüber.»

«Männern soll man überhaupt nichts anvertrauen», erklärte Paula großartig. «Um uns Frauen zu begreifen, sind sie viel zu dumm.»

Julienne widersprach nicht.

«Aber in diesem Aufzug», erklärte sie mit Entschiedenheit, «darfst du hier nie wieder erscheinen. Auch diese hellblonde Perücke, mag sie noch so gut gemacht sein, wirst du nie wieder aufsetzen. Dafür erwarte ich dich» – sie überlegte – «sagen wir übermorgen nachmittag in voller Gala bei uns zu Besuch. Die Batthany wird auch dasein. Wir beide – du und ich – kennen uns erst seit jener Nacht in Neuhäusel. Außerdem würde ich mich wundern», lachte sie, «wenn Onkel Andlaw sich nicht in dich verliebte. Ich selbst habe es nämlich mit ihm verdorben.»

«Weswegen?»

«Er kann den Gedanken nicht ertragen, daß ich ganz ohne Röcke in die Badebalge steige. Er ist moralisch, weißt du?»

Aber Paula war nicht zu beirren.

«Ach was, moralisch», sagte sie, «verliebt ist er in dich und krankt nun an unbegangenen Sünden.»

XXX

«Jesche, mein Sohn, was sprichst du: gib dem Prinzen kein Geld? Hat doch dein Großvater Samuel ihm gegeben und zuletzt dabei gewonnen?»

«Sag lieber: uns einen großen Schlamassel hinterlassen.»

«Haben uns aber mit Gewinn rausgezogen.»

«Ich sage nicht: Gib ihm nicht, Tate, liefere nicht. Ich sage: Liefern wir, aber gegen bar. Und wenn bar nicht da ist, gegen gute Pfänder. Und wo sind Pfänder?»

«Wenn der Herr Prinz aber siegt?»

«Dieser Mann wird nicht mehr siegen, Tate, am allerwenigsten gegen die Türken. Doch das meine ich nicht. Krieg ist immer das beste Geschäft. Er ist ein Geschäft beim Siegen, er ist ein besser Geschäft beim Verlieren. Nur muß man es aushalten können.»

«Und können wir nicht?»

«Ich habe nicht gesagt: Wir können nicht. Ich habe gesagt: Wir müssen rechnen. Und dieses Mal sehr genau.

Wenn es fürs Siegen nicht langt, für die Katastrophe langt es allemal.»

«O Jesche, mein Sohn, erleben möchte ich, daß du einmal nicht recht haben wolltest!» rief Vater Oppenheimer halb bewundernd, für die andere gute Hälfte aber auch verärgert. Es war die Verärgerung, die ihm zuletzt noch den Ausruf entlockte: «Und der Mamme sag ich es doch!»

«Das tust du nicht!» erhob sich Jesche mit allem Nachdruck gegen diese väterliche Drohung. «Ein Streit wie unsrer, der kein Streit ist – da bleibt die Mamme draußen. Ich könnte sonst auch mal was erzählen», fuhr er sehr gefährlich fort, «was dir gar nicht gut bekäme.»

«Mein eigen Fleisch und Blut gegen den eigenen Tate!» zeterte Jesches Erzeuger.

«Für die eigene Mamme», rechtfertigte sich der entartete Sohn. «Du bist der Tate; aber die Mamme ist die Mamme.»

Das war eine Feststellung, die beim älteren Oppenheimer sichtlich Beklommenheit auslöste. Einen Sohn, der alles aussprach, hielt er für eine Strafe Jehovas. Aber er fürchtete Jehova, und so fürchtete er in gewissen Abständen auch seinen Sohn.

Bekümmert schüttelte er den Kopf.

«Wenn man so denkt», klagte er, «wie du in London lebst, in Amsterdam, in Italien und bei den Türken – gar nichts von einem Jud! Man möchte glauben, du seist geschmatt.»

«Aber die Geschäfte waren gut?»

«Die Geschäfte, ja. Aber deine unsterbliche Seele! Daran denkst du nicht.»

«Du kannst ganz ruhig sein, Tate. Ich werde mich nie taufen lassen. Was würde der Papst wollen? Mein Geld. Und die Protestanten würden auch wollen, daß ich zahle. Und bleiben würde ich für sie immer ein Jud und nach dem Schmatten ein schäbiger Jud. Was hätte ich also davon? Nur Verlust. Natürlich will auch die Synagoge mein Geld. Doch dafür habe ich die Konnexionen, und die sind Gewinn.»

«Dann versteh ich nicht, daß du die Rahel nicht nimmst, wie die Mamme es will. Geld hat sie, die Rahel!»

«Aber nicht so viel, daß ich deswegen ihre ganze Mischpoche mitheiraten möcht. Ich habe schon eine Mischpoche.»

«Ja», triumphierte der Tate, «uns hast du!»

«Und mich selbst. Damit ist mein Bedarf an Juden gedeckt.»

«An Juden? Bist du überhaupt ein Jud? Bringst dir da eine Goite mit, eine ausgerissene, weggelaufene von ihrem Mann, deine Kalle. Daß du dich nicht schämst vor der Mamme, vor deinen Schwestern, vor der ganzen Gemeinde. Der Rebbe ...»

«Der Rebbe soll sich hüten. Wenn er sein Maul zu weit aufreißt, hat er den letzten Gulden von mir gesehen. Die Goite, von der du sprichst, ist eine Baronsfrau, eine Grafentochter, eine ungarische Magnatin ...»

«Ohne die Güter.»

«Die kriegt sie schon zurück.»

«Und bis dahin zahlst du.»

Jesche war zu gescheit, als dem Vater von seiner Leidenschaft für Paula zu sprechen.

«Ich werde immer bezahlen», gab er lieber zu. «Sollen die Leute was zu reden haben, nur nicht über Knickerei. Werde mich grade an unserm Kredit versündigen! Wir sind keine Schnorrer mehr. Ein Oppenheimer zahlt sein Sach, wie es Brauch ist.»

Inzwischen saß die Goite vor ihrem Spiegel und saß immer noch im Hemd. Die Puderquaste hatte sie sinken lassen, und so war es noch gar nicht abzusehen, wann sie angezogen sei und vor den Kavalier würde treten können, der draußen auf sie wartete. Dabei sah der Hofherr gar nicht so aus, daß eine Dame vor ihm hätte erschrecken müssen, aber ...

Eigentlich konnte Paula Zay mit ihrer gesellschaftlichen Laufbahn in Wien sehr zufrieden sein. Man hatte bedauert, daß ihr böses Schicksal sie mit einem Hochverräter und Rebellen ehelich verbunden habe, und man hatte sie belobt, daß ihr Pflichtgefühl als gute Untertanin sie auf den rechten Weg zurückgeführt habe. Die Akte der Baronin Zay war mit mancherlei Nachhilfe aus einer simplen Polizeiakte eine Staatsakte, dann gar eine Hofakte geworden und schließlich zur Kenntnis der Majestäten gelangt. Karl VI. hatte sich bewogen gefühlt, der Baronin Zay eine wenn auch nicht gerade üppige Rente auf die Hofkasse anzuweisen, die im Zustande chronischer Zahlungsunfähigkeit ihrerseits die Anweisung an das Bankhaus Oppenheimer weitergab. Man hätte sagen können, daß der Kaiser auf diese Weise des Juden Mätresse aushielt – allerdings in einem Umfang, der ihrem wirklichen Bedarf wenig entsprach – und daß der Jude den kaiserlichen Anteil auslegen mußte. Bei der nächsten Übernahme irgendeines Monopols würde man die Auslage verrechnen.

Soweit war alles in Ordnung, und vom Standpunkt der «Gesellschaft» hätte dieser Tag die Krönung von Paulas Karriere sein müssen. Welche Dame außer der Batthany konnte sich schon rühmen, daß Seine durchlauchtigste Hoheit einen seiner Kammerherren an sie abgeschickt habe, um sie in einer Hofkarosse zu ihm in die Himmelpfortgasse zu geleiten? Das war nämlich bei Paula der Fall, und mit dem Kavalier hätte sie es spielend aufgenommen. Aber sie war immer noch gescheiter als eitel, und so war ihr das plötzliche Interesse des alten Herrn an ihrer quicken Person verdächtig. Ein verstohlener Blick aus dem Fenster hatte sie über die glanzvollen Lakaien bei der Karosse belehrt – alles prächtige, kräftige Kerle. Sie brauchen auch nicht geradezu Polizeileute zu sein, sagte sich Paula; aber eine Festnahme ergab sich schnell, wenn der Prinz die betreffende Person verhaftet zu sehen wünsche.

Sie hatte recht. Es gab Beispiele. Dagegen half nicht einmal ein gutes Gewissen, und Paula hatte alles andere als das.

Schließlich war sie dennoch fertig. Die Mahnung des Kammerherrn, daß der Prinz absolute Pünktlichkeit erwarte, hatte sehr dazu beigetragen.

Im Empfangssaal des Prinzenpalais war sie durchaus nicht allein, und alle Besucher wollten natürlich zum Prinzen selbst und nur zu ihm. Wenn sie Glück hatten, kamen sie zum Generaladjutanten. Andere wurden von einer Hofcharge empfangen, vom Hofjagdmeister etwa oder dem Stallmeister Seiner Hoheit. Ausnahmen, wie die Gräfin Batthany, die eben noch durch ein Spalier gekrümmter Rücken, ohne zu fragen oder gefragt zu werden, ihrem Ziel zugerauscht war, hatten für Paula nichts zu bedeuten. Sie sei keine Ausnahme, sagte sie sich, worin sie sich jedoch irrte.

«Seine Hoheit lassen Frau Baronin bitten», hörte sie ihren Kammerherrn sagen und vernahm noch, wie er einen ihr Unbekannten ebenfalls aufrief: «Herr von Talmann, der Prinz erwartet Sie.»

Paula gehörte demnach zu den wenigen, die der Prinz selbst empfing. Aber viel lieber wäre sie beim Koch gelandet als beim Prinzen. Dieser vertrackte Druck in der Magengrube, der keinem ehrlichen Angstzustand fehlt, ließ den Gang ihrer hübschen Beine höchst unsicher werden.

Im kleinen Konferenzsaal fand sie fast dieselben Personen vor, wie sie damals bei Juliennes Ankunft versammelt gewesen waren. Nur Herr von Talmann war ebenfalls ein Neuling in diesem erlauchten Raum. Der Prinz befand sich mit seiner Freundin und Baron Andlaw bereits im Raum. Andlaw stellte die Baronin Zay und Herrn von Talmann einander vor; aber ein Mitglied der «conférence», wie der Prinz die Besprechung nannte, fehlte noch: Julienne.

«Man sagte mir, die Baronin Andlaw befände sich in der Bibliothek. Lassen wir sie bitten.»

Es kam nicht dazu. Baron Andlaw erhob sich steif und gemessen. Wie eine Kriegserklärung klangen seine Worte.

«Nach Lage der Dinge», sagte er, «halte ich es für angemessen, wenn ich als Juliennes Onkel sie hole.»

Mit einer Verneigung, der auch Eugen nichts entgegenzusetzen wagte, verließ Andlaw den Saal. Sehr wohl fühlte sich Talmann dabei nicht. Andlaw hatte als «Juliennes Onkel» sein Wappen vor sie gestellt, und Talmann kannte den Biedermann lange genug, um zu wissen, was das hieß. Dagegen konnte Paula sich trotz ihrer Ängste nicht eines recht weiblichen Gedankens erwehren: Aha, also doch verliebt! dachte sie. Nämlich Andlaw in Julienne.

In der Tat betrat Julienne an ihres Onkels Arm den Saal. Die Begrüßung litt ein wenig unter Möglichkeiten, die man – je nach der Persönlichkeit – hoffte oder fürchtete. Seine Hoheit selbst war über die Veranlassung dieser Konferenz nicht erbaut. Die einzige von allen, die sicher schien, war Julienne.

Es ergab sich, daß der Hausherr so etwas wie den Vorsitz bei dem Gespräch übernahm, das sich nun anbahnte.

«Herr von Talmann, unser Resident in Konstantinopel», sagte er, «ist ein fähiger und geschätzter Beamter» – ein Lob, für das Talmann mit einer Verbeugung dankte –; «wenn ein solcher Mann mir brieflich Vorsicht anrät, so muß ich mich wohl vergewissern. Man hat mich oft wegen übergroßer Vorsicht getadelt und gelegentlich auch wohl verspottet; aber zuweilen hat mir meine Vorsicht große Dienste geleistet. Das ist der Grund, warum ich die Herrschaften inkommodiere. Und nun darf ich wohl Herrn von Talmann bitten, uns mit seinen Befürchtungen bekannt zu machen.»

Am liebsten wäre Andlaw aufgesprungen, doch der Prinz besänftigte ihn durch einen sichtbaren Freundschaftsbeweis. Er legte seine Hand mit leichtem Druck auf den Arm des Barons, was Talmann nicht übersehen konnte. Der Herr Resident fühlte sich darum auch gar nicht mehr so siegesgewiß.

«Aus einer geheimen, aber mir als durchaus sicher bekannten Quelle», begann er dennoch, «erfuhr ich, daß eine Parteigängerin des Fürsten Rakoczy spurlos aus Rodosto verschwunden sei und auch Konstantinopel verlassen habe – vermutlich in geheimer Mission. Es handelt sich um die Nichte Konstantin Maurocordatos, des Fürsten der Moldau. Meine Nachforschungen in der Moldau und der Walachei blieben ohne Ergebnis. Aber auch Wien kommt noch in Frage. In erster Linie mußten mich natürlich Damen interessieren, deren unmittelbar zurückliegender Aufenthalt nicht geklärt ist ...»

«Und dann machten Sie mir Ihren heuchlerischen Besuch!» rief Andlaw. «Ich nenne das –»

«Bitte nicht, lieber Andlaw», unterbrach ihn Eugen. «Sprechen Sie es nicht aus. Wir wissen ohnehin, was Sie sagen wollten, und wir wissen auch, wer gemeint ist.»

«Es war nur ein Verdacht», sagte Talmann, «wie hätte ich beweisen können, daß Baron Andlaws Nichte in Wirklichkeit Prinzessin Maurocordato und eine fanatische Parteigängerin des Rebellen Rakoczy sei? Da aber traf die Baronin Zay in Wien ein, und die Frau Baronin verhehlte keineswegs, daß sie als Frau ihres Gatten am Hofe Rakoczys gelebt habe. Sie also muß Theodora Maurocordato kennen.»

«Ist das der Fall, Baronin?» erkundigte sich der Prinz.

«Da die Maurocordato beim Fürsten ein und aus ging, kenne ich sie», sagte Paula, «und da ich sie kenne, stelle ich fest, daß die Prinzessin nicht zugegen ist – in diesem Kreis jedenfalls nicht. Etwas anderes könnte Herr Bohn auch nicht sagen», schmetterte sie noch ziemlich abgefeimt hinterher.

Ihre Berechnung war richtig gewesen. Empört sprang Talmann auf. So sehr vergaß er jede Haltung.

«Baronin Zay!» rief er. «Sie decken ein Staatsgeheimnis auf!»

«Ist Herr de Bohn ein Staatsgeheimnis? Das hätte ich nie gedacht», plauderte Paula, so munter und unbefangen sie nur konnte, und die holde Unschuld in einem solchen Zustande zum Schweigen zu bringen war sehr schwer – viel zu schwer für den Herrn Residenten. «Bohn ist einer der Gentilhommes de la Cour und Intimus des Fürsten», fuhr sie fort, «ein reizender Mann! Ich meine den Bohn. Er war es auch, der mir beim Ausreißen half, und zuletzt bat er mich, ich möge ihm Nachricht geben, wenn ich die Thea in Wien treffen sollte. Bis jetzt habe ich sie nicht getroffen. Leider. Und nun soll der liebe Baron auf einmal ein Staatsgeheimnis sein? Das hätte man mir doch vorher sagen müssen. Nicht wahr, Hoheit?»

Statt des Prinzen griff die Gräfin ein.

«Ich meine auch, Herr von Talmann, Sie hätten besser vorher mit der Baronin gesprochen, das hätte uns Inkommodationen erspart», bemerkte die Batthany kühl, und – was für Talmann schlimmer war – der Prinz schien ähnlich zu denken.

«Jedenfalls bitte ich die Damen und Herren», sagte er, «alles, was hier gesagt wurde, zu vergessen.»

Mit diesen Worten Seiner Hoheit hätte die Konferenz eigentlich zu Ende sein können, aber dagegen lehnte sich Talmann auf.

«Hoheit wollen allergnädigst verzeihen; aber ich bin noch nicht fertig.»

«Nicht ...?» sehr gedehnt kam das vom Herrn des Hauses, als er sich zögernd wieder setzte, und die Aufforderung fortzufahren klang nicht gerade gnädig:

«Bitte, Herr Hofkriegsrat.»

«Darf ich mir die Frage erlauben, Frau Baronin von Zay», begann Talmann fast feierlich, «auf welche Weise Sie die Baronesse Andlaw kennenlernten und wie lange das ungefähr her sein mag?»

«Gar nicht lange! Auf meiner Reise nach Wien – auch die Baronesse wollte hierher – trafen wir uns nachts in Neuhäusel beim Pferdewechsel. Fräulein Juliennes Leute halfen uns mit einer Ersatzachse aus. In der Pferdehalterei wird man sich erinnern. Natürlich bedankte ich mich. Hätten Sie es nicht getan?» Paulas Spott war nicht zu überhören. «Nun ja, auf diese Weise lernten wir uns eben kennen.»

Sie war sehr mit sich zufrieden. Sie hatte übersehen, daß

sie sich mit diesen Worten möglicherweise eine Blöße gegeben hatte. Der Prinz bemerkte diese Möglichkeit. Den Namen ihres Onkels Andlaw hatte Julienne in Neuhäusel noch gar nicht geführt. Wenn Paula ihn also kannte …

«Eine Frage, Madame», bat der Prinz. «Gab die Baronesse ihren Namen und ihre Adresse an?»

Paula jedoch witterte Unrat und faßte sich sofort.

«Dazu kam es nicht erst», sagte sie. «Ich nannte mein Gasthaus, und die drei kümmerlichen Buchstaben meines Namens waren rasch buchstabiert. Dann zogen die Pferde an, und lange Zeit hörte ich nichts. Schon dachte ich, meine neue Bekanntschaft habe mich vergessen. Höflicher wäre es schon gewesen, unsere liebe Julienne hätte sich eher gemeldet. Ich bin immerhin eine verheiratete Frau! Aber dann bekam ich schließlich doch ihren Brief. Und gleich bei meiner ersten Visite hatte ich das Glück, der verehrten Gräfin vorgestellt zu werden.»

Gegen diese Darstellung sei nichts einzuwenden, fand Paula. Herr von Talmann dagegen hielt den Augenblick zum Ausspielen seiner Trümpfe für gekommen.

«Das war Ihr erster Besuch im Hause Andlaw?» fragte er.

«Ich sagte doch: mein erster!» erwiderte Paula spitz.

«Und wie nennen Madame», fuhr Talmann unbeirrt fort, «Besuche, die Madame in kurzen Röcken mit weißem Häubchen auf einer blonden Perücke und am Arm einen Austragekasten abstattet? Ganz früh. Die Baronesse nahm gerade ihr Bad. Madame gaben vor, vom Modesalon Fournier aus der Kärntner Gasse zu kommen.»

Wahr oder nicht wahr – für den Herrn Residenten lag der Fall deswegen so ungünstig, weil er nicht mit Daumenschrauben zu klären war. Außerhalb seiner Vorstellungswelt aber geriet Talmann einer Paula Zay gegenüber unfehlbar ins Hintertreffen.

«Bitte, Gräfin», wandte sie sich süß an die Batthany, «kennen Sie einen Modesalon Fournier in der Kärntner Gasse?»

«Den gibt es gar nicht. Ich muß sagen, Talmann, was Sie da vorbringen, ist ungereimt.»

Der Ärmste hätte sich vorher sagen sollen, daß Küchenklatsch, gegen Damen aus des Prinzen Umgebung vorgebracht, nichts beweisen würde. Mochte die weibliche Logik auch etwas schwach sein – Talmanns Beweise, die das gerade erhärten sollten, waren nicht stärker. Und nun meldete sich auch noch Julienne. Es hätte ihm nichts Schlimmeres widerfahren können.

«Herr von Talmann hat so viel und so interessant gefragt», sagte sie, «daß es ihm sicher ein Vergnügen sein wird, auch einmal zu antworten?»

«Wie es der Dame beliebt.»

Er sagte «der Dame», weil er auf diese Weise Worte wie «Baronesse» oder «Prinzeß» vermeiden konnte.

«Erinnert sich der Herr noch jener ersten Begegnung zwischen ihm und mir?»

«Im Hause des Barons Andlaw?» fragte er zurück.

«Nein, in Konstantinopel.»

«In Konstantinopel?» Talmann war ehrlich erstaunt. Fieberhaft durchstöberte er sein Gedächtnis und kam zu dem Schluß, daß er sie in Wien zum erstenmal gesehen habe. «Das Fräulein muß sich irren», erklärte er.

«Dann erinnern Sie sich doch wohl der letzten Janitscharenrevolte und der Absetzung Sultan Ahmeds?»

Diese Frage Juliennes konnte der Herr Hofkriegsrat nur als Verspottung empfinden, so daß sie lächelnd fortfahren durfte:

«Es war am 29. September 1730, als Sie mich sahen – zwar nicht aus der Nähe, dafür aber durch ein Teleskop, das die Entfernung vollkommen ausglich.»

Bei diesen genauen Angaben begann Talmanns im Anfang so große Sicherheit zu schmelzen. Er fand die Worte nicht gleich und begann zu stammeln.

«Zugegeben», sagte er, «aber ...»

«Nicht wahr, es stimmt?» fragte Julienne, während die Spannung ihrer Zuhörer wuchs. «Sie befanden sich mit

Ihren Dolmetschern im Tschardak der Residenzschaft hoch oben auf dem Dach», sprach sie weiter. «Sie wissen doch: in einem jener Ausgucke, die eigentlich verboten waren. Nichts gegen den Ort! Er war gut gewählt. Von dort aus hatten Sie einen guten Blick über das Goldene Horn und die Stadt, vor allem aber auf Galata. Sie unterhielten sich gerade mit dem Dolmetscher Niclas Theyls über eine Dame, die durch ...»

«Woher wissen Sie ...?»

«... die durch Banditen aus Ungarn in die Türkei verschleppt worden war», stellte Julienne ohne zu antworten fest, «und die Sie hatten suchen und zurückführen sollen.»

«Allerdings – ja!» rief Andlaw ..., doch Julienne ließ ihn nicht weiterreden.

«Ich wollte nur andeuten, daß der Herr Hofkriegsrat von Talmann sich während des Folgenden seiner unerfüllten Aufgabe bewußt war. Es folgte aber der Sturm der Aufständischen auf das Palais des Woiwoden von Galata. In ganz geringer Entfernung unterhalb der Residenzschaft liegt das Palais. Alle Einzelheiten seiner Erstürmung und Plünderung waren von der höher gelegenen Gesandtschaft genau zu sehen. Nicht nur Diener wurden ausgetrieben, nicht nur die Möbel hinausgeworfen. Mit ihnen flog auch ein weibliches Wesen – Dame oder Dienerin, gleichviel – aus einem der Fenster auf die Straße und in die Arme eines Janitscharen. Im nächsten Augenblick stand das Mädchen dennoch schon oben auf den Stufen der Freitreppe. Nicht die geringsten Anstalten traf sie, ihr Gesicht zu verhüllen, was sie einem Menschen mit Phantasie als Abendländerin ausgewiesen hätte. Im Gegensatz zu dem älteren Herrn Momars, der etwas Ähnliches äußerte, kam Herr von Talmann nicht auf diesen Gedanken. Er wunderte sich nur, daß man die Frau nicht zusammenhaue. Denn sie hatte zwar keinen Schleier, dafür aber einen Säbel. In der Sekunde des Sturzes hatte sie ihn der Schwertscheide des Janitscharen entrissen. Herr von Talmann weiß eben nicht viel von den Türken. Es waren nämlich genug Janitscharen da, die ihre

Säbel noch hatten. Einer von ihnen – aber nur einer! – nahm das Mädchen auch an, anfangs wie im Scherz, und wenn zwei Klingen aufeinandertreffen, mischt sich unter Türken kein dritter ein. Das geschah erst später, und nur Mußli durfte sich das erlauben. Dieser Mußli war ein riesiger Kerl und Hauptrevolutionär, der später mit Patrona Chalil umkam. Nicht wahr, Herr von Talmann, der Dolmetscher Mayer sagte Ihnen doch, daß Mußli der Goliath sei, der sich das Mädchen über die Schulter warf? Wenn Sie Herrn Mayer freie Hand gelassen hätten, wäre Ihnen vermutlich auch von ihm gesagt worden, daß Sie vor Ihrer Nase gerade die Dame fortschleppen ließen, die Sie hatten suchen sollen, nämlich das Fräulein vom Vorberg aus Ungarn.»

Bei diesen Worten gab es selbst unter den wohlerzogensten Zuhörern einiges Geräusch.

«Wie komisch!» rief Paula.

«Vor seiner Nase», wiederholte Julienne mit Genuß und pries innerlich die Unfehlbarkeit von Beschirs Nachrichtendienst.

Herr von Talmann aber befand sich nicht in der besten Verfassung.

«Woher sollte ich ...», stammelte er.

«Gewiß», unterbrach der Prinz, und daß er Talmann beisprang, besserte dessen Sache nicht, «woher hätte unser Hofkriegsrat das alles wissen sollen, so ein zuverlässiger Beamter er auch sein mag? Doch nun ist ja alles aufgeklärt. Das heißt, eins muß Herr von Talmann noch wissen, damit er uns in seinem lobenswerten Eifer nicht etwa noch einmal unnötige Mühe bereitet: Sie sehen hier die Reichsfreiin vom Vorberg, die Wiedergefundene, und Sie hören die Dame Baronesse von Andlaw nennen. Das könnte verwirren. Die Antwort ist aber einfach: Sie ist genauso des Barons Andlaw wie meine eigene Nichte. Nehmen Sie das bitte als Tatsache, Herr von Talmann, und bemühen Sie sich nicht erst um den Stammbaum. Es genügt, daß wir ihn kennen.»

Als sich alle nach des Prinzen Beispiel erhoben, machte

das Scharren gerückter Stühle jedem weiteren Gespräch ein Ende. In diesem gedämpften Lärm versanken Theodora Maurocordato, Herr Bohn und Paulas Achsenbruch auf der Straße nach Neuhäusel. Außerdem wäre Herr von Talmann auch zu nichts anderem mehr fähig gewesen, als nur noch an das eine zu denken: des Prinzen Nichte! Etwas Ungeheuerliches sei ihm widerfahren, dachte er. Statt dem Prinzen einen entscheidenden Dienst zu leisten, habe er sich an einer nahen Verwandten Seiner Hoheit vergangen! Dieser eine Gedanke machte allen weiteren Anstrengungen Talmanns ein Ende. Und wäre die Widerlegung seines Verdachts noch schwächer gewesen – Talmann hätte nicht mehr gewagt, ihn aufrechtzuerhalten, geschweige denn, ihn noch einmal zu äußern. Die von Seiner Hoheit Höchstsie anerkannte Nichte!

«Ich danke Ihnen, teure Freundin», sagte der Prinz und küßte der Batthany die Hand. «Ich glaube, wir haben uns noch manches zu sagen, Baron», wandte er sich dann an Andlaw. «Ich hoffe sehr auf ein baldiges Wiedersehen. Vielleicht bei unserer lieben Gräfin? – Vielen Dank, meine Herrschaften, daß Sie kamen.» Das galt den übrigen. «Sie, Julienne, begleiten mich vielleicht in die Bibliothek? Ich hätte Sie gern einiges gefragt, was mit meinen Arbeiten zusammenhängt …»

Mit dem Prinzen, der ihr den Vortritt ließ, entrauschte Julienne mit allen Ehren dem Gemach, das ihre Entlarvung hatte sehen sollen. Darin war sie freilich Siegerin geblieben; aber ihre Reise nach Wien war in der Hauptsache eine Enttäuschung gewesen. Bald würde sie ohne entscheidende Ergebnisse Wien ebenso wie dieses Zimmer verlassen.

«Es hängt alles von Ihnen ab, Julienne», bat der Prinz, als sie in der Bibliothek waren. «Ich selbst möchte Sie gern bei meinen Arbeiten verwenden. Mit Ihrer Einwilligung würden Sie mich erfreuen.»

«Monseigneur brauchen Informationen?»

«Die braucht jeder Feldherr. Doch vor allem muß ich

sicher sein, keine falschen zu erhalten. Die Herren Beamten haben eine leider nur allzu begründete Scheu davor, Unerwünschtes zu berichten, weil die Verstimmung wegen der Nachrichten sich leicht auch auf den Berichterstatter ausdehnen könnte. Sehen Sie sich Herrn von Talmann an, und der ist noch einer von den besseren. Aber wenn es an irgendeinem Ort zur Schlacht kommt, dann ist es auf einmal gar nicht mehr so wichtig, ob sich einer dieser Leute vor Ungnade schützte, sondern ob der Schlachtplan auf richtigen Angaben beruht.»

«Wenn man etwas nicht weiß, muß man hingehen und es sich ansehen», erklärte Julienne gelassen.

«Einiges werden Sie schon wissen, und vermutlich mehr als die andern. Sie haben erstaunlich wenig Vorurteile, meine Liebe. Aber können Sie hingehen und sich etwas ansehen? Ihr Leben, wie Sie es jetzt führen, ist kein Dauerzustand, Julienne. Und wenn Ihr Eintritt ins Kloster für Ihre Angehörigen auch bequem sein mag, so bedaure ich ihn doch, und nicht nur, weil es ein griechisches Kloster ist. Ich zweifle nicht, daß sich Ihre Gelübde bei Ihrem Übertritt zum römischen Glauben lösen ließen.»

Julienne antwortete nicht direkt.

«Für das erste hätte ich meine Dispense», sagte sie, «und die Gelegenheit, Hoheit gefällig sein zu können, müßte ich schon im Interesse meines Klosterauftrages als Glück betrachten.»

«Alles im Interesse des Klosters?» wiederholte Eugen gleichsam seine Frage.

«Oder des Staatsmannes», sagte Julienne und dachte an Beschir, ohne es zu hindern, daß der Prinz ihre Antwort auf sich bezog.

«Nun – versuchen wir es», meinte er nach einer kleinen Pause. «Wenn eine Attacke mißlingt – darum ist die Schlacht noch nicht verloren.»

Hiermit wandte er sich den Büchern zu, und zwar der gleichen Reihe, bei der Jesche Oppenheimer auch sie schon getroffen hatte. Aber nicht den Büchern hatte sie damals Geheimnisse entreißen wollen, sondern der Hinterwand, die ihr solche zu bergen schien. Mit ihrer Hilfe legte der Prinz sie jetzt frei, und dann sah sie, daß der problematische Knopf nicht nach oben oder unten und auch nicht nach links oder rechts, sondern in einem Viertelkreis halbrechts geschoben werden mußte.

Manuskripte und Rollen kamen aus dem Versteck, und als alles auf dem Tisch lag, war es der gesamte Plan des Prinzen von Savoyen für den nächsten Krieg auf dem Balkan.

«Fangen wir an», sagte der Prinz.

XXXI

In einem jener verborgenen Raumgefüge des Basars von Konstantinopel befand sich in Gestalt eines weißhaarigen Mannes die gesammelte Macht des Osmanischen Reiches. Mensch und Raum wurden von einer dem Tode verwandten, erregenden Lautlosigkeit beherrscht. Keine Falte in Beschirs weitem Gewande verschob sich. Seine herabgesunkene Rechte hielt noch Papiere, in denen er gelesen haben mochte. Jetzt saß er mit untergeschlagenen Beinen auf dem Diwan und starrte, ohne etwas zu sehen, in die aufsteigenden duftenden Dämpfe über dem Badebecken des geöffneten Nebenzimmers. Alles kam den Freuden des Körpers entgegen und legte sich zugleich wie eine schützende Mauer um den Mann, der an vieles dachte, nur nicht daran, von all diesen betörenden Verlockungen Gebrauch zu machen. Wer hier auf welche Weise immer eindrang, würde ein Liebesnest finden und keinen Treffpunkt, um eine Machtkrise beizulegen.

Beschir wartete. Julienne war wieder in Stambul.

Die geheimen Abschriften der Manuskripte und die Kartenpausen des Kriegsplanes hatten sie bei ihrer Rückkehr nicht gefährdet. Die waren bereits vor ihr in der Türkei gewesen, als sie, ohne dieses Mal den Bischofspalast zu betreten, bei Belgrad nachts die Grenze überschritten hatte. Ganz unauffällig war das geschehen. Als auffällig hatte sich nur der große Sonderpaß erwiesen. Doch der war ein Geheimnis für die österreichischen Grenzbehörden geblieben. Auf der andern Seite hatte ein gewöhnlicher Geleitschein des türkischen Schahbenders in Wien und die Fahrerlaubnis mit der kaiserlich-osmanischen Post bis Stambul genügt. Zwei griechische Nonnen, Personen und keine Persönlichkeiten, hatten es eilig gehabt – das war alles gewesen. Wer ihnen nachgespürt hatte, würde vielleicht noch erfahren haben, daß wegen Erkrankung der einen das Paar in Nisch die Fahrt unterbrochen habe und nicht mehr gesehen worden sei.

Die Art, auf die Julienne zum Kriegsplan gekommen war, hatte neben ihren Vorteilen auch den Nachteil, daß der Prinz niemals gegen seine Nichte Verdacht schöpfen durfte. Der Kriegsplan wäre keiner mehr gewesen, sobald Eugen einen Verrat auch nur für möglich gehalten hätte. Doch es war dafür gesorgt worden, daß der Prinz von Zeit zu Zeit treffliche geographische Studien mit Vermessungszahlen und allem, was dazu gehörte, zur Ergänzung seiner Arbeiten erhalten würde – von Julienne natürlich –, und auf diese Weise mußte Seine Hoheit sich die Nichte weit lieber auf dem Balkan als in Wien wünschen.

Bonneval war über den Plan entzückt gewesen. Der Alte wiederhole sich, hatte er gemeint, und würde sehr erstaunt sein, zu erfahren, daß der künftige Waffengang sich nicht als Krieg der großen Schlachten, sondern als Krieg einzelner Gefechte in isolierten oder doch leicht abzuriegelnden Bergtälern erweisen würde. Jede Abteilung hätte ihren eigenen Kriegsschauplatz, und der sei im Vorteil, der sein Heer trotzdem nach einem einheitlichen Plan für die Fülle stets wechselnder Kombinationen straff in seiner Hand behalte.

Juliennes Ausflug nach Wien sei demnach ein Sieg geworden, dachte Beschir. Aber wer habe ihn errungen? Er etwa? Oder Julienne? Oder sie alle beide? Oh, Julienne!

Als erster Laut ließ sich ein Knistern vernehmen. Es waren die Papiere, die seine Rechte zerknüllte.

Jetzt sei Julienne zu einem Halwet, einer Kaffeegesellschaft, bei der Walide. Aber was dort vor sich gehe ... Er wünschte sich nichts so sehr und so vergeblich, als nicht daran denken zu müssen. Schließlich suchte er sich zu überzeugen, daß er mit der Nachricht von Juliennes Rückkehr an die Kaisermutter genug zu tun habe. Nein, gewarnt habe er Julienne nicht, aber auch nicht beschwatzt. Von nun an würde er eben wieder mit der Macht allein sein – falls er sie behalten sollte. Was weiter? Auch wenn Julienne künftig im Serail residierte – und wie könnte es anders sein? –, wäre er allein. Gerade dann. Im Serail gebe es Augen, Ohren, Münder – doch keine Geheimnisse. Die Wiege und der feste Grund seiner Macht sei das Serail, das keinen freigebe, den es besitze.

Beschir war kein Fatalist, wie es ein Rechtgläubiger hätte sein dürfen. Er stellte sein Schicksal nicht Allah anheim. Was andere von Gott erwarteten, tat er lieber selbst. Doch der feurigste Renner braucht Ruhepausen. Dies war seine, Beschirs, Pause, überbeschwert durch das Wissen um sein Alter und seine Überzeugung vom Ungenügen eines Eunuchen. Immer hatte er den Ausgleich in der Macht gesucht. Aber nun, da sie – in Frage gestellt oder nicht – ihm in ihrem Wert zweifelhaft zu werden begann, war nichts als das Ungenügen geblieben.

Er hörte das Öffnen einer Tür und das Klirren der Ringe eines Vorhangs. Aber er wandte sich nicht um.

«Wer ist eingetreten?» fragte er nur, ohne sich auch nur zu rühren. «Ich!» vernahm er Juliennes Stimme. «Aber ich bin nur gekommen», versicherte sie, «um Ihnen zu sagen, daß ich Sie nie wiedersehen will.»

Er erhob sich langsam, und dann sah er sie in ihrem schwarzen Kleid mit tiefem Ausschnitt und im Reifrock. Für einen Empfang bei der Walide sei das nicht die richtige Kleidung, dachte er, wohl aber für eine Frau, die äußerste Zurückhaltung bewahren wolle. Dennoch fand er sie bemerkenswert. Es schmerzte ihn, sie so zu sehen. Ganz nahe fühlte er sich bei ihrem Anblick einem unvermeidlichen Verlust.

«Hat Mahmud mich verbannt?» fragte er müde. «Oder wird er mich den Bostandschibaschi übergeben?»

Nicht die kleinste Schwingung seiner Stimme verriet Furcht. Er hatte keine – nicht einmal vor der seidenen Schnur.

«Eure hohe Exzellenz belieben zu scherzen», sagte Julienne und versuchte, durch die offizielle Anrede zwischen sich und ihn eine Distanz zu legen, die sich nicht so einfach heraufbeschwören ließ.

«Kein Scherz», erwiderte er. «Sie erklären mir, mich nie wiedersehen zu wollen. Wie wäre das aber ohne meine Beseitigung zu erreichen? Ich bin der Kislar Aga, soviel ich weiß, und eine hohe Dame des Harems ...»

«Also doch!» fuhr sie ihn an. «Sie rechnen damit, daß ich in den Harem eintrete. Es war alles schon abgemacht? Und Sie haben von allem gewußt? Verschachert haben Sie mich, Kislar. Weil Sie sich einbildeten, ich gehöre Ihnen, haben Sie mich wie ein Pferd oder eins Ihrer Mädchen verschachert. Und wem haben Sie mich überlassen? Ihrem kaiserlichen Schüler, der noch verbohrter ist als Sie selbst.»

«Mein Schüler, der noch verbohrter ist als ich, ist immerhin der Kaiser, Julienne. Daß er Sie begehrte, wußte ich.»

«Und dennoch ließen Sie mich ins Serail gehen?»

«Wir wußten es beide, Julienne. Und Sie sind trotzdem gegangen.»

«Zur Walide bin ich gegangen, aber nicht zu deren Schwachkopf von Sohn. Wenn ich ihm begegnet bin – leugnen Sie, daß es nach Ihrem Plan geschah?»

«Ich leugne.»

«Und ich glaube Ihnen nicht. Am liebsten möchten Sie mit mir als Fruchtbonbon Ihren Mahmud ins Bett bringen, damit der Säugling nicht brüllt. Sie sind ein Kislar, Beschir. Sie sind ein Sklave, und nur sklavisch können Sie denken und handeln.»

Sie wollte beleidigen, aber mit ihrer Ablehnung Mahmuds richtete sie Beschir wieder auf. Dabei war er sich der ihm drohenden Gefahr bewußt, und er fragte sich, ob es schon so weit gekommen sei, daß ihm diese Frau mehr gelte als das Reich.

«Ich bin ein Sklave», sagte er.

«Ich bin ein Sklave», höhnte sie. «Mit dieser elenden Zweideutigkeit dünken Sie sich wohl recht erhaben? Sie wissen ganz genau, daß es nur ein Wort ist, hinter dem sich Außerordentliches verbergen kann. Bei Ihnen zum Beispiel. Und Sie wissen auch, daß ich vor einem Wort keine Angst habe.»

«Deswegen gebrauchten Sie es?»

«Ach was! Ich sagte Ihnen schon oft, daß Sie ein Pedant seien, und so bin ich für Sie das böse Mädchen, das sich wieder einmal schlecht benimmt.»

«Als Kislar Aga kann ich Ihr Verhalten gegenüber der Majestät allerdings nicht billigen.»

«Und was hätte ich nach der Meinung Eurer hohen Exzellenz tun sollen?»

«Sie wollen bitte verzeihen, wenn ich es aufgeben muß, mich Ihnen verständlich zu machen. Aber für einen Rechtgläubigen ist es unausdenkbar, daß sich eine Frau den Wünschen des Padischahs und Kalifen entzieht.»

«Unausdenkbar?» Während sie sich setzte, warf sie ihren Schal auf den Diwan. Einen schönen, starken Zorn hatte sie, aber sie wußte jetzt auch, daß sie mit Beleidigungen ihm nichts anhaben könne. «Das war der Kislar Aga», sagte sie also wesentlich ruhiger, «und der geht mich nichts an. Ich möchte von Beschir eine Frage beantwortet haben: Kann der Sultan eine – sagen wir einmal – Gefährtin zur Sultana mit dem Rang einer Königin machen, ohne daß er von ihr einen Sohn hat?»

«Das kann er nicht», erklärte Beschir sofort. «Gesetz und Tradition verbieten es. Bedenken Sie: allein die Ulema ...»

«Es handelt sich um sein Gesetz, um seine Tradition», verbesserte ihn Julienne, «und rechtgläubig bin ich auch nicht. Übrigens sagte mir Mahmud dasselbe wie Sie. Ich aber bin eine Freiin des Römischen Reiches. Welchen Grund hätte ich, eine Unfreie des großherrlichen Harems zu werden, wenn nicht einmal der königliche Rang dabei herausschaut?»

«Ich vermute, daß Sie vom Harem aus das Osmanische Reich beherrschen könnten.»

«Vielleicht. Doch auch ich vermute etwas, nämlich daß Ihr Schüler Mahmud nie einen Sohn haben wird – auch nicht von mir.»

«Das weiß nur Allah.»

«Ich will es Ihnen glauben. Aber einstweilen hat sich Allah noch nicht geäußert. So müßte ich also warten, bis Zeichen und Wunder geschehen, und so was kann dauern.»

«Julienne!» rief Beschir, und jetzt war er es, der seine Ruhe verlor, «jetzt ist keine Zeit zu scherzen. Für Sie ist Mahmud ein jüngerer Mann, der Ihnen mißfällt. Aber er ist der Kaiser. Ob er zu herrschen vermag, bedeutet nichts gegenüber der Tatsache, daß er die Wurzel jeder gesetzlichen Macht ist. Er kann eine Gefahr sein ...»

Julienne lachte schallend.

«Wenn Sie wüßten», rief sie, «wie leicht ich diese Gefahr um den Finger wickele! Ihr Mahmud ist gar nicht so schlimm.»

«Er ist gewiß kein schlechter Mensch, und als Untertan würde er ein guter, als Ihr Untertan ein sehr guter sein. Aber gerade kaiserliches Unvermögen, Zusammenhänge und besonders deren Folgen in jedem Augenblick zu überschauen, können einen Selbstherrscher gefährlich machen. Das ist wie in einem Märchen, in dem einem Menschen jeder Wunsch erfüllt wird. Die Reue über die falschen Wünsche hinkt nach.»

«Was wollen Sie damit sagen, Beschir?»

«Daß Mahmud genug Arme finden würde, falls er in seiner Verzweiflung an einen Gewaltakt denken sollte. Vertrauen Sie – ich beschwöre Sie! – nicht zu sehr dem österreichischen Schutz. Wien wird ihn nicht verweigern, gewiß nicht; aber es könnten Ereignisse eintreten, daß selbst die österreichische Residenzschaft für Sie vorübergehend nicht sicher wäre. Sie müssen fort. Wenigstens für die nächsten Tage. Allah sei Dank! Noch habe ich die Mittel, einen Menschen verschwinden und jenseits einer Grenze wieder auftauchen zu lassen. Was dann kommen mag, werde ich erwarten.»

«Und warum machen Sie von Ihren Mitteln nicht für sich selbst Gebrauch?»

«Ich bin der Kislar Aga. Außerdem habe ich Mahmud gern. Er ist das Opfer seiner unglücklichen Jugend, die ihm die Ausgeglichenheit nahm ...» Doch weiter kam er nicht.

Es war Julienne nicht entgangen, daß Beschir sie von Mahmud trennen wolle, und dieser Beweis seiner Eifersucht befriedigte sie. Jetzt werde sie ihn ihre Rache fühlen lassen, dachte sie, weil er sie so einfach habe gehen lassen wollen.

«Mahmud?» fragte sie mit einem treuherzigen Augenaufschlag. «Aber warum sollte Mahmud gerade mir etwas antun wollen?»

«Weil Sie ihn abgewiesen haben! Und weil er für Sie das empfindet, was die Leute im allgemeinen Liebe nennen ...»

«Ich? Ihn abgewiesen? Aber meine liebe Exzellenz, ich habe ihn ja gar nicht abgewiesen. Da Sie meinen Aufenthalt verraten hatten oder nicht hatten verheimlichen können, wäre das etwas schwierig gewesen. Abgelehnt habe ich es nur, in seinen Harem zu kommen. Ich glaube nämlich, daß man sich mit dem, was die Leute, wie Sie sagten, Liebe nennen, auch andernorts beschäftigen kann. Etwa in einem netten Palais bei Beschiktasch ...»

Wenn Julienne sich nicht, statt Beschir anzublicken, mit niedergeschlagenen Augen um ein vorteilhaftes Aussehen bemüht hätte, wäre ihr Zorn geringer und ihr Mitleid mit ihm größer gewesen.

Warum Julienne sich wohl anders verhalten solle, war allerdings Beschirs erster Gedanke gewesen; aber die Unbefangenheit, mit der sie Mahmud als Liebhaber anzunehmen schien, kränkte ihn tief.

«Verzeihen Sie bitte das Mißverständnis», versuchte er jetzt eine Gelassenheit vorzutäuschen, die er nicht hatte. «Das ändert natürlich die ganze Lage. Und das Palais bei Beschiktasch? Machte Mahmud Ihnen bereits irgendwelche Vorschläge?»

«Ich habe alle abgelehnt. Jenseits der Grenze hätte ich den Prinzen. Dort ist mir, wenn ich wollte, die Herrschaft Promontor sicher, und Geld liegt auch für mich auf der Bank in Antwerpen. Wie die Dinge geworden sind, werde ich weder die Herrschaft übernehmen noch das Geld.»

Bei Erwähnung des Prinzen nahm Beschir sofort eine Abwehrhaltung an.

«Es ist mein Recht, das ich niemandem abtreten werde», sagte er, «für Ihre Bedürfnisse zu sorgen.»

Er sagte das in einem Ton, als stehe der Rivale schon neben ihm.

«Ich möchte mich von Mahmud nicht abhängig machen» – damit räumte Julienne mit größter Selbstverständlichkeit Beschir eine nähere Beziehung zu sich ein als dem Sultan.

«Ja ...», begann daher auch Beschir in wesentlich milderer Stimmung, «es ist so am besten, doch eigentlich ... wissen Sie, Julienne, nach den Worten, die Sie für Mahmud fanden ...»

«Ach, Sie meinen ‹Schwachkopf› und ‹verbohrt›?»

«Falsch! Noch verbohrter als mich nannten Sie ihn. Wenigstens unter uns dürfen wir doch wohl ein wenig bei der Wahrheit bleiben.»

«Beim Genuß der Genauigkeit», spöttelte Julienne.

«Allerdings! Genauigkeit. Ich verstehe es nicht, daß Sie unter diesen Umständen in die Verbindung mit Mahmud ...»

«Daß ich einwilligte? Finden Sie das so schwer zu erklären? Im christlichen Europa würde ich meinem Stande gemäß auch einen Kavalier haben müssen, entweder neben einem Ehemann oder als Mädchen, um nicht in der Hochzeitsnacht gar zu blöde dazustehen. Ich habe mir diese Kavaliere nun angesehen. Anstatt zu baden und sich zu waschen, kleistern sie ihre Haut mit Puder zu, und ihren schlechten Geruch versuchen sie mit Parfüms zu übertäuben. Die Weiber sind nicht besser. Aber mit ihnen möchte ich auch nicht ins Bett steigen. Auf der anderen Seite erwähnen Sie, daß Mahmud Kaiser sei ...»

«Bedeutet Ihnen das etwa nichts?»

«Es ist einfach wunderbar», forderte sie ihn durch eine gespielte Begeisterung heraus. «Bedenken Sie: Ein Mann, der nach dem Zeremonial bei erlesener Instrumentalmusik angezogen wird und dessen Unterkleider nur beim Erklingen der dafür vorgesehenen Chorgesänge gewaschen werden! Welche Vorschriften freilich für den Fall bestehen, daß Seine allerhöchste Majestät geruhen sollte, mit einer Dame höchstdero erlauchtes Lager zu teilen – das wird mir wohl ewig verborgen bleiben. Aber kein Mensch kann mir ausreden, daß Mahmud nur gebadet und gewaschen sich mir nähern wird.»

Beschir runzelte die Brauen.

«Mehr verlangen Sie nicht?»

«Mir genügt das.»

«Aber ihm? Wissen Sie darüber etwas? An gebadeten Damen ist im Harem kein Mangel.»

«Mahmud ist schüchtern, mein Lieber.»

«Ich weiß es. Aber Sie, Julienne, sind keineswegs schüchtern. Sind Sie sicher, daß Sie sich nicht an ihn verlieren und, wenn es geschehen sollte, daß Sie dann wieder zu sich zurückfinden würden? Mahmud ist jung und von einnehmendem Äußeren.»

Er war gar nicht mehr unerschütterlich und alles mit Unfehlbarkeit überdenkend. Eifersüchtig war er wie ein Junger ..., was sie mit Frohlocken bemerkte.

«Alle Frauen sind neugierig», sagte sie obenhin, «glauben Sie, ich sei eine Ausnahme? Sie schildern ihn ja so verlokkend, Ihren Schüler Mahmud. Vielleicht habe ich meinen Spaß an ihm. Was geht es Sie an? Sie kennen mich genug, um zu wissen, daß Hautberührungen und Wohlgefallen bei mir kein echtes Zusammenklingen mit einem andern Menschen hervorrufen können. Dazu bedarf es mehr, und Sie sollten sich nicht so erniedrigen, Beschir, zu denken, ich, die ich Ihr Genie kenne, könnte mich an einen Mahmud verlieren. Sie wissen doch, mein Freund, daß ich nichts so fürchte wie Langeweile.»

«Warum verbinden Sie sich dann mit ihm?»

Jetzt schien ihr der Augenblick dazusein, ihm, was er nicht sehen wollte, zu zeigen.

«Es ist unwahrscheinlich und eigentlich auch schön», stellte sie nicht ohne Rührung fest, «daß ein Mensch wie Sie noch so dumm sein kann. Warum ich mich Mahmud verbinde? Ihretwegen, Beschir! Überlegen Sie doch: Wer würde es entgelten, wenn ich durch meine Weigerung die Hoffnungen Mahmuds und der Walide enttäuschte? An mich könnten sie nicht heran. Entgelten müßten Sie es, und das dürfte einer Schwächung Ihrer Macht gleichkommen, einer Macht, die im Interesse des Reiches nicht stark genug sein kann. Ich schmeichele mir, so viel Gefühl der Verantwortung zu besitzen, das nicht zuzulassen.» Sie machte eine ihrer kleinen verschmitzten Pausen. «Und außerdem ist er ja auch gebadet», schloß sie.

Natürlich kannte Beschir selbst die etwaigen Folgen einer Weigerung Juliennes, jedenfalls mußte er mit ihnen rechnen. Aber sein Kummer über den Verlust der Freundin war stärker und hatte jeden andern Gedanken verdrängt. Jetzt, auf Juliennes Anruf hin, schrak er zusammen, und sofort verlangte es ihn danach, seine Lage genau zu überprüfen.

«Verzeihen Sie mir, Julienne», sagte er und streckte ihr seine Hand hin, die sie nahm. «Wenn die Verbindung mit Mahmud Ihrem Wunsch und Ihrem Bedürfnis entspräche – was könnte ich anderes tun, als schweigend zurückzutreten? Nun ist aber diese Verbindung – was Mahmud auch denken mag – vom Standpunkt der Walide ein Experiment ...»

«Den Eindruck hatte ich auch, als ich mit ihr sprach», bestätigte Julienne eifrig. «Ich soll Mahmud zu den Frauen bekehren, nicht wahr?»

«So ungefähr – allerdings muß ich hinzufügen, daß Mahmud von keinem seiner männlichen Geliebten jemals beherrscht wurde.»

«Das will viel sagen», meinte Julienne. «Ich bin jedenfalls der Überzeugung, daß er sich nach nichts so sehnt, wie beherrscht zu werden, und zwar nicht nur so wie von seiner Mutter und von Ihnen, sondern so direkt wie nur möglich.»

«So direkt wie nur möglich», wiederholte er. «Da es Ihnen auf diesem Gebiet nicht an Erfahrung fehlt, so dürfte die Macht mit Recht Ihnen zufallen, und ich werde aufhören, sie zu besitzen.»

«Aber das ist ...», wollte Julienne widersprechen.

«Zweifellos richtig», kam ihr Beschir zuvor. «Das ist ein Naturgesetz, Julienne. Wenn ein Herrscher zwei Menschen seines höchsten Vertrauens besitzt, die beide an seiner Statt herrschen, und einer von ihnen ist eine Frau – dann wird binnen kurzem die Frau Alleinherrscherin sein.»

«Auch wenn Sie der andere wären? Meinen Sie wirklich?» zweifelte Julienne.

«Ich schlafe nicht mit Mahmud», sagte er störrisch.

«Und ich werde immer nur Ihre Macht wollen!» gelobte sie.

«Damit würde ich als Ihr Stellvertreter wieder an sie gelangen.»

«Ein Mißlingen des Experimentes ziehen Sie wohl überhaupt nicht in Betracht?» fragte sie.

«Doch! Wenn Sie sich in ihn verlieben. Er hat dieselbe Krankheit wie Sie: die Langeweile, und gefügige Frauen sind ihm langweilig. Er will anbeten, und die Frau, die ihn beherrschen möchte, muß sich dazu bequemen, Göttin zu sein – überlegen Sie sich das: immerzu nichts als Göttin. Unter dem tut er es nicht. Er muß leiden, wenn er lieben soll. Sie sprachen von Berührungen. Vergessen Sie auch die des Bambus mit der Haut nicht, sie macht aus Kaisern Untertanen. – Sehen Sie, das ist es, was ich Ihnen gern sagen wollte. Jetzt, da wir uns trennen müssen, freue ich mich, daß ich die Gelegenheit dazu fand.»

Julienne sprang auf.

«Trennen? Wir uns?» Sie war aufrichtig empört. «Ich übernehme eine Mission, die ich mir ganz gewiß nicht selbst ausgesucht habe, und ich tue es, wenn nicht in Ihrem, so doch unleugbar im Interesse einer Sache, an der uns gemeinsam gelegen ist, und gerade diesen Augenblick suchen Sie sich aus, sich mir zu entziehen? Kam Ihnen gar nicht der Gedanke, daß Sie mir gerade jetzt mehr als je nötig sein könnten? Ich habe Ihre Persönlichkeit immer bewundert und tue es auch jetzt trotz der vielen Kleinigkeiten, über die ich mich, wie ich es immer schon sagte, so oft geärgert habe. Sie müssen zugeben, daß ich es Ihnen immer wieder sagte.»

«Ich gebe es zu. Ich wüßte auch gar nicht, wie Sie es anstellen sollten, es nicht immer wieder zu sagen. Und das erinnert mich daran, von Ihnen auch gehört zu haben, daß Sie mich nie wiedersehen wollten.»

«Ich begreife es nicht», sagte sie überwältigt, «wie Menschen so gemein sein können. Aber vielleicht ist es Ihnen nicht gegeben», fügte sie schnell hinzu, «etwas dagegen zu tun. Sie sind nun einmal ein Pedant. Ich habe es schon …»

«Stimmt! Sie haben es schon immer gesagt.»

«Und nun, da – wenn ich Ihre Ratschläge befolgen will – alles mögliche bevorsteht, lassen Sie mich allein!»

Doch mit diesem Vorwurf löste sie nur Vorstellungen in ihm aus, die ihn jäh aufbrausen ließen.

«Ich wüßte nicht, wie es möglich wäre, Sie bei Ihren Zusammenkünften in Beschiktasch nicht allein zu lassen! Seine Majestät würden sich über meine Begleitung etwas verwundern.»

«Beschir!» versuchte sie, ihn zu beschwichtigen. «Ich weiß, mein armer Freund, Sie sind eifersüchtig. Ich hätte das nie für möglich gehalten, und es ist wunderschön, es zu wissen. Aber wenn es Sie unglücklich macht, lassen Sie es lieber. Wir wollen alles entfernen, was unser Zusammenleben trüben könnte. Berauben wir uns nicht selbst.»

Beschir benahm sich, wie ein Kislar, der Bewahrer bester Formen, sich nie hätte benehmen dürfen. Mit langen Schritten durchmaß er, um sich zu beruhigen, den Raum.

«Haben Sie bitte ein wenig Geduld mit mir, Julienne», bat er dann. «Sie, eine junge Frau, die ich verehre ...»

«Und von Liebe ist gar nichts dabei?» fragte sie.

«Nun ja, ich bin eifersüchtig, ich gebe es zu, und damit wissen Sie alles. Was mich anlangt, so ist mein Zustand Anmaßung, und an Ihre Zuneigung zu glauben, muß ich mir stets erst erkämpfen. Aber wir dürfen eins nicht übersehen: Die Geliebte des Kaisers zu sein ist nicht ganz einfach, auch nicht Geliebte außerhalb des Serails, bei der offiziell nie ein Kaiser erscheint. Sie nannten selbst die Folgen, falls wir unsere Beziehungen aufrechterhalten würden ...»

Sie unterbrach ihn heftig.

«Ich kann mir nicht denken, daß Sie glauben, was Sie sagen, Beschir. Falls ich Mahmud eine Absage erteilt hätte, könnte die Walide es als Herausforderung betrachten, wenn der Erste Würdenträger des Serails nicht sofort jede Beziehung zu der mißliebigen Person abgebrochen hätte. Das wäre aber auch alles gewesen. Sie sind etwas eitel, Exzellenz. Es ist nicht so sehr der Umstand, daß Ihnen ein kleiner barocker Schnörkel fehlt, als Ihr Alter, das Sie so unverdächtig macht. Ich weiß, das Volk traut Ihnen das Unwahrscheinlichste zu. Aber die Walide ist skeptisch. Sie könnte uns beide in einer völlig unmißverständlichen Lage überraschen und würde doch nur glauben, Sie hätten mich als Wärmflasche im Bett. Sie kennen doch die Geschichte von König David und der Abisag?»

Sie war ernstlich böse geworden, und das wischte alle seine Bedenken fort. Mit einem Male wußte er wieder, daß sie ihm alles bedeute und daß er ihrer Klugheit vertrauen dürfe. Sie bezauberte ihn in ihrem Zorn.

«Ich dachte bei meiner Erwägung nur an Sie, Julienne!» beteuerte er, und um sie mit mehr Nachdruck von seiner Aufrichtigkeit zu überzeugen, kam er ihr näher.

Aber noch war es nicht an der Zeit.

«Das ist nicht wahr!» schrie sie ihn mit einer Schonungslosigkeit an, in der sie sich selbst preisgab, um ihn zu verletzen. «Sie dachten an Mahmud, und das ist töricht. Was nicht die Oberfläche durchdringt, kann man abwaschen. Dazu ist Seife da.»

Der Schlag war roh. Aber da Beschir ihm standhielt, zerschmetterte er dessen Hemmungen. An deren Stelle trat Reue, daß er sie, die so viel für ihn getan hatte und tat, als ein selbstsüchtiger Narr durch überflüssige Zweifel betrübt habe.

Zugleich erschrak Julienne über ihre eigenen Worte. Doch das besänftigte ihren Zorn gegen Beschir nur halb, gegen ihn, von dem ihr der Aufschrei erpreßt worden war, dessen sie sich jetzt schämte.

«Oh, Beschir», klagte sie und übersah dabei seine stumme Bitte, «Sie stoßen mich in eine Tiefe, in der ich nie zu Hause war. Müssen Sie denn immer wieder über Ihre Vorurteile stolpern? Diese Lächerlichkeiten sind das einzige, was Sie daran hindert, ein einfacher Mensch zu sein, der das Komplizierte den Dummköpfen überläßt. Wie der Pudel von Flöhen, stecken Sie voll von Vorurteilen, mein Lieber. Wenn Sie sich ihrer doch einmal gründlich entledigen möchten!»

Er gedachte ihres ersten gemeinsamen Bades …

«Wie du dich deiner Kleider …? Julienne!»

In der Nacht vom zwanzigsten zum einundzwanzigsten April 1736 verschied Eugen von Savoyen. Er bekam den Krieg, den er für Österreichs Interesse als notwendig erachtet hatte, ebensowenig zu sehen wie Franz II. Rakoczy, dessen letzter Lebensinhalt der Gedanke an diesen Krieg gewesen war. Rakoczy starb kurz vor Eugen.

Aber nicht Österreich begann diesen Krieg, sondern

Rußland. Zwei Wochen nach Eugens Tod mußte die Pforte vor dem Serail die Roßschweife wider Rußland hinausstekken. Erst mehr als ein Jahr später verwandelte Österreich seine Rolle als eigennütziger Vermittler in die eines russischen Bundesgenossen.

Der Krieg dauerte drei Jahre und nicht ganz drei Monate – und wenn er auch ein Raubkrieg hatte sein sollen, so war er doch nicht lohnend gewesen.

Die Türken bekamen Belgrad mit Serbien zurück und eine gute Grenze gegen das zahlende Österreich, das nun zu Süditalien auch noch alle Eroberungen auf dem Balkan verlor. Rußland durfte auch fernerhin das Schwarze Meer nicht befahren, während die Anerkennung des russischen Kaisertitels durch die Hohe Pforte noch zurückgestellt wurde.

Beschir starb sehr alt und im vollen Besitz seiner Macht. Noch während der letzten Minuten gab er seinem Kaiser, der am Bett des Sterbenden saß, gute Ratschläge für die Zukunft.

